अनामिका

साहित्य अकादेमी पुरस्कार से पुरस्कृत कवि अनामिका का जन्म 17 अगस्त, 1961 को मुज़फ़्फ़रपुर, बिहार में हुआ। वे दिल्ली विश्वविद्यालय में अंग्रेज़ी की प्रोफ़ेसर हैं। उनकी पुरस्कृत और देश-दुनिया की बहुतेरी भाषाओं में अनूदित प्रमुख कृतियाँ हैं—*बीजाक्षर, अनुष्टुप, कविता में औरत, खुरदुरी हथेलियाँ, दूब-धान, टोकरी में दिगन्त, पानी को सब याद था, बन्द रास्तों का सफ़र, My Typewriter is My Piano, Vaishali Corridors* (कविता-संकलन); *अवान्तर कथा, दस द्वारे का पींजरा, तिनका-तिनके पास, आईनासाज़* (उपन्यास); *स्त्रीत्व का मानचित्र, स्वाधीनता का स्त्री-पक्ष, त्रिया चरित्रं : उत्तरकांड, स्त्री मुक्ति : साझा चूल्हा, स्त्री-मुक्ति की सामाजिकी : मध्यकालीन और नवजागरण, Feminist Poetics : Where Kingfishers Catch Fire, Donne Criticism Down the Ages, Treatment of Love and War in Post-War Women Poets, Proto-Feminist Hindi-Urdu World (1920-1964), Translating Racial Memory, Hindi Literature Today* आदि (आलोचना)।

ई-मेल : anamikapoetry@gmail.com

दस द्वारे का पींजरा

अनामिका

राजकमल पेपरबैक्स

पहला पुस्तकालय संस्करण
राजकमल प्रकाशन प्राइवेट लिमिटेड द्वारा
2008 में प्रकाशित

राजकमल पेपरबैक्स में
पहला संस्करण : 2021
तीसरा संस्करण : 2024

राजकमल पेपरबैक्स : उत्कृष्ट साहित्य के जनसुलभ संस्करण

राजकमल प्रकाशन प्रा.लि.
1-बी, नेताजी सुभाष मार्ग, दरियागंज
नई दिल्ली-110 002
द्वारा प्रकाशित

शाखाएँ : अशोक राजपथ, साइंस कॉलेज के सामने, पटना-800 006
पहली मंजिल, दरबारी बिल्डिंग, महात्मा गांधी मार्ग, प्रयागराज-211 001
1, अनमोल सोराबजी संतुक लेन, धोबी तलाव, मरीन लाइंस, मुम्बई-400 002

वेबसाइट : www.rajkamalprakashan.com
ई-मेल : info@rajkamalprakashan.com

बी.के. ऑफसेट
नवीन शाहदरा, दिल्ली-110 032
द्वारा मुद्रित

मूल्य : ₹350

DUS DWARE KA PEENJARA
Novel by Anamika

ISBN : 978-93-89598-84-1

बहू बाजार और स्कूल

मेरे जीवन की बड़ी घटनाओं में एक है वह दिन, वह घड़ी जब मासूमा नाज़ की कातर आँखें मेरी आँखों में ऐसे उतर आई थीं जैसे किसी खंडहर में शाम उतरती है। मासूमा मेरे साथ पढ़ती थी। स्कूल में रोज का उठना-बैठना था। हम सबसे ज्यादा वह शान्त थी और सुन्दर इतनी कि जहाँ वह होती थी, वहाँ कोई और दिखाई नहीं देता था। ऐसी लड़कियाँ हाईस्कूल की हीरोइनें होती हैं–चुप्पी का रहस्यमय घेरा इन्हें ईश्वर बना देता है! एक अलग तरह की छाँह उनके व्यक्तित्व में आ जाती है, जो कम उमर की लड़कियों की चकर-पकर के बीच चमत्कारिक तो लगती ही है। उसका कोई दोस्त नहीं था! कोई उसके करीब होने की कोशिश करता तो ऐसी बर्फीली निगाहों से वह देखती कि पहल करनेवाले के हौसले ही पस्त! मैं उस स्कूल में नई-नई आई थी और कुछ दिन तो मुझे लगता रहा था जैसे यह सुन्दर लड़की गूँगी ही है। बाद में किसी ने बताया कि घोर घमंडीमल है, इससे बात करने जाने का मतलब है–बेइज्जत होना!

बेइज्जती से किसे डर नहीं लगता? मैं भी डरी, पर मन में उसके लिए आकर्षण कम न हुआ। वह क्लास में सबसे पीछे बैठती, किसी चर्चा में हिस्सा न लेती पर उसकी आँखों में एक ऐसी चमक थी जो लगातार कुछ-कुछ सोचनेवाली, तरह-तरह के प्रश्नों से जूझ सकने का दम-खम रखनेवाली आँखों में होती है। इसी बीच मेरी इला मौसी की शादी हुई। उसकी ससुराल के रास्ते में एक रहस्यमय मुहल्ला पड़ता था। छोटी मौसी या छोटी बुआ की शादी बच्चों के संसार में एक हाहाकार-सा मचाती तो है ही। प्यार के रिपब्लिक का सांस्कृतिक सचिव होती हैं मौसियाँ और बुआएँ। उनकी कुर्सी तो खाली देखी ही नहीं जाती। किसी-न-किसी बहाने हम अक्सर ही पहुँच जाते मौसी की ससुराल। और एक अतिरिक्त चस्का था उस रहस्यमय मुहल्ले की अजब-गजब दृश्यावलियाँ टोहते जाने का।

जो भी सवारी हमें लेकर जाती, उसके शीशे से दीखता कि यहाँ तो औरतों का साम्राज्य है–सजी-धजी, दबंग औरतों का। घर टूटे-फूटे ही सही, पर सब पर सिर्फ औरतों की नामपट्टियाँ हैं : परदे लगे हैं, दरवाजे खुले हैं–परदे की ओट से बड़े-बड़े जाजिमों पर गावतकिए बिछे दीखते। उन पर हारमोनियम और

तबला रखा होता। तबला-डुग्गी एक गुट में रहते–एकसाथ गलबहियाँ डाले। हारमोनियम बेचारा एक अकेले बुड्ढे-सा पुकुर-पुकुर करता! दीवारों पर अनगिनत कैलेंडर और तस्वीरें–ईश्वर-अल्लाह-क्राइस्ट सब एकसाथ!

इन घरों के ठीक सामने एक मजार के पास फतनू मियाँ, इत्रफरोश की दुकान थी। अपनी मेहँदी-रँगी दाढ़ी सहलाते हुए छोटी-बड़ी रंगीन शीशियों, अगरबत्तियों, मुरादाबादी गुलदानों और सुराहियों से घिरे ये किसी परी-कथा के जादूगर से कम नहीं दीखते थे। उनकी दुकान से लगी पान की एक दुकान थी और पान की दुकान के दक्षिण एक चूड़ीहारा बैठता था। फिर कुछ दूर तक एक बेतरतीब मैदान था जिसमें कचरे के ढेर पर मक्खियाँ, बच्चे और बिल्लियाँ तरह-तरह से किले बनाते और तोड़ते रहते थे। वहीं एक तरफ़ लाइलाज रोगों की अचूक दवाएँ बेचनेवाले एक होम्योपैथ बैठते थे जिनके संरक्षण में हमें मौसी के यहाँ भेजा जाता था, वे ड्राइवर बाबा मिलिटरी से रिटायर होकर हमारे यहाँ काम करने आए थे। उन्हें इस बात का बड़ा मान था कि वे मणिक शॉ के ड्राइवर भी रह चुके हैं–बांग्ला देश युद्ध और उसके पहले के भी कई युद्धों–विश्वयुद्ध तक की कहानियाँ वे रास्ते-भर हमें सुनाते जाते। होम्योपैथी में उन्हें अचूक आस्था थी।

एक बार की बात है–मौसी के घर जाते हुए वे थोड़ी देर के लिए उस रहस्यमय मुहल्ले के होम्योपैथ के यहाँ रुके। हमारी दो आँखें वहाँ पहुँचकर वैसे भी तितलियों-सी फड़फड़ाने लगती थीं। कभी इधर, कभी उधर हम सिर घुमा रहे थे पर एक जगह आकर आँखें ऐसे थमीं कि मुँह खुला का खुला रह गया। ये सामने इतने जगर-मगर कपड़ों में घुटनों तक घुँघरू बाँधे, पान खाए कौन खड़ा था भला? मासूमा? सचमुच, वह मासूमा ही तो थी और वहीं, उसी क्षण उसकी भी आँखें मेरी आँखों से आ टकराईं। आज इतने बरस बाद भी उन आँखों की दहशत मुझे ऊपर से नीचे तक दहला जाती है–पूरी रफ्तार में नाचते पंखे से टकराकर गौरैया जैसे कट गिरती है, कुछ उसकी आँखों में फड़फड़ाया और एकदम से कट गिरा।

उसके बाद फिर वह कभी स्कूल नहीं आई। जैसे-जैसे बड़ी होती गई मैं–और रहस्य के परदे मेरी आँखों से खुलते गए–एक अव्यक्त-सा अपराध-बोध मेरी आँखों में रिसता रहा, बल्कि आज तक रिस रहा है–अगर मेरी आँखें उस दिन मासूमा की आँखों से आ नहीं मिलतीं, अगर अनदेखा कर सकते हम एक-दूसरे को, तो यह स्वाभिमानी लड़की स्कूल नहीं छोड़ती। और स्कूल नहीं छोड़ना बहुत सारी समस्याओं का समाधान आप ही आप हो जाता।

वैसे, आँखें चुरा-भर लेना तो समस्याओं का समाधान नहीं होता। पर कई अधखिले, अधखुले मासूम रिश्ते ऐसे होते हैं जिनके पेच अनदेखा कर देना ही श्रेयस्कर होता है। अस्सी के पूर्वार्द्ध में बिहार के हम कुछ लड़के-लड़कियाँ यहाँ

दिल्ली पढ़ने आए थे। इनमें एक अभी डी.सी.पी. सेंट्रल है। सेंट्रल दिल्ली में ही पड़ता है जी.बी. रोड। उस दिन अरविंद नारायण दास की पुण्यतिथि पर उनकी बहन, कुमुद के घर उससे मुलाकात हुई। वह जी.बी. रोड से लौटा था–इतना हिला हुआ था, वहाँ से लौटकर जो भी विवरण उसने दिए, उससे मेरे बचपन की यह घटना मुझमें एक घाव की तरह फिर लगी टभकने।

कह रहा था–"भारतीय रेल के डिब्बों-सी हैं ये सेक्स वर्कर्स–तरह-तरह की भाषिक अस्मिताएँ इनमें घुली हैं। सादा कपड़ों में (पुलिस की वर्दी उतारकर) उनसे और तकलीफों से रू-ब-रू होना एक ऐसा अनुभव है जो जिन्दगी में कभी आदमी को चैन से नहीं सोने दे। बिहार-बंगाल और नेपाल में दारिद्रय और लावण्य–दोनों ज्यादा हैं, इसलिए वहाँ की लड़कियों की तो भरमार है।"

क्या मेरी मासूमा भी उनमें एक होगी? अब तो उसके भी बाल पकने को आए होंगे–कान के पास इक्का-दुक्का पक भी गए होंगे। कैसा लगता होगा उसे? क्या उसके बच्चे हुए होंगे? क्या उसने उन्हें स्कूल भेजा होगा? हाँ, मेरा मन कहता है कि जरूर भेजा होगा उन्हें स्कूल, अपने ही अनुभव से सीखा होगा कि शिक्षा ही इस दलदल से निकलने का एकमात्र उपाय है–अस्मिता के विकास की एकमात्र गारंटी। हमारी वंशपरम्परा/जाति/वर्ग/नस्लें हमारे व्यक्तित्व का आरोपित सत्य ही होते हैं–महज एक संयोग–उसके लिए शर्मिन्दा या गौरवान्वित होना दुनिया की बड़ी बेवकूफियों में एक है!

अपनी सहपाठिनी,
मासूमा नाज़ और
उसकी हम सबकी
दिलेर नन्ना के नाम...

प्रथम खंड

चकलाघर की एक दुपहरिया

"जिन्दगी, इतनी सहजता से जो हो जाती है विवस्त्र–
क्या केवल मेरी हो सकती है?"
उसने कहा और चला गया!
एक कुंकुम रंग की क्रूरता
पसरी थी अब घर में!
एक कँटीली ऊँघ लतरी थी
आँगन की दीवार पर!
सीढ़ी के दोगे में बिछाकर चटाई
बैठी थी धूप बाल खोले।
विद्या-विनोदनी परीक्षा का फॉर्म भरा था उसने
संस्कृत विद्यापीठ से!
पढ़ती हुई कुछ-कुछ
लाँघ गई वह सदियाँ,
बोलने लगी तंद्रा में
अलग तरह की भाषा :
आम्रपाली यही भाषा शायद बोलती होगी–
'राजकुँवर', उसने कहा, 'क्या नदी का पहला पाप है विह्वलता?
चाहिए, शापमुक्ति चाहिए अचेतन भँवर से,
पर पाप होता है क्या?
खुल जाती है ऋतुसम्भोग से बन्दीशाला,
छा जाता है अंधकार, सार्थवाह,
लेकिन उस मेधायित अंधकार में भी
कुछ द्युतियाँ तो होती ही हैं निराकार!'
पता नहीं कौन-सी पहाड़ी थी

जो धूप उतरने लगी थी!
चढ़ते हुए साथ थीं आदिम स्मृतियाँ,
उतरती हुई वह अकेली थी।
उतरता हुआ क्यों अकेला हो जाता है कोई भी–
जैसे कि नींद टूट जाने पर।
कोई सोए साथ भले पर जगते सभी अकेले हैं।
होते उस्ताद अगर जीवित, आगे की पंक्ति पूरी करते–
क्या कहते?
कोई सोए साथ भले पर जगते सभी अकेले हैं,
सबकी अपनी ही थकान है, सबके अलग झमेले हैं–
या ऐसा ही कुछ कहते वे!
घर की सीढ़ी भी तो एक पहाड़ी थी!
सीढ़ी-घर में थे बहुत-से कबूतर–
और कबूतरचश्म भय और सन्देह।
जिन्दगी इतनी सहजता से जो हो जाती है विवस्त्र–
क्या केवल मेरी हो सकती है–उसने कहा था!
पर वह केवल उसकी क्यों होती?
उतरती हुई धूप ने सोचा–
क्यों होना चाहिए कुछ भी किसी का
उसकी मर्जी के खिलाफ?

आधारशिला

"मुझे सहजीवन और विवाह में बुनियादी फ़र्क़ नजर नहीं आता। फ़र्क़ है तो इतना कि विवाह के सिर पर कानून की छतरी और धर्म का चंदोवा टंगा है और सहजीवन बिना छतरी और चंदोवे के धूप और बारिश साथ झेलने और भोगने के रोमांस से नहाया हुआ है। विवाह एक परम ठोस सामाजिक व्यवस्था है : आल-औलाद, नैहर-ससुराल, पड़ोस-मुहल्ला, पोथी-पतरा, रीति-रिवाज, गहना-कपड़ा—हर कदम पर बृहत्तर समाज यहाँ खड़ा है। सहजीवन है खुले द्वार का पिंजड़ा, जब तक मिठास से निभे, रहो वरना तुम अपने रास्ते, हम अपने। सिद्धांततः मैं इस पर सहमत हूँ कि रिश्तों और पदों को अस्थायी समझो और तब तक ही उनसे जुड़ो, जब तक तुम्हें लगे कि तुम इन्हें व्यक्तित्व का सर्वोत्तम दे रहे हो। ऐसा भी हो सकता है कि सहजीवन का काल एक प्रोबेशन पीरियड माना जाए और उसके बाद ही (मन करे तो) कन्फर्मेशन लेटर दिया जाए एक-दूसरे को। लेकिन इस वक्त तक बच्चे नहीं होने चाहिए। अगर हो गए तो उनके बड़े होने तक माँ-बाप का साथ रहना ही उचित है। अगर आपको देर से पता चला कि आप ऐसे दो धातु पिंड हैं जिनका 'अलॉए' बन ही नहीं सकता तो भी क्या! रहिए अपने बच्चों या किसी बृहत्तर सरोकार में मगन। हाँ, अगर साथी अपराधी निकला तब तो उसे दूर से ही प्रणाम करना उचित है। सहजीवन इस अंतिम प्रणाम की सुविधा जल्दी जुटाता है, विवाह-बंधन तो ऐसा फेविकोल जोड़ है कि, घसीट मारता है पर टूटता नहीं।"

एक रौ में बोलकर शीरीन मंच से उतरी, तब तक मैं और डॉ. स्पन्दन गाड़ी में बैठ चुके थे! आज 'आधारशिला' का वार्षिकोत्सव था! 'आधारशिला' गरीब और अनाथ बच्चों, अकेली औरतों और अनादृत बूढ़ों का एक अंतरंग संयुक्त परिवार है—एक तरह का लॉज जो आपसी सहयोग से चलता है—विदेशी पैसे नहीं लेता! पढ़े-लिखे बूढ़े-बूढ़ियाँ ही बच्चों को पढ़ा दिया करते हैं—किस्से-कहानियाँ सुनाते हुए, और औरतें आसपास के कार्यालयों के लिए टिफिन तैयार करके और कुटीर उद्योगों के माध्यम से संस्था का खर्च निकाल लेती हैं!

किराया देना नहीं पड़ता क्योंकि डब्ल्यू.ई.ए., करोलबाग़ की जिस इमारत में यह चलता है—भारत-विभाजन के वक्त वह डॉ. स्पन्दन कक्कड़ के पितामह

को सरकार की ओर से मिली थी। डॉ. स्पन्दन मनोचिकित्सक हैं और अपनी प्रैक्टिस का एक बड़ा हिस्सा वे यहाँ लगा देते हैं! वैसी उनकी माँ, अवन्तिका जोशी कक्कड़, मार्क्सवादी कम्युनिस्ट पार्टी की सांसद भी हैं पर किसी सरकारी या अंतर्राष्ट्रीय फण्डिंग-नेक्सस में न स्पन्दन का विश्वास है, न शीरीन का जिसकी यह संस्था है! स्पन्दन रहते माँ के साथ ही हैं–राजाजी मार्ग पर।

शीरीन और डॉ. स्पन्दन बचपन में एक ही स्कूल में पढ़े हैं। इस रिश्ते से वे 'आधारशिला' के बच्चों के 'कथासत्रम्' के सम्मानित अतिथि भी हैं। हर शाम अरविन्द आश्रम के पासवाले अपने क्लीनिक से ये 'आधारशिला' ही आते हैं–बच्चों को तरह-तरह की कहानियाँ सुनाने : महान प्राणियों का जीवन, भूत-प्रेत, पारलौकिक अनुभवों से लेकर वैज्ञानिक आविष्कारों, मुकदमों और स्कैण्डलों तक के किस्से। दुनिया के क्लासिक्स का भी कथासार कुछ इस ढंग से वे इन बच्चों को सुनाते हैं कि वे इन्तजार करते रहते हैं कि कब आएँगे भैया! बच्चों से ज्यादा किशोर और नवयुवक उनमें अपना नायक देखते हैं!

मैं 'आधारशिला' का ऑफिस चलाती हूँ और इसके लिए फिल्में भी बनाती हूँ। पुणे फिल्म संस्थान से दस साल पहले निर्देशन का कोर्स किया था! फिलहाल दो फिल्में मुझे बनानी हैं–एक पण्डिता रमाबाई पर, दूसरी उनकी पट्टशिष्य ढेलाबाई पर! मुजफ्फरपुर में ढेलाबाई की 'जोगिनिया कोठी' अब 'आधारशिला' का मुख्य दफ्तर हो गई है। शीरीन का घर बिहार ही है! उसकी माँ, काननदेवी का लिखा रेडियो-नाटक रमाबाई वाली फिल्म की पटकथा के लिए मेरे सामने पड़ा है!

मेरा घर डॉ. स्पन्दन के घर के रास्ते में है, इसलिए अक्सर मुझे इनकी गाड़ी में लिफ्ट मिल जाती है। अद्भुत वाचक हैं ये! जो किस्से और चुटकुले इनसे सुनकर जाती हूँ, घर जाकर अपने बच्चों को सुनाती हूँ और उनकी आँखें खुली की खुली रह जाती हैं। एक बार मेरे छोटे बेटे को पीलिया हुआ तो वे उसे देखने घर भी आए और फिर लगातार दस-बारह दिन आते रहे! कुछ उनमें ऐसा विश्वसनीय और उदात्त है कि मेरे पति भी, जो आमतौर पर लोगों को सन्देह की निगाह से देखते हैं और मानकर चलते हैं कि मनुष्य तत्त्वतः बुरा होता है, हर शाम इनका इन्तजार करने लगे और मेरे दोनों बच्चों की खातिर तो ये सैन्टा क्रूज ही बन गए!...वे आठ-दस शामें हमारे घरेलू जीवन की सबसे ज्यादा खुशगवार शामें थीं और मैं इसका विवरण ढंग से देना चाहती हूँ ताकि लोगों को पता चले कि निःस्वार्थ सेवा और अहैतुक प्रेम दुनिया की कितनी बड़ी नेमत है–दुनिया की सबसे बड़ी क्रान्ति!

अच्छा चलिए छोड़िए, भक्तिरस में उतरना मेरा उद्देश्य बिल्कुल नहीं, न किसी को खुदा सिद्ध करके उसकी मानवीय गरिमा से उसको गिराना ही मेरा मन्तव्य है। आगे कथा मुझको लम्बी कहनी है इसलिए शुरुआत मैं करती हूँ उस

कोलाज से जो मैंने अपनी उन दस दिनों की डायरी से प्रसंग चुनकर तैयार किया है। मेरे बच्चों की मनीषा में ये किस्से और अनुभव-पिण्ड इतने गहरे दर्ज हैं कि रह-रहकर हमारी आपसी बातचीत में ये उतर जाते हैं—"उस दिन की बात है, अम्मा, जिस दिन स्पन्दन अंकल ने ये वाला किस्सा सुनाया था..."

"कौन-सा वाला?"

"वो जिसमें वे अपने परिवार के साथ डलहौजी के जंगलों में छुट्टियाँ मनाने गए थे...और उन्हें एकदम निश्चल बैठी एक भेड़ मिली थी जिसके मुलायम रोओं से एक गुमसुम-सी हवा बड़े पोशीदा ढंग से गुजरी थी...पूरा जंगल तो निस्तब्ध खड़ा था! तने के अन्तिम छोर तक—यानी आकाश से धरती तक दोनों तरफ तब चीड़ की डालियाँ फैली होती थीं—थोड़ी भी हवा गुजरती तो हहाती-सी सीटी बजने लगती. ..लेकिन इस क्षण कहीं कोई हरकत नहीं थी! पूरा जंगल जैसे 'स्टैचू-स्टैचू खेल रहा था फिर कैसे हिल रहे थे चुप बैठी भेड़ के चमकीले रोएँ?"

"इतना विशाल और सुनसान जंगल—सूखे पत्तों पर खेलते हुए चार बच्चे—दूर पहाड़ी के शीर्ष पर क्या देखते हैं—वही मेड़—ऐन शीर्ष पर एक पाँव पर ही सन्तुलन बनाए खड़ी है...!"

इस तरह के अनगिन रहस्यात्मक और सनसनीखेज प्रसंग बच्चों की इस विज्ञान-शासित सपाट दुनिया में थोड़ा-सा रोमांस भरने लगे थे—पर बृहत्तर सत्य से उन्हें काटे बिना! सामाजिकता उन कहानियों की अद्भुत थी और उनकी ताकत हर बात में आदर्श ऐसा तबोताब और यथार्थ का आलोड़न! किस्सागोई की ताकत क्या होती है, यह मैंने उनसे ही जाना था! 'ज्यों की त्यों धर दीनी चदरिया' का शिल्प तो मुझसे सधेगा नहीं, पर जैसे शेक्सपियर के जिन्दा नाटकों की कहानियों उनके चरित्रों के आलोक में बार-बार कही गई हैं—'रिटेलिंग' की यही परम्परा अपनी कमजोर कलम से मैं जगाने की कोशिश करूँ—यह मेरी नन्हीं-सी महत्त्वाकांक्षा बन गई! एक साधारण औरत की बाल-महत्त्वाकांक्षा क्या जाने कब तक गर्भ में मचलती रही और अब जिस रूप में बाहर आई है, आपके सामने है!...पर फिलहाल पण्डिता रमाबाई वाला रेडियो-रूपक जिसे फिल्म-स्क्रिप्ट बनाना है, पहले वो ही देखते हैं।

जोगिनिया कोठी

इस पटकथा में अभी बहुत काट-पीट जरूरी है! मगर मेरी निर्देशक और डॉ. स्पन्दन की माँ की सहेली, प्रेमा नारायण, इस बात पर आमादा थीं कि मुजफ्फरपुर चलकर 'ढेला बाई की जोगिनिया कोठीवाला किस्सा भी सुन-समझ लिया जाए। उस किस्से का भी एक प्रारूप बना लिया जाए तो एकसाथ दोनों हिस्सों का सम्पादन हो जाएगा!

प्रेमा नारायण दरअसल खुद मुजफ्फरपुर की हैं! वहीं जन्मीं, आरम्भिक शिक्षा वहीं पाई...परिवार के कुछ सदस्य अभी भी वहीं हैं! बहुत सारे स्रोतों से ढेला बाई का किस्सा पुनरुज्जीवित किया जा सकता है, ऐसा उनका मानना है!

हम उनके मामा के घर ठहरे जो 'जोगिनिया कोठी' से बहुत दूर न था। बहुतेरे लोगों से परिचय हुआ...पर ढेला बाई–महेन्दर मिसिर की कहानी लोहा सिंह बाबा के मुँह से जैसी जितार हुई, औरों के मुँह से नहीं।

बीच-बीच में कुछ लोग कथा-सत्र भंग भी कर जाते जैसे प्रेमादी की ममेरी भाभी, सरिता। अजब जोकर थीं वे! पति और बच्चों पर रोब छाँटने और सास की नाक में दम करने के बाद जितनी फुर्सत उनको मिलती–वे या तो हमें टोकने-टाकने में खर्च करतीं या अपने महिमा-गायन में! बात कहीं से शुरू हो, खत्म यहीं पर होती कि वे कितनी अच्छी और ज़माना कितना मक्कार!

अँगरेजी का एक बड़ा घाघ-सा शब्द है, 'हाउस-प्राउड'! रैपिडेक्स अँगरेजी और टीवी धारावाहिकों की बियर-चुस्की पर जीवन के सब खुदरा दर्द काटने वाली आत्ममग्न सरिता भाभियाँ 'हाउस-प्राउड' वाले इस महाविवर से गुजरकर ही किटी और किटा, किटकिटा पार्टियों में 'स्थापित धनाढ्य' का खिताब जीत पाती हैं! इस महाविवर से गुजरते हुए उन्हें ड्रॉइंग रूम के सोफों पर कफन की तरह का झक सफेद कपड़ा डालना होता है और ड्रॉइंग रूम के दरवाजे पर सास-ससुर और सारे गरीब रिश्तेदारों के लिए एक घोषित-अघोषित 'नो एण्ट्री' की पट्टी टाँग देनी होती है कि आप बैठें तो वहाँ बैठें–चौके के पास के बरामदे में डाइनिंग रूम की पुरानी कुर्सियों पर! बैठें तो चुपचाप बैठें–ज्यादा हिलें-डुलें नहीं वरना जाकर उस कोने की चौकी पर मृतप्राय होकर सो जाएँ, सोए ही रहें जब तक सब्जी-भाजी न लानी हो, बच्चों को स्कूल न छोड़ना हो। बुढ़ापे का

मतलब अपना मुँह बन्द रखें, और बटुए का मुँह खुला हुआ! अभ्यागत मतलब भी यही। नौकरी या वर-वधू ढूँढने या किसी कोर्स में ऐडमिशन लेने शहर आएँ और जेब में ज्यादा पैसे न हों तो अच्छा हो 'इनविजिबिल मैन' वाली गोली खाकर ही आएँ क्योंकि इतने सुन्दर और सजे-धजे घर में इधर-उधर कीड़े-मकोड़ों की तरह टघरते हुए आप घरवालों की आँखों को तो खटकेंगे ही न!

हमारी मुश्किल यह थी कि हम तो पूरी टीम थे! सिमटते-सिमटते भी कितना सिमटते! बड़े घरों का आयतन कहने-भर को बड़ा होता है—समाते उसमें 'हम दो हमारे दो' ही हैं और कभी-कभी 'प्रेमगली अति साँकरी जामें दो न समाहिं' की स्थिति भी आ जाए—यह असम्भव नहीं! बच्चों को या किसी 'अन्य' के प्रेम में आकण्ठ मग्न गृहणियों/गृहस्वामियों को भी मोबाइल पर गुपचुप बतियाने या ई-मेल खटकाने का जो अभंग एकान्त चाहिए—टिड्डी-दल के आ धमकने पर कुछ तो जरूर टूटता है! फिर जैसे एक म्यान में दो तलवारें नहीं रह सकतीं, एक जगह दो भगवान कैसे रह सकते हैं! जहाँ पैसा भगवान है, वहाँ अतिथि देवता कैसे होंगे, वो भी साधनहीन, दीन-हीन अभ्यागत? एक जेनुइन दिक्कत भी थी कि बच्चों के इम्तिहान सर पर थे!

धीरे-धीरे हुआ यह कि एक-एक कर हम तो 'जोगिनिया कोठी' में खिसक ही गए, उनकी बूढ़ी भी सास अपना काला एयर बैग उठाकर हमारे साथ ही चल दीं! जो भी खाना पकता, साथ ही खाते—हिकारत की रोटियों से तो फुर्सत मिली ! जो जहाँ जाता—बताकर जाता कि कहाँ जा रहा है और कब लौटेगा! बंद घरों की घुटन नहीं थी यहाँ इस सार्वजनिक जीवन में!

हाँ, जिसको पढ़ना-लिखना, सोना-सोचना या प्रेमालाप करना होता—ऊपर के उस बड़े हिस्से में जाकर रहता जिसे सुन्दर-से एकान्त-प्रकोष्ठ के रूप में तारा ने विकसित किया था! ढेला बाई का शयन-कक्ष यहीं रहा होगा। तरह-तरह के रंगीन शीशोंवाले विक्टोरियन दरवाजे और खिड़कियाँ कितने शौक से रिवेल साहब ने बनवाए होंगे! भव्य-सा पलंग! अधुनातन किताबों की सुन्दर आल्मारियाँ। महोगनी के फर्नीचर! चकाचक फर्श!...एक तरफ कम्प्यूटर भी पड़ा होता जहाँ से दुनिया-संसार को ईमेल होते!...सामने बड़ा-सा बरामदा! ठीक इसके नीचे बड़े लॉन में हर शाम हमारा 'कथासत्रम' जमता!

मुख्य कथावाचक तो लोहा सिंह बाबा ही थे, मगर उन्हें लीड देतीं प्रेमादी की मामी! इस जीवन्त वृद्धा की स्मृति भी क्या जाने कितने हॉर्स पॉवर की थी! औपचारिक शिक्षा ज्यादा नहीं हुई थी मगर उससे क्या? बेटे-बहू के साम्राज्य से बाहर आते ही इनका कायाकल्प हो गया—सहमी हुई भेड़ से बदलकर ये हिरण-हिरण, किरण-किरण हो गईं! औपनिवेशिक राज्य के शिकंजे में पड़ी आत्मा को अनन्त विस्तार मिला। सँपेरा बस्ती का भुखलू और अन्य बाल-कैदी इनसे काफी हिले-मिले थे। शीरीन ने बच्चों का जोड़ा वृद्धों के साथ ही बनाया है।

प्रेमादी ने बताया कि बालिका-वधू बनकर मामी मामू के घर आई थीं और जब तक मामू जिंदा रहे—इनका बाल-रूप ही जगा रहा—पाँच बेटों की महतारी होने तक। सब बेटे इनकी सेवा-टहल में लगे रहते लेकिन इन्हें बेटी का शौक ऐसा था कि एक बार एक गुड़िया बाजार से लाईं और दिन-भर उसी में लगी रहने लगीं—रोज नहलाती-धुलातीं, कपड़े और गहने बदलतीं! छोटे बेटे को चिढ़ हुई तो एक दिन वह गुड़िया का मुण्ड पकड़कर हँसुवे से काटने दौड़ा और ये बेहोश हो गईं!

बात दरअसल यह थी कि बच्चे तब तक लोकल अँगरेजी स्कूलों में पढ़ने लगे थे! देहातिन माँ को 'पेरेण्ट्स मीट' में ले जाते भी इन्हें लाज लगती थी! छोटा कुछ उद्यमी था। उसने संकल्प लिया कि वह माँ को पढ़ाएगा—रोज जो स्कूल से सीखकर आता, माँ को सिखाने की कोशिश करता पर माँ का मन काहे पढ़ाई में लगता, वह जीवन का यह गझिन पाठ पढ़कर आई थी कि :

पढ़तुम तो भी मरतुम ना पढ़तुम तो भी मरतुम
काहे को दाँत खटाखट करतुम।

वह पढ़ाता जाता, ये ध्यान से उसकी आँखों में देखकर सोचतीं कि अहा, कितनी सुन्दर हैं मेरे लाल की आँखें! एक दिन बेचारे ने धीरज खोकर कहा :

'अ माय, तू न पढ़बे!' और बिस्तरे पर हताश पड़ गया!

वे किलकारी मारती हुई भागीं चौके में!

पाककला में भी बेचारी बहुत निपुण तो नहीं रहीं—पकातीं कुछ, पक जाता कुछ। मामा कहते, मामी 'बूझो तो जानें' शृंखला का खाना बनाती हैं, ठीक वैसे ही जैसे मैं बनाता हूँ चित्र तो बन जाता है विचित्र! अपने व्यापारी पिता की इकलौती सन्तान थीं मामी। कलकत्ता में उनके पिता की मलाईबरफ और शीतल पेयों की दूकान थी! दिनभर पिता की गोदी में बैठी हुई या तो मलाईबरफ खातीं या गाहकों से गपशप करतीं! वाणी उनकी सिद्ध थी—इस अर्थ में कि वे हँसोड़ बहुत थीं—रस लेकर बातें करना उन्हें आता था! काफी सरस और मजेदार होते थे उनके बखान! तरह-तरह के किस्सों की डलिया थीं वे और खूबसूरत इतनी कि आज, इस उम्र में भी—वे जहाँ होती थीं—वहाँ प्रकाश फैल जाता था! निश्छलता खुद एक प्रकाश है!...और ये ही प्रकाश कुटिल कामियों में चकाचौंध-सी मचाता!...दुनिया से बचा-बचाकर मामा ने इनको रखा, फिर भी, कहते हैं कि दो-एक बच्चे अवान्तर स्रोतों से इनकी कोख में गिरे! बेचारी को पता ही नहीं चला कि हुआ क्या और जो होना था, हुआ!...लेकिन ये लोगों के मस्तिष्क का फितूर भी हो सकता है! मामा की लाड़ली तो ये अंत तक रहीं—राज-पाट छिना तो बच्चों की शादी के बाद!...और फिर ऐसा छिना कि दो जून खाना मुहाल हो गया। वो ही लड़के जो बचपन में इनकी खातिर रोज शाम को चौराहे से दौड़-दौड़कर फैंटा लाया करते थे, आज इन्हें फैण्टम समझने लगे

थे! कहाँ जा रहे हैं, क्या कर रहे हैं, कब लौटेंगे—कुछ भी इनको बताने की जरूरत नहीं थी! टुकुर-टुकुर ये देखती रहतीं इधर-उधर! देखती-देखती वे उसी गुड़िया में बदल गई थीं जिसका मुण्ड बचपन में बेटा हँसुवे से काटने चला था!...नौकर से भी बातचीत की इजाजत नहीं थी, सब कहते—बुढ़िया पागल है!

लेकिन वे पागल नहीं थीं! जीवन में उन्होंने कुछ बड़े संकल्प भी निबाहे थे जिसका मुआवजा भर रही थीं इस घर-कैद के रूप में! मामाजी की प्रेयसी का भी एक परिवार था जिसके लिए मामाजी की मृत्यु के बाद भी ये पैसे भिजवाती रहीं—बच्चों के लाख विरोध के बावजूद।

इस 'जोगिनिया कोठी' का भला हो कि ऐसी कितनी ही जोगिनियों को एक ठाठ का घर इसने दिया था और दिया था एक सार्थक सामुदायिक जीवन : धीरेन मास्टर, फोरमैन काका, मुन्ना बादशाह, कान्ता बुआ, मिस्टर हॉलिग्सवर्थ वगैरह कितने ऐसे लोग थे जो वृद्धा वेश्याओं और उनके बच्चों के संग रहने और उनको पढ़ाने-लिखाने को तैयार थे—इज्जत की रोटी और सुन्दर-सी कोठरिया के बदले!

सबके जीवन से एक कहानी जुड़ी थी, लेकिन विस्तार में कहाँ तक जाया जाए—फिलहाल तो कथासत्रम् की ही बात करते हैं और ढेला बाई-महेन्दर मिसिर की! खिरकिट्टी पार्वती माय, आधी लेमनचूसें तो बाँटकर ही खतम करता सरदार परचूनिया, खानम बहुरूपिया, दुख्तर हिंजरिन, हर बात पर 'माई नी' कहकर धस्स बैठनेवाली रूपा धोबिनिया, सन्तो रंगरेजन, राजू ठठेरा, लाजो कुम्हारिन, मोनकिया ताँगेवाली, लगातार सिसकारी के साथ गलत-सलत मंत्र पढ़नेवाले सीधे-सरल भोंदू पण्डित जिनको हर दस मिनट पर लगता कि उन पर देवी ही आई हुई हैं—कभी-कभी आकर हमारी महफिल में शामिल हो जाते लेकिन बेचारों को फुर्सत ही कितनी थी!

रोज का बैठका लगानेवालों में हम चार-पाँच ही थे। अब तक जवाब नहीं आया था पर आमंत्रण की एक लम्बी-सी चिट्ठी शीरीन ने त्यागी मामू, खालिद भाई और अब्बू को भी लिखी थी कि जीवन की उपद्रवी निस्सारता से छुट्टी पाने का एक उपाय यह जीवन-शैली भी हो सकती है—पढ़ने-लिखने, सोचने और प्यार करने-भर का ही एकान्त चाहता है मन, बाकी तो समुदाय को ही समर्पित रहना चाहता है! जैसे धरती का तीन-चौथाई पानी है जो बहता है या बहना चाहता है, एक चौथाई ही भूमि है जो दृढ़ रहना चाहती है, कहीं जाना ही नहीं चाहती! धूल बनकर उड़ती है तो उसकी ऊपरी सतह, भीतर भी लगातार कुछ खौलता रहता है पर कुल मिलाकर वह दृढ़ रहती है या रहना चाहती है—योगी के मन की तरह! तब ही वह धारण कर पाती है—इतना सुख-दुख, इतनी लाभ-हानि, जीवन-मृत्यु का अभंग चक्र। साधारण आदमी के मन का एक-चौथाई भी आदर्श तो यही लेकर चलता है—'साधारण' के गर्भ में भी 'धारण' तो है। लेकिन बाकी

तीन-चौथाई साधारण मन का भी जल तत्त्व है जो बहकर दूसरे तक पहुँचना चाहता है, चाहता है गले-गले मिलना और प्यार करना—कम-से-कम उससे जो उस जैसा हो—यानी दूसरे का जल-तत्त्व : 'फूटा कुम्भ जल जलहिं समाना' की एक व्याख्या यह भी हो सकती है!

एक साँस भीतर जाती है पर अगले ही क्षण वह बाहर भी आना चाहती है। जब आदमी की बनावट ही बहिर्मुखी अंतर्मुख के सिद्धान्त से हुई है तो सिर्फ आत्मलीन या बहिर्लीन क्यों होना! क्यों उलझे रहना बस अपनी समस्याओं में! धार की तरह बार-बार लौटना होता है खुद में लेकिन बार-बार अपने बाहर भी निकलना होता है—ईशत्व भी शायद ये ही है।

"इतना हम सबको पता है कि त्यागी मामू, खालिद मियाँ और डॉ. अंसारी में कोई भी तत्त्वतः क्षुद्र और स्वार्थी नहीं है, इनकी आत्मा भी है परिष्कृत आत्मा ही : परोपकारप्रिय और प्रेमी, पर जीवन के कुछ कड़वे अनुभव इन पर एक वल्मीक कवच-सा चढ़ा गए हैं—खुली खिड़कियों और दरवाजोंवाला यह साझा घर और सभी वर्गों, धर्मों, वर्णों, नस्लों का यह बड़ा परिवार इस कवच से बाहर निकलने में इनकी मदद करेगा जरूर! कम-से-कम कुछ वर्षों तक हर आदमी को यह जीवन जरूर जीना चाहिए—बोर्ड परीक्षा के बाद, अवकाश-प्राप्ति के बाद और बीच-बीच में भी जब फुर्सत हो! कमाई का एक अंश इसमें जरूर लगाना चाहिए! हर शहर में चंदा करके एक ऐसा 'ओपेनहाउस' खोला जा सकता है! ये ही हम सबका साझा सपना है!" शीरीन प्रेमादी से बोलीं और प्रेमादी मामी की ओर तिरछी आँखों से देखकर मुस्काईं।

"कम-से-कम आधुनिक घरों की जो हालत है, उसका प्रतिकार तो यही दीखता है!"

और हम लॉन की ओर बढ़ गए! एक बार साथ बैठकर हमें पंडिता रमाबाई वाले रेडियो-रूपक का पारायण भी करना था, सोचना था मिलकर कि इसे एक डॉक्यू-ड्रामा के रूप में कैसे विकसित किया जाए! अगला पूरा हफ्ता इसी में लगाना था!

डाक्यूमेंटरी : पंडिता रमाबाई

दृश्य : 1

आंध्र का गंगामूल आश्रम जिसे बड़ी मुश्किलों से रमाबाई के पिता ने पौराणिक अध्ययन केन्द्र के रूप में विकसित किया है। इन्हें महाराष्ट्र के अपने ब्राह्मण-समाज से जाति-बहिष्कृत किया गया! अपराध? यही कि वे पत्नी को और पुत्रियों को भी शास्त्र पढ़ाते, सुबह-शाम उनसे तरह-तरह के गूढ़ विषयों पर विचार-विमर्श करते देखे गए! 'चौका-चूल्हा भूलकर स्त्रियाँ ज्ञान-विज्ञान में रस लेने लगीं तो सारी दिनचर्या बिगड़ जाएगी!' शास्त्रज्ञों की आपत्ति हुई तो जवाब में शास्त्रों से 300 सन्दर्भ छाँटकर लाए जो स्त्री-शिक्षा का स्पष्ट समर्थन करते थे, पर यथास्थितिवादियों को शास्त्र की यह दूसरी धारा प्रामाणिक लगी ही नहीं। द्वन्द्व हुआ और ये परिवार-समेत गाँव छोड़कर निकल पड़े! देश-देशान्तर भ्रमण करते जब गंगामूल के इस निस्तब्ध तट पर पहुँचे तो एक कुटिया-सी डाल ली!

जिह्वा पर तो सरस्वती का वास था ही! पूरा परिवार विद्या का उपासक! दूर-दूर तक इनकी ओजपूर्ण वाणी और सरस धर्मवार्त्ताओं की चर्चा फैलने लगी... एक आश्रम-सा विकसित हो गया। दूर-दूर से विद्यार्थीगण धर्म की शिक्षा ग्रहण करने आने लगे! इनमें ही एक था सदाव्रत। नन्हीं रमाबाई की वैसे तो इससे पटती थी, पर कभी-कभी झगड़ा भी हो जाता था विशेषकर तब जब रमाबाई को लगता कि पिता उससे ज्यादा ध्यान तो सदाव्रत पर ही दिए जा रहे हैं! अपनी लम्बी चोटी झुलाती, झनर-पटर करती वह कहाँ से कहाँ चली जाती और फिर उसे ढूँढने में सबसे ज्यादा परेशान पिता ही होते! सदाव्रत भी गुरु के पीछे-पीछे झाड़ियों-गुफाओं में देर तक भटकता कि महारानी जाने कहाँ छुपी मिलें।

माता और बड़ी बहन पिता-पुत्र और पट्टशिष्य की यह बाललीला देखकर कभी कुढ़तीं और कभी निहाल हो जातीं, पर चिन्तित कभी नहीं, क्योंकि यह रोज का खेल था! लेकिन उस दिन जब सुबह से रात हो गई और तीनों में से कोई घर नहीं लौटा तो धान कूटते-कूटते रमाबाई की माँ, लक्ष्मीबाई के हाथ रुक गए और बड़ी बेटी, उमा के पति, पोनप्पा को उन्होंने पुकारा! पोनप्पा गोशाला में घूरा तापता बैठा था। वहीं बैठे-बैठे उसने अँगड़ाई ली और अलसाए स्वर में बोला—

"क्या है, माँ? काहे को आसमान सर पर उठाए हो? चैन से रहो! बड़ी सख्तजान है तुम्हारी वह बेटी! उसका कुछ नहीं बिगड़नेवाला! जब भी मरी, सात को मारकर मरेगी!"

"शुभ-शुभ कहो! शुभ कहो! तुम उससे खार खाए बैठे हो इसीलिए न कि वह विद्या-वैभव में तुम सबसे ज्यादा है? एक-दो बार में ही उसे श्लोक याद हो जाते हैं और दुरूह-से-दुरूह प्रसंग का भाष्य वह चुटकियों में कर देती है। क्या कालिदास, क्या भास, क्या वेद, क्या पुराण—सबके मार्मिक प्रसंग उसे कंठस्थ हैं और इन सब मनीषियों की भाषा उसकी भाषा को अपना आँचल उढ़ाए हैं?

"तेजस्विनी है या मानिनी है तो इसमें उसका क्या दोष? क्या ही अच्छा हो कि तुम उससे ईर्ष्या न करके उस पर मान करो जैसे हम सब करते हैं—उसका भाई, उसकी दीदी, उसके पिता और मैं ही नहीं-उसके सारे संगी-साथी, इस आश्रम के कीट-पतंग, पशु-पक्षी, पेड़-पौधे और सागर की ये उच्छल लहरें भी...। किसी-किसी पर प्रकृति ज्यादा कृपालु होती है लेकिन इसे प्रकृति का अन्याय मानकर उस पर कुपित होना बेकार है! जिन पर प्रकृति ज्यादा कृपा करती है, उनको वह पेरती भी बहुत है! जीवन के सामान्य सुख उनके लिए नहीं होते! अमृत की एक बूँद प्यास की पराकाष्ठा पर टपकती है!"

"यही विशिष्टता-बोध तो उसको खाए जा रहा है! एक बित्ते की यह छोकरी बात ऐसे करती है जैसे जगत्माता हो!...वो देखिए, चली आ रही हैं। जगत्माता... या देवी सर्वभूतेषु शक्तिरूपेण संस्थिता नमस्तस्यै नमस्तस्यै नमस्तस्यै नमोनमः!"

(हँसती-खेलती-बालत्रिपुरसुन्दरीस्वरूप पंडिता रमाबाई का प्रवेश)

"क्या हो रहा भ्राता, बिना अनुष्ठान के ही चण्डीपाठ हो रहा है?...वैसे, देवी की आराधना की ख़ातिर अनुष्ठान की औपचारिकता भी क्यों? मुहूर्त्त निश्चित करके कब कोई माँ को पुकारता है?...अब मुझको ही देखो, अब की अभी मैं पुकारूँगी—'ओ माँ, भूख लगी है! उस दिन जो गुड़ निकाला था, गरम-गरम बाखरी पर थोड़ा-सा घी डालकर देना...! शाम को एक जगह पिताजी के साथ मुझको भी तो बोलने जाना है! पाठशाला के आचार्य से मेरी कुछ देर बात हुई और वे बोले 'देवीसूक्त रहस्य' पर क्या जानती हो? जो भी मैंने कहा, वह सुनकर मुझको भी शाम की सभा में बुलाया है'!"

"ऐसा क्या तुम अनूठा बोली होगी! विद्वान की मुँहलगी बेटी होने का लाभ मिलता है तुम्हें। तुम्हारी दीदी, मेरी पत्नी, ऐसी गम्भीर विदुषी है—उसको तो कोई बुलाता नहीं, और कोई बुलाता भी तो वह जाती नहीं...।"

"जाती नहीं कि आप जाने नहीं देते, भ्राता? खुद भी मेहनत से कतराते हैं। दिन-भर लेटे रहते हैं कहीं-न-कहीं-ग्रह-नक्षत्र विचारने से फुर्सत नहीं मिलती! फुर्सत मिलती भी है तो निद्रा-देवी की गोद में गुड़ीमुड़ी होकर पड़ जाते हैं। अलसाए शरीर की बुद्धि भी अलस तो होगी ही न...पर निद्रा भेषज है, यह भी

कैसे भूला जाए! क्या जाने वह आपकी योगनिद्रा ही हो, सन्देह करनेवाली मैं कौन होती हूँ?"

"आफत की पुड़िया होती है और कौन होती है! तेरह बरस की हो गई, पर शिष्टाचार नहीं सीखा! भूले से भी कभी विवाह मत करना, रमाबाई! व्यर्थ कई जीवन नष्ट हो जाएँगे।...अबे छोकरे सदाव्रत, भूले से भी इस चण्डिका का हाथ मत पकड़ना, बर्बाद हो जाएगा।"

(हँसते हुए दोनों चौके की ओर बढ़ गए!)

दृश्य : 2

मदुरै मन्दिर के प्रांगण में कई दिग्गज पण्डित अनन्तशास्त्री डांगे को सुनने आए हैं–शास्त्रार्थ की मुद्रा में! जनसाधारण एकत्र है। अनन्तशास्त्री ने घोषणा की है कि जो भी उन्हें कहना है, उसकी भूमिका आज उनकी दुहिता बाँधेगी ! बचपन से वह उनके साथ सभाओं में जाती रही है, लेकिन यह तो गजब हो गया कि आज वह बोलेगी भी! तेरह बरस की यह बेपर्द लड़की बोलेगी भी तो क्या बोलेगी? बेकार सबका वक्त बर्बाद होगा।' लोग भुनभुना रहे थे कि उठकर खड़ी हो गई और बोलना शुरू किया :

"सभासदों को प्रणाम! 'देवीसूक्त' रहस्य अपने गुरु और पिता, पं. अनन्तशास्त्री से जो कुछ मैंने सीखा-समझा–उसका सार आपके सामने प्रस्तुत करते हुए मेरी यह आत्मा जुड़ाती है! अल्पज्ञ हूँ, यदि कहीं कुछ व्यतिक्रम हुआ तो देवी क्षमा करें और आप भी!"

'देवी शब्द जिस 'दिव' धातु से बना है–क्या उसका अर्थ लगा सकती हो ?' एक बूढ़े वैयाकरण ने उठकर पूछा।

"दिव धातु के अर्थ अनेक हैं–क्रीड़ा, विजिगीशा, व्यवहार, द्युति (महिमा), स्तुति, कान्ति और गति! एक-दूसरे को जीतने की होड़ का नाम विजिगीशा है! बाकी सब तत्त्वों का अर्थ जगतप्रसिद्ध है। ये सब भाव जिस महाभाव में विलीन होते हैं, सब दुख-सुख जिस एक बिन्दु पर केन्द्रीकृत होते हैं–वही बिन्दु है देवी!"

"सुख-दुख क्या हैं?"

"'सु' और 'दुः'–ये दोनों तो विशेषणमात्र हैं और जिसके ये विशेषण बनते हैं, वह है 'ख'! 'ख' आकाश को कहते है। एक महान आकाश और एक दहर (लघु) आकाश! इनमें जो छोटा–दहराकाश है–सारे प्राणियों के हृदय में रहता है। यदि वह सुन्दर है तो सुख है और दूषित है तो दुःख!"

"ऋक् क्या है और साम क्या?"

"संसार की कोई भी वस्तु जहाँ से बननी शुरू होती है, उस आरम्भिक अवस्था का नाम ऋक् है। वह जहाँ तक जाएगी उस सीमा का नाम साम है!

बीच का सारा पदार्थ यजु है! 'यजु' शब्द 'यत' और 'जु'–दो शब्दों के मेल से बना है! 'यत्' का अर्थ गतिशील और 'जु' का स्थितिशील! संसार गति और स्थिति का समतोल है और इसका मूल है अथर्व या पदार्थ! इस पदार्थ में ऊर्जा भी शामिल मानिए! प्रकाश, ऊष्मा, ध्वनि, चुम्बकत्व, जल-ऊर्जा, यांत्रिक ऊर्जा... ऊर्जा के जितने भी रूप हैं : वो ही हैं आद्या शक्ति। देवी वही हैं! यदि कोई नास्तिक हो तो उसको देवी न कहे, ऊर्जा ही कहे–मगर इतना तो उसे मानना होगा कि कुछ है जो अक्षय है, नष्ट नहीं होता, सिर्फ रूप बदल लेता है और उसके बिना जगती का काम नहीं चलनेवाला!"

"सब ऊर्जाओं का स्रोत जिसे मानती हो, उस सूर्यनारायण के साथ छाया की आराधना का क्या किस्सा है? क्यों कहते हैं देवी को 'छायारूपेण संस्थिता? प्रकाश और अँधेरा–दोनों द्वित्वों की आराधना?"

"वैदिक रात्रिसूक्त के अनुसार और बाइबल, कुरआनशरीफ आदि धर्मग्रन्थों के अनुसार भी रात्रि सृष्टि का आदिभाव है! रात्रि माता है, अपनी बड़ी गोद में वह सबको सुलाती है। ऋषिप्राण, पितृप्राण, देवप्राण, असुरप्राण और ज्योतिरूप जीवों का उदय सृष्टि में होता है। ज्ञान की इच्छा ही वह मूल अग्नि है जो सृष्टि में साँसों के सोम के सहारे धधकती है और अपने धधकने की ऊर्जा पाती है सूर्य से।

"छाया को सूर्य की पत्नी कहते हैं। त्वष्टा प्रजापति ने (जो कि देवताओं के अभियन्ता माने जाते थे), अपनी पुत्री, संज्ञा का विवाह सूर्यनारायण से किया था ! उनसे यमराज (मृत्यु) और यमुना (जीवन-धारा)-दो सन्तानें हुई थीं! सारी कहानी प्रतीक-कथा है।

"सूर्यपुराण के अनुसार सूर्य का विग्रह गोलाकार न होकर आड़ा-तिरछा था और सारे शरीर से तेज किरणें निकला करती थीं जो कि पुरुषों से अक्सर निकला करती हैं। संज्ञा या जीव-चेतना उन्हें सह नहीं सकी तो उसने अपना प्रतिबिम्ब छाया के रूप में तैयार किया और संज्ञा से कहा–'तुम तो स्वभाव से इतनी शीतल हो कि इस क्रोधी व्यक्ति का ताप सह ही लोगी, लेकिन सखि, यह बात गुप्त ही रखना कि मैं तुम्हें अपने रूप में बिठाकर सूर्यदेवता के घर छोड़ रही हूँ'।"

"तो दोनों सहेलियों में मंत्रणा हो गई कि जब तक कोई हिंसा पर उतारू नहीं होगा, वह बात गुप्त ही रखेंगी। संज्ञा चुपचाप वहाँ से उठकर पिता के घर चली गई। छाया ने सूर्य से सावरणी, तपती और शनि–तीन सन्तानें उत्पन्न कीं। संज्ञा के बच्चों का भी वह पूरा ध्यान रखती थी पर अपने बच्चे जब गोद में बैठते थे या आकर लिपटते थे तो उसकी आँखें थोड़ी ज्यादा भाव-विह्वल होती थीं। इतना तो स्वाभाविक था। यमराज ने इसे लक्ष्य किया और एक पूर्वग्रह पाल लिया मन में कि माँ हर बात में छोटे भाई-बहनों का ही पक्ष लेती है।

"पूर्वग्रह तो तीसरी आँख है–दोषढूँढन तीसरी आँख! एक बार कौतुकवश छाया ने गरम रोटी बच्चों की थाल में ऐसे उछाली जैसे कि बच्चे कन्दुक का निशाना लगाते हों और यमराज दहाड़कर उठे कि उन्हें रोटी फेंककर दी गई है! जाकर पिता से शिकायत की। क्रोधी व्यक्ति को बात की पुष्टि का धीरज कहाँ, ऊपर से यमराज उनका प्रिय पुत्र था! उन्होंने आव देखा, न ताव--छाया के बाल पकड़कर खींचे! ऐसा अभद्र व्यवहार सहना छाया के लिए सम्भव नहीं था–वह उठी, उसने रहस्य खोला और बच्चों को लेकर अपना अलग संसार बसाया! माँ के अपमान का वह दिन शनिदेव भूल न सके! उन्होंने घोर तपस्या की, पिता के बराबर ही तेज अर्जित किया। पिता के प्रति उनके मन में स्वाभाविक रोष तो था ही, बच्चों समेत घर से निकलते समय छाया से जो अन्तिम बात सूर्यदेवता ने कही थी, वह भी शनिदेव के कानों में हरदम गूँजा करती थी। चलते समय क्रोध में सूर्य छाया से बोले थे, "मुझको तो पहले से ही शक था तुम्हारे चाल-चलन पर, मुझ जैसे अग्निवर्ण, गोरे दप-दप व्यक्ति को शनिदेव-जैसा साँवला बेटा हुआ कहाँ से! अब शायद तुम अपने किसी साँवले-सलोने प्रिय के पास जाती हो तो जाओ, तुम्हें रोकता कौन है!"

रमाबाई कथा पूरी कर भी न पायी थी कि पण्डितों की सभा में हो-हल्ला मच गया :

"छोटा मुँह बड़ी बात! ये कैसी निर्लज्जता है। एक कुमारिका के मुख से ऐसे प्रसंगों की ऐसी खुली चर्चा, वह भी इतने वरिष्ठ विद्वानों के सम्मुख! धिक् है, अनन्तशास्त्री! धिक्कार! अब हमने समझा कि आप क्यों जाति-बहिष्कृत हुए! शील-संकोच भी एक चीज है! मूर्तिभंजन की ऐसी कुचेष्टा, वह भी कन्या द्वारा! देवता का दाम्पत्यकलह सार्वजनिक चर्चा का माध्यम क्यों हो भला? घर की बात घर में रखने का शील तो एक सामान्य नियम है...देवताओं के गृह-कलंक के प्रसंग–वह भी यह दिखाने के लिए कि वे स्त्रियों और श्यामवर्णियों के प्रति असंवेदनशील थे : घोर कुसंस्कार ही मानेंगे इसको!"

चारों तरफ से धिक्कार बरसने लगा तो अनन्तशास्त्री उठे :

"इतनी असहिष्णुता! ऐसी संकीर्णता! वाणी के वर्चस्व की साधना व्यर्थ है यदि स्त्रियों और अन्य अनादृत समूहों को बोलने की भी स्वाधीनता न हो! वाणी की अधिष्ठात्री देवी स्वयं भी तो स्त्री-काया में हैं।

"और मूर्तिभंजन की बात जहाँ तक है, देवता भी मानवीय मूल्यों के ही वाहक हैं! सिर्फ देवता हमको गढ़ते हों ऐसी तो बात नहीं है। हम भी गढ़ते हैं देवों को सिर्फ उनकी मूर्तियाँ नहीं, उनकी कथाओं के व्यतिक्रम और भिन्न-भिन्न संस्करण हम गढ़ते हैं! तभी तो कहते हैं–'जाकी रही भावना जैसी, प्रभु मूरत देखी तिन तैसी!' कभी-कभी ये भी होता है कि देवता हमारी विकृतियाँ मंचित करते है–इस उद्देश्य से कि हम समझ सकें इन विकृतियों से पीछा छूटा रहे तो

ही अच्छा! हो सकता है कि सूर्यनारायण का पत्नी पर हाथ उठाना या उन पर शक करना आपको आईना दिखलाने की खातिर गढ़ा गया हो ताकि आप समझ सकें कि जब देवताओं के श्वेत भाल पर ऐसे प्रसंग कलंक बन उभरते हैं तो जो मानव ऐसे काम करता होगा, कैसा राक्षस दीखता होगा!

"अब प्रतीक-चर्चा ज़रा सुनिए : 'क्षुधा-रूपेण संस्थिता' के अनन्तर 'छाया रूपेण संस्थिता' की बात आती है! क्षुधा निवृत्ति के लिए अन्न ग्रहण करने के बाद प्राणी-मात्र की एक नयी छाया (शक्ति) खड़ी हो जाती है। क्षुधावस्था में जो अपने-आपमें सामर्थ्य का अभाव अनुभव कर रहा था, भोजन के अनन्तर पूर्ण समर्थ अनुभव करता है। यही सामर्थ्य छाया है।

"दिन-रात में मनुष्य की कई छायाएँ बनती हैं! सद्कार्यों की छाया, दुष्ट कृतियों की छाया भी। समाज में अपनी असलियत छुपाता हुआ अलग-अलग लोगों से मनुष्य अलग-अलग रूपों में मिलता है। ये अलग-अलग रूप ही उसकी अलग-अलग छायाएँ हैं। उसकी अपनी वास्तविकता या संज्ञा सूर्य-पत्नी संज्ञा की तरह सर्वदा लुप्त रहती है। सूर्य की पत्नी इसे इसलिए कहते हैं कि प्रखर धूप में कोई प्राणी जो खड़ा हो जाए तो अपनी छाया से कभी शून्य नहीं रह पाता और सूर्य की स्थिति के साथ ही वह छाया छोटी-बड़ी होती जाती है।

"प्रिय से प्रिय व्यक्ति से भी हम छाया—रूप में ही मिलते हैं, असली संज्ञा या पहचान शायद ही सामने आ पाती है। छाया-जीवन में ही चलते हुए हम जीवन की अन्तिम अवस्था तक जा पहुँचते हैं। यदि विद्या का संचरण जीवन में हो रहा हो तो सबल प्रेम, करुणा आदि सात्विक भावों की छाया में जीवन चलता है, अन्यथा क्रूर भावों की छाया में। और जीवन के पार भी उन्हीं क्रूर भावों की छाया बनी रहती है। इन भावों के अनुकूल ही हम दूसरा-तीसरा जीवन भी पाते चले जाते हैं—धीरे-धीरे किसी तप से, कृपा से या सद्कर्म से इन संस्कारों का रूप बदलता है, लेकिन विरले ही! साधारणतः तो 'करम-गति टारै नाहिं टरै।'

"इस तरह जो छाया-शक्ति सम्पूर्ण जगत् में व्याप्त हो रही है, अनिवार्य तथा उल्लेखनीय है।

"शक्ति' का धातुविचार भी समझिए—सारी दुनिया जिस शक्ति-लाभ के पीछे पागल है, वह शक्ति है क्या! 'श' का अर्थ है 'ऐश्वर्य' और 'क्ति' का पराक्रम! पराक्रम द्वारा ही अष्टविध ऐश्वर्य (अणिमा, महिमा, गरिमा, लघिमा, प्राप्ति, प्राकाम्य, ईशित्व और शशित्व) की सिद्धि सम्भव है।

"योगमार्ग में ब्रह्मरंध्रगत चन्द्रमण्डल द्वारा सुरा ग्रहण की जाती है जिसे तंत्रमार्गियों ने मदिरा से जोड़ रखा है! अपनी ही कुक्षि में रहनेवाले पाप—पुरुष का मांस लिया जाता है—भस्मीकरण के लिए वह कोई सचमुच का मांसाहार नहीं। कुण्डलिनी शक्ति के साथ विहार साधारण मैथुन से नहीं लगाना चाहिए।

"विद्या-अविद्या दोनों ही भगवती के रूप हैं! अविद्या द्वारा मोहग्रस्त कर संसार-चक्र चलाते रहना और विद्या द्वारा उसे उच्छिन्न कर स्वात्म-भाव में प्रतिष्ठित करना--ऐसे कि सारी वसुधा कुटुम्ब हो जाए--देवी की ही माया है!"

"ये अमूर्तन छोड़िए, अनन्तशास्त्री, आप तो खुद को विद्या का ही साधक कहते हैं, फिर अविद्या के वशीभूत होकर गैर-ब्राह्मणों को अपने आश्रम का अन्तेवासी क्यों बना रखा है!...वह नीच जाति का अनाथ बालक, सदाव्रत, वह तो जैसे आपका पट्टशिष्य है और सुनने में आता है कि अपनी इस छोटी दुहिता का विवाह उससे करने की आपकी इच्छा भी बलवती हुई जाती है?" एक और चुटियाधारी अग्नि-सा धधककर बोले।

"पहली बात तो यह कि बाल-विवाह का मैं विरोध करता हूँ, इसलिए अभी कुछ वर्ष अपनी बच्ची के विवाह की सोचता भी नहीं! जिसे आप नीच जाति का अनाथ बालक कह रहे हैं, उसकी मेधा कई दिग्गजों से बढ़कर है! अभी तो वह मेरी बच्ची के खेल का साथी है, साथ बिठाकर पढ़ाता भी हूँ दोनों को... अभी तो प्रेम जैसी किसी दुरूह भावना से इनका कोई साक्षात्कार दीखता नहीं, लेकिन आगे चलकर इस तरह का कोई भाव इनके मन में उदित हुआ और इसने रमा का हाथ माँगा तो मुझ-सा सौभाग्यवान पिता भला और कौन होगा! अस्तेय, अपरिग्रह, सत्य और मेधा--हर तरह के शील से पूर्ण ऐसा जामाता जो किसी को घर बैठे मिले तो इससे अच्छा क्या है?

"जाति शब्द का दायरा बहुत बड़ा है! जन्म के अनुसार जो जीवन-सत्ता प्राप्त होती है, व्यवहार में वही जाति कहलाने लगी है। वैदिक आचारों की आप बात करते हैं तो उनके ही साक्ष्य से कहता हूँ। वेद में सर्वप्रथम मणिजा नाम की जाति का उल्लेख मिलता है जिसके चार विभाग थे--साध्य, महारात्रिक, आमास्वर और तुषित! सृष्टि विभाग के अनुसार इनके आधारभूत ब्रह्मवीर्य, क्षत्रवीर्य, विड्वीर्य और शूद्रवीर्य हैं। देवताओं में भी यह जातिक्रम माना गया है लेकिन यहाँ यह जाति स्वभावमूलक है।

"ब्रह्मवीर्य में अग्नि की प्रधानता होती है। देवताओं में बृहस्पति, सविता और सरस्वती ब्राह्मण हैं। क्षत्रवीर्य यानी भूतत्त्व प्रधान हैं यम, इन्द्र, ईशान और कुछ रुद्र जो शासन विभाग में थे। विड्वीर्य प्रधान वैश्य देवता हैं विश्वदेव, वसु और कुछ रुद्र! देववर्ग में चौथा वर्ग शूद्र वर्ग का माना जाता है। लेकिन शूद्र किसी तरह हीन नहीं! तुलसी के पात--कौन बड़े, कौन छोटे! दैनन्दिन कार्य बिना साधे विशिष्ट कार्य असम्भव हैं! दैनन्दिन कार्यों के अधिकारी चाहे देवता हों या मनुष्य--और अधिक आराधना के अधिकारी हैं। धरती पर शुचिता है तो उनके ही चलते, सन्देश इधर से उधर जाते हैं--उनके ही चलते! धरती का जल तत्त्व है तो यही है। बहना इनका धर्म है! मरुत, वरुणादि इसी वर्ग के देवता हैं!...और सबसे बड़ी बात कि जाति कोई खूँटा नहीं कि एक बार जहाँ टँगे, टँगे रह गए! किसी क्यारी में बीज पड़े, गेहूँ की क्यारी में ही सही--गुलाब गुलाब ही रहेगा और

गुलाब को यदि पसन्द नहीं है गुलाब बनकर एक गमले में सजे रहना तो वह गुलकन्द बनकर गेहूँ की प्रजाति में भी शामिल हो सकता है! जो पढ़ते हैं–ब्राह्मण हैं, राजकाज जो सँभालते हैं–वे क्षत्रिय हैं, वाणिज्य-व्यापार में रुचि रखनेवाले वैश्य हैं और सेवा-सुश्रूषा में रुचि रखनेवाले महत्प्राण योगी हैं शूद्र ! जाति का सम्बन्ध व्यवसाय के चुनाव से है–ऊँच-नीच का ठप्पा इस पर पोंगे पण्डितों ने लगाया है जिनका मैं हरदम विरोधी रहा हूँ।"

"आपकी बड़ी बेटी जिससे ब्याही है–वह तो महाब्राह्मण है-कर्मकाण्डों में निष्णात–वह आपको पोंगापण्डित नहीं दीखता?" किसी ने पीछे से कटाक्ष किया और अनन्तशास्त्री मुस्कुराकर बैठ गए! यह उनकी दुखती रग पर प्रहार था। इस जनपद में सबको पता था कि अनन्तशास्त्री का दामाद, पोनप्पा दाण्डेकर, बस नाम का ब्राह्मण है। है तो ज्योतिष और कर्मकाण्ड का दिग्गज आचार्य, ब्राह्मणों के बड़े कुल का भी है किन्तु आचार? लज्जादेवी उसकी ओर अभिमुख ही नहीं होतीं! निमित्त भाव का उसमें कोई विचार नहीं है। समाज जिसको बुरा काम कहता है, वे सब काम उसकी नजर में उच्चाशय आत्माओं के मनोविनोद हैं–मदिर द्रव्यों का सेवन, द्यूतादि की प्रवृत्ति, भक्ष्याभक्ष्य का विचार न कर सबकुछ खा लेने की प्रवृत्ति, सुन्दरी-सेवन! जनसाधारण की खातिर वर्जित, लेकिन विशिष्टों की खातिर मुक्तिदायक, ऐसा वह मानता है!...इधर-उधर घूमता हुआ यजमानों से पैसे ऐंठना और रात-दिन ससुर की समूची सम्पत्ति हड़पने की योजनाएँ बनाना–उसके प्रमुख कार्य हैं! हर किसी को यही तर्क देता है कि सम्पत्ति का प्रबन्धन ससुरजी से तो होता नहीं। आश्रम के द्वार हरदम सबकी खातिर खुले रहते हैं, जो चाहे–जब आकर खा जाए, रह जाए...खुद तो थोड़ी ही सम्पत्ति लेकर गाँव से निकले थे, बाकी सब गाँववालों ने दान में दी, सार्वजनिक सम्पत्ति का ऐसा निकृष्ट प्रबन्धन–कैसे उचित है भला : गाँववालों को भी भड़काता था!

कुछ लोगों का यह भी मानना था कि गाँव के पटवारी से मिलकर पोनप्पा ने सारी सम्पत्ति अपने नाम करवा भी ली है और कुछ ऐसा समाँ बँधा है कि अनन्तशास्त्री फिर से सड़क पर आ जाएँगे–दर-दर भटकने के दिन फिर से आ ही गए समझो!

दृश्य : 3

रमाबाई की दीदी कृष्णा बीमार है। पति के अनाचार से शर्मिन्दा स्त्री! बच्चे पर बच्चे हुए जाते हैं। स्त्री-काया की यह दुर्गति रमाबाई को परेशान रखती है। दिन-भर घर की चाकरी और खब्ती पति की मार-डाँट, रात को फिर उसके साथ सोने की मजबूरी और सोने का नतीजा ये गोदी के लालने–गद पर गद! बाकी का सारा जीवन चकल्लस, खिदमत और अम्मागीरी की बड़ी कैद!

रमाबाई ऐसे घनचक्करों से बहुत खार खाती है। किससे करे सवाल? पिता भी कुछ अन्यमनस्क रहते हैं। क्या जाने क्या-क्या सोचते हुए! दामाद से या किसी से कोर्ट-कचहरी करना उनको नहीं रुचता! आश्रम किसी की जागीर नहीं, सब एक ट्रस्ट को सुपुर्द कर वे फिर से पर्यटन पर निकल जाएँगे! रमता जोगी, बहता पानी! जगह-जगह रुककर कथा-कीर्तन करेंगे। जितना मिलेगा–शाम को मिलकर खा लेंगे। फिर निकल जाएँगे आगे! यह घुमक्कड़ी रमा और उसके भाई के चित्त-विस्तार के लिए जरूरी होगी! चारदीवारी में बँधा हुआ व्यक्ति जीवन को कितना समझ सकता है! अगर किसी दिन खाना नहीं मिला तो भी क्या!... तरह-तरह के संकल्प-विकल्प पत्नी से चलते रहते।

इधर माता-पिता के बीच खुसर-फुसर, उधर दीदी-जीजा में लगातार तनातनी रमाबाई का मन आश्रम में लगता ही नहीं! सदाव्रत की उँगली पकड़े वह आश्रम के बाहर गाँव तक या जंगलों तक निकल आती।

उस दिन तो गजब हो गया! घूमते-घूमते दोनों गाँव के सीवान तक पहुँचे! वहाँ बड़ी भीड़ इकट्ठा थी! एक शव पर नौ मन लकड़ियाँ धरी थीं और उस पर सती होने को बैठी थी रमा से दो-एक साल बड़ी एक लड़की जिसकी अभी साल-भर पहले ही शादी हुई थी! नौ महीने तक उसका दूल्हा रंगून ही रहा, जब लौटा तो तपेदिक का मरीज होकर और अब मर ही गया! इतना नन्हा-सा दाम्पत्य और अब उसके संग राख हो जाने की तैयारी! याद है रमाबाई को, शादी के दिन चम्पा काफी खुश थी। जिन्दगी में पहली दफा साफ-चकाचक कपड़े और गहने भी मिले थे! इतनी सुबह से ही सज-धजकर बैठ गई थी, बैठी क्या थी, उछलती-फिरती रही थी–ऐसे कि शाम को जब बारात आने को हुई, वह थककर चूर हो गई–"कहा, अब मेरा शौक पूरा हो गया! सब गहने-कपड़े उतारो, माँ! घर की साड़ी पहनाकर मुझको सुला दो!"...बाद में जब इतनी कड़क मूँछोंवाला दूल्हा खिड़की से देख लिया तो एकदम से छिप गई सखियों की गोदी में। जोर से डर लग गया! कितना मरखण्ड लग रहा था! क्या जाने कितना डाँटेगा।...दस-बारह दिन रहकर वापस रंगून गया तो चैन की साँस ली! और लो, फिर धमक गया! चुटकी बजाते मर भी गया!...अब उसकी खातिर सती होना भी जरूरी था! बलि के बकरे की भाँति सजा-धजाकर, गेंदे की लम्बी माला पहनाकर वह चिता पर बिठाई गई थी ! लोग जयकारे कर रहे थे कि रमाबाई वहाँ पहुँची और क्या जाने क्या मन में आया कि आव देखा न ताव, लोग हा-हा करते रह गए और वह उसे खींचकर चिता से उतारने लगी–

"क्यों होगी वह सती, वह जीवित होता तो इसकी खातिर सता होता क्या!"

बहुत मुश्किलों से सदाव्रत उसे खींचकर मार-पीट पर उतारू भीड़ से बाहर लाया! वह तो खैर कहिए कि पिछले बरस उसकी मसें भींगी तो कद भी अचानक

रमाबाई से काफी ऊँचा निकल आया, वरना मछली की तरह छटर-पटर करती रमाबाई को गोद में उठाकर आश्रम तक लिए आना इतना आसान नहीं था।

गोद से नीचे उतारने का मतलब था–उसे भीड़ के हवाले करना और उठाकर वहाँ से उसे ले जाने का मतलब और तरह की फब्तियाँ सहना! रमा के लिए कुछ भी सहना उसको मंजूर था,...उसकी छटर-पटर जब थोड़ी शान्त हुई–सदा को अपनी ही देह के भीतर समुन्दर हहाता महसूस हुआ! जंगल के रास्ते आश्रम जाते हुए एक बार तो मन हुआ कि रमा से कहे, अब तुम पैदल चलो, पर मारे आवेग के रमा तो सिसकने लगी थी, सिसकती-सिसकती वह उसकी छाती में मुँह गाड़कर जाने कब सो गई! एक बार महुआ के नीचे से गुज़रते हुए चींटा समेत एक फूल टप् से उसके ओठों पर टपका! नींद में भी ओठ फफक ही रहे थे! फूँक मारने से फूल हटा नहीं तो सदाव्रत ने उसका सोया शरीर अपने गाल तक उठाकर गाल से ही फूल हटा देने की कोशिश की। तब जाकर पता चला कि रमा का तो पूरा शरीर बुखार में तप रहा था! वहीं घबराकर बैठ गया!

थोड़ी दूर पर अहुरी-बहुरी नदी बह रही थी : धरती की पहली अकुलाहट-सी, अकुलाहट जो बारिश की पहली झीसी से पैदा हुई होगी, झीसी जिसे धरती की अपनी ही उत्तप्त साँसों का रिमझिम प्रत्युत्तर कहना चाहिए! कितनी सारी झीसियाँ मिलकर एक नदी की उमगन बनती हैं! पहले तो एक हिमशिला ही पिघलती है, फिर उस कसमसाती हुई धारा में कई झीसियाँ मंद्र कँपकँपाहट-सी बहती चली जाती हैं!

नदी के किनारे की एक शिला पर एक गिलहरी गर्दन घुमाती इधर-उधर देख रही थी मानो जंगल ने गुप्तचरी उसको ही सौंपी हो! कुछ दूर पर एक खरगोश अपना बिल खोद रहा था–हरी घास का एक तिनका उसके खुर में फँसा था–सदाव्रत की उस पर दृष्टि गई : 'अरे, यह तो वही बूटी है जिसका रस निचोड़कर गुरुमाता ने पिछले शरद उसका बुखार उतारा था! पास जाने पर खरगोश बूटी लिए-दिए भाग सकता था...रमा को उतरती साँझ में ऐसे बेहोश छोड़ दूर कहीं जाना भी सम्भव नहीं होता!...असमंजस में वह खड़ा ही था कि पानी के छींटे दे या बूटी ही ढूँढे इस घास में कि रमाबाई स्वप्न में कुनमुनाई और उसका सिर शिला की टेक छोड़ हवा में ऐसे झूल गया जैसे कि डाली पर पककर सुनहरा हुआ ललछौंह बिम्बफल–तितलियों की मीठी-महीन चुम्मियों से सिहरता हुआ!...एकदम से उसकी बाँह फड़की, बढ़ी-झुकी, झुकी-बढ़ी...फिर उसको और कुछ नहीं सूझा तो अपनी तलहथियों का एक दोना बनाकर बिम्बफल की एक जागृत-सी पीठिका बना दी–टिके रहो आराम से! आराम...! लेकिन यह बेचैनी कैसी? खरगोश अब तक तो बाहर ही अपना बिल खोद रहा था, भीतर की मिट्टी क्यों ऐसी भुरभुरी हुई जाती है? जगह-जगह कुछ अदृश्य-से लोटन कबूतर पंख फुलाए बैठे थे : बाहर और मांसपेशियों में भी!

रमाबाई के होंठ फट गए थे! शिशिर की शुरुआत में उसने अक्सर देखा था—एक झीना-सा कवच उसके होंठों पर ही नहीं, उसके समूचे वजूद पर काबिज हो जाता है जैसे धरती पर कोहरा! इस कोहरे के भीतर से वह रहस्यमयी दीखती : ...कुछ देर अपलक ही देखता रहा उसको! उसको क्या स्वप्न आ रहे होंगे—सोचता रहा! गुरु कहते हैं कि जब जीवन को सपना समझने की कला साध लेता है आदमी, नींद के सपने गूढ़ाक्षरों की तरह खुलते हैं...! सपने का सपना—कितना महीन और सुन्दर—और कितना सार्थक भी। थरथराती उँगलियों से होंठ छूकर देखना चाहा कि पपड़ियों की कुक्षि के भीतर अगाध रस का जो छोटा, गुलाबी-सा सोता सोया है—अस्फुट शब्दों में वह कह क्या रहा है! फिर अचानक रमा कुनमुनाई! उसका सिर वापस शिला से टिकाकर अंजलि में पानी लाया सदाव्रत। अब उसका अपना सर भी जैसे चकरा रहा था। अज्ञात भय से छाती फूली जाती थी!

जल्दी-जल्दी वह सब सधे-अनसधे मंत्र पढ़ने लगा और गोद में रमा को लिए-दिए जब आश्रम के अहाते तक पहुँचा, मुस्कान में नीली फुफकार भरे हुए पोनप्पा और गाँव के उसके कुछ मनचले साथी रास्ता रोककर खड़े हो गए : 'क्या रे, कैसा रहा वन-विहार?' उसके बाद तरह-तरह के अश्लील छींटे झेलते हुए पहली बार सदा ने जीवन का यह रहस्य समझा कि समाज एक ऐसा कटखना बाप है जिसे किसी की भलमनसाहत पर जल्दी भरोसा नहीं होता। संयम की कोमल लता को धीरज का कड़ा तना अवलंब के रूप में अँकवारना ही पड़ता है! इन कड़े सवालों का उत्तर समय देगा!

दृश्य : 4

नगर-नगर, डगर-डगर बढ़े जा रहे हैं अनन्तशास्त्री! पत्नी और दोनों छोटे बच्चे तो साथ हैं ही, कमण्डल ढोता हुआ सदाव्रत भी साथ निकल आया है! अच्छी रससिद्ध यात्रा है! मन्दिरों में पड़ाव होता है, तरह-तरह की धर्मचर्चाएँ होती हैं, तर्क-वितर्क होते हैं!

तीनों बच्चों में वैसे तो घना प्रेम है पर कभी-कभी वे उलझ भी जाते हैं और माता-पिता को बीच-बचाव करना होता है! अनन्तशास्त्री स्वभाव के विनोदी हैं, हँसी-खेल में भी वे पत्नी-बच्चों से तत्त्वचर्चा करते रहते हैं! कभी खाना मिलता है, कभी नहीं मिलता! ज्ञान ही घुट्टी में पिला-पिलाकर तन्दुरुस्त कर रहे हैं सबको!

"अरे-अरे शान्त रहो, देखो—आनन्द की दो विधाएँ हैं—समृद्धयानन्द और शान्तानन्द! समृद्धयानन्द की समाप्ति भी शान्तानन्द में होती है। समृद्धि का अर्थ केवल धन-धान्य नहीं है! उसमें ऐश्वर्य रूप आठ सिद्धियाँ शामिल हैं! कमाल तब

है जब आठ सिद्धियों के बावजूद आप शान्त बने रहें और सारी गीता समझाकर भी 'यथेच्छसि तथा कुरु' कहकर तटस्थ हो जाएँ!

"कार्य सुचारु रूप से चले--इसके लिए शान्तचित्त होना जरूरी है। भीतरी शान्ति काम-क्रोध, राग-द्वेष ठीक से पचा लेने या सिद्ध कर लेने पर आती है और यह युवावस्था में ही सिद्ध हो तो बात बने। वृद्धावस्था में जबकि शरीर की सब धातु क्षीण हो जाएँ, कोई आदमी यह कहे कि भाई, सब वृत्तियाँ शान्त हो चुकीं तो लोग हँसेंगे ही--

'धातु पृक्षीयमाणेषु शमः कस्य जायते!
प्रथमेवयसियः शान्तः स शान्त इति मे मति!"

"लेकिन गुरुवर, इस समय देश के युवक एकदम शान्त बैठ जाएँ तो अँगरेजों की मारपीट या लूटपाट कैसे रुके? हमारे यहाँ तो शास्त्रों के साथ शस्त्रों की भी पूजा होती रही है! दुर्गा, काली आदि शक्तियाँ भी दुष्टदलन की खातिर अस्त्र उठाती रही हैं..."

"युद्ध में तो, सदाव्रत, चित्त शान्त रखने की आवश्यकता और अधिक होती है! अर्जुन का उदाहरण सामने है! शान्तचित्त होने का मतलब शान्त बैठ जाना नहीं है। मधुर आचार और व्यवहार, न्याय-भाव में श्रद्धा और प्रशान्त लक्ष्य-भेद--अच्छे योद्धा की निशानियाँ यही हैं!"

"कामनाओं से मुक्ति की कामना भी तो कामना ही है...!"

"सिर्फ अपने उदय और अपने आनन्द की कामना क्षुद्र कामना है और अगर मुक्ति चाहिए तो इस वृत्ति से ही! आस-पास सबकी, खासकर दुनिया के पीड़ित जनों के उदय की कामना से मुक्ति अपेक्षित नहीं! 'सर्वे भवन्तु सुखिनः सर्वे सन्तु निरामयः'--कामना हो तो ये हो।

"बृहत् कामना में तो सृष्टि के बीज हैं! उससे मुक्ति कैसी!

"व्याकरण के परमाचार्य पाणिनी, कान्ति को इच्छापरक ही मानते हैं। 'कामना' और 'कान्ति'--दोनों में 'कम' धातु ही है। 'एकोऽहं बहुस्यमि'--अव्यय पुरुष की इस प्रथम कामना में ही सृष्टि के सूत्र पड़े। यही कामना भू से लेकर सत्यलोकपर्यन्त सात व्यादृतियों में फैल गई!"

"व्यादृति क्या, महोदय?"

"व्यादृति का तात्पर्य जीव का भ्रमण स्थान है। ये सातों व्यादृतियाँ आपस में जुड़ी हुई हैं, जैसे आइनोस्फियर, स्ट्रैटॉस्फियर वगैरह, इसीलिए 'गो' लोक के अधिष्ठाता अव्यय पुरुष की कामना के साथ ही सारे जगत् की कामना जुड़ी रहती है। जब तक शिशु का अन्न से सम्बन्ध नहीं होता--यह जगी रहती है, तत्पश्चात् त्रिगुण के अधीन होकर कहीं तामसिक, कहीं राजस, कहीं सात्विक बनकर खिलती है। राजस और तामस की प्रधानता होने पर जीव विप्लव भाव में पड़ जाता है, उस समय राष्ट्र के सारे विप्लव राजस-तामस भावना पर प्रसार पा जाते हैं...!"

"ये सब तो ठीक है, पिताजी, पर भूख क्यों लगती है? लगती है तो इतनी जोर से क्यों लगती है? हाथ-पाँव ऐंठने क्यों लगते हैं, दिल भी जैसे डूबता जान पड़ता है, इन्द्रियाँ जैसे कि काम ही नहीं करतीं—आप जो कह रहे हैं, बहुत अच्छा है, पर ठीक से कुछ सुनायी नहीं दे रहा!"

लक्ष्मीबाई अपने बेटे श्रीधर की इस बात पर और जल्दी-जल्दी इमली के बीज़ों का आटा लगीं गूँथने।...भीख माँगना इनके सिद्धान्त के प्रतिकूल पड़ता था! कथा-कीर्तन में जितना भी अन्न किसी ने दिया—अपनी इच्छा से दिया।

रमाबाई मन-ही-मन सब नोट करती जाती थी! एक दिन पोखर में पाँव लटकाए हुए जब वे बैठे थे, कोई भक्तिन बहुत-सा प्रसाद उन्हें थमा गई। भूख से उस वक्त रमाबाई और सदाव्रत की भी अँतड़ियाँ ऐंठ रही थीं, पर इनके स्वाभिमान की ऐंठ अँतड़ियों की ऐंठ से कमतर नहीं थी, इसलिए बच्चे होकर भी ये उमगे नहीं, कोई लालच नहीं दिखाया! पर जब वह भली औरत चली गई, एक लड्डू सदाव्रत के कुम्हलाए हुए मुँह में डालकर दूसरा भाई के दाँतों में फँसाती हुई रमाबाई बोली—

"स्त्रियाँ कभी भी खाली हाथ कथा-कीर्तन सुनने नहीं आतीं! उन्हें हमेशा इसकी चिन्ता रहती है कि कीर्तनकार और कथाकार खुद कुछ माँगेंगे नहीं, लोग कुछ खुद नहीं देंगे तो इनका परिवार कैसे पुसेगा!...आदमी आते हैं, मन्दिर का घण्टा डुलाकर नमस्कार करते हैं और चल देते हैं काम पर!...धर्म के नाम पर स्त्रियाँ ही निराश्रितों को कुछ देती हैं और धर्म है कि स्त्रियों को कुछ समझता नहीं, धर्म की राह पर इनको बाधा मानता है! धर्मग्रन्थ पढ़ने की भी सुविधा उनको नहीं देता!...और तुर्रा उस पर यह कि विद्या की देवी हो या धन की देवी, साहस की मूर्ति या षोड्स कलाओं की अधिष्ठात्री देवी श्रीविद्या—सबकी संकल्पना स्त्री-काया में हुई है।"

"रमा, एक बात उस दिन समझ में नहीं आई। सूक्त में उस दिन पिताजी 'अलक्ष्मीनशियाम्ह्म्' क्या कह रहे थे? किस अलक्ष्मी के विनाश की बात हो रही थी?...अपने शास्त्रों में सारे प्रतीक जटा-जूट की तरह आपस में उलझे हुए हैं! कभी-कभी अर्थ नहीं लगता। तुझसे ही पूछता हूँ कि तू बड़ी लालबुझक्कड़ है!"

पता नहीं, किस बात पर आज सदाव्रत काफी खोया-खोया-सा दीख रहा था! इन दिनों रमाबाई देखतीं, वह रहते-रहते अक्सर उदास हो जाता! छुटपन में तो वह उसे थोड़ा झकझोर भी देती थीं, पर तेरह-चौदह बरस की उम्र इतनी कम भी नहीं होती कि बालसखा को भी निर्द्वन्द्व गुदगुदा दिया जाए! पता नहीं, एक कैसा-क्या दोनों के रक्त में कमल की तरह धीरे-धीरे खिल रहा था! अवचेतन में कहीं उसकी खुशबू थी, पर वह समझ में नहीं आता था कि इसका किया क्या जाए!

उसकी अन्यमनस्कता तोड़ने के लिहाज से रमाबाई ने यह प्रश्न सदाव्रत की ओर मोड़ दिया—"श्रीविद्या का ये ही साधक है! इससे पूछा जाए...।"

सूखे ओठों पर हल्की-सी मुस्कान तैरी। मुँह का लड्डू अभी घुला नहीं था, जूठे मुँह शास्त्र-चर्चा कैसे होती! हाथ से उसने इशारा किया। लड्डू खाने में उसे हरदम इतनी ही देर लगती है। गाल में एक ओर पान की तरह दबा लेता है और जीभ से एक-एक दाना निखुर-निखुर, चूस-चूसकर खाता है।

घूरे पर पड़ा हुआ सदाव्रत मुरुगन अप्पा को मिला था। सतमासा बच्चा! किसी तरह अप्पा ने उसको पाल तो दिया, पर अँगरेज कमिश्नरानी जब तबादले पर अपने मुल्क लौटीं, मुरुगन को साथ चलने का प्रस्ताव मिला–क्रिस्तान बनने और गोरी-चिट्टी क्रिस्तान मेम से शादी करने का प्रलोभन भी–वे रुक न सके! कमिश्नरानी मेमसाहब का 'पर्सनल कुक' होकर ब्रिटेन चला जाना–इससे बढ़िया पदोन्नति क्या हो सकती थी! थोड़ा-सा द्वन्द्व हुआ सदाव्रत को लेकर, लेकिन जब अनन्तशास्त्री से भेंट हुई और लगा, यहाँ बच्चा सुरक्षित रहेगा, और इसकी चकाचक-सी बुद्धि और अधिक दमकेगी यहाँ–चैन की साँस भरी और सदा को एक ओर ले जाकर बोले–

"फिक्र नहीं करना, जल्दी ही तुमको बुलवा भेजूँगा! तुमसे मेरा रिश्ता खास है! मेरे सूने और सबसे उदास दिनों के तुम साथी रहे! जचगी में ही मेरी पत्नी के प्राण छूटे थे! उसको ही फूँककर लौट रहा था जब तुम घूरे पर केहाँ-केहाँ करते हुए मिल गए थे और नियति का संकेत भाँप मैं तुम्हें घर उठा लाया था।

"शिक्षक कहते हैं, तुम्हारी स्मृति अद्भुत है! तुम्हें पढ़ाना जरूरी है! अभी तुम्हें यहीं छोड़कर जा रहा हूँ! विलायत में मेरे पैर जम गए तो ईश्वर की दया से तुम वहीं पढ़ोगे!"

आश्रम छूटने लगा तो सदाव्रत को अप्पा बहुत याद आए! अब वे उसे कहाँ ढूँढ पाएँगे! रमता जोगी, बहता पानी! हाँ, कभी कोई ठौर मिला तो उन्हें चिट्ठी लिख देगा, कहाँ है, कैसा है! दबी-मुड़ी एक पर्ची में पालक पिता का पता था! यह पर्ची उसकी नन्हीं धोती के फेंटे में हरदम पड़ी रहती! नहाने जाता तो रमाबाई को पकड़ा जाता! वह एकटक उसे देखती हुई सोचती–

'चत्वारि वाक्परिमिता पदानि।
तानि विदुर्ब्राह्मणाये मनीषिणः।
गुहायां त्रीणि निहिता नेऽयन्ति
तुरीयं वाचो मनुष्या वदन्ति।'

सोचती कि कितना सच कहा है! असल बात तो आदमी कभी बोल ही नहीं पाता। परिसीमित शरीर में वाणी के चार स्थान हैं! वाणी के तीन भाव गुफा में छुपे रहते है, उनमें किसी प्रकार की चेष्टा नहीं होती, कम्पन नहीं होता। चौथा जो स्वरूप है–वही मनुष्य बोलता है! पर मर्म तो छिपा हुआ होता है परा, पश्यंती और मध्यमा में। परा परब्रह्मस्वरूपिणी है, पश्यंती का ज्ञान बस योगियों को होता है, मध्यमा मानसी वाणी कहलाती है और तुरीय वाणी बैखरी! परा वाणी से ब्रह्मा

रुद्र, वसु, आदित्य आदि में संचरण भरते हैं। यदि मेरी पश्यंती भी सध गई तो एक बार मैं भीतर-भीतर ही जोर से पुकारूँगी–'सदाऽऽ'। क्या जाने इसमें क्या है जो मुझे यों खींचता है जैसे धरती को आदित्य!!

सूर्य की रश्मियों में भी किरणों का एक पुंज शीतल होता है जिससे पिताजी सोममय श्रद्धा कहते हैं! 'श्रद्धा वै आपः'–वेद कहते हैं। जल समूह का नाम श्रद्धा है! यह आपोमयी श्रद्धा सूर्य से अवतरित होकर चन्द्रमा में इकट्ठा होती है और चन्द्रलोक द्वारा इस मर्त्यलोक से सम्बद्ध हो जाती है! पिताजी तो ये भी कहते हैं कि जो जल हम पीते हैं, उसमें भी सोम तत्त्व रहता तो है किन्तु जलते हुए गरम-गरम भात के पिण्ड पर जल की जो धारा दी जाती है--श्राद्ध के काम की श्रद्धा वही होती है! यही सोम तत्त्व श्रद्धा रूप में परिणत होता है! सरस भावरूप, सोम तत्त्वमयी यह श्रद्धा मनुष्य को अपने आदर्श से एकात्म करती है।

क्या मैं सदा से एकात्म हूँ? क्या मेरी उस पर श्रद्धा है? लेकिन ये तो विलायत चला जाएगा! कभी किसी दिन मुरुगन अप्पा इतने बड़े जहाज पर लादकर इसको ब्रिटेन ले जाएँगे! क्या मैं भी ब्रिटेन जाऊँगी? क्या मैं भी मेम बनूँगी? क्या पिताजी को यह अच्छा लगेगा? उस दिन पिताजी अम्मा से हमारी शादी की बात चलाने लगे तो अम्मा सोच में क्यों पड़ गईं? क्या इसलिए कि उसके जाति-कुल का, माँ-बाप तक का ठिकाना नहीं? कि उसके प्रतिपालक पिता भी क्रिस्तान बनकर विदेश जा बसे हैं?

जो होगा सो ठीक ही होगा, चिन्ता क्या? भक्ति भी एक सम्बन्ध है। जहाज पर दूर जाते हुए व्यक्ति का भी जहाज से भक्ति का सम्बन्ध होता है अर्थात् वह उस जहाज का ही अंग बन जाता है। अपने पैरों से नहीं चलता। जहाज की गति ही उसे अभीष्ट स्थान पर पहुँचाती है! वैसे ही प्रकृति या ईश्वर का भक्त अपने-आपको उसकी ही गति पर आश्वस्त कर ले तो हो ही जाए बेड़ा पार!...सोचती-सोचती रमाबाई क्या जाने कब सो गई!

दृश्य : 5

इधर कुछ दिनों से पण्डित अनन्तशास्त्री का जी अच्छा नहीं! उनकी पूरी टोली वेंकटगिरि के अकालग्रस्त इलाके से गुजर रही है! भूख से मरते हुओं का क्या कीर्तन, क्या कथा-मण्डल! फिलहाल तो मृत्यु ही हर तरफ कीर्तन कर रही है!

सदाव्रत की सेवा देखने लायक है! अपनी जंघा पर ही लगातार गुरु को सुलाए रखता है! पानी की एक टीप की खातिर कोसों दौड़ जाता है। जड़ें खोदता है। आम की गुठलियाँ सुखाकर चट्टान पर उनका चूरा बनाता है और जड़ें निचोड़कर किसी तरह कुछ डाल देता है मुँह में!

चुपके से एक चिट्ठी भी भेजी है अप्पा को!...वेंकटगिरि के पोस्ट ऑफिस पर थोड़े से पैसे मँगवाए हैं। पैसे मिलते ही वह इन सबको लेकर बम्बई चला जाएगा या कलकत्ता! वहाँ शास्त्रज्ञों की कद्र है! भूखे मरने की नौबत नहीं आती! समृद्धि भी है कोई चीज! पहले समृद्धयानन्द, तब ही तो शान्तानन्द !

आज अनन्तशास्त्री की तबीयत पहले से कुछ अच्छी है! यहाँ के किसी सेठ ने इन्द्रदेवता की प्रसन्नता के निमित्त यज्ञ कराया था! सदाव्रत ऋचाएँ बेहतर पढ़ता है तो क्या, वह ब्राह्मण-कुमार नहीं है, इसीलिए सिर्फ श्रीधर वहाँ गया था और तब से लगातार सदाव्रत यही सोच रहा था कि यदि अनामकुलगोत्र होने के कारण उसका, और स्त्री होने के कारण रमाबाई का प्रवेश यज्ञ-मण्डल में वर्जित नहीं माना जाता तो घर में तीन दक्षिणाएँ आतीं और कुछ रोज ठीक से खा-पीकर सब टनमना जाते!

ब्राह्मण कुमारों के सन्धान में आए सेठ के सेवकों का माता लक्ष्मीबाई से जो संवाद हुआ, वह भी सदा को भूले नहीं भूलता :

"ऋचा-पाठ तो आपके दोनों बेटे अच्छा करते हैं—दोनों को ले जाएँ?"

कुछ देर लक्ष्मीबाई जरा सोच में पड़ीं, फिर धीरे से बोलीं—

"श्रीधर हमारा पुत्र है!"

"और सदाव्रत शास्त्री?"

"जी, वह तो शास्त्री नहीं!"

"उसका कुलगोत्र?"

लक्ष्मीबाई चुप रहीं! यह चुप्पी सदाव्रत के कलेजे में घुप्प से लगी! गुरुजी तो कहते थे—वंश-परम्परा वंश-परम्परा नहीं है! नैतिकता वंश-परम्परा है! साहस और सदाचार वंश-परम्परा है। मेरा भी अपना चरित्र है, फिर मेरे कुलगोत्र के प्रश्न पर ऐसी चुप्पी क्यों?

इसके पहले के भी कुछ दृश्य याद आ गए! अभी दस दिन पहले की ही बात थी! उस दिन अनन्तशास्त्री की तबीयत सबसे ज्यादा खराब थी। सदाव्रत उनकी खातिर कुछ जड़ी-बूटियाँ लाया था जो उन्होंने श्रीधर के ही हाथों से पीने की इच्छा प्रकट की! कभी-कभी उसको पहले भी ऐसा लगा था कि रमाबाई, श्रीधर और लक्ष्मीबाई एक एकक हैं और वह बाहर का है! श्रीधर तो एक बार कह भी चुका था कि पिता की सेवा का अवसर कुछ उसे भी मिलना चाहिए, वे उसको भी पुकारते हैं तो सदाव्रत दौड़ जाता है, यह न्यायोचित नहीं!

स्नेह और मान का स्पर्द्धी श्रीधर हमेशा रहा है, और वह छोटा भी है—यह सोचकर सदाव्रत अयप्पा एक सूखे पेड़ के नीचे जा बैठा! पेड़ के नीचे बैठा आदमी कभी अकेला नहीं होता, पेड़ उसके साथ होता है—अपनी सारी अर्थछवियों में! एक

काला कौआ उसके सर पर बैठा था! अकालग्रस्त कौए की बोली में वैसी टनकार कहाँ, वह भी मन मारे ही बैठा था। कहीं कोई लाश गिरती भी थी, तो सूखी-साखी-सी! गिद्ध भी हताश फिर रहे थे।

पता नहीं क्या मन में आया कि भूख से ऐंठता हुआ शरीर पद्मासन में साधकर सदाव्रद लगा ध्यान करने! ध्यान चेतना के अग्निकणों पर ध्यान रमाने से जठराग्नि नहीं डँसेगी—ऐसा सोचा होगा और यह भी कि और कुछ नहीं कर सकता तो अपने भीतर की समूची शक्ति जगाकर गुरु के स्वास्थ्य-लाभ की प्रार्थना ही करे!

ध्यान की प्राथमिक अवस्था में सारी कही-सुनी-सीखी हुई बातें चमकीली बुइयों-सी आँखों के भीतर तैरने लगीं।

"यह शरीर एक महल है। इसके दस द्वार हैं! और कमरे छह! दस इन्द्रियाँ दस द्वार और छह सूक्ष्म शरीर यानी छह कमरे—बाहर वाली बैठकी स्थूल शरीर है और एक-दूसरे में क्रमशः खुलती कोठरियाँ—सूक्ष्म शरीर, कारण शरीर, महाकारण शरीर, हंस शरीर, परमहंस शरीर और अन्त में कैवल्य परमपद शरीर ! सब कोठरियाँ भिड़की हुई हैं। बहुत दिनों से उसी तरह बन्द-बन्द जकड़ भी गई हैं कुछ! हर पर एक चक्राकार छिटकिनी है। कुंडलिनी के मुँह में दबे संचित पुण्यों के प्रकाश का तीव्र दबाव ही यह जकड़न तोड़कर दरवाजा खोल सकता है!

"इस प्रकाश के क्रमिक प्रस्फुटन की सिद्धि है कुण्डलिनी योगसाधना। यह प्रकाश खुलता है रेचक, पूरक और कुम्भक प्राणायाम, त्राटक या बिन्दु-साधना द्वारा या फिर दोनों हाथों से आँखों को ऐसे हल्का दबाकर जिसमें नाक की तरफ दबाव कुछ अधिक हो! इड़ा और पिंगला—दोनों स्वरों पर दबाव सुषुम्ना तक जाता है। सुषुम्ना का दबाव कुंडलिनी की पूँछ पर पड़ता है तो वह पूँछ अपने मुख से निकाल लेती है और मुख खुलते ही प्रकाश उससे यानी सुषुम्ना मार्ग से आज्ञाचक्र में आने लगता है।

"रेचक-पूरक यानी श्वास-प्रश्वास की ठोकर नाग पर तेज लगे तो उसका मुँह तेजी से खुलता है और प्रकाश भी उतना ही तेज निकलता है! जिसका ब्रह्मचर्य और स्वास्थ्य अच्छा रहता है, उसके बदन में कम्पन होता है और एक-एक कर वे सभी जीव उस प्रकाश में दीखने लगते हैं जो पहले जन्मों के कर्मसंस्कार से आपमें समाए हैं।"

पूर्वजन्म? कर्मसंस्कार? ब्रह्मचर्य? कम्पन? ये बातें सोचकर सदाव्रत थोड़ा सकुचाता। फिर और जोर से आँख मींचकर ध्यान दूसरी ओर ले जाता—रटी-रटायी बातों की ओर : अर्द्धखेचरी मुद्रा, त्रिकुटी मंडल, इड़ा-पिंगला-दाहिनी नाक से जो हवा चलती है, उसे पिंगला कहते हैं! इसमें गरम स्वर चलता है! इसे सूर्य स्वर भी कहते हैं। इस स्वर में ध्यान साधारण लगता है क्योंकि अंतर्भुक्त

प्रकाश साधारण लालिमा पर रहता है। इसमें यमुना की धारा बहती है।...हर स्वर दाहिने स्वर से बाएँ, बाएँ से दाएँ ढाई घड़ी पर होता है। बायीं नाक से जो हवा चलती है, उसे इड़ा या चन्द्रस्वर कहते हैं या फिर शीतल स्वर! इसमें गंगा की धारा बहती है। इस स्वर में ध्यान अच्छा लगता है, पर सबसे अच्छा ध्यान तब लगता है जब दोनों स्वर सम चलते हैं। प्राणायाम से साँसें सम करना आसान हो जाता है।

आसान? इतना आसान भी नहीं ये सब! आँख मूँदने पर दुनिया की सब चीजें तैरती हैं, सबसे ज्यादा रमाबाई...प्रकाश सिर्फ पृष्ठभूमि बन जाता है!... आज्ञाचक्र आज्ञा नहीं मानता!

फिर सारे पाठ याद आते–दोनों आँखों के बीच जहाँ टीका लगाते हैं–वहीं आज्ञाचक्र है! दोदल कमल खिला है वहाँ और सूक्ष्मरूप सदाशिव विराजमान हैं। यह चक्र खुल जाने पर अणिमा, गरिमा, लघिमा आदि आठ सिद्धियाँ प्राप्त होती हैं।

यहाँ प्रकाश के साथ ध्यान लगाने के बाद विशुद्धारम्भ चक्र पर ध्यान लगाना चाहिए, जहाँ चार दल का कमल है। उस पर ब्रह्माजी विराजमान हैं। तीस रोज तीस मिनट ध्यान करने से यह चक्र खुल जाता है और लेखन-सिद्धि प्राप्त होती है।...मैं यही चक्र साधूँगा! मुझको लेखक बनना है! सबकी व्यथा लिखनी है।...मूलाधार चक्र में ही तो कमल के नीचे तीन गोल लपेटा लगाकर, अनेक जन्मों के संस्कार मुँह में लिए कुंडलिनी सोयी है। जिस साधक के संस्कार जितने अधिक सतोगुणी होते हैं, उसकी कुण्डलिनी उतनी मोटी होती है।

क्या मेरी कुण्डलिनी मोटी होगी? लेकिन मैं सतोगुणी होता तो अनाथ क्यों जनमता? ऐसे कुल में क्यों बड़ा होता जहाँ मांस-मदिरा का सेवन होता है, अँगरेजों की दास्य भक्ति होती है, अन्यायी को अन्यायी कहने का नैतिक साहस कुण्डलिनी के प्रकाश की तरह बार-बार जगकर सो जाता है?...आचार्य तो कहते हैं, सात्विक जनों का जीवन भौतिक धरातल पर भले बहुत सुखी नहीं हो पर आत्मसंतोष का आनन्द उनका ही होता है! सुख से बड़ी चीज है आत्मसन्तोष!...जीवन तो आचार्य का भी सुखी नहीं है, पर उनकी सात्विकता और आत्मतृप्ति उनको हरदम मस्त रखती है। कभी किसी को जानबूझकर जो सताता नहीं है, 'बहुजन सुखाय, बहुजन हिताय' की बात करता है...सात्विक वही है! आचार्य कहते हैं, कड़ी परीक्षा अच्छे छात्र की ही ली जाती है, इसीलिए अच्छी आत्माएँ जीवन कठिन जीती हैं, उनका जीवन एक कठिन परीक्षा है। क्या मैं जीवन की परीक्षा में ढंग से उत्तीर्ण होऊँगा?...और जो ये धर्मसंकट आन पड़ा है? अप्पा ने चिट्ठी का जवाब तार से दिया है और कहा है कि रमय्या रेड्डी के पते पर जाऊँ, जितने पैसे चाहिए, ले लूँ, कुछ आचार्य को समर्पित करूँ, बाकी से रमय्या रेड्डी मेरे वहाँ विलायत आने का इन्तजाम कर देंगे। विलायत में कमिश्नरानी ने मेरे पढ़ने का इन्तजाम करा दिया है...विदेश की डिग्री लेकर

लौटूँगा तो बड़ा आदमी रहूँगा–आचार्य के परिवार का जिम्मा भी ठीक से उठा पाऊँगा...लेकिन वियोग...इतने दिन इनके बिना, रमा के बिना रहना आसान होगा? ऐसा तो नहीं लगेगा कि मैंने मुसीबत में इनका साथ छोड़ दिया?...साथ छोड़ने के लिए तो नहीं जा रहा...और ढंग से इनको साथ रखने का इन्तजाम ही करने जा रहा हूँ।...पहले इन्हें अप्पा के पैसों से बम्बई-कलकत्ता के किसी कथा-वाचन केन्द्र में व्यवस्थित करूँगा तभी जाऊँगा कहीं...।

हाँ तो, शास्त्रों में कहा गया है–'यत्पिण्डे तद् ब्रह्मण्डे'–'जस बाहर तस भीतर देखा, बाहर-भीतर एकै लेखा!'...इसके बाद खड़े होकर हृदय के अनाहत चक्र पर ध्यान करना चाहिए जिसके रक्षक भगवान विष्णु हैं। यह चक्र खुलते ही प्रश्नों के उत्तर स्वयं मिलने लगेंगे! विलायत की परीक्षाओं में भी अच्छा करके लौटूँगा।...प्रकृति के पास जो भी शक्तियाँ हैं, बड़ी सिद्धियों का वो सारा खजाना चक्रों में ही बन्द है! हड्डियों के हर जोड़ पर अनेक छोटी सिद्धियाँ सजाकर प्रभु स्वयं हर चक्र पर अलग-अलग प्रतीकों में विराजमान हैं।

पेड़ू के सामने मेरुदण्ड की बगल में सुषुम्ना से मिला हुआ यानी जननांग और नाभि के बीच भाग में स्वाधिष्ठान चक्र है जहाँ षड्दल कमल पर गणेशजी विराजमान हैं। इस चक्र पर प्रकाश के साथ ध्यान करने पर सूक्ष्म शरीर के साथ लगाव हो जाता है और स्वप्न बहुत सार्थक आते हैं। कवित्व शक्ति विकसित होती है!...आचार्य कहते हैं, रमा भी कहती है–मैं कविता रच लेता हूँ! बैरिस्टर बनकर अनादृत लोगों को न्याय दिलाऊँगा और कविता भी सूक्ष्मतर न्याय की बैरिस्टरी ही है।

इसे अनाहत चक्र इसलिए भी तो कहते हैं कि नाद साधकों को इस चक्र की साधना से अनहद सुनायी पड़ता है। आचार्य कहते हैं–पहले तो झनझनाहट, फिर टनटनाहट, झींगुर की झंकार का स्वर, रेलगाड़ी के चक्कों की आवाज और तब अन्त में ढोल, शंख, मृदंग, शहनाई और बाचक्रसुरी!...तर्जनी से दोनों कान बंद करके एकान्त में ध्वनि-साधना भी करूँगा कभी।...इसी चक्र के खुलने पर महाकारण शरीर से लगाव हो जाता है और 'माया' अपना अन्तिम झपट्टा मारती है।

अनाहत चक्र के बाद साधूँगा विशुद्ध चक्र। क्या बताया था आचार्य ने? कण्ठ के नीचे छोटा-सा गढ़ा है–उसके भी नीचे, हृदय के चार अंगुल ऊपर सौ दलों के कमल पर यह चक्र है जिसकी अधिष्ठात्री देवी हैं दुर्गा : अष्ट सिद्धियों-नवनिधियों के वाहन इसी टर्मिनल से खुलते हैं।...यह चक्र खुलने पर हंस शरीर से लगाव छूटकर परमहंस शरीर से हो जाता है और चित्त को अपनी पीड़ा का एहसास ही नहीं रहता, बाकी संसार के प्रति अक्षय भाव उमड़ता रहता है–प्रेम का, करुणा का...।

अष्ट सिद्धियों-नवनिधियों का वाहन मेरे लिए हो या नहीं हो–नहीं जानता! ब्राह्मण तो मैं नहीं हूँ! न मेरा वर्ण, न मेरी कद-काठी ब्राह्मण होने का प्रमाण देती

है—तभी तो उन लोगों ने मेरी वंश-परम्परा पर शंका व्यक्त की और माताजी से पूछा कि वह लड़का तो आपका जान पड़ता है, यह कौन है!...रथ पर बैठाकर श्रीधर को तो यज्ञमण्डल में लिए गए, मुझे नहीं...हो, सकता है, नवनिधियाँ-अष्टसिद्धियाँ भी अपनी सवारी मुझे देने से संकोच करें।...शूद्र और स्त्रियाँ—दोनों तो एक स्थिति में हैं—इसलिए ब्रह्म की सवारी शायद रमा को भी नहीं मिलेगी—हम दोनों स्टेशन पर छूट जाएँगे! इसीलिए तो मैं चाहता हूँ समृद्धि! शूद्र या स्त्रियों के लिए समृद्धि अर्जित करना भी मुश्किल ही है—फिर भी पुरुषार्थ दिखाऊँ तो वह सधनी ज्यादा आसान होगी।

लेकिन रमा कहती है कि मुझमें प्राणवान योगी बनने के सब संस्कार हैं। मैं संयमी और त्यागी हूँ। मेरे चित्त में करुणा है, परदुखकातरता है! मैं कभी किसी से छल नहीं करता। कबीर, रैदास और वाल्मीकि भी तो शूद्र ही थे। ज्योतिबा फुले शूद्र हैं। उनकी लिखी पुस्तकें अमृत की धारा बरसाती हैं।

भृकुटि के ऊपर का त्रिकुटीमण्डल जो प्रकाश बरसाता है—आँखों की पुतली पलटकर उसका अमृत कबीर साहब ने भी तो पिया होगा—'उलट नयन के तारे रे, तोहे पीव मिलेंगे'—तब ही तो कह पाए!

त्रिकुटी मण्डल के ऊपर जो शून्य मण्डल है—इन्द्रलोक, वरुणलोक, कुबेरलोक, परीलोक, गन्धर्वलोक, अरुणलोक इत्यादि की असंख्य पुष्पवाटिकाओं से आती हुई जिस सुरभि का अमियपान साधक करते हैं—रमाबाई की उपस्थिति मुझे उसका हल्का-सा ध्यान तो दिलाती है।

शून्यमहल के बाद के रंगब्रह्ममण्डल चन्द्रमण्डल, सूर्यमण्डल और अन्त में भँवर गुफा! माया के साथ पर्दों में घिरा आत्मन् वहीं बैठा है :

सप्तावरण भेद करि जहँ लगै गति मोरि।
गयऊँ तहँ प्रभु भुज निरखि, व्याकुल भयउँ बहोरि।

आचार्य कहते हैं कि किसी-किसी साधक को यह पर्दा एक मील तक फैला विशाल पेड़ दीखता है तो तब किसी को लोहे का तवा...पर सोऽहं ध्वनि के साथ प्रकाश की ठोकर लगने से हर पर्दा ऐसे टूटता है जैसे कुकुरमुत्ता!...और सोऽहं ब्रह्म की अन्तिम चोटी पर आत्मानुभव की ऐसी तीव्र अनुभूति होती है जैसे कि रोम-रोम से अमृत बरस रहा हो और सारी जगती आत्मस्वरूप हो जाती है—

सिया-राममय सब जग जानी
जित देखौं तित श्याममयी है।
लाली मेरे लाल की, जित देखौं तित लाल,
लाली देखन मैं गई, मैं भी हो गई लाल!

उसके ऊपर फिर वैकुण्ठ लोक, सत्यलोक, साकेत धाम, सनत लोक, क्षीर समुद्र मार्ग और अन्त में कुण्डलिनी प्रकाश के साथ सहस्रदल-कमल समाधि पर सच्चिदानन्द की आत्यन्तिक अनुभूति!

सनतलोक में जो चार भाई हैं–सनतकुमारादि–पाँच वर्ष के दिगम्बर शिशु-भेष में–वे ही उस ब्रह्मसरोवर के मध्य खिले सहस्रदल कमल की नाल सीधी करने में सहायक होंगे जिस रास्ते प्रकाश आगे बढ़ेगा...त्रिकुटी में प्रकाश पहुँचने की पहचान यही होगी कि घने चकमक तारे वहाँ दिखायी देंगे–ब्रह्मलोक का द्वार वहीं से खुलेगा...।

इधर बेचारा सदा ब्रह्मलोक के द्वार खटखटा रहा था, उधर रमाबाई आग-आग, पानी-पानी नजर आईं–उसकी तरफ ही बदहवास दौड़ती हुई! अनिष्ट की आशंका से सदा काँप गया!

दृश्य : 6

मुसीबत सचमुच अकेली नहीं आती! अनन्तशास्त्री को गुजरे अभी हफ्ता नहीं हुआ होगा कि लक्ष्मीबाई के प्राण-पखेरू उड़ने को पंख फड़फड़ाने लगे। इतने वर्षों का भरा-पूरा दाम्पत्य! जंगल में भी मंगल था! दर-दर की खाक छानने में भी एक अलग ही तरह का सुख! कितनी भी गहरी थकान हो, कोई भी अस्त-व्यस्तता हो–एक नजर देख-भर लेना पर्याप्त था। एक ही नजर जैसे सब प्रश्नों का उत्तर थी, सब दुविधाओं का निवारण, कोवलम-तट जैसे! कितना गौरव होता था सोचकर कि दिग्दिगन्त तक उठ जानेवाली लहरें लौटकर इस आँचल के ही नीचे आएँगी! समुद्र तो हरदम लौटता है! फिर ये कैसा शून्य? कैसे इसकी भरपाई होगी?

लक्ष्मीबाई के पिता से अनन्तशास्त्री का गहरा मतभेद रहा था! लक्ष्मीबाई का विवाह वे कहीं और तय कर चुके थे! बदरीनाथ के महन्त से लक्ष्मीबाई के पिता की गहरी छनती थी! बचपन के मित्र थे दोनों! लक्ष्मीबाई के जन्म के साथ ही मित्र के बेटे से उन्होंने उसका विवाह पक्का कर दिया! वाग्दत्ता हो गई लक्ष्मीबाई! किसी की वाग्दत्ता पड़ोस के लड़के के आकर्षण-पाश में बँधे और फिर वह लड़का भी कालान्तर में पितामह के चरण पकड़कर प्रेयसी का हाथ माँग ले, पण्डित समाज से वैर मोल लेकर उसे वेद पढ़ाए, शास्त्रार्थों में हर जगह साथ लिए जाए...इतने अपराध एकसाथ माफ कर पाना उनकी खातिर सम्भव नहीं था। मन को समझा-बुझाकर एक माफी को प्रस्तुत होते तो दूसरा अपराध कर गुजरते अनन्तशास्त्री–...जैसे कि होड़ लगा रखी हो!

अनन्तशास्त्री स्वभाव के विनोदी थे। रह-रहकर फुलझड़ियाँ भी छूटतीं और बेचारी लक्ष्मीबाई का हाथ हरदम कलेजे पर रहता कि बात हद से इतनी ज्यादा न बढ़ जाए कि माँ पर ही गुस्सा निकालने लगें पिताजी! दुनिया का सबसे महान और सर्वसुलभ पीकदान और ओखली तो पत्नी ही होती है! इसीलिए उसको 'भाग्यवान' कहते हैं! अहोभाग्य! पर अनन्तशास्त्री अलग तरह के पति थे–बात

चुटकी से अधिक नहीं बढ़ती! ससुर का मनोविज्ञान समझने की कल्पना उनमें थी! टूटते-टूटते ही पूर्वग्रह टूटते हैं, ढहते-ढहते ही ढहते हैं भरम!

कितने तूफानों से गुजरी थी जीवन की नौका! कितनी दिलेरी से खेते गए थे ये! नाविक ही नहीं रहा तो नौका को तैरने का हुलास कहाँ! रमाबाई टोकतीं–'कोई किसी का खेवनहार क्योंकर हो? जैसे भी रख रही है प्रकृति, रहो, ठाठ से रहो।'

पर ठाठ से रहना इतना आसान कहाँ? सब ठाठ जाता रहा उस दिन जब पन्द्रह दिनों की भूखी लक्ष्मीबाई ने रोटी माँगी। भाँप लिया कि शायद मृत्यु करीब है। इतने दिन मृत्यु को बुला रही थीं लेकिन जब वह आकर द्वार पर टिकी तो लगा, मरना आसान नहीं–रमाबाई का क्या होगा! श्रीधर क्या चुन पाएगा उसके उपयुक्त कोई वर? सदाव्रत का इनके साथ-साथ फिरना भी ठीक नहीं है, लोग बातें बनाएँगे। प्रेम-विवाह उनका भी हुआ था, पर जाति में ही! जाति के बाहर, अज्ञातकुल बालक से बेटी की शादी मस्तिष्क में अँटती ही नहीं थी!...अब समय आ गया है कि दोनों अलग-अलग हो जाएँ–इसका मन वे बहुत दिनों से बना चुकी थीं! रमाबाई से कहा रोटी लाने को और सदा को बुलाकर कहा–"तेरे अप्पा ने जिन रमैया रेड्डी के पास पैसे भेजे हैं, तू उन्हीं के पास चला जा, बेटे! वे ही तुझको विलायत भेजेंगे! पढ़-लिखकर आना तो फिर साथ हो लेना!...लेकिन अभी जा, देर कैसी, कल की बस से निकल जा! मैं अपने बच्चों को लेकर भाई के पास राजस्थान जाने की सोच रही हूँ! वे पुरातनपंथी हैं–तू तो जानता है, वहाँ तेरी कोई जगह नहीं बनेगी!...रमाबाई विवाह-योग्य हो चली है! मेरे भाई वरसंधान में जरूर मदद करेंगे! श्रीधर ब्राह्मण कुमार है–वहीं किसी सेठ के मन्दिर में पूजा-अर्चना पर लग जाए! राजस्थान के सेठ ब्राह्मणों की कद्र करते हैं...।"

बड़ी-बड़ी मुश्किल से कई किश्तों में वे इतना बोल पायीं और अपनी आँखें मूँद लीं–भूख, द्वन्द्व और तकलीफ–तीनों से वे आँखें मिचमिचा रही थीं। सदाव्रत की बड़ी-बड़ी सी, आश्चर्यविह्वल उन आँखों का सामना इतना आसान भी नहीं था।

ये दिन आना ही है जैसे मृत्यु आनी है–इतना सदाव्रत समझता था, लेकिन यह इतनी जल्दी आएगा–यह उसकी कल्पना के परे थे! गुरुमाता से अवरुद्ध स्वर में बस इतना ही कह सका–

"जाता हूँ लेकिन अभी अप्पा ने जो पैसे भेजे हैं वे आपके चरणों को निवेदित हैं। आप अच्छी हो जाएँ तो कलकत्ता चले चलेंगे सारे! वहाँ एक नया समाज पनप रहा है! विद्वानों की बड़ी कद्र है वहाँ...श्रीधर और रमा बड़े मेधावी हैं–उनका वहाँ बहुत नाम होगा! थोड़े दिन अपनी आँखों से उनकी श्रीसमृद्धि देखूँगा, फिर मैं चला जाऊँगा–अप्पा के पास या कहीं और!"

रुद्ध गले से लक्ष्मीबाई बोलीं–"इतना अवकाश तुम्हें मैं नहीं देनेवाली! और फिर म्लेच्छ कमाई हमें पचेगी नहीं! ब्राह्मणों से ईश्वर की अपेक्षा भी ज्यादा होती है! तुम किसी भी स्रोत से आया धन अपने विकास में लगा सकते हो, हमारे लिए उसकी वर्जना है।"

सदाव्रत ने गौर से गुरुमाता का चेहरा देखा और उठ गया। एक बार जी में आया कि रमाबाई और श्रीधर से मिल तो ले! रोटी की टोह में कहाँ-कहाँ भटक रहे होंगे! ये जीवन में पहली बार था कि रमाबाई हाथ फैलाने गई थी–मृत्युमुखी माँ की खातिर किसी गृहस्थ के घर माँगने गई थी–रोटी! उसका मन कटकर रह गया था जब इस विकट घड़ी में गुरुमाता ने उसे रमाबाई के संग निकलने नहीं दिया था। कहा था कि वह रुक जाए, कोई जरूरी विमर्श करना है।

कैसे खड़ी हुई होगी रमा किसी दरवाजे पर! कैसे कुण्डी खटकायी होगी ! कैसे खुले होंगे होंठ याचना में! क्या उसके दिल पर गुजरी होगी! छोटा-सा एक शब्द है–'बाखरी'-लेकिन यह एक शब्द बोलना कितना भारी पड़ा होगा–सारी ऋचाएँ, 'सिद्धान्त कौमुदी', 'वाक्यपदीयम' महाभारत और भागवत् बाँचनेवाले वे सुबुक होंठ एक नन्हा शब्द बोलने में आत्मा का पूरा जोर निचोड़ गए होंगे!

दारिद्र्य बुरी बला है! अपमान भी घोर दुख का कारक है, पर दारिद्र्य से बड़ा कोई दुख नहीं! चार पुरुषार्थों में पहला तो धन ही है–सोचता-सोचता सदा एक विकट संकल्प के साथ उठा और बिजली की गति से बस्ती की ओर चल दिया जहाँ रमाबाई के होने की सम्भावना थी।

दृश्य : 7

शिशिर की उद्‌भ्रान्त-सी सुबह थी, पर दोनों के मन में लू के भभूके उठ रहे थे। तय तो किया था कि अब जब निर्णय ले ही लिया है तो उसका मान भी रखना है, गरिमा के साथ विदा लेनी है और मन को यह समझाना है कि कुछ वर्षों की बात है, पढ़-लिखकर सदाव्रत लौटेगा तो रमा के पास ही! विलायत में मेमसाहब ने अप्पा को जो आउटहाउस दिया था, उसका पता सदा ने जब रमा को थमाया, वररुचि का एक पद भी स्मृति में कौंधा–

मयैवाजन्मसंवृद्ध सम्पन्नः क्व तु यास्यति।
शालेर्वियोगभीत्येव क्षेत्राम्भः कृशतां ययौ।।
उपकारिणि विक्षीणे शनैः केदारवारिणि।
सानुक्रोशतया शालिरभूत् पाण्डुरवाङ्मुखः।।

...पानी-भरे खेत से धीरे-धीरे उपकारी जल घटने लगा तो सहानुभूति में धान पीला पड़ नतशिर हुआ। धान के वियोग के डर से खेत का पानी भी दुर्बल हुआ :

'जन्म से मेरे ही साथ बढ़ा और सम्पन्न हुआ धान अब जाने कहाँ जा रहा है, सोचने लगा!'

सुबह-सुबह सदाव्रत ने इस कविता का भावानुवाद किया और अचानक गुरु की याद में उसकी आँखें भर आईं! इस विडम्बना का भी ध्यान हो आया कि इस अकालवेला में कहाँ धान और कहाँ पानी—हर ओर माटी की पीठ टटा रही है! इस वक्त तो वररुचि से कहीं ज्यादा वराहमिहिर को याद करना है : उनकी 'वृहत्संहिता' का तिरेपनवा अध्याय दृकार्गल है जहाँ भूगर्भ के जल का पता लगाने की अचूक विधियाँ दर्ज हैं :

"तुम्हें याद है, वराहमिहिर, रमा? क्या जाने कितने दिन सुबह से रात तक एक छड़ी से पूरी भूमि जहाँ-तहाँ खोदता हुआ घूमा हूँ कि उनका बताया हुआ कोई लक्षण कहीं गोचर हो तो एक जलधारा मैं तुम्हारे नाम लिख जाऊँ!"

"नहीं, वराहमिहिर की बातें पिताजी ने मुझे नहीं बतायीं! गणित और फलित ज्योतिष की चर्चा ज्यादा उन्होंने तुमसे ही की या फिर जीजाजी से। मैं बस इतना जानती हूँ कि वराहमिहिर पाटलिपुत्र में जन्मे थे—जन्म से शकुन-ज्ञानी! एक रोज किसी वन में चले गए! वहाँ सहज ही पत्थर पर बैठे-बैठे एक लग्न-कुण्डली बना दी और उसे मिटाना भूलकर घर वापस चले आए! रात को भोजन के वक्त याद आया कि पत्थर पर लग्न वैसा ही बना रह गया है! तत्काल वन को चल पड़े! देखा कि जिस पत्थर पर लग्न बना रखा था, उस पर एक सिंह आ बैठा है! डरे नहीं, सिंह के नीचे हाथ डालकर पत्थर पर बना हुआ लग्न मिटाया! सिंह सहसा ही लुप्त हो गया, और वहाँ सूर्य उपस्थित हुए! वराह की निर्भीकता और ज्योतिष के प्रति दृढ़ आस्था देखकर उन्होंने प्रसन्नतापूर्वक वर माँगने को कहा। वराह की प्रार्थना पर सूर्य अपने साथ ही वराह को आकाशमण्डल लिए गए और समस्त ग्रह-नक्षत्र-मण्डल प्रत्यक्ष दिखलाकर साल-भर बाद उसी स्थान पर छोड़ दिया! मिहिर की कृपा से ज्ञानलाभ होने के कारण वराह के नाम के साथ मिहिर भी जुड़ गया और श्रीनन्द नामक नृपति के आश्रय में वराहमिहिर ने 'वाराह संहिता' का निर्माण किया!

"प्राचीन भारत में जल की खोज का प्रामाणिक जरिया यह ग्रन्थ बना! अद्भुत हैं इसके सब श्लोक—जलशोधकों द्वारा पूरी तरह आजमाए हुए—"जम्बूवृक्षस्य प्राग्वल्मीको यदि भवेत समीपस्थः तत्मादृक्षिणपार्श्वे सलिलं पुरुषदनये स्वादु! आर्यपुरुषेच मत्स्यः पारावतसन्तिमवूत पाषाणः! मृद्भवति चात्र नीला दीर्घ कालं च बहु तोयम! (जम्बू वृक्ष से पूर्व दिशा में यदि वृक्ष के समीप वाल्मीक-चींटियों, कीड़ों अथवा सर्प द्वारा बनाया हुआ मिट्टी का स्पूत हो तो वृक्ष के दक्षिण में तीन हाथ की दूरी पर दो पुरुष गहरा खोदते ही स्वादिष्ट-मीठा जल मिलता है!)"

"स्वादिष्ट-मीठा जल, सदा?" रमा ने सूखे ओठों पर जिह्वा फेरी! इस समय तो पानी अगर कहीं था तो बस सदाव्रत की आँखों में! काश, यही रमा के ओठों पर ढुलक पड़ता! सदा ने आँख बन्द कर ली और कहता गया–

'वृक्षस्यैका शाखा यदि विनता भवति पण्डुरा वास्यात्।
विज्ञातव्यं शाखातले जल त्रिपुरुषं खात्वा।।

(यदि किसी वृक्ष की एक शाखा अधिक झुकी हुई हो अथवा पाण्डुर वर्ण की हो तो तीन पुरुष गहरा खोदने पर जल मिलता है।)

'खर्जूरी द्विशिरस्मा यत्र भवेज्जलविवर्जिते देशे।
तस्याः पश्चिम भागे निर्देश्यं त्रिपुरपैवीरि।।

(जिस जलहीन स्थान में दो सिरवाला खजूर हो, उस खजूर के पश्चिम में दो हाथ आगे तीन पुरुष नीचा खोदने पर जल मिलता है।)

"ऐसी तो खर्जुरी कहीं भी नहीं देखी, कोई वल्मीक, न वृक्ष की कोई अतिरिक्त झुकी शाखा...पर तुम्हारी यह स्मृति, सदा, सचमुच अद्भुत है! याद है, तुम्हें पिताजी वररुचि कहते थे--इसी अद्भुत स्मृति के चलते? वररुचि की कथा याद है न?"

"थोड़ी-थोड़ी याद है...तुम ठीक से सुना दो–आओ, उस पुलिया पर कुछ देर साथ बैठ जाते हैं!"

"अच्छा, चलो! मगर बोला नहीं जाता! मैं तुम्हारे बिना कैसे रहूँगी? कौन सहेगा मेरी धृष्टताएँ? कौन मेरी पगलेट बातें समझेगा?"

"देखो, यह तय हो चुका है कि चित्त को कमजोर करनेवाली बातें दोनों में से किसी को नहीं करनी हैं! हर अनुभव ईश्वर का प्रसाद समझकर ग्रहण करना है! मैं किसी लायक बनकर लौटा तो ही तुम्हारा हाथ माँग भी पाऊँगा !...खुद तो मैं जाने की सोच ही नहीं पाता, पर गुरुमाता का आदेश नियति का संकेत मानकर ग्रहण करना होगा! अमंगल के गर्भ में कई बार मंगल छुपा होता है।"

"चाहे जहाँ जाना, पत्र डालते रहना! अक्षर ही हमारे बीच की पुलिया बनेंगे : एक अक्षर पुलिया!"

"अच्छा तो तुम आँख मूँदकर वररुचि के बचपन की वह कथा कहो--सूर्योदय होने को है। उसकी किरणें जब तक तुम्हारी गोद में उतरेंगी–मैं यहाँ हूँ, फिर धीरे से मैं उठ जाऊँगा, तुम आँखें बन्द किए ही बैठी रहना...श्रीधर को कह दिया है, आकर तुम्हें वह ले जाएगा!"

एक अजब-सी हूक रमाबाई के कलेजे में उठी! किसी तरह खुद को सँभालकर अपनी आँखें बंद कीं और सोचा कि आज तक तो सदा ही उसकी सुनता आया है, आज के बाद सदा की सुननी है, हर बात मानेगी, वह उसकी हर बात मानेगी, उसकी नहीं तो और भला किसकी, धीरे से कहना शुरू किया-- "दण्डी के अवन्तिसुन्दरीकथासार के अनुसार उत्कल में कालापि नामक ब्राह्मण के घर..."

दृश्य : 8

मृत्युशय्या पर कभी-कभी लोग तानाशाह हो जाते हैं! सदाव्रत को पार-घाट लगाने के बाद लक्ष्मीबाई भी बहुत दिन जी नहीं पायीं। पर उनकी मृत्यु रमाबाई के जीवन के बन्द गवाक्ष खोलने में सहायक रही।

पिता की मृत्यु, सदाव्रत का वियोग और अब माँ नामक सजल ओट का भी छिन जाना रमा को पहले समुद्र की हलचल से भर गया, फिर रेगिस्तान की निचाट् स्तब्धता से!

माँ को लेकर एक गहरा अपराध-बोध भी रह गया मन में! कभी-कभी उससे बहस भी हो जाती थी! बेटी की माँ का मन यानी कि पुरइन का पत्ता ! हर बात में डोल जाता था!...एक ही साड़ी थी रमाबाई के पास! आँचल की तरफ से आधी धो देती माँ और एकान्त में उसको देर तक बिठाकर पहने-पहने ही सुखाती! जब वह हिस्सा सूख जाता तो उस तरफ से साड़ी बाँधकर दूसरी ओर की साड़ी धो देती और कहती–ये भी सूखेगा तो उठना। जब तक साड़ी के दो हिस्से अलग-अलग ओर से सूखते, 'नारी सुबोधिनी' का पाठ चलता ही जाता! लगातार माँ यह समझाए जाती कि विदुषी होने का अर्थ निरंकुश होना नहीं है। जैसे ब्राह्मणों पर खान-पान-यम-नियम के प्रतिबन्ध शूद्रों से ज्यादा लागू होते हैं, उसी तरह विदुषी स्त्रियों को भी और स्त्रियों से ज्यादा ही शीलवती होकर दिखा देना चाहिए ताकि लोगों का मुँह बन्द रहे! अच्छा होना ही पर्याप्त नहीं होता, अच्छा दीखना भी पड़ता है!

इस अन्तिम बात से रमावती के मन में खुन्दक मच जाती! "क्यों भाई, क्यों चाहिए दुनिया से प्रमाण-पत्र! सत्य अपना प्रमाण खुद है!"

"हनुमानजी को भी अपना कलेजा चीरना पड़ा था! सीता को अग्निपरीक्षा देनी पड़ी थी!"

"ये प्रसंग तो, खैर, शर्मनाक हैं ही! राम के चरित्र में बाली-वध और शम्बूक-वध के प्रसंग भी काफी शर्मनाक हैं, माता!...पिताजी तो कहते थे–सबके चरित्र से अच्छे प्रसंग सीखकर बुरे वाले फटक देने चाहिए–'सार-सार को गहि लियो / थोथा देहिं उड़ाय।' मैं भी मन सूप की तरह फटकदार रखना चाहती हूँ, इसलिए मुझे कोई एक व्यक्ति या देवता हर तरह से आदर्श नहीं दीखता!

"देवियों का चरित्र ज्यादा निष्कलंक और तेजस्वी है! एक-एक देवी एक-एक भाव के तेज की पराकाष्ठा है–मानवीय गुण ही मानो देवियों के रूप में मूर्तिमान हो गए हों : दुर्गा के रूप में दुष्टदलन का तेज, सरस्वती के रूप में विद्या, पार्वती के रूप में करुणा और लोकाभिमुखता, लक्ष्मी के रूप में श्री-सौष्ठव!"

इस तरह के और भी हजार प्रसंग! रह-रहकर माँ रमा का आँचल ही ठीक करती रहती! कभी कहतीं–"ऐसा रूप और ऐसी भटकन–तू जल्दी से विवाह की

स्वीकृति दे दे! मातुल को लिख दूँगी!' तेजस्वी ब्राह्मणों के कई प्रस्ताव उसने भिजवाए भी थे पर तब तेरे पिता ने मना किया। अब तो उनका साया भी नहीं है!...रात को इधर-उधर टिकते हुए मेरा मन हल-हल करता है! इतने तो चोर-उचक्के और बदमाश मन्दिरों में भी टहलते हैं।"

और रात में रमाबाई की नींद टूटती तो वह देखती, माँ जागकर पहरा दे रही हैं! देखकर मोह होता, हँसी भी आती–'इस ठठरी-सी काया में जोर ही कितना है...लेकिन संकल्प-शक्ति भी एक शक्ति तो है ही।'...इस बात का माँ खास ध्यान रखती कि श्रीधर और सदाव्रत मन्दिर के दूसरे कोने पर सोएँ और रात में इनका कभी आमना-सामना न हो!

"माँ, वैसे तो तुम रात-दिन देवता मनाती हो–पर उनकी रक्षा-वाहिनी पर तुमको भरोसा नहीं। मुझको श्रीविद्या कहती हो पर मेरे तेज पर भी पूरा विश्वास नहीं करती!...और तो और, सदा पर भी तुमको पूरा विश्वास नहीं है। ऐसा क्यों, माता?"

"इन बातों का उत्तर तुझको खुद मिल जाएगा जब तू रूपवती कन्या की माता बनेगी," लक्ष्मीबाई कहतीं और बात टालने के लिहाज से करवट बदल लेतीं!

रमाबाई भी मन-ही-मन यह सोचकर हँसती कि माँ तो सिर्फ नाम की लक्ष्मीबाई हैं! एक वहाँ झाँसी में लक्ष्मीबाई जो हुई हैं–उनसे कभी माँ मिलतीं तो उनके जीवन में भी स्त्री-सुलभ भय के कुछ सूत्र ढूँढ ही निकालतीं! देह क्या सचमुच ही औरतों की गर्दन में लटका हुआ ढोल है? मार-पीट, सती-दहन और बलात्कार लगातार झेलती हुई स्त्री कब पूर्ण व्यक्ति की तरह निःशंक रह सकेगी?

अन्त समय में माँ ने गुड़ माँगा था। हमेशा अपने हिस्से का भी दूसरों को खिला देनेवाली, त्याग की प्रतिमूर्ति, लक्ष्मीबाई–जीवन के अन्तिम प्रहर में–बालरूप ही हो गई थीं! रमाबाई को लगने लगा था कि भूमिका बदल गई है! अब रमाबाई ही लक्ष्मीबाई की माँ है और श्रीधर की भी! श्रीधर की काया भी क्षीण ही थी, वह भी बहुत स्वस्थ नहीं रहता था–पेट का पुराना रोगी–और उसे ठंड भी बहुत लगती थी! राजस्थान की सरहद तक वे पहुँचे तो रातें और भी कठिन हो गईं। कई बार रेत खोदकर गड्ढे में देह गाड़ देनी होती थी। जैसे पौधा रोपा जाता है वैसे ही पूरी देह रेत में रोपकर सिर्फ सर बाहर रखते थे !

माँ की ठठरी भी आखिर कितना झेलती!...जब तक बस्ती से गुड़ लेकर रमाबाई लौटती–माँ नन्हीं बच्ची की ही तरह जीवन का बाड़ा फलाँग गई थी !... ठंड से अकड़े हुए उसके नीले-नीले होंठों पर गुड़ के नन्हे-नन्हे टुकड़े रमा क्या

जाने किस धुन में सजाती गई। ऐसे ही तोता-मैना कौर बाँधती हुई माँ बचपन में तीनों भाई-बहनों के संग नन्हे सदाव्रत को भी खाना खिलाती थी।

सदाव्रत ने उसके पास कुछ पैसे छोड़े थे और कहा था कि गुरुमाता तो इन पैसों को म्लेच्छ का धन मानती हैं, पर तुम अपनी और श्रीधर की खातिर इसका इतना उपयोग करना कि इन्हें लेकर कलकत्ता जाना! वहाँ पुनर्जागरण का आवेग है, दुनिया कुछ बदल रही है, तुम्हारे तेज का मान-आदर होगा! एक ठिकाना जब हो जाएगा, मुझको चिट्ठी लिखना! मैं भी पढ़-लिखकर वहीं आऊँगा!

एक बार मन में आया कि माँ का श्राद्ध इन पैसों से करे, पर फिर लगा— अगर कोई आत्मा होती है तो उसके संस्कार भी होते हैं, वे संस्कार अच्छे हों या बुरे हों--मृत्यु के बाद उन्हें चोट पहुँचाने का अधिकार किसी को नहीं होता! खंडहरों को ढाहकर नये घर बनाने का तो कोई मतलब है, पर जीर्ण-शीर्ण वृद्ध काया या मन को झटके देने का क्या मतलब! गुड़ भी सदाव्रत के पैसों का था, पर माँ ने खाया नहीं! क्या उसकी आत्मा भाँप गई थी कि ये पैसे विलायत से आए हैं, इतने जुलुम ढानेवाले अँगरेजों के पैसों से अपनी काया सींचना उसको गवारा नहीं ही हुआ!

चारों ओर उजाड़ ही उजाड़! माँ को गोदी में लिए रमाबाई बैठी थी! श्रीधर लगातार रो रहा था! निश्चेष्ट! एक शब्द बोले बिना! रमाबाई ने उसे कुछ कहा नहीं! सोचती रही कि क्या करे! दो लोग मिलकर अर्थी कैसे ढोएँगे! दो लोग तो और चाहिए!...माँ के मुँह पर जो गुड़ लगा था, उस पर जाने कहाँ से एक मधुमक्खी आकर बैठी और उसे उड़ाने के क्रम में रमाबाई की चेतना लौटी तो लगा, अब और देर नहीं की जा सकती! मिट्टी मिट्टी को पुकार रही है! एक ऋण मिट्टी का भी होता है! मन में भूचाल मचा था। किसी तरह खुद को सँभाला! उठकर खड़ी हुई। श्रीधर की गोदी में माँ को लिटाया और जाने लगी, फिर रुकी और बैठ गई! झुककर माँ के होंठ चूम लेने की इच्छा हुई और मन हुआ कि ऐसे लिपटे कि गर्भ में दुबारा चली जाए! गर्भ दुनिया की सबसे सुरक्षित जगह है!

चूमते हुए माँ के होंठों का गुड़ रमाबाई के होंठों पर उतर आया! उस दशा में उसका स्वाद विचित्र ही लगा। जिस दूकान से गुड़ लिया था, तंद्रा में चलती हुई वहीं पहुँची और बड़ी मिन्नत से अर्थी उठाने के लिए दो लोग जुटाए! तीसरे कंधे की खातिर श्रीधर था, चौथा कन्धा बेटी का होगा! ये सोचकर वह बढ़ी मगर सबने आपत्ति की! तमाशबीन तो ऐसे अवसर पर जुट ही आते हैं! दिलेरी से रमा ने सबको जवाब दिया :

"मैं भी माँ की वैसी ही सन्तान हूँ जैसा श्रीधर है! स्त्री की काया में हूँ तो क्या, हर जिम्मेदारी निभा सकती हूँ!"

एक व्यावहारिक कठिनाई भी थी! रमा का कद उन तीन पुरुषों से छोटा था! इसका उपाय यह निकाला कि कंधे पर दो ईंटें रखकर अर्थी का एक सिरा डाला...और उसी राम का नाम लेकर निकल पड़ी जिनसे उसे कुछ असहमतियाँ थीं!

दृश्य : 9

दिन लम्बे-लम्बे डैने खोले उड़ते रहे–भूरे, काले, कत्थई! श्रीधर रमाबाई के चित्त का वह निचाट एकान्त अच्छी तरह समझते थे! जब भी वह कुछ लिखती होती–वे पास नहीं जाते, दूर बैठे-बैठे सोचते कि क्या करें जो वह फिर से हँसती-खिलखिलाती नजर आए! माँ-बाप उनके भी गुजरे थे, साथी उनका भी बिछुड़ा था, भूख, महामारी, अकालादि त्रिविध ताप उन्होंने भी झेले थे, पर वे पुरुष हैं–इस एहसास के साथ! मुसीबतें पौरुष के अग्निपुंज की समिधा ही सिद्ध होती है, पर यह सुकोमल स्त्रीकाया, काया से भी कोमल स्त्री-मन, बीज के भीतर का संवेदनशील कोया–उसको यों धूप-आग-आँधी में अनादृत छोड़ना पौरुष का ही नहीं, सृष्टि की सर्जनात्मकता का अपमान है : ये श्रीधर के चित्त में आता और उधर रमाबाई के चित्त में सोया मातृत्व सागर-सा घहरता कि स्त्री तो धरती है, वह सब सह सकती है, पर पुरुष के भीतर का यह शिशु-तत्त्व–रक्षणीय तो वही है।...इसी तरह एक-दूसरे का मुँह जोहते, पढ़ते-लिखते, स्मृतियों की लकुटी पर सपनों का पाथेय बाँधे हुए–जगह-जगह कथा-वाचन, प्रवचन और शास्त्रार्थ साधते धुर दक्षिण से दोनों भाई-बहन कलकत्ता चले आए! रामकृष्ण-विवेकानन्द की नगरी, अरविन्द घोष की नगरी! विभूति बाबू, रवि ठाकुर, शरतचन्द्र की नगरी...ईस्ट इण्डिया कम्पनी और ब्रह्म समाज, विद्यासागर,, राममोहन रॉय, माइकेल मधुसूदन का नागर समाज! पहले-पहल उन्होंने ट्राम देखा! झाल-मूढ़ी खायी! सिर उठाकर हावड़ा-पुल भी देखा...मन में संकल्प जगा कि एक पुल और भी बनाना है–संस्कृतियों के बीच, आकाश और धरती के बीच!

रूपसी स्त्री के भाई का मन और शीशम का पत्ता : एक मिनट का भी चैन नहीं जानते! रूपसी अगर विदुषी हो तो भी ज्यादा मुश्किल! उसकी बातें सुनने का तो इस लोक में बस स्वाँग रचा जाता है! शास्त्र-चर्चा के बहाने आए लोगों की आँखों का हौहत्तीपन देखते-देखते भाई बेचारे की नाक में दम! कितना भी सभ्य समाज हो, औरत को तमाशा बनते देर नहीं लगती और उसके बाद औरत का भाई जमूरे की लाठी-सा न इस करवट स्थिर, न उस करवट।

श्रीधर इतना जानते थे कि रमाबाई का तेज सहना आसान नहीं, वह खुद भी चाटुकारों और प्रेम के प्रत्याशियों से निबट लेगी, पर अहिंसक ढंग से निबटने में समय बहुत बर्बाद होता है, वे रमाबाई का वक्त बर्बाद होने नहीं

देना चाहते–इसलिए भी बीच में कूद पड़ते और कर-दण्ड न्याय से वारा-न्यारा करने की नौबत आ जाती! कई बार इस प्रश्न पर भाई-बहन में विवाद भी हो जाता–

"देखो, रमा, तुम अपनी ममता कुपात्रों पर मत लुटाया करो! गौतम बुद्ध की अहिंसात्मक शैली में स्त्री अंगुलिमालों से निबटने लगी तो जीवन का आधा समय इसी में जाएगा!...जहाँ देखो, कोई लटर-पटर करने पर उतारू है, मुझको इशारा करो–मैं हूँ किसलिए!"

"तुम जरा जल्दी ही आवेग में आ जाते हो! काम और क्रोध एक ही तरह के विकार हैं! सात्विक कामना और सात्विक क्रोध की हल्की लाली तो जीवन को लालित्य और ऊर्जा देनेवाली ही होती है! जिस व्यक्ति में इसका अतिरेक होता है–वह एक तरह से दयनीय ही कहा जाएगा। एक अतिरेक का नाश दूसरे अतिरेक से, एक विकार का नाश दूसरे विकार से सम्भव नहीं है! कामी को क्रोधी मारकर सुला सकता है, उसका इलाज नहीं कर सकता!"

"तुमने क्या सबके इलाज का ठीका लिया है?...देखो, इसमें तो बदनामी का भी डर है! अब जैसे यह है तथास्तु, जबसे तुम्हें इसने वहाँ दक्षिणेश्वर मन्दिर में भागवत् पुराण की टीका करते सुना है, 'माँ' कह-कहकर लगातार तुम्हारे पाँव ही पकड़ लेता है–वह भी कहाँ–घुटनों के पास, हर जगह तुम्हारे पीछे लगा रहता है–अच्छा नहीं लगता मुझको ये, लोग तरह-तरह की बातें बनाते हैं–भीड़ की बातें तो तुम नहीं सुनतीं, भीड़ के पीछे तो मैं ही रहता हूँ!"

भाई-बहन के बीच दिवंगत बाप-माँ के अनगिन प्रसंगों और बचपन की स्मृतियों का महोदधि लहराता! रह-रहकर सदाव्रत की भी चर्चा होती पर श्रीधर यह जाहिर नहीं होने देते कि उनको रमा और सदाव्रत के बीच चलनेवाले गुप्त पत्राचार का अन्दाज है और इसका भी कि विवाह-सूत्र में बँधने का सपना उनके बीच लहर ले रहा है! कुछ बातों का गुप्त रहना ही अच्छा! कभी-कभी उनके मन में यह चिन्ता जगती कि अगर कभी सदा ने सचमुच उनसे रमा का हाथ माँगा तो वे क्या कहेंगे! मृत्युशय्या पर माता प्रतिज्ञा करा गई थी कि जीतेजी रमा की शादी अज्ञातकुलगोत्र के किसी अब्राह्मण से नहीं होने दूँ! जाहिर है, किस 'अब्राह्मण' से रमा के विवाह की आशंका उनको विचलित किए थी। उस समय तो ये लगा था कि एक बार सदा अपने रसोइया–अप्पा के पास विलायत निकले तो बात खुद ही खत्म हो जाएगी! न रहेगा बाँस, न बजेगी बाँसुरी–लेकिन यह बाँसुरी अलग तरह की बाँसुरी थी और यह बाँस भी अलग तरह का बाँस था! बीच में हहाते सात समुन्दर के पार से भी इसकी वह मीठी पुकार लगातार उठ ही रही थी! पुकार में एक 'विकार' यह भी कि यह दिशा-निर्देश भी लेती-देती! श्रीधर को अक्सर ये महसूस होता कि रमा जो भी करती है–सदा से परामर्श के बाद ही! शायद इसका विलोम भी सच हो यानी रमा के निदेशों के

अनुसार सदा भी अपने कार्यकलाप नियोजित करता हो–एकांगिता तो रमाबाई किसी रिश्ते में बर्दाश्त नहीं कर सकती!...कहने को श्रीधर तीन बरस बड़े थे, लेकिन उन्हें रमा पुत्रवत ही मानती! 'बराबरी' का तो बस एक ही रिश्ता था– सदा!

कभी-कभी इस बात से श्रीधर आहत भी होते! जब उनको रमा अंतर्मुखी देखती, सब काम-काज छोड़कर उनके पीछे पड़ जाती–"भाई, बताओ, हुआ क्या है? क्या मुझसे कोई गलती हुई है? सूर्यास्त का वैभव तुम्हारे चेहरे पर अच्छा नहीं लगता!"

जान-जानकर उनसे ऐसे सवाल पूछतीं कि उत्तर देना ही पड़ता! जिन प्रश्नों के उत्तर रमा को मालूम भी होते, उनकी भी चर्चा करतीं और श्रीधर को उसकी इस 'चालबाज' अकुलाहट पर हँसी आ जाती! औरतें प्रियजन को मना लेने के जितने जतन कर सकती हैं–वे भी करतीं और श्रीधर को आश्चर्य होता कि लगातार पुरुषों के साहचर्य के बावजूद रमाबाई का नैसर्गिक स्त्रीभाव महाभाव के रूप में विराजमान है! इस महाभाव के आगे वे भी नतमस्तक थे! बहुत देर तक रमाबाई से रूठे रहना उनकी खातिर भी सम्भव नहीं होता! आदमी जिसे प्यार करता है उससे अगर रूठना ही पड़े तो रूठता है इस विश्वास पर कि अभी-अभी वह टूटकर उसे प्यार करेगा और नये सिरे से बोलेगा–'तुम ही तो मेरे जीवन की केन्द्रीय धुरी हो, भाई!' हर शाम एक आश्वासन चाहती है–नयी सुबह का! सम्बन्धों का प्रकाश भी दिन की तरह ही धीरे-धीरे तिरोहित होता जाता है! सम्बन्धों में भी शाम के अँधेरे घिर आते हैं। फिर पहले चाँद निकलता है–प्रकाश का शीतल आश्वासन! और कालरात्रि के बाद अपनी सम्पूर्ण ऊष्मा के साथ प्रकट होता है आस्था का सूरज, आस्था अपनों पर और उससे भी ज्यादा खुद अपने पर! अपने प्रति आस्था दूसरों के प्रति हमारी आस्था का उपग्रह है–जैसे सूर्य का उपग्रह चाँद! चाँद सूर्य से ही प्रकाशित होता है जैसे आत्मविश्वास अपनों के प्रति हमारे विश्वास से सम्पुष्ट!

कलकत्ता के सभ्य श्रोताओं में सबसे विशिष्ट इन्हें केशवचन्द्र सेन लगे! वे अपनी पत्नी, दो बेटियों और एक अँगरेजीदाँ बेटे के साथ टाउनहॉल में रमा की शास्त्र-चर्चा सुनने आए थे! उन्होंने अपनी अतिथिशाला में आकर रुकने का न्यौता दिया। श्रीधर ने एक बार तो उन्हें सर से पाँवों तक जाँचा-परखा–फिर बहन को आँखों ही आँखों में स्वीकृति दे दी! कोई भी ऐसा सामाजिक निर्णय रमा भाई की मूक सहमति के बगैर नहीं करतीं–यह नन्हा-सा प्रोटोकॉल श्रीधर को और उससे भी ज्यादा भाई-बहन के इस निःस्वार्थ रिश्ते को महत्त्व देने का रमा का निजी ढंग था!

दृश्य : 10

कलकत्ता का बंगाली भद्रलोक रमाबाई के व्याख्यानों से चमत्कृत है! अखबार उनकी प्रशंसा में रँगे जा रहे हैं–'स्टेट्समैन' जैसे अखबारों में उनके उद्धरण छपे हैं!

श्री द्वारकानाथ गांगुली, शशिपद बैनर्जी, केशवचन्द्र सेन और विलियम केरी जैसे समदर्शी विद्वान एक स्त्री के इस विशद् संस्कृत-ज्ञान और आर्य ग्रन्थों के आधुनिक विश्लेषण से प्रभावित होकर उन्हें 'सरस्वती' की उपाधि से विभूषित करने की सोच रहे हैं! सीनेट हॉलवाला उनका व्याख्यान सुनने तो प्रोफेसर टोन जैसे यूरोपीय विद्वान भी आए! उनकी पत्नियाँ भी जुटीं! द्रौपदी, देवकी, सत्यभामा और सावित्री के साक्ष्य से रमा यह कहने की कोशिश लगातार कर रही थीं कि सार्वजनिक जीवन में या जनजागरण में स्त्रियों की उपस्थिति कितनी जरूरी है। 'स्वयंवर' की भी आधुनिक संदर्भों में व्याख्या लोगों का ध्यान खींच रही थी! बाल-विवाह के खिलाफ और स्त्री-शिक्षा के समर्थन में जितनी बातें रमाबाई ने कहीं–भास्वर तर्कों और शास्त्रीय प्रमाणों के साथ।

वैसे तो महाराजा ज्योतीन्द्र मोहन ठाकुर ने भी घर बुलाकर उनका स्वागत किया था, पर केशवचन्द्र सेन ने जो वेद चर्चा की खातिर उन्हें अपने घर पर बुलाया, वह क्षण उनके जीवन का एक बड़ा क्षण था। इसकी चर्चा सदाव्रत से भी अपनी चिट्ठी में पं. रमाबाई ने की।

केशवचन्द्र सेन का घर भद्रलोक विद्वान के घरों जैसा ही था और उनकी रूपगर्विता पत्नी पतिगर्विता भी थीं। पान-फूल-सी सुन्दर रमाबाई को ऊपर से नीचे तक एक बार तो उन्होंने घूरकर देखा, मन ही मन स्नोवाइट की अम्मावाले जादुई आईने से पूछा होगा कि ये सुन्दर है तो, पर मुझसे ज्यादा सुन्दर तो नहीं? विदुषी है तो क्या हुई, विद्वत्ता वगैरह पुरुषोचित गुण हैं, एक परुषता भी पैदा करते हैं व्यक्तित्व में! जब तक रमाबाई से केशवसेन की शास्त्र-चर्चा होती रही, एक अदृ श्य शस्त्र-संचालन की मुद्रा में ये बैठक के भीतर-बाहर लगातार करती रहीं! गृहस्वामिनी वाला अथाह वैभव और रोब-दाब चाँदी के बरतनों, सोने के गहनों, नौकरों और खानसामों की कँलगी में लगातार टिम-टिम-टिम टिमक रहा था! बीच-बीच में वे पति और बच्चों को मीठी फटकार भी लगातीं तो रमाबाई और श्रीधर की आँखें टकरा जातीं।

सुखी गृहस्थिनवाला कुरमुरा रुआब उनकी माँ में भी ऐसा ही था! बेशक उन्हें यह आभिजात्य नहीं मिला, ऐसी संपन्न और चकाचक गृहस्थी भी नहीं मिली पर पतिगर्विता पत्नियाँ झोंपड़ी में भी पटरानी से कमतर थोड़े होती हैं!

केशवचंद्र सेन की बेटियाँ संजीदा थीं, पर बेटा अँगरेजियत में रँगा दीखा ! लगातार अँगरेजी ही बोलता! उसके साथ उसके कुछ अँगरेज मित्र-मित्राणी भी खाने की मेज पर बैठे थे। ऑक्सफोर्ड में उनके साथ ये पढ़ते थे और 'इण्डिया' देखने-घूमने आ गए थे यहाँ! बेटे का वश चलता तो सारे नस्लगल प्रतिबंधों के बाद एक छलाँग ऐसी लगाता कि नस्ल ही बदल जाती, चमड़ी का रंग बदल जाता, उड़ान ही उड़ान भर जाती इस ज़िंदगी में!

एक अँगरेज मेमसाहब भी वहाँ मिली जिससे रमाबाई का मन मिल गया! मोटी, पर काफी फुर्तीली फैनी पावर्स! उसका पति अँगरेजी सेना में था। हर साल जाड़े में पति पर पागलपन का दौरा पड़ता था और उस समय उसको नौकरों और डॉक्टरों के भरोसे छोड़कर भारत-भ्रमण पर निकल जाना वह अपना परम-पावन कर्तव्य मानती थी! ज्ञान की उसमें भी अद्भुत क्षुधा थी। वह सबकुछ ही जानना चाहती थी ! नचनियों और सँपेरों की बस्ती में उसने बहुत दिन बिताए थे! सितार सीखा था! फारसी और हिन्दुस्तानी सीखी थी। बीहड़ जंगलों में घूमते हुए बाओबाब पेड़ों के तने नापे थे। ठगों से मिली थी! एक देहाती के संग इतनी दोस्ती गाँठ रखी थी कि शतरंज के भारतीय दाँव सीख सके! वह एक छोटी-सी डायरी भी रखती थी जिसमें भारतीय हाथियों से लेकर इस्लाम तक के काफी विवरण दर्ज थे! पान वह काफी मजे ले-लेकर खाती थी और जब सरदर्द होता था, अफीम सूँघकर देर तलक खूब बोलती थी!

उसके दो-तीन पक्के दोस्त थे! एक तो भारतीय जज था जो उनको सत्रहवीं शताब्दी की अँगरेजी में रह-रहकर प्रेम-पत्र भेज देता था! एक था यूरोपीय पर्यटक जिसने एक रुआबदार मुस्लिम घराने में शादी भी कर रखी थी! उसके ज़नाने में वह कई मस्त हफ्ते बिताती थीं और तरोताजा होकर फिर घर लौट आती थीं! एक उसके अच्छे दोस्त खुद केशवचन्द्र सेन थे पर अभी वह उनसे थोड़ी नाराज़ चल रही थीं कि बाल-विवाह के विरोध में इतने भाषण देने के बावजूद खुद अपनी बड़ी बेटी का विवाह उन्होंने काफी कच्ची उम्र में कूचविहार के महाराज से कर दिया था!

स्थानीय गरीब बच्चों की खातिर वह अँगरेजी सीखने का स्कूल भी चलाती थीं! जो बच्चे डटकर मेहनत करते थे, शाम को अँगरेजी के भावप्रवण बैलेड भी गाकर सिखाती थीं उनको! पण्डिता रमाबाई और श्रीधर को भी अँगरेजी सिखलाने का वादा उन्होंने किया और देखते-देखते उनकी तरक्की इतनी हो गई कि एक दिन उन्होंने सदाव्रत को अँगरेजी में चिट्ठी भेजकर चकित कर दिया! कभी-कभी वह उनको प्लम-पुडिंग भी खिलाती थीं।

सदाव्रत ने अपना नाम बदलकर सदाव्रत कर लिया था और फिलहाल बार ऐट लॉ के तीसरे वर्ष में थे!

अँगरेज मर्दों की अनाचारमूलक श्रेष्ठताग्रन्थि को फैनी 'प्रुशियनिज्म' कहकर धिक्कारती थीं। टोपी और जोधपुरी पहनती थीं। घोड़ा चलाती थीं। गोल्फ खेलती थीं। स्वस्थ यौन-जीवन के बारे में स्त्रियों को बताते उनको कई बार देखा गया। 'सोनार गाछी' के 'बउ बाजार' की औरतों तक भी वे रमाबाई को लेकर गईं! रमाबाई ने वहाँ चीनी व्यापारियों को पहली दफा देखा। देखा कि बोले बिना भी कैसे बिकती हैं चीजें–रेशम के थान, हाथीदाँत की नक्काशियाँ, रँगे हुए पोर्सीलीन के बरतन!

ये दुनिया रमाबाई की कल्पना के परे थी! एक तरफ इतना प्राचुर्य और हलचल, दूसरी तरफ वैसा दारिद्रय और अन्याय! फैनी भी एक तरह से उनकी सखा-गुरु बनकर इस नयी दुनिया का अंतरंग उनको समझा रही थीं। 'पायोनियर' में उनकी एक कविता भी छपी थी इधर। छोटे हिल स्टेशनों पर मर्दों की छाया में सिर डुलाती घूमती मेमसाहिबों की जीवनचर्या के बारे में यह कविता थी–

"फॉर विस्ट अ डाउटफुल थ्री/दे कम्बाइन टु बुली मी/ऐण्ड अग्री टु डिस्अग्री...।

एवरीबाडीज़ जोक्स आर ओल्ड/ऐण्ड ऑल द बुक्स आर रेड/ऐण्ड शी अलोन वर्थ टॉकिंग टू इज़/हफ्ड ऐण्ड गॉन टु बेड।" कभी फैनी पावर्स मरालचियों पर आलेख लिखतीं, कभी भिश्तियों पर, कभी सँपेरों की बस्ती में घूमकर तरह-तरह की जड़ी-बूटियाँ इकट्ठा करतीं, कभी उनके बच्चों को नर्सरी राइम सिखातीं जिनमें से कुछ के अनुवाद रमा और श्रीधर ने मिलकर कुछ यों कर दिए थे कि परेशानहाल बस्तियों के कामगार बच्चों में भी ये काफी लोकप्रिय हुए :

'हम्पटी-डम्पटी/चढ़ गया चट/
हम्पटी-डम्पटी/गिर गया फट/
रानी के नौकर/राजा के घोड़े/
हम्पटी-डम्पटी/कभी न जोड़े।'

कभी-कभी लगता, हम भारतीय ही वे हम्पटी-डम्पटी हैं और जो लुढ़ककर टूटा है हमारा भोला-भाला, विश्वासी दिल ही तो है।

सबसे ज्यादा मज़ा आता फैनी पॉवर्स के मुँह से इन अनुवादों का वाचन सुनकर। 'लिट्ल मिस मफेट' का अनुवाद श्रीधर ने 'मुफ्ती माई' के रूप में किया ! मुफ्ती माई पड़ोस की एक औरत थी जिसने लज्जा देवी से कुट्टी कर रखी थी। बात-बेबात किसी के भी आगे हाथ फैला देती थी! असल नाम तो जाने क्या था! मजाक में ये उसे मुफ्ती माई ही कहने लगे थे! फैनी पॉवर्स मुहल्ले के बच्चों की पूरी टोली के संग कभी-कभी उसे घेरकर गाती तो वह छद्म क्रोध में उन्हें मारने दौड़ती–छद्म क्रोध इसलिए कह रही हूँ कि वस्तुतः उसने कभी

किसी का कुछ बिगाड़ा नहीं–अकर्मण्यता के सिवा कोई बड़ा दोष भी नहीं था मुफ्ती माई में। हाँ तो जो गीत बना, कुछ ऐसा :

'मुफ्ती माई-दलाई-मलाई/
घास में बैठके खाई/
जब बड़ा-सा मकड़ा,
उसकी साड़ी को पकड़ा,
भागी मुफ्ती माई... ।'

कभी-कभी सोचती रमा कि पूरा भारतीय समाज ही तो मुफ्ती माई नहीं हुआ जाता। वह बड़ा-सा मकड़ा अँगरेजी सरकार तो नहीं है। फिर लगता, सती प्रथा के खिलाफ जो इतनी कार्रवाइयाँ हुई हैं या प्रसूति-गृहों में प्रशिक्षित नर्सों का प्रवेश जो सम्भव हुआ है–अँगरेज़ों के ही दम से तो! फैनी पॉवर्स और मेरी कार्पेण्टर-जैसी औरतें स्त्री-शिक्षा की जोत हरमों में भी तो जला ही रही हैं।

कलकत्ता के नागर-जीवन का यह अनुभूतिमण्डल रमाबाई के जीवन की सबसे बड़ी खिड़की थी। वहीं से शुरू हुआ उनकी अनेक महायात्राओं का लम्बा सिलसिला!

दृश्य : 11

8 मई, 1880! ढाका! फिर से रमाबाई पर एक पहाड़ टूट पड़ा! उम्र में थोड़े बड़े होते हुए भी श्रीधर रमाबाई के छोटे भाई, बल्कि बेटे जैसे ही थे! लगातार उनका साया बना रहनेवाले चुप्पा, अगाध श्रीधर इस तरह अचानक उन्हें छोड़कर दुनिया से चले जाएँगे–यह रमाबाई की कल्पना के परे था! रह-रहकर अपभ्रंश की वह पंक्ति हूक की तरह उठती थी जिसमें नायिका राजा के दरबार में व्यर्थ धर लिए गए भाई की मुक्ति की प्रार्थना करती हुई कहती है–

"बच्चों का क्या है–वह तो औरत जब चाहे जन ले! पतियों का क्या है–वे तो राह चलते मिल जाते हैं पर ईश्वर की बनायी धरा पर भाई किसी स्त्री को दूसरा नहीं मिलता!"

रो-रोकर उनकी आँखें सूज गई हैं। श्रीधर का वह उत्तरीय तो ज्यों-का-त्यों है, धोती भी है! वह क्यों नहीं? निष्प्राण चीजें ही अच्छी जो जीवन के पार भी टिकती हैं!...अभी-अभी सिलहट-गोवहाटी के शास्त्रार्थ में कितना अच्छा बोले थे वे! बोले हुए शब्द सर के चारों ओर मँडरा रहे हैं–आहत पक्षियों की तरह गोल-गोल घूम रहे हैं!

सिलहट के संस्कृत विद्वानों ने समस्या-पूर्ति में कितनी ऋचाएँ, कैसे-कैसे छन्द दिए थे! पिता-माँ-गुरु के आशीर्वाद से रमाबाई इस परीक्षा में भी सफल रहीं तो कैसे आँखें दमकी थीं भाई की! एक कुल्हड़ भरकर अच्छी मलाई-बरफ लाए

थे!...जिस कुल्हड़ में लाए थे, वह कुल्हड़ भी है, लेकिन लानेवाला कहीं नहीं है...कहीं नहीं कैसे कहें—होगा तो इसी लोक में! दिखाई-सुनाई नहीं देता! हाथ बढ़ाकर उसे छू नहीं सकते...कब छुआ था पिछली बार? उस दिन जब बुखार में दवा घोंटी थी, हाथों के सहारे उठाकर पिलाई थी...। मक्खन-सी त्वचा!

ढाका के गणमान्य लोग शोक बाँटने आते हैं—झुण्ड-झुण्ड! चिड़िया का बच्चा किसी गुलेल की चोट से तिलमिलाकर पहली उड़ान में ही जब गिर जाता है तो ऐसे ही झुण्ड-झुण्ड स्वजातीय चिड़ियाँ आती हैं! आँखों का आँखों को कुछ सहारा तो होता होगा! घेरकर बैठ तो नहीं पातीं। बस सहानुभूति में पंख फड़फड़ाए जाती हैं! काले-भूरे पंखों की वह बेचैन फड़फड़ाहट भीतर का शून्य कितना चीर पाती है, पता नहीं लेकिन किसी बड़ी धारा का नन्हा-सा तिनका होने का एहसास चित्त में शोक के समानान्तर ही समाता जाता है! मृत्यु और जीवन की दो नदियाँ साथ-साथ बहती हैं भीतर!

सब कुछ-कुछ कहते जाते हैं पर कुछ सुनायी नहीं देता!...उस दिन मौलाना अल्ताफ हुसैन 'हाली' का एक शेर जो किसी ने सुनाया वह लेकिन भूले नहीं भूलता :

मुज्दे शफअतो सिलः एसब्रो खूँवहा पाई
हेच अज कसे नखास्तः इल्ला गिरीस्तन

अर्थ तो रमाबाई की समझ में नहीं आया, पर अच्छी कविता तो अर्थ के पार ध्वनि-संकेतों से भी काफी कुछ कह जाती है!

सूजी हुई आँखें प्रश्नवाचक मुद्रा में रमाबाई ने उठायीं तो कबीर मियाँ बोले—"दिल्ली में दो बड़े शायरों का बड़ा रुआब है : एक तो मिर्जा ग़ालिब और दूसरे, यही हाली! कुछ बरस पहले एक मुशायरे में दिल्ली गया था! मीर निज़ामुद्दीन ममलून शाह साहब के पुराने मदरसे में यह मर्सिया पढ़ा हाली ने! अरब, ईरान और हिंदुस्तान के तमाम शायर इकट्ठा थे, सबकी आँखों में एक घायल परिन्दा इधर से उधर उड़ गया।

"मैं न किसी से बख्शीश या भीख चाहता हूँ, न सब्र का फल और न ही जान का हरजाना, मुझे यह सब कुछ नहीं चाहिए, मेरा काम तो बस रोना है !"

कबीर मियाँ चले भी गए तो ये पंक्तियाँ रमाबाई के जेहन में गूँजती रहीं! कहीं किसी करवट चैन नहीं था! मानसिक सन्ताप के साथ कई व्यावहारिक कठिनाइयाँ भी घिर आई थीं! भाई के गुजरने के बाद लगा कि वह कितनी बड़ी ओट थे! कोई शोक जताने भी आता तो जाने का नाम ही नहीं लेता! मुहल्ले या बृहत्तर समाज का हर परिचित सुबह-शाम किसी वक्त हाजिर—और सबकी निगाहों में राल! मुँह से टपकती हुई राल तो रमाबाई ने पहले भी देखी थी—भूखों के बीच ही जीवन गुजारा था—पर आँखों से टप-टप-टपकती हुई राल, खाए-पिए और अघाए-से पुरुषों की राल भाई के गुजरने के बाद ही दीखी!

श्रीधर् की तरह के प्राणी कमरे की हवा होते हैं! उनकी उपस्थिति का बहुधा पता ही नहीं चलता लेकिन किसी पल जब वे नहीं रहते--हर साँस भारी हो जाती है!

घबराकर सदाव्रत को चिट्ठी लिखी कि अब जितनी भी, जैसी भी पढ़ाई हुई है--उतने पर सन्तोष करके भारत चले आएँ!

लौटती डाक से 'सदाव्रत' ने चिट्ठी का जवाब दिया कि एक ही सत्र बाकी है! बैरिस्टर बनकर लौटेंगे तो रमा के निजी और बृहत्तर सपने पूरा करने का साधन भी हाथों में होगा! आगे उन्होंने लिखा कि देश में अभी बहुतेरे मनीषी और चिन्तक एक नये और आदर्श समाज के स्वप्न-सन्धान में जुटे हैं--एक तरफ श्री अरविन्द-रामकृष्ण परमहंस, विवेकानन्द और महर्षि दयानन्द तो दूसरी ओर श्री ज्योतिबा फुले और उनके अंत्यज साथी! वैयक्तिक विकलता कम करने का एक कारगर उपाय है खुद को एक अनाम सामाजिकता में झोंक देना--यह रमा पहले भी आजमा चुकी है!...इस समय का उपयोग वे ऐसे करें कि फिर से एक बड़ी यात्रा साधें और इनमें से किसी के सान्निध्य में बैठकर अपने सपने तराशें!

रमाबाई को थोड़ा मान हो आया : सदाव्रत ने तो कहा था कि एक पुकार पर दौड़ता चला आएगा : सोचा, नहीं जाएँगी किसी के आश्रम! नहीं मानेंगी सदाव्रत की बात! दूर बैठा सूत्र-संचालन किए जा रहा है! क्या भगवान है सदाव्रत? सद्पुरुषों की समस्या यही है कि हर सद्पुरुष अपनी स्त्री का भगवान ही बनना चाहता है--निरपेक्ष भाग्य-विधाता! और औरतों का भी मुख्य दोष ये ही है! खुद अपना दीपक होने के बदले वे चाँद हो जाना चाहती हैं! आयातित प्रकाश में ऊष्मा कहाँ?

संकल्प लिया कि हर छोटे-बड़े निर्णय के लिए सदाव्रत की मुँहतक्की ठीक नहीं! क्यों उनकी आत्मा किसी पर इतनी निर्भर हो? धीरे-धीरे मान पिघला तो सोचा, सदाव्रत भी तो उन पर इतना ही निर्भर है! अन्योन्याश्रयता ही प्रेम है!

संयोग भी कुछ ऐसे बने कि एक दिन खुद को महर्षि दयानन्द की विमर्श-सभा में पाया।

दृश्य : 12

स्वामी दयानन्द से मिलना अच्छा ही होगा--इस बारे में रमाबाई आश्वस्त नहीं थीं! स्त्री-शिक्षा के समर्थक हैं वे और छद्म ढंग के कर्मकाण्ड के विरोधी--इतना तो सुन रखा था, पर साथ ही यह भी सुना था कि कोई स्त्री उनसे खासी दूरी रखकर ही शास्त्र-चर्चा कर सकती है!

जोधपुर के एक सज्जन जो रमाबाई को मेरठ-शिविर में ही मिले, खासे उत्साह से बता रहे थे कि स्वामी कितने 'चरित्रवान' हैं :

"एक रोज जब वे जोधपुर में अपनी खाट पर लेटे हुए थे, रानी की कुछ दासियाँ भूल से उन्हें वह पंडितजी समझ बैठीं जो उसी बंगले के दूसरे हिस्से में–कुछ ही गज के फासले पर ठहरे हुए थे! उन्होंने स्वामी दयानन्द को ही फलों की वह टोकरी देनी चाही जो महारानी ने उन पंडितजी के लिए भेजी थी! स्वामी दयानन्द उन दासियों को वहाँ देख बिगड़ गए और इतनी जोर से चिल्लाए कि उनके आराम का खयाल रखने के लिए जो अंगरक्षक नियुक्त हुआ था–नींद से जाग गया, दिवा-निद्रा में मग्न उस प्राणी को इस चीख के कातर क्रोध ने बुरी तरह चौंकाया! यह सोचकर कि स्वामी दयानन्द पर किसी ने हमला किया है–बदहवास वह कमरे की ओर भागा! स्वामीजी ने उसे उसकी लापरवाही के लिए डाँट लगाई कि उसने उन स्त्रियों को स्वामी के पास आने ही कैसे दिया!...इस घटना के बाद उन्होंने दरबान ही बदलवा दिए।"

ऐसी बातें सुनकर रमाबाई का मन हरदम विषन्न हो जाता! कब तक पुरुष स्त्री को सिर्फ एक मादा मानते रहेंगे?

लेकिन दयानन्द से मिलने पर निराशा नहीं हुई! वे एक बौद्धिक पहलवान थे और पहलवान शिशुहृदय ही होते हैं! उनके भोले अतिरेक ममता जगानेवाले ही सिद्ध हुए! कितने अलग थे वे पुरुषों की लम्पट सेना से!

भाई की मृत्यु और प्रिय की अनुपस्थिति पुरुषों की लम्पट-सी लटर-पटर रमाबाई को एकदम अचानक ही एक्सपोज कर गई थी! आँखों से राल चुलाते, अदृश्य दुम हिलाते प्रेमियों (?)–प्रशंसकों का श्वान-दल उनमें देह के प्रति खासी चिढ़ पैदा कर गया था! सबसे मजेदार बात यह थी कि एक ही फटकार या विनयपूर्ण अस्वीकृति पर दुम हिलाना छोड़कर वे काट खाने को दौड़ते! काम-कातर पुरुष-पुंगवों में अस्वीकृति झेलने की कूव्वत ही नहीं होती !

प्रेम के आवेदकों में कुछ थे जो मित्र के रूप में रमाबाई को अच्छे भी लगते थे! रमाबाई उनको धृष्ट नकार या फटकार सुनाना नहीं चाहती थीं! चाहती थीं कि वे संकेत समझें! बुद्धिमान को इशारा काफी होना तो चाहिए पर होता नहीं है! कामांधता एक तरह की रतौंधी है–एकांगी कामना एक कालरात्रि ही !

हर निराश प्रेमी दाँत किटकिटाता-सा दुश्मन बनकर उनके कक्ष से निकलता और तरह-तरह के दुष्प्रचारों, कटाक्षों और गाली-गलौज में उसी दत्तचित्तता से जुट जाता जिससे कि पहले प्रेम-निवेदन में जुटा था। आश्चर्य-विह्वल देखती रहतीं रमाबाई कि देह का प्रत्याशी प्रेम तो सचमुच कपूर है : जो बिना आँच के एक क्षण में उड़ गया, आँच मिलने पर तो क्षणांश में ही उड़ जाता! एक दिन पहले तक उन्हें जीवन का केन्द्रीय अवलम्ब और जाने क्या-क्या कहनेवाले प्राणी 'निरपेक्ष' दोस्ती की बात सुनते ही ऐसे गायब होते जैसे गधे के सिर से सींग! पहले कुछ हफ्ते तो प्रेम के आवेदकों को भरोसा नहीं होता कि विवाह की उम्र पार कर गई, 'अबंड' इधर-उधर घूमती-फिरती अकेली औरत उन

जैसे काबिल जवाँमर्द का प्रणय-निवेदन अस्वीकार भी कर सकती है। शिष्ट नकार उन्हें शर्मीला स्वीकार सुनायी देती! हर भंगिमा का विशिष्ट मानी-मतलब निकालते...फिर धीरे-धीरे जब आश्वस्त होते कि यहाँ दाल नहीं गलनेवाली--भृकुटि तानकर निकल लेते कि यहाँ दाल में कुछ काला है!

इन निवेदकों में विशिष्ट थे--'स्टेट्समैन' के एक नामी-गिरामी पत्रकार जो रमाबाई को अपनी हर सभा में मौजूद दीखते! पहले रमाबाई ने सोचा--पढ़ा-लिखा आदमी है, देश-दुनिया की सारी पेचीदगियाँ समझता है! देशप्रेम का खासा जज्बा भी है इसमें। भाषा में भी आग है--क्या ही अच्छा हो कि यह मेरी सहेली हो जाए, लिंग-निरपेक्ष बातचीत का रिश्ता कायम रहे उससे...कुछ ही मुलाकातों में जाहिर हो गया कि इनका देहप्रेम देशप्रेम की तरह ही इनका केन्द्रीय आवेग है, लाख कोशिशों के बावजूद यह इनके व्यक्तित्व से नहीं झड़नेवाला। ऐसा नहीं कि लम्पट थे। खासे खुद्दार और हल्के गुस्सैल बुद्धिजीवी थे, रमाबाई उनकी इज्जत भी करती थीं पर पुरुष तो उनका एक ही था--वह निष्ठुर सदाव्रत जो सात समुन्दर पार से चिट्ठियाँ लिखे जाता था केवल : इंग्लैण्ड के सामाजिक-सांस्कृतिक परिवेश के बारे में--जॉर्ज बर्नार्ड शॉ, उनकी फेबियन सोसायटी; डब्ल्यू.बी. येट्स और उनका ऑकल्टिज्म; गिसिंग-ट्रॉलोप-जॉर्ज एलियट जिन्हें इतने 'आधुनिक' परिदृश्य में भी उपन्यासों की उपयुक्त बिक्री की खातिर पुरुष-नाम का चोंगा ओढ़ना पड़ा जैसे घर के बाहर स्वच्छन्द विचरण के लिए शेक्सपियर की रोजलिंड को पुरुष-वेश में निकलना पड़ा था !

उत्सुकता से रमाबाई सदाव्रत के पत्रों का इन्तजार करतीं, मन करता कि उस 'नई' दुनिया के बारे में किसी प्रबुद्ध साथी से बातचीत हुआ करे पर पुरुष-मण्डली में कोई श्रीधर जैसा 'दोस्त' बनने को प्रस्तुत नहीं था! प्रेमी तो 'तीन बुलावै तेरह आवै' की स्थिति में थे--थोक-थोक उपलब्ध, पर एक अकेली स्त्री का 'दोस्त' बनकर रहने को कोई तैयार नहीं था!

पढ़ी-लिखी महिलाओं में श्रीमती केशवचन्द्र सेन की तरह की पतिगर्विता पत्नियाँ थीं, ब्रह्मसमाज की कुछ और महिलाएँ, पर रमाबाई का सुन्दर शरीर उन्हें खतरे की घण्टी दिखयी देता था और रमाबाई के सान्निध्य में उनकी सारी ऊर्जा इस बात पर ही खर्च हो जाती कि अपने काबिल पतियों को इनके संसर्ग से कैसे बचाएँ। आँधी में जैसे दीये की लौ बचाई जाती है, ये अपनी पूरी शक्ति दोनों तलहथियों की ओट से दाम्पत्य की भुकभुकाती-सी लौ बचाने में ही खर्च कर देतीं और सहज-सुन्दर संवाद का कोई रिश्ता भद्रलोक की इन परिष्कृत महिलाओं से कायम नहीं हो पाता!

फैनी पॉवर्स ही अपवाद थी पर वह तो स्त्री नहीं थी, उड़नछू परी थी! एक जगह टिकते नहीं थे उसके पाँव! उसका जीवन एक मुक्त आकाश था! क्या जाने कितने लोगों से उसके अंतरंग और अकुंठ सम्बन्ध थे! अपने पगलेट-से, बीमार

पति से भी उसका स्नेह-सहानुभूति का नाता था लेकिन कहीं भी वह 'बँधी' नहीं थी या फिर ऐसा कहें कि वह इतनी अगाध थी कि कोई उसे बाँध नहीं पाता था! एकाध बार उससे स्त्री-पुरुष के अगाध रिश्तों पर खुलकर लम्बी-लम्बी बातें हुई भी, उसने रमाबाई को समझाया कि प्रेम भी विद्या की तरह बाँटने की चीज है, गठरी में बाँधकर रख लेने की चीज नहीं–"अगर कोई तुमको जँच जाता है और तुम्हें लगता है कि तुम्हारी गोद उसके हहरे-से मन को सुख देगी तो उसकी खातिर नदी ही बन जाओ! नदी में नकार नहीं है! सबके लिए खुला है उसका जल! कुएँ का पानी प्रतिबन्धित होता है तो इसलिए कि उसने घिरना पसन्द किया है! क्या कहीं तुमने नदी को प्रतिबन्धित होते देखा है? क्या किसी चारदीवारी के भीतर बहती है नदी? प्रतिबन्धित हो नहीं पाती--इस कारण नदी कुएँ से श्रेष्ठ या हीनतर है--ऐसा कहना भी गलत है! भले-बुरे का कोई पैमाना यौन-जीवन नहीं हो सकता! स्वाभाविक वृत्तियाँ आकस्मिक सच हैं--इस पर कोई जाँच-समिति नहीं बैठ सकती! कोई इस आधार पर भला-बुरा नहीं हो जाता कि उसे कितनी बार भूख-प्यास लगती है, कितनी देर और किसके साथ सोना चाहता है! आहार-निद्रा और मैथुन प्राकृतिक इच्छाएँ हैं--शुद्ध निजी मामले–सारे अध्यादेशों से ऊपर!"

"लेकिन, फैनी--भूख का मतलब किसी से रोटी छीनकर खा जाना या चपर-चपर करके कहीं पर कुछ खाने लगना थोड़े होता है! नैसर्गिक आवेगों का भी नैतिक और सौन्दर्यशास्त्रीय नियमन है तो जरूरी है–समाज में यदि रहना हो! समाज में नहीं रहना, जंगल में रहना है--तब तो सचमुच कुछ भी ठीक है! जंगल में मंगल मनाओ जितना भी जी चाहे, पर समाज में रहकर, उससे हर स्तर पर फायदा उठाकर समाज के नियमों के ऊपर खुद को हर कोई घोषित करे तो समाज का क्या हो!"

"दो प्रेमी क्या बिगाड़ते हैं समाज का? एक मुट्ठी निजी क्षण चाहते हैं वे, उनके बदले वे समाज के पास बेहतर ऊर्जा लेकर लौटते भी तो हैं--भीतर की बैटरी रिचार्ज कर देता है प्रेम! सुनो, तुम्हें जॉन डन की एक मजेदार कविता सुनाती हूँ, शीर्षक है 'कैननाइजेशन'--

"अलास, अलास...हू इज इन्जर्ड बाई माई लव?/वॉट मरचेंट्स शिप्स हैव माई साइज ड्राउंड/...हू सेज माई टियर्स हैव ओवरफ्लाड हिच ग्राउंड?/...फॉर गॉड्स सेक, होल्ड युवर टंग एंड लेट मी लव!"

रमाबाई हँसने लगीं, फिर बोलीं–

"लेकिन जो पहले से प्रतिबद्ध हैं या विवाहित–उनके भी मुक्त प्रेम की वकालत कुछ अटपटी नहीं है? एकनिष्ठ प्रेम के बड़े-बड़े दावों के बिना यौनेच्छा तो जगती ही नहीं, और एक बार ये दावे कहीं कर चुके हैं आप तो दूसरी बार

करने में भी काफी संकोच होता होगा, बार-बार ये दावे अलग-अलग लोगों के सामने कर पाना और भी विकट नहीं होता क्या? अपने ही शब्द क्या खोखले सुनायी नहीं देते?...धीरे-धीरे इस प्रक्रिया में अपने प्रति आस्था भी डगमगा ही जाती होगी।"

"यह एक निष्ठुर सच है लेकिन सच तो है ही कि प्रेम धीरे-धीरे अपना इंटेंसिटी खो देता है, खो देता है अपना आवेग--एक चरम पर कोई कितनी देर टिक सकता है! शिखर पर पहुँचते ही दूसरी तरफ की ढलान शुरू हो जाती है!...यह कहना कि एक ही व्यक्ति से आप जीवन-भर उसी शिद्दत से प्रेम करते रहेंगे--एक तरह से यह कहना है कि एक ही मोमबत्ती रात-भर आपका कमरा प्रकाशित रखेगी!"

"क्या आदमी मोमबत्ती है?...फिर बुरा क्यों लगता है जब आपका प्रतिबद्ध साथी भी आपको मोमबत्ती ही समझने लगे?...मैं तो यह सोचकर ही काँप जाती हूँ कि सदाव्रत की रातों का अँधेरा मिटाने की खातिर एक-पर-एक कई मोमबत्तियाँ जलेंगी--और मैं उन मोमबत्तियों में एक मोमबत्ती-भर होऊँगी!...जब मैं ये चाहती हूँ कि उसके जीवन की धूप या चाँदनी मैं ही होऊँ तो किस तर्क से अपने जीवन में मोमबत्तियों का अतिरिक्त प्रकाश भरूँ?...मेरे लिए उसका प्राकृतिक प्रकाश ही काफी है! अतिरिक्त प्रकाश आवश्यक होगा तो स्नेह का दीया जला लूँगी--नेह के नाते बनाने में हर्ज भी क्या है, पर देह एक ऐसी निजी थाती है जो मैं प्रसाद की तरह भी वितरित नहीं करना चाहूँगी!

"माटी का एक कुम्भ ही सही--पर इस देह का पानी एक-एक बूँद बाँट दूँ, इससे बेहतर ये ही है कि एक व्यक्ति मुझे छककर पिए, प्रसन्न रहे और रखे--उसका भी कुम्भ मेरी ही खातिर सुरक्षित रहे! ओस चाटने से तो प्यास नहीं बुझती! समर्पण जहाँ हो, पूरा हो।"

इस बात पर फैनी पॉवर्स अपनी मीठी-सी, मनहर मुस्कान मुस्काकर चुप हो गई, धीरे से एक बात चलते-चलते बोली--

"हर व्यक्ति तुम्हारी तरह भाग्यवान नहीं होता--ज्यादातर को जीवनसाथी पगलेट, क्रोधी, अनाचारी, लिजलिजे या शुष्क ही मिलते हैं!...ये सब नहीं हो, ऊपरी स्तर पर सब ठीक भी हो तो पति-पत्नी के रिश्ते में एक ऐसी महीन ख़ला हो सकती है--जिसकी कोई भरपाई नहीं, ऐसे में उस स्तर की कोई प्रतिबद्धता शायद ही बन पाती है जिसका हवाला तुम दे रही हो! इनकॉम्पैटिबिलिटी एक ऐसी त्रासदी है जिसमें किसी का दोष नहीं होता! अपनी तरह से सब अच्छे होते हैं पर एक-दूसरे की खातिर भी अच्छे हों--जरूरी नहीं है! जीवन संयोगों का गुच्छा है!...जब कोई प्रतिबद्धता नहीं बनती या किसी आघात से टूट जाती है, आदमी या औरत एक बड़ी धारा में बहते केले के दो थम्बों की तरह कुछ देर साथ मिलकर बहते हैं, फिर अलग हो जाते हैं--इसमें भला क्या, बुरा क्या!"

रमाबाई फैनी पॉवर्स की ओर चकित नयन देखती रहीं—कितनी तेजस्विनी है, कितनी उदार, भारत में रहते हुए भारत के जनजीवन में बिखरे बिम्ब और रूपक ऐसे ग्रहण कर लिए हैं कि कोई इसको 'पराया' कह ही नहीं सकता! क्या चीज है चरित्र भी! खुद चरित्र का चरित्र तय तो नहीं है! कभी-कभी कितने अगाध और गम्भीर, विशिष्ट और महान होते हैं वे लोग जिनका जीवन पटरी से उतर जाता है, कोई एक खूँटा बाँध नहीं पाता जिन्हें। और इसका विलोम भी सच है! एक खूँटे से बँधे हुए प्राणी भी कभी-कभी काफी खट्टे-से, कटखने और टुच्चे होकर रह जाते हैं!!

दृश्य : 13

8 जुलाई, 1880 को जो दयानन्द मेरठ पहुँचे थे—वह एक ऐतिहासिक क्षण था! थियोसॉफिस्टों को यह भ्रम था कि भारत में उनका आंदोलन महर्षि दयानन्द के सहयोग से लोकप्रियता पा जाएगा! दूसरी ओर दयानन्द को यह आशा थी कि मैडम लांवात्स्की और करनल ऑलकॉट आर्यसमाज में मिल जाएँ और तब आर्यसमाज विदेशों में भी अपनी शाखाएँ स्थापित करे! मेरठ के आर्यसमाज ने दोनों पक्षों की मुलाकात आयोजित की थी और दूर-दूर से लोग मैचदर्शकों की उत्सुकता से मेरठ चले आए थे!

आर्यसमाज सभा के सामने मेला-सा लग गया था। फिरकीवाले, खोमचेवाले, नट-नटी और मदारी, भाग्य बाँचनेवाले तोते, चूड़ीवाले : एक-एक प्राणी से फैनी पावर्स ऐसे अंतरंग ढंग से बातें करती थीं कि रमाबाई का मन मुकुलित हो जाता था। अपनी टूटी-फूटी हिंदी और फारसी बोलती हुई इतनी प्यारी लगती थीं वह कि एक बार उन्होंने कह ही दिया—

"मादाम, आपमें है कुछ ऐसा कि आपसे प्यार किए बिना रह पाना असम्भव है।"

एक बार अपनी नीली आँखें आकाश की ओर उठाती हुई फैनी पावर्स बोली—"हाँ, इस मायने में तो भाग्यवान हूँ ही, प्यार बहुत मिला है मुझे लेकिन अप्रत्याशित कोनों से, जहाँ कहीं उम्मीद की—वहाँ से नहीं।"

एक मिनट के भीतर रमाबाई की आँखों में फैनी पावर्स के सब चाहनेवालों की चित्रवीथी टँग गई—कौन महाराज और कौन महागायक, फलाँ साधु और चिलाँ फकीर...और दूसरी तरफ स्मृति में दमके-पीठ पर कोड़ों के अनमिट निशान जो उनके पगले पति की तरफ से उनका अनमोल उपहार थे।

अगली सुबह दस बजे शास्त्रार्थ होना था! सात बजे के करीब आश्रम के पिछवाड़े एक बड़ी रोचक-सी घटना घटी! मेरठ में एक थे मुन्ना पहलवान जिन्हें अपनी ताकत का बड़ा घमण्ड था! एक जलकुंड को पानी से भरने की खातिर वे अकेले

ही रहट चला डालते थे! आस-पास के लोगों का खयाल था कि यह कमाल कर दिखाना और किसी के बस का नहीं! एक दिन सुबह-सुबह टहलते हुए स्वामी दयानन्द ने पहलवान को रहट चलाकर कुंड भरते देख लिया था। अगले दिन उनको भी शौक हुआ और बच्चों की-सी मस्ती में रहट चलाकर उन्होंने कुंड पानी से भर डाला, फिर अपना आगे का रास्ता लिया! पहलवान ने जब आकर देखा कि कुंड भरा हुआ है तो वह ताज्जुब में पड़ गया! उसने उन आदमियों के बारे में पूछताछ की जिन्होंने कुंड भरा होगा! उसे बताया गया कि एक साधु आया था जो खेल-खेल में कुंड भरकर अपने रास्ते चला गया! पहलवान आश्रम पहुँचकर स्वामीजी की प्रतीक्षा में बैठा रहा और शास्त्रार्थ शुरू होने के कुछ पहले जब वे लौटकर आश्रम आए, उत्सुकतावश उनसे पूछा उसने कि क्या उन्होंने सचमुच अकेले ही कुंड भर दिया है! सहज भाव से दयानन्द ने कहा–'हाँ'! इस पर वह कुछ देर चुप हो गया। कुछ ठहरकर बोला–

"कुंड भर देने के बाद आप थके कि नहीं?"

स्वामीजी हँसने लगे–

"इतनी कसरत से भला मेरा क्या काम चल सकता था, इसीलिए मुझे और भी टहलने की जरूरत पड़ी! अभी-अभी तो लौटा हूँ!"

सुबह दस से लेकर शाम सात-आठ बजे तक लगातार तरह-तरह के सवाल-जवाब हुए! फैनी और रमाबाई मेलाघुमनी भाव से सारी गतिविधियाँ देखती-समझती रहीं–

"मानवमात्र से प्रेम करने की कला है धर्म : मनुष्य काला हो या गोरा, पीला हो या लाल, श्वेत हो या गुलाबी–आवरणों के पार देखना, देखकर पहचानना और सबके जलतत्त्व, अग्नितत्त्व, पवनतत्त्व, आकाशतत्त्व, महीतत्त्व से एका बिठाना–यही धर्म है!

"वेद, बाइबिल, कुरआन और दुनिया के और सभी महाग्रंथ जिन बातों पर सहमत हैं, वही धर्म है–प्रेम और सद्भाव, अहिंसा, सेवा और परदुखकातरता! कुछ धर्मग्रन्थ इस बात पर खूबसूरती से सहमत हैं कि सर्जक शक्ति ने कहा–'बन जा' और सृष्टि बन गई, लेकिन मनुष्य को सर्जक ने अपने हाथों से बनाया और फरिश्तों को आदेश दिया कि वे उसका नमन करें! जिस फरिश्ते ने मनुष्य का नमन नहीं किया–शैतान घोषित हुआ! हर मनुष्य में कुछ-न-कुछ तो नमनीय होता ही है! वह विशेष गुण और नमनीय बीज अपने भीतर विकसित होते देना ही धर्म है–इस तरह विकसित होने देना कि उससे बृहत्तर मानवता की सेवा हो–सही धर्माचार यही है! मानवसेवा ही हरिसेवा है। मनुष्य की मूर्ति ही ईश्वर की मूर्ति है!"

इस तरह से बात शुरू हुई, फिर लोगों के प्रश्न गहते हुए परमतेज से दयानन्द और प्रश्नों पर भी बोले–

"अपने भीतर ही ईश्वर को ढूँढो! हृदयाकाश एक अतिसूक्ष्म आकाश है। उस आकाश में आत्मकोष है जहाँ सूर्यवत आत्मा का प्रकाश चमकता है! आत्म-कोष को परिहित किए हुए चिन्मय कोष है जिसे चित्त कहते हैं। चिन्मय कोष के ऊपर मनोमय कोष है यानी मन! चित्त चेतना का केन्द्र है। चित्त से ही सम्पूर्ण शरीर में चेतना का प्रचार होता है! मन संकल्प या क्षमता का केन्द्र है! भौतिक होते हुए भी चित्त और मन आत्मा की आभा से उसी तरह आभासित रहते हैं जैसे आग की भट्टी में प्रविष्ट होकर कोयला अग्निरूप हुआ रहता है!

"गत कुछ वर्षों से अमेरिका के मनोविज्ञानविशारद हृदय की खोज कर रहे हैं। अब तक के अनुसन्धान बताते हैं कि मानवहृदय में एक केन्द्र है जो मस्तिष्क को उत्तेजित करता है और जिसकी अपनी भाव-तरंगों की गति एक सेकेण्ड में इक्यासी लाख मील है। निश्चय ही, वह समय भी निकट है जब पाश्चात्य मनोवैज्ञानिक संसार को यह बताएँगे कि हृदय में संकल्पकेन्द्र भी है और चेतनाकेन्द्र भी। जिसे वे भावतरंगों का केन्द्र कहते हैं, वह मन ही है।

"मन यजुः (कर्म करानेवाला) है–चित्त, मस्तिष्क और इन्द्रियों का संयोजन वो ही करता है। चित्तवृत्तियों द्वारा आत्मा से प्राप्त सन्देशों के अनुसार मन संकल्प करता है। यह संकल्प चित्तवृत्तियों द्वारा एक ओर मस्तिष्क को संकल्पित विषय के चिन्तन के लिए प्रवृत्त करता है तो दूसरी ओर उसके क्रियान्वयार्थ ज्ञानेन्द्रियों और कर्मेन्द्रियों को प्रवृत्त भी करता है।

"सिद्ध मन सबकुछ कर सकता है–चित्तवृत्तियों का विरोध, नकारात्मक विचारतरंगों का शमन और इन्द्रियों का वशीकरण! सिद्ध मन ही आत्मा के जीवन-साम्राज्य का शिव-संचालन करता है। इन्द्रियनिग्रह, एकान्त सेवन, मितभाषण और निष्काम सेवा से मन में निर्मलता और संकल्पों में शिवता आती है।

"मन ही मनुष्य का जीवन है। मनीषी नाम विचारशील, मनःसंयमी और दृढ़निश्चयी का है! मनीषिणः शब्द का प्रयोग यहाँ 'अपसः' के विशेषण के रूप में हुआ है। जो जन जल के समान शीतल और शान्त और निम्नगम (विनम्र) होते हैं--मनीषी वही होते हैं। जल सदा वनस्पतियों के चरणों में प्रवेश कर उनका आरोहण करता है। अपःशील आप्त पुरुष भी छोटे, बड़े, सकल मनुष्यों की सम्भावनाओं की ओर नतमस्तक, उनके मूल को सींचते हुए उनका उत्थान करते हैं!

"ज्ञान और प्रज्ञान से वे विभूषित होते हैं। 'ज्ञान' का अर्थ है पठित, लिखित, श्रुत ज्ञान, प्रज्ञान का अर्थ कृताभ्यास, अनुभूत-साक्षात्कृत ज्ञान! शिव संकल्प से युक्त, साधनासिद्ध मन न केवल ज्ञान का बल्कि प्रज्ञान का सम्पादक होता है।

"मनीषी बनने की सम्भावना सबमें होती है। मनीषी बनकर दिखाना ही धर्म है। भारत की गरिमा इसी में है कि सब भारतीय मनीषी-तत्त्व विकसित करें,

छल-छद्म से दूर रहकर अन्याय-शोषण के हर रूप का भरसक प्रतिरोध करें–अन्याय-शोषण का प्रतिरोध ही धर्म है!"

जिस समय दयानन्द ये बातें कह रहे थे, एक अजब तेज से उनका माथा चमचमा रहा था! रमाबाई ने बैठे-बैठे सोचा–इनकी माँ ने इनकी तेलमालिश अच्छी की होगी।

दृश्य : 14

बंगाल की बारिश और बंगाली गप्प-गोष्ठी रुकने का नाम ही नहीं लेती ! रमाबाई इन दिनों थोड़ी बीमार हैं! एक बंगाली धर्मशाला में ठहरी हैं ! चेला-चाटी आते रहते हैं! शाम को कभी-कभार केशवचन्द्र सेन भी आ जाते हैं। इन्तजाम-बात में कहीं कोई कमी नहीं है। दिन का समय थोड़ा भारी कटता है तो सदाव्रत की चिट्ठियाँ ही निकालकर पढ़ती रहती हैं। कभी-कभी फैनी पावर्स को सुनाती भी हैं! सुखी परेवा हैं दोनों सखियाँ!

प्रिय रमा,

तुमने अपनी पिछली चिट्ठी में अपना जो चित्र खींचा है–उसका मर्म मैं समझता हूँ! हाँ, तुम्हें देखकर सचमुच उसी पीपल की याद आती है जिसके विश्वास की जड़ें उसकी मिट्टी में इतनी दूर तक धँसी हैं कि प्रलय की बाढ़ में भी हिलें नहीं, पर पत्ते इतने विह्वल-चंचल कि बिना हवा के भी लगातार काँपते रहें। यह मैं अच्छी तरह समझता हूँ कि जब तुम्हारा कोई पत्ता आँखों के कोरों में फँसे हुए आँसू-सा काँपता हुआ मुझसे पूछता है–'तुम्हें मेरे साथ अच्छा लगता था न?' तो यह रिश्ते की सांद्रता पर या मुझ पर या अपने-आप पर तुम्हारे विश्वास की कमी का संकेत नहीं होता, न कोई खोखली-सी रेटरिक ही होता है! जड़ शब्द के दो अर्थ होते हैं न–'जड़मति', यानी बुद्धूमल और 'मूल'! ये मैं कैसे कहूँ कि मेरी यह नन्हीं-सी 'पण्डिता' जड़ है लेकिन इतना तो अवश्य कहूँगा–उसकी लम्बी वेणी खींचकर कहूँगा कि उसके इस कँपकँपे-से पत्ता-वजूद में जड़-तत्त्व भी काफी है!

बात दरअसल यह है रमा, कि तुम-जैसी बालसखा को मैं प्रमाणों से आश्वस्त तो कर नहीं सकता, साँस-साँस का साथ रहा है हमारा, सारे प्रमाण तो घास की तरह तुम्हारे भीतर की मिट्टी के पोर-पोर में उगे हैं। अलग से मैं ऐसा कौन-सा प्रमाण प्रस्तुत करूँगा जिससे तुम अवगत नहीं हो! शब्द ऐसे शाश्वत, अनादिअंत, लीलायित प्रश्नों का सम्यक् उत्तर जुटा भी नहीं सकते, ऐसे प्रश्नों का उत्तर एक ही सम्भव है–तुम्हारे इन चुटुर-पुटुर चटकते हुए ओठों पर काँपते परोंवाली एक

तितली बिठा दूँ–मकरंद पीने की तृप्ति में तितली के पंख भी कुछ देर की खातिर आपस में सटकर शान्त हो जाएँगे और तुम्हारी चटकती पंखुड़ियाँ चकित होकर चुप बैठ जाएँगी!

सात समुंदर पार से मैं तितलियाँ बिठाने का काम कर नहीं सकता! पर यहाँ लगातार सोचता रहता हूँ कि बचपन में कितने वन-उपवन, तितली-खरहे-गिलहरी-हिरन, खाई-खंदक-पहाड़ और उजाड़ हमने साथ निरखे-परखे हैं! झिमिर-झिमिर बारिश, घनघोर कोहरा, चिलचिलाती धूप, पतझड़ की वीरानी, साथ बीता हरेक मौसम हमारे भीतर यों ही सुरक्षित है जैसे कि शब्दों में अर्थ, सीपी में मोती, उपत्यका में गीतों की गूँज, गीत जो हमने साथ रचे और साथ गाये थे।

इंग्लैण्ड की अकेली सर्दी, अकेली बारिश, 'नेटिव इण्डियन' होने की विकट चुभन, पढ़ाई-लिखाई की इतनी कड़ी दिनचर्या, अँगरेजी दुरुस्त करने का कठिन संघर्ष, आउटहाउस लौटकर मेमसाहब के बगीचे की देखभाल, बाबा की सेवा–इस पूरे धुआँधार चकरफेरे में तुम्हारी ही स्मृति है जो मुझको ऐसे सँभालती है जैसे 'बीरबल की खिचड़ी' वाले प्रसंग में पानी में काँपते खड़े बूढ़े को राजमहल के शीर्ष पर जलती दीए की लौ! दूर जलती 'लौ' का भी एक आसरा होता तो है न!

इंग्लैण्ड भी, वैसे, काफी बड़ी कशमकश से गुजर रहा है! चार्ल्स डार्विन की जिस किताब के बारे में पिछली चिट्ठी में बताया था, उसके बाद और अन्य वैज्ञानिक अनुसंधानों की चकाचौंध में 'धर्म' की परिभाषा बदल रही है। मेरी तरह के कई नये युवकों की तरह उसने भी अपना एक नया नाम रख लिया है–'मानवधर्म' और वह गिरजाघरों और दूसरे 'दिव्य' स्थानों की सीढ़ियाँ उतरता हुआ सेकुलर साहित्य की डॉरमेटरी में रहने लगा है! जन-मन में मूल्य-चेतना सुलगाए रखने का दायित्व पूरे साहित्य के सर पर है, सिर्फ धर्म के सर नहीं ! और 'धर्म' राजा का बेटा या भगवान का बेटा होने का विशिष्ट गौरव खोकर 'वन अमंग मेनी' की प्रजातांत्रिक श्रेणी में आ गया है!

दुनिया बदलने को है! जॉर्ज बर्नर्ड शॉ और ऑस्कर वाइल्ड नाम के दो चर्चित लेखक हैं इंग्लैण्ड में–अँगरेजी पर थोड़ी और मेहनत कर लो–फिर उनकी किताबें मैं भेजूँगा! फेबियन सोशलिज्म और प्रजातांत्रिक मूल्यों की बातें इनकी किताबों में भरपूर हैं! सोशलिज्म एक चमकता सितारा है यहाँ के धुआँए क्षितिज पर! उस दिन लाइब्रेरी में शॉ की नयी किताब देखी जो उन्होंने अपनी पत्नी और तुम-जैसी हजार जागरूक स्त्रियों को समर्पित की है–"ऐन इण्टेलिजेण्ट वुमन्स गाइड टु इज्म्ज़'! पैसे होंगे तो एक प्रति तुम्हारे लिए लेता आऊँगा!...तब तक तुम फैनी पावर्स से बातें कर-करके अँगरेजी चुस्त-दुरुस्त करो! उनका मैं गहरा आभार मानता हूँ कि श्रीधर के बाद के इन विकट दिनों में वे तुम्हारे साथ हैं!"
इस तरह की और भी कई चिट्ठियाँ जिनमें इंग्लैण्ड की बदलती फिजाँ पर कई

छोटी-बड़ी टिप्पणियाँ थीं और कुछ भावुक निर्देश! चिट्ठियाँ नहीं थीं, ये रोशनी के पुल थे!

जब रमाबाई ये चिट्ठियाँ बाँच रही होती थीं, उनके हाथों का कौर हाथ में ही रह जाता और फैनी पावर्स सोचतीं कि इसी तरह तो एक हिरणी होंठों में तिनका दबाए हुए, खाना-वाना भूलकर अपने हिरने को देखती हुई दीखी थी– पिछले बरस जब वे सतपुड़ा के घने जंगलों से गुजर रही थीं।

दृश्य : 15

विश्वास ही नहीं होता बालसखा, नन्हा सदाव्रत, सदाव्रत 'सदाव्रत', बार ऐट लॉ बनकर लौट भी आया, ब्याह भी लिया उसने! कोर्ट में शादी की! शादी में फैनी पावर्स थी और केशवचन्द्रसेन का परिवार शामिल था। नन्ही-सी गुड़िया–गृहस्थी बसी–एक ओपेन हाउस–जहाँ कोई कभी भी आ सकता था–फैमिली ऑफ फ्रैण्ड्स!

साल-भर बाद जब बच्ची हुई : सावित्रीबाई फुले और ज्योतिबा फुले खुद आशीर्वाद देने आए! बच्ची जब तक साल-भर की नहीं हो गई–सावित्री बा साथ ही रहीं! ज्योतिबा फुले के दाहिने हाथ थे सदाव्रत : क्रान्तिकारियों की ओर से सारे मुकदमे निःशुल्क लड़नेवाले सबसे बड़े वकील!

फैनी पावर्स भी जब-तब रमाबाई से मिलने आतीं! अँगरेजी माँजने की कोशिश रमाबाई पूरी करतीं–पर काम-काज, घर-गृहस्थी और नन्ही मनोरमा के साथ उतनी मशक्कत न हो पाती जितनी होनी चाहिए थी!

मनोरमा जब पेट में थी, महर्षि दयानन्द ने किसी शिष्य के हाथ यजुर्वेद की कुछ लोरियाँ भेजी थीं और निर्देश दिया था कि रोज रात अर्द्धनिद्रा में शिशु से निवेदित की जाएँ। शब्दों और ध्वनियों के सही सांगीतिक नियोजन का भ्रूण के चित्त-विस्तार पर गहरा असर होता है, यह बात एक दिन विज्ञान भी सिद्ध करेगा!

आतिष्ठ वृत्रहन् रंथयुक्ता ते ब्राह्मणहरी।
अर्वाचीन सु ते मनो ग्रावा कृष्णोतु वग्नुना
उपयामगृहीतोऽसीन्द्राय त्वा षोडसिन
एष ते योनिनिन्द्राय त्वा षोडसिने।।

हर रात कामकाज निबटाकर रमाबाई और सदाव्रत खिड़की के पास ही चटाई बिछाकर बैठ रहते! चाँदनी, खिड़की से झाँक रही बेले की डालियाँ और फैनी पावर्स–कहने को तो तीनों 'बाहरी' थे पर इस तरह से रम गए थे 'भीतर' कि बाहर-भीतर का विभेद मिट गया था! पत्नी के गर्भस्थ शिशु को हाथों से दुलराकर अर्थसिद्ध ध्वनियों से दुलराने का वह पूरा कर्मकाण्ड फैनी पावर्स को विभोर करता और संस्कृत का अज्ञान तंग! एक दिन वे अपनी हिन्दी सँभालती

हुई बोलीं–'देखो भाई, मेरी खातिर तुमको ध्वनियों के पार भी जाना होगा! अर्थ बताते चलो! भीतर वाले/ली को भी यह समझने में सुविधा होगी कि देवभाषा में माँ-बाप क्या निवेदित कर रहे हैं!' 'निवेदित' शब्द की नाटकीयता पर रमाबाई और सदाव्रत हँस पड़े और बोले–

"प्रगति बहुत अच्छी है। जल्दी ही संस्कृत बोलने लगेंगी। वो तो दिन-भर लाइब्रेरी में दुबकी रहती हैं–मिलने आनेवालों के डर से अपनी उपस्थिति घोषित नहीं करतीं–वरना बातूनी देशपाण्डे जल्दी ही संस्कृत माँज डालता!"

"हाँ, हमारे इंग्लैण्ड में कहते हैं कि कोई भाषा ठीक से सीखने का सबसे आसान तरीका ये है कि उस भाषा के नेटिव स्पीकर से आपका इश्क हो जाए!"

"लेकिन फैनी, संकल्प बाँधकर कैसे हो पाएगा इश्क?"

"हो सकता है! हर आदमी में कुछ-न-कुछ तो प्यारा होता है, बस उसी पर ध्यान दो जैसे कि दीये की लौ पर मेडिटेट करते हैं–धीरे-धीरे ध्यान रम ही जाएगा!" सदाव्रत और रमाबाई फिर हँस पड़े–

"अच्छा तो फिर हर्ज क्या है? देशपाण्डे के असह्य बातूनीपन से आँख मूँद लें और ध्यान सिर्फ उसके इस गुण पर केन्द्रित करें कि वह संस्कृत धाराप्रवाह बोलता है और दिल का बुरा भी नहीं!"

"ओ नो, ये नहीं होने का! ऐसे लोगों से बचकर ही रहती हूँ जो मुझको फैनी पावर्स की तरह नहीं देखते, देखते हैं कलक्टर की बीवी की तरह! मुझसे मिलने नहीं आते, अपना कोई काम साधने आते हैं!"

"तो इसलिए दीये की लौ डगमग है? ज्यादातर बातियों में तात्त्विक गड़बड़ी यही होती है कि उनके 'स्नेह' में पानी मिला होता है!"

'स्नेह' शब्द का दोहरा अर्थ फैनी पावर्स तो शायद समझ नहीं पायीं पर पति की बातों का मर्म समझकर रमाबाई फिर से मुस्का दीं और आँखों ही आँखों में दोनों पति-पत्नी ने यह तय किया कि शिशु को निवेदित इन ऋचाओं का अर्थ भी फैनी पावर्स को बताते चलेंगे :

"वृत्तों का हरण करनेवाली–हे गर्भस्थ आत्मा–दोनों हरियों के साथ रथ में विराज!

"वृत्त का अर्थ है घेरा डालनेवाला, आच्छादक या निरोधक! अन्धकार वृत्त है। बादल वृत्त है। अज्ञान, विकार, वासना–सब वृत्त हैं।

शिशु की आत्मा बृहत्तर हो : इसके लिए जरूरी है कि वह जीवनरथ को दोनों हरियों से युक्त रखे! अश्व हरि हैं! अच्छी बातें समझानेवाला हरि हैं ! आत्मा के दो 'हरि'–बुद्धि और मन हैं! बुद्धि से सत्य का सतत चिन्तन स्मरण और मन से उसके कार्यान्वयन पर मनन, इन्हीं दो हरियों से युक्त रहकर आत्मा काया में स्थित हो!"

रमाबाई पढ़तीं–

"(ग्रावा) मेघ, बादल (वग्नुना) वाणी से (ते मनः) तेरा मन सुष्ठु, सुन्दर तथा (अर्वाचीनम्) नया (कृणोतु) करे!

" 'वग्नु' नाम वाणी का है। मेघ के प्रसंग में 'वग्नु' से तात्पर्य 'गर्जन' है! जब रिमझिम-रिमझिम वृष्टि होती है और वृष्टि के साथ बादलों का गर्जन होता है—एक ओर वनस्पति में नवीनता का आरोहण होता है, दूसरी ओर मानव-मन का सुष्णुकरण तथा नवीनीकरण भी! वनस्पतिविज्ञानवेत्ताओं से यह छुपा नहीं है कि मेघ की वृष्टि और गर्जन से वृहस्पतियों का मन तरंगित और नयी उमंगों से लहालोट हो जाता है।

यह मन्त्रस्थ लोरी ही वह मेघ है जिसकी वृष्टि से शिशु का मन हरी तरंगों में अँखुवाता चला जाएगा!"

फिर सदाव्रत विह्वल होकर कहते—"हे गर्भस्थ शिशु ! सारी पृथ्वी तेरी है! तेरी साधनास्थली, योगस्थली, धर्म और कर्मस्थली! अपनी आत्मव्याप्ति से तुझे सारी वसुन्धरा को सुखधाम बनाना है।

"तेरी यह योनि तुझे षोडशीइन्द्र से षोडशी आत्मा के लिए मिली है कि दुःख के महासागर में उगता आनन्द-सूर्य तुझे हर ओर से सींचे!"

भावविह्वल पति को रमा स्निग्ध दृष्टि से देखतीं। एक दिन फैनी ने बीच में रोककर पूछ दिया—

"षोडशी क्या?"

"सोलह कलाओं से भूषित!"

"क्या हैं ये सोलह कलाएँ?"

"अणुत्व, अजरत्व, ज्ञान, निर्विकारिता, इच्छा, शुद्धता, अहिंसा, स्वयंभूतत्व, अमरत्व, ज्योति, चेतना, गति, प्रयत्न, बोध, सत्य और बोध सत्व!"

आगे जो लोरी कहती थी, उसका अनुवाद सदाव्रत ने कुछ ऐसे किया था—

'संयुक्त रख केशी, वृषण, कक्ष्यप्त। दो हरियों को
इस उपश्रुति का सेवन कर...
हे सुवीर्य,
स्थापन कर हममें पोष और रचि का
हममें कर संचार!
दोनों शिप्तों को हिला दे तू
पीकर सोम चमूसुत, उठ ओज से!
बनकर पराक्रमि, देदीप्यमान अग्नि जग!
तुझको यह योनि मिली है
भ्रजिष्ठ सूर्य के लिए!
हे महत्त्वाकांक्षा! अपने सब नामों की द्युति लेकर
मुझको बनाती रहे तू

दिव्यात्माओं का हेतु!

हे महत्त्वाकांक्षा--इड़ा, रुता, हव्या, कामना,

चन्द्रा, ज्योति, अदिति, सरस्वती, विश्रुति, अधन्या : असंख्य आकांक्षाओं का केन्द्र!

जिस प्रकार सोमकलश में सोम की
असंख्य बूँदें क्षरण करती हैं
और सोमकलश भरा रखती हैं
आँपूर,
वैसे ही मेरी आकांक्षाओं के चाँद,
मेरे इस हृदयकलश में तू क्षरित हो,
आ प्रवेश कर मुझमें!
तू वृधों को नष्ट कर दे,
दबा तू पृतन्यतों को!
जीवन के इस सागर में
अवस् और अति की खातिर
सदा पुकारें सद्संकल्प,
संकल्प ही देवता है!...
तू हे पृथिवी गृहीत,
मैं तुझ गायत्र-छन्दस् को
करता ग्रहण

अग्नि के लिए
और मिट्टी की भी खातिर!
इस जगत्-छन्दस् को
दिव्यताओं के लिए ग्रहण करता हूँ!
अभिस्तवन तेरा एतत अनुष्टुप्!
....धुनता हूँ तुझे
वेशियों और कुकूनताओं के मध्य,
मध्य भद्र भावनाओं के,
आनन्दवृत्तियों के मध्य,
मध्य सारी मधुरिमाओं के!
धुनता हूँ तुझको मैं शुक्र में, दिन में,
सूरज की किरणों में!...
रमण कर वहाँ
धृति हो जहाँ!

हममें कर आत्मैश्वर्य की
स्थापना!
हो जाएँ सबमें
आत्मअवस्थिति के संस्कार!
सत्त की संसिद्धि
प्राप्त कर–
दिव्यताएँ, आनन्द, ज्योति!
उपोत्थित, पण्यमान, सन्मित्र,
किरण-सम्बलित!"

शब्दों में सचमुच ध्वन्यार्थप्रकाश होता है। हर रात पति के ऐसे अनुवाद सुनकर रमाबाई की आत्मा में चाँदनी की ही तरह की मदिर नींद घिर आती! निश्चिन्त होकर वहीं चटाई पर वे सो रहतीं!

फिर फैनी पावर्स को खाना खिलाने, उनका और पिता का बिस्तर लगाने का कार्य सदाव्रत ही करते। एक अजब तरह की स्निग्ध शान्ति चाँदनी की तरह घर में फैली होती और बहुत चाहकर भी फैनी पावर्स ज्यादा कुछ पूछ नहीं पाती !

एक रोज सदाव्रत भी जब सोने चले गए और सदाव्रत के पालक पिता जो इंग्लैण्ड से सदाव्रत के साथ ही लौटे थे, मुसहरी के भीतर ही तरह-तरह से गुड़ीमुड़ी होकर योग-आसन-प्राणायाम करते नज़र आए! मुसहरी में नाक सटाकर फैनी पॉवर्स ने पूछा–

"बाबा, तू जगा हुआ है तो एक बात बता! तू भी तो सुनता है रोज-रोज! इण्डियन बाबा है तो तू बता! पोष और रचि और अर्च, शिप्त और चमू, अनुष्टुप, कुकूनता–ये डिफिकल्ट वड्‌र्स जो मैंने डायरी में मार्क कर रखे हैं–इनका मतलब क्या है?"

पवनमुक्तासन करते-करते अयप्पा अचानक रुके! मुसहरी के भीतर से फैनी की नाक के सामने अपनी नाक अवस्थित की और जोर से साँस फेंकते हुए बोले–"आज बहुत रात हो गई है, तुम सो जाओ, मेम! कल तुझे ठीक से बताएगा।"

और अगली सुबह सबके उठने के पहले अयप्पा उठे। रमाबाई जैसे ही उठकर चौके में आईं–दौड़ते हुए पीछे आए और बोले–जल्दी से अपने टेक्नीकल शब्दों की लिस्ट मुझे दे दो, मेम रात को मेरे पास आकर जाने क्या-क्या तो पूछ रही थी!

रमाबाई की आँखों में अपने शिशुहृदय ससुर की बातें सुनकर एक महीन हँसी चमकी और ऋचाओं के वे कठिन शब्दार्थ उन दो उत्सुक आत्माओं के बीच उन्होंने हरसिंगार के फूलों की तरह बिखरा दिए!

दृश्य : 16

ज्योतिबा फुले ने हण्टर्स कमिशन को जो चिट्ठी लिखी है, उसका मसविदा सदाव्रत ने ही तैयार किया है। लिखा है :

"यह किस तर्क से कह रही है ब्रिटिश सरकार कि लोगों के नैतिक और बौद्धिक विकास का सबसे कारगर उपाय है समाज के उच्चस्थ वर्ग की शिक्षा-दीक्षा? हाँ, उनके पास बहुत फुर्सत है और साधारण जनता उनका रोब-दाब मानने को विवश भी है, पर वे उसके नैतिक और बौद्धिक विकास का माध्यम बनें–इसमें न उनकी रुचि है, न अभ्यास।

"निचले तबके के लोगों के पास पैसा या रोब-दाब भले ही नहीं हो, उनकी संघशक्ति अपार हो सकती है! जनसंख्या उनकी सबसे ज्यादा है और राज्य को राजस्व का अधिकांश वे ही देते हैं। इसलिए यह सरासर अन्याय होगा कि उनके लिए शिक्षा और सरकारी नौकरी के द्वार बन्द ही रखे जाएँ!

"ब्राह्मणों के पास अक्षर-ज्ञान है और शायद वह भी जिसे वे ब्रह्म-ज्ञान कहते हैं लेकिन उनका यह ब्रह्मज्ञान इतना व्यापक भी नहीं है कि ब्रह्म का विस्तार अब्रह्म में देख पाएँ! कहने को तो वे कहते हैं–'घट-घट में है राम समाया' पर हाथी के दाँत, खाने के और, दिखाने के और। कंजूस का धन है वह उनका ज्ञान भी, उसका छिड़काव मंत्र-जल की तरह वे सिर्फ अपने हित में चाहते हैं। ज्ञान भी एक तंत्र है उनका–राज्यतंत्र साध लेने का एक टोटका और एक षड्यंत्र कि जो जहाँ हैं, वहाँ बने रहें : स्त्रियाँ, अन्त्यज और सारे दबे-कुचले लोग!... अँगरेजी शिक्षा भी उनकी ही चेरी हो जाएगी, अगर सब सरकारी नौकरियों पर वे ही विराजमान कर दिए जाएँ और पाठशालाओं के द्वार अन्त्यजों की खातिर खोले नहीं जाएँ। सरकारी नौकरी और वकालत–ये दो बड़े रास्ते हैं अन्त्यजों की मुक्ति के!

"अँगरेजों को अभिभावक मान लेने की यह बात कितनी उचित है, इस पर सदाव्रत और रमाबाई का लम्बा विमर्श छिड़ा! रसोईघर में ही एक मोढ़ा लेकर सदाव्रत बैठ जाते–जब तक रमाबाई रोटियाँ बनातीं, ये बच्ची को सँभालते या साथ बैठकर साग काटते और दोनों परेवा बतियाते जाते कि क्या सचमुच "हमारे लड़के और लड़कियाँ अँगरेजी शिक्षा-दीक्षा पाकर, वैज्ञानिक ज्ञान और हुनर में अँगरेज बच्चों के बराबर हो पाएँगे? फिर उनकी सामाजिक हैसियत भी वैसी ही होगी जैसी अँगरेजों की?

"आई.सी.एस. की परीक्षा और बार ऐट लॉ–दो ऐसी ढेकियाँ हैं जिनसे धरती का जल आसमान में उठ सकता है! आसमान में उठकर ही उसको पता चलेगा कि मुड़ना किधर है, किस तरफ की धरती ज्यादा प्यासी है–किधर न्योछावर होना है! धरती का पानी लौटेगा तो धरती पर ही, पर हवा में उठकर एक बार

हर तरफ का जायजा लेना एकदम जरूरी है! इतना तो बादल भी करता है! गड्ढे में पड़ा-पड़ा सड़ता रहे—इससे बेहतर नहीं है क्या कि किसी ढेकी का सहारा लेकर उठे और धरती का कोई और कोना सींचे जो ज्यादा प्यासा हो!"

रमाबाई सदाव्रत की ऐसी बातें सुनकर सोच में पड़ जाती थीं! "ऐसी भाषा बोलता है सदाव्रत कि लोग समझ ही नहीं पाते! बहुत मोह होता इस अपने सदाव्रत के लिए! कुछ ऐसा है इसमें कि इसको कभी कोई पूरी तरह समझ नहीं पाता! अधूरे लेखों और कविताओं से भरी पड़ी हैं इसकी फाइलें! इतनी जबर्दस्त उठान, ऐसी उत्ताल तरंग, ऐसा व्यापक रसबोध, मौलिक विचार और चिन्तन—एक लहर उठती है और सो जाती है! इतने आवेग से कहता है कुछ, पर अपने वक्त से इतने आगे की बातें कहता है कि कोई समझ ही नहीं पाता! न समझे जाने या गलत समझे जाने की घुटन इसको अक्सर उदास कर देती है और अंतःस्थ!

"इतना प्रतिभावान हैं! इतनी अच्छी कविताएँ लिखता है! गाता भी है इतना अच्छा पर कलाकारों को यह समाज मीरासी-भर मानता है, इसकी तकलीफ भी इसे बेचैन रखती है! कभी कोई कहीं खाने पर बुलाता है—गाने का प्रस्ताव रखता है, गाता है सदाव्रत, आलाप उठाता है तो झर-झर रो देते हैं लोग पर साथ बैठकर खाना खाने में कतराते हैं। अँगरेजी शिक्षा-दीक्षा भी जात-पात पूरी तरह तो धो नहीं पायी! 'कलाकार', भावुक कलाकार होने का तमगा इसकी वकालत पर भी असर डालने लगा है! गाने-बजानेवाला व्यक्ति बौद्धिक भी हो सकता है—यह मानने को तैयार नहीं कोई! जो इसकी तार्किकता से प्रभावित भी हैं, वे इसकी भावुकता का लाभ उठाकर इसका दोहन करते हैं—इतने पेचीदे मुकदमे जीतकर दिखा देता है, फिर भी पैसे पूरे नहीं देते! अपनी मर्जी से जिनके केस लेता है, वे ऐसे दीन-हीन लोग हैं जिनकी क्षमता ही नहीं पैसे दे पाने की!...फिर भी दाल-रोटी चल जाती है, इस बात की तो तकलीफ नहीं कोई, तकलीफ है तो बस इस बात की कि इसकी अगाध बातों का मर्म लोग ठीक से नहीं समझते!"

बाबा अयप्पा जिनके रसोइए थे, जिन अँगरेज कमिश्नरानी ने इंग्लैण्ड में अपना आउटहाउस उन्हें वहाँ दे रखा था, गुजर चुकी थीं! उनके बच्चों का बचपन भारत में बीता तो था, पर उसकी मिट्टी से माँ की तरह का कोई उन्हें मोह होगा—इसकी उम्मीद नहीं थी बाबा को। इसके पहले कि वे बच्चे बूढ़े रसोइए को वापस 'इण्डिया' पार्सल करें—सदाव्रत खुद ही उन्हें वहाँ से लिवा लाए थे!

अपने इस बूढ़े, पढ़ाकू ससुर से भी रमाबाई की बहुत पटती थी। सदाव्रत जब कचहरी चले जाते, नन्ही मानो को नहला-धुलाकर, दूध पिलाकर बाबा के पास ही खटोले में रमाबाई सुला देतीं और गृहस्थी के बाकी खटराग समेटकर धूप में आरामकुर्सी पर बैठे बाबा से बतियातीं कुछ-कुछ—दुनिया-जहान के बारे में।

अपनी दिवंगता पत्नी के स्नो-पाउडर बाबा अयप्पा ने अब तक फेंके नहीं थे! जब कहीं कुछ कट-फट जाता–बड़े मनोयोग से वे बक्सा खोलते, सब नन्ही शीशियाँ निकालकर सजाते और किसी एक शीशी में उँगली डुबाकर देर तक उसका द्रव अपनी त्वचा पर मलते रहते! रमाबाई दूर से देखतीं, कुछ कहती नहीं लेकिन डबडबा तो जातीं!

ऐसा रमाबाई का जीवनक्रम रहा कि खाना बनाने का ठीक प्रशिक्षण मिला ही नहीं! कभी कुछ जल जाता, कभी कच्चा ही रह जाता। काफी धीरज से ससुर ही सिखाते कि कौन-सी चीज कैसे पकानी है! जिस रोज केक बनाना सीखा, केक तो फूला ही, ससुरजी भी फूलकर कुप्पा हुए और रमाबाई भी फूली नहीं समाईं!...पर केक काफी महँगा खाना था, जिस रोज केक बना, उसके बाद तीन दिन तक पीछे उगी सब्जियाँ ही उबालकर खानी पड़ीं! जिस मुवक्किल से पैसे की उम्मीद थी, ऐन वक्त पर कहीं सरक गया!!

बाबा से आर्थिक तंगी की बातें अक्सर छुपा ही ली जातीं, पर इस बार कुछ ऐसा हुआ कि पति-पत्नी के बीच की चख-चुख कानों में पड़ ही गई और बाबा के मन में ठन गई कि जब हाथों में हुनर है तो वे भी कुछ करें क्यों नहीं! सो, उन्होंने चर्च के प्रांगण में बच्चों को बाइबिल की कहानियाँ सुनाने का काम स्वीकार किया। इस बहाने वे घर से निकलते और एक नानखटाईवाले के पास अँगरेजी ढंग के केक, जैम, मार्मरेड और केचप बनाने का मेहनताना लेते! घर आकर कहते कि चर्च से बक्शीश मिलने लगी है!

रमाबाई के मन में एक बार और बड़ी जोर की उत्सुकता जगी–बाइबिल-कथाएँ पढ़ जाने की!

दृश्य : 17

आज रमाबाई और सदाव्रत यानी कि अपने सदाव्रत बाबू के विवाह की पाँचवीं वर्षगाँठ है! बच्ची, मनोरमा भी देखते-देखते चार बरस की हुई! सिलहट में सदाव्रत बाबू की बैरिस्टरी अच्छी चल निकली है! जहाँ-तहाँ 'उदंत मार्त्तण्ड' आदि अखबारों में कविताएँ भी छपती हैं! दोनों परेवा मगन हैं।

घर-गृहस्थी में रमाबाई की दिनचर्या उलझी रहती है! रससिद्ध दाम्पत्य और सजग मातृत्व 'रात गँवाई सोय के दिवस गँवाया खाय' का भाव जगने नहीं देते! वैयक्तिक जीवन की पूर्णता सार्वजनिक जीवन से विच्छिन्न कर गई हो–ऐसी भी बात नहीं! चिन्तन-मनन चलता रहता है! तरह-तरह की किताबें, तरह-तरह के लोग सार्वजनिक जीवन की हलचलों से बाखबर रहते हैं! हर शाम बैठक गुलजार होती है।

इधर स्थानीय मिशनरी, इजैक ऐलेन ने बाइबिल का हिन्दी अनुवाद किया–'शुभवर्तन' के नाम से। ब्रह्माण्ड की एक नयी व्याख्या इसमें थी। जबसे दयानन्द सरस्वती से मिलना हुआ था–हिंदू-समाज और हिंदू जनजीवन में व्याप्त विसंगतियों और रूढ़ियों पर लगातार सोचती रही हैं। सोचती रही हैं कि वैसे तो सब धर्म एक ही तरह की बातें कहते हैं, एक ही तरह के मूल्य प्रवर्तित करते हैं पर बौद्ध, जैन, इस्लाम और ईसाई धर्म चूँकि अपेक्षाकृत युवा धर्म हैं, (बाद में जगे), कालान्तर से जमती चली जानेवाली बदमजगियों और अंधवृत्तियों की वल्मीक कवच इन पर उतनी तो मोटी नहीं हैं! ये ज्यादा फरहर और व्यावहारिक जान पड़ते हैं। इस बीच उनका पत्राचार नव महाराष्ट्र के पुरोधाओं से चल रहा है! जस्टिस महादेव रानाडे और उनकी पत्नी रमाबाई रानाडे उन्हें कई बार महाराष्ट्र बुला चुके हैं कि वे करवट बदलते समाज पर स्त्री-दृष्टि से विमर्श करें! जगह-जगह भाषणमालाएँ रखी जाएँगी।

मगर ये प्रसंग लगातार टलता ही जा रहा है! सदाव्रत बाबू की इसमें कोई असहमति नहीं पर वे खुद भी इतने व्यस्त रहने लगे हैं कि नन्हीं मनोरमा को उनके भरोसे छोड़ने का जी नहीं होता! देशभक्तों के मुकदमे वे पूरी दत्तचित्तता और तैयारी से लड़ते हैं! माइकेल मधुसूदन दत्त की तरह उनका भी नाम है कि उनकी कवित्वमय बहसें अदालत में समाँ बाँध देती हैं। महात्मा फुले वाले आंदोलन के लिए भी पर्चे लिखते रहते हैं! रमाबाई नन्ही मनोरमा को साथ लेकर घूमें, इसमें भी दिक्कतें बहुत हैं! बीच सभा में ही वह कभी दूध की खातिर मचल जाती है, कभी गोदी में सोने की खातिर! दस लोग बैठे विमर्श करते होते हैं, कुछ देर तो वह बर्दाश्त करती है, फिर हाथ पकड़कर खींचने लगती है–"माँ, मशहरी गिरा दे, बू पिला दे, निनिया सुला दे!"

एक अच्छी सन्तान किसी भी औरत का सबसे अधिक ठोस अवदान होती है, बृहत्तर समाज को इससे अधिक सार्थक उपहार वह क्या दे सकती है–यह सोचकर रमा को लगता है, कुछ साल रुक जाना ही बेहतर है! अभी मनोरमा का मन बोना और सींचना, सँभालना जरूरी है!

सदाव्रत बाबू की सान्द्र, धीरोदात्त छाँह भी धूप-से गोरे हाथ-पाँवों पर सुन्दर-सी मेहंदी रचे रखती हैं! चोटी भी वे ही कर देते हैं! पीठ दबा देते हैं! इतना दुलार-मान भी एक हल्का नशा ही है!...कभी-कभी लोगों या पुस्तकों को लेकर हल्की बक-झक भी हो जाती है, पर बात की गिरह बाँधकर बैठने की मनोवृत्ति न रमा की है, न उनकी–इसलिए जीवन सुगम है! अक्सर शाम के वक्त दोनों कंधा से कंधा जोड़े कुछ-कुछ पढ़ते हैं, पढ़ते-पढ़ते कभी रमाबाई के मन में आता है कि काश, कोई कम्बल ओढ़ा दे तो पता नहीं किस अंतःप्रेरणा से सदाव्रत बाबू उठते हैं और उसे गर्दन तक कम्बल ओढ़ा देते हैं! एक बार रमाबाई पलटकर बोली–

"तुम्हें कैसे पता चल गया कि मुझे ठंड लग रही है?...ऐसे तो तुम मुझे निकम्मा बना दोगे...बचपन के दिनों की सोचो तो...आश्रम के बाद के दिनों में नंगे पाँव, भूखे पेट, अटट धूप में चलना कैसा लगता था...।"

"उस समय भी तो हम महामगन रहते थे! कितनी भी भूख लगी हो, कैसा भी विपरीत मौसम हो–तुम्हारा होना मुझमें फुर्ती भरे रखता था...!"

"'बीरबल की खिचड़ी' वाला वह बूढ़ा याद है तुम्हें! दूर कहीं राजमहल में जलती रोशनी के मानसिक अवलम्ब के सहारे जिसने पूस की कठिन रात ठंडे सरोवर में खड़े खड़े काटी!...तुम जब तक बाहर रहे, मैंने उस बूढ़े का धीरज दिखाया।"

"अरे, यह बात तो कभी तुम्हारे लिए मैंने चिट्ठी में लिखी थी! मियाँ की जूती, मियाँ के सर!" और दोनों हँस पड़े! बिस्तर खिड़की से सटाया हुआ रखा था! खिड़की पर रातरानी की झाड़ी थी! रातरानी के फूल चाँद के अंतरंग स्पर्श से सिहर जाते। यह सिहरन उनमें एक अजब उजास भर देती! देखते-देखते वे फूलों से तारों में तब्दील हो जाते। फूलों से तारों में तब्दील होने की यह प्रक्रिया एक गहरे रहस्य की तरह दोनों के मन-प्राणों में उतर आती!

दृश्य : 18

सिलहट में हैजा एक गिद्ध-दल की तरह उतरा है! श्मशान और कब्रिस्तान अगल-बगल ही लेटे-लेटे बेचैन करवटें बदल रहे हैं! मिट्टी भी अफर गई है ! कुछ है जो गले में अटक गया है और बावजूद लाख उल्टियों के और दस्त के वह बाहर नहीं आ रहा!

मनोरमा आम की शौकीन है। आम की मक्खियों से निबटने में लगीं रमा बार-बार गोबर से घर लीपती हैं! कब के निकले सदाव्रत अब तक नहीं लौटे ! एक परिचर्या-दस्ता गठित किया है, उसको ही लेकर सुबह-सुबह झुग्गियों की ओर निकल जाते हैं–दिन-भर पेट में एक दाना नहीं जाता!

आज तो हद कर दी! अँधेरा घिर आया! मनोरमा भी बुखार से तप रही है और इनकी कोई खबर नहीं! बेचैनी में रमा को इधर से उधर टहलते देखा तो बाबा अयप्पा समझ गए, मामला गड़बड़ है और अपना वह इंग्लैण्ड से लाया हुआ बड़ा-सा टॉर्च बाले हुए, पैण्ट पर गैलिस चढ़ाकर उधर बढ़ गए जिधर पड़ोसियों ने इशारा किया!

रमाबाई ने जाते हुए बाबा की पीठ देखी! इस उम्र में भी ऐसे चरफर! देखकर बहुत मोह उमड़ा! कितना झेला है इस व्यक्ति ने! कितना सँभाला है हमको!...तब क्या पता था कि बाबा और खुद सदाव्रत भी लौटेंगे तो मगर पैरों पर चलकर नहीं...चार कंधों पर!

किसने सोचा था। अछूत बस्ती में स्कूल खोलनेवाला मामला ऐसा तूल पकड़ेगा—वह भी संक्रामक बीमारी की इस कठिन बेला में—जब सदाव्रत भूखे-प्यासे सेवा में जुटे होंगे! लाठी लेकर उस पर टूट पड़ेंगे द्विजगण और उन्हें बचाने की कोशिश में आगे आए बाबा—इस तरह अचानक निढाल गिरेंगे—इसकी कल्पना भी कठिन थी!

कुछ देर की खातिर रमाबाई संज्ञाशून्य हो गईं! फिर कैसे-क्या हुआ, कैसे उन पड़ोसियों ने भी उनको सँभाला जो उनकी कोर्ट-मैरेज को आज तक मान्यता नहीं दे पाए थे—यह कहानी भी अचरज भरी है। विपत्ति में खब्ती पड़ोस भी दिलदार हो जाता है—शायद इस अपराध-बोध से उबरने का एक मौका यह विपत्ति ही होती है जिसकी भविष्यवाणी अपनी विकट गालियों में वह हर बार करता रहा : मर जाओ, खप जाओ, बर्बाद हो जाओ आदि आशीर्वचनों में भी।

दृश्य : 19

सदाव्रत को गए पाँच महीने, पंद्रह दिन, तेइस घण्टे, सत्रह मिनट, तीन क्षण बीत गए! ये बीतना क्या है? फटी-फटी आँखों से रमाबाई उस बारह बरस की हरप्रीत को लगातार देखा करती हैं! पड़ोस की इस ज़हीन-सी लड़की में एक अजब कशिश है! रमाबाई की गृहस्थी पिछले कई महीनों से ये ही सँभाल रही है जैसे कि अपनी सौतेली माँ की गृहस्थी जो अक्सर बीमार रहती है! माँ इसकी कहने को सौतेली है पर दोनों में कोई बैर नहीं! बैर है तो बाप से जो दोनों को पीटता है और दोनों के संग सोना चाहता है।

बहुत थोड़े सिक्ख परिवार यहाँ इस शहर में हैं! सिक्ख, ईसाई और मुसलमान रमाबाई और सदाव्रत के ब्याह में भी शामिल हुए थे! एक ब्राह्मण बाला दलित युवक से कोर्ट-मैरेज करके साथ रह रही है—इस बात से उनकी नाक इतनी नहीं गिनगिनायी थी जितनी कि आर्य हिंदुओं और महाब्राह्मणों की जिन्हें ज्योतिबा फुले विदेशी आक्रमणकारी बताते थे, विदेशी आक्रमणकारी जो हिंदुस्तान के मूल निवासियों को लम्बी-चौड़ी काठी और नैसर्गिक रक्षा-वृत्ति के कारण 'राक्षस' कहकर पुकारने लगे और जिनका घर-बार छीनकर खुद महाप्रभु बन गए! ऐसा नहीं था कि सब ब्राह्मण ऐसे थे, उनमें से कई तेजस्वी, उदार और पूर्वजों की श्रेष्ठताग्रन्थि के कारण शर्मिन्दा रहनेवाले संकोची जीव भी थे। और उन्हें 'सर्वे भवन्तु सुखिनः' की चिन्ता थी। पर ज्यादातर थे ढाक के तीन पात—महालोभी, महाक्रोधी और स्वार्थी! किसी तरह का कोई परिवर्तन उनको अनाचार लगता! उन्हें रमाबाई एक आँख नहीं सुहाती!

ज्योतिबा फुले के मानस पुत्र की पत्नी थीं रमाबाई! उनके ही शिक्षा अभियान और सेवा-मिशन के विरोधियों ने सदाव्रत की जान ली थी! सदाव्रत के

गुजरने के बाद कई मुकदमे दायर हुए, पर तीतल लौकी की तरह आधा ही बढ़कर बिसुख चले, देर तक लटके रहे यों ही–निस्सार! प्रायः हर हफ्ते ज्योतिबा और सावित्री फुले पस्त रमाबाई को देखने आते थे! उन्होंने स्पष्ट निर्देश दिया था कि रमाबाई के लम्बे बाल कटेंगे नहीं! समस्त नाइयों को एकजुट किया जा रहा था कि विधवाओं के केश-कर्तन से वे साफ इनकार कर दें। शोक भी प्रेम की तरह प्रदर्शन की वस्तु नहीं। यदि कोई प्रकृति के घात से शोकसंतप्त है तो समाज का काम है–उसके जीने की राह खोलना, अवरुद्ध करना नहीं!

कुछ वर्ष पहले ही अमेरिका में दासता का अंत घोषित हुआ था और अब समय आ गया था शूद्रातिशूद्र और स्त्री दासता से उबरें और इस दासता से उबरने का बस एक ही उपाय था–शिक्षा! रमाबाई सुशिक्षित थीं, फुले रमाबाई को अपने संग पुणे लिए जाना चाहते थे। उधर जस्टिस रानाडे और रमाबाई रानाडे की भी चिट्ठी बार-बार आती थी कि सदाव्रत की आत्मा को तृप्ति तभी मिलेगी जब रमाबाई मन साधकर उनके सपने चरितार्थ करने में जुट जाएँ! वैयक्तिक दुखों का ताप कम करने का एक ही उपाय है–सार्वजनिक दुखों में डुबकी।

जब से सदाव्रत गुजरे हैं, रमाबाई के मूक प्रशंसकों की प्रेम-प्रत्याशा फिर से बाँध तोड़ बही आ रही है! हर व्यक्ति अलग-अलग दावों के साथ अभिभावकत्व बघार रहा है! इनमें से कुछ के प्रति रमाबाई के मन में स्नेह और सम्मान भी है पर कोई किसी की जगह ले कैसे सकता है–वह भी सदाव्रत की जगह, सदाव्रत जो पेड़ नहीं हैं, पूरा सदाव्रत है–स्मृतियों की एक घनी छाँह, एक अगाध, दुर्भेद्य, आदिम विस्तार–हरियाली का एक समुन्दर!

स्नेह से, धीरज से लोगों से निबटने की कोशिश करती हैं, पर कामांध व्यक्ति बहरा भी होता है–कोई तर्क उसके पल्ले नहीं पड़ता–'जैसे उड़ि जहाज को पंछी, पुनि जहाज पे आवे' रह-रहकर वह स्वामित्व और दैहिक आच्छादन की खातिर मचल जाता है–यह बात श्रीधर की मृत्यु के बाद भी उजागर हुई थी और अब वैधव्य के बाद तो जैसे झड़ी लग गई है। परेशान हैं रमाबाई–खासकर दादा साहब से जो सदाव्रत के अनन्य सहयोगियों में थे और जिनके बहुतेरे उपकार थे रमाबाई के सर! घर ढूँढने में उन्होंने कितनी मदद की थी! वे सिलहट के ही थे, परेदस से आए एक समाजसेवी वकील को समुचित जनाधार देने में जो भी पहल हो सकती है, इन्होंने तब तो निःस्वार्थ भाव से ही की थी!

सबसे आश्चर्यजनक बात यह थी कि उनकी पत्नी परमसुन्दरी और एकनिष्ठ थीं! खुद तो ये काफी नाखरूस माने जाते थे, एक परमसख्त पिता, परमसख्त पति और गुस्सैल मगर काबिल वकील, पर पत्नी कर्कशा नहीं थीं!

सामाजिक कार्यों में इनके हाथ भी बँटातीं, फिर भी इनका जाने कौन-सा कोना अब तक अतृप्त पड़ा था कि रमाबाई की उपस्थिति उन्हें आप्लावनकारी लगती ! सुबह-शाम उनके घर के चक्कर काटते, बातें तो सभ्य और शिष्ट ही करते पर आँखें अजब तरह से पनीली रहतीं। खुद अपने बच्चों को शायद ही कभी गोद में उठाया हो पर मनोरमा को तो कंधे पर बिठाए हुए ही रमाबाई की बिखरी गृहस्थी का कोना-कोना जोड़ते! सदाव्रत से पुरानी दोस्ती थी--इस एक रिश्ते से उदारतापूर्वक उनका सारा कर्जा चुकाया ही, श्राद्ध का भोज भी ऐसा किया कि कई दिनों तक कस्बे के गरीब (झोलियों में बची-खुची) जूठी-टूटी पूरियाँ और बुँदिया उँगलियाँ चाटकर खाते रहे!

बाहर की दुनिया व्यवस्थित की, उसके बाद रमाबाई के सम्मुख प्रस्ताव रखा कि शहर के एक मिशनरी स्कूल में मनोरमा को प्रवेश दिला दें, दिवंगत मित्र के परिवार के प्रति उनका यह कर्तव्य बनता है...इस बात पर रमाबाई सिहर गईं! फैनी पॉवर्स के हजार किस्से उन्हें याद आए! अपना भी स्वाभिमान टिसका! ऐसे ही बनती हैं स्त्रियाँ रखैलें! उसी दिन तय कर लिया कि जल्दी से जल्दी शहर छोड़ देना है और अपनी रोजी-रोटी के लिए खुद ही मेहनत करनी है! किसी की आश्रिता नहीं बनना!

शहर छोड़ते बदमजगी तो बहुत हुई, पर जिसने संकल्प ठान ही लिया, उसके लिए कोई रास्ता दुर्गम नहीं होता! दादा भाई लम्पट नहीं थे! नाखरूस आदमी लम्पट नहीं होता! दुनिया के सब दोष प्रकृति एक बोरे में नहीं कोंचती। हो सकता है कि रमाबाई के प्रति उनका यह राग सच्चा हो तो इस 'सच्चे' राग के नाते रमाबाई का और भी गम्भीर दायित्व बनता था कि उन्हें मार्ग से भटकने न दें। फैनी पावर्स कहती थी–"बीवी-बच्चेवाला मोहाविष्ट व्यक्ति एक जिद्दी बच्चा ही तो होता है, अपना हित-अहित उसको खुद नहीं सूझता। ऐसे में औरत के सिर ही ये दायित्व आ जाता है कि उसकी नाक और राल पोंछ घर वापस भेजे।" हँसते-हँसते फैनी पावर्स बहुत पते की बातें कह जाती थीं हालाँकि बेचारी की कहनी और करनी में बहुत फर्क था! चाहते-न-चाहते भी वे पीछे पड़े प्रेमी की गोद में पके हुए फल की तरह बेबस गिर जातीं! उससे क्या, जीवन की उठा-पटक ने रमाबाई को ये ही सिखलाया था कि यौन-शुचिता किसी के चरित्र का इतना भी बड़ा पक्ष नहीं होती कि पूरे चरित्र की ऊँचाई का एकमात्र मानक बने! कई लोग देह को नींबू-पानी के एक सुन्दर गिलास का ही मान दे पाते हैं, उससे ज्यादा उसके बारे में सोचना उनको जरूरी नहीं लगता। जिनके साथ जुड़ते हैं–उनके दुख-सुख में साथ भी खड़े होते हैं, एक खास तरह की अगाधता उनमें होती है, दानव नहीं होते वे लेकिन कमजोर तो होते हैं! कुछ लोगों में इस तरह की कमजोरी नहीं होती पर वे काफी नाखरूस, शुष्क, स्वार्थी और दुष्ट हो सकते हैं जो शायद और बुरी बात है!

रमाबाई के मन में किसी के लिए कोई नफरत नहीं थी, वे चाहती थीं–सब खुश रहें और दोस्त बने रहें पर ज्यादा दूर तक रिश्तों की लटपट में फँसने का उनका कोई इरादा नहीं था! दादा साहब की हतप्रभ उदासी रह-रहकर कलेजा कचोट तो रही थी पर भीतर कहीं एक सन्तोष भी था–वो वाला सन्तोष जो डायबिटीज के मरीज की परिचारिका को सामने से मिठाई की प्लेट खींच लेने पर होता है। अन्ततः यह उनके लिए भी अच्छा हुआ, कामना का ज्वार थमेगा तो महसूस करेंगे। बेचारे भले आदमी, बेकार बदनाम होते और सन्त्रस्त! मृगतृष्णा ही तो है एकपक्षीय प्रेम–खासकर विवाहेतर प्रेम! फैनी पावर्स के किस्सों के साक्ष्य से रमाबाई को स्पष्ट पता चल गया था–"दाम्पत्य के एक मोड़ पर कोई भी थक/ऊब/चिढ़कर इधर-उधर देखने लगता है और ऐसे में कोई थोड़ा भी कल्पनाकूल मिला या दीखा तो उसके चरणों पर गिर पड़ता है लेकिन अजब बात है कि क्षतिपूर्ति का सिद्धान्त प्रेम में नहीं चलता! बेमतलब का एक अपराधबोध इस लटपट का हासिल है! कौन पड़े इस फेर में!"

"कुछ वर्ष बाद जब कामना का यह ज्वार उतर जाएगा, दादासाहब के परिवार से दुबारा आकर मिलूँगी! तब तक ये मानसिक रूप से स्वस्थ हो जाएँगे! तब इनसे नैतिक-बौद्धिक-मानसिक संवाद का नाता रखूँगी–इसके लिए तो कहीं कोई मनाही नहीं है। दुनिया की कोई भी पत्नी अपने पति से किसी औरत की निरपेक्ष दोस्ती का बुरा नहीं मानती। उसको डराता है सम्बन्ध का भौतिक पक्ष ही–पैसा और देह!...पैसे तो इन्होंने मुझ पर खर्च अवश्य किए हैं...कुछ बरस बाद जब दुबारा इस परिवार से जुडूँगी, यह ऋण भी उतारूँगी ही किसी तरह", यही तय करके रमाबाई ने एक हाथ में गठरी पकड़ी, दूसरे से मानो की उँगली और एक अनन्त यात्रा पर निकलने की सोची।

दृश्य : 20

कई हफ्तों से मुहल्ले में चर्चा थी कि रमाबाई और मानो अब पुणे चली जाएँगी! सारा दिन मानो को गोदी में लिए घूमनेवाली हरप्रीत और उसकी पक्की सहेली, शाजिया समझ ही नहीं पाती कि रमा ताई के बगैर जिन्दगी कटेगी तो कैसे : कौन उनके उलझे बालों से जुएँ चुनेगा, कौन उन्हें बिठाकर पढ़ाएगा, कौन उनके छोटे-छोटे सपनों से एक बड़े सपने की थिगली सिलेगा, कौन उन्हें किस्से सुनाएगा, कौन उनका क्षितिज बड़ा करेगा! रोज-रोज की समस्याओं पर एक व्यापक दृष्टि डालनेवाला कोई कई बरस साथ रह जाए तो उसकी तलब आत्मा को लग जाती है। दोनों लड़कियों का अपना आपसी रिश्ता भी काफी पेचीदा था।

लोग कहते थे कि शाजिया के अब्बू से हरप्रीत की अम्मी की आशनाई है ! क्या शब्द है यह 'फँसी हुई'! मछली और मछुआरे का रिश्ता, चिड़िया और

चिड़ीमार का रिश्ता! बात मगर ऐसी न थी! इन दोनों का रिश्ता ऐसा था जैसा कि आदमी से आदमी का या औरत का होना ही चाहिए—कुछ भी कह-सुन लेने का रिश्ता, स्नेह और विश्वास, गहरी आपसदारी और संहानुभूति का रिश्ता!

"कभी-कभी दोनों लिपटकर सो भी जाते होंगे तो क्या?" हरप्रीत एक दिन डबडबायी आँखों से बोली—'कोई तो चाहिए जो चाई को थोड़ा प्यार करे, उसकी गर्दन सहलाए, उसकी चोटियाँ गूँथे! दारजी उनकी जब कदर ही नहीं करते, जब दोनों के मन का तार ही नहीं मिलता तो सारा दिन फूटे ढोलों-से बजने का क्या मतलब? अच्छा है कि जीवन फिर से वे शुरू करें! रमा ताई हमें स्लेट पर हिसाब बताती हैं, हिसाब गलत हो जाता है तो मिटाकर दुबारा बनाते हैं कि नहीं बनाते?"

लेकिन यह हिसाब-किताब शाजिया को पसन्द नहीं आता! दरअसल शाजिया अपनी अम्मी के पक्ष से सोचतीं! अब्बू उनके महबूब शौहर थे! दोनों में दोस्ती थी, कट्टी नहीं थी! फिर क्या हक था किसी और औरत को दोनों के बीच पसर जाने का—अब वह औरत उसकी पक्की सहेली की अनादृता माँ हो तो भी क्या! उसके अब्बू को क्यों बलि का बकरा बनना चाहिए?

रमाबाई दोनों के तर्क सुनतीं और सोचतीं : सच कभी एकमुखी रुद्राक्ष की तरह तो नहीं मिलता, हर सच के चार-छह चेहरे होते हैं! एक ही सच सार्वकालिक और सार्वदेशिक है—और वह यह कि हमेशा उसके पक्ष से सोचो जो सबसे ज्यादा परेशान और कमजोर है!

इस किस्से में हरप्रीत की अम्मा ही सबसे ज्यादा परेशान थीं! हरप्रीत ने ये उनको बताया था कि हकीम साहब यानी शाजिया के अब्बू जब उनके कमरे से बाहर निकलते हैं—कुछ देर वे मन ही मन मुस्कुराती हैं, फिर लगती हैं कसमसाने-सिसकने और अपने-आपको कोसने! अपने-आपको कोसने का सिलसिला बन्द भी नहीं होता कि दारजी की गालियाँ टर्राने लगती हैं—

"हकीम आया था न? खोलकर खड़ी हो गई? लग गई पलीते में आग?"

कैसी-कैसी गालियाँ, हाय माँ! रमाबाई का सर एकदम से भन्ना जाता! कैसे-कैसे पुरुष-पुंगव हैं इस धरती पर और एक अपना सदाव्रत था! सुख-दुख का कोटा सचमुच बराबर होता है क्या? क्या कहें इन लड़कियों से? क्या जीवन-मूल्य इन्हें दें? और सब सोच-समझकर कहतीं—"आदमी-औरत के बीच सबसे अच्छा रिश्ता निरपेक्ष दोस्ती का ही हो सकता है—इसमें किसी का कुछ छिनता नहीं, किसी से बेईमानी नहीं होती, सिर उठाकर सबकुछ साथ-साथ झेला जा सकता है!...और अगर बीच में किसी क्षण देह आ ही गई तो—उसको मथठोक्कन बना बैठना भी बेकार है...जो हुआ सो हुआ, अब बढ़ो और भरसक किसी की राह में नहीं आओ!"

इस शहर से जाने में सबसे ज्यादा दुख इन लड़कियों और इनकी परेशानहाल माँओं से बिछड़ने का ही है! काश, कभी कोई ऐसा परिवार बना पाती जिसका आधार रक्त-सम्बन्ध नहीं, आत्मिक रिश्ते ही होते–ऐसे ही अचानक उभरे आत्मीय रिश्ते! शाजिया की अम्मी मिस्र के खानाबदोशों की बेटी थीं! हकीम साहब को पिरामिडों के पास के किसी खेमे में ऊँटनी का दूध दूहती हुई दीखी थीं। ब्याह कर अनजान देश तो ले आए, मान-सम्मान से रखा भी, पर वह अकेलापन न मिटा पाए जो मातृभाषा न जाननेवालों के बीच रेत की झाड़ियों की तरह बेसाख्ता उग आता है! बेटी को भाषा सिखायी, गीत भी सिखाए, शाजिया तर्जुमा कर लेती है उनके गीतों का और रमाबाई को गाकर सुनाती भी है, गाती है शाजिया तो रमाबाई की आँखों से झर-झर-झर मोती बरसते हैं :

निराशा, फासला और सात घाव
मुझे इनसे डर लगता है
डरती हूँ, ये मेरा दिल तोड़ देंगे
हमारे बीच बहुत-सी जमीनें
रास्ता रोके पड़ी हैं
मेरा दिल टुकड़े-टुकड़े हो गया है
तुमसे कोसों दूर होने और
तुम्हारे विरह में जलने के चलते।

मेरी निगाहें दूर, लोगों के कलरव से दूर–
ऐ निराशा के राजा, ऐ विरह की रानी,
तुमने हमें घेर लिया है
निराशा का राजा, विरह की रानी और सात घाव,
ये सब मुझे डराते हैं।
जब वह दूर था
उसका प्रेम मन में पुलकित होता रहा,
वह पास आया और दूर गया तो
खुदा उसे वापस न लाया
और उसने मेरे पास कुछ नहीं छोड़ा,
सिवा इन घावों के।

कल रात एक सपने ने मुझसे कहा
अच्छी चीजें उन्हें पहुँचती हैं–
धीरज से राह देखते हैं जो!

क्या जाने कब बदलेगी हवा
कब बारिश लाएगी उसको
धूल भरी गर्मी
और घूमते बगूलों के बाद।

दृश्य : 21

अपनी नन्ही-सी गृहस्थी गठरी में बाँधते हुए रमाबाई को गजब लग रहा है! एक-एक बरतन पर सदाव्रत के ओठों का एक थरथराता-सा स्पर्श है! तबला-डुग्गी, हारमोनियम, तकिए-चादर-कुरते-धोती-कलम-फाइलें-किताबें-कविताएँ और डायरियाँ, पुरानी धूल, जवाकुसुम तेल, अफगान स्नो और किमाम की मिली-जुली गंध आँख मींचकर कुछ सोचती-सी जान पड़ती है! ऐसे ही आँख मींचकर और भवें सिकोड़कर सदाव्रत सोचते रहते थे कुछ-कुछ जब रमाबाई उनका चश्मा छिपाकर उन्हें तंग-तूँग कर देती थीं!

मनोरमा चीजें समेटने में उनकी मदद कर रही है! कितनी छोटी उमर से लड़कियों में यह संवेदनशीलता विकसित हो जाती है कि कोई अकेला खट रहा है तो हाथ बँटा दें और अकेला बैठा है तो पास चले जाएँ...नहीं चाहता साथ तो लौट जाएँ!

शाजिया को लेकर मन काफी परेशान है! उनके लाख विरोध के बावजूद उसकी शादी उसकी दादी के किसी रिश्तेदार से तय हो गई है जो उम्र में उसका तिगुना है और चार बच्चों का बाप! अरब देश से तिजारत करके लौटा है! अमीर तो है पर आदमी नहीं है, एक अघायी-सी डकार है : शाजिया के मासूम चेहरे से चौगुनी बड़ी और गोल उसके दूल्हे की तोंद होगी और उसकी आँखें बाज की आँखें हैं। पहली बार रमाबाई को हकीम साहब पर गुस्सा आया है–बिना रीढ़ का आदमी! कहीं कोई प्रतिरोध व्यक्तित्व में विकसित ही नहीं हुआ–बाप दबंग हैं, आज तक घर का ख़र्चा वही चलाते हैं-हकीमी सिखला तो दी मगर शफाखाने पर बैठने नहीं दिया कि गैर-मुल्क की दुल्हन उठाकर क्यों लाए...गनीमत यही थी कि मिस्री दुल्हन को सड़क पर नहीं फेंका पर उसको और उसके बच्चों को सारा समय कठपुतलियों-सा नचाते रहे, और अब नाकारा बाप की बेटी होने की सज़ा शाजिया को यों मिल रही है कि बाप की उमर के खुरदुरे इंसान की तिजोरी और चार बच्चे सँभालने का जिम्मा लिए-दिए जाने कहाँ जा रही है!

बेबसी में रमाबाई की नसें ऐंठती हैं! ऐसे में 'बाहरवाला' होना काफी खटकता है! हाँ, वे बनाएँगी, एक ऐसा बड़ा परिवार जहाँ इस तरह की तमाम लड़कियाँ आराम से रह सकें, लिख-पढ़ सकें, अपने पाँवों पर खड़ी हो सकें– कैसे-क्या

होगा–ये पता नहीं, पर कुछ करना है जरूर! शाजिया का गाया एक और गीत जेहन में गूँज रहा है–सूरज ने मुझे कुछ नहीं सिखाया और चाँद ने मेरे साथ नीचता दिखायी...सारी रात हम भटकते हैं अपने ख्यालों की बिखरी हुई भाग्यरेखाओं में/मेरा दिमाग इस जुस्तजू से थकने लगा है।

...मेरी प्यारी चिड़िया,
ऐसी जगह उतरती क्यों हो
जहाँ शिकारी तुम्हें देख लेता है?

अपने ख्यालों में खोयी हुई रमाबाई दरवाजे पर खड़ी थीं–गठरियों के बीच–मानो को चने चुगाती कि हरप्रीत की चाई मैले-कुचैले कपड़ों और इखरे-बिखरे बालों में प्रकट हुई और दृढ़ कण्ठ से जो कहा, उससे रमाबाई चकित रह गईं! कोई नहीं जानता, ताकत का झरना कब कहाँ से फूटेगा–किसी भुरभुरी-सी दीखनेवाली ज़मीन में भी सुगबुग सोते सोए हो सकते हैं! जो औरत दस कदम भी किसी सहारे बिना चलने में पसीने-पसीने हो जाती थी, रूह के तेज से तेज-तेज चलती हुई आई और इतने इंतेजामात के बाद :

"देखो रमाबाई, बहुत वक्त नहीं है, शाजिया जिस लड़के से इश्क करती है और जिसके साथ खुश रह सकती है–वह लड़का मेरे कमरे में है! किसी उपाय से शाजिया को वहाँ ले जाओ तो वह ज़िबह होने से बच जाएगी! लड़के की माँ मेरे मायके की है! उसको ये रिश्ता कुबूल है–इसलिए डरना मत!...हरप्रीत की सहेली है तो मेरी बेटी ही हुई–हकीम साहब के बस का तो कुछ नहीं, मगर उनको भी इत्तला कर दी है और उनकी बीवी को भी–रो-रोकर हलकान होने से कुछ नहीं होता–ठीक समय पर ठीक फैसला जरूरी है–जाओ, देर मत करो! समय नहीं है! बारात आने ही वाली है! मैं खुद चली जाती, पर उसकी दादी मुझसे खार खाती है–मुझको दुल्हन के कमरे में जाने ही नहीं देगी, और तो और हरप्रीत को भी भीतर जाने नहीं दे रही–उसको शक है कि कुछ गड़बड़ हो सकती है!"

रमाबाई के व्यक्तित्व में रुआब था! उनका रस्ता रोक पाना आसान नहीं था ! एक मिनट को सोचा–झूठ का सहारा लें कि नहीं लें, फिर मन में कौंधा कि किसी को बचाने के लिए बोला गया झूठ झूठ नहीं होता! माँ के दिए कान के बुंदे बक्से में पड़े हुए थे! एक मिनट को मन में मोह हुआ–माँ की निशानी है, क्या पता कहाँ चले जाएँगे, मनोरमा बड़ी होगी तो पहनेगी–लेकिन फिर साँस रोककर सोचा इससे बढ़िया इनका उपयोग हो ही नहीं सकता! नेग देने के बहाने गईं और सारी योजना समझाकर पीछे के दरवाजे निकल गईं!

गुरुद्वारे से अरदास उठ रही थी–

अरबद नरबद धुँधूकारा।
धरणि न गगना हुकमु अपारा।।

न दिनु रैनि च चंदु न सूरजु
सुन्त समाधि लगाइंदा
खाणी न वाणी पउण न पाणी,
ओपति खपति न आवण जाणी,
खंड पताल सपत नहीं सागर,
नदी न नीरु बहाइंदा!
न तदि सुरगु मधु भइआत्मा।
दोजकु मिसतु नहीं खै काला।।
नरकु सुरगु नहीं जंगणु मरणा
ना को आइ न जाइंदा।।

× × ×

सदाव्रत के अचानक चल देने से सिर्फ रमाबाई और मानो ही अकेले नहीं हुए थे, शहर के सब परेशानहाल, अनादृत गरीबों के सिर से एक हमदर्द साया उठ गया था! कभी-कभी तो अपना शोक भूलकर रमाबाई इन्हें ही तोस-भरोस देने लगतीं! इनका मन बिल्कुल नहीं था कि सदाव्रत दादा गए तो भाभी मानो भी शहर छोड़ें, पर ज्योतिबा की भी इच्छा यही थी तो यही सही!

शहर छोड़ते वक्त सुबह से ही रमाबाई की दहलीज पर भीड़ जुटी थी! इक्का जोते माधो सूर्योदय के पहले से द्वार पर खड़ा था! अपने लम्बे ओवरकोट की जेब में हाथ घुसाकर अन्दर के छुट्टे पैसे (झुनझुने की तरह) बजाती हुई फैनी पावर्स एक ओर खड़ी थी! उसकी इस विचित्र हरकत पर हरप्रीत और दूसरी लड़कियाँ विदा की इस मारक घड़ी में भी घुटनों में मुँह छुपाकर हँसने को मजबूर थीं : वह भी अद्भुत दृश्य था—कभी तो आँखें भर आतीं और कभी फैनी पावर्स की तरह-तरह की भावमुद्राएँ लड़कियों को चौंका/हँसा भी जातीं! पाँच बरस की मानो भी जैसे स्थिति की विडम्बना भाँपती हुई मन-ही-मन मुस्कुरा रही थी!

दादा साहब इस कदर आहत थे कि खुद तो नहीं ही आए, घर से भी किसी को मिलने आने की अनुमति नहीं थी! रमाबाई ने ही इक्कावाले से कहा—"दादा साहेब की हवेली होते चलो!"

फैनी पावर्स की बग्गी भी पीछे चली! पुणे तक के सफर का इंतजाम फैनी पावर्स का ही किया हुआ था! तीन-चार दिन पहले पता नहीं किस सूत्र से सदाव्रत की मृत्यु का समाचार पाकर वे सिलहट चली आई थीं! उनकी ही राय पर अपना यह अधबना मकान दादा साहेब के सबसे छोटे बच्चे के नाम लिखकर रमाबाई अपने सिर चढ़ा उनके एहसानों का कर्जा उतारने जा रही थीं हवेली :

"किसी का बकाया नहीं रखते! गलट बाट! अभी का अभी ही निबटा लो!"

"और आपका बकाया, फैनी पावर्स?" रमाबाई ने उनका हाथ हाथों में लेकर कहा!

"ओ कम ऑन, हम टो सहेलियाँ हैं! हमारा आपस में पेंडिंग ही रहना उचीट!"

पीछे-पीछे चली फौज–सदाव्रत के भक्तों की : भोला दर्जी, गोविन्द कहार, छोटे-मोटे काम परममग्न होकर करनेवाले वे सारे कारीगर : लोहार, बढ़ई, रँगरेज, बुनकर, पशुपालक, धोबी, नाई, चर्मशिल्पी, कुम्हार, सफाईगर जिनकी टोली-सी संयोजित की थी सदाव्रत ने! कचहरी के बाद का सारा समय वे उनको पढ़ाने-लिखाने, अच्छी-अच्छी बातें समझाने, उनके साथ नाटक खेलने, उनको कविता और संगीत सुनाने और उनसे उनकी अगाध ज्ञानपरक/अनुभवपरक बातें सुनने-समझने में ही बिताते!

रात को सोते समय रमाबाई से उनकी जो बातें होतीं, उसमें एक बड़ा हिस्सा इनसे जुड़े उनके सपनों का होता :

"जिनको छोटा काम कहते हैं, जीवन और प्रकृति का सारा रस-रंग उनमें समाया है! कपड़े रँगना-सीना या धोना, मूर्तियाँ गढ़ना, इमारतें उठाना, ताड़-खजूर के रस उतारना, लकड़ी-लोहा-सोना तराशना, चने भूनना, मवेशियों से सुसुम-सुसुम दूध दुहना, भेड़ों से ऊन निकालना, रूई धुनना, अनाज, फूल-फल-सब्जियाँ उगाना, माला गूँथना, मिठाइयाँ बनाना, नमक निकालना या साफ-सफाई–कौन-सा काम इनमें ऐसा है जो मौका पड़ने पर आदमी ख़ुद करने बैठे तो एक अनुपम रस-संचार से भर नहीं जाता? कभी-कभी करे और अपने लिए करे तो ठीक, रोज करे और दूसरों के लिए भी तो वही काम हीन किस तर्क से होगा? फिर इन्हें छोटा काम क्यों कहते हैं? इनमें से कौन-सा काम ऐसा है जिसके बिना आदमी का जीवन चल निकलेगा–सहज-सरस ढंग से?

"फिर यह छोटे-बड़े का चक्कर क्या है? आवश्यक नहीं कि जातिविशेष के लोग ही खास-खास काम करें, अपनी रुचि के हिसाब से कोई भी आत्मबल से भरा युवक ऑफिस में फाइलों पर कलम घसीटने और कारखानों में खटर-पटर करने के बजाय ये काम 'चुन' सकता है। दिमाग लगाकर साफ-सुधरे ढंग से कोई काम किया जाए तो आदमी की किस्मत चमक सकती है।

"श्रम की महिमा अगाध है पर उसको मान नहीं मिलता! दरअसल जो छोटा है, महत् वही है! परमाणु की शक्ति कौन नहीं पहचानता!"

रमाबाई पति के ये बड़े सपने अपनी बड़ी आँखों में उतारतीं! समझने की कोशिश करतीं–कार्ल मार्क्स, जॉर्ज बर्नर्ड शॉ, फेबियन सोसायटी की वे बड़ी बातें जिनको वे अपने इस द्वन्द्व-कातर, इखरे-बिखरे-से समाज के पुनर्गठन में चरितार्थ

करने को व्याकुल थे! अमेरिका में गुलामी-प्रथा के उन्मूलन की बातें जोरों पर थीं, अश्वेत लोगों पर गोरों के अत्याचारों के किस्से विचित्र रमाबाई को सुनाते और उसके समानान्तर ही उन्हें याद आते छुआछूत, मारपीट, नृशंस बेगार के वे हजार किस्से जो अपने जनजीवन में बिखरे थे!

× × ×

वैसे तो दादा साहेब काफी रुष्ट थे लेकिन जब रमाबाई मिलने आ ही गईं, खातिर-तवज्जोह में कहीं कोई कमी न हुई! हल्की रंजिश के आवेग में मूँछें अब भी काँप-काँप जाती थीं, पर उतना चलता है!

रमाबाई घर के कागज उनके सबसे छोटे बच्चे के खटोले में रख आईं—उसका अन्नप्राशन अभी बस हुआ ही था! तब रमाबाई के हाथ में उतने पैसे ही नहीं थे कि उसको नेग दे पातीं! मन मसोसकर रहीं! और सही वक्त पर लौटा दिया जो लौटाया जा सकता था! दादा साहेब की पत्नी पहले तो चौंकीं, फिर भीतर-भीतर हिसाब लगाकर चुप ही रहीं! दादा साहेब ही कटकर रह गए! नेग लौटाना अपमान होता, इसीलिए कहा कुछ नहीं पर विदा के वक्त ठहरे नहीं घर पर, कचहरी निकल गए!

रमाबाई विवश देखती रहीं। फैनी पावर्स ने कहा—"कम ऑन, फॉर्गेट इट!" और फिर पुणे तक की यात्रा में तरह-तरह के संस्मरण सुनाए जिनसे रमाबाई के मन में साफ बैठ जाए कि स्त्री-पुरुष-सम्बन्ध इस पुरुष-शासित समाज में खूबसूरत ढंग से तब ही निभ सकते हैं जब दोनों के बीच भौतिकता हावी न हो : न देह की, न पैसे की! फैनी पावर्स के ऊबड़-खाबड़ जीवन में क्या जाने कितने पुरुष आए-गए और ठहरे भी : इसलिए इस विषय पर बोलने की वे सचमुच ही अधिकारिणी थीं! उनकी बातें रमाबाई ने ध्यान से सुनीं और बातों-बातों में सफर कट गया :

"शुरू-शुरू में मैं तुम-जैसी ही थी, रमा, सपने में भी कभी सोचा नहीं था कि देह को इतना ढीला छोड़ूँगी—एक पतंग की माफिक—जो चाहे जितना उड़ा ले—फिर कटकर गिर जाने दे कहीं किसी डाली पर...

"ये ही सपना था कि कोई एक प्रेमी होगा, उससे ही शादी करूँगी, वो टूटकर मुझको प्यार करेगा...लेकिन वो तो ऐसा निकला—बात-बेबात पर धुन देने वाला! औरत नहीं—उसको रबर की गुड़िया चाहिए थी—हरदम मुस्कानेवाली, हर बात पर 'येस सर, येस सर' कहनेवाली...धीरे-धीरे मेरे सपने पंक्चर टायर की तरह मुझे बीच रस्ते ही छोड़ गए! बैठ गई मैं बीच रस्ते! बैठकर सोचने लगी कि करूँ क्या, कहाँ जाऊँ! बच्चे होते तो उनमें रमकर रहती, नहीं हुए तो दुनिया के सब आहत-परितप्त लोगों को बच्चा ही बना लिया! सबसे हँसकर बात करती! पति चिढ़ते तो उनको भी बच्चा जानकर ही माफ कर देती !...एक-दो बार उन्हें छोड़कर चल देने की भी सोची, लेकिन फिर उनको पागलपन के दौरे पड़ने लगे

तो छोड़कर जाते बना भी नहीं!...डॉक्टरों को दिखाती, जब 'हाई' रहते तो सेवा भी भरपूर करती, थक जाती तो उनको नौकरों के भरोसे छोड़कर सैर पर निकल जाती...इस तरह मैंने पूरा भारत देखा...कई रजवाड़ों में रही–राजा से लेकर फकीर तक–मेरे जितने प्रेमी हैं-उनसे मेरा सुख और दुःख–दोनों का साथ है! कुछ के परिवारों से भी मेरा मिलना-जुलना है!"

"उनकी पत्नियाँ नहीं चिढ़तीं?"

"इतना मैंने ध्यान रखा कि मेरे चलते किसी का घोंसला न उजड़े! उसको ही पास फटकने दिया जो मेरी तरह बिल्कुल निस्संग था।

"जायका बदलने की कोशिश में या काम निकालने की खातिर जो मेरे पास आया, उसको मैंने कोई तरजीह भरसक नहीं दी! एकाध बार दी भी हो तो उसका मुझको अफसोस है!"

"आपका आत्मबल तो इतना मजबूत है, फैनी..."

"वैसे तो है, पर बहुत दिनों तक कोई निरीह भाव से जब पीछे पड़ा रहे तो दया भी आ जाती है! प्रतिरोध करती-करती थक भी जाती है मेरे जैसी औरत और सोचती है कि जाने दो–देह का कोई उपयोग तो हो जाए, अगर किसी के काम आती है, आ जाए–इतना इतराना क्या!"

रमाबाई अवाक् रह गईं! यह औरत तो दधीचि निकली! डरते-डरते पूछा–

"ऊब या थकान या दया के वशीभूत जो देहदान होता है–वहाँ प्रणय-क्रिया यानी क्या कहते हैं वो–लव-मेकिंग-लव मेकिंग के दौरान औरत को कैसा लगता है?"

"वह अपनी देह के बाहर टहलने निकल जाती है और अपनी देह की नोंच-खसोट उसी निस्संग भाव से देखती है जैसे कि छिपकिली अपनी वो छटर-पटर करती-सी पूँछ जो अचानक ही बंद हुई खिड़की में दबकर कट गई हो! तुम खुशकिस्मत हो, रमा, कि तुमको ऐसा संवेदनशील पति मिला, वरना विवाह के घेरे में भी अपनी देह से औरतें ऐसी ही निस्संग हो जाती हैं–'दो मिनट की बात है, झेल ही लेते हैं' का भाव, 'प्रतिरोध से ज्यादा कचर-कचर होगी'–यह भी भाव, 'इसको तृप्ति मिलती है तो मिल जाए, हमें क्या' ये भी भाव!"

रमाबाई को पसीना-सा छूट गया! एक घूँट पानी पीकर पूछा–"फकीर और कामगरों से भी तो आपका संग हुआ–वो कैसे!"

"वो एकदम अलग बात थी–हर सोशल ऑब्लिगेशन से ऊपर–प्योर इंस्टिक्ट का रेल्म–कामाख्या के तांत्रिक और तारापीठ के...लेकिन अब ये बातें रहने दो !... बोहीमियनिज्म कभी-कभी जोग की अवस्था में भी पहुँचा देता है पर तुम्हारी मिट्टी अलग है–तुम कुछ बड़ा करने आई हो धरती पर–इस वक्त सारी दुनिया एक नयी करवट ले रही है और उसे स्त्री-दृष्टि की जरूरत है, लेट योर स्प्लिण्टर्स लीप अप इन्टू अ फ्लेम!"

दृश्य : 22

रमाबाई के सिलहट छोड़ने के अगले हफ्ते ही तरह-तरह की लन्तरानियों से स्थानीय अखबार रँग गए : भाग गईं रमाबाई : खदेड़कर निकाला उनको/छुट्टा घूमती विधवाएँ सुखी गृहस्थिनों के सर का घाव/कोमलांगी विधवा के फेर से छूटे वकील!

एक हितैषी ने अखबार की कतरनें काटकर रमाबाई को भेज भी दीं! रमाबाई के शरीर में बिजली का झटका-सा दौड़ गया! उन भयावह शीर्षकों के नीचे जो कार्टून और मनगढ़न्त किस्से छपे थे–उनका सारांश यही था कि रमाबाई मनचली हैं, अपने दैहिक आकर्षण और वाचालता का दुरुपयोग करके भद्रलोक के सद्पुरुषों का ध्यान खींच रही हैं, एक विधवा को बन्द कमरे में पूजा-पाठ करते हुए जैसा जीवन जीना चाहिए, वैसा नहीं जीना पूरे स्त्री-समाज को फजीहत में डालने-जैसा है, इस पर अंकुश लगना ही चाहिए, वगैरह! और तो और, केशवचन्द्र सेन जैसे सम्मानित, गुरु-सदृश व्यक्ति से भी उनके सम्बन्धों की ऐसी विद्रूप तस्वीर खींची गई थी कि मारे गुस्से के रमाबाई के आँसू निकल आए। नन्हीं मनोरमा घबरा गई–अपने कोमल गाल उनकी भारी पलकों पर धरकर बोली–

'माँ, क्या हुआ तुम्हें? भूख लगी क्या?' और फ्रॉक की जेब में रखी दादा साहब की बीवी वाली मठरी ढूँढने लगी!

क्या कहतीं रमाबाई! इतनी लम्बी यात्रा–जाने कैसे तय होगी! इसी मनःस्थिति में लोग शाप दे देते होंगे, पर शाप क्या होता है? क्या अकेला जीवन भी एक शाप नहीं? क्या भूल उन्होंने की होगी किसी जनम में कि उनको जीवन की अन्य कठिनाइयों के साथ ये नृशंस लन्तरानियाँ भी झेलनी पड़ रही हैं! कौन होगा इस षड्यंत्र के पीछे? सदाव्रत से दुश्मनी रखनेवाले वे दुष्ट ब्राह्मण जिन्हें अन्त्यजों के शिक्षा-मिशन से घोर विरोध था? जान ले ली, फिर भी सन्तोष न हुआ!...कैसे करेंगी इन लन्तरानियों का मुकाबला? जो मन में आता है, बक देते हैं! और तो और, इस बच्ची को भी कभी केशवचन्द सेन की बताते हैं, कभी दादा साहेब की। जिससे भी बात कर ली, वह मेरा प्रेमी हो गया? यह कैसी बकवास!...फैनी पॉवर्स से मेरी यह दोस्ती भी इनको इस कदर खटकती है कि उसको भी कीचड़ में घसीट लिया है! एक से एक शगूफे छूटते हैं कि ये मुझे अँगरेजों के पास भी लिए जाती हैं, कि अब मैं किसी अँगरेज के साथ ही बस जाऊँगी...!

फैनी पॉवर्स की बहुत याद आई–बिखरी हुई, निष्पाप औरत! जिसने जहाँ पुकारा, चली जाती है! आधे रस्ते पर किसी और की याद आई, वह उतर गई, वरना सोच तो रखा था कि पुणे पहुँचाकर, सावित्री बाई या जस्टिस रानाडे के डेरे पहुँचाकर ही लौटेगी!

आगे का सफर अकेले ही तय करना था! छुक-छुक गाड़ी, छुक-छुक गाड़ी... मनोरमा खेल में लगी थी! अँगरेज क्या-क्या खिलौने पकड़ा रहे थे इस देश को! रेल-व्यवस्था और डाक-व्यवस्था तो सचमुच जादू का खिलौना थी!

सामने की सीट पर दो नवयुवक आकर बैठे—उनका वह बात-बात पर हँसते-हँसते लोट-पोट हो जाना, चीजों का तात्त्विक विश्लेषण और अक्षुण्ण तेज! रमाबाई का मन बदल गया। अपनी सारी दुश्चिन्ताएँ फिर उन्होंने ऐसे झाड़ीं ज्यों शेर अपने अयाल से वर्षा की बूँदें झटक देता है!

ट्रेन की खिड़की से उज्जयिनी दीख रही है! रामगिरि यहीं कहीं होगा! क्या जाने वह मेरा यक्ष कहाँ है! मेघ तो मँडरा रहे हैं—गुच्छा-गुच्छा! स्थिति पलट गई है! यक्ष वापस चला गया है—अलकापुरी और शापित यक्षिणी-सी मैं भटक रही हूँ—यहाँ-वहाँ, कुछ-कुछ किए जा रही हूँ कि समय टले—'आश्रमेषु वसतुचक्रे'! एक आश्रम में नहीं, कई आश्रमों में! कालिदास का कालिदासत्व इसी महीनी में छनता है—लिखते हैं वे—नदी के किनारे 'आश्रमे' नहीं, 'आश्रमेषु'—कई आश्रमों में शापित यक्ष रहता है! विरह की पराकाष्ठा है! एक जगह न मन टिकता है, न शरीर! एक आश्रम बना देता है, फिर उसे छोड़कर कुछ और करने में जुट जाता है! मन की बेचैनी भगाने को आदमी लगातार व्यस्त रहना चाहता है तो 'फिर लकड़ियाँ काटो, फिर मिट्टी लेपो, फिर से दीवारें उठाओ-गिराओ' की मनःस्थिति! चाहता है 'घर' बनाना पर बना नहीं पाता, प्रिय के बिना घर घर होगा तो कैसे... इतनी सारी बातें बस एक शब्द के हेर-फेर से जतला दी हैं!

उद्दाम विरह में इधर-उधर कुछ-कुछ बनाता और ढाहता हुआ यक्ष समाज की आँखों में सहानुभूति का पात्र है, पर 'कस्चिद कान्ता' अलकापुरी की गोद से निकलकर जब सड़कों पर आ जाती है—उसकी सारी भटकन या अटकन कटाक्षकीलित भ्रूनिक्षेप का भागी बनती है। और तो और, जिस मेघ के पास जाकर वह आग्रह करती है कि उसका दूत बने, वह उस पर ही बरस जाने को आमादा हो जाता है! अहैतुक प्रेम और दोस्ती—अकेली औरत की खातिर गूलर का फूल है!

लो बूँदाबाँदी भी होने लगी! मनोरमा खिड़की से अपने नन्हे हाथ बाहर निकाले चहक रही है—'अम्मा-कन्दुक! बूँदें कन्दुक! बाबा बादल में छुपे हैं—वो वहीं से मुझको फेंक रहे हैं कन्दुक! ये देखो—लोक लिए!"

रमाबाई मुँह में आँचल का कोर लिए बैठी हैं! सदाव्रत घर से निकले थे अन्तिम दिन तो मनोरमा से वादा किया था—लौटते हुए गेंद ले आएँगे! अब बूँदें ही इसके पापा की गेंद लग रही हैं। जब तक जिए, मानो बाबा के हाथों से चोटी कराती रही!

एक दिन बिन्दी नहीं लगाती तो ये टोकते—"आज मेरी बालात्रिपुरसुन्दरी को ठोपका नहीं लगा?"

कैसी हवा बह रही है! सदाव्रत की ही आवाज़ में 'मेघदूत' की ये अमर पंक्तियाँ क्या जाने कहाँ से उड़ी आ रही हैं :

त्वन्निष्पन्दोच्छ्वासितवसुधागंधसंपर्कस्य:
स्रोतोरन्ध्रध्वनितसुभगं दन्तिभि: पीयमान: ।
नीचैवास्यत्सुपजिगाषिभोर्देवपूर्वं गिरिं ते
शीतो वायु: परिणमयिता काननो दुम्बराणाम् ।।

हे मेघ! देवगिरि की ओर जाते हुए तुम्हारे नीचे शीतल, सुगंधित हवा पंखा झलती हुई-सी चलेगी! हवा में तुम्हारे प्रति यह सहानुभूति जो जागेगी उसका कारक तुम ही होगे! यह तुम्हारे ही द्वारा बरसाए गए जल का प्रताप होगा कि धरती से सोंधी गंध उठेगी। बड़े-बड़े हाथी तरह-तरह की ध्वनियाँ करते हुए, आनन्दपूर्वक, सूँड उठाए वह मस्त गन्ध पिएँगे और उन्हीं सूँडों के स्पर्श से जंगली गूलर भी खिल उठेंगे! हाथी और उदुंबर (गूलर) हवा से उपकृत हैं और हवा मेघ से! मेघ को जो मिला है, वह हवा को दे रहा है! प्रकृति का यह उत्तरोत्तर दान संकल्प यदि इतने मंगलविधान रच सकता है तो जीवन इससे सहज अनुप्राणित कैसे नहीं होगा।

'चिति: स्वतंत्र विश्वसिद्धि हेतु:'—शैव दर्शन की प्रकृति अन्य दर्शनों की प्रकृति की तरह जड़ या माया-भर नहीं है! वह स्वतंत्र रूप से विश्व की हेतुभूत शक्ति है और यह जगत् शक्ति का ही चिद्विलास है! स्त्री को प्रार्थिनी न बनाकर कालिदास ने पुरुष को प्रार्थी बनाया है—अपने भीतर शक्तितत्व का विकास करके ही जड़ जीव चेतना की ओर उन्मुख होता है और अन्तत: हो जाता है परमशिव! सदाव्रत भी कितने उदार थे, हरदम उन्होंने यही कहा—"पुरुष ही शक्ति की आंतरिक सक्रियता और चेतना का प्रार्थी होता है! कभी-कभी यह शक्ति आक्रमणकारी भी होती है—प्रौढ़ा परकीया के भाव में, जैसे यहाँ—

तस्माद्गच्छेरनुदनखलम् शैलराजवतीर्णा
जह्ने कन्यां सागरतनयस्वर्गसोपान पंक्तिम्
गौरीवक्तभ्रुकुटिरचनां या विहस्येव फेनै:
शंभो केशग्राह्णकरोदिन्दुलननोर्मिहस्ता ।

हे मेघ! आगे बढ़ने पर तुम हिमालय से आती और कनखल से उतरती गंगा के पास जाना जो सागर पुत्रों के लिए स्वर्ग की सीढ़ी है! इस जाह्नवी ने फेन-जैसी हँसी से पार्वती के टेढ़े भ्रूभंग का उपहास करते हुए अपने लहर-रूपी हाथों से चन्द्रमा-सहित शिव का जटाजूट जकड़ लिया है!

विराट् प्रवाह को भ्रूण की तरह पेट में धारण करके कान से धीरे-धीरे नि:सृत करनेवाले जह्नु ऋषि की बेटी—जाह्नवी एक उद्दाम परकीया की तरह चाँद

सहित शिव के जटाजूट को अपने आलिंगन में बाँधे, फेन-जैसी हँसी से पार्वती के भ्रूनिक्षेप का उपहास कर रही है–इसका क्या मतलब?"

"तुम ही बताओ, सदाव्रत, क्या मतलब? क्या तुमको परदेस में कोई गंगा मिलीं–इतनी दफा तो मैं पूछ चुकी हूँ–आज बतला ही दो!"

और सदाव्रत फिर हँसकर टाल गए थे! रमा ने भी जानने की जिद नहीं की थी! नद हो या कोई नदी–रास्ते में उसके साथ कौन धारा कितनी दूर चली, क्या आत्मसात् किया उसने, क्या छोड़ा–यह किसी से पूछने का अधिकारी नहीं कोई! सृष्टि का हर रहस्य खुल जाए तो उसकी महिमा कम ही होगी! आनुषंगिक प्रेम प्रीति की मध्यवर्त्ती धारा को और समृद्ध ही करते हैं शायद–यदि कोई किसी पर हावी न हो और किसी दूसरे के रास्ते न आए! चित्त की लहर गिनने बैठना पागलपंथी ही कहा जाएगा!

एक बात, लेकिन, भारतीय परम्परा भी अद्भुत है! सब-के-सब भारतीय क्लासिकों में प्रेम की पहल नायिका की ओर से ही हुई है–स्वयंवरा ही रही है हर नायिका–पुरुषचित्त में प्रेम भरा भी हुआ है तो वह धीरोदात्त भाव से इन्तज़ार करता है कि स्त्री पहल करे–पार्वती, शकुन्तला, सीता, दमयन्ती, राधा...सफल प्रेम वे ही हुए हैं जिसमें चयन स्त्री ने ही स्वेच्छा से किया है और पुरुष ने अफरा-तफरी नहीं मचायी है! स्त्री-पुरुष सम्बन्धों में अवसानमूलक विषाद् तभी घुलता है जब पुरुष पहल पर उतारू हो जाता है! पशुबल हो या फिर राजनीतिक प्रभुता–जिसके भी पास वह ज्यादा है–झुककर उसे रहना चाहिए, जीवन तभी सुखी रह सकता है!

कालिदास, श्रीहर्ष, भवभूति और भट्ट नारायण स्त्री-पुरुष सम्बन्धों के सफल चितेरे इसीलिए हो पाए कि वह अंतःप्रज्ञा से सृष्टि का यह रहस्य समझ गए!

दृश्य : 23

सूत्रधार का सार-संक्षेप (क्योंकि यह रेडियो-रूपक 36 एपिसोड्स का ही होना था, मैंने तय किया कुछ बातें सूत्रधार से ही कहला ली जाएँ) वैधव्य का दारुण दुःख रमाबाई में यह दृष्टि विकसित कर गया था कि सिर्फ शिक्षा नहीं, चिकित्सा भी एक बड़ा सेक्टर है जो सम्बोधित होना है। जस्टिस रानाडे और रमाबाई रानाडे ने फिर से चिट्ठी लिखी तो बेटी को गोद में उठाए हुए अन्ततः पुणे जाने का निर्णय उन्होंने किया! अपने दुखों से निजात पाने का एक ही उपाय उन्हें सूझा–दूसरों के दुःख से एकात्म होकर बृहत्तर मुक्ति की कामना में जीवन अर्पित रखना! जीवन के महासागर में दुःखों के कई महत्तर वृत्त हैं–एक व्यक्ति की तकलीफ चाहे जितनी भी बड़ी हो–है एक छोटी लहर ही! अन्तिम क्षणों में भी रूखे होंठों से मुस्काकर सदाव्रत ने एक पंक्ति गायी थी–

"काल के निस्सीम जल में
साँस की छोटी लहर
गुनगुनाती जा रही है... ।"

आज सदा या सदाव्रत जब शरीर के पार थे तो भी उनके साथ बीते हुए क्षण, उनकी कही बातें बुइयों-सी इधर-उधर उड़ती रहती थीं। मन था कि बच्चों की तरह बुइयों के पीछे दौड़ता हुआ कहाँ से कहाँ निकल जाता!

मुक्ति भी स्त्रीलिंग ही तो है! कभी अकेली नहीं मिलती! हरदम वह झुण्ड में ही हँसती-बोलती चलती है। थेरियों का झुण्ड हो या जैन साध्वियों, चिड़ियों और स्त्रियों का यह बृहत्तर सखा-भाव रमाबाई को हमेशा ही आकर्षित करता!

बेसहारा स्त्रियों की खातिर एक मुक्ति-मिशन जैसा चलाने की योजना उनके मन में बहुत दिनों से उमड़ रही थी! जस्टिस रानाडे के घर उनकी पत्नी को अँगरेजी पढ़ाने की खातिर जो मिस हारफोर्ड आती थीं—उन्होंने पण्डिता रमाबाई से कभी इंग्लैण्ड के 'सिस्टर्स होम' की बात की थी! ये होम-तट से टूटी-छूटी स्त्रियों को जीवन दुबारा शुरू करने का एक प्लैटफॉर्म देते थे! हारफोर्ड ने ही रमाबाई को फादर गोरे से भी मिलवाया! वे काफी धैर्यवान और तार्किक व्यक्ति थे। जन्म से वे भी चूँकि चितपावन ब्राह्मण ही थे, पेशवा के संग रहकर कट्टरता का विरोध उनके पूर्वज भी लगातार करते रहे थे—जाति बहिष्कृत होने का दर्द वे समझते थे। रमाबाई के हर प्रश्न का एक सटीक उत्तर उनके पास था! वे ये भी समझते थे कि किसी के साए में बहुत दिनों तक रहना रमाबाई की स्वतंत्र और स्वाभिमानी आत्मा को गवारा नहीं था! जस्टिस रानाडे और उनकी पत्नी चाहे जितने उदार हों—वे एक संयुक्त परिवार और उसी हिन्दू समाज का हिस्सा थे जहाँ विधवाओं से छुआछूत और एक अव्यक्त दूरी बरती जाती थी! उन्होंने पण्डिता रमाबाई की मनोवैज्ञानिक आवश्यकता समझी और बच्ची को इंग्लैण्ड के बिशप स्कूल हॉस्टल में दाखिले का आश्वासन दिया। दुनिया का नया रंग समझने की खातिर भी इंग्लैण्ड हो आना जरूरी था, ऐसा कहा! गिरजाघर की तरफ से इंग्लैण्ड के 'सिस्टर्स होम' में कुछ महीने रहकर उनके जीवन का ढर्रा समझ आने का मार्ग भी उन्होंने प्रशस्त किया!

और 17 मई, 1883 को मिश्नरियों के सौजन्य से रमाबाई जब सचमुच ही इंग्लैण्ड गईं, इतना तय था कि ईसाई समाज की आधुनिकता और करुणा और सर्वजाति-समभाव की दार्शनिकता इन पर अपना जादू चला गई। मिस हारफोर्ड और फादर गोरे उन्हें आश्वस्त कर चुके थे कि इंग्लैण्ड में स्त्री-पुरुष के अधिकार बराबर हैं और 'हाथ कंगन को आरसी क्या' भाव से वहाँ भेज भी दिया था। वहाँ से लिखे यात्रा-वृत्तांतों में उन्होंने लोकमान्य तिलक समेत बहुतेरे आलोचकों के प्रश्नों के उत्तर टटोले : सावित्री बाई फुले और महात्मा फुले के सिवा शायद ही कोई था जो उनके क्रिश्चन मिश्नरियों के साथ जुड़ जाने का

पक्षधर रहा हो! और तो और, विवेकानन्द ने भी मैत्रेयी-गार्गी की परम्परा से हटकर विदेशी शासकों के धर्म से उनके जुड़ जाने की कड़ी निंदा की थी! लोकमान्य तिलक तो खैर, 'केसरी' में लगातार आग ही उगल रहे थे कि यह देशभक्ति के जज्बे के बिल्कुल खिलाफ पड़नेवाली जघन्य स्वार्थसिद्धि है कि कमजोर जातियाँ और स्त्रियाँ धर्म ही बदल लें। अनाचारी शासकों का एक मन्तव्य तो धर्म-परिवर्तन ही था! 'वाइट मैन्स बर्डेन' यही तो था कि असभ्य जातियों को कैसे सुसंस्कृत करें। सबसे ज्यादा चोट रमाबाई को रामकृष्ण परमहंस की आलोचना से लगी जब उन्होंने इनके मतान्तरण को अहम्मन्यता और नाम-धाम पाने की लालसा कहा।

पण्डिता रमाबाई ये कह रही थीं कि धर्मान्तरण का राजनीतिक पहलू जो भी रहा हो—धर्म सिर्फ राजनीति नहीं है! यह एक जीवन-पद्धति भी है! हिंदुत्व अपनी मूल अवधारणा में चाहे जितना प्रशस्त मार्ग खोलता हो लेकिन फिलहाल उसके रास्ते में स्त्रियों और शूद्रों के लिए गड्ढे ही गड्ढे खुदे पड़े हैं—मौका मिला नहीं कि बटमार मार-पीटकर गड्ढे में धकेल देते हैं। ऐसे में राह बदलकर किसी सुगम-स्वच्छ मार्ग से अपनी 'मुक्ति' की तलाश हेय कैसे मानी जा सकती है! क्राइस्ट का रास्ता करुणा का रास्ता है जैसे कि बुद्ध और महावीर का रास्ता! चूँकि ये रास्ते बाद के बने हुए हैं—इनमें प्रदूषण अभी कम है और उनके विकास की खातिर भी पूरा 'स्पेस' है जिनके लिए पुराने धर्म कोई स्पेस नहीं छोड़ते!...प्रेम और भक्ति कोमल आवेग हैं, ये तो किसी के इशारों पर नाचने से रहे! आन्तरिक चुनाव का मामला है ये!

उन्होंने ये भी लिखा कि यहाँ भी प्रयोगधर्मिता के साथ आई हैं! धर्माधिकारियों के 'डिक्टेट्स' मानने नहीं आईं! 'टेस्टिमनी' में उन्होंने लिखा—

"किसी नये धर्म की प्यास में मेरी आत्मा भटक रही थी! अपने वर्तमान स्वरूप में हिंदुत्व स्त्री-विरोधी था। ब्रह्म-समाज की जड़ें अभी गहरे नहीं गई थीं। वह आदमी की बनायी मशीन-सा लगता था : मुक्ति की मशीन! सब धर्मों का यांत्रिक सार...!

"धर्मशास्त्र पढ़ते हुए मैंने जाना कि हिंदुत्व की अगाधता जरा ज्यादा ही है ! हर बात के दो-दो पहलू मौजूद हैं वहाँ! अंतर्विरोध बहुत हैं। एक किताब किसी चीज को वरेण्य मानती है तो उसी पाए की दूसरी किताब उसके विपक्ष में खड़ी होती है।...साधारण पाठक व्यर्थ के विवादों में उलझकर जीवन बिता देता है—लगातार चिन्तन या कर्मकाण्ड ही करता रहता है, समाज सेवा का ठोस काम कर ही नहीं पाता।"

इतने अंतर्विरोधों के बीच सिर्फ एक बात पर सारे धर्मशास्त्र सहमत हैं कि स्त्रियाँ और नीची जाति के लोग हर तरह से अधम हैं और उनकी मुक्ति का मार्ग बस एक है। लाख जूता-लात सहते हुए भी स्वामी-सेवा करते जाना! उसके जीते

जीना, उसके साथ मर जाना! जो औरतें पति के साथ सती नहीं होतीं, हिकारत की एक मीठी आँच पर जीवन-भर सुलगती रहें—इसका पूरा इन्तजाम समाज रखता है। देखिए न, कितना सीधा तर्क है—

वेद में मुक्ति के सूत्र हैं।
स्त्रियाँ और शूद्र वेद नहीं पढ़ सकते।
इसका सीधा निष्कर्ष क्या?
कि स्त्रियों और शूद्रों की मुक्ति असम्भव है।

पुरुष स्त्रियों को भोग की सामग्री-भर समझते हैं और मनुजी लिखते हैं कि बलात्कार और भोग की सतायी हुई 'पतित' औरतों की बोटी-बोटी काटकर कुत्तों के आगे डाल देनी चाहिए : वह भी शहर की सरहद के बाहर! कौन-सी औरत चाहेगी कि बिना प्रेम के उसकी देह का गिंजन करे कोई, जो करता है—वह जबर्दस्ती ही करता है या प्रेशर-तकनीक के तहत और इसकी 'सजा' भी औरतों को ही मिलती है!

इन तर्कों का कट्टर हिन्दुवादियों के पास कोई जवाब नहीं था। इसलिए वे मर्दवाद के पुराने हथकण्डों पर उतरकर उनके वैयक्तिक चरित्र पर ही प्रहार करने लगे! 'इन्दुप्रकाश' के सम्पादक ने लिखा—"रमाबाई के व्यक्तित्व के बाह्य माधुर्य और वाग्तेज ने हममें उम्मीद जगायी थी कि गार्गी-मैत्रेयी परम्परा की कोई आर्या बहुत दिनों बाद फलक पर उभरी, पर यह तो छलना थी...इनका तो चित्त स्थिर ही नहीं है। आज इन्हें पादरी अच्छे लग रहे हैं, कल कोई मुस्लिम काज़ी मिल जाएँगे।"

जस्टिस रानाडे के परिवारवालों को भी रानाडे और उनकी पत्नी रमाबाई के प्रति स्नेह-सद्भावना फूटी आँखों नहीं सुहाती थी! एक भरे-पूरे परिवार में कोई 'बाहरी' स्त्री थोड़े समय के लिए भी रहने आए तो तरह-तरह की शंकाएँ और अटकलबाजियाँ नमक-तेल-नींबू के साथ चटकारे की खातिर हर गोल घेरे में जब-तब परोस दी जाती हैं। जब चार जन बैठे—वही प्रसंग छिड़ जाता और बर्र की तरह बर-बर उड़ती हुई बर्बर अफवाहें पण्डिता रमाबाई के भी कानों से टकरातीं "ये ढंग है विधवा के रहने का? पति गए तो भ्रमण की मुक्ति ही मिली। पहले तो बाल कटे भी हुए थे, अब बढ़ने लगे हैं। बच्ची को झोले में डाला और क्रिस्तानी बनकर खुद सात समुन्दर पार चलीं कि दुनिया देखे।

"शादी की भी तो निकृष्ट जाति में। ब्राह्मण तो थीं, जाति-बहिष्कृत ब्राह्मण ही सही! बीस बरस तक बंडा घूमीं—शादी करने के साधन नहीं थे या बचपन में ही द्वारकानाथ के साथ या पीपल के साथ माँ-बाप ने शादी रचा रखी थी—राम ही जानें!...अन्त में किसी तरह निकृष्ट जाति के व्यक्ति से शादी की और फिर उसे भी खाकर विश्व-भ्रमण को निकली है।...मुझको तो लगता है—अपने माधव पर भी इसकी निगाह है...।"

इस डंक का भी प्रभाव था कि अपने समुदाय से पण्डिता रमाबाई का मन पूरी तरह उचट गया था, लेकिन नयी धर्म-व्यवस्था में भी पादरियों की तानाशाही और आदेश उनको हजम नहीं हुए।

वॉन्टेज़ हॉस्टल में रहती हुई एक बार वे मैक्सम्यूलर से मिलीं। ऑक्सफोर्ड के कैम्पस में ही वे अपने परिवार के साथ रह रहे थे। वहीं वे 'सिस्टर्स' के साथ पारा-मेडिकल के प्रशिक्षण शिविर में भाग लेने गई थीं। जिस दिन वे उनसे मिलने गईं, थोड़ी घबरायी हुई थीं। कुछ देर चुप रहने और पानी के दो गिलास पीने के बाद धीरे से उन्होंने कहा--"आपको ध्यान से पढ़ा है, इसलिए आप पर विश्वास कर सकती हूँ! देखिए, चर्च के पदाधिकारी मुझसे काफी नाखुश हैं! मैं ईसू के व्यक्तित्व के प्रभाव में ईसाई धर्म से जुड़ी हूँ, पादरियों के प्रभाव में नहीं! उनकी हर बात आँख बंद कर मैं नहीं मान सकती!...मेरे साथ पुणे से कुछ विधवा और बेसहारा हिंदू लड़कियाँ आई थीं कि पारा-मेडिकल का प्रशिक्षण यहाँ लेंगी! उनको जबर्दस्ती ईसाई बनाने की कोशिश की जा रही है! यह तो एक तरह की जबर्दस्ती और आत्मिक बलात्कार है! प्रेम की तरह भक्ति भी थोपी थोड़े ही जा सकती है! यह तो आत्मिक वरण का मामला है।

"एक लड़की ने तो इस भय से कल रात मेरा गला घोंटना चाहा कि उसे जबर्दस्ती धर्म-भ्रष्ट करने में मैं सहायक हूँ! जब मैंने खुद को किसी तरह मुक्त किया तो अपने कमरे में जाकर उसने आत्महत्या कर लिया!"

यह बात बताते हुए रमाबाई पसीने से तर-बतर थीं! श्रीमती मैक्सम्यूलर ने उन्हें चाय पिलायी और साथ कमरे में सोने की खातिर एक आया भी दी! अँगरेज ईसाई इसलिए भी रमाबाई से नाराज रहने लगे थे कि वे उन्हें ही पढ़ाने लगी थीं। दुनिया की कोई खोह रमाबाई के कद के लिए छोटी थी।

यही वह समय था जब अमेरिका ने ऐंग्लिकन चर्च का यह 'प्राइजकैच' अपनी तरफ खींचा। पुणे में 'हाउस ऑफ सिस्टर्स' के तर्ज पर रमाबाई 'शारदा सदन' बनवा रही थीं, उसमें ढेर सारा अनुदान देने का आश्वासन दिया!

रमाबाई के पाँवों में पंख लग गए!

दृश्य : 24

पर यह गझिन द्वंद्व की घड़ी थी : ऐंग्लिकन चर्च के लिए और रमाबाई के लिए भी। रमाबाई का धर्मान्तरण एक राष्ट्रीय मुद्दा बन गया था! चर्च डर रहा था कि झोंकदार औरत का क्या भरोसा! जैसे हिंदुत्व की टोकरी पटकी, ईसाइयत की पटककर बढ़ जाएगी नयी दिशा में! लगातार तो वे नैतिक गुहार ही लगाती रहती थीं। कहती थीं--

"सेण्ट पॉल आदि पादरियों से तुम आधुनिक पादरी एकदम अलग हो! सेण्ट पॉल यहूदियों के बीच यहूदी-जैसे रहते थे, यूनानियों में यूनानियों की तरह ! तुम हिंदुस्तान में मालिक-मुख्तार बनकर क्यों रहते हो? ईसा मसीह नम्र बढ़ई बनकर पैदा हुए थे और तुम हो कि ब्राह्मणों से अधिक उग्र और अहम्मन्य बने बैठे हो। सत्य कोई ठीकरा नहीं है कि कोई जेब में लिए घूमे! वह सर्वतोमुखी प्रकाश है।...और ईश्वर की बनायी इस धरती पर कोई बड़ा-छोटा नहीं, ऊँच-नीच नहीं!"

सिस्टर गेरेल्डाइन तक से उनकी भरपूर बहस हो जाती और तर्क में कभी जीत नहीं पाने पर वे मन में ही भुनभुन करती हुई घूमतीं–"कभी-कभी इस औरत पर शैतान हावी हो जाता है। खतरनाक है इस 'नियोफाइट' का ह्यूब्रिस'!"

धर्मान्तरण के बावजूद हिन्दू जीवन पद्धति के मूल सूत्र इन्होंने छोड़े नहीं ! शाकाहारी ही रहीं अन्त तक और पुराने ढंग से ध्यान-अर्चना भी नहीं छोड़ी–"नया दोस्त बनने का अर्थ पुराने को भूल जाना नहीं है! नयी राह पर चलकर देखा कि जाता कहाँ है तो पता चला, पुरानी वाली भी जाती वहीं थी पर ऊबड़-खाबड़ और भीड़ भरी होने के चलते चलना मुहाल हो रहा था वहाँ। इसमें राह का दोष क्या? दोष तो उनका है जो गड्ढे खोद देते हैं...लेकिन मैं देख रही हूँ कि गड्ढों से मुक्त तो नयी राह भी नहीं है! दोष संस्थायन का ही माना जाएगा! संस्थायन बुरी बला है। आध्यात्मिक मूल्यों का संस्थायन धर्म में होता है तो उसकी नयी समस्याएँ उभर आती हैं, ठीक वैसे ही जैसे प्रेम जैसी सात्विक वृत्ति का संस्थायन 'विवाह' के रूप में होने पर वह शासन-प्रशासन की क्रूर राजनीति और रणनीति से घिरने लगता है।"

एक संघर्ष नन्हीं मनोरमा को लेकर भी चल ही रहा था! वह वॉण्टेज हाउस के संरक्षण में पलती हुई अँगरेज बच्चा बनती जा रही थी! लगातार अँगरेजी ही बोलती थी, काले-भूरे बच्चों से उसको काटकर रखा जाता था! जरूरत से ज्यादा काँटा-छुरी और ब्रेड-मक्खन हुई जा रही थी वह! पौराणिक कहानियाँ अपने देश-काल के जातीय अवचेतन की उसमें अच्छी समझ विकसित करेंगी–यह सोचकर रोज़ रात को पण्डिता रमाबाई उसे एक प्रतीक-कथा सुनातीं जिसका 'वैण्टेज हाउस' में काफी ज्यादा विरोध होता!

नन्हीं मानो बाहर जाकर सिस्टर्स को कौतुकवश कभी उच्चैश्रवा घोड़ा, कामधेनु गाय, चिन्तामणि रत्नमाला, महर्षि गालव, कौडिल्य मुनि और कल्पवृक्ष की कहानियाँ सुनाती, कभी महादानी विरोचन के पुत्र बलि की, कभी नारद के अहं-भंग की, कभी वामन और महर्षि आयोद धौम्य की, कभी अगस्त्य ऋषि, कभी धुंधुकारी प्रेत की भी, कभी अजामिल, कभी सप्तऋषियों की, कभी सुरथ, हिरण्याक्ष, राजा पृथु और अम्बरीष की...राजा ययाति, महर्षि अत्रि, पुरंजन, विश्वरूप,

शकुन्तला, च्यवनऋषि, ऋषभदेव, प्रियव्रत, कातवहन, राजा चक्रीण, चार्वाक-नहुष-वेन–सब उसके अंतर्मन के स्थायी नागरिक हो चले थे। वे उसे और किसी देश-काल में लेकर जाते, उसके प्रश्नों का समाधान करते, उसकी भाषा ही बदलने लगी थी और विश्वदृष्टि भी–यह देख-समझ सिस्टर्स के मन में आग लग जाती थी। वे चाहतीं कि मानो का माँ से कम-से-कम मिलना हो और उधर माँ थी कि अब उनके मन में साफ एक नक्शा उभर आया था जीवन का कि बच्ची का लालन-पालन अपने ही देश में, अपनी मिट्टी पर हो–यह बेहद जरूरी है! अपनी मिट्टी के यथार्थ से कटकर जीना अमरबेल होना है।

'वैण्टेज हाउस' जैसा एक हॉस्टल भारत में भी बन सकता था, पर आर्थिक सहयोग देगा तो कौन–यह समस्या थी!

इसी समय अमेरिका से बुलाहट आई।

(एक बैठक के बाद तय किया, फिर से स्लोपेस पर लाया जाए यह रेडियो-रूपक)

दृश्य : 25

1886 की एक गन्दुमी शाम थी। गोदी में लेटी हुई मानो बुद्ध भगवान की कथा सुन रही थी :

"एक बार भगवान बुद्ध के दो शिष्य उनसे मिलने जा रहे थे! पूरे दिन का सफर था। चलते-चलते रास्ते में नदी मिली! उन्होंने देखा कि एक स्त्री पानी में डूब रही है! बौद्ध भिक्षुओं के लिए स्त्री का स्पर्श वर्जित माना जाता है...!"

"ऐसा क्यों, माँ?"

"पुरुष-शरीर बड़ा कमजोर होता है, बेटी! माटी और मोम का पुतला! स्त्री में अग्नि का तेज होता है! अग्नि धारण करने की योग्यता पुरुष में त्याग-तपस्या के बाद ही विकसित होती है! त्याग-तपस्या के बाद ही उसकी मिट्टी पकती है और मोम पर कवच-सी चढ़ाती है कि वह पिघले भी तो भीतर बहे, पिघलकर बिखरे नहीं।"

"अच्छा, तो फिर क्या हुआ?"

उन दोनों भिक्षुओं में एक ने कहा–"हमें धर्म की मर्यादा का पालन करना चाहिए! स्त्री डूबती है तो डूबे, हमें क्या!" लेकिन दूसरा भिक्षु अत्यन्त दयावान था। उसने कहा–"मानवता परम धर्म है! हमारे देखते कोई इस तरह मरे, यह मैं तो सहन नहीं कर सकता!" इतना कहकर वह पानी में कूदा और डूबती स्त्री को कंधे पर उठाए हुए किनारे तक आया!

दूसरे भिक्षु ने उसकी बड़ी भर्त्सना की, रास्ते-भर वह कहता रहा–"मैं जाकर गुरु से कहूँगा कि तुमने मर्यादा का उल्लंघन किया है।"

दोनों बुद्ध के समक्ष पहुँचे और दूसरे भिक्षु ने एक साँस में शिकायत दर्ज कर दी!

बुद्ध ने गौर से सब बातें सुनीं और पूछा–"स्त्री को किनारे तक ले आने में इसको कितनी देर लगी?"

"कम-से-कम पंद्रह मिनट तो लगे ही थे।"

"अच्छा...इस घटना के बाद तुमको यहाँ आने में कितनी देर लगी?"

"यही कोई छः घण्टे!"

अब बुद्ध गम्भीर वाणी में बोले–'इस भले आदमी ने तो पन्द्रह मिनट ही उसे अपने कन्धे पर रखा, लेकिन तू छः घण्टे से उसे अपने कंधे पर बिठाए हुए है।' "

भिक्षु अब समझ गया था कि दूरी स्त्री से नहीं, उस विह्वलता से जरूरी है जो स्त्री की संगति देह के धरातल पर घटित करती है! ये ही विह्वलता है वासना जो स्त्री-पुरुष में भेड़-भेड़ियावाला रिश्ता कायम करती है और उससे सहज 'दोस्ती' बाधित करती है।

इसी तरह से बेटी को कुछ-कुछ समझा रही थीं कि दरवाजे पर दस्तक हुई! टेलीग्रामवाला था। तार था आनन्दीबाई जोशी का जो उनकी ममेरी बहन थीं! अमेरिका में उनका कान्वोकेशन था। डॉक्टरी की डिग्री मिलनी थी उन्हें ! वे चाहती थीं कि मायके से कम-से-कम एक व्यक्ति तो अमेरिका चलकर उनके सम्मान का साक्षी बने! पैंतीस साल बड़े उनके पति, गोपाल राव जोशी, 9 वर्षीय आनन्दी से अपने दूसरे विवाह का प्रस्ताव स्वीकार करते समय ही अभिमानपूर्वक यह घोषित कर चुके थे कि वे अपनी बालिकावधू को पढ़ा-लिखाकर डॉक्टर बनाना चाहेंगे, एक मिसाल कायम करना चाहेंगे चितपावन समाज में। उस समय के सारे शिक्षित विधुर दैहिक-मनोवैज्ञानिक या सामाजिक दबावों के तहत जो नन्हीं बच्चियाँ ब्याह करके घर लाते थे–वे उनकी रूमानी संवेदनाएँ और बौद्धिक संवाद समझने के लायक हो पाएँ–इसलिए भी उनको पढ़ा-लिखा देना जरूरी था! कच्ची मिट्टी को आकृति देने के कलात्मक सन्तोष से ज्यादा यह पालतू पशु को अपने हिसाब से ढाल लेने का रिंगमास्टरीय अभिमान था, तभी तो कुर्सी उठा-उठाकर मारते थे 'शिष्या' को–थोड़ी भी गलती हुई नहीं कि कुछ चलाकर मारा, महीनों सीधे मुँह बात नहीं की, वैयक्तिक जीवन में तरह-तरह के अन्याय किए। साथ-साथ यह भी किया कि मिश्नरियों से बात करके 17 बरस की उमर में मेडिसिन पढ़ने उन्हें फिलाडेल्फिया भेजा और अब तामझाम से उन्हें 'विदा' कराके भी ला रहे थे।

रमाबाई ने खिड़की के पार उगे चाँद से कहा–"मुस्कुरा रहे हो, भगवान! लीलाधर तो हो ही!" कभी का पढ़ा याद आया : 'जुदाई के पहाड़ के पीछे से नया चाँद निकल रहा है।

दृश्य : 26

लिवरपूल से फिलाडेल्फिया (डायरी की कतरनें)

जनवरी की शाम! मखाने की ठूरी-सी। ठूरी जो अपना कवच भेद नहीं पाती! वह नन्ही दुनिया जो काले कवच में बन्द रह जाती है–खिल-खुल नहीं पाती ! मखाने की खीर एक बार कलकत्ते में खायी थी–केशवचन्द्र सेन की रूपगर्विता पत्नी ने मुझे और दादा को परोसी थी। चाँदी की कटोरी में। 'चाँदी की कटोरिया में दूध-भात' गाती थी अम्मा। चाँद को कहती थी : दूध-भातवाली चाँदी की कटोरी। खालिस की चाँदी की कटोरी जब पहली दफा केशवचंद्र सेन के यहाँ भोज में देखी, धर्मशाला लौटकर दादा ने माँ के बिछुओं की चर्चा की। वे भी चाँदी के थे, लेकिन काले पड़ गए थे–मखाने की ठूरियों की तरह!

3 बरस बीत गए। सितम्बर 1883 में मेरा 'बप्तिस्मा' हुआ! मैं मेरी रमा बनी और मेरी बेटी मनोरमा बनी मनोरमा मेरी। काया वही, मन वही, आत्मा वही, प्रश्न वही, सन्धान वही, बेचैनियाँ वे ही...जिस औत्सुक्य से नया योगी एक काया छोड़कर दूसरी में प्रविष्ट होता है या मेरी नन्ही रमा पुराने कपड़े उतारकर नये पहनती है–मैंने यह नया धर्म पहना पर पुराना फेंका नहीं। तहाकर सिरहाने रख छोड़ा! एक नये, अपने-से ईश्वर की तलाश मुझे भारत से लिवरपूल ले आई!

मनुष्य की सबसे सुन्दर निर्मितियों में एक है ईश्वर, और दुनिया की हर सुन्दर चीज की तरह यह तरह-तरह के झमेलों का उत्स भी है! एक कहानी पढ़ी थी! कठपुतलियों की! चार मित्र थे–एक दर्जी, एक पंडित, एक बढ़ई, एक नर्तक! एक बार मन में हुड़क उठी कि दुनिया देखनी चाहिए। नन्हीं-नन्हीं गठरियाँ लेकर एक लम्बी यात्रा पर निकले! कभी किसी जंगल में पड़ाव डालते, कभी किसी नदी के किनारे! एक बार एक नदी में बढ़ई को एक कुन्दा बहता दीखा! नदी बाढ़ में उफनी हुई थी! इसलिए कुछ दिनों तक यात्रा स्थगित थी। बैठे-बैठे बढ़ई ने कुन्दे की एक कठपुतली बना दी! कठपुतली बेहद आकर्षक पर नंगी थी। दर्जी की आँखों में खटकी! उसने गठरी में रखी कतरनों से सुन्दर परिधान सिल दिए! पण्डित के मन में आया कि इस बेजान गुड़िया में प्राण पड़ें तो कितना अच्छा हो। एक भूला-बिसरा मंत्र उस पर आजमाया तो कठपुतली में प्राण भी पड़ गए! कठपुतली मनहर सुन्दरी के रूप में उनके सामने उपस्थित थी! चारों के मन में उसके वरण की इच्छा जगी। मामला सुलझाने वे बगल के गाँव में ज्ञानी बुजुर्ग के पास गए! ज्ञानी बुजुर्ग ने जो कुछ कहा, उसका सारांश ऐसा ही कुछ रहा होगा–

"बढ़ई कठपुतली का पिता है, दर्जी उसका भाई, पण्डित उसकी माता, कठपुतली का सच्चा मित्र या पति तो समानधर्मा नर्तक ही माना जाएगा...जो कदम से कदम मिलाकर चले, मन में तरंग का संचार करके पुतुल के पाँवों में आदि–छन्द सर्वदा जागृत रखे–उसका पति वही है, पति वही है जो साथ-साथ

नाचे, साथ थमक जाए, पति वही है जिसकी आँखें अपनी स्त्री के दर्शन-मात्र से भावावेग में पनीली हो जाएँ।"

पुतली में भी प्राण पड़ सकते हैं! दुनिया की हर शय का, हर कल्पना का एक ठोस अस्तित्व, एक अलग-सा वजूद है। हर विचार-तरंग एक ऐसी कठपुतली है जिसमें कि प्राण पड़ सकते हैं। और प्राण पड़े नहीं कि उससे हमारे रिश्ते का एक नया समीकरण उठ खड़ा होता है। ईश्वर यदि एक प्यारी पुतली, एक आदर्श निर्मिति भी है तो क्या! प्राण पड़े हैं उसमें! हमसे उसका एक रिश्ता बनता है! मनुष्य जिस ऊँचाई तक उठ सकता है, उसका ही नाम ईश्वर है ! हमारी कल्पना का उत्कर्ष! हमारे मूल्यों का मानकीकरण! हर समूह का एक अपना ईश्वर है पर मैं चाहती हूँ एक अपना निजी ईश्वर जिसमें सब ईश्वरों का अक्स हो! आईना हो मेरा ईश्वर लेकिन सिण्ड्रेला की माँवाला चुगुलखोर आईना नहीं—एक ऐसा आईना जिससे कोई फसाद नहीं फूटे! एक पेड़ हो आईने में और उसकी छाँह दुनिया के हर परितप्त भाल पर माँ की शीतल चुम्मी-सा पड़े!

मैं एक क्षण भी नहीं भूल पाती कि भारत में अँगरेज क्या-क्या गुल खिला रहे हैं लेकिन भारत के क्रूर अँगरेज अफसरों की तुलना में यहाँ का अँगरेज-समाज विनम्र और सदय है! मैक्समूलरजी के साथ ऑक्सफोर्ड के विद्वतसमाज से मिलना एक बड़ा अनुभव था। स्त्री अधिकारों की प्रवक्ता, फ्रांसेज पावर कोव और क्वेकर आंदोलन के प्रधान, मैटिल्डा कोव के सिवा चेल्टेन्हैम लेडीज़ कॉलेज की प्रधानाध्यापिका सुश्री डोरोथिया बेल से मैं विशेष रूप से प्रभावित हुई। उनकी प्रेरणा पर ही मैं जरनलों में धर्म के वैश्विक स्वरूप पर आलेख देने लगी।

नए समाज का एक उदीयमान मॉडल अमेरिका भी है—यह बात मुझको जरनलों और मुखपत्रों ने समझायी जो धीरे-धीरे मेरे घर की देहली गुंजार करने लगे। एक उत्सुकता तो थी ही, उस शाम जब डॉक्टर रेचल बॉड्ली, पेन्सिल्वेनिया के विमन्स मेडिकल कॉलेज के डीन ने प्रस्ताव भेजा कि अमेरिका द्वारा तैयार प्रथम हिन्दू डॉक्टर आनन्दीबाई जोशी की कॉन्वोकेशन सभा में मैं भी भारतीय स्त्रियों की ओर से कुछ बोलूँ। लाख आर्थिक और अन्य व्यावहारिक कठिनाइयों के बावजूद मैंने स्वीकृति दे दी!

× × ×

फरवरी 17, 1886—ऐसे ही एक जहाज पर सदाव्रत इंग्लैण्ड पढ़ने गए थे! जहाज का काठ छूकर देखती हूँ! आज करीब पंद्रह बरस बाद, मैं, उनकी बालसखा, पत्नी और विधवा—उनकी आठ बरस की बच्ची के साथ—इंग्लैंड से अमेरिका चली जा रही हूँ! बीच में क्या-क्या झंझावात गुजरे! जहाज की रेलिंग फिर थामकर देखती हूँ! काठ में एक जगह पॉलिश उखड़ जाने से एक छिद्र उभर आया है!

छिद्र में एक नन्ही-सी टूसी है—काई की! काई भी वनस्पति है! हरियाली का एक छोटा ठिकाना! लेकिन मन तो मन है! रह-रहकर उसको समझाना होता है कि काठ में भी हरियाली गुम चोट की तरह घर बनाकर रहती है, रह सकती है!

जहाज का नाम है! प्यारा-सा! 'द ब्रिटिश प्रिंसेज! मेरे अँगरेज साथी नहीं चाहते थे कि मैं अमेरिका जाऊँ! चर्च की कई सहेलियों ने तो पूर्वघोषणा भी की कि जहाज डूब जाएगा, फरवरी समुद्री यात्रा के लिए सबसे खराब महीना है! झंझावातों का महीना! न्यूयॉर्क सिटी के आस-पास पच्चीस-तीस मील की त्रिज्या में कई जहाजों के थकमकाकर जम जाने के समाचार आते रहे थे। उत्तरी अमेरिका हिमवलयित तो था ही!

प्रस्थान के बाद तीन दिनों तक तो तूफान मुन्नी मारे बैठा रहा! पर चौथे दिन जब हम इंग्लैण्ड और अमेरिका के बीचों-बीच थे—'डेविल्स पॉट' कहलाने वाले एक बिन्दु पर फण काढ़कर वह उठा।

जहाज की प्रथम श्रेणीवाले केबिन में चार मर्द और तीन औरतें थीं, तीसरी श्रेणी में कुल मिलाकर 190 मुसाफिर थे। यूरोप के अलग-अलग इलाकों से वे अमेरिका में बसने चले आ रहे थे। इतवार के दिन कुछ धर्मप्राण लोगों ने तूफान से रक्षा की खातिर समवेत प्रार्थनाएँ कीं और उसी रात जमकर तूफान उठा! प्रथम श्रेणी केबिन की एक महिला ने काँपते हुए घोषणा की—

"रोको-रोको ये समवेत प्रार्थना! इस वक्त इस स्थान पर प्रार्थना से चिढ़कर शैतान और करारा तूफान उठाएगा!"

और आश्चर्य की बात यह कि उसकी भविष्यवाणी सच हुई—एक बार नहीं, तीन बार! जब-जब समवेत प्रार्थनाएँ हुईं—रात को भयावह झंझावात आया! अन्त में जब लोग सिहरकर चुप बैठ गए, बकौल वृद्धा, शैतानी ताकतों के आगे घुटने टेक दिए, दिन शान्त गुजर गया और रात भी सहमी-सहमी, सलज्ज कदमों से आई। कॉलरिज के 'सॉन्ग ऑफ द ऐन्शिएण्ट मैरिनर' और हॉप्किन्स के 'द रेक ऑफ द ड्यूशलैण्ड' का वाचन कई बार मैं अपने पति के मुँह से सुन चुकी थी। कुछ बिम्ब और कुछ पंक्तियाँ इधर-उधर से उड़ती आईं : आँधी में इधर-उधर उड़ते-बिखरते ये शब्द...कहीं किनारा पाते नजर ही नहीं आते थे...क्या पता किनारा पाना चाहते थे भी या नहीं...'जैसे उड़ि जहाज को पंछी पुनि जहाज पै आवै'—कलकत्ता में मथुरा का एक साधु कितना मीठा गाता था—पर हर पक्षी जहाज तक लौटना भी नहीं चाहता! कौन जाने, शब्द-पाखी सीगल ही हों शायद—तूफान ही इनका बालम-पिया हो—"फेयरवेल-फेयरवेल, बट दिस आई टेल टु दी ओ वेडिंग गेस्ट/ही प्रेयेथ बेस्ट हू लवेथ बेस्ट। ऑल मेन ऐण्ड बर्ड्स ऐण्ड बीस्ट्स...दाउ मास्टरिंग मी गॉड...तू ही है मेरा किनारा...यू हैव मेड ऐण्ड अनमेड मी...बार-बार तोड़ा-बनाया...मैं मुलायम बालू बालूघड़ी की, सरक रही हूँ जल्दी-जल्दी...ऑफ द गॉस्पेल प्रॉपर, अ प्रेशर, अ प्रिंसिपल...मैं अपने हाथ चूमती हूँ...

सितारों के नाम...बिजली भी चूम रही है हाथ मेरे...डैपेल्ड विद डैमसल वेस्ट...आई ऐम हेल, आई ऐम हर्ट-बर्न...मैं ही अपना स्वाद हूँ... मैंने कहा—हाँ, कहा बिजलियों से हाँ...स्वीकार है मुझको रौद्र रूप भी प्रकृति का...लेस्ड विद फायर ऑफ स्ट्रेस...बर्फ के नीचे सोया है जहाज...आसमान ओढ़े हुए...हार्ड डाउन विद अ हॉरर ऑफ हाइट...मोर ब्राइटेनिंग हर, रेयर—डियर ब्रिटेन, ऐज हिज रेन रॉल्स/ प्राइड रोज, प्रिंस, हिरो ऑफ अस, हाइ प्रीस्ट/ऑवर हार्ट्स चैरिटीज हर्थ्स फायर, ऑवर थॉट्स शिवैलरीज थॉन्स, लॉर्ड!"

हॉप्किन्स एक नया कवि है! एक जेसुइट प्रीस्ट! अभी इसकी कविताएँ प्रकाशित भी नहीं हुईं! नन्स हॉस्टल की वॉर्डेन का भाई सेण्ट व्यूनोज कॉलेज, नॉर्थ वेल्स में इसका क्लासमेट था—उसी ने उसकी यह अप्रकाशित कविता फादर को दी थी, और फादर ने पल्पिट से उसका पाठ किया तो मेरे रोम-रोम खड़े हो गए! बाद में उससे लेकर यह कविता मैंने डायरी में उतारी...तब क्या जानती थी 'ड्यूशलैण्ड' नाम के जर्मन जहाज में सवार उन पाँच ननों की स्थिति से कभी मेरा यों तादात्म्य होगा जो भीषण तूफान में भी, ऐन मृत्यु के पहले प्रकृति और ईश्वर के रौद्र रूप का अभिवादन करती एक-दूसरे का हाथ हाथ में लिए खुशी-खुशी मृत्यु के गले लगीं।. ..डूबते जहाज के स्त्री-पुरुष भीषण हाहाकार कर रहे थे और ये मुदित मन ईश्वर को पुकार रही थीं—जल्दी आओ, ईसू, लिए चलो साथ...।"

1875 के दिसम्बर में लिखी गई यह कविता सच्ची घटना पर आधारित है। उन पाँच ननों को हॉप्किन्स क्राइस्ट के शरीर के पाँच पवित्र घाव कहता है... स्प्रिग रिद्म में शब्द उड़ते हैं, सीगल बनकर मन में उड़ते हैं—

"ऐण्ड लेड विद् अ/लिंक ऑफ द हार्ट टु हार्ट ऑफ द गोस्ट/स्ट्रोक ऐण्ड स्ट्रेस दैट स्टार्स ऐण्ड स्टॉर्म्स डेलिवर...टु बेद इन हिज फॉल गोल्ड मर्सी, टु ब्रीद इन हिज ऑल फायर ग्लानसेज...ऑवर हट्र्स चैरिटीज हर्थ्स फायर, ऑवर थॉट्स शिवैलरीज थॉन्स लॉर्ड...स्ट्रोक ऐण्ड स्ट्रेस दैट स्टार्स ऐण्ड स्टॉर्म्स डेलिवर/दैट गिल्ट इज हश्ड बाइ, हार्ट, आर फ्लश्ड बाइ ऐण्ड मेल्ट।"

तीन-चार दिनों की निस्तब्धता के बाद जो तूफान आया, उसमें तो जहाज की चूलें ही हिल गईं! पर्वत की तरह उत्ताल लहरें उठतीं और तद्क्षण सर पटक लेतीं! बाल-राक्षस का शव शोकातुर राक्षसी माता की बाँहों में झूलता हुआ जैसा लगता होगा, इधर से उधर झूलता जहाज तूफान की बाँहों में लग तो वैसा ही रहा था, पर जहाज में प्राण थे! एक नहीं, एक जत्था हल-हल करते हुए प्राण!...मनोरमा को छाती से चिपकाए हुए मैं डेक की कुर्सी पर बैठ गई! जमीन से पाँव उखड़ना क्या होता है, पाँव के नीचे की धरती खिसक जाना क्या होता है—मैंने प्रत्यक्ष महसूस किया! सारी हिम्मत जुटाकर मैंने तूफान की आँखों में जब आँखें गड़ा दीं—सिर झुकाकर बैठने के बदले सिर उठाकर आत्मसात किया कि सामने क्या हो रहा है, सामना किया तूफान का—तब जाकर धुकधुकी रुकी!

अज्ञात का भय प्रत्यक्ष भय से कई गुणा ज्यादा भयानक होता है! जिस क्षण मैंने खुद से कहा कि सराहो, तूफान को भी सराहो, प्रकृति का यह उन्मुक्त रूप भी सुन्दर, ऊर्जस्वी, अगाध और महिमामय है—मेरे मन में शान्ति का प्रकाश उतरने लगा! रोम-रोम उत्फुल्ल होने लगा—जैसे सदाव्रत के स्पर्श से होता था ! मृत्यु के बाद सदाव्रत भी तो असीम और अगाध ही हो गए हैं! तूफान का यह आवेग उनके उद्दाम आवेग से कमतर ही था!...उसी समय मैंने संकल्प लिया--जीवन की हर झंझा का सामना करने से वह टलता है!...देखते-देखते यह विकराल तूफान भी थम तो गया। 'डेविल्स पॉट'—शैतान की कटोरी में भी चाँदनी उतर आई! चाँदी की कटोरिया में दूध-भात उतर आया!

पर गुबार उतरते-उतरते भी छह-सात दिन तो लग ही गए! पूरा तूफान जब थमा, डेढ़ इन्द्रधनुष देखना एक अजब अनुभव था! तूफान के दौरान सी-गल चिड़ियों की ऊर्जस्वी, छटपट उड़ान तूफान से मानो स्पर्द्धा ले रही थी! शोक-परितप्त व्यक्ति के मन में जैसे विचार दिग्भ्रान्त होकर इधर से उधर उड़ने लगते हैं—इधर से उधर ये चिड़ियाँ लगातार उड़ती रही थीं।

तीन मार्च की दोपहर तक अमेरिका का पश्चिमी हेमिस्फियर दीखा तो क्रिस्टोफर कोलम्बस की याद आई! पाँचवीं से पन्द्रहवीं शताब्दी तक जितने भी पोपजी हुए, खुद को राजाओं से ऊपर समझते रहे—ईश्वर का मसीहा, पर उनमें ईश-सी शालीनता कहाँ! कोलम्बस जैसे ज्ञानियों ने नये सत्य प्रकाशित किए जो उनको रास नहीं आए! पर फिर उन्होंने राजाओं से साठ-गाँठ कर ली और मिल-जुलकर योजना बनाई कि जितने भी नये भूभाग ढूँढ़े जा रहे हैं वहाँ के जंगली बाशिन्दों को अपने कब्जे में करके एक नया साम्राज्य बसाया जाए जहाँ नृशंसता और बेगार के साथ धर्म-प्रचार का भी स्कोप पूरा हो। कोलम्बस स्पेन की रानी के प्रतिनिधि बनकर समुद्री यात्रा पर निकले थे और तकलीफ की बात ये है कि वैयक्तिक कर्ज चुकाने के लिए कुछ रेड-इण्डियन युवकों को गुलाम के रूप में स्पेन के राजा के हाथ उन्होंने भी बेचा! इतनी खस्ता हालत थी इन गुलामों की कि एक बार उन्होंने सामूहिक फाँसी लगा लेने की सोची! स्पैनिश अफसरों को पता चल गया तो वह तय जगह पर पहले से जाकर धमकियाँ उचारने लगा—"अच्छा तो तुम्हें भुखमरी, बेगार और मार-पीट बर्दाश्त नहीं हो रही, यहाँ का मौसम और रहन-सहन रास नहीं आ रहा...तो तुम आत्महत्या करने चले हो! तुम्हारे सामने मैं फाँसी लगा लूँगा और तुमसे पहले परलोक पहुँचकर वहाँ भी तुम्हारी बाट देखूँगा कि कब तुम आओ और कब मैं त्रास का सिलसिला शुरू करूँ!"

जहाज किनारा छूने को था कि कप्तान को शायद नींद आ गई और नींद के झोंके में जहाज इधर-से-उधर जाने कहाँ तो भटक गया! तीन दिन गुजर गए फिर वो लीक पर आने में...और अन्ततः जब अमेरिका की धरती पर पैर पड़े, मैंने मन-ही-मन अपने भारतीय मित्रों को याद करके सोचा कि अभी यहाँ दोपहर है,

वहाँ रात होगी। पैर पसारूँ तो मेरे तलवे तुम्हारे तलवों के सामने पड़ेंगे!...पर भाई, अब किसके सामने तलवे पसारने हैं! अब तो न ये तलवे पसरनेवाले हैं, न हाथ!

तीन दिन तो बस सोती ही रही। रग-रग ऐसी पिरा रही थी जैसे धुरमुस की चोट लगी हो! मानो भी छाती से लगकर बेहोश सोती रही!

जिस घर में मुझको ठहराया गया था, उसके स्वामी एक संयत-से व्यक्ति थे। नीचे के माले पर उनका परिवार था और खाने की मेज भी नीचे लगी थी ! पहली बार मेज पर खाना कलकत्ता में केशवचन्द्र सेन के घर पर हुआ था! मेरे साथ तो वे बहुत उदारता से पेश आए पर कलकत्ता छोड़ने के बाद उनकी जो टिप्पणियाँ इधर-उधर पढ़ने-सुनने को मिलीं, घोर आश्चर्य में डाल देनेवाली थीं! अब जैसे यहाँ आने पर यह पता चला कि स्त्रियों के मेडिसिन पढ़ने के पक्ष में वे बिल्कुल नहीं थे, उन्हें लगता था कि विश्वविद्यालय तक की शिक्षा, खासकर मेडिसिन की शिक्षा, स्त्रियों से स्त्री-सुलभ कमनीयता छीन लेगी! दिमाग पर इतना जोर कोमलांगियों को बर्दाश्त नहीं होगा, वे बीमार पड़ जाएँगी—शरीर की तरह उनका दिमाग भी छोटा होता है, उसकी धारकता कम होती है। ब्रह्मसमाज के प्रधान के मुँह से ऐसी संकीर्ण बातें बिल्कुल शोभा नहीं दे रही थीं! भारत को स्त्री-डॉक्टरों की कितनी जरूरत है—सावित्री बाई फुले के जच्चा-घर में काम करते हुए यह बात मैंने शिद्दत से महसूस की! लजालु औरतें कई बार अपने शरीर के कई गुप्त रोग सिर्फ इसलिए नहीं बता पातीं कि डॉक्टर की कुर्सी पर बैठा हुआ व्यक्ति 'पराया मर्द' है!

दो लड़कियाँ मद्रास में, एक कलकत्ते में मेडिसिन पढ़ रही हैं पर आनन्दीबाई जोशी ने तो कमाल ही कर दिखाया। सुनहरी-ज़री की सफेद साड़ी में वह नन्ही-सी कर्मठ औरत दीक्षान्त समारोह को एक अलग गरिमा दे रही थी। ...मेरा मन धड़क रहा था! अँगरेजों के बीच अँगरेजी में भाषण देने का यह मेरा पहला अवसर था। मंच पर चढ़ते हुए गले में कुछ अटका, पर प्रभु का नाम लेकर मैं जो भी बोलती गई, उसका प्रभाव अनुकूल पड़ा। मंच से उतरते ही लोग मुझे घेरकर खड़े हो गए और मेरे उस भारत के बारे में तरह-तरह के प्रश्न करने लगे जिसके सांस्कृतिक प्रतिनिधित्व का गहन दायित्व मेरे इन कमजोर कंधों पर आन पड़ा था।

एक डाल से जैसे अनेक फूट आती हैं, बोलने का एक अवसर कई अवसरों में फूट पड़ा! लोग जहाँ-तहाँ मुझे अपने देश की स्त्रियों के पक्ष से भाषण करने को बुलाने लगे। अमेरिका एक नये प्रजातंत्र के रूप में अपनी आँखें और पाँखें खोल रहा था—जो भी जहाँ नया था या बिल्कुल प्राचीन, उसके मन में उसकी खातिर उत्सुकता थी!...धीरे-धीरे मेरे सम्बन्ध अमेरिका-भर में पचखियाँ फेंकते हुए

एक वटवृक्ष की तरह फैले! गई थी तीन महीने के लिए, रह गई तीन साल... और इन तीन वर्षों में जो मैंने संचित किया, उसके बीज अपनी मिट्टी में बोने को मैं ऐसी लालायित हुई कि क्या कहूँ!

इंग्लैण्ड में लाख दोस्तियों के बीच भी अजनबियत का एहसास रह-रहकर पींगें मारता! अब जैसे यही घटना देखें कि जिस घर में मैं महीनों रही, जिसने मेरी सुख-सुविधा का इतना इन्तजाम साधा, उसी ने सिर्फ इस बात पर मुझे एक औपचारिक चिट लिखकर भेजी कि मैं पढ़ते-पढ़ते नंगे पाँव सीढ़ियाँ उतरी तो कैसे, ठीक है कि मैं पानी लेने आई थी, हो सकता है, मुझे घनघोर प्यास लगी हो, पर इसका खयाल मुझे रखना चाहिए था कि अँगरेजी दस्तूर में औरत का गैर मर्द के सामने नंगे पाँव आना आले दर्जी की बेहयाई है!

वैज्ञानिक-तकनीकी प्रगति और व्यवस्थापन में भी अमरीकियों का जवाब नहीं था और इनकी जो विशेषताएँ मैं अपनी गठरी में बाँधकर घर ले जाना चाहती थी—उनमें अग्रिम थे राष्ट्र-निर्माण का उत्साह और संवाद में आस्था! कोई काम छोटा या हेय नहीं माना जाता था। और औरतें कुछ भी करने को स्वतंत्र थीं—शिक्षण-अभिभाषण से लेकर सार्वजनिक साफ-सफाई का काम एकदम अकुण्ठ भाव से करने को स्वतंत्र! हजार लोगों के छोटे-से गाँव में भी उत्कृष्ट पुस्तकालय-वाचनालय थे, समाजसेवी संस्थान भी! सबमें औरतों की विशिष्ट भागीदारी थी! पुरुष घर के काम में मदद तो नहीं करते थे, पर परिवार के साथ शाम का समय हँसी-खुशी बिताते थे जरूर! हमारे देश में यात्रा करना विपदा का प्रतीक था! बाढ़, अगजनी, अकाल, देशनिकाला, जाति-बहिष्कार की घटनाएँ यात्राओं का उत्स हुआ करती थीं, पर यहाँ दुनिया देखने के भाव से लोग परिवार के साथ छुट्टियाँ मनाने इधर-उधर जाते थे! कितना अच्छा था यह!

पर लोग नहाते थे कम-कम और हिंसक भी बहुत थे। उनके खान-पान, पहनावे-ओढ़ावे में जीव-जंतुओं की हत्या ऐसी शामिल थी कि कभी-कभी मैं सोच में पड़ जाती थी कि लोग ठीक से पैसा खर्च क्यों नहीं करते। बहुत मेहनत से मैंने उनके व्यय का यह आँकड़ा एकत्र किया था :

कृत्य	**सालाना खर्चा**
दान-पुण्य	5,500,000 US $
पादरियों की तनख्वाह	12,000,000
शिक्षा	96,000,000
चाय-कॉफी	145,000,000
आइसक्रीम	155,000,000
जूते-मोजे आदि	197,000,000
धातु	263,000,000

मांस	303,000,000
तम्बाकू	490,000,000
पावरोटी	538,000,000
शराब	900,000,000

कुछ लोगों ने मिलकर मजदूर/अश्वेत बच्चों की खातिर स्कूल खोले थे, पर कुल मिलाकर उनकी स्थिति अच्छी नहीं थी! कोई उनके साथ एक मेज पर नहीं खाता था! रेड-इण्डियन्स के साथ भी उनका व्यवहार ओछा था! हेलेन हण्ट और एलिस पन्लेचर का धन्यवाद कि वे आदिम निवासियों और अपने देश के जुल्मोसितम से तबाह होकर अमेरिका में बसने चले आए विदेशियों (जर्मनों, स्कैण्डिनेवियनों, इतालवियों, रूसियों) के प्रति इनका रुख कुछ सुधार रही थीं। क्या मैं कभी इनके पद-चिह्नों पर चल भी पाऊँगी?

देह में भभूत मलकर मुफ्तखोरी करता कोई मुझे दीखा नहीं! विकलांग भी पढ़ते हैं और काम करते हैं! एक 'विशिष्ट' विद्यालय में मैं अतिथि वक्ता होकर गई तो एक जन्मान्ध छात्र से मुझको मिलवाया गया और दंग रह गई मैं देखकर कि झटपट मशीन पर उसने न सिर्फ मेरा बल्कि मेरे देश का नाम भी टाइप कर दिया।

जंगल फलों के बाग और बर्फ के घर में जलती हुई लपटें अमेरिका को एक स्वर्ग की प्रतीति देती हैं। यही विकास तो किया है उसकी अनूठी शिक्षण-व्यवस्था ने जो हर बालक-बालिका को अपनी रुचि के अनुसार काम चुनने और तद्नुकूल शिक्षा-प्रशिक्षा ग्रहण करने की तमाम सहूलियतें जुटाती है और सारा काम-काज, पढ़ाई-लिखाई मातृभाषा में करने की सुविधा भी! काश, अपने देश की भी एक उभयनिष्ठ भाषा होती–जैसे हिन्दी! भारत में सभी यह भाषा समझते हैं–देश की अधिकांश भाषाओं का मायका दीखती है यह और उर्दू की बाल-सखा!

इंग्लैण्ड में 1882 भूतों के लिए एक व्यस्त वर्ष था जब ऑलिफेण्ट ने 'द ओपेन डोर' प्रकाशित किया और 'मैरेड विमेन्स ऐक्ट' के खिलाफ स्त्रीवादी संगठनों के पुरजोर विरोध का थोड़ा असर संसद पर होता दीखा, बहुतेरे घरों में गड़े मुर्दे उखाड़ने की प्रक्रिया शुरू हो गई, बहुतेरे लोग प्रेताविष्ट हो गए–खिन्न और हिंसक! हर पढ़ी-लिखी औरत 'डायन' करार कर दी गई! ऐसी ही एक स्त्री ऐण्टन मेस्मर मैक्सम्यूलर ने जिनसे मेरी दोस्ती इंग्लैण्ड-प्रवास के दिनों में करायी थी! 'ओकल्ट साइंसेज' पर उनका शोधकार्य चर्चित हुआ था और अक्सर

वह गिरजाघर वाले हॉस्टल में मुझसे मिलने आ जाती थी! उन्हीं के मुँह से मैंने 'यूनिवर्सल फ्लुइड', 'ऑडिलिक फोर्स', 'सब्लिमिनल', 'कलेक्टिव अनकन्शस'-जैसे धाँसू शब्द सुने थे और महसूस किया था कि क्यों शारलॅट ब्रॉण्ट की नायिका कैरोलीन हेलस्टोन कहती थी कि ईश्वर के सर्वाधिक पास एक स्त्री ही हो सकती है।

इंग्लैण्ड से प्रस्थान के वक्त उसने मुझे तीन महत्त्वपूर्ण पुस्तकें भेंट की थीं–एक तो फ्लोरेंस नाइटिंगेल की 'कैसेण्ड्रा' (1852) दूसरी कैथरीन क्रो की 'द नाइट साइड ऑफ नेचर' (1848) और तीसरी जोअना साउथकोर्ट का 'द स्ट्रेन्च इफेक्ट्स ऑफ फेथ'! तीनों में कहीं-न-कहीं यह संकेत था कि नई दुनिया की नींव औरतें ही रखेंगी! 'विमेन-रीडर्स' की यह समस्त परम्परा स्त्री के 'हीलिंग टच' की अनगिन गाथाएँ सामने रखकर धीरे से यह जता देती थीं कि 'हीलिंग टच' वाले हाथों को भी काट-बकोट लेने में लोग संकोच नहीं करते, वे अक्सर भूल जाते हैं कि मान और स्नेह का संवेदन स्पर्श उनकी भी मनोवैज्ञानिक जरूरत है! 'द मदर ऑफ ऑल थिंग्ज' कहीं-न-कहीं एक छोटी बच्ची भी होती है!

टेनिसन की प्रोफेटिक 'प्रिंसेस इडा' का जिक्र सदाव्रत ने एक चिट्ठी में किया था :

'डॉटर्स ऑफ द प्लाउ, स्ट्रॉन्गर दैन मेन, ह्यूज विमेन ब्लाउज्ड विद हेल्थ, ऐण्ड विण्ड, ऐण्ड रेन, ऐण्ड लेबर।'

उनका मन था कि उनकी मानो और मानो की पीढ़ी की सब लड़कियाँ ऐसी ही तैयार हों! मानो को सुनाती तो रहती हूँ सारे प्रसंग, बहुत समझ पाने की उसकी उम्र नहीं पर 'समझ' के पहले जो 'बोध' या 'अनुभूति' का उषाकाल होता है, संस्कार-वपन के लिए महत्त्वपूर्ण तो वो ही है। यदि पिता का सान्निध्य इसे मिल पाता, और अधिक उछाह से ये बड़ी होती। बाप-बेटी का रिश्ता अद्‌भुत होता है, जहाँ माँ-बाप के बीच तनातनी रहती है और पिता से खास मिलना नहीं होता–वहाँ भी लड़कियाँ सुनी-सुनाई बातों का एक 'पिता' गढ़कर लगातार उनसे बतियाती हैं : इस प्रसंग में लॉर्ड बायरन की बेटी, एडा एक अद्‌भुत चरित्र है! कविताओं के माध्यम से ही उसने बाप को जाना, उसकी माँ, लेडी ऐनाबेल संयत और परमधार्मिक 'औरत थी!' लॉर्ड बायरन से शादी भी उसने एक धार्मिक मिशन के तहत की थी कि उनकी उर्वर आत्मा से शैतानी-डंक निकाल फेंकेगी...पर जीवन ऐसे स्थापित प्रमेयों पर कब चलता है! जीवन के बारे में तो केवल एक बात ही निश्चित तौर पर कही जा सकती है कि वहाँ कुछ भी निश्चित नहीं ! हर कदम पर अनिश्चय और संशय द्वारपाल बने खड़े रहते हैं!!

लावत्स्की, सिस्टर निवेदिता!...ऑकल्ट और 'एलेक्ट्रो बायलोजी' की चर्चाएँ सुनती हूँ तो कई पौराणिक प्रसंग एक वृहद् रूपक की तरह दिमाग में डैने खोल

लेते हैं और लगता है जैसे स्त्री नहीं हूँ, मैं रणक्षेत्र हूँ! इन दिनों पीठ में भी दर्द रहने लगा है। मानो से कहती हूँ कि पीठ पर ही बैठकर अपनी पुस्तकें पढ़े और कुछ-कुछ सुनाती रहे।

उस दिन लेडी बायरन के बारे में सोचते-सोचते सोई तो उसे सपने में भी देखा! इन दिनों सपने मुझे अजीब-से आते हैं! लगता है, सपनों की लिपि में कोई मुझे एक चिट्ठी-सी डाल रहा है!

लेडी बायरन की याद शायद इसलिए आई कि अमेरिका के दासता-उन्मूलन में उनके सहयोग की कथा कोई सुना रहा था! पति की अनवरत उपेक्षा ने भी उनकी दृष्टि कुंठित नहीं की! क्या जाने कितनी लड़कियाँ उनकी मुँहबोली बेटियाँ थीं! इन्हीं में एक थी ओलिविया ऐचेसन, इसे उन्होंने जो चिट्ठी लिखी थी उसका एक हिस्सा सोते समय मैंने डायरी में नोट किया :

हर बुराई में अच्छाई का एक भ्रूण तो होता है, एक भरपूर अण्डा...अच्छी तरह अण्डा सेने की कला विकसित करनी होती है...एक संघर्षविहीन जीवन से ज्यादा बुरा चरित्र के विकास के लिए कुछ हो ही नहीं सकता।

दृश्य : 27

मेरी अर्द्धविक्षिप्तावस्था के सपनों में चाय का प्याला हवा में उठाए-उठाए रमाबाई आगे बोलीं–

"अमरीका नयी उड़ान की जगह थी। उसके डैने अभी अबाबील और गिद्ध के डैने नहीं बने थे! एक प्रजातंत्र के रूप में अभी वह खिल-खुल रहा था।

स्त्रियों की कई संस्थाएँ विश्वभर की स्त्रियों से जुड़कर कई बड़े काम कर रही थीं! आनन्दीबाई जोशी की गुरु, मिसेज कारपेण्टर और डॉक्टर रायेल बॉडली ने दो वर्षों तक मेरा और मनोरमा का अतिथि-सत्कार किया और हमें नयी दुनिया दिखायी। 'सफ्रोगेट्स' और 'गुलामी उन्मूलन' आदि बृहत्तर मुद्दों से जुड़ी 'क्रिश्चन टेम्परेंस यूनियन' के सौजन्य से 50,000 किलोमीटर तक की यात्रा हमने की : कभी-कभी एक दिन में चार-चार मीटिंगें और भाषण, भारत में भी बेसहारा स्त्रियों के एक सामूहिक घर के लिए आर्थिक सहयोग का सास्वर अनुरोध! कुछ वर्ष बाद विवेकानन्द भी इसी रास्ते पर चले पर उस वक्त उन्होंने मेरी इस खातिर भरपूर आलोचना की! यही वह समय था जब 'उच्च वर्ण की हिंदू औरतें' शीर्षक से एक किताब मैंने लिखी और 'अमरीकन रमाबाई संगठन' बनाया!

दो वर्ष बाद मनोरमा के साथ लौटकर मैं तो पुणे स्थित 'शारदा-सदन' की स्थापना और विधवाओं के अधिकार-विनियोजन के प्रश्न पर बड़े-बड़े पुरोधाओं से लोहा लेने में जुट गईं, अमेरिका का यही 'रमाबाई संगठन' विश्व में विवेकानन्द के अनुयायियों से उलझ गया जब 'स्त्रीत्व के आदर्श–हिन्दू, मुस्लिम और

ईसाई' नामक अपने व्याख्यान में भारतीय स्त्रियों की महिमामयी स्थिति का ब्यौरा देकर विवेकानन्द भारत गए और उनके व्याख्यान की रपट 'डेली-स्टैण्डर्ड यूनियन' में छपी। विवेकानन्द के अनुसार आर्य महिलाओं की स्थिति भारत में हमेशा से अच्छी रही थी! हर क्षेत्र में वे पुरुषों की सहधर्मिणी थीं। सिमेटिक जातियों के आक्रमण के बाद यह स्थिति बदली और धीरे-धीरे स्त्री की छवि भारत में 'माता' के रूप में और पश्चिम में 'पत्नी' के रूप में ही रूढ़ होती चली गई! उसके बाद कही गई थी वह बात जिस पर विवाद उठा था। कहा गया था कि भारतीय महिलाओं को तो सैकड़ों वर्षों से सम्पत्ति का अधिकार भी है! पति की मृत्यु के बाद पूरा का पूरा राजपाट तक स्त्रियों के नाम हो जाता है!

जिस देश में पति की मृत्यु के बाद स्त्री से शान्तिपूर्वक जीने का हक भी छीन लिया जाता हो—पति के साथ चिता में ही भस्म नहीं हो गईं तो सब छीन-छानकर दर-दर भटकने को मजबूर कर दिया जाता हो, उससे अस्पृश्यता बरती जाती हो—सम्पत्ति का विशेषाधिकार उससे जोड़ना हास्यास्पद था! ऐसा भ्रामक प्रचार धर्मान्धता में विवेकानन्द कर सकते हैं—इस बात पर मैक्सम्यूलर भी चकित थे! वे मेरी ओर से मुखर भी हुए! विवेकानन्द की तरफ से राई डेविड कह रहे थे कि भारत की छवि धूमिल करती फिर रही हैं रमाबाई, यह उसका देशद्रोह है, अमरीकियों के मन में औरतों की खातिर सहानुभूति जताकर संस्था की खातिर पैसे लेना कोई अच्छी बात नहीं, विधवाएँ दुबारा विवाह नहीं कर पातीं तो इसलिए भारत में पुरुषों की जनसंख्या कम है, तभी तो बूढ़ों को भी नन्हीं लड़कियों से ब्याह करना पड़ता है और अगर बूढ़े धनी हुए तो लड़कियों के लिए यह अच्छा ही है कि बूढ़ा पति जल्दी मरे...भारत-भर धूमकर देख चुका हूँ—भारत की औरतें सबसे ज्यादा सुखी हैं। अगर कहीं अन्याय है तो अपवादस्वरूप, वैसा अन्याय और प्राकृतिक दुख तो बहुधा पुरुष भी झेलते हैं, ऐसा थोड़े ही है कि स्त्रियाँ चण्ट नहीं होतीं!

इतना स्पष्ट था कि स्वामी विवेकानन्द के भाषण में स्त्रियाँ एक रेटारिक का हिस्सा थीं, उन्हें 'देश' की उज्ज्वल छवि पेश करनी थी, फिर वे पढ़े-लिखे 'भद्रलोक' पृष्ठभूमि के युवा संन्यासी थे—अपनी 'माँ' के सिवा उन्होंने जाना ही किसको होगा—'भद्रलोक' की सधवा माँएँ तो 'देवी' वगैरह दिखायी देती ही थीं। 'वैष्णव जन तो तै ने कहिए-पीर परायी जाणे रे' एक आदर्श है, तो 'जाके पैर न फटी बिवाई—सो का जानै पीर पराई' एक यथार्थ।

सबसे मजेदार बात तो यह हुई कि युवा संन्यासी ने भारतीय विधवाओं को 'नन' की आध्यात्मिक पदवी दी और कहा कि उनका जीवन सधवाओं से ज्यादा पवित्र और सार्थक होता है—ईश्वर की सेवा में सर्वथा समर्पित! चूँकि उन्होंने वकालत पढ़ी थी, 'सम्पत्ति' वाला सवाल जब सीधा उछाला गया तो बात घुमाकर वे बोले—

"भारतीय समाज में माँ की स्थिति इतनी ऊँची होती है और माँ इतनी त्यागमयी होती है कि अलग से उसे सम्पत्ति दिलाने की बात हिन्दू विधेयकों के मन में उठी ही नहीं।"

मैं ये बड़े-बड़े बोल सुनती और हँसकर रह जाती! मेरी आँखों के आगे तैर जातीं बनारस, वृंदावन, मथुरा की लाखों विधवाएँ–ऐन भगवान की आँखों के आगे–जो लगातार सेठों और पण्डों का यौन-शोषण/गाली-गलौज और रोटी के लाले झेलती, आधी जिबह मुर्गियों का जीवन जीने को अभिशप्त थीं! मैं खुद मिलकर आई थी उन सबसे, तभी तो देशवासियों से निवेदन किया था :

'विद्वान भाइयो, सुविधासंपन्न मेरी बहनो–
अच्छी तरह देखो–
औरत के जीवन की कविता के पार–
उसके जीवन का रुक्ष गद्य–
खासकर उन औरतों के जीवन का रुक्षगद्य
जो सड़कों पर पड़ी हैं–
आँख खोलकर देखो–
अपने उच्चाशय धर्मों ने उनकी
तरफ से कुछ सोचने की
जहमत ही नहीं उठायी!'

अमेरिका में इन सवालों के उत्तर नहीं थे, ये उत्तर भारत की गलियों में बिखरे पड़े थे। धर्म की जेब में इनका जवाब नहीं था हालाँकि धर्म भी इतना तो जानता था कि 'भूखे भजन न होहिं गुपाला' और यह भी कि चार पुरुषार्थों में 'अर्थ' पहला है, उसके बाद आते हैं 'धर्म', 'काम' और 'मोक्ष'!"

दृश्य : 28

'काश, पुरुषार्थ स्त्रियार्थ भी होते' : चार पुरुषार्थों की बात चलने पर मनोरमा चुटकी लेती! वह इतनी बड़ी तो अब हो ही गई थी कि बातों का मर्म समझती ! और उसका स्वभाव हँसमुख भी काफी था! मेरे पीछे-पीछे ही लगातार लगी रहती। मेरे हर काम में हाथ बँटाती। पर्चे बाँटती, सभाएँ सम्बोधित करती और रात में एक-दूसरे की कंघी-चोटी करके, हाथ-पाँव धोकर, खिचड़ी खाकर हम दोनों माँ-बेटी एक ही चटाई पर सो रहतीं। रात को मेरी नाक बजती तो मनोरमा थोड़ा-सा झनर-पटर भी करती और फिर सिरहाना बदलकर, मेरे पाँवों से लिपटकर जो सोती तो कहती–"जगह-जगह से फट गए हैं ये पाँव, कल इन पर मुल्तानी मिट्टी का लेप चढ़ाऊँगी, जीवन का कितना लम्बा सफर तय किया

है, कितने ऊबड़खाबड़ रास्तों पर ये चले हैं!–फटे हुए तलवों पर दोनों गाल रगड़ना अच्छा लगता है!"

बीच-बीच में मेरी नींद टूट जाती लेकिन बेटी के स्पर्श-सुख की लय तोड़ना नहीं चाहती, सो चुपचाप पड़ी रहती! एक समझदार, स्नेहविह्वल-सा स्पर्श ही दुनिया की सबसे अमूल्य निधि है शायद! क्या इसको इसकी पसन्द का साथी मिल पाएगा? दिन-भर तो मुझी में लगी रहती है–इसे युवक-युवतियों के बीच ज्यादा रहना चाहिए! देखती हूँ, क्या हो सकता है!...जीवन-साथी का वरण हो या धर्म का–अपनी इच्छा और अपने विवेक से करेगी–मैं इस पर कुछ भी नहीं थोपूँगी!"

लेटी-लेटी आगे सोचती–

"धर्म एक रास्ता ही तो है–मंजिल तो मुक्ति है–मानव-मुक्ति–दोनों अर्थों की मुक्ति–सामाजिक मुक्ति और आध्यात्मिक मुक्ति भी–राह बदलने पर इतना हंगामा क्यों? किसी राह से पहुँचो, पहुँचना वहीं है! कोई भी लम्बा सफर एक ही राह के अनुसरण से सम्भव है क्या? कितनी तो राहें बदलनी पड़ती हैं। हर राह पर चलकर देखना होता है कि वहाँ क्या है! हर राह पर उसी का तो जलवा है, उसकी ही लीला, उसका ही प्रताप--इतनी-सी बात समझने में कैसे इतनी देर लग सकती है?

हर धर्म में कुछ-न-कुछ तो जरूर ही वरेण्य है! उस दिन तभी तो मैंने ईसाइयत के भारतीयकरण की बात की, कहा कि प्रतीक ही अपनाने हैं तो क्रॉस अपनाया जा सकता है लेकिन उसके नीचे जो खुदा हो–लैटिन में नहीं, संस्कृत में हो तो बेहतर–संस्कृत दुनिया की सबसे पुरानी और सबसे लचीली भाषा है–स्मृतियों–अनुगूँजों से भरी हुई!

लेकिन किसी को जल्दी मेरी बात पसन्द नहीं आती! मैं कोई धर्म किसी पर थोपने के पक्ष में नहीं हूँ–यह कोई क्यों नहीं समझता? थोपना ही होता तो आनन्दी भगत पर नहीं थोपती मैं ईसाइयत जो इतनी साध से मेरे साथ इंग्लैण्ड गई थी! मानो की तरह उसे पाला-पोसा मैंने–सिस्टर जेराल्डीन की नाराजगी मोल ली लेकिन उसका मन नहीं माना तो नहीं सही! धर्मान्तरण में जबर्दस्ती तो एक तरह का बलात्कार है–आत्मिक बलात्कार।

फ़ादर गोरे पुरुष थे–उनके लिए मातृहीना बच्ची का लालन-पालन मुश्किल था, इसलिए उन्होंने 'चर्च' के संरक्षण में बच्ची डाली, मैंने मानो और आनन्दी भगत को अपनी तरह से पाला तो इसमें भी नाराज होने की क्या बात?

बेचारी आनन्दी किस हुलास से मेरे साथ इंग्लैण्ड गई थी! कितना समझाया मैंने उसको कि जबर्दस्ती उसका धर्मान्तरण होने नहीं दूँगी, पर सिस्टर्स ने मिलकर मेरे पीछे उसको क्या जाने क्या भय दिखाया कि उसकी भावनात्मक असुरक्षाएँ बढ़ती गईं–और उसने आत्महत्या ही कर ली।...मेरे जीवन के सर्वाधिक कठिन क्षणों में था वह क्षण भी...!

आनन्दी का नन्हा-सा दाम्पत्य जीवन सुखी तो नहीं था। हर बात पर ताना-तराना, मुँहफुलावन और डाँट-डपट! जीवन की कोई घड़ी अन्तिम हो सकती है—इतनी-सी बात का भी ध्यान रखे कोई तो कभी कोई अभद्र चेष्टा करे ही नहीं!...क्या जानते थे उसके पतिदेव कि उधर वे आनन्दी को पीटने के लिए डंडा उठाएँगे और उधर यमराज जी उनकी चोटी पकड़ झूल जाएँगे! मारने को डंडा उठाया ही था कि दिल का दौरा पड़ा और गिर पड़े...नन्ही आनन्दी की चूड़ियाँ तोड़ी गईं तो भी यह सोचकर खुश हुई कि बात-बात पर झापड़ मारकर गींज-गाँजकर देनेवाला गया!...अब वह स्वतंत्र है, दिन-भर कितकित खेलेगी !

जीवन की कितकित विचित्र है—वैधव्य के बाद झापड़ लगाने और गींज-गाँज कर देने को उत्सुक और भी कई उग गए—घर में और घर के बाहर भी! भाई-भाभी ने कुछ दिन सहारा दिया, लेकिन सहारा में 'हारा' का जो तत्त्व है, वह किसी भी स्वाभिमानी व्यक्ति के साथ न्याय नहीं कर पाता।

ऐसे में ही मैंने उसे आँचल की छाँह दी! मनोरमा के साथ-साथ ही पाल दिया उसको! साथ-साथ इंग्लैण्ड लेती गई, मनोरमा को पालने में भी उसका सहारा रहा—मैं ये कैसे भूल सकती थी!

कोई किसी का स्थान नहीं भरता। सबका स्थान अनूठा है सृष्टि में, पर आनन्दी बाई की एक झलक गोदू बाई में भी मिली! 'शारदा सदन' की पहली छात्रा—गोदूबाई जिससे कर्वे साहब ने बाद में शादी की और 'शारदा सदन' के ही मॉडेल पर एक और आश्रम बम्बई में खोला जहाँ बेसहारा स्त्रियाँ अपने पाँवों पर खड़ा होने का प्रशिक्षण पाती थीं। खेती-पशुपालन, बागवानी, बुनाई-सिलाई-कताई, तरह-तरह के लघु उद्योग जिसमें कि कागज बनाना, छापना, पत्रिका निकालना वगैरह भी शामिल थे! आधुनिक शिक्षा का भी प्रावधान था; सिर्फ एक अन्तर था—वह यह कि उसमें सिर्फ ब्राह्मण विधवाओं का ही प्रवेश संभव था, 'शारदा सदन' की तरह हर धर्म, हर जाति की बेसहारा औरत की खातिर उसके द्वार खुले नहीं थे और कर्वे इस बात पर शर्मसार हो कहते भी थे कि अभी उनमें रमाबाई वाला नैतिक साहस और संकल्प जगना बाकी है, अभी उनमें ब्राह्मण-समाज से उस हद तक लोहा लेने की हिम्मत नहीं आई!

हिम्मत? मैं खूब समझती थी कि प्रोफेसर कर्वे किस तरफ इशारा कर रहे हैं! ज्यादातर लोग समझते थे कि मुसीबत में फँसी निचले तबके की स्त्रियों को 'शारदा सदन' में स्थान मैं देती हूँ तो मिशनरियों के प्रभाव में! मुसीबत के मारे हुओं के लिए थोड़ी सुविधाएँ जुटाकर 'धर्मान्तरण' की खातिर उन्हें प्रेरित करना

विदेशियों के इशारे पर नाचने जैसा दीखता था, पर मेरी आत्मा जानती थी कि मैं किसी के इशारे पर नाच ही नहीं सकती! अभी वह चाभी ही नहीं बनी जो मुझे गुड़िया-सा नचा सके! मैं जो करती हूँ—अंतःप्रेरणा से ही करती हूँ और कभी—किसी पर जबर्दस्ती नहीं करती—इसका प्रमाण खुद गोदूबाई ही नहीं, और भी कई स्त्रियाँ थीं जो 'शारदा सदन' में अन्तिम क्षण तक अपने त्योहार मनाती रहीं, अपने ढंग से खाती-पहनती, पूजा-वूजा करती रहीं!

अभी जो महाराष्ट्र में भयानक सूखा पड़ा था—तरह-तरह की लड़कियाँ-औरतें शारदा सदन में फाटक तक भर गईं! कैसे भूल सकती थी मैं वेंकटगिरि के उस भीषण सूखे का प्रकोप जो एक ही झटके में मुझसे बाबा-माँ और प्रिय एकसाथ छिन गया! जिस वक्त मरणासन्न माँ की खातिर एक 'बाखरी' किसी गृहलक्ष्मी ने दी थी, उसी वक्त मेरी कृतज्ञ आत्मा ने ऊर्ध्वबाहु एक संकल्प लिया था सूर्य के सामने कि जीवन में कभी किसी की भूख-प्यास अनदेखी नहीं करूँगी और प्रकृति ने मुझे कभी किसी लायक बनाया तो किसी दीन-दुखी के लिए मेरे द्वार कभी बन्द नहीं होंगे! सिद्धान्त की लड़ाई हमेशा लड़ूँगी पर वैयक्तिक जीवन में कभी किसी को दुरदुराऊँगी नहीं!

जीवन में तरह-तरह के लोग तरह-तरह के प्रस्ताव और अटपटे प्रेम-निवेदन लेकर अक्सर मेरे पास आते रहे! उनको भी मैंने सभ्यता से ही टरकाया, और उनमें जो दोस्त बने रहने-लायक थे, उनसे एक कायदे की दोस्ती निभा दी!

ऐसे ही एक मित्र सिलहट के दादा साहब भी थे जिनका लड़का गिरिधर, बाप से लड़कर फिलहाल शारदा सदन ही आया हुआ था! दरअसल उसकी थियेटर में रुचि थी और वह अँगरेजों के खिलाफ तरह-तरह के स्किट खेलता रहता था! बाप समझते थे कि वह आवारा हो गया है—न समय से उठता है, न जगता है, अपनी ही धुन में रहता है...उसकी संगति में होनहार छोटे भाई भी 'बर्बाद' हो जाएँगे! घर के हिटलर बाहर के हिटलरों से ज्यादा ही नृशंस होते हैं। एक दिन घर लौटने में देर क्या हुई—इतना भला-बुरा कहा कि लड़के ने भी तौबा कर ली और घर से निकल गया!

बाप ने धकियाया, निकल भी गया, सोचा होगा—माँ का त्रास कुछ कम होगा, लगातार जो घर में कुआत का कोहरा छाया रहता है, उससे तो मुक्ति मिलेगी पर पीछे-पीछे माँ भी दौड़ी और शारदा सदन पहुँचकर गुहार लगायी कि लड़के को कुछ देर अपने यहाँ रखकर बाप का गुस्सा उतर जाने का इन्तज़ार किया जाए!

इस तरह के कितने घरेलू किस्से भी मैं निबटाती रहती! गिरिधर को ऊपर से नीचे तक देखा तो गजब एक मोह-सा जगा! कितना अच्छा हो जो मनोरमा की इससे दोस्ती हो जाए!

अचानक केशवचन्द्र सेन का लड़का, अविनाश भी याद आया! वो ही मुस्कान, वही सुन्दर-सा व्यक्तित्व! वैसी ही रूमानी चितवन—कुछ अव्यक्त-सा ढूँढती हुई!

उसकी भी बाप से नहीं बनती थी! बाप का मतलब चौहद्दी! पखेरू आँखों को चौहद्दियाँ क्योंकर रास आने लगीं! केशवसेन इतने पढ़े-लिखे और सदय होने के बावजूद खुद अपने बच्चे को समझ नहीं पाते थे कि वह अँगरेजों के आभिजात्य और लकदक की तरफ क्यों खिंच रहा है! दरअसल वह खिंच रहा था फैंटेसी को जगा देनेवाले उस आश्चर्यलोक की तरफ जिसके किस्से शेक्सपियर से लेकर हेनरी फील्डिंग में लगातार उसने पढ़े थे, उस आश्चर्यलोक की तरफ जिसे वह आदर्श समझता था!

यही वह समय होता है जब आहिस्ता-से संवाद शुरू करके और काफी दुलार से पिता बच्चों को तस्वीर का दूसरा रुख दिखा सकता है—गाली-गलौज, तनातनी और अहम्मन्यता से तो बनती हुई बात भी बिगड़ जाती है!...इस उम्र के ऐसे युवकों की एक टोली खड़ी करने की बात तभी मेरे मस्तिष्क में कौंधी जो नई औरत का मन समझेंगे और नये ढंग के एक समाज की नींव रख सकेंगे! मुक्ति तो दो पहियोंवाली सवारी है—पहियों का आपसी संयोजन भी जरूरी ही है—ऐसे तो समाज की गाड़ी खिंच नहीं सकती कि एक पहिया बैलगाड़ी का हो और दूसरा फोर्ड गाड़ी का! स्त्रियों के साथ नये पुरुष के भी मन का क्षितिज विस्तृत करना ही होगा।

दृश्य : 29

प्लेग वाले मुद्दे पर सरकार की लापरवाहियों का कच्चा चिट्ठा इधर 'बॉम्बे गार्डियन' में मैं लगातार खोलती रही थी! अँगरेज सरकार नाराज थी! बम्बई के राज्यपाल, लॉर्ड सैण्डहर्स्ट ने ऐन्गिकन चर्च से शिकायत की थी कि रमाबाई के भाषणों से ही उत्तेजित हुई थी वह भीड़ जिसमें ऐयर्स्ट और रैण्ड मारे गए! सिस्टर गेरैण्डीन (आजीबाई) मुझ पर दबाव डाल रही थीं कि मैं लिखित माफी माँगूँ, पर मैं और माफी?

बम्बई में चर्चा थी कि रमाबाई जेल भी जा सकती हैं। मेरी इस दृढ़ता का प्रभाव मेरे पुराने विपक्षी, तिलक पर भी पड़ा था। धीरे-धीरे उनकी आँखें खुल रही थीं! गोखले भी लगातार सिद्ध करने की कोशिश में थे कि ऐयर्स्ट और रैण्ड की अपनी नृशंसताओं से हिंसा भड़की, पर मेरे सिवा कोई आज उनकी ओर नहीं खड़ा था।...इस हद तक वे अकेले पड़ गए कि मेरे लाख मना करने के बावजूद उन्होंने अँगरेज सरकार से माफी माँग ली थी!

अँगरेजी राज और ऐंग्लिकन चर्च से अपने आध्यात्मिक संघर्षों में मैं अब अकेली थी। अब मेरा ज्यादातर वक्त 'मुक्ति सदन' की युवतियों के बीच बीतता ! गिरिधर जैसे नए मिजाज के सपनीले युवक भी मेरी बैठकों में आते! अब मेरी उम्मीद युवक-युवतियों पर ही टिकी थी!

हर भाषा का साहित्य गिरिधर, मनोरमा और उनकी टोली जोरदार ढंग से मंचित करते।

ईसाई कवि वामन नारायण तिलक के मराठी कीर्तन समवेत स्वर में गाए जाते। मैंने ग्रीक और हिब्रू पर भी अपनी पकड़ इधर मजबूत कर ली थी। दिन-भर पीपल की छाया में मोटी कथरी बिछाकर बाइबिल का मराठी संस्करण तैयार करने में लगी रहती! बीच-बीच में बहिनाबाई-जनाबाई-मुक्ताबाई के गीत सुनती हुई भी जाने कहाँ खो जाती!

नई पीढ़ी का हर युवक गिरिधर गौतम बुद्ध, वर्द्धमान महावीर और ईसा के महद तत्त्व आत्मसात कर ले—यह मेरा सपना था! गिरिधर से मेरी उम्मीद कुछ ज्यादा थी! यह लड़का विशिष्ट था! गिरिधर की मुस्कान क्राइस्ट और असीसी के उस सेण्ट फ्रांसीसी की मुस्कान थी जो मानव-मात्र के नहीं, जीव-मात्र के अनन्य सखा थे, चिड़ियाँ उनके हाथ से दाने चुगने आती थीं।

दृश्य : 30

उम्र का यह दौर ऐसा था कि लगातार बुरे समाचार ही मिलते रहते थे। आनन्दी नहीं रहीं—डॉ. आनन्दीबाई जोशी, चितपावन भद्रलोक की पहली ललना जिनको पति-परमेश्वर ने अमेरिका डॉक्टरी पढ़ने भेजा था! घर में चाहे जितने नतीजे वे करते थे उसके, बात-बात पर तनाव देते थे, लेकिन समाज की नजर में वे एक प्रगतिशील पति थे! पुणे के एक बड़े अखबार में उनकी मृत्यु का समाचार कुछ ऐसे छपा—

"हालाँकि आनन्दीबाई अभी छोटी थीं, माँ बनने का सौभाग्य भी अभी उन्हें मिला नहीं था, उनका अध्यवसाय, साहस और पति के प्रति उनका अनन्य समर्पण काबिलेतारीफ माना जाएगा! उनके पति, श्री गोपाल राव जोशी का नाम मराठी पुनर्जागरण के इतिहास में स्वर्णाक्षरों में दर्ज किया जाएगा कि उन्होंने अपनी पत्नी को इतना पढ़ाया-लिखाया और देश का नाम बाहर रौशन करने वाली महिलाओं में उन्हें भी जगह दिलायी।"

मेरे ओठों पर सूखी-सी मुस्कान उभरी और गहरी उदास आँखें मैंने आकाश में उड़े जाते कबूतरों पर टिका दीं! कौन जाने ये कबूतर वो ही हों जो हितोपदेश के चित्रग्रीव-प्रसंग में, लघुपतनक कौवे के देखते-देखते, मित्र मूषकराज के पास, जाल-समेत उड़ गए थे!

अमेरिका के एक अखबार में उनके बारे में छपा था—

"वह एक आदर्श हिन्दू-महिला थी—धीरज और सहिष्णुता की प्रतिमूर्ति!"

"सहिष्णुता-धीरज! बड़े मूल्य ये हैं, लेकिन ये महिलाओं का ट्रेड-मार्क तो नहीं! पुरुषों को भी सहिष्णुता के इस अक्षय कोष में सहभागी होना नहीं चाहिए

क्या? वे क्यों बात-बात में आग उगलने लगते हैं, बात-बात में पत्नियों का जीना मुहाल कर देते हैं?" मुझे वह चिट्ठी याद है—आनन्दीबाई ने मेरे ही सामने पति को अमेरिका से लिखी थी। दोनों बहनों का आपस में क्या छुपा हुआ था! जिससे परामर्श का रिश्ता बन जाता है, उससे पर्दादारी क्या!

उन दिनों रुक्माबाईवाला मुकदमा भी बम्बई-पुणे के भद्रजनों में काफी हलचल मचाए हुए था! गोपालराव जोशी ने तब पोस्ट ऑफिस की महाव्यस्त नौकरी से अभी-अभी अवकाश प्राप्त किया था! अब उनके पास प्रवासिनी पत्नी से खत-खितावत की काफी फुर्सत थी! हर पारिवारिक और सामाजिक मुद्दे पर वे उससे राय माँगते थे और जो भी वह राय देती थीं, मर्दबाज तर्कों के लट्ठ से उसका कचूमर निकालते हुए नयी तरह से सिद्ध करते थे कि अभी उसकी शिक्षा पूरी नहीं हुई, अभी उनका मस्तिष्क कुंद ही है और चाहे जितना पढ़ लेंगी, पतिदेव से तो कम ही रहेगा क्योंकि पति परमगुरु है और 'गुरु गुड़ चेला चीनी' की कहावत स्त्री-पुरुष संदर्भ में लागू नहीं होती!

आनन्दीबाई का स्वास्थ्य उम्र के चौदहवें वर्ष में हुए पहले गर्भपात के बाद पूरी तरह अच्छा कभी नहीं रह पाया! ऊपर से अमेरिका की इतनी सर्दी और पढ़ाई का भी इतना सारा बोझ! लम्बी चिट्ठी लिखने और लम्बे जवाब देने की उनको न इच्छा होती थी, न फुर्सत! पर आज्ञापालन के भाव से और इस चिन्ता में भी कि वृद्ध पितृसत्ता अनादृत महसूस नहीं करे—वे संकल्प लेकर हर हफ्ते चिट्ठी डालने का महायज्ञ ठाना करती थीं!

रुक्माबाई के प्रसंग पर कुछ राय दे पाना वाकई कठिन था! रुक्माबाई का पक्ष लेतीं तो पति दहाड़कर चिट्ठी लिखते कि सिर्फ इसलिए कि पति गरीब घर का है और कायदे की कमाई नहीं करता, मायके में पलनेवाली विवाहिता को क्या हक बनता है कि पतिगृह जाने से इन्कार करे और बचपन में हुई शादी को शादी मानने से भी! यदि रुक्माबाई के पति का पक्ष लेती तो वे लांछित करते कि पढ़ाना-लिखाना बेकार गया, रही कूढ़मगज की कूढ़मगज ही!

हारकर आनन्दी ने लिखा कि यह प्रश्न उलझा हुआ है और इस पर वे ही कुछ प्रकाश डालें तो अच्छा हो! डाक में डालने के पहले यह पत्र आनन्दी ने मुझे पढ़ाया था! उसका एक-एक अक्षर मेरे सामने अभी भी झिलमिलाता है—

"प्रिय प्राणनाथ,

आपने सदा मेरे सामने कठिन प्रश्न और कठिन आदर्श रखे हैं। मुझमें शकुन्तला और 'मर्चेण्ट ऑफ वेनिस' वाली पोर्शिया का मणिकांचन संयोग घटित देखना चाहा है! कालिदास और शेक्सपियर की नायिका, 'सरस्वतीचन्द्र' की नायिका कुमुद जो सितार-सारंगी बजाए, आपके साथ बैठकर देश-समाज के मसले

भी सुलझाए, पैर दबाए और रोज नये व्यंजन भी पेश करे! बनने को कोई मेहनत करके बन भी जाए ऐसा तो इसकी गारण्टी क्या है कि पुरुष-समाज उससे कटुता का व्यवहार बन्द कर देगा?

मस्तिष्क की खिड़कियाँ खुलती हैं तो आत्मसम्मान की प्यास और तेज ही होती है! लगातार किसी के इशारे पर नाचने का मन नहीं करता! "कम खाओ, कम ही पियो, कम-कम हँसो-बोलो, ये करो, ये नहीं, अब सोओ, अब उठो! अब इस प्रश्न का जवाब दो, अब चुप्पी ही साध जाओ...!

दुनिया के सारे कानून पुरुष ने बनाए हैं! स्त्री-शिक्षा तब तक सिर्फ सजावट का सामान रहेगी जब तक उसमें अपने निर्णय खुद लेने का विवेक और स्वाभिमान नहीं जगेगा और पुरुष...दोस्त बनकर सामने आएँगे–डिक्टेटर बनकर नहीं!

पिछली चिट्ठी में आपको जो तस्वीर भेजी थी, आपको जँची नहीं और आपने डपटकर मुझको लिखा कि उसमें मैंने मराठी ढँग से साड़ी नहीं बाँधी, हिंदुस्तानी या गुजराती ढंग से बाँधी है, पल्लू भी ऐसे लिया है कि देह पूरी ढँक नहीं पायी! क्या मुझे अपने ढंग से साड़ी बाँधने की स्वतंत्रता भी नहीं? मैं आपकी भावनात्मक असुरक्षा समझती हूँ, इस बात पर भी शर्मसार रहती हूँ कि एक स्त्री के रूप में मैं आपको कोई सुख दे नहीं सकी, दूसरा बच्चा भी नहीं, घरेलू कामों में कच्ची रही और पढ़ाई भी पता नहीं, पूरी कर पाऊँगी या नहीं! डॉक्टरी में मेरा मन नहीं लगता! चीर-चार होती नहीं! साहित्य ज्यादा अच्छा लगता है...पर आपकी पत्नी हूँ तो आपका आज्ञापालन ही मेरा धर्म बनता है न!

रुक्माबाई वाला मसला उलझा हुआ है! सिर्फ इसलिए कि नौ बरस की उम्र में किसी के साथ सात फेरे ले लिए, जिन्दगी-भर उसके ही फेर में पड़े रहें–कोई जरूरी नहीं है।...रुक्माबाई का पति गरीब है, इसलिए वे उसके साथ नहीं जाना चाहती–यह मैं नहीं मान सकती। कोई चारित्रिक दोष होगा जिससे कि चित्त पर चढ़ा ही नहीं होगा पति नाम का जीव, लेकिन मन पर पत्थर रखकर या दयाभाव से तो कोई भी सम्बन्ध ढोया जा ही सकता है!...आप वहाँ भारत में हैं, आपका आकलन बेहतर होगा–आपही इस पर प्रकाश डालें। मेरे तो गुरू आप ही हैं! सबके पति आप जैसे तो नहीं होते कि सम्मान जगा ही पाएँ!

आपकी चरणसेविका,

आनन्दी"

हर पत्र के अन्तिम हिस्से में थोड़ा-सा कुशन और स्पंज लगाना जरूरी हो जाता, पर आनन्दीबाई की आत्मा लगातार घाल-मेल और पच्चीकारी करती-करती अब थकने लगी थी।

अक्सर मेरी गोद में छुपकर वह रो देती! मैंने पच्चीकारीवाली ऐसी गृहस्थी की तो नहीं थी, मगर पास से देखी थी! जस्टिस रानाडे और रमाबाई रानाडे के

17 लोगों वाले गजर-बजर परिवार में अभ्यागत की तरह बीते वे तीन-चार महीने मानवीय सम्बन्धों की राजनीति में मेरी जो दृष्टि विकसित कर गए थे, पौर्वात्य-पाश्चात्य–सब आर्ष ग्रन्थों की शिक्षा उसके आगे अधूरी थी!

अच्छे थे रानाडे, रमाबाई रानाडे अच्छी थी और दुर्गा बहिनी भी, पर इतनी सारी अच्छाइयाँ मिलकर एक शतरंज जो खेल रही थीं–वह मानवीय गरिमा के अनुकूल नहीं बैठता था, इसलिए मन भिनक गया! पक्ष सबका समझ में आता था, नहीं समझ आता था तो इतना कि इतनी नन्ही-सी जिन्दगी में सबको अपने इशारे पर नचाने और खुद परम्पराओं के अंधे इशारे पर नाचने की वृत्ति क्योंकर?

दुर्गा बहिनी स्वयं वैधव्य की डँसी हुई थीं, लोग बताते थे कि बचपन में वे अपने भाई, जस्टिस रानाडे से भी ज्यादा तेज, वाक्पटु और जिंदादिल थीं, बाप की लाडली भी–पर भाई स्कूल गए, बहन नहीं! 32 बरस की उमर में भाई विधुर हुए तो उनकी दूसरी शादी हुई पर 21 बरस की उमर में बहन पर वैधव्य टूटा तो सवाल तक नहीं उठा कि दूसरी शादी की जा सकती है! अपनी शादी के समय माधवराज रानाडे ने सवाल उठाया भी तो पिता कहर बरसाने लगे! दुर्गाबाई ने खुद ऐसी धारदार डाँट पिलायी दादा को जो परिस्थिति की मारी हुई बुद्धिमती पुरधायन ही पिला सकती है–खुद अपने को अपने खिलाफ खड़ी करती हुई, परम्परा का बाजा बजाती हुई। अपने हितों का गला घोंटकर त्यागी बाबा हो जाने के अपने कुछ फायदे भी तो हैं–घर का सबसे विवेकी और त्यागी कार्यकर्ता और गृहप्रधान घोषित हो जाने का फायदा!

जिनके न बच्चे हुए, न पति रहे, न शिक्षा मिली, न स्वतंत्र सम्पत्ति–उन विधवा स्त्रियों को यदि प्रकृति बुद्धि-वैभव देती है तो उसका वे छोटे-छोटे लफड़ों में ही उपयोग कर लेती हैं और क्या करें! मायका–'देस' बिराना' भी हो तो क्या, रहना यहीं है–और उपाय भी क्या है, और अगर रहना ही है तो बुद्धि वैभव का उपयोग घर की 'सधवा मालकिन' के बरअक्स खड़ा होने में ही करना है! सधवा हैं तो रह-रहकर बच्चे भी होंगे और बच्चे होंगे तो बच्चे पालने और सँभालने की खातिर सहारे भी चाहिए–सहारे के बदले थोड़ा-सा रोब-दाब छाँट लेने, झब्बेवाली मालकिन और उसके लोगों को औकात बता देने में हर्ज भी क्या है! दुर्गाबाई की तरफ से सोचा जाए तो, उन्होंने जो किया, ठीक ही किया!

मैं उनकी भाई की गृहस्थी में एक अभ्यागत बनकर ही आई थी! मैं भी विधवा थी–पर मेरे केश थे, बच्ची थी, हाथ में किताबें भी थीं पूरे व्यक्तित्व पर शिक्षा की चमकार थी, वाणी में सत्य की ठनक थी। संयोग की बात कि मुझे अपना प्राकृतिक बुद्धि-वैभव ओछी राजनीति में लगाने की जरूरत नहीं पड़ी थी! पिता ने मुझे भाई के बराबर की शिक्षा दी थी, पसन्द का साथी चुनने की स्वाधीनता भी! दुर्गाबाई बीजरूप में रमाबाई ही थीं, लेकिन उस बीज को खाद-पानी नहीं

मिला था।...मुझको देखते ही दुर्गाबाई के मन को बिजली का झटका लगा होगा और सारे शरीर में नयी योजनाओं की द्युति झनझनायी होगी :

यह औरत : यह बला की अगरधत्त औरत तो उसकी भाभी रमाबाई से भी बड़ी चुनौती थी : "रामजी को भी बड़े खेल सूझते रहते हैं। एक रमाबाई से मन नहीं भरा था कि दो-दो रमाबाइयाँ सर पर जड़ दीं। लेकिन दुर्गा के आगे दो रमाएँ क्या, पचपन रमाएँ भी फीकी हैं : ये भी समझ लेना चाहिए!"

घर-आँगन की औरतों के घटनाविहीन-से नीरस जीवन में इतना बड़ा शगूफा था यह आगमन! अब तक तो छोटी रमाबाई पर ही ताने-तराने छोड़ा करती थीं कि बड़ी मेमसाहब बनती हैं—

"मेरा भाई तो दीवाना है, मर्द दीवाने होते ही हैं मगर वह तो औरत है। उसको तो मर्यादा का भान होना चाहिए! पति बढ़ावा देता है इसका क्या मतलब—उसकी कुर्सी में कुर्सी जोड़कर वह पढ़ाई करेगी, म्लेच्छ मेमसाहिबों से अँगरेजी सीखेगी, और तो और सभा-सोसायटी में भी जाएगी—मर्द बन जाएगी, मर्द?

"मेरा भाई तो मुझको भी मर्द बनाने पर तुला था...कहता था, पढ़ो और दुबारा शादी करो—मैं उसकी बातों में आई क्या? संस्कार की रक्षा का दायित्व प्रकृति स्त्रियों को सौंपकर भेजती है, मर्द तो बमभोला होता है—एकदम से भरभड़!"

दूसरी तरफ मेरे प्रति अपनी भाभी, दूसरी रमाबाई के मन में स्पर्द्धा-ईर्ष्यादि सुलगाकर मेरा पत्ता रानाडे परिवार से काटना भी दुर्गाबाई को अपना परमपावन कर्तव्य जान पड़ा। रह-रहकर वे उसके कान भी फूँकतीं :

"मैं तुम्हें भले-बुरे का ज्ञान देती रहती हूँ, इसलिए सुहाती तो नहीं ही होऊँगी...अच्छे खानदान की लड़की हो, इसलिए जाहिर नहीं होने देती, पर मन तो कुड़कुड़ाता ही होगा...पर सुन लो, मुझसे बड़ा तुम्हारा कोई मित्र-हितैषी भी नहीं है। मेरे सबसे प्यारे और सबसे काबिल भाई की बीवी हो, सेवा-टहल भी करती रहती हो मेरी, मैं तुमसे खुश ही रहती हूँ—इसलिए यह बताना अपना धर्म समझती हूँ कि इस औरत का हमारे घर पर अधिक दिन टिकना तुम्हारे दाम्पत्य जीवन और हमारे खानदान की इज्जत पर बड़ा कहर बनकर टूट सकता है।

"तुमने इसकी आँखें देखी हैं? डायनों-सी चमकदार! काला जादू लेकर आई है : घाट-घाट का पानी पीकर! बोलती है तो ऐसे जैसे मोहिनी मंतर ही मार दिया हो! कई बार मैंने दादा को उसकी बातें मंत्रमुग्ध भाव से सुनते देखा है!... अपना तो बच्चा उठाया नहीं आज तक, पर इस मोहिनिया की बेटी को गोद में लिए घूमते हैं माधव भैया!...आसार अच्छे नहीं, बहिनी, ऐसे ही औरत स्थानच्युत होती है और स्थान से गिरकर कहीं की नहीं रहती! सावधान कर देती हूँ, वरना कहोगी कि समय पर चेताया नहीं।"

हरदम डाँटता-डपटता रहनेवाला व्यक्ति किसी दिन मीठा बोलता हुआ नज़र आए तो मन ज़रा ज्यादा ही अभिभूत हो जाता है! रमाबाई को दूसरी रमाबाई अपने दाम्पत्य जीवन पर मँडराता खतरा लगीं कि नहीं—ये वो ही जानें, पर सर्वशक्तिमान दुर्गा दीदी से अपने सम्बन्ध-सुधार का यह एक मौका हाथ से जाने न देने का हुलास उनमें तुरत जग गया! और उनके बताये परामर्शों पर चलने को एकदम से उद्यत वे हुईं।

एकै साधे सब सधै/सब साधे सब जाए! एक दुर्गा दीदी सध जाती तो घर की बाकी स्त्रियों में हिकारत का समवेत बिगुल बजाने का वह अनुपम तेज ही नहीं बचता जो किसी परमपद दुर्गा के नेतृत्व से आता है!

उस दिन टाउन-हॉल में मेरा भाषण था। उत्साह से रानाडे तैयार हो रहे थे कि पत्नी को साथ ले मेरी सभा में आएँगे, पर दुर्गाबाई का इशारा समझ रमाबाई ने ऐन वक्त पर सरदर्द का बहाना बना लिया!

बाद में रानाडे को जब पता चला कि ये बहाना था, कई दिन, कई रातें उन्होंने अपनी पत्नी से एक शब्द बोले बिना काट दीं! खुद रमाबाई ने आँसू से टिमकती हुई अपनी सुन्दर आँखें मेरी आँखों में टिकाकर ये विवरण दिए : "रात-भर मैं उनके पाँवों पर जवाकुसुम का तेल मलती रही, लेकिन वे इतने ज्यादा रंज में हैं कि एक शब्द बोले नहीं। वे चाहते हैं कि मैं अपनी ओछी हरकत के लिए माफी माँगूँ पर पूरी रात द्वन्द्व और अभिमान में गुजर जाती है, मुँह से क्षमाप्रार्थना के दो शब्द निकल ही नहीं पाते...।"

मैंने सब गौर से सुना और समझा और अगले ही दिन ज्योतिबा फुले और सावित्री फुले ने सेवा केन्द्र जाने की ठान ली। जाते-जाते सदा भी यही कह गए थे कि एक राह बन्द होती है तो दस राहें और खुलती हैं, मंगलमय विभु अमंगल में भी कोई-न-कोई मंगल छुपाए रखता है!...उस समय थोड़ी चोट लगी थी लेकिन यह चोट ही मेरा मार्ग प्रशस्त कर गई। एक बार यादों का सिलसिला शुरू हुआ तो फिर टूटा ही नहीं।

"सिलहट में हमारा मकान आधा ही बना-बना बिक भी गया! संचय की वृत्ति न मुझमें थी, न सदा में ही! चूँकि हमने निचाट दरिद्रता के दिन भी बचपन से साथ ही गुजारे थे, दूसरों की तकलीफ बेतकल्लुफ होकर हमारे भीतरी कोनों तक प्रवेश पा जाती थीं। सदाव्रत ने अपना नाम तो अँगरेज सहपाठियों की उच्चारण-सुविधा की खातिर बदल लिया था मगर आचरण नहीं। एक सदाव्रत खुला रहता था हमारे घर तो—कोई कभी आ सकता था वहाँ, खा-पी सो सकता था!...चार दीवारों में थोड़ा-सा स्पेस घेर लेने से ईश्वर की बनायी हुई इस प्रशस्त धरा का निजीकरण थोड़े ही हो जाता है! प्रकृति ने जो भी दिया है, सबकी खातिर है--इतनी-सी बात समझने में इतने दिन क्यों लगते हैं?

प्यार करने, सोने और पढ़ने-लिखने की खातिर जितना भी एकान्त चाहिए–मन में अगर साध हो तो निकल ही आता है। हम दोनों ने विश्व साहित्य के सब क्लासिक्स उन दिनों ही पढ़े–और आस्वाद लेकर! जो भी पढ़ा, जो किया–उसे साझा किया! हर किताब तो एक दरवाजा-खिड़की ही है! दरवाजे या खिड़कियाँ खुलने की खातिर ही होती हैं–अपने में और बन्द हो जाने के लिए नहीं!"

तभी महात्मा ज्योतिबा फुले की चिट्ठी आई! उन्होंने सही ही सलाह दी थी कि 'शारदा सदन' के प्रांगण में एक स्कूल भी चलना चाहिए! सोचा गिरिधर-मनोरमा और उनकी नाट्यमण्डली को ही यह काम सौंपती हूँ कि मछुवारों-धोबियों-कहारों और दूसरे कामगार मजदूरों के जिन बच्चों को साथ लेकर वे जन-जागरण की नौटंकियाँ खेलते हैं–उन्हें ही दिन के समय तीन-चार घण्टे बिठाकर पढ़ा भी दिया करें! सदा भी बराबर कहते थे कि अच्छे स्कूल और चरित्रवान शिक्षक नये समाज की नींव होंगे!

दृश्य : 31

मनोरमा और गिरिधर को साथ-साथ काम करते, हँसते-बोलते, पढ़ते-लिखते देखती तो लगता, मेरा और मेरे सदा का यह नया जन्म है। रोम-रोम में आँखें उग आने का-सा एहसास होता! काश, यह सुखद दृश्य सदाव्रत भी मेरे साथ देखते! ऐसे ही तंग किया करती थी मैं भी सदा को जैसे मानो गिरिधर को करती है! एक से एक विकट फरमाइशें, कभी मौसम के बाहर का कोई फल, कभी फूल, कभी रूई की मिठाई, कभी ताड़ पर फँसी पतंग, कभी चिमकीवाली चूड़ियाँ जो भीतर से फोंकी होती हैं!...क्या जाने कब कहाँ देखी थीं–शायद रवि वर्मा की किसी तस्वीर में...एक दिन बेचारा थककर बोला–

"तुम इतनी कठिन चीजें क्यों माँगती हो?"

"तो क्या ऐसी चीजें माँगूँ जो दौड़कर तुम चौराहे से ले आओ?"

"अरे भाई, मन में एक फेर-सा लगा रहता है...।"

"इसीलिए तो करती हूँ ऐसा..." कहते-कहते मानो हिरनकुदक्का खेलती भागी!

सोचते-सोचते सुबह हो गई और अन्त में तय किया कि इसके पहले कि दोनों विवाह-बन्धन में बँध जाएँ–ज्योतिबा फुले और सावित्री बाई फुले के संरक्षण में कुछ दिन रहें! बड़े चरित्रों का सान्निध्य दृष्टि बड़ी करता है! मनीषी कह तो गए हैं-खुले आकाश के नीचे लेटे-लेटे तारों को एकटक देखना भी चित्त का आयतन बढ़ाता है! विराट् को देखनेवाला विराट् से भर जाता है, क्षुद्र को देखने वाला क्षुद्र से, आँखें आत्मा का द्वार हैं! 'बालहत्या प्रतिबन्धक गृह' में बलात्कार

की शिकार औरतों का साफ-सुधरा और सुरक्षित प्रसव सावित्री बाई फुले आयोजित कर ही रही थीं, उन बच्चों के समुचित पालन-पोषण और शिक्षा-दीक्षा का दायित्व ही मानो और गिरिधर ले लें तो बड़ी बात होगी! बच्चे बगल के आश्रम में होंगे तो उनकी माताएँ भी 'शारदा सदन' में दत्तचित्त होकर समाजोन्मुख काम कर सकती हैं और भूल सकती हैं जीवन की सब खुदरा तकलीफें और हादसे!

सावित्री बाई का धीरज भी सीखने लायक है! खेतों में पति के लिए खाना लेकर जाती थीं तो वहीं घरवालों से छुपकर ज्योतिबा उनको पढ़ाते-लिखाते थे !...पर ऐसी बातें कब तक छुपती हैं! पत्नी को पढ़ा-लिखाकर 'खराब' करने के अपराध में उन दोनों को घर से निकाल दिया गया तो भी पढ़ाई-लिखाई जारी रखी! फातिमा शेख के साथ पुणे से टीचर्स ट्रेनिंग भी की और पति के स्थापित 'सत्यशोधक समाज' के विश्रामबाग बाड़ावाले स्कूल में जो-जो दुर्गति झेलकर वे पढ़ाती रहीं, उसका वर्णन एक बार खुद सदा ने किया था! सदा का इन लोगों से गहरा भाईचारा था! उनसे मिलकर अभी लौटे ही थे सिलहट और मुझसे बोले–"चलो, सिलहट छोड़कर महाराष्ट्र ही चलते हैं! ज्योतिबा के साथ काम करने का अपना अलग ही सन्तोष है!...तुम ब्राह्मणी हो, रमा, पता नहीं, लाख सहानुभूति के बावजूद पूरी तरह समझ पाओगी या नहीं कि कैसा लगता है कमर में टहनी बाँधकर सड़क बुहारते हुए चलना, कमर में घण्टी, मुँह में थूकपट्टी बाँधे-बाँधे लोगों से बचते हुए चलना और यह देखना कि कैसे घिनाते हुए मंत्राभिषिक्त जल छिड़क रहे हैं सारे ब्राह्मण–उस पूरे क्षेत्र में जहाँ तक हमारी कमर में बँधी घण्टी की आवाज पहुँची...बोलते हुए मुँह से थूक की एक भी बूँद भूमि पर पड़ गई तो गजब हो गया...।

मैं तो ज्यादातर यात्राओं पर ही रहा–पहले तुम्हारे पिता के संरक्षण में, फिर विदेश! कूड़े पर पड़ा मिला था बाबा को...इसलिए जात-धर्म का भी कुछ पता नहीं, फिर भी हमेशा लगता है कि मैं इनमें से एक हूँ, ये मेरे अपने हैं...अनादर-हिकारत-अनाथपंथी वगैरह हमें एक गोत्र का कर देती है!"

"तुम ऐसा क्यों सोचते हो?", मैं बोल पड़ी, "पिताजी कहते नहीं थे कि वंश-परम्परा का कुछ अर्थ नहीं होता! नैतिकता वंश-परम्परा है! साहस वंश-परम्परा है। सत्यनिष्ठा है वंश-परम्परा! शील ही कुल है!"

"सिद्धांत में तो है ही, लेकिन व्यवहार में? सावित्रीबाई का दोष ही क्या है? बस्ती के दीन-हीन अब्राह्मण बच्चों का स्कूल ही तो खोला है! क्यों लोग घर से निकलते ही उन पर सड़े अण्डे, गोबर, टमाटर और कंकड़-पत्थर फेंकने लगते है?"

"फिर वे क्या करती हैं, सदा?"

"पहले तो कुछ दिन चुपचाप बर्दाश्त करती रहीं! ज्योतिबा ने उनकी खातिर दो साड़ियाँ खरीद दीं! एक पहनकर वे घर से निकलतीं और दूसरी बदलकर

कक्षा में जातीं, लौटते समय फिर से वो ही साड़ी पहन लेतीं...लेकिन उस दिन उनका धीरज जवाब दे गया जब किसी ने उनसे छेड़छाड़ करनी चाही..."

"वे बहुत रूपवती हैं न?"

"ये क्या तुम अजब तरह का क्षेपक बीच में छेड़ देती हो?" सदाव्रत झल्लाकर बोले, "इतनी-सी बात समझ में नहीं आती कि कोई पुरुष किसी स्त्री से छेड़छाड़ करता है तो रूप के आकर्षण से ज्यादा उसे उसकी औकात दिखा देने का भाव होता है। वैसे, वे रूपवती भी हैं–जैसी कि हर औरत होती है!"

मुझको उनकी यह झल्लाहट बुरी तो लगी, पर बात इतनी गम्भीर चल रही थी कि तकलीफ की यह छोटी-सी लहर उसमें खो-सी गई! चुप रही, कोई प्रतिप्रश्न नहीं किया! आगे का वर्णन खुद सदा ने किया कि कैसे उनका थप्पड़ खाकर गुण्डों के होश ठिकाने आए! लातों के भूत बातों से नहीं मानते–यह बात सिद्ध हो गई–जब थप्पड़वाली घटना के बाद कचरे और गालियों की बमबारी भी धीरे-धीरे बन्द हो गई!

दृश्य : 32

कल मानो और गिरधर ज्योतिबा-साबित्री के 'सत्यशोधक समाज' के कार्यकर्त्ता बनकर जानेवाले हैं! साथ-साथ की उनकी ये पहली इतनी लम्बी और सार्थक यात्रा होगी।

ज्योतिबा फुले ने समस्त महाराष्ट्र के नाइयों का फिर से आह्वान किया है कि वे एकजुट होकर संकल्प लें–विधवाओं के केश-कर्तन के खिलाफ! इतिहास का यह एक निर्णायक क्षण है–पंडिता रमाबाई को इसका एहसास है!

आज की शाम एक महत्त्वपूर्ण शाम है! ज्योतिबा फुले का 'सतसार' का मंचन कर रहे हैं गिरिधर और मानो! मनोरमा 'सत्यशोधक समाज' का शूद्र सदस्य बनी है! और गृहस्थ ब्राह्मण बना है गिरिधर! मैं लजाई हुई-सी बैठी हूँ क्योंकि इस नाटक का आरम्भ मेरे ही 'धर्मान्तरण' प्रसंग की चर्चा से हो रहा है।

'सत्‌सार : क्रमांक-एक

'सत्यशोधक समाज' के एक अन्त्यज सदस्य और गृहस्थ ब्राह्मण के बीच हुई बातचीत का मुख्य अंश।

अन्त्यज : जिस समय विदुषी रमाबाई ने पूना में आकर हिंदू धर्म के समर्थन में व्याख्यान दिए, उस समय मुझे उनके व्याख्यानों की कोई बहुत बड़ी महत्ता महसूस नहीं हुई। हिंदू धर्म के निर्माताओं ने नारी और शूद्रातिशूद्र जातियों पर किस-किस प्रकार की आग उगली है, उन पर कितने कठोर प्रतिबंध लगाए हैं, उनके संबंध में कितने प्रकार की जुल्मी बातें लिखकर रखी हैं, यह सब उस बेचारी भोली-भाली विदुषी रमाबाई को क्या मालूम था! किंतु जब वे इंग्लैंड गईं और उन्होंने वहाँ हिंदू धर्म और ईसाई धर्म का तुलनात्मक अध्ययन किया, उसके बाद उनको हिंदू धर्म का घमंडी और पक्षपाती स्वरूप स्पष्ट रूप से समझ में आया। तभी उन्होंने हिंदू धर्म को धिक्कारते हुए ईसाई धर्म स्वीकार किया। इस संबंध में सभी लोगों को अपनी शंका का समाधान कर लेना चाहिए। आप विदुषी रमाबाई को पुनः हिंदुस्तान वापस बुला लेंगे तो बहुत सारे जो भ्रमी लोग हैं, उनकी आँखें खुल जाएँगी। और ऐसी खोजी साध्वी को देखने की कई लोगों की बड़ी इच्छा है।

ब्राह्मण : उसके घरेलू पत्र से ऐसा लगता है कि वह अभी भी ब्रह्मधर्म की गंभीर खोजबीन कर रही है, और कुछ ही दिनों बाद पुनः हिंदुस्थान वापस लौट आएगी।

अन्त्यज : मुख, बाहु, जाँघ और पाँव से ब्राह्मण, क्षत्रिय, वैश्य और शूद्र को जन्म देनेवाले को ब्रह्म समझें या भयंकर शर्मिंदा करनेवाले, पक्षपाती ग्रंथ की रचना करनेवाले मनु को ब्रह्म समझें? या आपमें से कई तर्कबाजों द्वारा सृष्टि निर्माणकर्ता को दिए गए भिन्न-भिन्न नामों को ब्रह्म समझें? इनमें से आपके ब्रह्मसमाज का खास ब्रह्म कौन है, यह अब हमें एक बार समझा दीजिए।

ब्राह्मण : हमारे ब्रह्मसमाज के ब्रह्म का मतलब है कि उसमें जातिभेद आदि कुछ नहीं है। वह निराकार परब्रह्म है।

अन्त्यज : आप ब्रह्मसमाजी लोग जातिभेद आदि कुछ नहीं मानते, यदि यह बात सच है तो फिर ब्रह्म लोग सबसे पहले मातंग-महारों (भंगी, चमार आदि) को ब्रह्म बना करके उन्हें अपने ब्रह्मसमाज में क्यों नहीं शामिल कर लेते?

ब्राह्मण : महार-मातंगों को ब्रह्म बनाने की ब्रह्मसमाज की इच्छा है। इसके लिए हम सभी ब्रह्मसमाजियों की कोशिश भी जारी है; किंतु इस काम में तुम जैसे सभी शूद्रों को हमारी मदद करनी चाहिए। यह हम मानते हैं कि हम सभी जब इरान से इस देश में आए, उस समय हम सभी लोगों ने यहाँ के मूल निवासी महार-मातंगों, भंगी, चमार आदि का सबकुछ लूट लिया था और उन्हें गुलाम (दास) बनाकर जबरन यहाँ के मालिक बन गए।

अन्त्यज : इसमें यह स्पष्ट रूप से मालूम होता है कि आपके आर्यपूर्वज ब्राह्मणों ने इरान से हिंदुस्थान आने से पहले हम शूद्रादि (अतिशूद्रों) के पूर्वजों को दास (दस्यु) बनाया था; या इरान से हिंदुस्थान आते समय हम शूद्रों के पूर्वजों को रास्ते में ही गुलाम बनाकर यहाँ ले आए? या आप आर्य ब्राह्मणों के पूर्वजों ने इरान से हिंदुस्थान आने पर हम शूद्रों के पूर्वजों को दास बनाया, इसमें सत्य क्या है, यह भी एक बार साफ-साफ समझा दीजिए। अब सवाल का जवाब देने में देर क्यों हो रही है? दोस्त! जब आप लोग हम शूद्रों को दास (दस्यु) और अतिशूद्रों को (अंत्यज) अतिदास बना करके हम सभी को आज तक अपने पाँवों तले रौंद रहे हो, पैरों तले कुचल रहे हो, तब आपको अपराध के लिए लज्जा और शर्म महसूस करनी चाहिए, दुख मानना चाहिए और सबसे पहले मातंग-महारों (अंत्यजों) के उचित मानवी अधिकार उन्हें वापस लौटाकर उनसे अपने पूर्वजों द्वारा किए गए नीच व्यवहार की क्षमा-याचना करनी चाहिए। उसके बाद ही हम अज्ञानी शूद्रों के साथ सलाह-मसलत करने के बारे में कुछ देखा जा सकता है, सोचा जा सकता है, अब हमें आपका ब्रह्मसमाज और प्रार्थना-समाज नहीं चाहिए। बहुत हो गए आपके छक्के-पंजे, अब बस कीजिए।

ब्राह्मण : यदि हम लोगों को मदद करने की तुम्हारी इच्छा न हो तो कोई बात नहीं। तुम लोगों को मातंग-महारों के मानवी अधिकार समझा देना चाहिए और उन्हें सही राह दिखानी चाहिए। इससे तुम्हारा उद्देश्य सफल हो जाएगा।

अन्त्यज : आपके पूर्वजों ने इरान से हमारे देश में आकर यहाँ के मूल-निवासियों (आदिवासियों) पर कई बार हमले किए। उनका सबकुछ लूटकर वे आर्य (ब्राह्मण) उनके मालिक बन गए। उन्हें (अछूतों को) अपने गुलामों के गुलाम बनाकर पढ़ने-लिखने का कोई अधिकार नहीं दिया। उनमें से कई लोगों को छूना भी पाप और अपवित्र मानकर उन पर पूरी तरह से पशुतुल्य जुल्म किए गए। इस संबंध में आपके पूर्वजों द्वारा लिखी गई मनु की 'मनुस्मृति' जैसी सड़ियल, निकृष्ट किताब में अमानवी नियम, विधि-विधान लिखे हुए मिलते हैं। इससे जाहिर होता है कि आप आर्य-ब्राह्मणों ने शूद्रादि-अतिशूद्रों की (शूद्र और अंत्यजों

की) पूरी तरह से बर्बादी की है। यह सारी स्थिति हम अपनी आँखों से देख रहे हैं कि नहीं? लेकिन आपके इन पूर्वजों द्वारा किए हुए इन तमाम नीच और अमानवीय व्यवहार की पुनरावृत्ति न हो, इसलिए अंत्यजों को उनके पढ़ने-लिखने के सभी अधिकार वापस लौटा देना चाहिए और उन्हें पढ़ा-लिखाकर आपको अपने इस नियोजित समाज में शामिल कर लेना चाहिए। लेकिन आपके इस काम में हम शूद्रों को क्यों मदद करनी चाहिए? अंत्यजों के रास्तों में आपके पूर्वजों ने जो काँटे बोये हैं, उन्हें आप लोग ही चुनिए। वे काँटे नष्ट कर देने की, उखाड़कर फेंक देने की जिम्मेदारी आप लोगों की ही है।

ब्राह्मण : लगता है, तुम लोग हमसे पृथक् ही रहना चाहते हो, लेकिन यह कैसे संभव है? दोस्त, तुम्हारी केवटी से पैदा हुए व्यास को और चांडालों से पैदा हुए वशिष्ठ को हम ब्राह्मणों ने अपने में शामिल करके उनके वंशजों को ब्राह्मण का सम्मान दिया है या नहीं? फिर तुम हमसे पृथक् कैसे हो सकते हो?

अन्त्यज : हे ब्राह्मण, व्यास और वशिष्ठ की माता शूद्रादि-अतिशूद्र कुल की थी, यह यदि आपके पाखंडी ग्रंथों से सच मान भी लिया जाए तब भी व्यास और वशिष्ठ के पिता शूद्रादि-अतिशूद्र नहीं थे, बल्कि उनके जन्मदाता निश्चित रूप से आर्य-ब्राह्मण ही थे। इसीलिए आपके पूर्वजों ने व्यास और वशिष्ठ को ब्राह्मणों में शामिल कर लिया, इसमें आश्चर्य की क्या बात है? क्योंकि वे आपके आर्य ब्राह्मणों के बीज से ही पैदा हुए हैं; किंतु शूद्रादि-अतिशूद्रों द्वारा आर्य ब्राह्मणी की उत्पन्न संतान को आप आर्य-ब्राह्मणों ने अपनी जाति में शामिल कर लिया है, इसके कुछ प्रमाण आपके ग्रंथों से प्राप्त हो सकते हैं?

ब्राह्मण : हिंदू धर्म ग्रंथों में इस संबंध में क्या-क्या बकवास भरी पड़ी है, इसकी मुझे भी कोई खास जानकारी नहीं है।

अन्त्यज : इससे मालूम होता है कि आप समाज-मंदिर में हमेशा ही आँखें बंद करके परब्रह्म सनातन ब्रह्मा की प्रार्थना करते हैं, पर वे (ब्रह्म) आपको अंत्यजों की पहले की वास्तविक स्थिति के बारे में समझ देकर आपकी सदियों से बंद आँखें क्यों नहीं खोल रहे?

ब्राह्मण : लेकिन हम आर्य-ब्राह्मणों की संख्या कितनी है? तुम शूद्रादि-अतिशूद्रों की संख्या आर्य-ब्राह्मणों से नौ गुणा ज्यादा है, फिर भी हम मुट्ठी-भर आर्यों के द्वारा तुम शूद्रादि-अतिशूद्रों को जीतकर अपना दास कैसे बनाया गया?

अन्त्यज : दोस्त, आपमें से अधिकांश रथी-महारथी शस्त्रों पर ओम्-ओम् छू-छू करते ही दुश्मनों की अक्षौहिणी की अक्षौहिणी, मतलब संपूर्ण चतुरंगिणी सेना को नष्ट कर देते थे, यह बात तो आपके धर्मग्रंथों से ही मालूम होती है। एक बात और बताएँ, हिंदुस्थान के आर्य-ब्राह्मणों को मिलाकर आपके दासों के दास शूद्रादि-अतिशूद्रों की संख्या बीस करोड़ होने के बावजूद मुट्ठी-भर महम्मदी और अंग्रेजों ने आपको कैसे गुलाम बनाया और वे आपके मालिक कैसे बन गए?

ब्राह्मण : हम ब्राह्मण लोग धर्म ग्रंथों की उस तरह की कल्पित और बेतुकी बातों पर बिलकुल विश्वास नहीं करते।

अन्त्यज : फिर यहाँ सवाल यह उपस्थित होता है कि आपका यह ब्रह्म किस ग्रंथ से लिया गया है? जिस ग्रंथ का संबंध इस तरह की काल्पनिक और बेबुनियाद पुराणकथाओं से है, उन ग्रंथों से आपका संबंध बिलकुल नहीं है?

ब्राह्मण : अब यहाँ प्रतिष्ठा का सवाल खड़ा हुआ। ब्रह्म या ब्राह्मण शब्द किसी के भी मुख से निकले, तुम लोगों की एड़ी की आग चोटी तक पहुँच जाती है।

अन्त्यज : दोस्त, जबकि मुस्लिम और अंग्रेज आपके आर्य-पूर्वजों के मालिक बन गए, आपके स्वामी बन गए, तब भी आपके पूर्वजों ने इस धर्म शब्द की आड़ में शूद्रादि-अतिशूद्रों के भूदेव बनकर उनमें से कुनबी, माली, आगरी, कोळी, भिल्ल, रामोशी, मातंग, महार आदि अंत्यजों को ऐसे मटियामेट कर दिया कि उसकी मिसाल दुनिया के इतिहास में और कहीं नहीं मिलेगी। फिर, इन आर्य-ब्राह्मणों की तरह हमें सत्शील महम्मदी, ईसाई लोगों से क्यों नफरत और घृणा करनी चाहिए?

ब्राह्मण : अरे भाई, हम प्रार्थना-समाजियों और ब्रह्म-समाजियों ने कुल मिलाकर सभी हिंदू, खिस्ती, महम्मदी आदि धर्मों में जो भी असत्य है उसका त्याग किया और जो भी सत्य है, उसके अनुसार आचरण करने का निश्चय किया है।

अन्त्यज : खिस्ती किताबों की आप चाहे जितनी आलोचना कीजिए, कोई बात नहीं, उनके उपदेशकों को जो भी चाहे पकड़कर मारपीट कर सकता है। उससे गाली-गलौज कर सकता है। धूर्त ब्राह्मण ठगों के बहकावे में आकर अज्ञानी शूद्रों के बच्चों-कच्चों ने उनके ऊपर भौंकना, चीखना-चिल्लाना शुरू कर दिया है। वे उन पर धूल-मिट्टी मारते-फेंकते हैं। उन्हें भगाने का षड्यंत्र रचा जाता है। उन्हें ना-उम्मीद करने का षड्यंत्र ब्राह्मण लोग रचते हैं और शूद्र लोग उनके शिकार बन जाते हैं; किंतु यह खिलवाड़ महम्मदी लोगों से नहीं किया जा सकता। वे लोग अपने ग्रंथों को छूने नहीं देंगे। उन लोगों से आप लोग इस तरह का ठट्टा नहीं कर सकते। फिर आप फिजूल की दिलेरी क्यों दिखा रहे हो? क्यों अनधिकार चेष्टा कर रहे हो? खैर, जो भी हो, किंतु सचमुच में क्या आप ब्रह्मसमाजियों ने हिंदू धर्म की कुल मिलाकर सभी असत्य बातें चुन-चुन करके, अलग निकालकर, उन सभी बातों पर डाबर पोतकर, शेष सत्य बातों का एक पृथक् ग्रंथ बनाया है?

ब्राह्मण : अभी उस तरह का कोई ग्रंथ तो तैयार नहीं किया गया है किंतु हम ब्रह्मसमाजी उस पर सोच-विचार कर रहे हैं।

अन्त्यज : इसका मतलब यह है कि आप ब्रह्मसमाजियों द्वारा उस तरह का ग्रंथ तैयार होने तक हम शूद्रादि-अतिशूद्र और विदुषी रमाबाई को आपके खोखले अभिवचन पर क्यों विश्वास करना चाहिए? क्योंकि किसी समय आर्य-ब्राह्मणों में

परशुराम जैसा या नाना पेशवा जैसा क्रूर, निर्लज्ज, दगाबाज पैदा हुआ, उसकी सहायता से शंकराचार्य जैसा पातालयंत्री ब्राह्मण पुनः यह कहने लग जाए कि आर्य-ब्राह्मणों के धर्म-ग्रंथों में जो कुछ लिखा गया है, वह सभी भानमति ईश्वर द्वारा निर्मित है, उस समय उस वाचाल के मुँह को रोकने की ताकत क्या अज्ञानी अंत्यजों में होगी? जहाँ आप लोगों ने आज तक महम्मदी और खिस्ती साधु-विद्वानों को फँसाने का काम किया है, वहाँ आप लोगों के सामने शूद्रादि-अतिशूद्र लोग कहाँ तक टिक पाएँगे, यह सवाल है।

ब्राह्मण : (मन-ही-मन हँसते हुए) क्यों भाई, ऐसा क्यों कह रहे हो? हाल ही में हम लोगों ने ब्रह्मसमाज के सिद्धांतों के आधार पर शूद्रादि-अतिशूद्रों के लिए हिंदू धर्म ग्रंथों में लिखे गए प्रतिबंधों को धिक्कारते हुए, ठुकराते हुए अज्ञानी नारियों को पढ़ाने-लिखाने के लिए कोशिशें जारी की हैं कि नहीं?

अन्त्यज : भाई साहब, आप यूँ ही जो मन में आए, वही मत बोलिए। क्या आप जानते नहीं कि अंग्रेजी शासन की उदारतावादी शिक्षण-प्रणाली की वजह से हिंदू नारियों को सही ज्ञान मिलने का अवसर प्राप्त हुआ है? उसी शिक्षा-प्रणाली की वजह से लोगों में नयी सामाजिक चेतना आ रही है। सभी सामाजिक स्तरों में शिक्षा का प्रचार हो रहा है। बस, इतना ही नहीं, बल्कि हम सभी लोगों द्वारा स्थापित किए गए छोटे-बड़े 'समाज' उन्हीं की उदारवादी पढ़ाई-लिखाई के परिणामस्वरूप हैं। आप 'बीच में मेरा चाँदभाई' ब्रह्मसमाज की प्रशंसा करना छोड़ दीजिए। खैर, यदि शूद्रादि-अतिशूद्रों को आपकी (ब्राह्मण) नारियों की तरह बड़ी सहजता से पढ़ने-लिखने का विशेष अवसर प्राप्त हो और यदि उन्हें अपने मानवी हक समझ में आ जाएँ, उस समय आप तमाम आर्य-ब्राह्मणों को मारवाड़ियों की तरह तीन चोटियाँ बढ़ानी पड़ेंगी; क्योंकि आपकी आज की एक चोटी से शूद्रादि-अतिशूद्रों का और विदुषी रमाबाई का निर्वाह होनेवाला नहीं है।

ब्राह्मण : अरे भैया, यदि ऐसी स्थिति आई तो हम अपनी जो कुछ बची हुई चोटी है, उसको भी सफाचट करके संन्यासी बन जाएँगे, फिर वे हमारा क्या बिगाड़ सकते हैं? छोड़ो इन बातों को। लेकिन तात, तुम किस धर्म को माननेवाले हो?

अन्त्यज : ईश्वर से धोखाबाजी करके आप आर्य-ब्राह्मणों की सेवा करना, क्या यही हम शूद्रों का धर्म है? हम अपनी सुविधा के लिए जब चाहें तब महम्मदी या खिस्ती धर्म को स्वीकार कर सकते हैं, या हम सभी को बनानेवाला जो है, उसी से उत्तम धर्म माँग लेंगे। आप लोग अब हमारी खोखली चिंता क्यों करते हैं? हमारा तो यही कहना है कि आप लोग संन्यास लेकर, विदुषी रमाबाई जैसी पढ़ी-लिखी नारियों को खिस्ती धर्म अपनाने का मौका देकर, अपनी शक्ति फिजूल खर्च न करें।

इसके बाद की संपूर्ण बातचीत कोंडाजी रावजी पाटिल, गाँव-माली का कुरूड ने ध्यानपूर्वक सुनी थी। दोपहर का भोजन लेने के बाद उनकी 'सत्यशोधक समाज' के भाइयों के साथ जो बातचीत हुई, वह इस प्रकार मंचित हुई :

कोंडाजी पाटिल : तात, मैंने सुबह आप दोनों की मार्मिक बातचीत सुनी है, इसलिए मुझे एक सवाल सूझा है, वह यह कि 'साधु का कुल और नदी का मूल नहीं खोजना चाहिए।' इस तरह की बातें सभी भट्ट ब्राह्मण सुनाते रहते हैं। मतलब यह ब्रह्म-घोटाला आखिर क्या है?

तात : बेटे, तुमको ब्राह्मणों का यह ब्राह्मणी दाँवपेंच एकाएक समझ में आना बड़ा मुश्किल है।

कोंडाजी : ब्राह्मणों के इस छल-कपट के बारे में आपका क्या खयाल है, इसे जरा हमें भी समझा दीजिए। यदि वह हमारी समझ में नहीं आया तो आप क्या कर सकेंगे?

तात : पहले के जमाने में आर्य-ब्राह्मण शूद्रादि-अतिशूद्रादि से उत्पन्न अपनी खास संतान को अपनी जाति में अपना लेते थे, ये भट्ट ब्राह्मण अभी भी अपनी रखैल यवनी और शूद्रानी वेश्या से उत्पन्न अपनी अष्टपैलू संतान को अपनी जाति में क्यों नहीं स्वीकार कर लेते?

कोंडाजी : उनको पैदा करनेवाले भट्ट ब्राह्मण दादा-बाबाओं ने उन्हें जिस तरह पढ़ाया-लिखाया, उस वजह से वे ब्राह्मण फेंटा पहनते हैं और संधान प्राप्त करते ही गले में सूत की रस्सी (जनेऊ) डालकर खास मराठा बन जाते हैं। फिर बाद में केवल कुनबियों को धिक्कार करके उनमें बड़ी शेखी मारते हैं। ब्राह्मणों की नकल करने की या उनका अनुकरण करने की प्रवृत्ति हम शूद्रों में क्यों है?

तात : वे लोग ब्राह्मणों की नकल करके किसी भी प्रकार का फेंटा बाँधकर अपने गले में सूत की रस्सी भी क्यों न डाल लें, उससे तुमको क्या लेना-देना? लेकिन वे भट्ट ब्राह्मण अपने घरबार में फैला हुआ कर्मकाण्ड, ब्रह्म-लचांड शूद्रों के घरबार में फैला देते हैं, यही तो उनकी सही चालबाजी है।

कोंडाजी : संपूर्ण हिंदुस्थान में आर्य-ब्राह्मणों का कर्मकाण्ड-लचांड फैला हुआ है, लेकिन विदुषी रमाबाई हाड़-मांस से ब्राह्मणी होने पर भी ईसाई लोगों के द्वारा बाप्तिस्मा लेकर ईसाई धर्म को स्वीकार कर ईसाई-समाज का अंग बन गईं; क्योंकि उन्होंने क्रूस और मानवाधिकार का निर्लज्ज रूप से उल्लंघन करनेवाले आर्य धर्म में रहकर अब तक बहुत सह लिया था। रमाबाई द्वारा खिस्ती धर्म को स्वीकार करते ही भट्ट ब्राह्मणों ने उनके नाम से चीखना-चिल्लाना शुरू कर दिया था कि इसमें क्या नया है? क्योंकि विदुषी रमाबाई ने उनके बनावटी धर्म की नाक कटवा दी थी। लेकिन कई शूद्र लोगों ने विदुषी रमाबाई के नाम से नाखुशी दर्शायी, आखिर इसका कारण क्या था?

तात : कई शूद्र लोगों ने विदुषी रमाबाई के नाम से अपनी नाखुशी प्रदर्शित की, लेकिन उनकी शिकायतों की इस समय यहाँ आलोचना करना उचित नहीं है। अभी तो इतना ही ध्यान दो कि सभी ओर भट्ट ब्राह्मणों में बृहस्पति की ताकत वाले विद्वान-पंडित, अज्ञानी भूदेव अपने देवपूजा के पवित्र बरतनों को दूर ढकेलकर बड़े ठाट-बाट के साथ अंग्रेजों के घर पर जाते हैं और उनके द्वारा कई सड़ी-गली चीजें पकाकर निकाला हुआ अर्क या शराब बेहिसाब पीकर नाली में गिरते-सोते हैं। फिर भी हमारे ये शूद्र भाई उन सभी धूर्त, निर्लज्ज, लबाड़ों के साथ उनकी जाति को ही पवित्र मानते हैं। सद्शील विदुषी रमाबाई के माथे पर ख्रिस्ती आचार्य (फादर) ने पवित्र जल की कुछ बूँदें क्या छिड़क दीं, भट्ट ब्राह्मणों ने चिल्लाना शुरू कर दिया–"विदुषी रमाबाई अपवित्र हो गई, भ्रष्ट हो गई।" और भट्ट ब्राह्मणों के चिल्लाने में सहायता देनेवाले शूद्रों को अपनी औकात दिखाई देती है। दोस्त! कई भट्ट ब्राह्मण बोतल की चीज हजम करके अंत में इंग्लैंड की ओर देखकर भिखमंगे चेहरे से कहते हैं कि 'रमाबाई अपवित्र हो गई, भ्रष्ट हो गई।' और स्वयं दिन-रात बोतलों के लिए भजन-पूजन करते रहते हैं। क्या यही उन आर्यभट्ट ब्राह्मण चांडालों का वैभव-सौभाग्य है? खैर, इन बातों को अब छोड़ दीजिए। यदि अब आपकी इच्छा हो तो दूसरे कुछ महत्त्वपूर्ण सवाल पूछ सकते हो, जिससे अपने शूद्र भाइयों को कुछ ज्ञान मिल सकता है और उससे उनकी सदियों की नींद खुल सकती है। लेकिन पहले तो यह सारी बातचीत अखबारवालों को अपने अखबार में अन्य अखबारों की तरह बिना काँट-छाँट के प्रसिद्ध करनी चाहिए, उसके बाद आपकी इच्छा के अनुसार कुछ किया जा सकता है।

(पटाक्षेप)

फिर कुछ दिनों बाद एक दिन दोपहर के भोजन के पश्चात् चि. यशवंतराव की जोतीराव फुले के साथ जो बातचीत हुई, वह इस प्रकार खेली गई :

यशवंतराव : तात, आर्य-ब्राह्मणों के धर्मशास्त्रों (धर्मग्रंथ) में इस तरह की बातें सिखानेवाले लेख मिलते हैं कि 'ब्राह्मण भूदेवों की सेवा करना–यही शूद्रों का धर्म है।' इस पर आपका क्या कहना है?

तात : उन धर्मग्रंथों के रचयिता तुम्हारे पूर्वज तो थे नहीं। 'धर्म' शब्द का कोई एक निश्चित अर्थ तो है नहीं। हर कोई अपने-अपने ढंग से 'धर्म' को परिभाषित करने की कोशिश करता है। धूर्त, निर्लज्ज, आर्य-ब्राह्मण ग्रंथकारों ने मूल धर्म शब्द का अपने स्वार्थ के लिए झूठा अर्थ किया है, वह बड़े-बड़े धर्म-संस्थापकों के भी ध्यान में नहीं आ सका। वहाँ इन अज्ञानी शूद्रों को कैसे जल्दी समझ में आ सकता है?

यशवंत : धर्म शब्द के कई अर्थ होने की वजह से आर्य-ब्राह्मण ग्रंथकारों ने अपने स्वार्थ के लिए धर्म शब्द का जो अनर्थ किया है, वह क्या है?

तात : आर्य-ब्राह्मणों ने हिंदुस्थान पर हमले किए और यहाँ के मूल निवासियों को पराजित करके उन्हें अपना दास बनाया, यही उनके ग्रंथों का सार है। उन आर्य-ब्राह्मणों ने इन दस्युओं के बारे में अपने वेदादि ग्रंथों में जो लिख करके रखा है, वह इस प्रकार है कि गुलामों को आर्य-ब्राह्मणों की गुलामी स्वीकार करनी चाहिए, यही उनका धर्म है। कई सौ सालों के बाद महम्मदी और अंग्रेजी शासकों ने इस देश को जीतने के बाद भी आर्य-ब्राह्मणों को अपना गुलाम या दास-दस्यु नहीं बनाया, लेकिन आर्य-ब्राह्मणों ने जिनका शोषण किया, दुर्दशा की, उन शूद्रादि-अतिशूद्रों पर उनके स्वामित्व का बोझ पूरी तरह से कायम था, क्योंकि उस समय शूद्र लोग इतने दुर्बल और अज्ञानी बन चुके थे कि ब्राह्मणों द्वारा लिखे गए बनावटी, पाखंडी धर्मग्रंथों को ईश्वर-निर्मित मानते थे। गुलामी उनके खून में घुलमिल गई थी। दासता धर्म का नाम हो गया था।

खैर, धर्म शब्द का अर्थ जानना चाहिए। चोरी करना चोरों का धर्म है। लबारी करना लबारों का धर्म है। घोड़े खुजलाना खाजदारों का धर्म है। अनपढ़, अज्ञानी लोगों को झूठ-मूठ की बातें बताकर, अपने बहकावे में लाकर, उन्हें गुमराह करके लूट-खसोट करना, यह धूर्त आदमियों का धर्म है। इसके अलावा भी धर्म शब्द के कई अर्थ होते हैं। इसलिए ब्राह्मणों ने धर्म शब्द का अपने स्वार्थ के अनुकूल अर्थ अपनाकर उसी के आधार पर कई बनावटी, पाखंडी धर्मग्रंथ, धर्मशास्त्र, पुराण-कथाएँ लिखकर सभी अज्ञानी शूद्रादि-अतिशूद्रों को हमेशा-हमेशा के लिए मूर्ख बनाकर, लूट-खसोट करने का धर्म अपनाया। आर्य-ब्राह्मणों का यह धर्म शूद्रादि-अतिशूद्रों के लिए धोखेबाजी का धर्म है।

यशवंत : आपके इस विश्लेषण ने शूद्रादि-अतिशूद्रों की आँखें खोल दी हैं। इससे हम यह कह सकते हैं कि ब्राह्मणों के पास बोझ स्वरूप बड़े-बड़े ग्रंथों का ढेर पड़ा हुआ है; लेकिन उन ग्रंथों के ढेर में एक भी ग्रंथ ऐसा नहीं है जिसमें आपके कथनानुसार, धर्म की सही-सही परिभाषा दी गई हो?

तात : ब्राह्मणों के धर्मग्रंथों में धर्म शब्द का सही अर्थ होता और यदि ब्राह्मणों ने उसके अनुसार अपना आचार-व्यवहार रखा होता तो विदुषी रमाबाई ने कई जानकार विद्वान ब्राह्मणों के साथ ईसाई धर्म स्वीकार न किया होता।

यशवंत : आपके बोलने से यह विदित हो रहा है कि ईश्वर ने शूद्रादि-अतिशूद्रों को ब्राह्मणों की सेवा करने के लिए पैदा नहीं किया है। लेकिन हम सब जिस दिन से आर्य-ब्राह्मणों के बर्बर हमलों के शिकार बने, उस दिन से उन्होंने शूद्रादि-अतिशूद्रों को शक्तिहीन और ज्ञानहीन बनाकर रखा और धर्म शब्द की काली छाया में हम सभी के पाँव में सदियों के लिए जंजीरें पहना दीं, फिर भी ब्राह्मणों की इस धोखाधड़ी के बारे में इस जड़मति समाज में एक भी

शूद्र-विद्वान एक शब्द भी बोलने के लिए तैयार नहीं है, आखिर क्यों? क्या वजह है?

तात : अरे भाई, इस समाज के निर्माता, अटल मूर्तिपूजक केवल जाति-अभिमान में रहते हैं। और वे जब कर्मकांड में होते हैं, तब तो अंग्रेजी किताबों को छूते भी नहीं। तुम इससे समझ सकते हो कि ब्राह्मण कितने धूर्त होते हैं। इसी से उन्होंने अपने धर्म-रूपी उपाधि का बचाव करने के लिए समाज-नियमों से संबंधित धर्मशास्त्र-रूपी चौपड़ी में यह भी एक नियम घुसेड़ दिया कि किसी को भी इस धर्म की चर्चा नहीं करनी चाहिए।

यशवंत : यहाँ तो ब्राह्मणों की धूर्तता और निर्लज्जता चरम सीमा पर पहुँच गई। बाद में इस संबंध में बोलेंगे ही, लेकिन अहम सवाल यह है कि ब्राह्मणों का यह सब करने का उद्देश्य क्या होना चाहिए?

तात : आज के सरकारी कानून-कायदों में मनु (स्मृति) की तरह कुछ गलतियाँ हों तो वे गलतियाँ दुरुस्त करने के लिए सरकार को कुछ सुझाव, कुछ सूचनाएँ देकर उसे सही रास्ते पर लाना—यही इस समाज का उद्देश्य होना चाहिए।

यशवंत : केवल पिंजरे के तोते की तरह खोखली लटपट, 'पंछी, बोलो बेटा गंगाराम' कहना और खाली समय काटने की अपेक्षा ऐसे आपातकाल में समाज के शूर सदस्यों द्वारा समाज के अस्तित्व के बचाव के लिए कुछ तो हलचल करें!

तात : बेटे, ऐसा कैसे कह रहा है? अपनी समझदार सरकार ने आज तक रॉयल और लोकल फंड का करोड़ों रूपया ब्राह्मण-पुरोहित नाम की केवल एक जाति पर खर्च करके उन्हें विद्वान बनाया, सरकारी नौकरियों में उन्हें बड़ी-बड़ी जिम्मेदारी के अधिकार-पद देकर पूरी तरह से सुविधाभोगी भी उसने ही बनाया, इसका कारण यही हो सकता है कि ऐसे आपातकाल में ब्राह्मण विद्वान सरकार के लिए उपयोगी होंगे।

यशवंत : मतलब अपवित्र शूद्रादि-अतिशूद्रों की परवाह न करते हुए एशियन लोगों से पहला मुकाबला यही तथाकथित पवित्र विद्वान ब्राह्मण-पुरोहित लोग लेंगे, यही न?

तात : क्या इसमें भी तुम्हारे मन में कोई संदेह है? बेटे! इस संघर्ष में विद्वान ब्राह्मण हम शूद्रादि-अतिशूद्रों से छुआछूत भी मानेंगे। सिर्फ वक्त का इंतजार है, हम भी उस वक्त के इंतजार में हैं।

1. भाऊ नाना पेशवा।
2. शुद्ध बरतन-पूजा के शुद्ध बरतन, जिन्हें मराठी भाषा में 'सोवळे' बरतन कहा जाता है।

यह नाटक अभी पूरा भी नहीं हुआ था कि घुटनों पर गाल टिकाए हुए पण्डिता रमाबाई एक गहरी नींद में सो गईं! सूर्यास्त की किरणें उन्हें एक झीना

दुशाला-सा उढ़ा गईं!...आसपास चहल-पहल मची रही! शतरंजी पर आसपास के गाँवों से जुटे हुए बच्चे दौड़-भाग मचाते रहे। स्त्री-पुरुष आधे मन से सुनते-देखते गए कि आगे क्या होना है...और सबके देखते-देखते नाटक की नायिका जीवन के रंगमंच से यों प्रस्थान कर गई जैसे कामकाजी माताएँ दोपहर तक सब बच्चों को खिला-पिला, नहला-धुलाकर अच्छी-सी निनिया सुलाकर पड़ोस में टहल आती हैं! इति रमावती कथा!

पुनश्च : एक साँस में हमने यह रेडियो-रूपक पढ़ तो लिया पर इसे डॉक्यू-ड्रामा में बदलते हुए कई ड्राफ्ट बनाने होंगे! खासी मेहनत का काम है!...यह सब अब दिल्ली लौटने के बाद ही होगा, पहले 'ढेला बाई' वाली प्रस्तावित फिल्म का कच्चा माल तो इकट्ठा करें! बाबा लोहा सिंह भी मूडी आदमी हैं! बड़ी मेहनत से पकड़ में आते हैं! कल दोपहर में बुलाया तो है–देखें, क्या होता है! इस उमर में बातें रह-रहकर रास्ता भटक भी जाती हैं–'निकले थे कहाँ जाने के लिए, पहुँचे हैं कहाँ, मालूम नहीं...' सावधानी से सम्पादन करना होगा!

खदेरन को[1] फादर

बाबा लोहा सिंह ने अपनी तितली-मूँछों से मलाई पोंछकर कहना शुरू किया– "खुदीराम बोस को फाँसी चढ़े अभी कुछ माह ही बीते थे! पूरा मुजफ्फरपुर अब तक थर्राया हुआ था। देवकीनन्दन खत्री की 'चन्द्रकान्ता संतति' का पहला हिस्सा मुजफ्फरपुर के जिस नारायणी प्रेस में छपा था, उसके अहाते का वाचनालय उत्साही नवयुवकों की जुटान-स्थली थी! वहीं से छपता था प्रसिद्ध अँगरेजी साप्ताहिक 'तिरहुत कैरियर'। अँगरेजों का पत्र होने पर भी वह भारतीय राजनीतिक आकांक्षाओं से सहानुभूति रखता था–कुछ अंश इसमें हिन्दी और कैथी के भी रहते थे! इसी के सम्पादक थे बैरिस्टर बी. कैनेडी जिनकी पत्नी और दो बेटियाँ खुदीराम बम-काण्ड में अकारण मारी गई थीं! नुक्ते के हेर-फेर से ख़ुदा जुदा कैसे हो जाता है–पूरी विडम्बना के साथ लोगों की छाती में यह बात धधक रही थी।"

बाबा लोहा सिंह ने कहानी शुरू की तो अपने-अपने मोढ़े हमने उनके पास खिसका लिए। हुक्के में बाबा ने आग भरी और आगे बढ़े :

"उस वक्त मैं आठ-नौ साल का बालक था! अगिया-बैताल नगर के सबसे बड़े मुहल्ले की एकमात्र बड़ी पाठशाला–अपर प्राइमरी स्कूल में पढ़ता था। समझ-बूझकर तो नहीं, एक अनजानी, अल्हड़-सी अनुप्रेरणा से अपने मकान मालिक के बेटे, झगड़ू लाल साह के पीछे-पीछे मैं हर शाम की गप्प-गोष्ठी में 'नारायणी प्रेस' निकल आता था!

"पिता तो थे सूदखोर महाजन, बीसों मकान के मालिक और छोटे-मोटे जमींदार भी पर पुत्र महादानी कर्ण! पिता के जीते-जीते तो उनके हाथ बँधे थे, पर जब अपने पर हुए तो दोनों हाथों से लुटाया! मेरे यह सात हाथ की अँतड़ी जो अब उतना-कुछ पचा नहीं पाती, अक्सर उनकी याद में ही छनक जाती है! मुझ पर भी तो कितने पैसे लुटाए थे उन्होंने! वे न होते तो मैं पढ़ भी कहाँ पाता। झनको हलवाइन की सुनहरी जलेबियाँ कब मेरे पेट में पड़तीं!

"मैं ही नहीं था, और भी कई इनके चेले-चपाटी थे! बीवियाँ दो थीं।

---

1. 'को' बज्जिका जनपद में 'के' को कहते हैं! खदेरन 'लोहा सिंह' नामक प्रसिद्ध रेडियो-नाटक का एक पात्र था!

कुड़-कुड़कुड़ करतीं पर जो भी दरवाजे आ जाता, भरढींढ़ उसको खिला देतीं। घर-परिवार की चिन्ता से मुक्त थे। साहित्य-सम्मेलन, हिन्दी भाषा प्रचारिणी सभा, नवयुवक समिति के अतिरिक्त अन्य समारोहों में उनकी इस उदारता का योग अवश्य ही रहता! कई वर्षों तक 'मॉडेल हाई'स्कूल' भी चलाया! खड़ी बोली के दीवाने अयोध्याप्रसाद खत्री गुजरे तो उनके परिवार की भी देखभाल की। आने-जानेवाले, नाते-रिश्तेदार—सब उनके घर ऐसे झुण्ड-के-झुण्ड उतरते जैसे भुट्टे की पुष्ट फसल पर हरे सुग्गे लुबुधते हैं!

जनकवि महेन्दर मिसिर की प्रिय शिष्या, ढेला बाई की माँ, अफसाना बाई से भी उनका ऐसा याराना था कि बाद के दिनों में जब ये दीवालिया हो गए, अफसाना बाई ने ही अपनी कमाई से इनका परिवार चलाया। जब उनके कोठे पर जाना होता, मुझको दोने में मिठाई पकड़ाकर कहते—"अब घर जाओ और पाठ कंठस्थ करो।" गाहे-बगाहे लोगों से अपनी सफाई में कहते—"मैं शरीर का नहीं, दिल का विलासी हूँ।"...उस समय इस सफाई का मतलब मैं समझता नहीं था, समझा तो तब जब साधु बनकर वे अन्तर्धान हो गए और मिले बरसों बाद—महेन्द्रूघाट पर! बच्चा बाबू के स्टीमर से उतरते हुए मैंने देखा कि एक बूढ़ा भिखारी भीख में मिली बासी रोटियाँ भी आस-पास के भिखारी-बच्चों के साथ बाँट-बूँटकर खा रहा है और पूरे स्वाद के साथ! खाता-खाता उनको किस्से भी सुना रहा है! "आजा-पाजा, कान में समाजा!" जैसे ही कान में किस्से का यह वाला अंश पड़ा—मैं पीछे पलटा और नीचे बैठकर कथावाचक का चेहरा लगा पढ़ने! चेहरा बदल जाता है, आँखें तो बदलती नहीं लेकिन उलट ली जाती हैं यदि मिलाने का मन न करे।...लाख मिन्नतें कीं कि साथ चलें, अब मैं भी किसी लायक हो गया हूँ, पटना रेडियो स्टेशन पर मेरा 'लोहासिंह नाटक', इस कदर लोकप्रियता पा रहा है कि लोग मुझे लोहासिंह कहने लगे हैं—सुनकर वे खुश तो हुए, ठहाकर हँसे, फिर गुड़ी-मुड़ी होकर बालू पर लोट गए, लुढ़कते-पुढ़कते भीड़ में कहाँ गुम हुए, पता ही नहीं चला!

अब तो स्टीमरें चलती नहीं, पहलेजा महेन्द्रू और गंगा-घाट तो बस सपना हो गए, खुद मैं झगड़ूसाह की अवस्था में पहुँच गया...हाँ तो मैं क्या कह रहा था?"

"जी बाबा, आप ये कह रहे थे कि जब आप नौ-दस बरस के थे, इन्हीं झगड़ूलाल साह के पीछे-पीछे नारायणी प्रेस जाते थे और उनकी सुनहरी जलेबियों के बदले उनकी खातिर थोड़ा हाब-डीब कर देते थे! उनके घर के नीचे रहते थे आप! क्या आप भी मुजफ्फरपुर के थे?"

"नहीं, नहीं, हम तो आरा से आए थे! बाबू कुँवर सिंह जी के निधन के बाद जब आरा में दमनचक्र चला—सब उनके साथी पकड़े गए या इधर-उधर छिप गए। मेरे दादा, रामफलसिंह ने तब अपने एक दूरस्थ रिश्तेदार, रुद्रजी के घर

यहीं आकर आश्रय पाया था! रुद्रजी ब्रजभाषा के रससिद्ध कवि थे और झगड़ूलाल के किराएदार! बाद में हमने अलग घर लिया तो वह भी झगड़ूसाह के पिता का ही निकला और ऐन उनके घर के पीछे! सो इन सबसे हमारा घर-घरौआ हो गया!

अभिनय का जो हमको शौक चढ़ा–वह उनके घर पर ही महेन्दर मिसिर-अफसाना बाई और उनकी टोली के दूसरे संगीतकारों की नृत्यनाटिका देखकर! रुद्रजी ब्रजभाषा के अतिरिक्त मैथिली, बँगला, पंजाबी, भोजपुरी और उर्दू में भी कविताएँ लिखते थे और अपने यहाँ नर्त्तक और गायक बुलवाकर उनका मंचन भी करवाते थे! वृद्धावस्था में जब आँखों की ज्योति रूठ गई, हम जैसे नये पहलवालों को पकड़-पकड़कर कविताएँ डिक्टेट करने लगे!"

"बड़ा जागृत था यह मुजफ्फरपुर!"

"पूछो मत, 'धर्मसमाज संस्कृत विद्यालय' के समानान्तर 'नॉविल रीडिंग क्लब', 'मारवाड़ी व्यायामशाला', 'रिक्रिएशन क्लब', 'बीना कन्सर्ट' और नारायणी प्रेस से प्रकाशित तरह-तरह की पत्र-पत्रिकाएँ! खत्रीजी द्वारा केन्द्रीय हिन्दी संस्था-योजना के प्रकाशन के बाद ही काशीवालों ने 1889 में नागरी-प्रचारणी सभा की स्थापना कर दी!

कनिष्ठा पर कालिदास की अवस्थिति से जैसे अनामिका सार्थवती होती है, नेपाल की लुम्बिनी तराई के सामीप्य से मुजफ्फरपुर! अँगरेज जमींदारों और निलहा गोरों का बड़ा-सा आरामगाह तो यह था ही, बंगाल से सटा होने के कारण कई तरह की राजनीतिक-सांस्कृतिक गतिविधियों का केन्द्र भी था।"

"एक बात पूछूँ, बाबा?" शीरीन ने डरते-डरते पूछा–"अभी थोड़ी देर पहले आपने उन बैरिस्टर, पी. कैनेडी का जिक्र किया था! सिर्फ इस दुर्योग के कारण बम के एक धमाके में उस भलेमानुस अँगरेज का परिवार नष्ट हो गया कि उनकी बग्घी उस नृशंस जज की बग्घी से मिलती-जुलती थी जिसका पीछा करते खुदीराम मुजफ्फरपुर आए थे! आपने तो खुदीराम की फाँसी का वह विराट् दृश्य अपनी इन आँखों से देखा है–क्या आजादी के उस दीवाने की आँखों में कहीं कोई हल्का पछतावा भी झलक रहा था? पछतावा इस बात का कि भूल से एक ऐसा निर्दोष परिवार छिन्न-भिन्न हो गया जिसके मुखिया के मन में भारतीयों की खातिर अशेष ममता और सहानुभूति थी?"

"वे आँखें सूफी की आँखें थीं–सतरंगी आँखें! उनमें समुन्दर था! सात कपोतों की उड़ान! समय वहाँ रुक-सा गया था! अगर तुमने निजामुद्दीन औलिया का मजार देखा है तो उसके आस-पास की गलियाँ याद करो! एक-एक गली एक किस्सा थी और एक अलमस्त उठान! कुछ चेहरे उसमें सदियों से टहल रहे थे। इत्रवालों, फूलवालों या कव्वालों के पास गुड़ी-मुड़ी होकर कुछ यों बैठे थे कि ये समझना मुश्किल था–वे कब के हैं और कहाँ से आए हैं! चेहरा है

या झुर्रियों की पोटली? तरह-तरह का लोबान और धुआँ ! ऐसी मस्ताना आँखों में क्या था और क्या नहीं था–कहना मुश्किल है! लेकिन इतना तो कह सकता हूँ–जो अपनी जान हथेली पर लेकर निकलते हैं–दूसरों की खातिर उनके मन में करुणा होती है, पर उनको लगता है कि बृहत्तर उद्देश्य की खातिर कुछ जानें चली भी गईं तो क्या...खेत तामते-तामते कितने निरीह जीव-जंतु बेवजह ही कुचले जाते हैं।"

"खैर, पर उन कैनेडी साहब का क्या हुआ? बीवी-बच्चों के यों अचानक ही धुआँ-धुआँ हो जाने के बाद भी क्या वे मुजफ्फरपुर रहे? क्या 'तिरहुत कैरियर' छपता रहा? भारतीय राजनीतिक आकांक्षाओं से उनकी सहानुभूति क्या बनी रही?"

"बेटी, तू बहुत जटिल प्रश्न पूछती है! बहुत जटिल प्रश्न पूछती हैं ये तिरहुत की औरतें! आम्रपाली और गार्गी और देवी भारती की ज़मीन का असर कुछ तो होगा न!"

"और अपनी सीता ही कौन-सी घरपोसू थीं? खेत में पड़ी मिलीं! वन-वन घूमीं। सीता को मूक आज्ञाकारिता से जोड़नेवाले ये भला क्यों भूल जाते हैं कि सीता के जीवन का सबसे बड़ा सच है लक्ष्मणरेखा लाँघ जाना यानी आपात्स्थिति में अपने विवेक के हिसाब से नियमावलियों में परिवर्तन का साहस! निर्णय गलत भी हो जाएँ तो क्या! निर्णय लिए गए, यही बड़ी बात है। दस में से एक निर्णय किसका गलत नहीं होता। अपने हिसाब से उन्होंने ठीक ही निर्णय किया–किसी को भिक्षा दी, भूखे को भोजन दिया...और इस तथाकथित गलत निर्णय का तेज ही था जो बाद में रावण के वध का निमित्त बना! न होता इस निर्णय का तेज तो रावण का वध कैसे होता? सीता कठपुतली होतीं तो रावण कैसे मारा जाता? जीवन में दो-चार निर्णय गलत भी होते हों तो हो जाएँ–वे अक्सर किसी बड़े प्रयोजन का द्वार सिद्ध होते हैं !" तारा बोली।

"क्या यही बात खुदीराम जैसे क्रान्तिकारियों पर भी लागू होती है?" रफत ने कहा।

"और आज के आतंकवादियों पर भी? वे खुद को किसी क्रांतिकारी से कम तो नहीं ही समझते...।" यह शीरीन थी।

"देखो-देखो, मेरा ऐसा घेराव मत करो! इन टेढ़े प्रश्नों के उत्तर आज के आयातित 'टिण्ड फूड' की तरह 'रेडी टु सर्व' नहीं होते! मैं कोई रेडीमेड उत्तर नहीं देनेवाला! खुद अपने उत्तर ढूँढो–इसमें तुम्हारी मदद मैं जरूर कर सकता हूँ–उन दिनों की एक अद्भुत जोड़ी–महेन्दर मिसिर और ढेला बाई की कथा के बहाने!...विस्फोट हों या आन्दोलन–जितने बाहर होते हैं, उतने भीतर! अंतर्वैयक्तिक सम्बन्धों में भी कम बम नहीं फूटते...इसी तरह के कई यक्ष प्रश्नों के उत्तर टटोलते हुए मैं बूढ़ा हो गया...!

अरे-अरे, बेमौसम की बारिश! जल्दी उठो और खिड़कियाँ-दरवाजे बन्द करो! बाकी की बातें कल होंगी!"

और वह प्रेताक्रान्त थियोसॉफिकल लॉज

"बाबा, पर वह बात रह ही गई!"

"कौन-सी बात?"

"'तिरहुत कैरियर' वाले कैनेडी साहब की! खुदीराम के बम से उनकी बग्गी जो उड़ी, बीबी और बेटियाँ, घोड़े और साईस–सब एकसाथ उड़ गए तो घर कैसा काटने दौड़ा होगा न! अँगरेज साथियों ने सहानुभूति तो भर-लोटा उलीची होगी, पर साथ-साथ कटाक्ष की कुनैन भी घुटवा ही दी होगी–'और रखो–इन नेटिवों से रब्त-जब्त–जानवर रिंगमास्टरी के बिना काबू में आ जाते तो हमें क्या जरूरत थी आतंक कायम करने की–हम भी तो क्राइस्ट की सन्तानें हैं–शिक्षित और दीक्षित करने की कोशिशें भी समानान्तर चल ही रही हैं–पर अनुशासन एक बड़ी चीज़ है–उसके बिना ये दरिंदे ही बने रहेंगे...।' वगैरह!"

"हाँ, बेटी, तर्कपद्धति की यही सीमा है कि हर आततायी अपने समर्थन में तर्कों का महाजाल बुन सकता है...मैं तो तब लड़का ही था–मेरी दिलचस्पी तब इस बात में ज्यादा हुई कि इस घटना के बाद कैनेडी साहब थियोसॉफिकल लॉज के लेडबीटर साहब के साथ ही रहने लगे! सारे मुहल्ले में थियोसॉफिकल लॉज 'भूत बँगले' के नाम से प्रसिद्ध था! एनी बेसेण्ट, डिक क्लार्क, मास्टर मोर्या, मास्टर कुथोमी, मैडम ब्लावत्सकी और तिब्बत के महाप्राण बौद्ध सन्तों के अनगिन महाग्रन्थ उसके पुस्तकालय में ढंग से सजाये गए थे! वाचनालय के बीचों-बीच तीन टाँग की एक थ्रीन्पेट टेबल रखी थी–उस पर ऊर्जाबोर्ड रहता था और तरह-तरह की तकनीकों से मृतात्माएँ बुलायी जाती थीं! कोई 'माध्यम' उनका तेज धारण करके जब बैठता था–मृतात्मा की ही आवाज या हैण्डराइटिंग में सब प्रश्नों के उत्तर मिल जाते थे! पर हर व्यक्ति का 'माध्यम' बन पाना सम्भव नहीं था, किसके रक्त में प्लाज्मा का प्रतिशत कितना है–इस पर उसकी 'धारकता' निर्भर करती थी और सिद्ध थियोसॉफिस्ट ही निर्णय ले पाते थे कि किसकी धारकता कितनी है। धुर दक्षिण में जे. कृष्णमूर्ति को मैडम एनी बेसेण्ट और मास्टर लेडबीटर ने खुद चुना था–महामाध्यम के रूप में 'वर्ल्ड टीचर' का चुनाव हो चुका था!...उधर जापान में इकेदा 'द ह्यूमन रेवोल्यूशन' नामक अपने महाग्रंथ से मार्क्स की भौतिक क्रान्ति के समानान्तर एक आधिभौतिक क्रान्ति की बात कह रहे थे और इस क्रांति के प्रचार में देशों की यात्रा किए जा रहे थे!–यह कहते हुए कि बाहरी जगत् में संसाधनों के बराबर वितरण की क्रान्ति एक बड़ी क्रान्ति है जरूर पर इसके समानान्तर हर व्यक्ति अपने भीतर शान्ति, प्रेम और निःस्वार्थ

अहिंसात्मक संकल्पों की क्रान्ति घटित न करे तो सब व्यर्थ! पहले क्रान्ति अपने भीतर घटित होनी है...सर्वधर्ममहासभा की भी कितनी सारी प्रस्तावनाएँ विश्व में हर ओर तैर रही थीं! डब्ल्यू.बी. येट्स बाद में जिसके सदस्य बने—ओकल्ट आदि से जुड़ी वे संस्थाएँ—उसके पहले महर्षि अरविन्द और रामकृष्णपरमहंस आदि की बातें हम सब नवयुवकों के मन में तरह-तरह की सुगबुगाहटें जगा रही थीं! हम हर जगह हुलुक-बन्दर बने रहते! कभी इधर झाँकते, कभी उधर!

"थियोसॉफिकल लॉज के सामने जो पनवाड़ी बैठता था—तरह-तरह के किस्से हमको सुनाता। थियोसॉफी के कुछ छात्र भी नीचे की लॉज में रहते थे—हम उन्हें घेरकर अन्दर चलनेवाले अद्‌भुत प्रसंग दूहने में नहीं चूकते! बदले में वे हमसे पाँव दबवाते—वो भी हमें नहीं अखरता, वो किस्से ही इतने सनसनीखेज थे!"

हम सब श्रोताओं में भी सनसनी जग गई! हम भी लगे बाबा के पैर-हाथ दबाने—"अरे बाबा, उनमें कुछ तो हमें सुनाइए—फिर बात आगे बढ़ाइएगा!"

बाबा ने नसवार सूँघी, कुछ देर कौतुक-भरी आँखों से हमको घूरा, फिर बोले—

"अब सबकुछ सुनाने में तो बहुत वक्त लग जाएगा! कुछ सच्ची घटनाएँ तुमको सुनाए देते हैं—बस बानगी के लिए! इतना बड़ा किस्सा सुनने बैठे हों—उपकथाओं से ज़रा बाज आओ—तब ही तो बात बढ़े—वरना सब घचपचा जाएगा!"

"अच्छा, दो-चार ही प्रसंग...।"

"उन किस्सों में सबसे पहले मुझे याद आती है यह एक सत्यकथा।

"एक विषय के रूप में ऑकल्ट की पढ़ाई इटली के कैनेरिनो विश्वविद्यालय में हाल-फिलहाल ही शुरू हुई थी! डॉक्टर जियोसेपी स्टॉपोलिनी परामनोविज्ञान के अन्यतम शिक्षकों में थे! कक्षा में उस दिन एक अन्य छात्रा आई—मारिया बोका! प्रोफेसर ने उसका परिचय सबसे कराया मगर सीट पर बैठते ही लड़की बेहोश हो गई! कुछ देर बाद ही वह भावावेश में उठी और एक बिल्कुल ही अपरिचित आवाज में फरियाद करती हुई बोली—

"रोज़ा मैनिरोली के रूप में पैदा हुई थी और रोजा स्पैडोनी के रूप में मैं मरी! मरने के पहले ही मुझको दफनाया गया—कासल रायमाण्डो में, मृत पति की कब्र के बराबर मैं जब लेटाई गई तो गहरे कोमा में थी! अस्पताल में डॉक्टर मुझको ठीक से जाँचे बिना ही मृत घोषित कर गए थे!...तुम सबको अपनी कहानी मैं सुना रही हूँ ताकि तुम डॉक्टरों को ताकीद करो—ऐसे आनन-फानन में अपने केस नहीं निबटाएँ!"

"अगले ही दिन अपने छात्रों के साथ डॉक्टर स्टॉपोलिनी ने खोज-बीन शुरू कर दी और पता किया कि रोज़ा स्पाडोनी नामक महिला पिछले सितम्बर

कैमरीनी के सिविल अस्पताल में मरी थी और चूँकि उसका कोई मित्र या रिश्तेदार साथ नहीं था, अस्पताल की तरफ से ही उसको कासल रायमाण्डो में दफना दिया गया था!"

"कुछ इतालियन अफसरों, फोटोग्राफरों, मजदूरों और पैथोलॉजिस्टों की टोली प्रोफेसर स्टॉपोलिनी के साथ कब्रगाह पहुँची!...प्रोफेसर ने अपने हाथों से ताबूत का ढक्कन उठाया और देखकर सब चकित रह गए कि कंकाल पेट के बल लेटा था—खोपड़ी बायीं तरफ थी, बायाँ हाथ ऊपर की ओर मुड़ा था और उँगलियाँ मुँह में ठुँसी थीं! घुटनों के पास से पैर ऊपर की ओर मुड़े थे—इस यत्न में कि ढक्कन किसी तरह एक धक्के से खुल जाए और घुट-घुटकर मरने से निजात मिले!...ताबूत के ढक्कन पर नाखून की तीन गहरी खरोंचें थीं—इस बात का प्रमाण कि घुट-घुटकर मरनेवाली किस गहरे त्रास में थी—अचानक जो उसकी गहरी तन्द्रा ताबूत में टूटी थी—किस कदर छटपटायी थी वह कि कोई आकर बचा ले!"

उसके बाद बाबा लोहासिंह ने ब्रिटिश राजपरिवार के भुतहा आरामगाह—'विण्डसर कासल के ऐतिहासिक प्रेतों के कई किस्से सुनाये! "बारहवीं शताब्दी से लेकर अब तक बर्कशायर की उस रक्ताभ धरती पर क्या जाने कितनी हत्याओं और आत्महत्याओं, षड्यन्त्रों, युद्धों और कत्लेआमों के साक्षी, अनगिनत भूत और नरकंकाल इधर-उधर भटका करते हैं जैसे अट्ठारह सौ सत्तावन के कत्लेआम की स्मृतियाँ हमारे भीतर! ये स्मृतियाँ हमें डराती ही नहीं, स्पन्दित भी रखती हैं! भूत मने क्या? अतीत! अतीत से पूरी तरह मुक्त होना किसके लिए सम्भव है? एक तरह से देखा जाए तो हर व्यक्ति के कंधे उसका निजी और जातीय अतीत इसी तरह के अबूझ प्रश्न पूछता बैठा है जिस तरह विक्रम के कंधे वैताल!"

हाँ तो विण्डसर कासल में क्या हुआ?" नन्हा बबलू तड़पकर बोला!

"महोगनी की भव्य आल्मारियों में ही तो प्रायः पच्चीस कंकाल बन्द हैं—उनमें से चार भूतपूर्व शाहंशाहों के हैं! राजकुमारी मार्गरिट वहीं तो महारानी एलिज़ाबेथ के प्रेत से मिली थीं! पुस्तकालय का चौकीदार अक्सर उन्हें लाइब्रेरी में बैठे देखता! जीते जी बेचारी को अच्छी किताबें पढ़ने का मौका मिला ही नहीं होगा!

1649 के सिविल वार में जिनका सर कलम हुआ—वे चार्ल्स प्रथम और पागलपन के लम्बे दौर के बाद जनवरी 29, 1820 को अचानक ही मर जानेवाले जॉर्ज तृतीय भी अक्सर लाइब्रेरी के आसपास ही दीखते! जॉर्ज तृतीय की प्रेतात्मा तो आँधी की तरह कॉरिडोर से गुजरती—'ह्वाट-ह्वाट' कहती हुई!

अष्टम हेनरी की भारी-भरकम काया तो अभी हाल-फिलहाल ही उस दीवार में समाती हुई दिखाई दी थी—ठीक वहीं जहाँ हेनरी के ज़माने में एक महाद्वार हुआ करता था।

रिचर्ड, द्वितीय के वक्त का एक शिकारी भी हिरण की छाल का लबादा और बारहसींगे की सींगों का शिरस्त्राण पहने हुए छह शिकारी कुत्तों के साथ अक्सर दिखायी दे जाता था! 250 साल तक इन कुत्तों की आवाज गाहे-बगाहे उस पेड़ के इर्द-गिर्द पूर्णिमा की रात को सुनायी देती जहाँ लटककर उस शिकारी ने आत्महत्या की थी–संभवतः इस खातिर कि राजकन्या के मन में उसकी बहादुरी के वे विकट कारनामे भी कोई स्फुरण जगा नहीं पाए थे!

1863 में जब वह पेड़ काट डाला गया, महारानी विक्टोरिया ने ओक के उस पेड़ की लकड़ियाँ अपने आरामगाह में ही जलवाईं–सम्भवतः 'भूत' से निजात पाने की खातिर! धूँ-धूँ करके वे लकड़ियाँ जलीं पर अगली ही शाम शिकारी का भूत फिर से बगीची में प्रकट हुआ! अदृश्य शिकारी कुत्ते और जोर से भूँके, इतनी ज़ोर से बिजली चमकी कि एक दरबान तो डर के मारे वहीं ढेर हो गया!

एक किस्सा यह भी चलता है कि सारे हथियार पहनकर सर जॉर्ज विलियर्स के पिता, ड्यूक ऑफ बर्मिंघम, सर जॉर्ज से मिलने आए और चेतावनी दी कि यदि अपनी दुष्टताओं से अगर वह बाज नहीं आया, अधिक दिन जी नहीं सकेगा! सर जॉर्ज हँसने लगे और ठीक छह महीने बाद उनका सर कलम हो गया!

हैम्पटन कोर्ट के 'ऑफिशियल टुअरिस्ट गाइड में' कुछ महिला भूतों की चर्चा है। उनमें कैथरीन होबर्ड जिनका सर 1542 में कलम हुआ था–चैपेल के दरवाजे की ओर वे ऐसे चीखती हुई भागती हैं कि जैसे वहाँ उन्हें शरण मिलेगी ! 12 अक्टूबर, 1537 में जन्मे सतवाँसा एडवर्ड VI का दस साल की उम्र में कुछ महीनों की खातिर राज्याभिषेक हुआ था! जन्म के हफ्ते-भर बाद उनकी माँ जेन सेमॉएर मिस्ट्रेस सिबेल पेन नाम की विश्वासी आया को अपना वह बच्चा सुपुर्द कर गुजर गई थीं! एडवर्ड VI के जन्मदिन पर हर वर्ष बारह बजे रात को उनकी माँ और आया सिल्वर स्टि गैलरी की तरफ जाती हुई देखी जा सकती हैं–दोनों के हाथ में मोमबत्ती होती है–यह गाइड बुक में लिखा है!

उस दिन तो गजब हो गया। पी.सी. 2657 की पट्टी बाँहों में धारे हुए एक पुलिस कॉन्स्टेबल हैम्पटन कोर्ट की पहरेदारी कर रहा था कि एक बग्गी महाद्वार पर ठहरी! एलिजाबीदन लबादों में, चकाचक लबादों में दो मर्द और औरतें उतरीं–पता नहीं किस जादू के प्रभाव में गेट खुल गया–अपने आप करीब 30 गज तक वे शाही अतिथि किले की ओर चले और बायें मुड़कर एकसाथ ही गायब हो गए!

उस दिन के बाद ही इंग्लैण्ड का शाही परिवार पर्यटनों की खातिर हैम्पटन कोर्ट खाली करके बर्मिंघम पैलेस चला आया और अपनी छुट्टियाँ विण्डसर, सैंड्रिंघम (नॉरफॉक) और बैलमोरल (स्कॉटलैण्ड) के बीच ही बिताने लगा!"

"तो क्या मिस्टर कैनेडी खुदीराम बमकाण्ड के बाद लगातार अपनी दिवंगता पत्नी और बच्चियों की रूह ही टटोलते रहे कि अचानक वे कहाँ गईं...क्या जाने क्या बात उनके मन में रही होगी...क्या जाने क्या कहना चाहा होगा...?"

"हाँ, बेटी—कहते हैं, मिस्टर कैनेडी का पारिवारिक जीवन काफी अच्छा था—वे सचमुच भद्रपुरुष थे...बँगले का अर्दली बताता था! शाम को चर्च जाने के लिए माँ-बेटियाँ जब बग्गी में बैठीं—अपना अधूरा बुना स्वेटर कैनेडी साहब की पीठ से टिकाकर श्रीमती कैनेडी ने नापी थी और बच्चियों से कहा था—'आज पूरा हो जाएगा!' लड़कियों ने पिता से शाम के खाने पर जल्दी आ जाने का आग्रह किया था कि साथ बैठकर नया ग्रामोफोन सुनें जो बुआ ने लण्डन से भेजा है।"

...आप भी सोच रहे होंगे कि यह हुआ क्या! बात कहाँ की है—किनके बीच की है, कहाँ जा रही है।

तो संक्षेप में इतना बतला दूँ कि राजा राधिकारमण प्रसाद सिंह, रामवृक्ष बेनीपुरी, बाबू शिवपूजन सहाय, श्री नलिनविलोचन शर्मा जिन दिनों हिन्दी का अलख जगाए बैठे थे, 'नई धारा', 'अवन्तिका' वगैरह हिन्दी के सब जनपदों में युवक-युवतियों का मन नये-नये सपनों-संकल्पों से पूर रही थीं—भोजपुरी, मागधी, अंगिका, बज्जिका, मैथिली आदि लोकभाषाएँ भी कछनी काछे नहीं पड़ी थीं—एक-से-एक जनकवि, जननाट्यकार जो बाद में रेडियो कलाकार भी बने—जन-मन में भैरवी जगा रहे थे अपने ढंग से। लोहासिंह बाबा उनमें एक थे। एक रिटायर्ड फौजी गाँव में कैसे अपने दिन बिताता है, कैसे हर बात पर खुंदक खाता है, रह-रहकर 'मार बरनी के' कहकर तिनक जानेवाली अपनी पत्नी को पुकारता है—'खदेरन को मदर' (खदेरन की माँ) और नेहरू-युग में देखे जानेवाले सपने गाँव-गाँव कैसे अँखुवाकर मुरझा जाते हैं—इसका वह हृदयहारी, ब्यौरा 'लोहासिंह' रेडियो नाटक में जिसने नहीं सुना, वो जन्या ही नहीं!'

कच्ची-पक्की

लोहासिंह बाबा पटना रेडियो स्टेशन के एक जाने-माने अभिनेता और नाट्य निदेशक रहे, अब रिटायर होकर जोगिनिया कोठी आ गए! वे लोहासिंह बाबा की बातें, लाल बुझक्कड़-सी बातें, हरि अनन्त, हरि कथा अनन्ता! थोड़े-थोड़े बावले, थोड़े-थोड़े-से फकीर! जैसे पीपल के पुरातन तने में कहीं-कहीं से डालियाँ फूट आती हैं—इनमें कहीं महेन्दर मिसिर के गीत पचखियाँ फेंकते थे, कहीं कबीर के पद, कहीं लोहासिंह नाटक के संवाद, कहीं भिखारी ठाकुर के संवाद तो कहीं वे अनगिनत छिटपुट प्रसंग जो उन्होंने सत्याग्रही नाना से बटोरे थे। नौटंकी के आदमी, जब जिसकी बात करते, वही बन जाते! उस समय उनको ऐसा लगता कि वो ही गाँधी हैं, वो ही राजेन्द्र प्रसाद, जयप्रकाश नारायण...और तो और, सहजानन्द सरस्वती, परसा मठ के राहुल सांकृत्यायन और महेन्दर मिसिर भी वही हैं! नौटंकी में ही इनको इकतरफा इश्क भी हुआ था : ढेला बाई से। दुलार से उन्हें वे आम्रपाली कहते थे! बुद्धवाली आम्रपाली का चेहरा अक्सर ही उस पर चस्पाँ करके उनकी बातें कहते थे वे।

एक ही बार दूर से उसको देखा था—बाबू हलवन्त सहाय की कोठी पर। 1942 की बात है। तब ढेला बाई रही होंगी चालीस बरस की और ये जनाब रहे होंगे बारह बरस के! इनकी मौसी, गंगा, ढेला बाई की खासमखास दाई थीं! कभी-कभी ले जाती थीं इनको छपरा घुमाने—मुख्तार हलवन्त सहाय की कोठी पर जहाँ 1917 के सोनपुर मेले से महेन्दर मिसिर और उनके पहलवान साथी ढेला बाई को उठा लाए थे—दोस्ती के तबोताब में! मुख्तार साहब का ढेला पर दिल आ गया था मगर ढेला बाई तो दीवानी थीं भोजपुरी के भारतेन्दु कहलाने वाले महेन्दर मिसिर के गीतों की! कैसे सुलझा यह समीकरण, वियोगदग्ध ढेला बाई कहाँ मिलीं पण्डिता रमाबाई से, कैसे उनके मुक्ति-मिशन की सदस्य हुईं, अगर इतिहास बदला तो उनमें इन दोनों सखियों की क्या भूमिका थी, यही कहानी है हमारी!

'मुक्ति' शब्द कितना व्यापक है—'सैल्वेशन' और 'लिबरेशन' वाले दोनों अर्थों में! इसी निलहा कोठी में लोहासिंह बाबा के बाबा मैनेजर थे और उनके नाना थे निलहा आंदोलन में गाँधी जी के अनन्य सहायक।

बिहार के पुनर्जागरण का वह इतिहास भूर्जपत्र की पाण्डुलिपियों-सा इधर-उधर छितराया जैसे मुझे उन बुजुर्ग, लोहासिंह के किस्सों में मिला उनकी ही नाटकीय प्रस्तुति मैं ज्यों-की-त्यों रख देती हूँ सामने!

बिजली तो रहती नहीं थी। बागवानी वाली पाइप से घास तर करके हम मूढ़ों पर बैठे रहते थे–और बीच में हुक्का देकर बिठा देते थे लोहा बाबा को! बीच-बीच में इशरत आपा भी आती-जाती रहती थीं। जोगिनिया कोठी से सटा हुआ ही उनका अहाता था। फिलहाल वे उसी के एक कोने में जो पहले उनके साईस का आउटहाउस होता था, अपने परिवार के साथ रहती थीं! बाकी हिस्से में स्कूल चलता था। हमें चाय की तलब जगे, इसके पहले ही कुल्हड़ों में गरम-गरम चाय उनके घर से आ जाती थी! उनके दूल्हा मियाँ–

मुन्नू जीजू ने बी.आई.टी., सिंदरी से सिविल इंजीनियरिंग में नेहरू के देहान्त के ऐन पहले यह सोचकर डिग्री ली थी कि देश नये युग में प्रवेश ले रहा है और नये युग के सूत्रधार इंजीनियर ही हैं। 'नन्हा-मुन्ना राही हूँ/देश का सिपाही हूँ–बोलो मेरे संग/जयहिन्द-जयहिन्द-जयहिन्द!' आदि गीत पटना रेडियो स्टेशन की बालमण्डली पर सुनते-सुनते, तरह-तरह की कल्पनाओं में डूबते-उतराते वे बड़े हुए थे।...विश्वेश्वरैया बनने का सपना टाँय-टाँय-फिस्स हो गया पी.डब्ल्यू.डी. में नौकरी पाते ही। इधर पहले कुछ दिन डिप्रेशन में रहे, फिर धीरे-धीरे बहती गंगा में हाथ धोने की कला साध ली और बड़े-बड़े नेताओं के साथ उठते-बैठते हुए, उन्हें गाहे-बगाहे बड़ी रकमें पहुँचाते 'सर्वाइवल ऑफ द फिटेस्ट' वाले फिटफाट की श्रेणी में जा विराजे। बम्बई-पुणे की बड़ी फिल्मी हस्तियों के साथ भी उठना-बैठना हो गया था! पैसा तो है ही बड़ी आसनी–सबको वह साथ बिठा लेती है! लेकिन एक ज़माना था जब वे भी सत्यकाम थे। जीवन शुरू तो इस संकल्प के साथ किया था कि देश का सच्चा सपूत बनना है। 'जागते रहो' का राजकपूर, 'सगीना महतो' का दिलीप कुमार, 'आशीर्वाद' का अशोक कुमार, 'सत्यकाम' का धर्मेन्द्र, 'आनन्द' का राजेश खन्ना, 'आलाप' का अमिताभ बच्चन, 'दीवार' का शशिकपूर रह-रहकर उनके वजूद के समुन्दर से अपना मुँह ऐसे बाहर निकालते थे जैसे कि डॉल्फिन मछलियाँ हों–कभी एक, कभी दूसरी! अभिनय में उनकी गहरी रुचि थी और चेहरा भी उत्तमकुमारनुमा था–खूब सपनीली, पनीली-सी आँखें वगैरह! सपनीले न होते तो अपने जमाने की सबसे सुन्दर वेश्या पुत्री से बजाप्ता विवाह कर पाते भला? नौकरी के जहद्दम, गृहस्थी के चक्कर और व्यवस्था से अनवरत संघर्ष जब तरह-तरह के मुकदमों में फँसा गए, 'हीरा जनम अमोल था, कौड़ी बदले जाए' की विकट स्थिति घिर आई! अब तो जब देखो–किसी-न-किसी मुकदमे की डेट आती-जाती रहती, आनी-जानी माया की तरह! बाकी जो वक्त मिलता–उसमें लायन्स क्लब में सांस्कृतिक कार्यक्रम कराते या हम सबसे बतियाते थे! रामवृक्ष बेनीपुरी की 'माटी

की मूरतें', शिवपूजन सहाय की 'देहाती दुनिया', राजा राधिकारमण प्रसाद के 'चुम्बन और चाँटा' पर फिल्में बनाने की भी योजना थी! शास्त्रीजी, दिनकर, नेपाली, किशोर और कई कवियों के गीतादि मधुर कंठ से गाते थे और अपनी एकलौती बेटी, तरन्नुम को रह-रहकर करते थे ई मेल! तरन्नुम दिल्ली विश्वविद्यालय के प्रो. हरीश त्रिवेदी के साथ ई.एम. फॉर्स्टर के उपन्यासों पर काम कर रही थी!

उसी ने मुझे 'ओन्ली कनेक्ट' का मूलमंत्र दिया और बातचीत के सारे ये टेप ट्रांस्क्राइब करने में मेरी मदद की, सूत्र-संयोजन में भी! फिलहाल तरन्नुम ब्लॉक टीचिंग के लिए बिहार आई थी। हरियाणा के एक कॉलेज से बी.एड. में नामांकन करा रखा था, पर वहाँ ब्लॉक टीचिंग उसको ज्यादा दुरूह लगी! उस समय के अपने अनुभव सुनाती तो हम हँसते-हँसते सोचते कि संपन्न हो या विपन्न–हर प्रांत के गाँवों का यथार्थ मिलता-जुलता ही है। तरन्नुम में चूँकि 'सेंस' भी है और ह्यूमर भी, उसकी भी बात मैं ज्यों-की-त्यों ही रखना बेहतर समझती हूँ।

"सबसे पहले दिन क्लास में 'जनसंख्या' पढ़ाने गई और बच्चों से पूछा कि टी.वी. वगैरह देखते हो तो लड़के समवेत स्वर में बोले–

"सरपंच देखण नहीं देवै! चैकिंक चलावे हैं। कहवै है कि टीवी से बुद्धि भरष्ट हो जावैगी–अपनी मलिका सहरावत की हुई कि नहीं..."

"तुम्हारे यहाँ, वैसे, पर्दाप्रथा भी है..."

"वो क्या होवे है?" मैंने समझाया तो जैसे उनके मस्तिष्क में बल्ब जला–

"अच्छा, वो कौरा? हाँ जी, वो तो खूब होवै है!"

"क्या तुम उसे अच्छा मानते हो?"

"नहीं माणते जी! आप भी कौरा करती हैं घर में, टीचर जी?"

"नहीं, नहीं...मैं नहीं करती पर्दा-वर्दा! पर किसी अतिरेक की भी हिमायती नहीं हूँ।"

"ससुरा से भी नहीं करती क्या कौरा?"

यह बात वो नजरअंदाज करके आगे बढ़ी! समझाती जाती और सवाल भी पूछती जाती, "आप पढ़ाते-पढ़ाते सवाल पूछती हो! हमारे दिमाग में तो जैसे लीद भरी है। बात समझ भी जाते हैं तो हिन्दी में उसको कहने में टाइम खराब होता है। हरयाणवी में तो फट से समझा भी दें..."

बाद में कुछ ऐसा सिलसिला चला कि कुछ लड़के, जिनकी हिन्दी बेहतर थी, स्वयंसेवी भाव से अपने सहपाठियों के हरयाणवी में दिए गए सब जवाब उसे हिन्दी में अनूदित कर समझा देते...धीरे-धीरे उनकी रुचि बढ़ी, फिर एक दिन हिम्मत करके कोई बोला–"आप बी.एड. करनेवाले, पंद्रह-पंद्रह दिणाँ की खातिर हमको पढ़ाने आते हो–उतने दिण हमारी मौज भी रहती है-मास्साब बात-बात में

हमें पीटते नहीं—बात भी समझ में आती है...लेकिन चले जाते हो तो फिर वही ढाक के तीन पात! क्लास ही नहीं लगती। आप लोग यहीं क्यों नहीं टिककर रहते, क्यों जाते हो दिल्ली वापस...। दिल्ली में तो पढ़ानेवाले बहुत होंगे...यहाँ तो मास्टरन को बिजनिस—खेती और चुणवण से फुर्सत नहीं और माटरणियाँ को सास-णणद की बुराई से!"

इतना-भर तो ठीक था, मुश्किल तब आन पड़ी जब दस दिनों के भीतर ही नई 'टीचराणी' की खातिर सरपंच के बेटे के इश्क का मीटर टैक्सी के मीटर की तरह धक्-धक्, धड़ाधड़ बढ़ा और उसने बाप से फरमाइश की कि उसको उठवाकर घर लाने में उसकी मदद करें। अपने ही साथ घटा हादसा कोई किस तरह निरपेक्ष होकर सुना सकता है, इसका उदाहरण थी तरन्नुम!

लोहासिंह बाबा का एक और विकट श्रोता था वह एस.टी.डी. बूथ जहाँ से तरन्नुम अपने दोस्त, नीहार को दिन में दो-तीन रुटीन कॉल करती थी। नीहार ने जे.एन.यू. से रोमिला थापर के साथ पी-एच.डी. पूरी की थी और इस रंग बदलती दुनिया में तय ही नहीं कर पा रहा था कि करे क्या, तथा 'दास कैपिटल' लिखने की कोशिश करे या ज्वाइन कर ले अमरीकी अनुदानों पर लहलहाता कोई अच्छा-सा एन.जी.ओ.—वंचित जनों का सेवा-सुख भी पाए और श्रीसुविधा संपन्नता का मेवा-सुख भी! एक विकल्प और है—यू.पी.एस.ई.। आरक्षण की सुविधा उसको थी, पर नये सिरे से कोचिंग-तोचिंग का धीरज नहीं था, न पैसा ही। फिर उसका स्वाभिमान इतना जागृत था कि अनुग्रह उसे स्वीकार ही नहीं, सरकारी अनुग्रह भी!

लोहासिंह बाबा के 'गणेश' पण्डित इन्द्रकान्त झा थे। शिवजी को पैण्ट-शर्ट पहना दिया जाता तो वे ऐसे ही लगते—इस दुनिया में, और इस दुनिया के पार एकसाथ रहते हैं! दरभंगा राज के काली-मन्दिर के बड़े तान्त्रिक-पुजारी इनके पितामह थे और पिता भी। चाचाजी ने पाला। चाचाजी थे दरभंगा संस्कृत विश्वविद्यालय के आचार्य अध्यक्ष! कुछ ही वर्ष हुए रिटायर होकर छोटे बेटे के पास आ गए जो यहाँ कल्याणपुर ब्लॉक के मशहूर डॉक्टर थे! किंग लियर जैसे अपनी बेटियों के पास सौ चाकरों के संग रहने पहुँचे थे, ये बेटे-बहू के पास तरह-तरह के दुर्लभ ग्रन्थों के साथ चले आए। बहू, वैसे तो, सुलक्षणा थी और उसका बँगला बड़ा भी था पर उसके मुँह से निकला—'हाय'! किताबों की साज-सँभाल, वृद्धों-बच्चों की साज-सँभाल से कमतर नहीं होती—जब देखो तब बिखर जाती हैं। एक इनकी अमरीकी शोध छात्रा, डोरोथी भी फिलहाल इनके साथ थी! पुनर्जागरण-युग के बहुतेरे संस्मरण और प्राथमिक-द्वितीयक स्रोत इनके पुस्तकालय की गप्प-गोष्ठियों में मिलते थे!

अथक्रान्ति कथा

जोगिनिया कोठी का यह जो ढेला स्मारक संग्रहालय और पुस्तकालय था, उसकी दो दीवारें वैशाली के उत्खनन विभाग से प्राप्त तरह-तरह की बुद्धकालीन मूर्तियों और बासनों की प्रतिकृति से सजाई गई थीं, तीसरी दीवार के आलने पर मिथिला पेण्टिंग लगी थी और नीचे आलने पर स्थानीय अखबार की एक कटिंग मढ़ाकर कोई उत्साही युवक रख गया था! कटिंग समाचार की नहीं थी, एक कविता की थी और शैली गवाह थी कि यह किसी स्त्री-कवि की ही रचना है :

दतुवन की कूँची है गेरू में ऊभचूभ!
सपने लिखते हैं अहिवात मेरे समय का
मेरी स्मृतियों के चौकोर में!
चौकोर में पूरी कायनात–
तालमखाना, सावाँ-चकवा,
पउती, कजरौटा, सिन्होरा,
लहठी, पेरुकिया, मछरिया,
नागिन, पिटारी, बँसुरिया,
विद्यापति, उगना, लखिमा रानी,
सुग्गा, सुग्गिन भारती के,
फँसे हुए महाजाल में सुग्गे गाते हैं,
गाते हैं रटे हुए दोहे-
"शिकारी आएगा, जाल बिछाएगा,
दाना डालेगा, भूल से उसमें फँसना नहीं!"
हँसती है वृद्धा की टिकुली,
हँसता है आँखों का दीया!
हँसती है रोहू की छटर-पटर,
हंसता है सेमल का बीया!
हँसते हैं, वाचस्पति के ग्रन्थ हँसते हैं,
हँसती है भामतिया टीका!

हँसते हैं महाकाल, हँसती है काली,
हँसती है भटकोइयाँ की भींगी खुशबू
हँसता है बंगाल का काला जादू।
हँसते हैं, हँसते हैं ये मेरे ख्वाब भी उड़नछू!
हैं ये उड़नछू, उड़नछू हैं!
उड़ भी गए लेकिन तो क्या-
'छू' की छनक इनमें बाकी रहेगी,
एक धमक इनमें बाकी रहेगी!

चम्पारण की 'नीली आग' का संक्षिप्त इतिहास चौथी दीवार के एक संगमरमर पर दर्ज था! (मेरे खुराफाती दिमाग में चम्म से एक बिजली चमकी कि 'ताजमहल' में तो पत्नी की मृत्यु की आहट दर्ज है और स्मृतियों के संग-साथ बने रहने की भी–इसलिए दो बार 'मर' और एक बार 'संग' 'संगमरमर' में चल जाता है, पर देश का इतिहास जो सरकारी भवनों के संगमरमर पर दर्ज है, उसमें कितने 'मर' और कौन 'संग-साथ'–इसका हिसाब आसान नहीं, और जो है भी, वह 'विश्वसनीय' तो खैर, बिल्कुल नहीं। फिर भी, दिल को खुश रखने का ग़ालिब ये ख़्याल अच्छा है कि इतिहास का यह ऑफिशियल संस्करण सत्य का एक खाका तो खींचेगा।) हाँ तो, संगमरमर पर लिखा था–

ढेला स्मारक संग्रहालय एवं पुस्तकालय, मुजफ्फरपुर

पुरानी इमारतों में गिरफ्तार गंधों का अपना एक अलग साम्राज्य होता है। सरकारी ग्राण्ट से स्थापित इस ढेला स्मारक स्वयंसिद्धा सदन में कच्ची मिट्टी और पुरानी सुर्खी, दीमकों की बाँबी और डीडीसी पाउडर, किताबों और फाइलों की धूल और तरह-तरह की गंधें आपस में जुगलबन्दियाँ खेलती बैठी थीं! कुछ था जो बहुत ही पुराना था और कुछ ऐसा जो बार-बार ढह जाता था, बनने का नाम ही नहीं लेता था, न बँधने का : 'बाजूबन्द खुलि-खुलि जाए!' इशरत आपा का बेटा यों तो पक्के गाने का माहिर था, पर फिलहाल टी.-सीरीज के लिए एक रीमिक्स बना देने में यों जी-जान से लगा था कि पूछिए मत! तारा ने एक दिन चुटकी ली–

"खिचड़ी खाने के भी शौकीन हो या सिर्फ गाते-बजाते हो खिचड़ी?"

अपनी जुल्फें अदा से पीछे झटकते हुए बोला शाद :

"गरीबों का सबसे पौष्टिक आहार खिचड़ी ही है, आपा!"

कलाकार था, लेकिन कलाकारों की आत्ममुग्धता से परे और वेश्याओं के घर का होने की कुंठा से भी! कोई काम उसे छोटा नहीं लगता! डूबकर गाने का रियाज़ करता, इशरत आपा चाय की ट्रे हम तक ले आने को कहतीं, दौड़कर

ले आता। कुछ देर बैठ भी जाता हमारे साथ, और ढेला बाई के गुरु महेन्द्र मिश्र के वे गीत जो शारदा सिन्हा ने भी गाए हैं, हमें दत्तचित्त होकर सुनाता! जिसका जीवन-चरित्र सुनने बैठे हों, उसका कवित्त कोई गाकर सुना दे–इससे बड़ी भूमिका भला क्या होगी! जैसे राकस के प्रान सुग्गे में, रचनाकार के कवित्त में! इस प्रकार से देखें तो लोहासिंह बाबा के कथावाचन में नांदी पाठ की भूमिका शाद की ही थी। अँगरेजी सरकार को निवेदित महेन्द्र मिसिर ने कुछ मजेदार कवित्त और (ग़जलों में लिखी) उनकी रामायण के जो टुकड़े गाकर सुनाए, वे जहाँ-तहाँ से उद्धृत कर देती हूँ : सैम्पलिंग के लिए :

"माया केतनो बिटोरब एक दिन जाहीं के परी।
कोठा अटारी सबकी छोड़हीं के परी।
खाली हाथे जइबउ बंदा परिहें गला में फंदा,
खाटी के पाटी उल्टा धरहीं के परी।"

"करके दगाबाजी पाजी अब तो अमीर बन के,
मसक समान फूल बइठे निज द्वार पर!
याचक को देखते ही कुत्ता अस भूँक पड़े,
वेश्या दिख जाए तो दौरे निज आहार पर।"

कुछ और भी रचनाएँ जो हमें भाषा और तर्क विधान की दृष्टि से महत्त्वपूर्ण लगीं, शाद से कहा, मुझे उतारकर दे दे! रामकथा भी उन्होंने कही तो ग़ज़लों और कवित्त की सार्थक फेंट-फाँट से जो अपने-आपमें एक महत्त्वपूर्ण राजनीतिक प्रयाण था। गाँधीजी जिस 'हिन्दुस्तानी' की बात बाद में करने लगे, गंगा-जमुनी संस्कृति की उस भाषा की अनूठी छवि यहाँ देखी जा सकती है! अब, लोग दलित और अल्पसंख्यक विमर्श की बात अलग से करते हैं, पर लोकभाषा और लोकसाहित्य अपनी झोली में ऐसे कई विमर्श टिकोलों, करौंदों और अज्जू अमरूदों की तरह बतिया ही तोड़कर भरे रहता है। सब विमर्श बीज-रूप में यहाँ पहले से विद्यमान होते हैं, इसका प्रमाण इनकी भोजपुरी-रामायण भी है जिसमें राम से अंतरंग गप्प-शप्प करते हुए भोगल, बजाज, दलाल, ठठेरा, बनिया, माली, केवट–सब मस्त हैं : कोई छोटा, कोई बड़ा नहीं, बातचीत की लय और भाषा बराबरी की ही ठहरती है। दृश्य है कि राम बाजार में खड़े हैं और सब उनसे कुछ-कुछ कहे जा रहे हैं :

(भोगल कहता है राम से)

शाला है दोशाला चित्रशाला बहुभाँतिन के
शाल ओ रुमाल ऊनेदार बने काम है।

घूसा अलेबान कोट कुर्त्ता गंजी फराश
कम्बल पछाहीं जाके सस्ते सब दाम है।
उम्दे जामेवार सुर्ख धानी वो सुफेद स्याह
चोंगा कामदार जाके साँचे सम काम है।
द्विज महेन्द्र रामचन्द्र सउदा कुछ लीजे आज
देता हूँ उधार आप देना न छदाम है!

(बजाज कहता है)

सलमा सितारे के किनारे हैं हमारे प्यारे
चादर रुमाल देखि मोहित होई जाओगे।
सासन लेट मखमल ओ डोरिया देखाऊँ तोहे
धोती कोरदार देख मुदित होई जावोगे!
शांतिपुरी ढाका तानजेब है हमारे पास
जड़ियन के काम देख अन्त नहीं जाओगे!
द्विज महेन्द्र रामचन्द्र सउदा कुछ लीजे आज
जनकजी के सभा में इज्जत खूब पाओगे!

(विदेशी वस्त्रों के बहिष्कार का कैसा अनूठा ढंग! और आपसी फूट की छब देखिए–)

(दलाल कहता है)

चलिए महाराज राज राज के कुमार जहाँ
उम्दे दूकान मारवारिन के ठट्ट हैं!
ई तो टुटपुँजिया बेइमान है जहान बीच
नीचन में नीच ई तो सबही से छट्ट है।
बात के बनाने बैमान भी कहावे बैपारिन
के लोभावे पइसा लेता खटाखट्ट है।
द्विज, महेन्द्र रामचन्द्र छोड़ोजी दूकान याके
कहा ले सुनाऊँ ई तो भारी गलाकट्ट है।

(बजाज का जवाब)

ऐ भी बेइमान याके बाप बेइमान रहे
दादा बेइमान याके सकल जहान में।
मार के देवाला ई तो केतने घर घाला
अब देता है ठाला मस्त बइठा है दूकान में।

भारी बतबनवा याके बात के ठेकाना नहीं
खाली लामकाफ एको पइसा ना मकान में।
द्विज महेन्द्र रामचन्द्र सउदा कुछ लीजे नाथ
कीजे ना लेहाज मेरे बैठिए दूकान में।

(आज के दलालों और तब के 'लुम्पेन प्रोलितारियत का फर्क गौरतलब है!)

(ठठेरा कहता है)

लीजिए कटोरा अमखोरा वो गिलास खूब
उगलदान पानदान छीपी भी हजारी है।
गगरा परात लोटा थारी के ठेकाना नहीं
तावा भी धरे है वो कराही लोहे वारी है।
कठरा अवर हथरा है हंडा सुराही लाख
पावा झंझार पुरी पलंग की तइयारी है!
द्विज महेन्द्र रामचन्द्र सउदा कुछ लीजे आज
कवन ऐसी वस्तु ना दोकान में हमारी है!

इसी तरह बनिया गरम मसालों की पूरी सूची के साथ अपने जातीय गुणों पर खुद ही कटाक्ष करता हुआ एक तरह से गाँधीजी को अपवाद भी सिद्ध करता है--

'भारी डरपोंक तनिको नोंकझोंक सहत नाहीं
आँख के तरेरे हम तो भागत हैं मकान में!'

माली भी सब स्थानीय फूलों-फलों की सूची थमाकर रामचन्द्र से कुछ ले लेने का मनुहार करता है और बाजार जैसी जगह में भी (सम्भव) भाई चारे की दुहाई देता हुआ केवट भी बराबरी के एक अद्भुत तर्क के साथ रामचन्द्र से कवित्त में कहता है :

धोबी से धोबी नहीं लेत है धुलाई नाथ
नाई से नाई ना मजूरी के लिवैया है!
केवट से केवट नाहीं लेत उतराई
हम तो नदी के खेवैया आप भव के खेवैया हैं!
दुख के हरैया त्रयताप के मिटैया प्रभु
आरत हरैया आप धरनी धरैया हैं!
द्विज महेन्द्र लालसा है चरण पछरिबो को
तर गई अहिल्या मेरो जीवन यही नैया है।

"भाषा में भक्तिवाला विनय तो है, पर 'केवट से केवट' वाला स्वाभिमान भी है ! एक ही थैली के चट्टे-बट्टे होने का भाव नहीं भी कहें तो 'फर्स्ट अमंग इक्वल्स'

वाला भाव–इससे ज्यादा नहीं! नेहरू भी अपने को यही कहते थे--प्रधानमंत्री यानी 'फर्स्ट सर्वेण्ट ऑफ द लैण्ड', फर्स्ट अमंग इक्वल्स!' किसी को आप कितना महत्त्व दे रहे हैं, इसका एक निकष यह भी है कि उसकी भाषा आपने किस हद तक आत्मसात की है। 'द्विज महेन्द्र' खुद को वे कहते तो हैं क्योंकि उन दिनों का परिचय जाति के बिना पूरा नहीं होता था पर और जाति-धर्मों को पूरा महत्त्व और मान देते हुए! है न, दीदी?" तरन्नुम मुझसे बोली तो मैंने कहा कि आपस में बातचीत बाद में कर लेंगे। अभी बाबा का कथावाचन ही सुनते हैं, सुनते हैं कि उनका क्या कहना है कम्पनी उस्ताद, महेन्दर मिसिर के परिचय में!

(खैनी की चुटकी ले) बाबा उवाच

वह उन्नीसवीं सदी का उत्तरार्द्ध था! स्वाधीनता का प्रथम सशस्त्र संग्राम विफल हुए लगभग तीन दशक गुजर चुके थे! मुगलकालीन राज-रजवाड़े और नवाबों के राज सीढ़ियों के पाए पर सर पकड़े बैठे थे! जमींदारों, ताल्लुकदारों, वकीलों और मुख्तारों की एक नई सामंती जमात पैदा होकर ब्रिटिश साम्राज्यशाही और पुख्ता करने में लगी थी!

ऐसे ही जमाने में छपरा नगर में हुए थे एक मशहूर मोख्तार, बाबू हलुवत या हलवन्त सहाय जिन्होंने मुकदमों की पैरवी से अपार दौलत अर्जित की और अँगरेजों की स्वामिभक्ति से अच्छी-खासी जमींदारी भी। उनकी जमींदारी नगर के बगल के थाने, जलालपुर के काँही--मिसिरवलिया आदि गाँवों में फैली हुई थी, जिसकी देखभाल मिसिरवलिया के ही एक सम्पन्न जोतदार, पं. शिवशंकर मिश्र किया करते थे। मिश्र जी जितने कर्म-परायण थे उतने ही धर्म-परायण भी थे, रोज सुबह-शाम बिना पूजा-पाठ, ध्यान-आरती किए भोजन नहीं करते थे। किंतु इसके बावजूद ईश्वर न जाने क्यों उनसे रूठे थे--शादी के अनेक वर्ष बाद भी उनके कोई संतान न हुई।

पुत्रहीन पं. शिवशंकर मिश्र ने बड़े-बूढ़ों की सलाह पर जिले के महत्त्वपूर्ण तीर्थस्थल मेंहदार की यात्रा की और जीवन-संगिनी के साथ भगवान महेन्द्रानाथ के भव्य मंदिर के सामने बावन बीघों में पसरे, प्राचीन कमलदह सरोवर की प्रदक्षिणा करके पुत्रप्राप्ति की मनौती मानी। कहते हैं भगवान महेन्द्रानाथ ने उनकी विनती सुन ली और 16 मार्च 1886 को उनकी धर्मपत्नी गायत्री देवी के गर्भ से उस जनकवि का जन्म हुआ, जिसके लिखे और गाए सैकड़ों गीत, देश काल की सीमा लाँघकर सात समुन्दर पार मारिशस, सूरीनाम, त्रिनिडाड, गुयाना, फीजी, म्याँमार, नेपाल, न्यूयार्क और लंदन तक आज भी जीवित और उतने ही लोकप्रिय हैं।

पुत्र-जन्म से शिवशंकर मिश्र के हर्ष का पारावार न रहा। पूरे महीने भर दरवाजे पर भजन-कीर्तन और जलसा कराते रहे तथा भंडारा चलता रहा। बालक जितना गौरांग था, उतना ही रूपवान भी। बड़े लाड़-प्यार से परवरिश हुई। तब भोजपुरिया इलाकों के गाँवों की संरचना दूसरी थी। खेती और पशुपालन का चोली-दामन का साथ था। प्रत्येक गाँव में मन्दिर और अखाड़े होते थे, जो गाँव की सामाजिक गतिविधियों के केन्द्र भी हुआ करते थे। बालक थोड़ा बड़ा हुआ तो अपना अधिकांश समय गाँव के महावीरी अखाड़े में कुश्ती के दाँव-पेंच सीखने, घुड़सवारी के करतब सीखने, गदा भाँजने और गाँव के ही शिवाले में रोज सुबह-शाम होनेवाली भजन-आरती में ही लगाने लगा। पिता ने पुत्र के लच्छन देखे तो खासे चिंतित हुए और फिर डाँट-डपटकर उसे गाँव के ही पं. नायडू मिश्र की संस्कृत-पाठशाला में पढ़ने भेजा।

पर यह ऊधमी बालक पढ़ता कम, सुनता ज्यादा था। पं. नायडू मिश्र जब शास्त्री और आचार्य के विद्यार्थियों को 'रघुवंशम', 'ऋतुसंहार' और 'अभिज्ञान शाकुन्तलम्' पढ़ाते, वह चुपचाप एकाग्रचित होकर उनका पाठ सुनता। और उनके भाव अपने शब्दों में गाता। संस्कृत काव्य की भक्ति और शृंगार परम्परा से पूरा परिचय यहीं हुआ।

धीरे-धीरे सुकंठ गायक की शोहरत गाँव की सीमा लाँघकर सारे जवार में फैल गई। इलाके के महत्त्वपूर्ण आयोजन उसके बिना अधूरे माने जाने लगे। अखाड़े में लाल लंगोट पहनकर रोज सैकड़ों दण्ड-बैठक पेलने और मुग्दर भाँजने वाले इस नौजवान से हाथ मिलानेवाला कोई दूसरा पहलवान भी नहीं रहा। महावीरी पूजा के वक्त जब मिसिरवलिया का अखाड़ा निकलता तो उसमें महेन्द्र मिश्र का गदा भाँजने और लाठी चलाने का कौशल देखने के लिए सम्पूर्ण जवार के बच्चे-बूढ़े, औरत-मर्द जुट जाते। छह फुट के लम्बे-तगड़े कसरती बदन और अत्यंत सुदर्शन व्यक्तित्व के धनी महेन्द्र मिश्र अपने इन अद्‌भुत गुणों के कारण शीघ्र ही मिसिरवलिया एवं आसपास के गाँवों के युवकों के अघोषित नायक बन गए।

पं. शिवशंकर मिश्र काँही-मिसिरवलिया में फैली अपनी खेती और हलुवंत सहाय की जमींदारी की देखभाल करने के अलावा उनकी छपरा कोठी पर पूजा-पाठ भी कराने जाया करते थे। एक बार किसी महत्त्वपूर्ण त्योहार पर उनकी तबीयत बिगड़ गई और उन्होंने अपनी जगह अपने युवा पुत्र को, पूजा कराने की खातिर कोठी पर भेजा। महेन्द्र मिश्र बाँकी धज में, घोड़े पर सवार होकर जमींदार की कोठी पर पहुँचे। पूजा-पाठ कराया और जब दान-दक्षिणा बाँधकर चलने को हुए, तब तक शाम घिर आई थी। जमींदार ने उस शाम महफिल सजाई थी, जिसमें कचहरी के तमाम हाकिम-हुक्कामों को आमंत्रित कर रखा था। सो पं. मिश्र से उन्होंने कहा, "आज न हो तो रुक जाइए पण्डित जी।

बड़ी शानदार महफिल सजनेवाली है आज की रात। देख-सुनकर सुबह चले जाइएगा।" नौजवान पुरोहित यजमान का अनुरोध ठुकरा न सका और ठहर गया।

मेहमानों का आगमन होना शुरू हो गया था। सारे साजिन्दे आ चुके थे। रक्कासा सिर झुकाए बैठी थी। पर कमबख्त तबलची न जाने कहाँ गुम हो गया था। मेहमान अधीर हो रहे थे। यह देखकर तरुण पुजारी ने जमींदार से सकुचाते हुए पूछा—"मैं बजाऊँ?" न जाने क्या सोचकर जमींदार ने आज्ञा दे दी।

साजिन्दों ने सुर मिलाया, तबले पर थाप पड़ी और घुँघरू बोल उठे। रक्कासा भी कमाल की थी, इस तरह थिरक रही थी मानो बिजली चमक रही हो। धीरे-धीरे तबले की थाप मंद से द्रुत होती गई। रक्कासा के पाँवों की थिरकन और नृत्य की गति भी उसी मेल में बढ़ती गई। सारे रसिक वाह-वाह कर उठे। लगता था कि युवा वादक और युवा नर्तकी में होड़-सी लग गई हो। पर वादक नहीं हारा, वह बजाता ही रहा, नचाता ही रहा। रक्कासा अन्त में बेदम होकर निढाल-सी गिर पड़ी। सारा संगीत एक झनाके के साथ रुक पड़ा। समूची महफिल इस युवा वादक के वादन से अभिभूत हो गई। तालियों की गड़गड़ाहट से महफिल गूँज उठी!

अगली सुबह जमींदार ने बग्घी जुतवाई और युवा महेन्द्र के साथ अपने बीमार कुल पुरोहित को देखने सीधे उनके घर मिसिरवलिया पहुँचे। वहाँ पहुँच कर कुशल-क्षेम पूछा और अब वृद्धावस्था में उनको घर पर ही आराम करने की राय देते हुए, उनके इस बहुगुणी पुत्र को अपनी सेवा में माँग लिया।

इसके साथ ही महेन्दर मिसिर बाबू हलुवंत सहाय की कोठी के अंग हो गए। जमींदारी का काम-काज सँभालते, कोठी पर पूजा-पाठ कराते और जब महफिल जमती तो उसमें चार चाँद लगाते। बाबू हलुवंत सहाय पटना, गया, मुजफ्फरपुर या बनारस जहाँ कहीं भी जाते, महेन्द्र मिश्र को जरूर साथ ले जाते। यह युवा गायक-वादक और आशुकवि जहाँ भी जाता, अपनी उस्तादी का लोहा मनवाकर ही लौटता।

बाबू हलुवंत सहाय काफी रसिक आदमी थे। एक बार उनका दिल मुजफ्फरपुर की मशहूर नृत्यांगना ढेलाबाई पर आ गया। कहा जाता है कि महेन्दर मिसिर ने हलुवंत सहाय से कहा कि अगर आप ढेलाबाई को उपपत्नी का दर्जा दें तो मैं कुछ कर सकता हूँ। हलुवंत सहाय ने जब हामी भर दी तो उसी साल सोनपुर में लगनेवाले सावन मेले से महेन्दर मिसिर ढेलाबाई को अगवा कर लाए। मगर ढेलाबाई का पूर्वराग तो मिसिर जी से था।

ढेलाबाई जैसी अपूर्व सुन्दरी और अद्भुत नृत्यांगना का प्रणय निवेदन ठुकराना किसी साधारण मनुष्य के लिए संभव न था। किन्तु महेन्दर मिसिर

बाबू हलुवंत सहाय के सबसे विश्वसनीय सखा के साथ-साथ उनके खानदानी कुलगुरु भी थे। उनकी रगों में संस्कारवान व्यक्ति का रक्त भी दौड़ रहा था। गहन द्वंद्व के बाद वे जिस नतीजे पर पहुँचे, यह उसी की कहानी है।

वह बीसवीं सदी का दूसरा दशक था। सम्पूर्ण भोजपुरीभाषी अंचल में निलहे साहबों का अत्याचार चरम पर था। महात्मा गाँधी आकर किसानों का नेतृत्व सँभाल चुके थे। राजकुमार सुकुल, ब्रजकिशोर प्रसाद, मौलाना मजहरूल हक, बाबू राजेन्द्र प्रसाद, डॉ. सैयद महमूद, जयप्रकाश नारायण, जगलाल चौधरी, प्रभूति त्यागी, भोजपुरिए बाबा रामोदारदास उर्फ राहुल सांकृत्यायन के साथ गाँव-गाँव घूमकर अलख जगाने में व्यस्त थे। महेन्दर मिसिर ने सामंतों और अंग्रेजों के अन्याय काफी नजदीक से देखे थे--

हमरा नीको ना लागे रामा, गोरन के करनी
रुपिया ले गइले, पइसा ले गइले, ले गइले सगरी गिन्नी
ओकरा बदला में दे गइले, ढलुई के दुअन्नी

प्रदर्शनकारियों का जलालपुर थाने में नेतृत्व तो किया ही, पिकेटिंग में भाग लेनेवाले सैकड़ों आदमियों को दोपहर का भोजन भी या तो वह कराते अथवा जलालपुर के पं. कालिका प्रसाद तिवारी।

उन्हीं दिनों वह घोर क्रांतिकारी हो गए। हुआ यह कि जलालपुर में शराब की दुकान के सामने पिकेटिंग करते हुए फिरंगी घुड़सवारों ने चार सुराजियों को पकड़ लिया। फिर उनके पाँव रस्सियों से बाँधकर घोड़े के पीछे घसीटते हुए पूरे बाजार में घुमाया। चारों लहूलुहान हो चिल्लाते रहे और फिरंगी घोड़ों पर बैठ अट्टहास लगाते रहे। गाँधी का यह अनुयायी इस नृशंसता से बहुत दुःखी हुआ और इसी घटना के बाद घोर क्रांतिकारियों के दल में शामिल हो गया। उसके बाद पं. मिश्र ने ब्रिटिश साम्राज्य की अर्थव्यवस्था तहस-नहस करते हुए उसकी चूलें हिला दीं।

सारण जिला उन दिनों गाँधीवादियों के साथ-साथ उग्र क्रांतिकारियों का भी गढ़ था। चन्द्रशेखर आजाद, भगत सिंह और बंगाल के अनेक क्रांतिकारी गंगा-सरयू-सोन और गंडक-जैसी विशाल नदियों के विस्मृत दियारों एवं घनी अमराइयों में निर्भय हो विचरण किया करते थे। अपनी क्रांतिकारी गतिविधियों के संचालन के लिए गोला-बारूद जुटाने, बम वगैरह बनाने के लिए उन्हें बहुत धन की जरूरत होती थी, जिसे वे बापू की निन्दा के बावजूद सरकारी खजाना लूटकर अथवा अंग्रेजों के पिट्ठू रईसों के यहाँ डाका डालकर जुटाते थे। यह काफी खतरनाक काम था। कई बार बेहद महत्त्वपूर्ण क्रांतिकारी इन कार्रवाईयों के दौरान मारे भी जाते थे। मिसिर जी ने क्रांतिकारियों की यह आर्थिक दिक्कत दूर करने का निर्णय लिया और फिर अपनी योजना को अंजाम देने में भिड़ गए।

महेन्दर मिसिर ने बथान के एक गुप्त कमरे में रुपए छापने की मशीन लगाई और खूब रुपये छापकर क्रांतिकारियों को देने लगे। वे यह मशीन सिर्फ अमावस्या की रात को ही चलाते थे।

मिसिर जी के रोष ने असर दिखाया और अचानक ही काकोरी से लेकर चटगाँव तक गोलियों और बमों के धमाकों से लोग थर्रा उठे! अंग्रेज क्रांतिकारियों की इस ताकत का राज खोलने में जुट गए। बरसों तक कोई कामयाबी नहीं मिली। इतना जरूर पता चला कि क्रांतिकारियों की आर्थिक ताकत का मुख्य स्रोत बिहार में ही कहीं है। वायसराय के आदेश पर पटना के पुलिस मुख्यालय में उच्चाधिकारियों की एक बैठक सन् 1921 में हुई और इस आर्थिक स्रोत का पता लगाने का जिम्मा तब के बिहार के सबसे तेज सी.आई.डी. इंस्पेक्टर, जटाधारी प्रसाद को दिया गया।

जटाधारी प्रसाद ने गुप्तचरों की सहायता से यह पता लगा लिया कि जाली नोट छपरा जिले से ही आ रहे हैं। उसकी तेज निगाहों ने भाँप लिया कि इतना बड़ा रैकेट कोई बहुत तेज-तर्रार आदमी ही चला सकता है। उसकी निगाह स्वाधीनता सेनानियों से सहानुभूति रखनेवाले, महेन्दर मिसिर पर टिक गई और वह वेश बदलकर उनका नौकर बनने में कामयाब हो गया। वह उनके गाय-घोड़ों की लीद साफ करता और उनकी खूब सेवा-टहल करता। उसने तीन साल तक उनकी सेवा की और सन् 1924 में एक अमावस्या की रात उसने राज का पता लगा ही लिया। गोपीचन्द नामक उस नौकर यानी जटाधारी प्रसाद सी.आई.डी. ने मुख्यालय को सारी खबर दी। अगली अमावस्या की रात को जब मिश्र जी के छोटे भाई और उनका एक अन्य विश्वासपात्र करियवा जब नोट छाप रहे थे तब सारे मिसिरवलिया गाँव को पुलिस ने चारों ओर से घेर लिया। मिश्रजी घर में सोए हुए थे। पुलिस ने उनके भाई और नौकर के साथ-साथ उनको भी जगाकर गिरफ्तार कर लिया और इलाके में उपद्रव न हो जाए, इसलिए भारी सुरक्षा में रातोंरात सबको जिला मुख्यालय में ले आई।

सुबह होते-होते यह खबर सारे जिले में जंगल के आग की तरह फैल गई। प्रांत के कोने-कोने से लोगों का सैलाब छपरा नगर में उमड़ पड़ा। कोर्ट-परिसर में तिल धरने की भी जगह नहीं बची। पुलिस ने अदालत में मिश्रजी को उनके साथियों के साथ पेश किया।

तभी एक अद्भुत वाकया हुआ। अचानक अदालत परिसर में सैकड़ों वेश्याएँ अपने साजिन्दों के साथ अपनी छातियों पर दोहत्थड़ मारती हुई रोती-पीटती दाखिल हुईं। उनके हाथों में गहनों की पोटलियाँ थीं, और साजिन्दों के सिर पर चाँदी के सिक्कों के गट्ठर थे। वे सबकी सब अदालत में जाकर खड़ी हो गईं और जज से पं. मिश्र की रिहाई की अर्ज की।

पर अंग्रेजी सरकार का पहरुआ वह अंग्रेज हाकिम साम्राज्यवाद के पाँवों में पलीता लगानेवाले खूँखार क्रांतिकारियों के इस सबसे बड़े सहायक को भला इतनी आसानी से कैसे छोड़ सकता था। उसने गणिकाओं की गिड़गिड़ाहट साफ ठुकरा दी और तीनों को छपरा कारागार भेज दिया।

ढेलाबाई ने मिश्रजी की गिरफ्तारी की खबर सुनी तो वह बेहद दुःखी हुई। वह तब तक विधवा हो चुकी थी, किन्तु उसके पूर्व हलुवंत सहाय ने अपनी सारी संपत्ति, पं. महेन्द्र मिश्र को किए वायदे के अनुसार ढेलाबाई को लिख दी थी। उसने मिश्रजी को छुड़ाने के लिए नगर के सबसे मशहूर बैरिस्टर हेमचन्द्र बनर्जी को अपना वकील नियुक्त किया। बनर्जी साहब ने ढेलाबाई को सलाह दी कि यदि मिश्रजी अपने अपराध से मुकर जाएँ और दूसरों पर दोषारोपण कर दें तो वह उन्हें बचा लेंगे।

ढेलाबाई अगले दिन अपने मुंशी के साथ जेल गई। पर पं. मिश्र ने अपनी जान बचाने की खातिर झूठ का सहारा लेना स्वीकार नहीं किया। गाँधी-कुरता और खद्दर की धोती पहन कटघरे में खड़े महेन्द्र मिश्र ने न तो किसी क्रांतिकारी का नाम बताया और न ही अपनी गलती के लिए कोई माफी माँगी। देशद्रोह तथा अन्य विविध धाराओं के तहत अंग्रेजी सरकार ने उनको चालीस वर्ष सश्रम कारावास का दण्ड सुनाया और उन्हें बक्सर केन्द्रीय कारागार में भेज दिया गया, जहाँ आजीवन कारावास की सजा पाए हुए खूँखार कैदी रखे जाते थे।

पर ढेलाबाई ने हिम्मत नहीं हारी और वह हाईकोर्ट गई, जहाँ उनकी सजा घटाकर बीस वर्ष कर दी गई। ढेला फिर भी नहीं हारी और सुप्रीम कोर्ट में अपील की। सुप्रीम कोर्ट ने उन पर से देशद्रोह की धारा हटा दी, और पुलिस-छापे के दरम्यान वे घर में सोए थे, इस आधार पर उसने उनकी सजा और घटाकर सिर्फ सात वर्ष की साधारण कैद में बदल दी।

जेल में मिश्रजी ने एक साधु का जीवन गुजारा। उनका अधिकांश समय पूजा-पाठ, ध्यान प्रार्थना तथा लेखन में बीतने लगा। यहीं उन्होंने अपनी मातृभाषा में साढ़े आठ सौ पन्नों और सात अध्यायों की रामकथा लिखनी शुरू की, जो आज 'अपूर्व रामायण' के नाम से भोजपुरी में अपना अमर स्थान बना चुकी है।

सात साल बाद महेन्दर मिसिर जेल से रिहा हुए तो सीधे अपने घर चले गए। अब उनका जीवन पूर्णतः बदल चुका था। सुबह-शाम घण्टों पूजा-अर्चना में ही निमग्न रहते। उधर निरन्तर भागदौड़, पट्टीदारों के कलह के कारण मिश्रजी के जेल जाने के कुछ ही बरस बाद ढेला बीमार हो गई थी! इतना लम्बा मुकदमा भी तो लड़ा था महेन्द्र मिश्र की रिहाई का। जेल से निकलकर हल्की-सी मुलाकात हुई, फिर मिश्रजी की तबीयत भी इतनी खराब हो गई कि घरवाले गाँव ले गए!

हाँ, वह 25 अक्तूबर 1946 का दिन था। महेन्दर मिसिर पूजा-पाठ करके उठे और उसके बाद अपना आखिरी गीत लिखा। भगवान शिव की अभ्यर्थना में लिखा गया अपना यह गीत लेकर बरसों बाद वह फिर लौटकर उसी शिवमंदिर में आए जो ढेलाबाई ने उनके लिए बनवाया था। मंदिर की पूरी साफ-सफाई कराई और रात उसी कमरे में गुजारी जहाँ ढेलाबाई को संगीत सिखाते थे। महेन्दर बाबा के लौटने की खबर सारे मुहल्ले में रातों-रात फैल गई। सुबह होते ही बड़ी संख्या में भक्त मंदिर में आ पहुँचे और दंडवत करने लगे। बाबा ने सबको आशीर्वाद दिया और कहा कि आज आखिरी महफिल जमेगी। अपने चेलों को भेजकर उन्होंने शहर के तमाम संगीतप्रेमियों और पदाधिकारियों के पास न्योता भिजवाया कि आज की शाम ढेलाजी के मंदिर में महेन्दर मिसिर की ऐसी महफिल जमेगी, जैसी कभी नहीं जमी थी।

यह अद्भुत न्योता किसी की समझ में नहीं आया। शाम को ढेलाजी के मंदिर में उत्सुक भक्तों की भारी भीड़ उमड़ पड़ी। महेन्दर मिसिर महफिल में आए और फिर हारमोनियम लेकर उस शिवलिंग के सामने बैठ गए जिसकी कभी स्वयं प्राण प्रतिष्ठा की थी, जिसे ढेलाबाई स्वयं अपने हाथों से रोज गंगाजल और दूध से नहलाती थी। आज वह ठीक उसी स्थान पर बैठे थे, जहाँ बैठकर ढेलाबाई उनके गीत और भजन रोज सुनाती थी। मिश्रजी ने जैसे ही हारमोनियम की धुन बजाई वैसे ही सारा कोलाहल एकदम शान्त हो गया। मिश्रजी ने करुण स्वर में जब अपना शिवजी का गीत गाना शुरू किया तो सभी इतने विरह-विदग्ध हो गए कि अपनी सुध-बुध खो बैठे। जैसे ही भजन समाप्त हुआ, पं. महेन्द्र मिश्र अपने हारमोनियम पर लुढ़क गए और उनका माथा जाकर सीधे शिवलिंग पर टिक गया! यह देखते ही सारी महफिल में कोहराम मच गया।...आगे की कथा बाद में..."

"यह तो हुआ महेन्दर मिसिर का जीवन-चरित, उनके बाद ढेलाबाई का क्या हुआ, बाबा?"

"वह नगर-नगर, डगर-डगर भटकी। महेन्दर मिसिर की रिहाई के पीछे उसने अपनी सारी सम्पत्ति वकीलों में स्वाहा कर दी थी।...कुछ दिन दाता कम्बलशाह के मजार पर रही, कुछ दिन अपने एक हमदर्द डॉक्टर बोस की शरण में! मगर वहाँ श्रीमती बोस के गले की फाँस बनकर बहुत दिन रहना उसके स्वाभिमान को गवारा नहीं था...। निलहा आंदोलन के वक्त मजार के दिनों के एक परिचित हेड मास्टर शारदा प्रसाद के घर उनके बच्चों की आया और संगीत शिक्षक बनकर मोतिहारी में बहुत दिन रही! वहीं अपनी नवासी लिए काननबाला की भी परवरिश की, उसे शान्तिनिकेतन भेजा। काननबाला उन दिनों शान्तिनिकेतन में थी जब हरकिशन जी कुछ समय के लिए उसके अँगरेजी शिक्षक रहे! इप्टा आंदोलन से उन्होंने ही इसे जोड़ा, फिल्मों में छोटी-मोटी

भूमिकाएँ भी दिलायीं...जब उसके वहाँ थोड़े-बहुत पाँव जमने लगे, अपनी नानी की सुध उसने ली जो पण्डिता रमाबाई के मुक्ति-मिशन से कुछ इस तरह जुड़ चुकी थीं कि उनका पलटना मुश्किल था। ढेलाबाई के एकतरफा नेह की कहानी अब तक एक बड़ा आयाम पा चुकी थी–'जित देखौं तित लाल वाला' बड़ा आयाम, जहाँ एक के बहाने सारी दुनिया से इश्क हो जाता है..."

"अरे बाबा, ऐसे तो कैसे चली! एक साँस में तो कहानी मति सुनाव! तनिक दम धइ धइ के...हुक्का सुलगाई का?"

"चलऽऽ हुक्के से कहानी शुरू करत हईं! ढेलाबाई के महतारी के कोठा चले के!"

"शुरू हो गए आप बाबा-पोती अपनी बोली-बानी में! हमारा भी ख़याल कीजिए, जनाब! हम भी यहीं पर हैं!"

"अच्छा तो सुनो...हिन्दी में ही सुन लो! ऐसा न सोचना कि मुफस्सिल टाउन में पड़े-पड़े जिन्दगी गुजार देनेवाले को हिन्दी नहीं आती! पारसी रंगमंच के हम अभिनेता रहे हैं! शेक्सपीयर के भी नाटक हिन्दी में खेलते रहे थे...'लोहासिंह' रेडियो नाटक खेला, उसके पहले फारसी रंगमंच के बेताब साहब का बस्ता ढोते-ढोते कहाँ नहीं गए। महेन्दर मिसिर से भी तो वहीं, उनके साथ ही मुलाकात हुई।"

"हे-हे बाबा, थमके-थमके...फिर एक साँस में नहीं! लाइए, पैर जरा फैलाइए! हम टीपते जाएँ! यहाँ रखिए, यहाँ, इस मचिया पर!"

"हाँ तो सुनो, भाई, बच्चा लोग। अभी हम अपनी ऐक्टिंग का कमाल भी दिखाएँगे! किसी दिन महेन्दर मिसिर बनकर कहानी सुनाएँगे, किसी दिन ढेला बाई बनकर तो किसी दिन हलुवन्त सहाय बनकर भी...किसी दिन डॉक्टर बोस बनना होगा, किसी दिन ढेला बाई की नवासी, काननबाला बनकर वो चिट्ठियाँ दिखानी होंगी जो हरकिशन लाल ने सचमुच ही उनको लिखी थीं...'अन्त में फिर ढेलाबाई की नवासी, काननबाला बनकर पण्डिता रमाबाई के मुक्ति-मिशन की कहानी सुनानी होगी...तबाह कर दिया हमको तुम लोगों ने! चलो, फिर हुक्का भरो...अच्छा शुरू कहाँ से करूँ? महेन्दर मिसिर से कि ढेला बाई से?"

"ढेलाबाई से, ऐ बाबा, महेन्दर मिसिर की बातें तो बता ही चुके हैं–फिर उन पर आ जाइएगा!"

"ठीक है, हुक्का इधर लाओ!"

ढेलाबाई (1900-1917)

मिर्जा तेगज़माल की जूतियाँ

मिर्जा तेगज़माल की जूतियाँ ढेला बाई की नानी के संदूक में आज तक सलामत थीं। गुजरा हुआ ज़माना नन्ना भूलना ही कहाँ चाहती थीं। हर साल गदर के जमाने की सारी अटर-पटर निशानियाँ एक बड़ी मखमली चादर पर समारोहपूर्वक धूप में सजायी जाती थीं। उनकी निगरानी में नन्ना खुद बैठती थीं वहाँ। करीमन जितनी देर उनके बालों में मेंहदी-अतर-दालचीनी-कपूर और खसखस मला करतीं—आँखें मूँदे नन्ना बैठी रहतीं अपनी उस आरामकुर्सी पर जो लॉर्ड डब्ल्यू. एस.आर. हडसन ने कभी उन्हें दी थी।

ढेला बाई को अक्सर लगता था, उन सारी चीजों में जान है और रात को जब सब सो जाते हैं—आशिक, तबलची और गजरे भी—उसकी नयी गुड़िया बिस्तर पर अकेली पड़ी थर-थर-थर काँपती हैं। और तब ग़दर के ज़माने की वे सब निशानियाँ अजब-गजब से किस्से उसको सुनाती थीं ताकि बेचारी का जी कुछ तो बहले। कभी-कभी ढेला भी जोर से आँखें मींचे सबकुछ सुनती रहती थी। नन्ना के सुनाए हुए किस्से भी काकातुआ की ही तरह दिमाग में गोल-गोल नाचा करते थे।

फसाद में बेमौत मारे गए या दर-बदर हुए बेकसूर लोगों की इधर-उधर छूटीं ये चीजें कितने जतन से नन्ना समेट लायी थीं अवध और दिल्ली से कानपुर और फिर मुजफ्फरपुर। मरे हुए लोगों में कितने तो उनके आशिक ही रहे होंगे, कितने रिश्तेदार! बेमौत मरे हुए लोगों के वस्तुजगत् का (जीते चले जाने की खातिर मजबूर) जीवजगत् से जो नाता होता है—ढेला बाई को उस नाते में खासी दिलचस्पी थी! तरह-तरह के सायों से हरदम-हरदम वे घिरी रहतीं! अजब तरह का उनका बचपन था।

"नाना पे गई है!" नन्ना कहतीं और माथा पीट लेतीं! गदर में मरे पीरजी घसियारे की नातिन थी 'ढेला बाई', और उस ठेलेवाले राजकुमार की परनातिन जिनका किस्सा रायसीने में हर कोई जानता था और जो आज तक दरबदर हुए मुगलों की दास्तान में कुछ इस तरह दर्ज है :

पहला किस्सा उनकी ही लकुटी का

11 मई, सन् 1817 की बात है। प्राण सुखा देनेवाली प्रचण्ड धूप में एक बूढ़ा ठेलेवाला खान बहादुर, सेठ मुहम्मद हारूँ के भट्ठे से ईंटें लेकर दिल्ली आ रहा था। सफेद दाढ़ी-मूँछों के भीतर चुहचुहा आए पसीने की बूँदें भी ईंटों की लाल खरकन और बेसबब धूल-मिट्टी से किरकिरा उठी थीं। अचानक कुतुब की ओर से एक मोटरगाड़ी आई और लगी हॉर्न मारने। पर बूढ़ा तो बहरा था—दुनिया के सारे शोर-शराबों से ऊपर। उसे कुछ सुनायी ही नहीं दिया। वह बढ़ता गया अपनी लीक पर।

मोटर में बैठे साहब के क्रोध का पारावार न रहा। एक तो क्रोध, ऊपर से शराब और रुतबे का नशा—हाथ का फैशनेबल कोड़ा लिए वह मोटर से उतरा और बूढ़े पर झपट पड़ा! बूढ़ा दुर्बल तो था ही, दीन और बहरा भी था, पर उसकी मिट्टी में दम था! चार कोड़े तो पहले आक्रमण में उसने खा लिए, फिर बैल हाँकने का चाबुक लेकर वह उस पर टूट पड़ा। मोटर-ड्राइवर ने चाहा कि वह उस बूढ़े को मजा चखाए, पर उसके पैर बढ़ाने के पहले चाबुक की लकड़ी उसके सिर पर पड़ी जिससे उसका चेहरा भी खूनमखून हो गया। मोटरनशीन मेम इस दृश्य से घबरा गईं और चीखकर उसको वापस बुलाने लगीं। बूढ़े ठेलेवाले को गालियाँ देते हुए वह वापस भगा।

ठेलेवाला इतना बहरा था कि मोटरवालों की गालियाँ भी उसने नहीं सुनीं और मुस्कुराता हुआ फिर ठेले पर आ बैठा—"बस, एक वार में ही भाग निकले! मुगली वार सहना कोई आसान काम नहीं!"

मोटर दिल्ली चली गई और ठेला रायसीने (वह जगह जहाँ नई दिल्ली बसायी जा रही थी) ईंटें डालने चल दिया।

इसके हफ्ते भर के भीतर बूढ़ा ठेलेवाला पुलिस की हिरासत में था। यह जानकर कि वह बहरा है, चपरासी चीख-चीखकर उसका बयान सुनाने लगा—

"मेरा नाम ज़फर सुलतान है! बादशाह बहादुरशाह के भाई, मिर्ज़ा बाबर का मैं बेटा हूँ! जिस जगह अदालत की कुर्सी है, उसी जगह गदर के पहले मेरी आज्ञा से धूर्त्त और विद्रोही दण्डित होते थे।...मुझे पता है कि अँगरेजी सरकार ने हमारे कुटुंबियों के लिए पाँच-पाँच रुपये मासिक पेंशन नियत की है, पर मैं अपनी मेहनत की रोजी से ही खुश हूँ। मेरे ऊपर किसी की हुकूमत नहीं। जो लोग आपकी कचहरियों में नौकरी खोजते फिरते हैं, और इम्तिहान पास होने में उम्र गँवा देते हैं उनसे मेरी हालत दस गुनी अच्छी है! ठेला चलाने में कोई बेइज्जती नहीं! मैं बैलों का मालिक हूँ! बैल नहीं हूँ। बैल बनना भी नहीं चाहता! फिर बैल की भी सींगें तो होती हैं। कोई उसे बेवजह क्यों मारे?"

पीरजी घसियारे का ठट्ठा

ये थे ढेला बाई के परनाना और उसके नाना थे पीरजी घसियारे। दीन अलीशाह कलंदर के तकिए पर ताबीज बाँटते इनकी उमर गई। कुछ पढ़े-लिखे भी थे। थोड़े दिन एक मदरसे में नौकरी भी की थी, पर वह जमी नहीं। छोटी-सी गफलत पर निकाल दिया गया। पाठशाला छूटी तो घर पर जो लड़के आते थे—उन्होंने भी आना-जाना छोड़ दिया!

जब रोटी के लाले पड़े तो निजामुद्दीन गए! लौटती बार देखा, एक घसियारा घोड़े पर घास लादे चला जाता है! रास्ता काटने के लिए बातें शुरू कीं। पूछे जाने पर कि घास कितने की बिक जाएगी, उत्तर मिला—"तीन-साढ़े तीन की।"

इस पर वे चकित हुए—"ओहो, इसमें तो बड़ा फायदा है!"

घसियारा बोला, "मेहनत भी तो है! सुबह चार बजे गया था! अब शाम चार बजे तक इतनी ही खोद पाया हूँ।"

पीर ने पूछा, "जंगल से यों ही लाते हो या कुछ देना पड़ता है?"

वह बोला—"चालीस रुपये का एक जंगल ठेके पर ले लिया है। एक जंगल छह महीने के लिए काफी है! एक दिन एक तरफ से खोदता हूँ, दूसरे दिन दूसरी तरफ से। और फेर बना रहता है! आठ दिन लगते हैं खुदी जमीन दुबारा हरियाने में। आठ आना रोज घोड़े का खर्चा है! तीन रुपये का घर है! मैं अकेला हूँ, बस एक औरत है। अगर बच्चे भी होते तो इतनी मेहनत न होती। कुछ वे खोदते, कुछ मैं, और दोपहर के पहले ही घोड़े का बोझ पूरा हो जाता।"

ढेला की नानी, अफसाना बाई का नियम था, शाम की महफिल के पहले दीन अलीशाह कलंदर के तकिए पर आती थीं। पीर ने वहीं उनसे राय की और कुछ सोचकर वे बोलीं—

"घास खोदने में कोई बुराई नहीं है! बड़े-बड़ों ने यह काम किया है! मेरा यह कंगन बेचकर एक टट्टू ले लो। घास खोदकर पेट भरो और गंडे-ताबीज बिना पैसों के बाँटो!...अब इस सोच में न पड़ो कि औरत की कमाई कैसे लूँ, वह भी तवायफ की। समय से चुका देना। वैसे, मैं कोई परायी नहीं। अब तो तुम्हारा बीज भी मेरी कोख में है!"

"अच्छा।" पीर थर्रा गए, "यह खबर सुनकर तो कुछ देते ही हैं, बेगम, लेते नहीं।"

"तुम मुगल-बच्चा हो। तुमने मुझ-सी को बेगम कहकर बुलाया। मेरे लिए इससे बड़ा तोहफा क्या होगा। प्यार भी तुमने तो आशिक की तरह किया है, गाहक की तरह नहीं किया! आलाप-जैसे उठे तुम, ध्रुपद-धमार-से पसरे मेरी देह पर, ताने-तरानों से टूट-टूट बिखरे! मैं तो तर गई, पीरजी। तुमने मुझे न कभी

मारा-पीटा, न गालियाँ दीं, न कभी धाँगा-बकोटा ही। जब देखा, मीठी नज़र से देखा! औरत की काया ही तार दी...!"

"क्या कह रही हो!"

"कह लेने दो...ज्यादा मैं नहीं बोलती, बस इतना कहती हूँ कि गाहकों की तोताचश्म आशिकी देखते-देखते मैं इतना थक चुकी थी कि तुम्हारा इश्क मुझे रेगिस्तान की बारिश लगा! उसी की लाज रखने को यह कंगन रख लो, मेरे सारे गहने भी। और जो भी मुझे होता है—बेटा या बेटी—उसे लेकर कहीं दूर चले जाओ!"

इस घटना के चौथे रोज ही पीरजी घसियारे ने खुशी-खुशी घसियारे की नयी जिन्दगी शुरू की! और बेताबी से अपनी सन्तान का इन्तजार करने लगे जो घास खोदने के खुद्दार व्यवसाय में उनका हाथ बँटाएगी!

बाप तो मुगल थे, पर पीरजी घसियारे की अम्मा एक कहार की लड़की थीं। होने को तो वे शाही महल की खूबसूरत खादिम थीं, पर खानिम के बाजार में अपने माँ-बाप के साथ ही रहती थीं। ड्योढ़ी के दारोगा के साथ अपनी कमान ठीक कराने उनके बाप खानिम के बाजार गए और वहीं उन्होंने उन्हें देखा।

गदर के दिनों में महल के राजकुमारों की दशा देखकर वे अपने बच्चे को अपने यहाँ ही ले आईं! उन्हें उसकी भलाई इसी में मालूम हुई कि यह मुगल बच्चा कहारों में आकर रहे और कहार कहलाए।

उनकी अम्मा के पास बहुत धन था! उसी से उन्होंने उसे पढ़ा दिया और साथ-साथ हलवाई की एक दुकान भी खुलवा दी।

पर हलवाई की दुकान पर भी वे किताबें ही पढ़ते रहते और बुदबुदाते रहते कुछ-कुछ! उनमें आलेदर्जे की हाजिरजवाबी भी थी जो उन्हें पागल समझे जाने से बचा लेती थी! एक बार मिठाई की दुकान पर एक खाकी (अँगरेज सिपाही) से उलझ गए—वह मिठाई खाकर बिना पैसे दिए जा रहा था। टोकने पर गाली दी और पकड़कर जेल में भी डाल दिया। वहाँ आईं अम्मा मिलने और रोने लगीं तो हँसकर बोले—"आप रोती क्यों हैं? दुकान पर इतनी मिठाई छोड़ आया हूँ, कई महीने खाती रहेंगी!...जब हमारा मुल्क ही तहस-नहस हो गया और हमारे भाई सूली पर लटकाए गए तो मैं किस गिनती में हूँ? अपना यह शाही गुस्सा जलेबियाँ तलने में तो निकाल न पाया, आगे देखिए घास छीलने में निकाल पाता हूँ कि झाड़ फेरने में।"

अम्मा ये बातें सुनकर हँसने लगीं—"पता नहीं, तू इतना ढीठ क्यों है? अच्छा जा, अल्ला के भरोसे तुझे छोड़ती हूँ।"

और सचमुच ही अल्ला के भरोसे छोड़ गईं उसे! जिस समय उन्हें जेलखाने में कपड़े पहनने को दिए गए, उस समय भी उन्होंने हँसकर कहा कि "इस जाँघिए को तो रहने दीजिए मुझे अपना पाजामा ही प्यारा है।"

यह बात वार्डन के गले कैसे उतर सकती थी। उसने दो-तीन डण्डे रसीद किए और कहा–"यह तेरी अम्मा का घर नहीं है जो दिल्लगी की बातें करता है।"

उन्होंने डण्डे खाकर भी हँसी की, "भाई, अम्मी का घर तो खानिम के बाजार में था, और वह पूरा मुहल्ला खोदकर बर्बाद कर दिया गया। दादी का घर लाल किले में था, जिसमें अब गोरे रहते हैं! मैं तो इसे ससुराल समझकर आया था, जहाँ जूतियों का ठट्ठा तो होता है, पर डण्डा कोई नहीं मारता! तुम मेरे साले हो कि ससुर?"

यह सुनकर वार्डन आग-बबूला हो गया और उसने दो-तीन कैदियों की सहायता से उन्हें इतना पीटा कि वे अचेत गिर पड़े! जब होश आया तो वे फिर बोले–"हुजूर, मारने का सगुन तो हो गया। अब अपनी बहन को यहाँ लाइए जो मुझे खाना दे और हल्दी-चूना चोट पर लगाए!"

इस बात पर वार्डन को भी हँसी आ गई–"तुम आदमी हो कि पत्थर? ऐसी बातें यहाँ करोगे तो दो दिन के भीतर पिटते-पिटते टें बोल जाओगे।"

अब उनका पीर-तत्त्व जागा, वे बोले–"मौत के बाद भी आदमी को कब्र के जेलखाने जाना पड़ता है। पर मुझे मरे हुए लोग नहीं सुहाते। चुपचाप कफन ओढ़कर पड़े रहते हैं। मैं तो मरने के बाद भी चुप न रहूँगा और जो मेरे पास रहेगा, उसको ऐसा बनाऊँगा कि हँसता-बोलता ही कब्र में जाए। सन्देह हो तो आजमाकर देख लो!"

और सचमुच ही ताजिन्दगी उन्होंने ऐसा किया–जेल में दूसरों के हिस्से का भी अनाज पीसते हुए, मदरसे में बागियों का साथ देते, पीर के रूप में गण्डा बाँटते, घसियारे के रूप में, बतौर आशिक...! पर हाँ, घसियारे बहुत दिन बने नहीं रह पाए! अपनी माशूक, अफसाना बाई की कोख में पल रही मेहरू बाई के जनम के तीसरे ही हफ्ते बाद एक खाकी की गोली से उनकी जान चली गई।

अम्मी के दूध का कुल्ला मुँह में भरे-भरे बच्ची बाप की बाँहों में ऊँघी ही थी कि दरवाजे पर जोर की खट-खट हुई! नीचे गली में फिर बवेला हो गया था! और इस बार वारण्ट पीरजी घसियारे के नाम का था...!!

बाप ने अपना वायदा पूरा किया! मरकर भी साथ बने ही रहे! पर मेहरू बाई जी ही कितने दिन। ढेला के जन्म के तीसरे ही हफ्ते टेटनस के टोप पर बुखार चढ़ा और उसके प्राण पखेरू उड़े। नन्हीं नातिन, ढेला को नानी ने चाव से पाला। ढेर-सी किताबें, रिसाले, बही-खाते, किस्से-मुकरियाँ, पहेलियाँ-बुझौवल और चुटकुले जो परनानी नाना नाम से लगातार सुनाती गई थीं–हवाओं में ढेला के पास इस हद तक तैरते रहे कि उनकी गैर-मौजूदगी का एहसास नन्ही ढेला को हुआ ही नहीं।

नाना के बाद भी नाना के बाप कई बरस जिन्दा रहे थे–ठेला चलाते, ईंटें ढोते हुए बीच-बीच में मिलने आते भी थे और हर बार मिर्जा तेगज़माल की जूतियों-सा कुछ ऐसा नायाब दे जाते थे कि अफसाना बाई का सन्दूक भरता जाए, भरता ही जाए एक विचित्र से गुजरे जमाने के एहसास से।

उनके गुजर जाने के बाद अफसाना बाई का दिल्ली से मन उचट गया! वैसे भी, गोरे सिपाहियों को शक था कि उनके कोठे पर उनके शहीद आशिक, पीरजी घसियारे के साथियों को पनाह मिला करती है–जब-तब कोठे में घुसकर तबाही मचा देते थे! मन बदलने की खातिर उन्होंने जगह ही बदल दी और एक खत्री रईस के साथ कानपुर आ गईं।

कानपुर में भी बहुत दिन जी न लगा तो रिश्ते की खाला, जलेबा बानो कव्वाल के पास मुजफ्फरपुर के बहू बाजार आ बसीं!

पीकी बोली न बोल

मुजफ्फरपुर बहू बाजार में जलेबा बानो 'कव्वाल' की अच्छी-खासी साख थी! सालाना उर्स के दिन सूफी फकीर दाता कम्बलशाह के मजार पर बनारस, मिर्जापुर, अवध, इलाहाबाद के सारे नातिया कव्वालों का जगमग जुटान होता था! यह उस इलाके का सबसे बड़ा उत्सव था : सोनपुर मेला के बाद का! उस जुटान के मुकाबले में हर साल जलेबा बानो की ही तूती बोलती थी। हर साल उनके कदमों में नाक रगड़नेवाले कद्रदानों की संख्या बढ़ती ही जाती थी, पर जलेबा बाई शायद ही किसी को घास डालती थीं! शहर के कोतवाल तक का गट्टा पकड़ लेने की कूबत उनमें थी! साख से बड़ी कोतवाली किसकी?

ढेला बाई के मुजफ्फरपुर आने के दस-ग्यारह महीने के भीतर जलेबा नन्ना ने गाना-बजाना, बतियाना और रोब लेना तक एकदम बन्द कर दिया। पान चबाती बैठी रहतीं नन्हीं ढेला बाई की पहरेदारी और देख-रेख में। देह भारी थी पर मन तो फरहर था! बच्ची के पीछे खुद दौड़-भाग नहीं पातीं तो क्या–केतकी, चमेली, करीमन–कई महरियाँ थीं ही इनकी–हाथ-पाँव बनकर लहराने को!

कई उस्ताद भी रखे–'भाखा' के लिए अलग, गायकी के लिए अलग। खुद तो पीतल की फरसी में गुलकन्द-बादाम-अखरोट-केसर-गुलाब के चूरन का धुआँ गुड़गुड़ाती एक तरफ बैठी ही रहतीं। बोलतीं तभी जब उस्ताद कहीं कोई गलती कर बैठते! ढेला के सामने नहीं टोकतीं उसके उस्तादों को! इतनी तहजीब उनमें थी। पर बारह बरस की ढेला यह तो लक्ष्य करती ही थी कि उसके सब उस्ताद जलेबा नन्ना का लोहा मानते हैं!

अफसाना बाई को तो कोठे की आन-बान बरकरार रखनी थी! पेट भी पालना था जलेबा नन्ना, उनकी गोद ली हुई तीन लड़कियों, महरियों और खुद

अपनी नातिन ढेला समेत नटुरवा हिंजरी, फत्तन हरमुनिया वाले और काके दलाल का। धंधे की उठा-पटक ने उनकी शायरी हवा कर दी! दिल में बस एक ही धुन सुलगी रही कि ढेर सारे पैसे कमाने हैं और अपने पीरजी घसियारे की पत पूरी करनी है। जो जहाँ अँगरेजों के खिलाफ खड़ा है, उसकी बगावत बुलन्द रखने में कोई भी कसर नहीं छोड़नी!

इस मुताल्लिक फरसिया हुक्के का बयान

किसके दिल में क्या चल रहा है, यह तो मैं भी नहीं जानता। इस कोठे की सब सर्द आहें मुझसे गुजरती हैं! सबका मुँहलगा हूँ! सबसे छनती है मेरी! सब छानता हूँ–सारा धुआँ, सारा गर्दोगुबार। पर जानता कुछ नहीं–

"खुला हुआ है मेरे सामने सईफाएइश्क।
समझ रहा हूँ मगर क्या समझ रहा हूँ मैं।"

बहुत तरह के बन्दे यहाँ आते हैं! कुछ उम्दा शायर, कुछ घायल सिपाही। और भी दिलजले। मनचले! निखट्टू और जाँबाज! एक गेरुआधारी भी आता है! शायद बंगाल के जंगलों से! किन्हीं स्वामी सत्यानन्द का नाम बार-बार लेता है। बार-बार कहता है–'वन्दे मातरम्'! जब आता है–मालकिन अपनी गाढ़ी कमाई मखमली बटुए में कसकर उसे थमा देती हैं! आता ही है पैसे ऐंठने। मैना से पूछता हूँ। वो ही है लालबुझक्कड़। पिंजड़े में रहती है पर खबर रखती है दुनिया भर की। औरत की जात–हमराज़ रखे बिना तो नहीं मानती! फिर दाई से पेट क्या छुपाना! यह तो मालकिन के सोने के कमरे में रहती है! अपने अलग-अलग आशिकों से मालकिन अकेले में भी जो बातें करती होंगी उसका पता है उसे! आई भी हैं कानपुर से ही–सारे गर्दो-गुबार झेलकर। मालकिन ने अफरा-तफरी में बहुत-कुछ पीछे ही छोड़ दिया, पर अपने पिंजरे की मैना लाना नहीं भूलीं। है पेट की बड़ी गहरी! इससे बात निकलवाना आसान नहीं, कई बार बात चलायी पर यह इधर-उधर टल्ली देती निकल गई !

"मैना रानी, तेरे तो मिजाज ही नहीं मिलते! किस दुनिया में रहती है? कुछ ताजा-टटका सुना! ताजा-टटका नहीं सूझता तो किस्से-टिस्से ही कुछ ले बैठ!"

"गंगा-किनारे के लोगों की ये ही मुश्किल है! चैन से न खुद बैठें, न बैठने दें!"

"और गोमती-किनारे की तू और तेरे लोग? दूसरों का चैन हरें, खुद बैठें चैन से, निश्चिन्त! अवध की नवाबी यही तो है! और अब तो जमुना के पानी में भी इसका नशा घुल गया है! बेचारे ज़फर–कहाँ के बहादुर और कहाँ के शाह? केवल ज़फर!"

"बहादुरशाह जफ़र की शान के खिलाफ तो न बोल, हुक्के! वे जो हमारे गुसैयाँ होते तो ऐसी दशा तो न होती हमारे मुलुक की!"

"यह मुलुक क्या होता है?"

"यह मुलुक होता है...! अरे पगलेटऊ, अब हम तुमसे बोलें तो क्या बोलें! मुलुक जैसे अँगनैया–पाँच कुठरियों की एक अँगनैया!"

सन सत्तावन के कुछ दिन पहले की ही बात है! जेठ शुरू होने तक मंगल पांडे की लगाई आग चारों तरफ फैल चुकी थी। इसमें नवाब, राजा, सिपाही, परजा–सब शामिल हो गए थे–सब जात, सब धरम के लोग एकजुट।

इसके पहले अँगरेज साहिबान को अजेय माना जाने लगा था! हर तरफ यही चर्चा चलती थी कि उनसे कोई लोहा नहीं ले सकता! आदमी क्या, पत्ता तक नहीं हिल सकता उनके हुक्म के बगैर! दिल्ली के गली-कूचों और बाजारों में ढिंढोरा पीटनेवाला कहा करता था :

"खुल्क खुदा का, मुल्क बादशाह का,
हुक्म कम्पनी बहादुर का...।"

बहादुरशाह ज़फर, मुगल खानदान के आखिरी चिराग, किले में लगी बाप-दादों की तस्वीरें देखते और ठंडी आह भरकर रह जाते!

गर्मियों के दिन थे। बादशाह सवेरे बुर्ज में बैठे यमुना की उठती-गिरती लहरें निहार रहे थे! तभी शोर सुनाई दिया। वे चौंके–अँगरेज गिरफ्तार कर लेने तो नहीं आ पहुँचे! लेकिन बात कुछ और थी! बहुत-से घुड़सवार सिपाही शाही झण्डा लिए खड़े थे!

सवारों ने बादशाह से कहा–"आप दीनों के गुसैयाँ हैं। हम मेरठ में बगावत करके अब आपके पाँव छूने आए हैं। सारा देश आपकी ओर देख रहा है!"

बूढ़े ज़फर की आँखें भर आईं। फौजियों के हिन्दू सरदार को छाती से लगाकर बोले–"मेरे बच्चे, तुम हिन्दुस्तान की लाज रखने उठे हो, खुदा तुम्हें कामयाब करे। लेकिन मेरे बहादुर बच्चो, अब मेरे पास तुम्हें तनख्वाहें देने के लिए नगदी नहीं है, सोने की ईंटें भी नहीं रहीं!"

हिन्दू सरदार ने जवाब दिया, "जहाँपनाह, आप हमें शर्मिन्दा न करें। हम यहाँ तनख्वाहें लेने नहीं, बल्कि जान देने आए हैं! आप हुक्म दें! हम आपके इशारे पर तमाम दुनिया की दौलत आपके कदमों पर रख देंगे।"

बादशाह का गला भर आया। वे कुछ कह तो नहीं पाये, पर होंठ भींचकर रोके गए आँसू दुनिया की हर भाषा का सबसे जानदार शब्द होते हैं–बिना बोले भी वे कितना बोलते हैं–कौन नहीं जानता। सिपाही समझ गए कि बादशाह फौजियों के साथ हैं। दिल्ली में हर तरफ शोर मच गया–'फिरंगियों का राज खत्म हुआ, बहादुरशाह फिर से हिन्दुस्तान के बादशाह बन गए!'

"लेकिन ऐसा हुआ तो नहीं न, मैना?"

"हिन्दुस्तान के दिन अभी खोटे थे। पाँच महीनों के भीतर फिरंगी सिपाही दिल्ली में घुस आए! बहादुरशाह ज़फर को कैद कर लिया गया। उनके दो शाहजादों के सिर काटकर बादशाह के सामने पेश किए गए।"

"इतनी क्रूरता?"

"सियासत यों भी क्रूरता की पाठशाला होती है और गैर मुल्क की सियासत दरिंदगी का केम्ब्रिज!"

"ये तू क्या बोली, मैना? कौन-सी भाषा बोली? बिलायत का बड़ा स्कूल है न ये? अपनी विद्यापीठों जैसा? अगर मैं नहीं भूलता तो बड़ी बीबी जलेबा बाई बंगाली पुनर्जागरण की जिन बड़ी हस्तियों के गुण गाती नहीं थकतीं–उनमें से कुछ–अरविन्द घोष वगैरह–यहीं पढ़ने गए थे!!"

"हाँ, इस नवजागरण के सूत्रधार अँगरेजी शिक्षाप्राप्त भारतीय बौद्धिक हैं जो भारत को एक आधुनिक राष्ट्र बनाना चाहते हैं। धर्म और समाज सुधार आंदोलनों का एक सिलसिला-सा उन्होंने शुरू किया है।...पर पहले ज़फर की तो सुन ले!"

"बता न!"

"बहादुरशाह को पहले तो लाल किले के दीवानेखास में फौजी अदालत के सामने हाजिर किया गया, फिर उन्हें देश-निकाला देकर रंगून भेज दिया बदजातों ने! हिन्दुस्तान की बरबादी और बेबसी से खिन्न होकर वहाँ भी एक शेर उन्होंने लिखा–

'दमदमे में दम नहीं
अब खैर मानो जान की!
ऐ ज़फर ठंडी हुई
शमशीर हिन्दुस्तान की!'

"हाँ-हाँ, मैना, इसका मुझे पता है। तिरपन्ना आजी बता रही थीं कि इसी के जवाब में एक युवक तड़पकर बोला–

'ग़ाजियों में बू रहेगी
जब तलक ईमान की!
तखतेलंदन तक चलेगी
तेग़ हिन्दुस्तान की!'

"अरे वाह, तू तो मण्डन मिश्र का तोता निकला! बेकार ही भोला बन रहा था! सब समझता तो है! यही है तिरहुतिया मिट्टी!"

"वैसे ही थोड़े जनम गए यहाँ तीर्थंकर वर्द्धमान महावीर! ऐसे ही थोड़े बसा दुनिया का पहला लोकतान्त्रिक ढाँचा–बज्जि महासंघ! ऐसे ही थोड़े जनम गई मिथिला में सिया सुकुमारी एक तरफ और दूसरी तरफ वैशाली में महामना आम्रपाली जिसने बुद्ध की सोच पर औरत के ममतालु आँचल की छाँव डाल दी।"

"शंकराचार्य को शास्त्रार्थ में हरा देनेवाली मण्डन मिश्र की पत्नी को क्यों भूलें? और यह किंवदन्तियों का गोनू झा कौन है? यहाँ का बीरबल? या तेनालीरामन? एक बीरबल, एक तेनालीरामन यहाँ तो जन-जन में बैठा है। विनोदी बहुत हैं यहाँ के लोग! और ये महेन्दर मिसिर कौन हैं? इधर इस कोठे पर इनकी रफ्त-जफ्त बहुत बढ़ गई है!...कैसी मुग्ध आँखों से देखती है अपनी ढेला रानी इस युवक गवैए को!"

"साधारण गवैया न समझना इन्हें, मैना! ये तो भगत हैं, भगत! छपरा के मुख्तार बाबू हलवन्त राय के बालसखा शिवशंकर मिश्र के सपूत! खुद एक बड़ी जागीर के मालिक—पर बिल्कुल...बमबोला!"

"और बड़े गीतकार! जनगीतकार! जैसा मीठा गला, वैसी ही कविताई। ऐसे ही थोड़े मरता है छपरा-बलिया-मुजफ्फरपुर-चम्पारण-दरभंगा का बहू-बाजार इन पर! सब पतुरियों के गुरू-सखा-सहचर...पर कितने निस्संग। कोई भगत ही ऐसा हो सकता है।"

"औरत के मन की औरत ही जाने। संग-साथ का जादू देह भले बाँध ले, मन बाँधती है मर्दों की निस्संगता ही—उनकी सधुक्कड़ी, उनका फकीरपना, उनका बमभोलापन! लाग-लपट से बात ज्यादा नहीं बनती! तू भी निस्संगता के पाठ पढ़ हुक्कू! किसी के भी पीछे मत पड़ जा...! आना जिसको होगा, वो... आएगा...पिछलग्गू मर्द किसी औरत को अच्छे नहीं लगते, अच्छे लगते हैं जोगी, ध्यानी क्योंकि उनके औरतपने को एक चुनौती वे देते हैं! हर पानीदार इंसान चुनौती स्वीकारता है और इसी स्वीकार-अस्वीकार में जिंदगी चल निकलती है। चलता रहता है यह खेल-तमाशा!"

"अच्छा तो ये बात?"

"सौ फीसदी यही बात!"

महेन्दर मिसिर : आम-महुआ संवाद

छपरा नगर से थोड़ा पूरब चिदानन्द गाँव में वो चबूतरा अभी भी है जहाँ महेन्दर मिसिर की टोली की आरम्भिक बैठकें जमती थीं—ढोलक-मृदंग-डफली-हरमुनियाँ—गाँव-शहर के सब मस्ताने और कार्तिकेय की कायावाले महेन्द्र मिश्र की वे आर्त्त उठानें।

"सासु मोरे मारे राम बाँस के छिऊँकिया
ए ननदिया मोरी रे, सुसुकत पनिया के जाय!
गंगा रे जमुनवा के चिकनी डगरिया
ऐ ननदिया मोरी रे, पँउवा धरत बिछलाय!
छोटे-मोटे पातर पियवा हँसी के ना बोले
ए ननदिया मोरी रे, सेहो पियवा कहिं चलि जाय!
छोटे-मोटे जामुन गछिया फरे-ना-फुलाय
ए ननदिया मोरी रे, सेहो गछिया सूखियो ना जाय!
गावत महेन्दर मिसिर इहो ने पुरुबिया
ए ननदिया मोरि रे, पिया बिनु रहलो ना जाय!"

जिस विशाल पीपल के नीचे ये बैठकें जमतीं उसके पीछे आम-महुआ के दो अभी-अभी बियाहे गाछ सिहर-सिसककर आपस में बतियाते। उस इलाके में किसी भी ब्याह के पहले आम-महुआ के पेड़ों का गठबन्धन एक पुराना रिवाज था! अक्सर आम-महुआ साथ-साथ ही बोए जाते! थोड़ी-सी दूरी पर आम के साथ-साथ महुआ बड़ी होती। बड़े होते जाते उनके छाया-वृत्त और जब वे आपस में सटने को होते—किसी-न-किसी जोड़े में प्रतीकित, कच्चे पीले धागों से बाँध दिए जाते उनके गमकते तने!

ये आम-महुआ तो महेन्दर मिसिर और परेवा कुँवर की शादी में अभी साल-भर पहले ही ब्याहे गए थे! उनके वल्कल पर भखरा सेनुर और चावल के चौरेठे का छाप-तिलक अब तक जस-का-तस था! महुआ चकित थी महेन्दर मिसिर के चरित्र पर। महेन्दर मिसिर अपनी गायन-टोली के संग-संग जब-तब मिथिला-बनारस-कलकत्ता-चम्पारण-वैशाली-पटना-भागलपुर-मुजफ्फरपुर-छपरा आते-जाते रहते! थके-हारे किसान, मजूर और पतुरियाँ इनके गीत घूरे की तरह

तापने बैठ जाते! जहाँ-तहाँ, इधर-उधर लगातार घिरा रहनेवाला जीव! क्या संबंध होंगे इसके अपनी नयी बहुरिया से? महुआ अक्सर सोचती और अपने आम से पूछती–"सारे जहान का दरद जाननेवाला जोगी अपनी औरत के कलेजे की पीर क्यों नहीं जानता? आया नहीं कि चल दिया। और गाता फिरा इधर-उधर–पिया बनु रहलो न जाए! ऐ मेरे अमवा के परेवा रे, मेरे संग ऐसा बरताव नहीं करना! जमे रहना हरदम मेरे बगल में! अगल-बगल ही सारी हवाखोरी कर लेना।"

"कैसी हवाखोरी?"

"वही मरद के हिस्सेवाली। उसके बगैर तो पानी नहीं पचता मरदों का !"

"परेवा कुँवर बेहद समझदार औरत हैं! अपने मरद की जोगीपन्थी खूब समझती हैं! पूरा भरोसा है उनको उनकी सधुक्कड़ी पर!"

"'सधुक्कड़ी' और 'घुमक्कड़ी' का यह गठबन्धन जन्म-जन्मान्तर का है क्या? मुझे यह नहीं सुहाता! मेरी मिथिला तो विदेहों की मिथिला है–गृही संन्यासियों की।"

"कुछ लोग किसी खाँचे में अँट नहीं पाते! वैसे तो हर जीव अनूठा होता है, पर इनको बनाकर तो ईश्वर ने साँचा ही तोड़ दिया।"

"पर मुझे तो ये कुछ अजीब ही लगते हैं। न गृही, न संन्यासी! गृहस्थ की मर्यादा निभाते तो खेती-बाड़ी करते-कराते, भाइयों के भरोसे न छोड़ देते सब कुछ! ब्याह के दूसरे-तीसरे हफ्ते से ही गवैयों-नचैयों की टोली के संग यों न मगन घूमते : बनारस, बलिया, छपरा, मुजफ्फरपुर। संन्यासी होते तो बेसवन के गुरू न बन जाते! कुछ तो मर्यादा रखते कुल की!"

"वेश्याओं में भी इनके गीत लोकप्रिय हो रहे हैं–अपने रस-राग के कारण ही न! इसमें ये क्या करें! खुद तो नहीं जाते कहीं, लोग ही पकड़कर ले जाते हैं–उसी दिन मुजफ्फरपुर से अफसाना बाई का हरकारा आया था!"

"सुना है, अफसाना बाई की नातिन, ढेला बाई, अप्सराओं-सी खूबसूरत निकली है। मुगल खून है उसमें। और अफसाना बाई-जलेबा बानो ने मिलकर पाला भी है उसे जतन से–फारसी तो जानती ही है, संस्कृत भी पढ़ी है! पटना-बनारस-छपरा-बलिया-कलकत्ता के जाने कितने रईस इस फेर में हैं कि उसे उठा लाएँ!"

"एक उसके बीमार तो छपरा के प्रतापी मुख्तार बाबू हलुवन्त सहाय भी हैं ! सोनपुर मेले में उसकी एक झलक ही तो देखी थी, और अब उसके ग़म में खाना-पीना भी छोड़ रखा है!"

"मगर इतना आसान भी नहीं ढेला बाई को उठवाना! शहर के सब दारोगा-हाकिम उसकी नन्ना के मुरीद ठहरे।"

"मिठाई पर मक्खियों की पहरेदारी?"

"और ये क्या सुन रही हूँ कि बाबू हलवन्त राय ने महेन्दर मिसिर से भी हाथ-पाँव जोड़े हैं—ढेला बाई को उठवा लाने की खातिर?"

"महेन्दर मिसिर के रूप और कंठ का जादू तो अफसाना बाई के कोठे पर भी चलता है न! वे बीन बजाएँ तो सारी नागिनें उनके पीछे-पीछे कहीं-की-कहीं चली जाएँ!"

"देखो, ऐसे नागिन तो न बोलो उसे। अभी तो बच्ची ही है! सोलह-सत्रह से ज्यादा की थोड़े ही होगी!...तो क्या महेन्दर मिसिर ढेला को बाबू हलुवन्त सहाय के लिए ऐसे उठा लाएँगे जैसे कि भीष्म पितामह अम्बालिका को पांडु के लिए उठा लाए थे?"

"नवविवाहिता परेवा कुँवर के कान में भी यह बात पड़ी है और देखो न झरोखे से, इसी पर तो विवाद चल रहा है दोनों पति-पत्नी में!"

परेवा कुँवर : मेरो जिया जाने

"ये मैं क्या सुन रही हूँ जी", परेवा कुँवर अपने पति की झक सफेद धोती में चुन्नटें डालती धीरे से बोली--"भौजी बोल रही थीं कि...।"

"कौन, बड़ी भौजी? क्या कह रही थीं?"

"कह रही थीं कि आप आज सोनपुर-मेले से किसी पतुरिया की बेटी हर लाएँगे...।"

"हर लाएँगे? अरी, परेवा, इसे सीता-हरण, रुक्मिणी-हरण न बना लो। मैं न रावण हूँ, न कृष्ण कन्हैया! और तुम्हें तो घबराने की जरूरत ही नहीं! वह तुम्हारी सौत बनकर नहीं आ रही...वह तो अपने हलवन्त सहाय की जिद से हारकर मुझे यह सब करना पड़ रहा है : वे ही पागल हैं उसकी धुन में!"

"तो वह क्या इतनी सुन्दर है कि कोई सुध-बुध भूल जाए?"

"पता नहीं, परेवा, मैं उसकी नानी के कोठे पर गया तो हूँ पर गुरू-भाव में। यह लड़की तो मुझे कहीं दिखायी नहीं दी, सिर्फ एक रुनझुन सुनी थी! इसका बस एहसास-भर था कि जितनी देर मैं अफ़साना बाई को अपने गीत सिखाता रहा, कोई झिलमिल-सी छाया चिक से लगी खड़ी रही। हल्के लोबान की खुशबू भी आ रही थी उधर से! पर मेरी बात मानो, मैंने उधर देखने की तो कोशिश भी नहीं की!"

"और सब जानें भी दें तो इतना सोचें कि किसी को कहीं से ऐसे जबर्दस्ती उठा लाना--वह भी किसी और की खातिर--अच्छा लगता है क्या? लोग आप पर भी तो उँगली उठाएँगे और मेरी आँखें झुकेंगी। रत्नाकर डाकू की पत्नी की करकरेजई कहाँ से लाऊँ?"

"लोक-लाज की तो रहने ही दो। हाँ, धर्म-अधर्म का विचार मैंने भी किया था! और यह जानकर खुश हूँ कि मेरी धर्मपत्नी में भी उचित-अनुचित का बोध है!

जबर्दस्ती किसी पर, वैसे, उचित तो नहीं--लेकिन इस जबर्दस्ती की बात न्यारी है! इस जबर्दस्ती में उस लड़की का भी भला ही भला है! बाबू हलवन्त सहाय उसे पत्नी बनाकर रखेंगे, इसका वचन मुझे उन्होंने दिया है। पतुरिया के कोठे पर पतुरिया का जीवन ही जीने को अभिशप्त होगी बेचारी!"

"लेकिन वह सुन्दर है और हलवन्त सहाय भला कैसे हैं! उसकी उमर भी बहुत कम है। मन रमेगा वहाँ उसका?"

महेन्दर मिसिर कुछ जवाब देते, उसके पहले दरवाजे पर उनकी टोली आ पहुँची और भरपाँजा अँकवार कर उन्होंने पत्नी से भावभीनी विदा ली, "तुम्हारी व्यथा समझता हूँ, परेवा, पर दोस्ती के हाथों विवश हूँ! मेरा द्वन्द्व समझकर मुझको माफ कर देना। और पूरा भरोसा रखना मुझपर! तुम्हारा यह पति जितना कमजोर दीखता है, उतना नहीं है! और कोई समझे-न-समझे, तुम इस बात का मर्म समझना!"

दीवाली के अगले दिन की यह बात है! कल गोवर्धन पूजा थी! गाँव-घर की औरतें एक घेरा बनाकर बरहम बाबावाले पीपल के नीचे बैठी थीं। शाप-यज्ञ चल रहा था। रेंगनी काँटा तोड़-तोड़कर गोबर के यम-यमी पर डाल रही थीं और ससुराल-नैहर के एक-एक मर्द को नाम ले-लेकर, पानी पी-पीकर कोस रही थीं स्त्रियाँ : "बाबा मरस, बाबू मरस, भैया मरस, जेठ जी मरस, देवरा मरे, चचा मरस, मौसा मरस, देवघरवाला मौसा, कलकत्तावाला फूफा, सुसरजी मरस, इसरल-बिसरल सभे मर जाए!"

'इसरल-बिसरल' यानी भूल से भी फेहरिस्त से जो मर्द छूट गए हों–सब मर जाएँ–साल-भर में एक बार पानी पी-पीकर यह उचारना गोवर्धन-पूजा का टोटका था! उसके बाद ही चल पड़ता था पछतावे का सिलसिला–"जिस जीभ ने ऐसे वचन उचारे, उसमें काँटा गड़े"–कह-कहकर सचमुच ही रेंगनी के काँटे जीभ में चुभाए जाते थे। एक-एक कर सब मर्दों का नाम लेकर उन्हें जिलाया जाता था और रुई के फाहों पर हल्दी का ऐपन मल-मलकर लम्बी उमर की सुतरी बाँटी जाती थी कि घर-परिवार के सब मरद-मानुस फिर से जी जाएँ!

परेवा की घुँघराली लट काढ़कर उसकी बड़ी जेठानी, शिवकली ने लुटिया का जल उस पर ढाला और रिवाज के अनुसार पूछा–"क्या पी रही हो?" रिवाज के मुताबिक ही परेवा कुँवर लजाकर बोलीं, "बाप-भाई-भरतार की रोग-बलाएँ, यमराज का खून!"

तो छोटी जेठानी, जगदात्री, टुनककर बोली–"बाप-भाई की तो नहीं जानती, पर तेरे भरतार की मोल ली बलाएँ गटक लेना इतनी आसान भी नहीं, परेवा! इस आबदार हथेली को क्या जाने क्या-क्या देखना अभी बदा है! त्योहार के दिन भी बाबू हलवन्त सहाय की कोठी पर पड़े हैं! लोटन-कबूतर-सी तड़फड़ा रही होगी पतुरिया देवर की जाँगर बाँहों में! सुना है कि सीधा कंधे पर डाला और लम्बे-लम्बे डग भरते हुए बैलगाड़ी की ओर बँसवारी के रस्ते बढ़ आए! नन्ही-सी लड़की थी, बेहोश हो ली!...और अब पुलिस पीछे पड़ी है! इतना आसान नहीं

अफसाना बाई से लोहा ले पाना! पुलिस तो बाद में पकड़ेगी, पहले तो उसके गुण्डे ही हमें तबाह कर देंगे!...मैंने तो अपने बउआ के बाबू को साफ कह दिया है, पतुरिया का मामला है, तुम इस झमेले में मत पड़ना! साफ कह देना कि महेन्दर हमारे कहे में थे ही कब! पल्ला झाड़े बिना उपाय भी क्या है, भाई! कितना तो समझाया, पर नेक सलाहें कब गले के नीचे उतरी हैं प्यारे महेन्दर के...! मोहिनी मुस्कान मुस्काते तो चलते हैं, पर करते हैं अपने मन की!"

और बातें तो हवा हो लीं! एक बात कठफोरवा की चोंच-सी परेवा कुँवर का माथा लगी ठोंकने—"लोटन-कबूतर-सी तड़फड़ा रही होगी पतुरिया देवर की जागर बाँहों में! सुना है कि सीधा कंधे पर डाला...!" परेवा कुँवर ने तो वे कंधे, वे बाँहें ठीक से निरखी भी नहीं थीं अभी! कलेजे में एक हूक-सी उठी और मन-ही-मन छठ मैया की मन्नत मानी—"हे मेरी छठ मैया, जीवन-भर अरघ उठाऊँगी—स्वामी का नेह बनाए रखना! 'जैसे उड़ि जहाज को पंछी पुनि जहाज पे आवे'—वे जाएँ जहाँ भी, लौटें मुझी तक!"

जैसे उड़ि जहाज को पंछी

उधर बाबू हलवन्त सहाय की हवेली अलग कोप-भवन बनी हुई थी। पिछले एक हफ्ते से ढेला बाई आई पड़ी थीं पर मारे रंज के अन्न-जल एकदम से त्याग रखा था! हवलन्त सहाय के मान-मनौअल की एक न चली तो हारकर फिर महेन्दर मिसिर की शरण आए—"दोस्ती की पत तो तुमने रख ली महेन्दर, अब जरा उसका मन जीतने की जुगत भी बताओ।"

इस बात पर महेन्दर रिसिआ गए! क्या जाने किससे रिसियाये—उनसे या खुद से! और हरदम ही साये-सा साथ लगे रहनेवाले संथाल गोचो से बोले—"गाड़ी सजा लो गोचो भैया, काम खतम हो गया अपने हिस्से का, अब चलो, घर ही चलते हैं। खजुरी-पेरकिया की थाली सजाए परेवा रस्ता तकती होंगी!"

महेन्दर मिसिर की टोली के सोलोमन, कन्फ्यूशिअस और वृद्ध वाचस्पति थे गोचो!

उम्र अस्सी तक पहुँच गई थी, पर डील-डौल से अब तक सबके संरक्षक दीखते थे! तेज चलते तो लोगों को उनके पीछे दौड़ लगानी पड़ती। 1855-56 के संथाल विद्रोह के वक्त इनकी मसें भी नहीं भींगी थीं, फिर भी पुलिस दारोगा, महेश लाल दत्ता को ललकारकर इन्होंने अपने साथियों से कहा था—"हमें देखना है कि जितने शान्तिप्रिय संथालों को यह बदमाश दारोगा पकड़कर मँगवाना चाहता है, उन सबको बाँधने के लिए उसे उतनी रस्सियाँ कहाँ से मिल पाती हैं!"

जंगल साफ कर-करके जो जमीन वे सदियों से बोते रहे थे, 1793 में इस्तमबारी बंदोबस्त कायम होते ही–वे जमींदारों के नाम कर दी गईं। मालगुजारी की बढ़ती दरें और महाजनों का उत्पीड़न ऐसा था कि कर्ज के बदले अपनी फसलें, मवेशी, शरीर और बीवी-बच्चे तक बेच दिए जाते थे। ऊपर से तारीफ यह कि कर्ज की दस-गुनी रकम भरने के बाद भी यह कर्ज राकस की टीक पड़े धन-सा जस-का-तस रहता था!

बेतिया (चम्पारण) की निलहा कोठी से भी किसान-विद्रोह के किस्से हवा में तैरने लगे थे! अपने यहाँ के किसानों में हलचल तो थी ही! ढेला-प्रसंग से मन हटाने की खातिर रास्ते में गोचो ने उससे संथाल-विद्रोह की चर्चा छेड़ दी! अंधा क्या चाहे–दो आँखें! और बूढ़-सूढ़? गौरव-गाथा गुजरे ज़माने की।

पुर हूँ शिकवे से जैसे सोज से बाजा!

"बाबा गोचो, रानी क्षेमसुन्दरी की बेटी का कुछ हाल-चाल मिला है इधर?"

"कलकत्ता में जो मिले सो मिले! तुम्हारे तो मित्र हैं अभयानन्द, उनसे कुछ पता किया–क्या हाल-चाल? क्या खबर?"

"इस बार कलकत्ता जाऊँगा तो पता करूँगा! माँ के खिलाफ जाकर भी उसने काफी मदद की थी संथालों की! है न, बाबा? उनकी आल-औलाद की सुध तो रखनी चाहिए!"

"सासन के बीर सिंह, बोयरों के बीर माँझी, सिन्दरी के कावले परमानिक और हतबंधा के डोमन माँझी–सब उससे आन्दोलन के लिए गुप्त धन पाते थे! माँ का स्वभाव जितना कठोर, बेटी का उतना दयालु! माँ ने दीवान जगबंधु राय को हुक्म दिया कि बीर सिंह को जमींदारी कचहरी में हाजिर किया जाए! जुरमाने की एक बड़ी रकम उसके ऊपर लगायी गई और उसे उसके अनुयायियों के सामने ही बेरहमी से जूतों से पीटा गया! यह लड़की उस वक्त ससुराल से नैहर आई हुई थी!

माँ का अत्याचार देखा नहीं गया और उसने दूल्हे को चिट्ठी लिखी कि एक चन्द्रहार पसन्द आ गया है, कुछ रुपये कम पड़ रहे हैं–जल्दी भेजें!...और जड़ाऊ चन्द्रहार की खातिर जो रकम आई, खुद मेरे हाथों में डाली उस पान-फूल-सी लड़की ने!...क्या बताऊँ, बेटा, लड़की नहीं थी–वह वनदेवी थी–उसके चेहरे पर गजब का उजाला था–आज बरसों बाद वैसा उजाला उस पतुरिया के मुँह पर दिखायी दिया जिसे तुम बाबू हलवन्त सहाय के लिए उठा लाए!"

अब यही तो प्रसंग था जिससे महेन्दर मिसिर बचना चाहते थे, जल्दी से बात बदली और बोले, "संथाल-विद्रोह में साल वृक्षों की बड़ी भूमिका बताते हैं! कैसे-कैसे आयोजित किया यह आंदोलन? फिर कहो कहानी, बाबा, कुछ रस्ता कटे! जरा थक गया हूँ। लेटता हूँ पीछे पुआल पर, तान भी नहीं टेरी जाती! गला पक गया है।"

"सो जाओ, सो जाओ महिन्दर! तुम तो देह को देह ही नहीं बूझते! साल वृक्ष हमारे यहाँ हमेशा से एकता का प्रतीक रहे हैं–एक तरह की मशाल! जंगल में एक ठौर से दूसरे ठौर पर सन्देश भेजने में इनका इस्तेमाल होता है। 1855 की झमाझम बरसती हुई रात थी! इतने खराब मौसम के बाद भी भदीही में 400 गाँवों के दस हजार से भी अधिक संथालों की सभा हुई! सभा के आदेश पर कीरत, भादू, सुत्तू और सिंधू ने सरकार को और भागलपुर के कमिश्नर, कलक्टर और मैजिस्ट्रेट, बीरभूम के कलक्टर और मजिस्ट्रेट, दिग्घी और राजमहल थाने के दारोगा और कई जमींदारों के नाम चिट्ठियाँ लिखीं! जमींदारों को उन्होंने साफ-साफ अल्टीमेटम दिया और उनसे पंद्रह दिन के भीतर जवाब माँगा।

इन पत्रों में संथाल नेताओं ने जमींदारों और महाजनों के अत्याचारों से छुटकारा पाने, अपने देश पर अधिकार करने और अपनी सरकार बनाने के अपने निश्चय का ऐलान किया। इन पत्रों के उत्तर देने की चिन्ता किसी ने नहीं की ! पर गैर-संथाली जनता का पूरा समर्थन हमें मिला था।

ग्वाले, तेली और दूसरी जातियाँ लगातार हमारी रहनुमाई करती रहीं! ये लोग हमें खबरें देते, हमारे लिए नगाड़े और डुगडुगी बजाते, हमारी कार्रवाइयों का संचालन करते और हमारे जासूसों का काम भी! लोहार उनके लिए तीर और कुल्हाड़े बनाते...इस प्रकार हृदय में आशा, होंठों पर गान और हाथों में तीर-कमान लेकर हम अपने ऊपर जुर्म करनेवाले जमींदारों, महाजनों और सरकारी दरिंदों के गुट के खिलाफ सशस्त्र विद्रोह का झण्डा ऊँचा कर पाए।

हम चलते तो छोटे-छोटे दस्ते बनाकर लेकिन नगाड़ों की आवाज पर दस-दस हजार की तादाद में जमा हो जाते। विद्रोहियों ने भी छापामार लड़ाई और उसके साथ एक स्थान पर अपने दस्ते इकट्ठा करने का सैनिक उपाय आजमाया!

भागलपुर और राजमहल के बीच रेल और डाक का संबंध काट डाला हमने, महेन्दर बबुआ। पीरपैंती और सँकरी गली के बीच की बड़ी सड़क हमारे हाथ में थी! हम खुली घोषणा करते घूम रहे थे–"कम्पनी का राज खत्म हो चुका है, और हमारे सूबे का शासन शुरू!"

मेजर बरोज़ को पीरपैंती भेजा गया। आषाढ़ की दोपहरी में दिन के दो बजे पीरपैंती के नजदीक एक गहरी मुठभेड़ में उसे मात खानी पड़ी। 25 सिपाही और आधा दर्जन अफसर खेत रहे और उसे खुद भागकर जान बचानी पड़ी...हम हाथ से तो तीर चलाते ही थे, ज़मीन पर बैठकर पैरों से भी तीर छोड़ते थे।

मेजर आस्बर्न के कमान में उत्तरी भारत की चालीसवीं रेजिमेंट लेफ्टिनेंट फजन के कमान में एक पहाड़ी रेजिमेंट और सातवीं रेजिमेंट मैदान भेजी गई। बाद में मार्शल लॉ भी लागू किया गया। सरकार की परेशानी और घबराहट बहुत बढ़ गई! हथियारों से लैस लोग खत्म किए जाने लगे और नेताओं को पकड़ने

के लिए तरह-तरह के इनाम घोषित हुए–बगावत के सरगना के लिए दस हजार, हर दीवान के लिए 5000 और छोटे मुखियों के लिए 1 हजार!"

"सुना है, बाबा, कि नीची जाति के डाकुओं की एक बड़ी तादाद संथालों की मदद कर रही थी! धर्म और जाति की भावना के ऊपर, भाईचारे के इस बन्धन से एकदम नई शक्ति पाकर संथालों ने संग्रामपुर पर चढ़ाई की और वहाँ से चलकर सिदबू, कान्हू, चाँद और भैरव के नेतृत्व में पाकुर पर कब्जा कर लिया?"

"हाँ, बउआ, तबका ही एक किस्सा बताता हूँ। पाकुर का सबसे धनी महाजन, दीनदयाल राय, मोटा होने के कारण भाग न सका। उसका नौकर, जगन्नाथ सरदार, जो दरअसल उसका गुलाम था, उसे पकड़कर संथालों के सामने ले आया। वहाँ जगन्नाथ ने अपनी आजन्म दासता का बदला चुकाया। एकदम मेरे सामने की घटना है–एक कट्टे से दीनदयाल का एक-एक अंग वह काटता गया और अट्ठहास करता हुआ बोलता रहा–इन उँगलियों से तुमने अपना पाप का धन जुटाया था, अपने सूद के रुपये गिने थे! इन हाथों से तुमने, भूखे गरीबों के मुँह का कौर छीना था!"

"घटना नृशंस तो थी, पर इसका नाटकीय प्रभाव जनमानस पर पड़ा होगा!"

"बगल में शिवचक्र पाणीश्वर का मन्दिर था! दीनदयाल का धड़ से अलग माथा वहीं एक ताक पर रख दिया गया ताकि सभी अत्याचारी उसे देखकर सबक ले सकें!"

"इसी तर्ज पर 1860 के बंगाल में निलहे किसानों की हड़ताल हुई थी। उस समय का एक गीत हमने कलकत्ता में अभयानन्द के मुँह से सुना था, बाद में उसको, अपनी भोजपुरी में हमने ऐसे गढ़ा!"

"कैसे बउआ, बोलो–कैसे?"

"अभी गाने का तो हुलास नहीं हो रहा, पर बोल कुछ ऐसे हैं :

निलहा साहब
तीन पुस्त से
खइले जालन पान–
हमरे खूँ की लाली पच-पच
थूके इंग्लिस्तान!
घुसलन त भिखमंगा बनके,
रहलन सीना तान!
नोक सुई के बनके घुसलन,
हल के फाल जेनइते फसलन!
टिड्डी के झाँझर, ई आपन
खेती के नुकसान!

टुकुर-टुकुर राजाजी देखें,
टुकुर-टुकुर भगवान—
रैयत के मैयत कि
कैसन साँसत में बा प्रान,
भुक्खे पेट रात के अँखिया
मूँदे पर हैवान
गोरा साहिब बनके आवे,
पंछी-जैसन हाड़ कँपावै—
पंछी-जैसन सिहर-सिहरके
ऊड़ल जाला प्रान!"

"वाह, बउआ, वाह! ये हुआ कवित्त। यह बनी बात! बानी में ओज है तभी तो जान दिए रहती हैं सब गावनहारियाँ!...एक बनारस की दालमण्डी में भी है न कोई शिष्या तुम्हारी, तुम्हारी जोगिन? क्या नाम है उसका?"

बातों-बातों में ही रस्ता कट गया! महुआ के फूल दूर से गँधाते हुए गाँव के सिवाने का पता दे गए! चाँद अलग चौंधियाया पड़ा था! महुआ का एक फूल मताए हुए एक नाग के सिर पर पड़ा, और चौंककर ऊपर देखने लगा नाग :

'टप-टप-टपनी कपार काहे फोरनी?'

महुआ के फूल ने भी चट से शोख-सा जवाब दिया—

'औरत-बौरत रात काहे चलनी?'

सोचकर आँखें मुँद गईं महेन्दर मिसिर की कि एक महुआ का पेड़ उनके आँगन में भी है जो अभी उनका कपार फोड़ेगा—हँसी-हँसी में कि इतनी देर क्यों की!

महेन्दर मिसिर : घर-घरौआ

आज इतने बरस बाद महेन्दर मिसिर को घर में सुव्यवस्थित देखकर माई और बाबू की खुशी का ठिकाना न था! इतनी मनौतियों के बाद पायी थी सन्तान। वो भी ऐसी कि घर पर इसके पाँव ही नहीं टिके। पढ़ने-लिखने में जी नहीं लगा, नहीं सही! थोड़े दिन जोर-जबर्दस्ती, रूसा-फूली की, फिर मन को समझा लिया शिवशंकर मिश्र ने कि पढ़-लिखकर साहब नहीं भी बने तो क्या, जीता रहे—यह बहुत है!

"बचपन से गाने-बजाने, ठोली-बैठक, नाटक-नौटंकी का शौक था। किसी भी बाप को सन्तान के इस शौक से ताल-छन्द बैठने में वक्त तो लगता ही है, शिवशंकर मिश्र को भी लगा। शक्तिभर डाँटा—दबाया जरूर—पर बारह बरस की उमर में घनघोर बरसाती रात में भी नौटंकी के लिए ये निकल ही पड़े और फिर

पूरे साढ़े तीन वर्षों की खातिर लापता ही रह गए तो बेटे को मारी एक-एक छड़ी, एक-एक घुड़की शिवशंकर मिश्र के अपने कलेजे पर धुरमुस-सी चलाने लगी! माँ ने तो बेटे के वियोग में खाट ही पकड़ ली, शिवशंकर मिश्र खुद भी रातों-रात ही जैसे बूढ़े हो गए! पूरे गाँव पर सियापा-सा छा गया। मिठबोले महेन्दर मिसिर किस घर की रुनकी-झुनकी नहीं थे? उनकी मीठी बातें किस हृदय की पीर हरती नहीं थीं?

गाँव-घर की भौजियाँ, बुआएँ और चाचियाँ नीरस-सी सूनी दुपहरिया के त्रिविध ताप उनकी ही 'पुरबी' और 'चैती' से धोती थीं। जब कहीं किसी की बारात जाती, कोई जलसा होता–'सहबाले' के रूप में नन्हे महेन्दर की शोभा देखते बनती–सजा-धजाकर उनको आगे कर दिया जाता। कहते बड़े-बूढ़े–"बउआ, कोई कवित्त सुनाव त" और चौबारे पर सीधा खड़ा होकर वे धड़ाधड़ गाते और पढ़ते आशुकविताएँ। मुकरियों, पहेलियों, चुटकुलों और कहावतों का भी अक्षय भण्डार बना रखा था उनको गाँव-घर के लोगों ने।

"माता खचरी न पिता खचरः
खचरस्य सुतः न पुनः खचरः
खचरस्य सुतेन हतः खचरः
खचरी परिरोदति हाखचरः"

'माता नन्दी न पिता नन्दा
तस्य पुत्रस्य पुच्छिका
त्रयो सम्मेलने जाते
नन्दी नन्दा नन्दिका!'...बूझो क्या!

'मृगतृष्णांभासिस्नातः
खपुष्पकृतशेखरः
एते वन्ध्यासुतोयाति,
शशशृंगधनुर्धरः
'मृगतृष्णा के जल में नहाकर,
आकाशकुसुम को माथे पर धारे
खरहे के सींग का धनुष लिए

वह बाँझ का बेटा चला जा रहा है!...बोलो कैसे! सबका खिलौना थे, सबका मनलगावन, मिठुआ तोता!

कहाँ गए? कैसे रहे इतने दिन? लौट भी आए तो बबुआ इस प्रश्न पर चुप ही रहे! बहुत पूछने पर इतना ही पता चल पाया कि साधुओं की किसी टोली के संग कलकत्ता की ओर निकल गए थे। वही टोली तीन-साढ़े तीन बरस बाद

वापस गाँव छोड़ गई कि अभी कुछ दिन माँ-बाप की सेवा कर लें, घर-गृहस्थी सँभाल लें, फिर खबर आएगी तो जाना होगा–किसी वृहत्तर 'सन्धान' में!

बाप-माँ ने भी बहुत खोद-खाद नहीं की! बेटा थे, बिटिया नहीं थे। रामजी थे, सीताजी नहीं थे कि 'गायब' रहे तो फसाना बन जाए! गायब रहे थे तो रहे! किसी का क्या! लइका की जात। कौन पूछनहार! देखी तो दुनिया ही देखी! अब छोड़ो, हटाओ! लौट आए, जगत मिला। आँखें जुड़ाईं। जग जीत लिया। रमई ठाकुर ने ही पहले-पहल चीन्हा था–ताँगे से उतरे थे–हौहत्ती जैसा लिपट कर लगा हल्ला करने और दौड़ता-हाँफता भागा–मिसिर टोला!

बेटे के लौट आने की खबर सुनकर मिसराइन के हाथ की लुटिया छूट गिरी। करवट बदलने की भी जान नहीं बची थी जिस देह में–पता नहीं कहाँ से उसमें ऐसा धकधक जाँगर झनझना आया कि रानी लछमीबाई की फुर्ती से बाहर सड़क पर निकस आईं। अँचरा इतनी जोर से सिर पर खींचा जैसे परचम हो!

पीछे-पीछे दूसरी लुगाइयों-लड़कियों की सेना चली! मुहल्ले के हर घर से आटा-हल्दी-बेसन अँकवारे हाथ चल पड़े, रुनकी-झुनकी पाँव, मेघ-मिहिर आँखें, लहर-लहर होंठ, काँपते कलेजे, अँचरा के नीचे सिहरते कबूतर।

सबके पीछे चले शिवशंकर मिश्र, आश्चर्यविह्वल, डगमग, जगमग!! रमई ठाकुर फिर नेग मानता पीछे दौड़ा और उनकी आँखों के आगे तैर गया 'बउआ' के सतइसा का वृहदोत्सव!

जाने कहाँ-कहाँ से हिंजड़े नेग माँगने आ गए थे। बउआ की ननिहाल के बजवनिया बटेसर तो उत्सव के दस-बारह दिन बाद तक देहरी पर डफली बजाते हुए तरह-तरह की बधाइयाँ गाते चले जा रहे थे–

"करेजे में लाग रही मेरो जिया जाने।
राजाजी लायो, लायो सौतनिया,
मैं दुल्हन-सी लाग रही, मेरो जिया जाने!
सौतन ने जायो, जायो इक ललना–
मैं जच्चा-सी लाग रही, मेरो जिया जाने!"

गाते-गाते कभी 'जच्चा', कभी 'बच्चा', कभी 'दुलहिन', कभी 'सौतन' के स्वाँग भी खेले जाते।

नौवाँ दिन भी जब बीत गया, शिवशंकर मिश्र हँसकर बोले–

"का हो बटेसर, का इरादा है? का वारें तुम पर हम बउआ का नेग?"

"अरे छिः छिः, पाहुन-पवनिया हूँ तो क्या, गाँव के दामाद से नेग लूँ–ऐसा तो नीच नहीं! वो तो मैं अपनी तरंग में हूँ कि बाबू साहेब के नाती हुआ है। आपके अंगना रामजी उतरे हैं..."

"नेग माँगोगे नहीं, पर अपनी तरफ से कुछ देने का मेरा धरम भी तो बनता है! बोलो, क्या निछावर करूँ?"

"बोलके अपने गाँव की बिटिया का सिर नीचा कोई पवनिया नहीं करता ! अबहीं तो कुछ नहीं बोलेंगे, पर जब हम चले जाएँगे तो आपके ही घर के लोग ताना मारेंगे बिटिया को कि लालची पवनिया था बिटिया के नैहर का! हम आन गाँव से अपनी जच्चा-बिटिया के मान में गान-नाच करने आते हैं। उसका सिर झुकाने नहीं आते, मलिकान।"

"अच्छा, चलो, ये ही बताओ–तुम्हारे घर हैं कौन-कौन?"

"पाँच पोते-पोतियाँ हैं मेरे और मैं भी अब बूढ़ा हुआ–बस इतना जान लीजिए। दूर-दराज के गाँव पैदल जाना अब सपरता नहीं!"

"अच्छा तो बच्चों की खातिर एक गाय और तुम्हारे लिए एक घोड़ी हम बउआ के नाम तुम्हें नेग में देते हैं।...ले जाओ–खूँटे से खोलकर जो तुम्हारा मन करे।"

"मैं नहीं खोलनेवाला गाय का पगहा, आप मेरे बेटे के हाथ दे दीजिए और घोड़ी का रास मेरे हाथ!...दूध पी-पीकर बच्चे निहाल हो लेंगे, घोड़ी पर चढ़कर मैं जहाँ-जहाँ जाऊँगा–नाम आपका फैलेगा।"

रास्ते में कोई जो पूछता–'कहाँ मिला जी?' तककर अपना ढोलक धप मारते और मुस्काकर कहते–'काहीं मिश्रवलिया को छोड़ और किसी की सामर्थ्य है बेटे के जन्म पर घोड़ी-गाय दान देने की! इन्द्रासन उतर आया है उनके द्वार पर!'

एक वह दिन और एक वह भी जब इसी महेन्दर बबुआ के लिए बरतुहार आ-आकर दुअरा की मिट्टी कोड़ने लगे। कहाँ-कहाँ से ब्याह का प्रस्ताव लिए लोग आते और द्वार छेंककर दिन-दिन भर बैठे रह जाते। अन्दर से महेन्दर-महतारी, गायत्री कुँवर, टोकरी-की-टोकरी कुड़-कुड़ पूड़ियाँ भेजतीं, रस-भीगे खोएदार मालपुए, अनरसा-तिलकुट, गुझिया और छुटके आलू की भुजिया, भरुआ-तिलौड़ी और पापड़, आलूदम, लदलद दही वगैरह! रिश्ता हो चाहे न हो, बर्तुहारों के स्वागत में कमी न हो। बात फैलते-फैलते फैल जाती है, इकबाल घटते-घटते घट जाता है।

घर के इकबाल का ध्यान गायत्री कुँवर को बहुत रहता! बेटे को रात-दिन गीत-गवनई में पड़ा देखकर शिवशंकर मिश्र जब हाथ छोड़ते, वे चिन्तित हो जातीं–"डोरी इतनी न तानिए कि टूट जाए। मनटुट्टू बच्चा लेकर करिएगा क्या? बचपन में तो दोस्तों की महफिल में कह-कहकर उससे गीत गवाते थे, अपना कलेजा जुड़ाते थे! अब अपने मन से गाने लगा तो बुरा हो गया? लोग भी क्या सोचेंगे कि बाप ही बेटे को नहीं सराहता!"

महफिल से अलग बुला-बुलाकर अपने पुरुख को कुछ-कुछ समझाने की यह अदा घरेलू औरतों का इकलौता पटरानीपन होती है जिस पर सब पुरुष कुर्बान जाते हैं। गायत्री कुँवर यह खूब समझती थीं।

यही समाँ बँधा उस दिन जब बबुआ महेन्दर का छेंका पड़ा! इस बार बरतुहार लेकर लड़के के मामा आए थे! बात टलती भी कैसे!

महावीर ओझा मिथिला से पूरी घेराबन्दी करके आए थे–समूचे लाव-लश्कर के साथ। सभी जमकर बैठे थे : दोनों ओर के नाते-रिश्तेदार। अचानक महावीर ओझा ललकारकर बोले–"पाहुन, अब आप चुपही कीजिए! फलदान लेना हो तो लीजिए वरना मैं फलदान का दिन रोप दूँगा। लड़के पर सिर्फ बाप का हक नहीं होता, उसके मामा का भी होता है! ओझाजी का परिवार देखा-सुना है। लड़की साक्षात् लक्ष्मी है। विधाता की बनाई जोड़ी में बाधा क्या बनना।"

शिवशंकर मिश्र सकपका गए। उसी समय उनका पुराना नौकर 'रकहुआ' आकर उनके कान में कुछ कह गया। वे उठकर अपने आँगन में चले गए। जिस घड़ी शिवशंकर मिश्र अपने आँगन में पहुँचे, शिवालय के पुजारी उनकी पत्नी के हाथ में रोज की तरह आज भी फूल-अक्षत दे रहे थे।

"क्या हुक्म है?" शिवशंकर मिश्र ने अपनी पत्नी से कहा।

"अब हम हुक्म देने-लायक नहीं रह गए! बीच सभा में मेरा भाई आपके आगे गिड़गिड़ा रहा है, और आप उसकी इज्जत मिट्टी में मिलाकर अकड़े बैठे हैं। क्या बबुआ पर ममहर का कोई हक नहीं?" गायत्री कुँवर थोड़ा नाराज होकर बोलीं।

"है, लेकिन ब्याह गुड्डे-गुड़िया का खेल तो नहीं। सोच-समझकर ही पाँव बढ़ाने पड़ते हैं!" शिवशंकर मिश्र बोले।

"तब आप सोचते रहिए, मैं अकेले ही निबटा लूँगी सब! अपने भाई की मर्यादा की रक्षा मेरा धर्म है। और सुनिए, एक बात और बताए जाइए। पतोहू आपको साजनी है कि मुझे? आपको साजनी-साधनी हो तो मैं चुप हो जाऊँ, कुछ न बोलूँ।"

"पतोहू को साजने का काम मेरा तो नहीं।"

"तब चुप करके बैठिए। दो घण्टों के भीतर छेका पड़ेगा! पुजारी जी कह रहे हैं कि आज के बाद सुदिन नहीं।...मुस्का क्या रहे हैं? नौ महीने केल्हवा मैंने काटा। दरद-पीड़ा मैंने अँगेजी! गू-मूत मैंने किया, आप ऊपर-ऊपर लोक लेंगे क्या मेरे लाल को?"

"बेटे के छेके के दिन मन छोटा न कीजिए! होगा वही जो आप चाहेंगी। आपकी बात काटने का हियाव किसे है?" शिवशंकर मिश्र हँसकर बोले।

और उसके बाद तो तरह-तरह के उबटन, कलेवे, तरह-तरह के मान-मनुहार, ढोल-मंजीरे, गीत-गवनई से घर भर गया। रोज देर रात तक नौ गीत गंगाजी के होते, नौ शिवजी की नचारियाँ, बाकी तरह-तरह के स्वाँगवाले संवादधर्मी गान! महेन्दर मिश्र दूल्हा थे तो क्या! कई गीतों के व्यंग्य-विनोद पर खुद ही हँस पड़ते,

कई पर डबडबा जाते!

इनमें दो उनके प्रिय गीत थे जो बाद तक वे गुनगुनाते-बढ़ाते रहे।

"सोने केर बियनी, कथिय लागल रेवा हो!
रुसली परेवा दई, नैहर चली जाली हो!
बाट भेटिअ गैले दुलहा महेन्दर हो–
'काहे धानी रुसलू, नैहर काहे चललू'!
'अम्मा राउर प्रभु मुखहूँ न पूछे हो,
बहिनी राउर, प्रभु, छँटल छिनार हो!
'होय द परात धानी, पसरे द हाट हो,
घोरवा चढ़ाए धानी, अम्मा-बहिनी बेचब हो!'
'अम्मा के बेचत प्रभु, बड़ा पाप होत हो,
बहिनी राउर, प्रभु, पाहुन हमार हो!"

विचित्र होता है स्त्री का हृदय–वे सोचते। पल में आग, पल में पानी! मान रख लो तो गर्दन उतारकर दे दे!

इसी तरह एक उनके ममहर, मिथिला, का भी गीत था जिसने औरत का मन समझने में उनकी बहुत मदद की–

"पिरिए परानाथ,
सादर परनाम!
इहाँ त सब-कुछ कुसले-कुसल छई
अहें के हाल ला अत्मा बिकल छई!
यादो न हेत पिया हमरी सुरतिया,
बिसरल न होत मुदा सुसुरक नाम!
ओ दिन अलखिन बुच्ची के ओझवा
केत्ता बोललखिन त गेली सोझवा,
बैसबो न कइले, चट्टे परएली,
जाइते जे पुछलन, सादूक नाम!
भौजी सिखएलन तासक खेल,
कोटपीस खेले अइयऊ गे,
एको से बढ़के रंगक जोड़ी,
अहाँ छी बादसाह, हम छी गुलाम!
ओ दिन झारलिअई केस फुलकउवा,
खोंचा वाला लूगा पेरल्ही, आँचर घुमउवा,
एत्ते में देखलख उहे मुहझौंसा,
अहें के गाँव के बुढ़वा हजाम,
पिरिए परानाथ, सादर परनाम!

इतना कुछ समझ-बूझ लेने पर भी महेन्दर मिश्र यह नहीं तय कर पा रहे थे कि जीवनसंगिनी के सम्मुख क्रांतिकारी साधुओं के साथ गुजरे उन साढे तीन वर्षों का सांगोपांग वर्णन करें तो कैसे और नहीं भी करें तो कैसे! वह उनके जीवन का एकमात्र गोपन प्रसंग था जिसे उजागर करने के पीछे बहुत सारे पेंच थे।

करने में बाधा यह थी कि राजनीतिक मंतव्य गुप्त रख पाने की स्त्रियों की क्षमता पर उनको पूरा भरोसा नहीं था! यह वह जमाना था जब सब स्त्रियों को बालबुद्धि समझते थे। कहीं जो परेवा कुँवर के मुँह से यह बात पिछल गई तो अभयानन्दजी को दिया हुआ वचन कहाँ जाएगा, कितना बड़ा विश्वासघात हो जाएगा यह।

गाँव में उनके कथनानुसार जाँगर युवकों की जो 'खास' टोली महेन्दर मिश्र ने तैयार की थी उनमें सब ठोंके-बजाए हुए लोग थे! सबका पेट अगम कुआँ था—विक्रमा सिंह, विजया, फेंकू सिंह, जॉन मुहम्मद...!! पर परेवा कुँवर अभी बच्ची थीं, दुनिया के दाँव समझती ही कितना थीं! ठीक है कि ढेला-प्रसंग में उन्होंने अपना तेज दिखाया था, मगर...अभयानन्द जी की पुकार पर उन्हें तो जब-तब 'गायब' हो ही जाना था! जिस औरत का आदमी बार-बार बिना बताए 'गायब' हो जाता है, दुनिया की नज़र में वह कितनी 'छोटी' और 'श्रीहीन' हो जाती है इसका भी अन्दाज़ थोड़ा तो था ही उन्हें! क्या पता कोई ताना मारे और तमककर-तुनककर वे बोल पड़ें—"इधर-उधर नहीं टहल्ला मारते वे, देशसेवा में निकले हैं"—उनका तो मान रह जाएगा, मगर अभयानन्दजी का सपना, उनके शान्त गाँव को क्रान्ति का 'गुप्त' बेस बनाने का सपना अधूरा रह जाएगा!

सोच-समझकर उन्होंने यही तय किया जो ज्यादातर पुरुष करते हैं कि पूरी बात तो नहीं बताएँगे, लेकिन एक संकेत दे देंगे, हल्का आभास कि बीच-बीच में जरूरी कामों से उन्हें अचानक कलकत्ता या बनारस जाना पड़ सकता है--उसको लेकर वे चिन्तित न हुआ करें और कोई पूछे तो इतना ही कह दें कि भजनियों-किरतनियों की टोली के साथ हनुमान-मन्दिर या कालीघाट कार्यक्रम देने गए हैं!

परेवा कुँवर ज्यादा पूछपाछ करें--इसके पहले चुम्बनों से उनका मुँह सील दिया!

कुछ देर बाद परेवा कुँवर तो उनसे लिपटकर निश्चिन्त सो गईं, पर वे देर रात तक जगे सोचते रहे अभयानन्दजी से अपनी पहली मुलाकात के बारे में!

उस दिन दिया-बराव के समय उन्हें पता चला था कि खैरा में एक नामी नाच-पार्टी आई है। अन्हरिया में खैरा जाने के लिए उन्हें कोई साथी न मिला।

छोटे-छोटे पग धरती रात बढ़ी आ रही थी! तेरह बरस के महेन्दर मिश्र के भीतर बैठा कोई उन्हें बचैन कर रहा था। खैरा, बस खैरा, खैरा छोड़कर अब उन्हें क्यों कुछ सुहाने लगा। अम्मा-बाबा के लाख समझाने पर भी वे अपने को रोक न सके और अकेले खैरा चल पड़े! राह टेढ़ी-मेढ़ी थी, बैसाख का घटाटोप था और वे अकेले ही कुछ गुनगुनाते बढ़े जा रहे थे।

खैरा पोखर तक पहुँचते-पहुँचते काफी रात हो गई! हनुमानजी के मन्दिर में दीया जल रहा था, बस उसका ही प्रकाश फैला था। महेन्द्र मिश्र को लगा–कुछ लोग पोखरे पर बैठे हैं, पर वे ध्यान दिए बगैर मन्दिर के द्वार तक बढ़ गए, दोनों हाथ जोड़कर प्रणाम किया और गाँव की ओर चले!

"कहाँ चले, बबुआ! आओ, कुछ देर बैठकर जहाँ मन हो–चले जाना!" पोखर पर बैठे लोगों में एक ने कहा!

महेन्द्र एक पल को थमे, फिर कुछ सोचकर पोखर की ओर मुड़ गए। देखा, पाँच साधु बैठे हैं। झुककर प्रणाम किया।

"कहाँ से आ रहे हो–अकेले–हस बीहड़ रात्रि में?"

"काहीं मिश्रवलिया से!"

"कितनी दूर है?"

"दो कोस!"

"चले कहाँ?"

"नाच देखने।"

"दो कोस से इस अँधेरी रात में अकेले नाच देखने निकल पड़े!"

"जी! निकल तो पड़ा!"

"तुम तो बहुत साहसी और धुन के पक्के हो!" कहते हुए साधु उठे और अपना दाहिना हाथ उनके भाल पर रख दिया! यह हाथ माथे पर पड़ते ही महेन्द्र मिश्र को लगा कि उनके भीतर भक् से एक दीया जल गया!

"हमसे डरो मत, बबुआ! मेरा नाम स्वामी अभयानन्द है! इस घड़ी तुम्हारे ही जैसे साहसी और धुन के पक्के लड़कों की देश को जरूरत है!"

महेन्द्र मिश्र सोच में पड़ गए! उनके-जैसे लड़के की देश को जरूरत है, मगर क्यों? वे खुद से पूछने लगे, लेकिन उन्हें अपने प्रश्न का उत्तर नहीं मिला !

"किस सोच में पड़ गए, बबुआ?"

"मैं आपकी बात समझ नहीं सका!"

"एक दिन समझ जाओगे!"

"किस दिन?"

"आज जानकर क्या करोगे? आज तो नाच देखने जा रहे हो!"

"घर से तो नाच देखने चला हूँ, मगर..."

"चुप क्यों हो गए?"

"आज जान जाता तो बेहतर होता।"

"क्या तुम गीत भी गाते हो?" स्वामी अभयानन्दजी ने जवाब न देकर सवाल किया!

"जी!"

"तब ठीक है।"

"क्या ठीक है?"

"यही गानेवाली बात। महेन्द्र, तुम्हारा यह इलाका बड़े काम का है! चारों ओर यहाँ शान्ति है। हमारे-जैसे साधुओं को एकान्त में भजन-कीर्तन करना बहुत अच्छा लगता है! कोई बाधा नहीं होगी!"

"यह तो आप ठीक कह रहे हैं!"

"और भजन-कीर्तन के लिए गाना जानना बहुत जरूरी है!"

"मानता हूँ। जितना अच्छा गला होगा उतना ज्यादा खिंचाव होगा उसकी पुकार में!"

"महेन्द्र, हमें तुम्हारी बहुत जरूरत है!"

"तो मैं कहाँ भाग रहा हूँ! आप सब हमारे घर चलें! बहुत मान-दान होगा।"

"कभी चलेंगे वहाँ भी! आज हमारे पास समय नहीं, पर अपनी साधना के लिए तुम्हारे घर कभी-न-कभी हम जरूर आएँगे। तुम तो बड़े घर के लगते हो !"

"जी, मेरे पिता जमींदार हैं। दरवाजे पर हाथी-घोड़ा है! किसी चीज की कमी नहीं!"

"तब क्या गाँव तुम्हारी जमींदारी में है?"

"जी नहीं, हमारा गाँव बाबू हलवन्त सहाय की जमींदारी में है। वे बड़े आदमी हैं—अँगरेजों के खास आदमी। उनके रुआब से खर सुलगता है!"

"वे अँगरेजों के खास आदमी हैं?"

"जी, छपरा की कोठी, छपरा कचहरी में मुख्तारगिरी और जमींदारी—सब तो अँगरेजों की ही दी हुई है!"

"तो अँगरेजों की आँखों के तारे हैं वे?"

"जी, और वे भी उनके कम भक्त नहीं! भगवान की पूजा नहीं करके वे रिवेल साहब की करते हैं। इतना ही नहीं, रिवेल साहब की मेम की कब्र पर जाकर वे फूल भी चढ़ाते हैं, दीया बालते हैं और अपनी मंशा पूरी करने की मिन्नत भी करते हैं!"

"अच्छा तो वे अँगरेजों की खातिर कुछ भी कर सकते हैं?"

"और क्या?"

"तुम उनको जानते हो?"

"खूब जानता हूँ! वे अक्सर हमारे घर आते हैं! मेरे बाबूजी से उनकी बड़ी घनिष्ठता है।"

"महेन्द्र, तुम किस देवता के उपासक हो?"

"बजरंग बली का!"

"तब तुमने उनको मन्दिर में भीतर जाकर प्रणाम क्यों नहीं किया? बाहर से ही प्रणाम करके क्यों चल दिए?"

"यह हमसे भूल हुई!"

"तब मन्दिर के भीतर जाकर अपनी भूल की माफी माँगो!"

महेन्द्र मिश्र जब मन्दिर के भीतर गए, स्वामी अभयानन्द अपनी टोली की ओर मुखातिब हो बोले–"यह लड़का हमारे बड़े काम का है! इसका घर केन्द्र बनाकर हम आजादी की लड़ाई को व्यापक विस्तार दे सकेंगे। हमारी एक चौकी काहीं मिश्रवलिया में सुरक्षित दीखती है! जिस घर में बाबू हलवन्त सहाय-जैसे अँगरेजभक्त का आना-जाना हो–उस घर से सुरक्षित कोई स्थान हमारा नहीं हो सकता!"

"वह तो ठीक है, पर महेन्द्र को परखे बिना उस पर विश्वास किया कैसे जाए?"

"मैं आपकी बात से सहमत हूँ। महेन्द्र को परखने की खातिर उसे अपने साथ ले चलना होगा!" अभयानन्द बोले।

महेन्द्र मिश्र के कान खरहे के कान थे। चाहे-अनचाहे ध्वनियाँ उनसे टकराकर लगती थीं अठखेलियाँ करने। गवैये के कानों का संस्कार और भला कैसा हो? पर सुनी-अनसुनी करना भी उनको आता था। ऐसे अण्ठिया गए जैसे कुछ सुना ही न हो!

"आ गए, महेन्द्र?" उनके मन्दिर के बाहर कढ़ते ही साधु ने कहा।

"तुम्हारे बजरंग बली बड़े क्रान्तिकारी थे। अकेले ही रावण जैसे प्रतापी राजा की लंका तहस-नहस कर दी!"

"जी!"

"उनके भक्त हो तो उनके जैसे ही क्रान्तिकारी हो जाने का जतन क्यों नहीं करते? अँगरेजों का रावण-राज्य तरह-नहस करने में योगदान क्यों नहीं देते ?"

महेन्द्र मिश्र अकबका गए, मुँह खुला-का-खुला रह गया! इस रूप में तो कभी अपनी कल्पना भी नहीं की थी!

"डरो-ठिठको मत! बजरंग बली के नाम से तो डर भाग जाता है!...अपने देश की खातिर अपना सबकुछ न्योछावर कर दो!"

महेन्द्र मिश्र घर से चले थे नाच देखने और गाना सुनने! बीच रास्ते में ये क्या लीला होने लगी? वे सोच में पड़ गए!

"किस सोच में पड़ गए, महेन्द्र? चलो, तुम्हारे जैसे दूसरे साहसी बालकों से तुम्हें मिला लाएँ जिन्होंने देश की खातिर सबकुछ न्योछावर कर रखा है!"

महेन्द्र कुछ बोले नहीं!

"चलने का मन नहीं हो तो घर जाओ! नाच तो अब खत्म हो चुका होगा !...बस इतना बता दूँ कि हमारे साथ चलोगे तो हम तुम्हारे गीत गाने में बाधक नहीं, सहायक बनेंगे! उसकी ठीक दीक्षा भी दिला देंगे—एक-से-एक संगीताचार्य हमारे साथ हैं! वे तुम्हारे गले का जादू इतना निखार देंगे कि तुम अमर हो जाओ!"

"तो चलिए", महेन्द्र मिश्र के मुँह से अचानक निकल गया!

जब अभयानन्दजी की जमात चली, पूरब में भोर की लाली फैल गई थी।

पहले कुछ दिन छपरा के धर्मनाथ मन्दिर में उनका पड़ाव हुआ! बचपन में यहाँ अपना मुण्डन कराने महेन्द्र मिश्र आए थे! सुन्दर, घुँघराली लटें जब कटीं और मुण्डितमाथ जब माँ की गोदी में पहली दफा आए—माँ तो रोने लगी थीं। बच्चे का किसी नये चरण में प्रवेश माँ के गर्भगृह को एक झटका तो देता ही है।

धर्मनाथजी के मन्दिर में जो पुराना पाकड़ है—उसकी ऊँची डाल से लड़कों को गंगा मइया में छपाक्-छपाक् कूदते देखकर महेन्द्र मिश्र का मन माँ की याद से अकुला गया!...वहीं साधुओं ने उन्हें तैराकी की हिम्मत दी!

रास्ते-भर वे उन्हें भोजपुरी क्षेत्र का इतिहास बताते गए। लॉर्ड क्वाइव माँझी में ही हारा था और कुछ दिनों की खातिर अँगरेज थकमका गए थे। सरयू के उस पार बलिया थी—सन् '57 के सिपाही विद्रोह के अगुआ, मंगल पाण्डे का गाँव और उसके पार बाबू कुँवर सिंह की भूमि—जगदीशपुर—जिन्होंने जगदीशपुर से आजमगढ़ तक का अँगरेजी राज घोड़े की टापों से रौंद दिया!

एक रात भृगुस्थान में कटी, दूसरी गोमती के संगम—मार्कण्डेय स्थान पर। उसके बाद वे बनारस मुड़े।

महेन्द्र जिन्दगी में कभी इतनी दूर पैदल नहीं चले थे, पर साधुओं के सत्संग में थकान का अनुभव ही नहीं हुआ। ज्यादातर साधु युवक ही थे—पन्द्रह से पच्चीस वर्ष तक के! रास्ते में ज्ञान-विज्ञान, इतिहास-पुराण की बातें चिड़िया-चुनमुन की तरह साथ-साथ उड़ती गईं, गिलहरियों, बत्तखों, खिक्खिरों की तरह पीछे-पीछे चलीं किस्से-कहानियाँ!

फिर आया एक घना जंगल! घना झाड़-झंखाड़ और ऊँचे-ऊँचे पेड़ोंवाला बियाबान जंगल। चारों ओर शान्ति ही शान्ति, कभी-कभी पत्तों में सरसराहट होती या फिर किसी जंगली जानवर की आवाज सुनाई देती।

आधी रात का समय! अचानक कोई गरजती हुई-सी आवाज गूँज उठी– ''क्या मेरी मनोकामना पूर्ण नहीं होगी?''

फिर पहले जैसी चुप्पी छा गई! तब दुबारा गूँजी आवाज–"क्या मेरी मनोकामना पूर्ण नहीं होगी?"

कोई उत्तर नहीं आया तो तीसरी बार फिर नीरवता चीरती हुई आवाज आई–"क्या मेरी मनोकामना पूरी नहीं होगी?"

इस बार दूसरी कोई आवाज जागी, "बदले में तुम मुझे क्या दोगे?"

पहली आवाज में कड़कदार उत्तर मिला–"मेरे पास जो भी है–सब-कुछ! जान भी!"

"हुँह, जान देने में क्या रखा है! यह काम तो कोई भी कर सकता है!" दूसरी आवाज ने व्यंग्य कसा!

"फिर भला मैं क्या करूँ? बदले में क्या दूँ? बताओ!"

"समर्पण, पूर्ण समर्पण। दूसरों के सुख के लिए तिल-तिल जलने की तैयारी।" चारों ओर रात का घुप्प अँधेरा! उसी सुनसान जंगल में प्रश्नकर्ता सत्यानन्द ने ऊर्ध्वबाहु प्रतिज्ञा की कि वे अपनी मातृभूमि को मुक्त करने में कुछ भी कसर न उठाएँगे। वे ही तो रह-रहकर पूछ रहे थे–"क्या मेरी मनोकामना पूर्ण नहीं होगी?" उन्हीं की प्रेरणा से तो अभयानन्द जी ने युवा साधुओं की यह टोली तैयार की थी जिनके नवीनतम सदस्य थे महेन्द्र मिश्र।

आश्रम द्वारा महेन्द्र मिश्र को तीन सालों तक शस्त्र-संचालन के साथ-साथ बनारस, कलकत्ता के अलग-अलग घरानों की गायकी मनोयोग से सिखायी गई– अलग-अलग उस्ताद रख-रखकर! तीन साल पूरे होने को आए तो यह कहकर माँ-बाप के पास भेज दिया गया कि वहाँ जाकर अपने-जैसे युवकों की एक टोली गठित करें जो एक इशारे पर देश के लिए कहीं कुछ भी कर देने को तैयार हो। आजादी की परोक्ष लड़ाई में उन्हें शामिल होना है–परोक्ष इसलिए कि प्रत्यक्ष का समय अभी नहीं आया। भूलकर भी इस गुप्त संगठन की चर्चा कहीं नहीं करनी है! गाते-बजाते हुए घर-गृहस्थी करनी है जब तक आगे की कार्रवाई के लिए संगठन का इशारा नहीं मिलता!

पत्नी की बाँहों पर बाजूबन्द की डोरी कसते हुए महेन्द्र मिश्र अपना अतीत सोच रहे थे कि अचानक दरवाजे पर दस्तक हुई। हलकारा था! बाबू हलवन्त राय की चिट्ठी आई थी–

"प्रिय भाई महेन्द्र,

सर्वदा प्रसन्न रहो। ढेला रानी को ढुलवाकर तुमने अपने इस बड़े भाई पर जो एहसान किया है, उससे उऋण होना इस जन्म में तो सम्भव ही नहीं!

पर ढेला कठिन जीव है! साम-दाम-दण्ड भेद–कुछ उस पर चलता नहीं। जब से आई है, अन्न-जल छोड़ रखा है! पत्थर हुई बैठी है। कहती है–"जबर्दस्ती मेरी देह पर तो हो सकती है, रूह पर काबू इस जन्म में तुम नहीं पाओगे! बिना रूह की मुर्दा देह चाहिए तो ले लो! पूरी ढेला बाई नहीं मिलेगी!"

क्या जीव है, स्साली। टस से मस नहीं हुई तब से! मोती-माणिक-राज-पाट-कुछ नहीं मोहता उसको! साफ कहा कि रखैल बनाकर नहीं रखूँगा, अपनी रानी बनाकर रखूँगा तो मुँह पर थूक दिया रण्डी ने! बोली कि ऐसे ही मरद अगर थे तो भरी महफिल से खुद क्यों नहीं उठा लाए! और जो उठाकर यहाँ लाया–खुद कहाँ गया!

तुम्हें हेरती है, महेन्दर मिसिर, ढेला तुम्हें हेरती है। तुम्हारी बात पर ही जरा नरम भी पड़ती दीखी कल तो! एक हफ्ते बाद कल बोली–'एक ही शर्त्त पर बस सकती हूँ यहाँ कि महेन्दर मिसिर मुझको यहीं रहकर गाना-बजाना सिखावें।'

अब मेरी जान तुम्हारे ही हाथ है, लो, चाहे बख्श दो! कुछ तो करो, महेन्दर! जानता हूँ, तुम्हारी भी नयी-नयी शादी हुई है! तीन बरस गुम रहकर घर लौटे हो–आते-जाते रहना! कौन रोकता है! पर थोड़े दिन यहाँ मेरी कोठी में ही डेरा डाल लो!...ढेला बाई बस में हो जाएँ तो तुमको रोकूँगा नहीं!

एक बार और तुम्हें बचपन की सोहबत का वास्ता!

सस्नेह,

हलवन्त सहाय

परेवा कुँवर को यह चिट्ठी पढ़कर सुनायी तो आग लग गई उनकी देह में ! गुस्से से बिफरीं, फिर रो दीं! घण्टों महेन्दर मिसिर उन्हें गोदी में बाँधे रहे। जब साँसें थिरा गईं, थम गईं हिचकियाँ, धीरे से बोले–"जाना तो होगा, परेवा! दोस्ती का वास्ता दिया है। किसी को भी बीच मझधार तो नहीं छोड़ना चाहिए न। उनको एक किनारे लगाकर जल्दी ही लौट आऊँगा!"

"लौट आएँगे? उस बला की सुन्दर, जिद्दी-सी औरत ने गाना सिखाने का ऐसा लहरका लगाया है कि जिन्दगी-भर भँवर में ही फँसे रहेंगे आप! इस भँवर में भला किसको किनारा मिलेगा–यह शिवजी ही जानें!"

"भरोसा करो, परेवा!"

"एक पत्नी और कर भी क्या सकती है! शक करके हाड़ ही गलाएगी !... जाइए, बेकार ही क्यों किसी के रास्ते का पत्थर बनूँ...लेकिन इतना याद रखिए! मिथिला के उदभट आचार्य, गोनू ओझा के घर की बेटी हूँ, इतना शास्त्र-पुराण, योग-ध्यान मेरे खोएँछे में बाँधकर ही मुझको मेरे माता-पिता ने भेजा है कि खुद

को तो साधूँ ही, औरों को भी साधकर रखूँ! विचलित जो होंगे तो मुझे पता चल जाएगा...और पता चल जाएगा तो धर्मपत्नी का मन बेवजह टूक-टूक करने के दोषी हो जाएँगे आप...पुरइन का पात बने रहना हो तो जाइए!" महेन्द्र मिश्र चकित होकर पत्नी का मुँह देखने लगे! दोनों हथेलियों से चेहरा ऊपर किया और बोले–

"इतने बड़े विद्वान ने अपनी इतनी पान-फूल-सी बेटी इस निखट्टू गँवार के पल्ले बाँधी ही क्यों–नहीं जानता! पर इतना सोचो, कुँवर–जो एक दोस्त की पुकार पर ऐसा भागा-भागा जा सकता है, अपनी पत्नी के एक इशारे पर क्या नहीं कर सकता? ज्यादा पढ़ाई-लिखाई नहीं की, पर सत्संग किया है! सम्बन्धों का मर्म जानता हूँ, मर्यादा की महिमा भी!"

और इस तरह महेन्द्र मिश्र के दो घर हो लिए! हलवन्त सहाय की हवेली में रहना तो उन्होंने स्वीकार नहीं किया पर घर के सामने उनके नाम का शिवाला बना और वहीं बीच-बीच में घर से आकर वे रहने लगे! सिर्फ ढेला बाई ही वहाँ उनसे संगीत नहीं सीखतीं, आस-पास के गाँवों से तरह-तरह के गवैए-बजैए उनसे संगीत सीखने आते और गई रात तक मन्दिर में कीर्तन-भजन, पूरबी-चैती चलती ही रहती!

एक बार भिखारी ठाकुर भी उनसे मिलने आए, वही भिखारी ठाकुर जिनको राहुल सांकृत्यायन ने भोजपुरी का शेक्सपियर कहा था।

ढेलाबाई

जितने दिन मिसिरजी यहाँ रहते हैं, पता ही नहीं चलता, कब दिन हुआ, कब रात हुई! उनके जाते ही हवेली काटने को दौड़ती है। बाबू हलवन्त सहाय इस इलाके में अँगरेजों के खासमखास हैं–'आजादी के मुकदमों' के विशेषज्ञ! आए दिन अँगरेज अफसरों का खाना-पीना होता रहता है! उनके सामने मेरे नाच-गाने की भी महफिलें सजती हैं!

नन्ना के कोठे से मुझको जब उड़वाया था–खाना-पीना छोड़कर बैठ गई थी मैं–उस समय तो मेरे कदमों में नाक रगड़-रगड़कर कहते थे कि ब्याहता का दर्जा दूँगा, जो कहोगी–करूँगा! पर ब्याहता पत्नी को ऐसे नचवाते नहीं भरी महफिल में! वे तो बस खिलाने-पिलाने के इन्तजाम में लगी रहती हैं–बच्चे भी उनके हैं, मेरे तो नहीं! सारी गृहस्थी उनकी है–सास-ससुर, देवर-ननद सब उनके हैं। सिर्फ एक चाचा ससुर हैं तिरपितनाथ जो मुजफ्फरपुरवाले बमविस्फोट में खुदीराम बोस के साथ थे! उनकी मुझसे पटती है क्योंकि इनसे नहीं पटती! इनके रिश्तेदारों में एक वही हैं जो मुझसे सीधे मुँह बात करते हैं। महर्षि अरविन्द से भी इनकी चिट्ठी-पत्री है!

बीच-बीच में कई दिन ये भी मिसिरजी की तरह गायब हो जाते हैं! कहते हैं–अरविन्दाश्रम गए हैं, पाण्डिचेरी! आते हैं वहाँ से तो साठ-पैंसठ की इस उम्र में भी उनका चेहरा ऐसा दमकता दीखता है कि क्या बताऊँ! पेशे से ये भी वकील ही हैं, पर 'आजादी के मुकदमे' इनके मुँह से सुनो तो और ही पक्ष उन मुकदमों का खुलता है। अगर मुझे ठीक से पढ़ने-लिखने दिया होता तो मैं भी वकील बनती! तिरपितनाथजी कहते हैं कि मैं ज़हीन हूँ, बातों की महीन से महीन पेंच मेरी समझ में आती है।

पर हलवन्त सहाय का कहना है कि मेरे दिमाग में भूसा भरा है। उन्हें चाचाजी से मेरा अंतरंग होना फूटी आँख नहीं सुहाता। कहते हैं, पुलिस किसी दिन उन्हें पकड़ेगी तो मुझे भी पकड़ ले जाएगी–अगर मैं हवेली के उनके वाले हिस्से में बैठी मिली! मैं जन्म की पतुरिया हूँ! हँसकर टाल जाना मुझे आता है, बीहड़ में रास्ता बनाना भी! दिन तो हलवन्त बाबू का कचहरी में ही बीतता है–वही दिन मैं मिसिरजी और चाचाजी के बीच आधा-आधा बाँट लेती हूँ! रातें भी

बँटी हुई हैं–लेकिन वह मेरी तरफ से नहीं, हलवन्त बाबू की ओर से! जो रात सौत साहिबा के नाम होती है, मैं अपनी विश्वस्त दाई, गंगिया को अपने पलंग पर सुला लेती हूँ और गई रात तक हम दुख-सुख बतियाते रहते हैं–मुजफ्फरपुर के कोठे के दिन, बचपन की बातें! किस्साए तोता-मैना! सिंहासनबत्तीसी। विक्रम और वैताल। भूत की कहानियाँ! तन्त्र-मन्त्र, जोग-टोन की बातें! पिछवत्ती की हवेली में जो चक्कर-कुचक्कर चलते-पलते हैं–उसका भी हवा-पानी देती रहती है गंगिया क्योंकि वहाँ उसका इश्क चल रहा है–छोटी हवेली के भंसिया से! दोनों के पेट एक हैं! लेकिन कुछ-न-कुछ मुझको भनक लग ही जाती हैं!... रही-सही पूरा कर देते हैं फेनूगिलास–हलवन्त सहाय की दीदी के बेटे जो यहीं छपरा में रहकर हाई स्कूल का फॉर्म भर रहे हैं–छुपते-छुपाते वे भी आते हैं मेरे पास! दुबला-पतला बीमार शरीर जब मुझसे प्रणय-निवेदन करता है–इतनी दया आती है कि पूछो मत!

मेरी भी गजब जिन्दगी! एक तरफ हलवन्त बाबू का पकर-पकर, तुंदिल शरीर–किसी घाव की तरह, नहीं–कटहल के कोए या काले केले-सा बहा जाता बूढ़ा शरीर और दूसरी तरफ कच्चे अमरूद-सा कसैला-कड़ा और बेस्वाद, हड्डीगड़न प्रेम–फेनू बाबू का! तार से गिरती, खजूर में अटकती हूँ। किसी-किसी तरह पल्ला छुड़ाती हूँ–इतर-फुलेल से नहाती हूँ–फिर भी वह हूल, वह उल्टी नहीं जाती जो प्रणय-निवेदन के वक्त पिघलकर पपीता होते इनके भोंडे चेहरों पर अचानक निगाह चले जाने पर उठती है–नाभि से ब्रह्माण्ड तक लहर लेती जुगुप्सा!

नन्ना के कोठे पर मेरी नथ उतरी नहीं थी! आशिक तो मँडराते रहते थे, मगर मक्खियाँ उड़ाने की लय में उन्हें उड़ाने-भगानेवाले कारिन्दे बहुतेरे बैठा रखे थे नन्ना ने! पहला ही नाच था हरिहर-क्षेत्र के मेले का कि हलवन्त बाबू ने उठवा लिया–वह भी महेन्दर मिसिर का बाहुबल और लठैतों की तिकड़म थी जो मैं उठा ली गई! हलवन्त बाबू अँगरेज हाकिमों के खासमखास हैं इसलिए नन्ना की भी एक न चली–कसमसाकर रह गई बेचारी!

महेन्दर मिसिर

अभयानन्दजी की बात मानकर गृहस्थी में लौट तो आया, पर यह गृहस्थी भी सुगम नहीं चलनेवाली! काँही-मिश्रवलिया और छपरा में जागृत युवकों की एक टोली तैयार करने का निर्देश अभयानन्दजी ने दिया था! गाँव में इसी की खातिर पहलवानी-अखाड़ा चलाता हूँ! यह भी निर्देश दिया था कि गवैयों-बजैयों-कीर्तनियों की टोली बरकरार रखूँ–एक निरीह लोकगायक पर पुलिस भला क्या सन्देह करेगी कि इसके आँगन नकली नोटों की मशीन

लगानेवाले हैं विद्रोही साधु। पर अँगरेज पुलसिया की निगाहें बाज की निगाहें हैं।

हलवन्त सहाय अँगरेजों के खास आदमी हैं! कलक्टर रिवेल साहब तो इन्हें बेटे-जैसा मानते हैं। जब ढेला बाई के हठ पर मुझे बुला भेजा कि महीने में पन्द्रह दिन वहीं रहूँ, ढेला बाई को संगीत सिखाऊँ और उनकी भी महफिलें आबाद रखूँ--रामलीला, कृष्णलीला, कीर्तन-कथा वगैरह से--मैंने अभयानन्दजी के दूत से सलाह की थी! उसकी भी राय यही बनी कि यह व्यवस्था बुरी नहीं! हलवन्त साहब की हवेली की छाया हमें पुलिस की सवालिया निगाहों से बचाए रहेगी!

क्या जाने ईश्वर की क्या लीला है! कौन-सा खेल खेल रहा है मुझसे! माया के इतने रूपों में कौन-सा रूप असली है? कौन हूँ मैं और किसका हूँ? क्या मैं सबकुछ हूँ जो हूँ और सबका हूँ? परसादी का बतासा-बुनिया हूँ कि क्या हूँ? थोड़ा परेवा का, थोड़ा-सा ढेला का, थोड़ा अन्य सखियों-सखाओं-परिजन-पुरजनों का, थोड़ा अभयानन्द का, थोड़ा-सा देश का, दीन का कि दुनिया का? कभी-कभी लगता है--मुझको तो नौटंकी में ही होना चाहिए था !

उस दिन अखाड़े में पेटकुनिए लेटा था और तीन लोग मिलकर मुझे चित्त करने के प्रयास में लगे थे। ये खेल गठीले बदन का एक जवान जाने कितनी देर से देख रहा था। जब साथी थक गए और मैं उठकर खड़ा हुआ, वह मेरे पास आया, मैंने हँसकर पूछा--"तुम्हारा घर कहाँ है, बबुआ?"

"साफियाबाद", जवान बोला।

"कौन साफियाबाद? वही न जहाँ एक सूफी सन्त का मजार है!"

"जी, वही साफियावाद। मैं उसी गाँव का जान मुहम्मद हूँ।"

"कैसे आना हुआ?"

"आपकी शोहरत खींच लायी! मुझे अपना शागिर्द रख लीजिए।"

"मैं ब्राह्मण, तुम मुसलमान! मेल कैसे जमेगा, बोलो!" मैंने उसे छेड़ने के लिहाज से कहा।

"मेल खूब जमेगा! धर्म बदलने से पुरखे नहीं बदलते, न भगवान बदलते हैं, न जन्मभूमि से जुड़ा नेह बदलता है! कोई मुझे जानू पुकारता है, कोई मुहम्मद! पुकारे जाने पर बोलता तो मैं ही हूँ!"

"मान गया, बबुआ! सूफी सन्त का जादू है तुम्हारी बातों में। तुम्हारे ही जैसे युवकों की खोज में मैं हूँ! आज से तुम मेरे भाई बनकर मेरे घर ही रहो! मिश्रवलिया में तुम्हारा स्वागत है! महीने में पन्द्रह दिन तो मैं यहाँ अखाड़ा सँभालने आता ही हूँ! पन्द्रह दिन कीर्तन करता घूमता हूँ छपरा-बलिया-कलकत्ता-मुजफ्फरपुर!"

"क्या-क्या दाँव लगा लेते हो? गदका-पाटा-बन्द-बगइठी-तलवार-फरसा का अभ्यास तो तुरत सध जाएगा--दशहरा आने को है! दूर-दराज के गाँव के जवानों

की टोली यहीं जमेगी! जवानों के दाँव देख-देखकर बूढ़े शरीर भी उमग उठेंगे!"...मैं तड़पकर बोला!

धीरे-धीरे बिजुरी-जैसा तड़तड़ाकर उमड़नेवाले युवकों की टोली मैंने अँगरेजों के खिलाफ साधनी भी शुरू की–अभयानन्दजी के आदेशों के अनुरूप!

दशहरे में महावीरी जुलूस के बाद भी अखाड़ा सजा था। दुपहरिया में परेवा कुँवर ने पूरे दल को डटकर भोजन कराया। उसके बाद वे छपरा आ गए। रामलीला मठिया के मैदान में रावण दहन देखा। जमकर पूड़ी-जलेबी का भोज हुआ! फिर गोवर्धनदास के पोखरा पर सुस्ताने बैठे सभी! पत्तों से छनकर आती हुई चाँदनी एक चितकबरी चादर बिछाए थी और उस पर आलथी-पालथी मारकर बैठे लोग भी चितकबरे दीख रहे थे!

जब सब बैठे, मैंने मौका देखकर कहा–"अब तो हम एकमन, एक प्राण हैं ! एक बात पूछना चाहता हूँ।"

"तो पूछिए!" विक्रमा सिंह बोले!

"रावण के मरे तो हजारों बरस बीते। फिर भी लोग उसके दहन में अब तक रस क्यों लेते हैं?"

"वह अत्याचारी था। दूसरों का हक छीननेवाला दुराचारी! सबको अंगूठे के नीचे रखना चाहता था।"

"अँगरेजों की तरह? फिर चुप क्यों हैं रावण का पुतला जलाने में रस लेने वाले?"

"हमें चुप रहना नहीं चाहिए!" चतरा के रामसजीवन यादव बोले।

"ठीक समझे, बाबू! नवयुवकों के ही हाथ में है जवाब देना-न-देना! राम-लक्ष्मण-अंगद और हनुमान–सब नवयुवक ही थे!"

"तो कहिए, हम क्या करें? कैसे करें?"

इस बार जान मुहम्मद और विक्रमा एकसाथ बोले!

"विक्रमा भाई, लॉर्ड क्लाइव को तुम्हारे गाँववालों ने ही पछाड़ा था। हथुआ के राजा साहब ने भी अँगरेजों के छक्के छुड़ाने में कोई कसर नहीं छोड़ी! बाबू कुँवर सिंह और खुदीराम बोस का किस्सा अभी दहक ही रहा है हमारी स्मृतियों में...देश के कोने-कोने में अँगरेजों से लोहा लेने की तैयारी दहक रही है! यह सब मेरी अपनी आँखों का देखा-भाला है, भाई...!"

"कहाँ?"

"गंगा-स्नान आने दो, उन लोगों से तुम्हारी भी भेंट कराऊँगा–तुम सबकी!"

फिर गंगा-स्नान भी पास आ गया। कार्तिक के पूर्णिमा-नहान की तैयारी घर-घर होने लगी! साल में यही एक दिन होता है जब बेटियों-बहुओं पर मेला जाने में कोई रोक नहीं लगती। ठेकुआ-निमकी-खाजे से लेकर सत्तू, भूँजा, फरही तक

नन्ही पोटलियों से बँधकर तैयार हो गए। गोदना-सेमरिया-बैलहट्टा और सोनपुर में पहले से ही भीड़ जुटने लगी।

इसी बीच माँझी स्टेशन के उस पार, बकुलाहा एक्सटेंशन से करीब कोस-भर पूरब-दक्खिन, सरयू के किनारे बबुरबानी में एक साधु न जाने कहाँ से आकर जम गए थे। कोसों तक झरकट और बबूल के जंगल उगे थे, तब भी न जाने कैसे बाबा के आने की भनक लोगों को लग गई। लोग जुटने लगे! जाड़े की रात, रात-भर ओस बरसती फिर भी एक झमाट-झरकट के पेड़ के नीचे वे अडोल ही बैठे रहते। लोग चकपकाते इस डर से कि उनके इलाके में साधु-फकीर के प्राण चिरैया-से फुर्र न उड़ें! जोर-जबर्दस्ती से उनकी खातिर एक कुटिया बनायी गई कि यहीं रहकर अपनी साधना पूरी करें। बहुत मुश्किल से वे कुटिया के लिए माने, पर लोगों को खदेड़ दिया! कहा कि जिस विशेष प्रयोजन से वे यहाँ आए, वह एकान्त साधना की माँग करता है! खासकर आठ बजे रात के बाद तो परिन्दा भी वहाँ नहीं फटकता।...धीरे-धीरे और भी साधु वहाँ जुटते गए और अन्त में आए अभयानन्द।

रात को पाकड़ के पेड़ के नीचे कीर्तनियों के संग बैठा हारमोनियम की भाँति फेना रहा था कि उनका पैगाम आया। आधी रात को सदलबल पहुँचा। हमें देखते ही नदी का कछार पकड़कर अभयानन्द आगे बढ़ने लगे! सब उनके पीछे चले–फिल्ली-भर पानी में छप-छप करते हुए!

चाँदनी रात थी! काफी दूर आने के बाद अभयानन्द बालू के टीले पर चढ़कर खड़े हो गए! सामने बरखा का पानी जमा था। उस पार लोग खड़े थे, उन्हें सम्बोधित करते हुए उन्होंने कहा–

"महेन्दर मिसिर से आप लोगों को जानकारी तो हो गई होगी कि हम उस जमात के हैं जो देश की गुलामी खतम करने के प्रयास में लगी है! आप सब उसी जमात में शामिल होने आए हैं! सोच लें। अभी समय है! अपने प्राणों का मोह हो तो हमारे बाएँ आकर खड़े हो लें!"

कोई उनके बायें नहीं गया!

"ठीक है। मगर एक बात और सुनें! हमारी जमात में धोखेबाज को माफी नहीं, उसे अपने प्राणों से हाथ धोने पड़ सकते हैं!" अभयानन्दजी बोले, "सामने एक बत्ती देख रहे हो उसी को निशाना बनाना है! अब घण्टे-भर में तुम सब यह सीख लो कि कैसे बन्दूक, राइफल और रिवॉल्वर खोले जाते हैं, साफ किए जाते हैं, कैसे इनमें गोली भरी जाती है!" कहते-कहते अभयानन्दजी ने दो बार ताली बजायी!

टीले के पीछे से साधु हथियार लिए आ गए। घण्टे-भर शस्त्राभ्यास चला। चाँद जब पश्चिम में रतजगा किए परीक्षार्थी के सिर-सा एक ओर ढलक गया, अभयानन्द ने कुछ हथियार हमारी जमात में बाँट दिए और अपनी जमात के साथ बनारस चले गए!

इस घटना को बहुत दिन जब बीत गए, मित्र-मण्डली में से एक ने कहा, शायद राधेश्याम सिंह ने—"मिसिर भाई, हम अपनी देह बनाते ही रह जाएँगे कि यह किसी काम भी आएगी!"

"हाँ, ऐ भाई, रह-रहकर बाँह फड़क उठती है। अब तक अभयानन्दजी का कोई संवाद नहीं आया। राय हो तो हम अपने मन से ही कुछ कर गुजरें!" विक्रमा सिंह बोले!

"मिसिर भाई, हथियारों में जंग लगने का डर है! चलते रहें तो मँजाते रहें !" फेंकू यादव का कहना था!

इस पर मैं भी तड़प उठा—"ठीक कह रहे हो तुम लोग, हमको भी कुछ करना चाहिए। पर हथियार तो दूसरे की अमानत हैं। उनसे पूछे बिना व्यवहार में कैसे लाएँ! अभी कुछ दिन तो धीरज धरें हम सब!"

"हम मानते हैं कि हथियार दूसरों के हैं मगर मिले तो हमें हैं और व्यवहार में लाने की खातिर!" महादेव पासवान बोले!

"तुम्हारी बात नहीं काट रहा, पर चाहता हूँ कि अभयानन्दजी का संवाद आ जाए!"

"छोड़ो भी यह बात! मेरी बात मानो! जब अँगरेज सरकार के छक्के ही छुड़ाने हैं—उसका कुछ नुकसान करने में हर्ज नहीं! मैं तो सोच रहा हूँ—एक बैलगाड़ी रेल की पटरी ही उठा लाएँ! कुछ लोहा घरों के काम में आएगा, कुछ हल के फल या खुरपी बनाने में, बाकी का देशी हथियार बनवाकर घर-घर बँटवा देंगे। अँगरेजों से जब लड़ाई छिड़ेगी—काम आएँगे ये हथियार!" फेंकू यादव उठकर खड़े हो गए!

"पर यह उठाया कहाँ से जाएगा?" मैंने कहा!

"एकमा स्टेशन से थोड़ा पूरब और माने गाँव के बीचों-बीच जो जंगल है—उससे ही! जानते ही हो कि वह जंगल रेलवे लाइन के दोनों ओर उत्तर-दक्खिन में बहुत दूर तक फैला है। उस वन में रेल की काफी पटरियाँ पड़ी हैं और साँझ-बाद उधर से कोई भी गुजरता नहीं—चिचियाती रेल गुजरती है बस। गाड़ी के वन में घुसने के कोस-भर पहले से इतनी जोर की आवाज होने लगती है कि अगल-बगल बैठे मुसाफिर भी एक-दूसरे की बात नहीं सुन सकते! सुनता हूँ—आवाज से जंगली जानवर भगाने की खातिर वैसी पटरी बिछायी गई है।" फेंकू यादव ने कहा!

फेंकू की बात अभी खत्म भी नहीं हुई थी कि सबने देखा—सामने से एकतारा बजाता एक साधु आया, आकर चुपचाप चबूतरे पर विराज गया! हमारी पूरी जमात उधर घूमी!

"महेन्दर मिसिर का यही घर है?" वह बोला!

"जी, इसे अपना घर ही समझें!" मैंने कहा! इस बात पर साधु हँसने लगा—

"घर ही करना होता तो अपना घर त्यागता क्योंकर?"

रात-भर कीर्तन-कथा चली! महेन्दर मिसिर के बड़े आँगन में ही तब सबको न्यौता गया! शिवालय के सामने एक चबूतरे पर बाघम्बर बिछाकर साधुबाबा थोड़ी देर लेटे, फिर उठकर खड़े हो गए। मैं लपका–"विश्राम तो कर लें, बाबा! चले कहाँ?"

"विश्राम में, बेटे, राम की आहट है तो 'विष' की भी! कितना विश्राम राममय है, कितना विषमय–इसका निर्णय करने का विवेक विकसित करना पड़ता है!... अब एक बात सुनो और लक्ष्य-सन्धान में लग जाओ! चलो, जरा नदी तक टहल आते हैं!"

फिर धीरे-धीरे टहलते हुए वे कहने लगे–"अभयानन्द का सन्देश लाया हूँ! बंगाल में संन्यासी आन्दोलन पहले भी जगा था, अब नए सिरे से जग रहा है–बल्कि उत्कर्ष पर है! अँगरेजी सरकार उसको कुचलने में अपनी पूरी ताकत लगा रही है! पूरे बंगाल में नाकाबन्दी, धर-पकड़, मार-पीट मचा रही है! किसी बंगाली पर अब इस सरकार को भरोसा नहीं रहा। हर नौजवान पर सन्देह की सुई गड़ी है–इसलिए हमें तुम बिहारी नौजवानों का साथ चाहिए...!"

जरा भी हिलने-डुलने पर वह सुई हमको अन्दर तक भेद देती है। गैर-बंगाली जवान खासकर भोजपुरिया जवानों से बहुत उम्मीद है हमें। बंगाल में ये भरे पड़े हैं–खटालों से लेकर दरबारों तक! अँगरेजों के सन्देह के दायरे में वे अभी नहीं आए!"

"जी!"

"अच्छा तो तुम अपने कम-से-कम दस विश्वस्त साथियों के संग कलकत्ता आ जाओ।"

"कब तक?"

"आज से चौथे दिन तक!"

"ठीक!"

"चौथे दिन साढ़े बारह बजे दिन में हावड़ा स्टेशन पर प्रतीक्षा करूँगा! तुम अपने साथ हथियार नहीं लाना! अच्छा तो चलता हूँ!"

कुछ देर तक उनका जाना मैं देखता रहा, फिर आकर सो गया! परेवा बिस्तर पर बेखबर सोयी थी! "निरीह औरत! दिन-भर के काम से थकी, फिर थकी मेरी प्रतीक्षा में...शादी मुझे तो करनी ही नहीं चाहिए थी!" सोचता-सोचता उसके तलवे की फाँकों में उँगली फिराने लगा! फिर उससे यह कहने की हिम्मत जुटानी ही थी कि जा रहा हूँ, पर लौटूँगा जरूर!

यहाँ से मेरी जिन्दगी का छन्द ही बदल गया।

स्टेशन पर नित्यानन्दजी के साथ एक अतीव सुन्दरी, स्वस्थ वृद्धा, विजयाजी हमें लेने आई थीं! उनके एक ही हाथ था, पर बदन में अद्‌भुत चुस्ती-फुर्ती थी! उनके साथ ही बग्घी पर हुगली नदी के किनारे की एक ठाकुरबाड़ी में हम आए! वहीं हमारे ठहरने का इन्तजाम था! एक-दूसरे को कुहनियाँ मारती, खिलखिलाती औरतें जैसे झुण्ड में बढ़ती जाती हैं—लहरें ठाकुरबाड़ी की सीढ़ियों तक बढ़ी आतीं और फिर अज्ञात भय से पलटकर तितर- बितर हो जातीं! एक डुबकी में ही सारी थकान छू-मन्तर!

कलकत्ते के सारे भोजपुरियों के बीच भरपूर प्रचार हो चुका था कि ठाकुरबाड़ी की ये कुछ शामें यादगार होनेवाली हैं! और सचमुच, मेरे लिए भी कलकत्ता की वे शामें यादगार रहीं! कथा, गीत, भजन-कीर्तन-प्रवचन—जो भी करता—उसमें अलग तरह की प्राणशक्ति संचरित हो जाती—क्या जाने यह जनान्दोलन से जुड़ने का परिणाम था कि प्रकृति इतनी कृपालु हो गई थी, या बंगाल की रसिया माटी का कमाल कि गाते-बाँचते रात बीत जाती और लोग भावविह्वल बैठे ही रहते सामने—स्त्री-पुरुष, वृद्ध-युवक-बच्चे तक!

पहली रात तो समाँ बाँधने में बाबा की सिखाई 'देवीसूक्त रहस्य' की व्याख्या बहुत काम आई! उसको लोकरंग में ढालकर कुछ-कुछ कहता गया, लोग सुनते रहे और रोते रहे! मैं हिल गया भीतर से! क्या जाने क्या हो रहा था ! मेरे भीतर क्या सचमुच ही रोशनी की पंखुड़ियाँ चटक रही थीं? कुछ तो परदेश में अपनी भाषा की अंतरंग ध्वनियों का साक्षात्कार, कुछ अपने बिछड़े लोगों, बिछड़े सपनों से दो-चार होने का सबब!...अन्तिम सत्र मेरे गीतों का होता ! कभी-कभी उसमें अभयानन्द भी शामिल होते!

कुछ दिनों बाद जब मैं कलकत्ता में एक लोकगायक और कथावाचक के रूप में अपनी पहचान बना चुका—रोज आधी रात के बाद किसी-न-किसी अँगरेजी फर्म पर हमला लगा होने!

मेरे जैसे निरीह भक्त पर कौन शुबहा करता भला!...फिर एक दिन जान मुहम्मद एक मुसलमान जवान के साथ मिलने आए! दोनों के चेहरे पर चिन्ता के भाव थे! देखकर मैं सकते में पड़ा और पूछ बैठा—"ये तुम्हारे साथ कौन?"

"जी, ये रिश्ते में हमारे भाई लगते हैं! इनके अब्बा पुलिस अधिकारी, जॉन वॉकर के बावर्ची हैं और ये हैं उनके अर्दली! एक जरूरी खबर लाए हैं!"

"कैसी खबर?"

"ज़रा एक ओर तो हो लें!"

उठकर मैं एक तरफ हो लिया तो जान मुहम्मद बोला—"पण्डितजी, रात जॉन वॉकर के बँगले पर अँगरेज अधिकारियों की बैठक हुई जिसमें सवाल उठा कि ये कैसा संयोग है कि महेन्दर मिसिर के गीत खत्म होते-न-होते रोज रात अँगरेजों पर धावा बोला जाता है।...आज रात आप निगरानी में हैं! आज आपका

कोई आदमी कहीं नहीं जाना चाहिए!"

"फिर आज का काम कैसे होगा?"

"होगा और रोज से अधिक घातक होगा! अँगरेजों को यह सोचने की खातिर विवश होना होगा कि महेन्दर मिसिर का अँगरेजों पर होनेवाले हमलों में हाथ नहीं!" जान मुहम्मद ने कहा।

"इसका भार मुझ पर रहा! जान मुहम्मद और सलीम में आप कोई फर्क न करें! अँगरेजों की राई-रत्ती का हिसाब इस सलीम के पास है!" जान मुहम्मद के साथ का युवक बोला!

रात को मेरे गीत-गँवनई के वक्त जॉन वॉकर सदल-बल आया और मस्ती में मुण्ड हिला-हिलाकर उसने सारी रात गीत सुने! रात-भर मेरी जमात निगरानी में रही। बावजूद इसके और रोज से ज्यादा घातक एक हमला हुआ जिसमें कई अँगरेज मारे गए! खबर मिलने पर जॉन वॉकर झुँझलाकर बोला–"महेन्दर मिसिर पर गलत सन्देह का फल तो हम पा गए! संन्यासियों का कोई नया गिरोह उत्पात मचा रहा है!"

उसके हफ्ते-भर बाद तो दिन-दहाड़े ऐन हावड़ा स्टेशन पर सरकारी खजाना लूट लिया हमने मिलकर!

गंगासागर से नहाकर लौटे लोगों की भीड़ में अपने दसों साथियों के संग घुल-मिल गया मैं–लोकप्रिय जनकवि होने का लाभ उठाता! भोजपुरी समाज ने एक पूरा डब्बा ही यार्ड में घेर लिया और उसमें मेरे और मेरे साथियों के सामान साज दिए–"आप निश्चिन्त अब घूमें-फिरें, गाड़ी खुलने का वक्त हो तो आकर बैठ लें बस!"

प्लेटफॉर्म पर आकर हमारी जमात दो हिस्सों में बँट गई! विक्रमा सिंह आधी जमात लेकर सड़क के उस पार चले गए जहाँ नित्यानन्दजी की जीप थी और मैं अपनी जमात के साथ स्टेशन के पीछे जहाँ अभयानन्द थे! खजाना ले जाने वाली गाड़ी से सटी हुई एक वैसी ही और गाड़ी थी जिसमें एक स्त्री किसी पुरुष के साथ बैठी दीखती थी!

ठीक उसी समय जब खजाना आया और गाड़ी में लदने लगा धायँ-धायँ गोली चली और भगदड़ मच गई! खजांची और बक्सा ढोनेवाले कुली वहीं गिरकर तड़पने लगे! उनका तड़पना मुझे तकलीफ में डाल गया! बन्दूक पर मेरी पकड़ ढीली पड़ गई, फिर याद आई अभयानन्द की बात–"अपनी या अपनों की कुर्बानी के बिना कोई बड़ा लक्ष्य पूरा नहीं होता! कुछ तो निर्दोष जानें जाएँगी, पर आनेवाली पीढ़ियाँ खुली हवा में साँस ले तो सकेंगी।" इसी अफरा-तफरी में फेंकू यादव सरकारी खजाना उठाकर अभयानन्दजी की गाड़ी में रख आए! कुछ

राइफलें भी अभयानन्द की गाड़ी में जमा हुईं, कुछ नित्यानन्द की गाड़ी में! फिर जनसमुद्र में समा गए हम–भागती भीड़ के पीछे चलती ट्रेन में अपनी जगह पा ही ली! इसी बीच अभयानन्दजी की गाड़ी भी पंख लगाकर उड़ गई!

मुझको तो एक भोजपुरिया सिपाही ट्रेन में चढ़ा गया! पैर छूकर बोला–'इस भगदड़ में आप कैसे, पण्डितजी?'

"भगवान भला करे, बबुआ", मैं बोला, "मैं तो आज बड़े फेर में पड़ा हूँ! छपरा की गाड़ी पकड़नी थी! गाड़ी में देर थी–सो पान खाने जरा बाहर चला आया! अचानक लगी गोली छूटने! कुछ पता ही नहीं चलता–हुआ क्या! अब भीड़ दरवाजे पर इतनी है कि जाना मुश्किल!"

"आप घबराएँ नहीं, हम बैठा देते हैं"–भीड़ चीरता वह मुझे मेरी बर्थ तक लिवा लाया और हाथ जोड़कर बोला–"मिसिरजी, आपकी सेवा करके मैं धन्य हुआ! अब कभी कलकत्ता आना हो तो हमारी बैरक में भी दो-चार दिन जरूर ठहरें! मेरा नाम है–रामाधार सिंह और नम्बर 432!"

"हाँ, मैं जरूर आऊँगा!" कहकर मैं मुस्काया! गाड़ी चल दी!

यहाँ आने पर हलवन्त सहाय ने एक नया प्रसंग जीवन में जोड़ दिया! ढेला बाई का अपहरण हो तो गया था, पर इसकी खातिर फेंकू यादव ने काफी धिक्कारा था मुझको। हलवन्त सहाय के पलंग पर उसे पटककर जब लौटे, उनका मन भिन्नाया हुआ था–"ये मैं नहीं जानता था कि तुम मिसिर, ऐसा नीच काम मुझसे करवाओगे! बाघ के माँद में एक बकरी रखवा दी मेरे हाथों।"

"चिन्ता मत करो!" मैं धीरे से बोला, "बाघ तुम्हारी बकरी का कुछ बिगाड़ नहीं सकता! यदि उसे खाने की सोचेगा तो आकर उसका जबड़ा कुचल देने की ताकत महेन्दर मिसिर में है!...आओ, अब गाँव चलें!"

गाँव आया तो यह सोचकर कि अब उधर मुखातिब तभी होऊँगा जब ढेला पर कोई संकट आएगा। हलवन्त सहाय से यह वचन तो मैंने ले लिया था कि इसे सिर पर बिठाकर रखें और इसके हुनर का विकास होने दें!...तब यह कहाँ जानता था कि इस हुनर के विकास में मेरा ही सहयोग माँगने वे आएँगे और बात इतनी बढ़ जाएगी कि बीच-बीच में उनकी कोठी के सामने शिवालय में ठहर-ठहरकर ढेला बाई को गीत-संगीत का अभ्यास करवाते रहना होगा ताकि उनकी और उनके रिवेल साहब की शामें आबाद रहें!

एक दिन शिवजी के दरबार में अनमना बैठा था कि भिखारी भी आए–भिखारी ठाकुर।

उस समय तक उनकी नाच-मण्डली कायम नहीं हुई थी। अपनी आधी उमर बंगाल में बिताकर, जतरा-कीर्तन का प्रभाव कलाकार-मन में सोखे हुए वे यहाँ आए थे—जनजागरण का एक नयी तरह का सपना उनके रोम-रोम में पँचखियाँ फेंक रहा था।

इस अनूठे सपने की आँच में मेरा भी खून बजने लगा! मन भर आया उनकी बातें सुनकर और उनका एक परण देखकर! उठकर गले से लगाया उन्हें और बगल में बिठाने को हुआ कि वे सकुचा गए! मैं उनका संकोच समझ रहा था, और यह संकोच दूर करना एकदम से जरूरी था, सो मैं बोला—"भिखारी भाई, यह सरस्वती माई का दरबार है! कम-से-कम यहाँ ऊँच-नीच या जात-पाँत का भेद-भाव नहीं चलता! इनके दरबार में तो साधना का महत्त्व है, बस! साधक की तो कोई जात नहीं होती! वह केवल साधक होता है।...तमाम लोककलाओं-लोकगीत, नौटंकी वगैरह को जनजागरण का सामान बनाने ही साध है हमारी—हम जिस बेसुरे समय में संगीत साध रहे हैं, उसमें गहरी आपसदारी एकदम जरूरी है!... जात-पात में भला क्या रखा है। बीया अँगनैया में पड़े कि पिछवत्ती-पौधे के सुभाव-चरित में तो अन्तर नहीं आता, माटी-वाटी के हिसाब से कद-काठी में अन्तर हो सकता है—फलदारी में तो फर्क नहीं पड़ता!"

इस बात से उल्लसित होकर भिखारी ठाकुर सामने आ बैठे, "एक सपना है मन में! आपके सहयोग के बिना पूरा नहीं होनेवाला।...चाहता हूँ एक ऐसी नाच-मण्डली बनाना जो गीत-नौटंकी के माध्यम से जनमन की पीड़ा उभार सके! हमारे समाज में जो बुराइयाँ अपना घर बना चुकी हैं—दबाने से और बजबजा जाएँगी—पके घाव की तरह टीस रही हैं हर जगह! नौका छुरे के तेज धार से यह घाव चीरकर मवाद बहा देना होगा—तब ही सब चैन की नींद सो सकेंगे!... उल्लास तो है पर राह नहीं मिलती!"

"जन्म के साथ ही तो कोई बोलने नहीं लगता। बोलते-बोलते बोलना आता है! लिखते-लिखते लिखना आता है!" मेरे मुँह से निकला, "मैं तो खास पढ़ा-लिखा भी नहीं, भिखारी भाई! बस इतना करता हूँ कि आँख-कान-मन के कपाट खोले रखता हूँ—जो हवा-पानी-धूप-धूल-रोशनी आती है—उस रास्ते सोखने की कोशिश करता हूँ। कोई भी अनुभूति—अच्छी या बुरी—प्रसाद-भाव से ग्रहण करने और जन-जन में बाँट देने की आदत पड़ गई है, ऐ भिखारी भाई!"

भिखारी कलाकार आदमी, चेहरा उनका खिल गया—इस सहज प्रस्ताव से कि लिखते वक्त खुद को बस पात्र बना देना है—एक खाली बरतन और बस इतना याद रखना है कि बतरस ही जीवन का अमृत है!

बतरस के नाम पर ढेला की याद आई! बतरस की खान है ढेला! पता नहीं

उससे मेरा क्या रिश्ता है, शिष्या है और समझदार संगिनी भी! जब भी मन डूबता है उसकी बातें मुझे उबार लेती हैं! उसके प्रति एक अपराध-बोध भी है मन में! कोठे से तो उसे उतार लाया पर हलवन्त सहाय की कोठी में ही भला उसे कौन सुख है! वो तो भला हो तिरपितनाथजी का कि उसको तरह-तरह की किताबें ला देते हैं, देश-विदेश के किस्से सुनाते हैं, आजादी के मुकदमें भी...और थोड़ा-बहुत मैं संगीत सिखा देता हूँ! यह दीपशिखा अग्निशिखा बनेगी किसी दिन– उम्मीद करता हूँ।

मैं तो ज्यादा पढ़-लिख पाया नहीं, पर तिरपितनाथजी के साथ ढेला को ज्ञान-विज्ञान, शहीदों-सेनानियों की चर्चा करते देखता हूँ तो बैठ जाता हूँ हुक्का लेकर। ये कुछ क्षण हमारी दिनचर्या के सबसे सुखद क्षण होते हैं! हलवन्त सहाय को हमारी ये अंतरंग बैठकें बेहद नागवार गुजरती हैं।

पहले मुझे इसका अन्दाज नहीं था कि सहाय साहब के इतने बड़े दिमाग और ऐसी विशाल काया में मन इतना टुन्ना-सा बसता है!

उस बार बहुत दिनों पर छपरा आया था। बाबू साहब की हवेली के फाटक के भीतर पैर रखते ही भारी जलसे की तैयारी घुमड़ती दीखी! पल-भर खड़ा सोचता रहा, फिर लौटकर शिवालय की कोठरी तक आ गया! किवाड़ खोली! चारों तरफ धूल ही धूल! एक गौरैया मरी पड़ी थी। एक तरफ झोला रखा! अलगनी झाड़कर उस पर अपना कुरता-चद्दर टाँगा! सोच ही रहा था कि सफाई में जुटूँ कि आहट पा पीछे पलटा! ढेला की गंगिया खड़ी थी!

"मिसिर बाबा, आप फाटक से क्यों लौट आए? चलिए, मालकिन बुला रही हैं!"

"आज कुछ है क्या, जी? बड़ी तैयारी!"

"हँ, आज हाकिमों का बड़ा भोज है!"

"तुम जाओ!"

"मैं नहीं जानेवाली! आपकी कोठरी गंदी पड़ी है। आप कपड़े बदलकर कोठी में चलें! आपको पहुँचाकर मैं कोठरी साफ करूँगी! तब आकर आराम कीजिएगा।"

बाल-हठ-त्रिया-हठ–दोनों एक-पर-एक! दोनों मिल जाएँ तो क्या हो! मैंने हथियार डाल दिए!

बाबू साहब की बैठकी खुली थी! गंगा मुझे वहीं बिठाकर ढेला को बुला लायी! इतने महीने बाद ढेला को देखा। थोड़ी और लम्बी हुई थी, पर रंग पीला पड़ गया था। गहनों से लदी हुई थी देह, पर देह में जैसे जान नहीं थी! एक सफेद पपड़ी-सी ओठों पर थी, शहतूत के पत्तों के कोए में जैसे कच्चा रेशम होता है! एकदम से सामने आकर खड़ी हुई तो देखा, आँखें भी डबडबायी हुई हैं–

"क्या बात है, ढेला? यह कैसी दशा बना रखी है?"

"इस गड्ढे का सारा पानी तो अपनी लुटिया में समेट ले गए आप! गड्ढे की मछली बिन पानी इससे बेहतर कैसे रहती?"

"अच्छा, तो लो—अब पानी लौट आया है! अब तो तुम तैरो—नाचो-कूदो, पानी में हिलकोर उठाओ!"

"हड़बड़ाकर पानी में कूद जाऊँ? इसमें तो खतरा है! हलक में पानी घुस गया तो दम लगेगा फूलने! ज़रा रुकिए, आँख-भर देखूँ तो, चरण तो पखारूँ!... किस कसूर की सजा मुझे इस जंगल में फिंकवाकर दी—यह भी बताइए!"

"ये क्या कह रही हो?"

"दूसरों के रुआब से अपना रुआब नहीं बढ़ता!"

"तुम्हें ऐसे नहीं कहना चाहिए! वकील साहब तुम्हें अपनी पत्नी बनाकर यहाँ रखते हैं।"

"पत्नी बनाकर? पत्नी को फिरंगियों के इशारे पर नचवाते थे मुख्तार साहब? शराब के नशे में कोई पत्नी का हाथ पकड़ने लपकता या तरह-तरह के कुबोल बोलता तो खिसियाने की जगह मुस्की छोड़ते थे क्या?"...मिसिरजी, मेरी स्थिति ज़रा भी नहीं बदली। जो मैं पहले थी, अब भी हूँ—रण्डी की बेटी जिसे कोई कुछ भी कह सकता है, कहने की कौन कहे—कर सकता है कोई कुछ भी जिसके साथ: कभी भी, किसी भी समय दरवाजा धकियाकर घुस सकता है भीतर!

वो जो दीवार देखते हैं न—भगवान बाजार के उस खँडहर की दीवार-ढोर-डंगर जिसकी छाया में पगुराते हैं—पिच्च-पिच्च फेंकी हुई कितनी पीकें वहाँ हैं! सामने पान की दूकान है! कोई उस दीवार से पूछकर तो पीक नहीं फेंकता उस पर! मैं हूँ वह दीवार! हर रण्डी वही दीवार है—कोठे पर हो चाहे कोठी में!

फिर कहती हूँ, पण्डितजी, मैं जो पहले थी—अभी भी वो ही हूँ! पहले भी मुजरा करती थी, अब भी करती हूँ! फर्क सिर्फ इतना है कि पहले रुपया मेरे हाथ में आता था, अब मुख्तार साहब के हाथ में आता है! पहले पाँवों में बस घुँघरू थे, अब मोटी जंजीरें भी हैं—पाबन्दियों की—यहाँ जाओ, वहाँ मत जाओ, इससे बोलो, उससे मत बोलो, ये करो, वो मत करो!" सुनते-सुनते मेरे दिमाग की नसें तड़कने लगी हैं!

आपने मुझे सराय से उठवाकर इनके पलंग पर फिंकवा दिया—यह सोचकर कि वे मुझको पत्नी का दरज़ा देंगे! खैर, जाने दीजिए! मैं तो कुछ कहती भी नहीं! मुझे हलवन्त बाबू की पत्नी कहकर आपने ही मेरे घाव की पपड़ी जाने-अनजाने खुरच दी तो मवाद बह निकला! जो पत्नी थीं—वे भी अपने हिस्से का दुख-सुख झेलकर तीन महीने पहले गईं!"

"यह मेरी कल्पना के परे गया, ढेला!" मैं सकपका गया!

"आपकी कल्पना बड़े काम साधने की खातिर बनी है, पण्डितजी! मेरे-जैसी छोटी पतुरिया पर क्यों जाया हो! छोड़िए यह प्रसंग! नहा-धोकर खाने बैठिए!"

सेना में भरती करनेवाले सबसे बड़े हाकिम, जेम्स फोर्ड, पटना से छपरा आए हैं! उनके सम्मान में भोज है! उसी में नाचने का हुक्म देकर मुख्तार साहब कचहरी गए हैं!"

"तुम नाचोगी?"

"पहले तो ऐसे अवसरों पर सोचती थी कि सीढ़ियों से गिरकर हाथ-पैर तोड़ लूँ, पर आज मैं नाचूँगी–अपने कंठ और मन के साजनहार, महेन्दर मिसिर के लौट आने की खुशी में नाचूँगी...इस खुशी में नाचूँगी कि चाहे-अनचाहे मैंने अपना हाल उन्हें सुना तो दिया–अब वे जानें या उनका काम जाने!

एक रण्डी के जीवन में ऐसे मौके कम आते हैं जब वह अपनी मर्जी से, अपनी तरंग पर नाच पाती है...'रण्डी-रणचण्डी'–बचपन में एक सहेली के घर जाती थी तो चिढ़ाते थे उसके भाई...उस समय तो मैं कटकर रह जाती थी, बहुत जल्द उसके घर जाना भी छोड़ दिया...पर आज कहीं मिलें तो नज़रें मिलाकर जवाब दूँ–'तुम्हारी माँ-बहनें सुरक्षित हैं तो हमारे ही कारण! मरद की हवस के बहुत रंग देख लिए! सारी लल्लो-चप्पो एक ही नरक-कुण्ड में जाकर गिरती है...बस एक आप, और एक तिरपित बाबू–एकदम अलग हैं। आबाद रहें और जीते रहें–एक रंडी का आशिष है!"

"एक बात पूछूँ, ढेला? बुरा लगे तो माफ कर देना! तीन-चार वर्षों से हलवन्त बाबू के साथ हो! प्रेम नहीं हो पाया अब तक?"

"प्रेम?", हँसने लगी ढेला, "प्रेम, मिसिरजी? प्रेम ललमुनिया चिरैया नहीं है जो कभी इस छज्जे बैठे, कभी उस अँगना...इतने लोगों से आमना-सामना होता है कि फुर्सत ही नहीं मिलती सोचने की–प्रेम होता भी तो किससे होता!

पिंजरे में बैठी भी तो जिसके पिंजरे में बैठी–वह अजब-गजब निकला! रोज देखती हूँ इन्हें रुपये की खातिर गरीब मुवक्किलों को लुलुआते, धमकाते कि समय पर रुपये न मिले तो मुकदमा खराब कर दूँगा!...गरीबों पर तो ऐसा रोब और पैसेवालों के तलवे चाटने को तैयार!...फिरंगियों को साष्टांग दण्डवत करने में भी गुरेज नहीं!...इस कलेजे में कहाँ से वो जोर करूँ पैदा जो ऐसे डगरे के बैंगन पर कुरबान जाए!

खाना इनका दिया खाती हूँ, इसलिए साँस रोककर बगल में लेट जाती हूँ हर रोज! उबकाई आती है तो मन को यही दिलासा देती हूँ कि कर्जा चुका रही हूँ या किराया–खाने-पीने का, रहने-सहने का!"

आगे सुनना मेरी खातिर मुश्किल था! भीतर मैं गड़बड़ा रहा था, एकदम से उठ खड़ा हुआ–"बहुत दिनों पर छपरा आया हूँ! आज अपने हाथ से बाबा भोलेनाथ को नहलाने का मन है!" अभी मैं खड़ा ही हुआ था कि ढेला ने मेरे पाँव पकड़ लिए और भरे मन से मैंने कहा–

"रोओ मत, आ तो गया हूँ! कुछ करता हूँ!"

"अब मुझे छोड़कर नहीं जाएँगे न?"

"नहीं, तुम्हें छोड़कर नहीं जाऊँगा!" मुँह से यह निकला ही था कि कचहरी से थके-हारे हलवन्त बाबू धड़धड़ाकर अन्दर घुसे! यह नजारा, यह संवाद उनके गले से नहीं उतरा! ढेला तो थोड़ा सकपकायी, पर मैं सहज ही रहा—"आ गए आप!"

हलवन्त सहाय के चेहरे पर साफ लिखा था कि वश चलता तो घेंटुआ पकड़कर मुझे कोठी से निकाल फेंकते, पर पुराने रिश्ते के लिहाज में कह सिर्फ इतना पाए—"मिसिर, जिस पत्तल में खाते हैं, उसमें छेद नहीं करते!"

"वरना सारी दाल बह जाएगी...", मैंने हँसकर कहा!

मेरी हँसी से वे तिलमिला तो गए होंगे, पर जवाब कुछ नहीं दिया। मैं ही आगे बोला—

"मुख्तार साहब, महेन्दर मिसिर जिस पत्तल में खाते हैं, फेंक देते हैं उसे! दुबारा धोकर व्यवहार में नहीं लाते! आपकी कोठी में तो मुझे थाली में भोजन मिलता है! है कोई थाली जिसमें छेद हुआ हो?"

हलवन्त बाबू का चेहरा तमतमा गया—तीर की तरह दनदनाते हुए वे अपने कमरे में गए और पलंग पर पेट के बल लेट गए!

धीरे-धीरे चलता हुआ मैं शिवालय तक लौट आया! नहा-धोकर कपड़े बदले, भक्ति-भाव से शिवजी का पूजन किया। तब अपनी चौकी पर जा लेटा!

कुछ देर में एक पुराना शिष्य, रधिकवा आ धमका! प्रणाम करके बोला—"कोई काम हो तो कहें, पण्डित जी!"

"खुश रहो! मौके से आए! जाओ, गया शाह से कहना—मिसिर बाबा का मन है गरम-गरम जलेबी-पूड़ी खाने का! उसके साथ तरकारी और दही लाओ, लोटा में पानी भी।"

रधिकवा चट से सब समझ गया। खाकर मैं लेटा ही था कि गंगिया खाने पर बुलाने आई! रधिकवा के हाथ में पत्तल देखकर चौंकी—

"यह कैसा पत्तल है, जी?"

"मिसिर बाबा ने पूरी-जलेबी खायी है!"

"मिसिर बाबा खा चुके?" दौड़ती-भागती गंगा मालकिन के पास पहुँची।

ढेलाबाई

दौड़ती-भागती गंगिया आई और सारा हाल सुनाया—"मिसिर बाबा कोठी में नहीं खाएँगे! खा चुके जो खाना था!"

"मिसिरजी कोठी में नहीं खाएँगे?"

"ना!"

"मिसिरजी के आते ही बुढ़ऊ के मन में उद्वेग जग गया! लगे जलने! मिसिरजी नहीं खाएँगे तो ढेला भी नहीं खाएगी! आज नौ-छौ हो ही जाए!" यह कहती हुई मैं तेजी से हलवन्त सहाय की कोठरी में गई। देखा तो वे उसी कचहरीवाली पोशाक में पलंग पर पड़े हैं! मन तो हुआ, झकझोरकर पूछूँ–"आज मिसिरजी कोठी में क्यों नहीं जीमेंगे भला?", मगर मन की मन में दबा ली और आकर अपने पलंग पर लेट गईं। गंगिया की आँखें डबडबा आईं और वो लगी मेरे पैर दबाने!

धीरे-धीरे पूरी कोठी में एक अजब दहशत फैल गई! सबके प्राण टँगे के टँगे रह गए! अब क्या होगा! मुंशीजी भी घबराए! कोठी में आज भोज का आयोजन है और मालिक-मालकिन-दोनों पट्ट पड़े हैं! बड़ी मालकिन जिन्दा होतीं तो वे ही कुछ सँभालतीं! क्षण में मालिक की कोठरी में झाँकते, क्षण में रोब गालिब करते हाते में खटते मजदूरों पर तो क्षण में बरामदे में खड़े-खड़े सोचते कि अब क्या करें!

देखते-देखते चार बज गया। सात बजे तक जुटान होना था। मुंशीजी करते तो क्या करते! हलवन्त साहब को छेड़ना इस समय गेहुँअन साँप को छेड़ना था! प्रबंध में कोई कोर-कसर नहीं रहेगी, पर यह पूरा सिंगार-पटार किस खातिर? सबकुछ तो हो जाएगा पर कोठी में यह जो अँधेरा फैला है, वह कैसे ढँकेगा भला!

बहुत साहस करके मेरी कोठरी पर आई गंगिया को अपने हाथ के इशारे से पास बुलाया, पर गंगिया ने मुँह बिचकाकर मुँह ही फेर लिया, मानो कह रही हो–"आपके मालिक से मेरी मालकिन किस बात में उन्नीस हैं! जाइए, उनसे कहिए कि आएँ और मेरी मालकिन के तलवे सहलाएँ! वरना हाता में सूरज उतर आए तो भी कोठी में उजाला न फैलेगा!"

कुछ देर खड़े रहकर मुंशीजी बरामदे में आ गए और अपनी जिन्दगी का कुल अनुभव आवाज में निचोड़कर कहा, "सरकार, साढ़े चार तो हो गया। आप यों ही लेटे रहे तो रिवेल साहब के आने पर हम जवाब क्या देंगे?"

रिवेल साहब का नाम सुनते ही बाबू हलवन्त सहाय के पेट के नीचे से नागिन सरक गई जैसे! वे उठकर बैठ गए और मुंशी जी की ओर लगे ताकने !

"सरकार, और तैयारियाँ हुई पड़ी हैं! बस आप तैयार हो जाएँ!"

"ढेला बाई क्या कर रही हैं?"

"वे भी पलंग पर खाए-पिए बिना ही पड़ी हैं!"

"हूँ"–बाबू हलवन्त सहाय ने जोर की साँस खींची! उनकी आँखों में ऐसी विवशता मुंशी जी ने पहले नहीं देखी थी!

हलवन्त सहाय उसी भेस में ढेला बाई के पलंग पर आ गए! गंगिया उठकर बाहर चली गई तब वह पलंग पर बैठकर आधे पलंग पर फैली मेरी केश राशि लगे समेटने!

घड़ी की सुई अपनी परिधि पर टिक-टिक-टिक घूम रही थी और उसी की लय में हलवन्त बाबू की धड़कन भी बढ़ी जा रही थी—धक्-धक्-धक्-धक्! न उठी ढेला बाई तो क्या होगा? रिवेल साहब को वे क्या जवाब देंगे? छह बजते-बजते वे आ जाएँगे, सात बजते-बजते जेम्स फोर्ड साहब! ढेला के रूप और नाच-गान के चर्चे ही उनको यहाँ खींच लाते हैं वरना मेरे-जैसे कितने पड़े हैं मुख्तार! पटपटा गए पर मैं दम काछे ही पड़ी रही! जरा भी नहीं सुगबुगायी! मुझे उठाकर बैठा देने को हुए! झिड़क देती मैं तो, पर उन्हें कचहरी के कपड़ों में देखकर नरम पड़ गई!

"ढेला बाई, उठकर तैयार हो जाओ! रिवेल साहब वगैरह तुमसे मिलने ही तो आ रहे हैं!"

"मुझे न रिवेल साहब से मतलब है, न आपके भोज से!"

"आखिर इतनी नाराज क्यों हो?"

"और आपने क्यों खटवास-पटवास ले रखा था?"

"ढेला बाई, छोड़ो यह सब! उठकर तैयार हो जाओ। अब समय नहीं।"

"बात खत्म होनेवाली होगी—तब तो खत्म होगी! बात का बतंगड़ बनाकर मन में एक भट्ठी सुलगा लेने से तो वह खत्म नहीं होगी न! मैं अपने गुरू के पैर छूकर प्रणाम कर रही थी, वे उठाकर मुझे आशिष दे रहे थे, विनती स्वीकार कर रहे थे मेरी तो आपकी देह पर आग की टोकरी उलट गई! आप लगे जलने और मिसिर बाबा का भोजन कोठरी में बन्द हो गया! याद रखिए, इस कोठरी में मिसिर बाबा जीमेंगे तभी अन्न का एक दाना ढेला के हलक के नीचे उतरेगा!"

हलवन्त बाबू ठहा गए! मिसिरजी को लेकर यह मेरा दूसरा सत्याग्रह था! तिरपितनाथजी गाँधीजी के प्रयोगों की इतनी बातें बताते थे! चम्पारण के निलहे-किसानों के बीच कैसे क्या अलख जगाते घूमते हैं—औरतों को भी चौके-चूल्हे से खींचकर आन्दोलन से कैसे जोड़ रहे हैं—मैं इससे अनभिज्ञ न थी! तिरपितनाथ खुद नहीं होते तो उनकी चिट्ठियाँ होतीं! वे और महेन्दर मिसिर—दो ही तो मेरे जीवन में प्रकाश की लकीरें थे! उनको मैं कैसे मिटने देती। मेरी रगों में मुगल खून भी था, इतना आसान तो नहीं था मुझको झुकाना—गदर के मारे पीर घसियारे की नातिन थी मैं और ठेलेवाले शहजादे की परनातिन—जलेबा नन्ना और अम्मा के तूफानों की कश्ती। इतने सारे अरमान इन्होंने मुझमें बोए थे। कोठे पर भी मेरी पढ़ाई-लिखाई का इन्तजाम कर रखा था—इतने सारे बीयों की पोटली थी मैं। अँखुवा नहीं पायी तो क्या! एक पुख्ता जमीन का मेरा इंतजार मरा नहीं था! क्या जाने कैसे मिलेगी और कहाँ मिलेगी, पर मिलेगी जरूर!

घड़ी की सुई की टिक-टिक के साथ मेरी जिद भी ठनक रही र्थ।! हारकर वो बोले—"ढेला बाई, अब समय नहीं! मिसिरजी से मैंने कुछ ऐसा तो नहीं कहा था!"

"ये तो आप ही जानें या जानें मिसिरजी!"

"तो तुम चाहती क्या हो?"

"किसी तरह आप मिसिर बाबा को मना लें! चाहते हैं कि भोज में मेरा नाच हो तो उनको राजी कर लें—साथ गाने के लिए! नाचूँगी तो उनके ही गीत पर वरना घुँघरूओं का अचार डाल दूँगी!"

मन मारकर मिसिरजी की कुठरिया की ओर चले बाबू हलवन्त सहाय तो मेरी गंगिया भी पीछे लगा ली! और मुझको आँखों देखा जो हाल सुनाया, उसका सारांश यह कि जब मिसिरजी ने सुना कि उनके कारण दोनों ने अन्न-जल त्याग रखा है तो चुपचाप कुरता पहनकर खड़े हो लिए और कहा—"आज मैं तुम दोनों के सामने रिवेल साहब के पैर छूकर प्रणाम करूँगा!"

"आप करेंगे प्रणाम?"

"हाँ, करूँगा! आप तो सिर्फ उनके धन के वारिस हैं, उनकी परम्परा, संस्कार और स्वभाव के नहीं!"

"यह आप क्या कह रहे हैं, मिसिर?"

"जो मुझे सच लग रहा है! देख लीजिए रिवेल साहब को, अपना देश भुलाकर भारत में मन लगा लिया था, पर जैसे ही जंग छिड़ी—उन्हें अपना देश याद आ गया! अपनी राष्ट्रीयता याद आ गई! पहले देश, अपना राष्ट्र, तब भगवान और दुनिया-जहान! संन्यास का बाना उतारकर देश की मदद में लगे हैं! गाँव-गाँव घूमकर भोजपुरिया जवानों को फौज में भरती हो जाने को उत्साहित किए जा रहे हैं! चंदे वसूल कर देश के हाथ मजबूत कर रहे हैं—इसी खातिर छपरा भी आए हैं!"

मिसिरजी की यह बात हलवन्त बाबू के पल्ले नहीं पड़ी! अचकचाकर वे देखते ही रह गए इस ओर!

मिसिरजी की बात सुनकर तो मैं अगरा गई! सज-धजकर बाहर जो आई तो देखते ही रह गए हलवन्त बाबू! मैं उनकी पगड़ी की कँलगी थी! मिसिरजी का मुझ पर प्रभाव एक चुनौती बनकर उनको ललकार रहा था! फिर भी ललकार भुलाकर निहाल हो लिए वे और मुझे साथ लिए मिसिरजी के ऐन सामने आकर बैठ गए। एक पल को तो लगा, मेरा निखरा रूप देखकर बाबा मिसिर भी कुछ अचकचा गए। एक बार आँख उठायी, कुछ देर देखते रहे, फिर झट से झुका ली!

इतने में रिवेल साहब के आ जाने का धमाका हुआ! सब अगवानी को बढ़े! मिसिरजी का परिचय देते हुए हलवन्त बाबू बोले—"ये एक प्रसिद्ध गीतकार हैं!" और सचमुच ही रिवेल साहब के पैर छुए उन्होंने!

पैर खींच कर वे बोले–"ये क्या कर रहे हैं, भारत में ब्राह्मण तो किसी के पैर छूते नहीं, आप मुझ ईसाई के पैर छू रहे हैं!"

"किसी मिसिर, किसी पाठक, किसी वाजपेयी के घर जनम लेने भर से कोई ब्राह्मण नहीं होता, न किसी मिल्टन-हैमिल्टन-अहमद-खाँ-पासवान-महतो के घर पैदा होने से कोई कमतर हो जाता है! कहीं भी पैदा हुआ हो कोई–अगर वह त्यागी, पढ़ाकू और अध्यवसायी है, ब्राह्मण ही है! ब्राह्मण के घर पैदा होना ब्राह्मण होने की गारण्टी नहीं, न कहीं और पैदा होना बम्मनई की सम्भावना से इन्कार!"

"आप गिरजाघर के पादरी, एक राष्ट्रभक्त संन्यासी हैं! संन्यासी का बाना छोड़कर राष्ट्रप्रेम के नाते फिर से संसार में उतर आए हैं, मेरे लिए ये ही बात पते की है!"

इस बात पर रिवेल साहब ने अपनी पककर कपास हुई भँवें उठाकर उन्हें देखा और धीरे से गले मिल लिए! इसी बीच मुझे हलवन्त बाबू ने आगे कर दिया–"ये रहीं मेरी नयी पत्नी!"

मैंने भी पाँव पर अँचरा बिछाकर उनको प्रणाम किया!

रिवेल साहब आशिष देते हुए बोले–"खूब खुश रहो!"

सचमुच मैं आज बहुत खुश थी! रोज रण्डी-रण्डी कहकर ताना मारनेवाले बाबू हलवन्त सहाय ने आज अपने मुँह से कहा कि मैं उनकी पत्नी हूँ। उनकी पत्नी होने में मेरा गौरव नहीं था, पर पत्नी होने में था! ये एक ऐसा तमगा था जो मिसिरजी के ही चलते मिला था मुजफ्फरपुर की इस कोठेवाली को!

"देखो बेटी, अब तो मैं पादरी हो गया! बस जंग-भर इस भेष में हूँ, जंग खत्म होते ही फिर उसी भेष में लौट जाऊँगा! मेरे पास अपना अब कुछ नहीं जो मैं तुम्हें दूँ! दूसरे की दी चीज ही तुम्हें दिए दे रहा हूँ!"

"आपके आशिष से ही खोएँछा भर गया मेरा।"

"तुम्हारे-जैसी बहू सबको मिले! पर बहू को मुँहदिखाई तो दूँगा न! एक दिन हमने यह कोठी हलवन्त सहाय की पहली पत्नी को दी थी! वो रही नहीं तो हलवन्त इसके मालिक बन बैठे! अब तुम मेरी पतोहू बनकर आ गई, तो इस कोठी पर तुम्हारा हक हुआ! यह कोठी मुँहदिखाई की है। जब रहेगी, बहू के पास–बेटे के पास नहीं!" कहकर रिवेल साहब मुस्का दिए।

बाबू हलवन्त सहाय अपने बिछाए जाल में खुद फँस गए!

इतने से भी रिवेल साहब को सन्तोष हुआ नहीं, बोले–"पर यह तो पहले से दी हुई चीज मैंने तुम्हें दे दी! कुछ और भी दूँगा! आओ, मेरे साथ!"

कहते हुए वे मुझे अपनी इस कोठी के उस दरवाजे पर लिए गए जो कि बहुत दिनों से बन्द पड़ा था! एक ताला था वहाँ! जब वे इस कोठी में रहते थे, इसी कुठरिया में सोते थे! बैग से चाभी निकालकर कोठरी खोली! आज जाने

कितने वर्षों पर कोठरी खुली थी! धूल कसमसायी पड़ी थी वहाँ–खुलते ही भक्क से भभका उठा–सीलन का, बंद पड़े होने का खूँखार भभका!

आल्मारी खोली! उससे एक छोटा-सा बक्सा निकाला! रूमाल से पोंछा और इस छोह से पोंछा जैसे माँ बच्चे का नेटा-पोटा पोंछती है–"भारत की परम्परा है न कि सास का धन पतोहू का हो जाता है! लो बेटी, यह रख लो! इसमें मेरी पत्नी के गहने हैं!"

मैं तो संकोच में पड़ी हलवन्त बाबू का मुँह लगी देखने! उस पर हवाइयाँ उड़ रही थीं! धक्-धक् कर रहा था कलेजा! जाने कितनी बार इस कोठरी का ताला तुड़वाकर इसे साफ करवा देने की सोची थी! ताला जो टूट गया होता, वे रिवेल साहब के सामने खड़े होने-लायक भी नहीं रहते! कुछ सोचकर मैंने माथे से बक्सा लगाया और वापस उसी अल्मारी में बन्द करके बाहर आ गई!

आमंत्रित लोग आ चुके थे : छपरा-मुजफ्फरपुर के सारे विशिष्ट जन! सबका स्वागत करके हलवन्त बाबू ने फरियाद की कि विश्वयुद्ध न्याय की लड़ाई है, सब अमीर धन से सहायता करके फोर्ड साहब के हाथ मजबूत करें! देखते-देखते एक लाख रुपये का चन्दा हो गया इकट्ठा! हलवन्त सहाय फूले न समाये! मैं भी उठी और रिवेल साहब के दिए हुए बक्से से एक कीमती हार लाकर उन्हीं के हाथ में पकड़ा दिया!

बाबू हलवन्त सहाय

कहने को तो सभा सफल रही पर देर तक मेरा माथा बथता रहा! मात पर मात देते गए पण्डित! क्या मेरी जिन्दगी है! जन्म से दंश पर दंश! माँ-बाप बचपन में छोड़ चले! गोतिया-दयाद शीतलपुर का खेत हड़प गए! मुझको बेदखल कर दिया! रिवेल साहब के चर्च ने शरण दी! पढ़ा-लिखा दिया और ईसाइयत कुबूलने की शर्त्त भी नहीं रखी–रिवेल बाबा सच्चे सन्त की तरह मानते थे कि किसी भी नाम से पुकारो–ईश्वर तो एक है! प्रकृति की धनात्मक ऊर्जा–पानी का पानीपन, आग का अग्नितत्त्व, मिट्टी का मटियालापन और हरियाली, पंछियों की उड़ान और अर्थातीत गपशप, बारिश की झिमिर-झिमिर, फूलों का हँसकर बिखर जाना, प्रकृति के एक-एक अवयव की 'स्व' से उठ जाने की सहजात वृत्ति–ईश्वर यही है, सृष्टि जिस व्याकरण से चलती है–उसकी अध्येता ऊर्जाओं का पुंज–और भला क्या!

पहली शादी की मुँहदिखाई में मेरी पत्नी को अपनी ही कोठी दे डाली और गिरिजाघर में डेरा डाल लिया। लीला तिरहुतिया थी–अँचरा में संसार बाँध लेने का दम-खम लिए आई थी मेरे जीवन में! मिठबोलवा थी, महीन थी–सो उसका अँचरा पकड़े-पकड़े गोतिया-दयाद भी कोठी के आगे-पीछे बस गए! किसी का

बेटा पढ़ने लगा! किसी की नौकरी लग गई यहीं! लाख समझाया कि साँप को दूध पिला रही हो लेकिन मानी नहीं। हाते में ही इधर-उधर पसर गए शीतलपुर वाले! तिरपित चाचाजी बीमार पड़े तो घर में ही बिठा लिया! जी-जान से सेवा की। उनकी तो वकालत के दम पर खरीदी हुई अपनी कोठी भी भगवान बाजार में ही है, लेकिन अकेले हैं–यह कहकर कोठी में ताला लगवाया और यहीं उनके भी रहने-सहने, खाने-पीने का सिलसिला लगा लिया! वैसे तो उनमें और कोई बुराई नहीं लेकिन बागियों से उनका रिश्ता है! बंगाल में अरविन्द घोष और यहाँ ब्रजकिशोर प्रसाद और राजेन्दर बाबू के खासमखास हैं! दिन-भर क्या जाने क्या अटर-पटर करते रहते हैं! ढेला पर भी जाने क्या जादू डाल रखा है!

चाचाजी तो, खैर, फिर भी सगे हैं! और बुजुर्ग भी हैं! उनको लेकर कोई डर नहीं बस इस बात के सिवा कि उनके पीछे कहीं पुलिस यहाँ कोठी में छापा नहीं मारे, शान खराब न कर दे इस कोठी की! पर इस महेन्दर मिसिर के नाम पर अब मेरी छाती पर साँप लोटता है। अभी तो युवक ही है! कहने को तो उसको सब कहते हैं मिसिर बाबा, पर उमर क्या होगी! ढेला से दसेक साल बड़ा होगा! गोरा-चिट्टा कसरती जवान है, कंठ में जादू है साले के, छबीला-रसीला है! ढेला तो भोली है–डर लगता है, कहीं बहला न ले। कहीं ले उड़ा तो अब इस उमर में किसके सहारे जिऊँगा मैं! न आल, न औलाद! और कोई अपना न, पराया! जो है सो अब ये ही ढेला है! सोचता हूँ–एक सन्तान ही हो जाती, पर डर लगता है–रंडी की देह की सन्तान कैसी-न-कैसी हो जाए भला! खैर, फिलहाल इस महेन्दर मिसिर को तो अब यहाँ से टरकाना ही पड़ेगा! मेरी बुद्धि का तो लोहा अँगरेज भी मानते हैं। जिस मुकदमे में कोई लस नहीं रहता, उसमें भी लस निकाल लेने में माहिर हूँ मैं तो। अब मेरे मन में लगी चकरी नाचने! मैं ऐसे लस्से का घोंघा लगा ढूँढने जिससे महेन्दर मिसिर को सटाकर मैं चैन की नींद सो जाऊँ!

अचानक दिमाग में एक विचार कौंधा और मैं मुस्कुरा दिया!

सुबह-सुबह उठकर चल दिया जेम्स फोर्ड साहब के पास! खुश तो वे थे ही, "सुबह-सुबह इधर किस तरह?" छूटते ही बोल पड़ा मैं–"सरकार की एक और मदद करने की सूझी है! महेन्दर मिसिर के गीत का प्रभाव तो आप देख ही चुके हैं। मेरी साध है कि आप उनको फौज के किसी पद पर बहाल कर लें और सैनिकों के मनोरंजन की खातिर भेज दें सरहद पर।"

"गुड आइडिया! सचमुच तुम बड़े काम के आदमी हो! चलो, मैंने भर्ती किया! तुम उसको मेरे पास भेज दो!"

"जी, अभी घण्टे-भर में भेज देता हूँ!"

भेजने की क्या बात थी, मैं तो आधे घण्टे के भीतर-भीतर अकबकाए-से महेन्दर मिसिर को लेकर हाजिर हो गया!

पर इस महेन्दर मिसिर ने भी कच्ची गोलियाँ नहीं खेली थीं! ऐसा पलट दिया पाँसा कि मैं देखता रह गया। हाथ जोड़कर बोले–"मोर्चे पर जाकर लड़ाई अपनी आँखों से देखने की पुरानी साध है, लेकिन..."

"लेकिन क्या?"

"मेरे गीत जवानों का मनोरंजन क्या करेंगे–वे तो उन्हें घर की याद में विचलित ही कर देंगे!"

"क्या मतलब?"

"मैं जब गा रहा था, हुजूर, आप ही बताएँ कि आपको महसूस क्या हो रहा था?"

"अपने घर, अपने गाँव, अपनी प्रियतमा की याद नस-नस में फूट रही थी...।"

"जब आप-से बड़े हाकिम का यह हाल था तो मोर्चे पर जान लगा देनेवाले जवानों का हाल क्या होगा? अपनों की याद सताएगी तो लड़ेंगे क्या खाक! ऐसे में तो जीती बाज़ी भी हार जाएँगे!"

"ओ येस, वेल, येस...हलवन्त, यू कुड बी डेंजरस!" कहते हुए ऐसे देखा मुझे कि मैं कटकर रह गया और महेन्दर मुस्काते चल दिए एक ओर! उनको पुकारकर जेम्स फोर्ड के बच्चे ने कहा–"महेन्दर मिसिर, कोई काम हो तो सीधे पटना आ जाना–मेरी कोठी पर!"

लड़ाई में अँगरेजों की जीत का जश्न मनाते हुए एक और अनुभव हुआ! ढेला बगल में बैठी थी–टाँगों में दर्द का बहाना लिए, जेम्स फोर्ड मचल रहे थे–"इतनी बड़ी जीत है, आज रात तो आपकी मेमसाहब का नाच होना चाहिए!"

'आपकी मेम साहब', 'आपकी मेम साहब' सुनते-सुनते उस रोज पहली दफा मुझको लगा कि ढेला रण्डी नहीं, मेरी ब्याहता ही है, रिवेल साहब की पतोहू और मैं सख्ती से बोला–"उनके पाँवों में कुछ तकलीफ रहने लगी है, अब नाच सम्भव नहीं!" जलसे के बाद ढेला मेरे साथ कोठी में जाने लगी तो वो ही सुख महसूस हुआ जिसकी खातिर जीवन-भर तड़पा!

रात को एक अजब सपना भी आया। देखा कि गिद्ध की शकल में मेरे गोतिया ढेला पर टूट पड़े हैं! मेरी लाश सामने पड़ी है और ढेला को ठेलकर निकाला जा रहा है, वापस मुजफ्फरपुर के कोठे पर ठेलकर भेजी जा रही है मेरी ढेला!

इस घटना के तीसरे-चौथे दिन ही जाने कैसी अकबकाहट में मैंने अपनी जमींदारी का अधिकांश ढेला के नाम कर दिया। रिवेल साहब की इस हवेली के भी कागज़-पत्तर दुरुस्त कर डाले! शिवालय, उससे लगी जमीन और कोठे का ट्रस्टी महेन्दर मिसिर को बना दिया। तो क्या मैं बदल रहा था? या मौत पास खड़ी होने का एहसास मुझमें धड़क रहा था? जाते-जाते कुछ मनहर कर जाने का हुलास?

सारे कागज-पत्तर दुरुस्त कर जब ढेला के आँचल में डाले, वह सकुचा गई–"इसकी भला क्या जरूरत थी?"

"थी, जरूरत थी! दीवानी के मुकदमे कागज के बूते पर ही जीते जाते हैं!"

कुछ ही दिन बाद घूमते-घामते मिसिरजी फिर से आ धमके। मैंने पूछा कि जीत के जलसे के दिन आदमी पर आदमी भेजा, फिर भी वे आए क्यों नहीं! इस पर अजब-सा जवाब मिला–"जलसे के चार दिन पहले गाँव के बाहर मैं चला गया था। लेकिन रहता भी तो जीत का जलसा मनाने नहीं आता!"

"अच्छा, लेकिन क्यों भला?"

"अँगरेजों की हार चाहता था मैं! वे हार जाते तो आजादी हमको तुरत-फुरत मिल जाती!"

"ये कैसी अजब बात! अँगरेज भारत को आजाद होने भी देंगे क्या?"

"ये आप नहीं बोल रहे, आपके भीतर का अँगरेजी नमक बोल रहा है! अँगरेजों की बख्शी सुविधा जो लूट रहे हैं–वो ही ठहाका मार रही है भीतर-भीतर!"

इस पर मेरा वह सामंती अहंकार बिदक गया और मैं जोर से दहाड़ा–"चुप भी करो, पण्डित! बोल चुके, औकात से बढ़कर बोल चुके!"

अपनी वही सितायी-सी हँसी हँसकर महेन्दर मिसिर ने मेरे भीतर की फूँक फिर सरका दी–"आपकी गरज-तरज का मैं बुरा ही नहीं मानता क्योंकि मैं जानता हूँ कि शीतलपुर के हलवन्त सहाय यों नहीं गरज सकते काहीं मिश्रवलिया के महेन्द्र मिश्र पर! मुझ पर तो वो हलवन्त सहाय गरज रहे हैं जो एकपोसुवा अँगरेज हैं!"

इस बात पर जाने मुझे क्या हुआ कि मैं खिसियाना भूलकर उनका मुँह देखता रह गया!

इस घटना के बाद अचानक ही ढेला के व्यवहार में भी ऐसी संजीदगी-सी आ गई कि क्या कहूँ! कभी तो लगता मुजरा-वुजरा बन्द करा दिया है–सो खोयी-खोयी रहती है, कभी लगता कि एक प्रतिष्ठित घराने की औरत बनने के प्रयास में लगी है बेचारी, कभी लगता कि मातृत्व की प्यास है तो कभी डर भी जाता कि जीते-जी सब इसके नाम कर दिया है तो कहीं मुझको ही दूध की मक्खी-सा बाहर न कर दे अब!

एक दिन शाम भारी लग रही थी, ढेला से कहा–''कुछ सुनाओगी?'' तो उसने झिड़क दिया–''मुख्तार साहब'', गीत गानेवाली और नाचनेवाली ढेला बाई मैं नहीं हूँ! वो तो कब की मर चुकी! भूल जाइए उसको! जो आपके सामने है–नाच-नाचकर अब किसी को रिझाना नहीं चाहती...!"

"दूसरों को तो रिझाने का प्रश्न नहीं उठता। रिझाए हुए की उदासी तो दूर करो अगर कर सको...।"

"आज खुद के लिए गवा रहे हैं, कल पुराने चक्कर शुरू कर दिए तो...ये अब नहीं होगा!"

मेरे कलेजे में दर्द उठा! एक हाथ से कलेजा पकड़े उठा और पलंग पर आ लेटा! और कुछ ठान ही ली!

कचहरी तो रोज जाता लेकिन कोई नया मुकदमा लेना छोड़ दिया! जल्दी-जल्दी तारीख डलवाकर पुराने मुकदमे निबटाने लगा और एक दिन ऐसा भी आया कि मेरे हाथ में एक भी मुकदमा नहीं रहा! मोह का बन्धन जब ढीला पड़ने लगता है तो रबड़-इलास्टिक के नाड़े-सा एकदम ही लचर जाता है—कितना भी आगे खींचो—वापस उछाल नहीं मारता! मरे साँप और इस नाड़े में कोई फर्क तब नहीं रहता! नाच-गान, धन-दौलत, मान-प्रतिष्ठा और ढेला बाई तक को एक तमाशबीन की तरह देखने-जानने की ताकत जाने कहाँ से आई। शुरू में कुछ दिन पश्चात्ताप घहर-महर करता रहा—फिर उसकी पनियाली कालिमा बिला गई और सफेद बादलों की तरह कुछ रूखा-सूखा मन में बिलमता रहा! हाँ, इल्की-सी चिन्ता जरूर थी कि मेरे बाद ढेला बाई का क्या होगा! ये चिन्ता ही जहाज का अन्तिम लंगर थी! उस रात वह भी खुल गया।

रात का तीसरा पहर था। नींद और जागरण के बीच पींगें भर रहा होऊँगा कि एक छूमछनन-सी हुई! लगा कि जैसे छत पर, अपनी ही छत पर घुँघरू बाँधे कोई गत-परण और तत्कार लिए जा रहा है! अचकचाकर बाहर आया तो शिवालय के कोठे से महेन्दर मिसिर का वो गीत हूक की तरह उठता सुनाई दिया! रातरानी, कटहली चम्पा, बेला और मौलश्री ठगे-से खड़े थे—आश्चर्यविह्वल! विह्वलता से ही वैसी गन्ध उठ सकती है—एक कदम आगे दौड़कर, दो कदम पीछे हट जाती हुई सहज संकोची गंध! निग्रही के आँसुओं की तरह अनचाहे टपक रहे थे हरसिंगार! चाँदनी में अभी तुरन्त बियाई गाय के दूध का लस था।

फिर आँख अपनी छत पर गई! देखा कि ढेला मगन नाच रही है—मीरा की तरह और सृष्टि की अद्भुत लय में—वही ढेला जो अभी कल-परसों गाने के अनुरोध पर बिफर पड़ी थी!

यह लीला मेरी समझ में नहीं आई! महेन्दर मिसिर एकदम आड़ में थे! न ढेला बाई उन्हें दिखायी पड़ रही थी, न वे ढेला को—फिर भी एक सूत्र में बँधे थे वे! लगता था जैसे कि चाँद ही दोनों के द्वार खटखटाकर कहने आया है— "अब उठो भी!" खेल के मैदान में जुटने के पहले बच्चे जैसे एक-दूसरे को बुलाते हैं, शायद वैसे ही एक चुनौती की तरह गीत आया था और ढेला के भी पाँव थिरक उठे थे!

सब कहते थे कि महेन्द्र अद्भुत गायक-गीतकार हैं और ढेला अप्सराधर्मी नृत्यांगना! जानता मैं भी था पर आज मान गया! कुछ तो अलौकिक था इस छन्द में! चाँदनी की पीठ पर (एक मश्क में जैसे) महेन्दर मिसिर की स्वर- लहरियाँ आतीं और ढेला बाई के घुँघरू पखार चली जातीं। एक सहस्र मछलियों की तड़प थी ढेला की तत्कार में। उसके गतभाव चट्टान की छाती पर अल्पना साज रहे थे—ठीक वैसी अल्पना जैसी फॉसिल रचते हैं—चट्टान के भीतर! घुँघरू की तरह-तरह की छूमछनन अपने खोएँछे में लिए ढेला बाई बढ़ी आती और शिवालय को पुष्पांजलि की तरह निवेदित कर देती।...आवाजाही चलती रही, आदान-प्रदान निरंतर रहा, तन्मयता न ढेला की टूटी, न ही महेन्दर मिसिर की। अभंग गाते रहे मिसिरजी! अभंग नाचती रही ढेला!

मैंने पहली बार महसूस किया कि ढेला की देह से एक अद्भुत ज्योत छिटक रही है! कलकत्ता से बम्बई तक क्या जाने कितनी नृत्यांगनाएँ देखी होंगी, पर ऐसा नाच नहीं देखा! जिसको घर की मुर्गी बना रखा था—वो तो कलँगीवाला मोर था! मोर को पिंजरे में बंद रखे रहने का पाप भी लगेगा यह सोचकर मैं सिहर गया!

मुझे सामने देखकर ढेला सिहर गई कि क्या जाने क्या गुल खिला दूँ अब! उसको क्या मालूम था कि अब कोई गुल नहीं खिलेगा! एकदम शान्त था मेरा मन पसीने से तर-बतर, भीत हिरणी-सी चुप वह मेरा मुँह निहारती खड़ी थी! अपने दुशाले की कोर से उसका पसीना पोंछा और उसे ऐसे अँकवार लिया जैसे कि मई-जून में ताजा तैयार बलुआही सुराही पहले-पहल पानी अँकवारती है—रोम-रोम तर करती, एकदम निहाल!

यह हमारा शायद पहला भरपूर आलिंगन था! कोई भी फाँक नहीं थी। कोई दरार नहीं थी। इस क्षण के पहले तक जब मैं ढेला को पास खींचता था, एक नामालूम और महीन-से प्रतिरोध की सिहरन उसके समर्पण में उतर आती थी! गोद में सिमट तो आती थी पर स्पन्दनहीन—जैसे कि राजा शिविवाला फरियादी कबूतर हो या झुण्ड से बिछड़ा मेमना! मेरा हर ज्वार-भाटा ऐसी निरपेक्ष निगाहों से निहारती जैसे ठंडा चाँद दयाभाव से देखता है समुन्दर की हर हलचल और फिर मुँह फेरकर सोने का अभिनय करता है!

भय-मुक्ति का यह आनन्द था या कृतज्ञता थी—यह तो नहीं जानता, लेकिन उस दिन पहली बार ढेला रानी खुश सोयीं। सन्तोष की लाली चेहरे पर थी, ओठों पर बंकिम मुस्कान! निश्चिन्त शिशु की तरह सोयी थी वह जब मैंने उससे विदा ली—अन्तिम विदा! मैं कोई बुद्ध नहीं था, पर एक अनजान-सी दुनिया अब मुझको बुला रही थी! जानी-पहचानी-सी इस दुनिया में कुछ था जो मेरा जी उचटा रहा था : परमतृप्ति के इस इकलौते क्षण में भी!...और शायद आज मैं निश्चिन्त भी था कि मेरे बिना भी ढेला अकेली नहीं। शिवाले की कोठी पर निश्चिन्त सोए

महेन्दर मिसिर को भी भर-आँख देख आया एक बार!

फाटक पर आया। वहाँ पीछे-पीछे मेरी पालतू कुतिया, धनवन्ती, भी आई और रस्ता रोके खड़ी हो गई। उसको मैं पुचकारकर बोला–"तुम तो समझदार जानवर हो न, अपनों का रस्ता नहीं रोकते!" और फिर झटके से सड़क पर आ गया–उसी सड़क पर जिस पर पैदल चले वर्षों बीत गए थे! जहाँ-जहाँ रास्ता मुड़ा, मैं भी मुड़ता गया–जाना कहाँ था, यह पता नहीं था, लेकिन लौटना नहीं था–यह निश्चित था!

ढेलाबाई

जैसे लखिमा रानी ने सरवर में जाल फेंकवाते-फेंकवाते सबको हलकान कर दिया था, फिर भी उसकी नवरतन की अंगूठी नहीं ही मिली थी, मैंने भी कहाँ-कहाँ नहीं अपनी कोठी के मालिक को ढुँढवाया!

नौ साल बीत गए उनके गए! आठ साल तीन महीने की उनकी बेटी इस सूने आँगन में चहल-पहल किए तो जरूर रहती है, पर उसका यहाँ इस शहर में भविष्य क्या होगा : इस पर मैं चिन्तित रहती हूँ!

तिरपित चाचाजी तो अब ज्यादातर अरविन्दाश्रम में पॉण्डिचेरी ही रहते हैं। चिट्ठी बस आ जाती है कभी-कभार!

महेन्दर मिसिर भी जो उस दिन रूठे तो आए ही नहीं! वैसे भी युवा संन्यासियों की टोली उनको एक जगह टिकने तो देती नहीं थी–कभी बनारस, कभी कलकत्ता...घूमते ही रहते थे, पर लौट-लौट आते थे जैसे किनारे पर लहर लौटती है! पर उस दिन ऐसी भूल मुझसे हुई कि उनका मन बिफर गया।

हलवन्त बाबू को गए तीन-चार महीने ही बीते थे। उन्हें ढूँढ़ते-ढाँढ़ते मेरी साँसें चढ़ी रहतीं। फेनूगिलास हाईस्कूल अव्वल दर्जे में पास कर गए थे और उनका समय या तो हाकिमों के टहल-टिकोले में निकलता था या मेरे आस-पास हाब-डीब में! उनकी उमर तो मुझसे एक-दो साल ज्यादा ही होगी मगर लड़कपन अभी गया नहीं था! बातें बड़ी-बड़ी करते–"एक बार हाकिम हो जाने दो, ढेला, तुम्हें इस गढ़े से निकालकर कलकत्ता-बम्बई लिए जाऊँगा। माँग में सेनुर भरूँगा! गर्भ में मामाजी की जो सन्तान धारे हो, उसे अपना नाम भी दूँगा!" मैं उनकी देह की हड्डियाँ गिनती हुई सोचती, "यह पुलिस का मुलाजिम हो भी गया तो क्रान्तिकारी इसकी चटनी बना देंगे! मेरी सारी जिन्दगी मरहम-पट्टी करते बीतेगी!" फिर सोचती, "लोग क्या कहेंगे, क्या कहेंगे महेन्दर मिसिर कि हलवन्त गए नहीं कि रंगरेलियाँ शुरू कर दीं!...कौन मानेगा कि यह सन्तान हलवन्त बाबू

की ही है?" कभी-कभी ये भी खयाल आता, "जानती हूँ कि यह फेनूगिलास हवेली और पैसों के लालच में मुझे ब्याहना चाहता है और मुझे इसकी सूरत-सीरत खास जँचती नहीं पर मेरी सन्तान के लिए यह जरूर अच्छा होगा कि इसके आसरे इस छपरा से निकलकर हम ऐसी जगह जा बसें जहाँ कोई नहीं जाने कि इसकी माँ-नानी पतुरिया रही थीं!"

सोचती, महेन्दर मिसिर से ही राय करूँ! पर वे भी तो एक अर्से से गायब थे! तिरपित चाचा की चिट्ठियों से पता चलाता था कि गाँधी बाबा का आंदोलन उत्कर्ष पर है। वे देशव्यापी सत्याग्रह की दहलीज तक आ पहुँचे हैं! अफ्रीका से लौटने के पहले ही तीन वर्षों में चम्पारण, अहमदाबाद और खेड़ा की तीन लड़ाइयाँ लड़ चुके हैं! जैसा कहा, वैसा करके दिखाने का उनका चरित्र जनता अन्तर की गहराई तक पहचान गई है! युद्ध के दौरान ब्रिटिश राजनेताओं ने पूरी दुनिया में स्वतंत्रता का झंडा फहराने की जो इच्छा व्यक्त की है, उससे भी लोगों को यह उम्मीद जग रही है कि अँगरेज देश को स्वराज या उससे मिलते-जुलते कुछ अवसर जरूर देंगे! देश में व्यवस्थित रूप से जारी किए जानेवाले सुधारों के बारे में मोंटेन और लॉर्ड चेम्सफोर्ड की समिति बनी, इसकी रिपोर्ट के बारे में और बड़ी आशाएँ थीं!

पर रपट जब आई—तिरपित चाचा-समेत कई लोग निराश हुए। बातें तो इसमें खूब बनायी गई थीं कि प्रत्येक देश को स्वतंत्र होने का अधिकार है, पर बाद का हिस्सा इसी से पटा पड़ा था कि स्वतंत्रता प्रदान करने में आज कैसी घनेरी कठिनाइयाँ हैं!

कोढ़ में खाज की तरह रॉलेट कानून आ गया था! सामान्य भावना यह थी कि गिने-चुने क्रांतिकारी गतिविधियों का बहाना बनाकर रॉलेट समिति आम नागरिकों के प्राथमिक अधिकार भी छीन लेने की तैयारी में है!

तिरपित चाचा ने लिखा था :

> "गाँधीजी ने वायसराय लॉर्ड विलिंग्डन से मिलकर इसका अमल रोकने का अनुरोध किया। निजी और सार्वजनिक पत्र भी लिखे, पर कुछ न हुआ!...इसी बीच समाचार-पत्रों में आया कि बिल कानून के रूप में गजट में प्रकाशित हुआ है। उस समय गाँधीजी, राजगोपालाचारी के पास मद्रास में थे! सबेरे अर्द्धनिद्रा में उन्हें विचार आया और राजगोपालाचारी को बुलाकर उन्होंने कहा कि इस कानून के जवाब में हम पूरे देश में हड़ताल का निर्देश दें! मुसलमान भाई रोज़ा के अलावा कोई लम्बा उपवास नहीं रखते, इसलिए उनसे चौबीस घण्टे के उपवास की ही सिफारिश की जाए।"

लोगों ने सविनय कानून भंग करने में काफी उत्साह दिखाया था। 'हिंद स्वराज' और 'स्वराज' नामक प्रतिबंधित पुस्तकें खुलेआम बेचकर खुद गाँधीजी

कानून भंग कर रहे थे। कानून-भंग के दूसरे दिन महादेव भाई के साथ गाँधीजी दिल्ली होकर अमृतसर जाने को निकले थे। दिल्ली नजदीक आने पर पलवल स्टेशन पर गाड़ी रोककर गाँधीजी को गिरफ्तार कर लिया गया था! महादेव भाई को दिल्ली जाकर स्वामीजी से मिलने के लिए कहा और लोगों को शान्त रहने के लिए समझाकर गाँधीजी पुलिस की हिरासत में मुंबई आ गए थे!

और उसके बाद ही घटा था जलियाँवाला बाग हत्याकाण्ड!

इसी से मिलता-जुलता एक काण्ड हमारे आँगन भी घटा था : वैसी ही अचकचाहट से लहालोट, उतना ही विद्रूप! और उतने ही बड़े अंजामवाला। पर यहाँ जीत हमारी हुई।

मैं अनमनी-सी गंगिया, अण्डेवाली और कुंजरिन के साथ अँगना में मुंगौड़ी-तिलौड़ियाँ पड़वाती बैठी थी! रमावती नाइन गोद में रखकर पाँवों के नाखून काटती हुई आलते से अल्पना बनाए जा रही थी और पाँव भी टीप रही थी धीरे-धीरे! पाँव टीपते-टीपते दुनिया-जहान के किस्से भी उठा रही थी–

"जानती हैं, मलकाइन, जब गाँधी बाबा चम्पारण आए–मैं वहीं थी न! नैहर कमाने गई थी! एक न्योता था। जोर का शोर मचा कि गाँधी बाबा निलहा कोठी वालों के होश ठिकाने लगाकर रहेंगे। राजकुमार शुकुल के कहने पर सब बड़े हाकिमों से लिखा-पढ़ी की है।"

"ठहरे कहाँ थे रे? कैसे दिखते थे?"

"मोतिहारी में अपने गोरख बाबू हैं न, उनके घर! उनके आने के पहले से ही उनका घर धर्मशाला बन गया था! वहीं पाँचेक मील दूर एक किसान पर बहुत अत्याचार हुआ था! एक वकील को साथ लिए वहाँ जाने के लिए गाँधीजी निकले–हाथी पर सवार!"

"हाथी पर?"

"और क्या? आधे रस्ते में ही रोककर एस.पी. के लोगों ने कहा कि एस.पी. साहब सलाम भेजिन हैं और कहा है कि एकदम दफ़ा हो जाओ मोतिहारी से...! गाँधी ने लिख के दिया कि नहीं जाएँगे जी, क्या कर लोगे! करना क्या था, कोर्ट में हाजिर होने को बोल गए!"

"फिर क्या हुआ?"

"घड़ी-भर में लुत्ती की तरह बात फैल गई! कचहरी लोगों से भर गई। और तो घूँघटवाली औरतें भी जिद पकड़कर बैठ गईं कि गाँधीजी को देखेंगी जरूर!"

खुद मेरे घर में अम्मा, दोनों भौजी, छुटकी चाची–सब मचलीं! अब क्या हो! बाहर जाने लायक साड़ी तो इक हमरे ही पास थी–हमने ही दी सबको कि बारी-बारी से पहिनो और जाओ, सभा में हो आओ!"

"बड़े पुन्न का काम किया री, रमा!" पुण्य का नाम लिया कि महेन्दर मिसिर के आने की सूचना से घर गनगना गया! मेरी तो समझ में नहीं आया, कहाँ बिठाऊँ, क्या खिलाऊँ! क्या बोलूँ! क्या छिपाऊँ! एकसाथ इतना कुछ कहना था कि शब्द नहीं, सिर्फ आँसू फूटे!

इसके ठीक दस दिन बाद शाम के समय गंगिया ने कसरती डील-डौल के कुछ लोगों को शिवालय में घुसते देखा! गंगिया दौड़कर मेरे पास आई—"मालकिन, कुछ खतरनाक लोग मिसिर बाबा की तरफ गए हैं।"

मैंने वापस उसको दौड़ाया कि देखकर आए, शिवाले में क्या हो रहा है! और बरामदे में खड़ी-खड़ी उसे दौड़ता देखती रह गई! बिजली की फुर्ती थी इस लड़की में!

"क्या री, गंगिया?" मिसिरजी ने पूछा!

"मालकिन ने पुछवाया है कि मेहमान रात को रुकेंगे या चले जाएँगे?"

"अभी ये रहेंगे!"

गंगिया की जान में जान आई और दो फर्लांग पीछे खड़ी इस ढेला बाई में भी! उसने पलभर सोचकर कहा—

"मालकिन ने कहलवाया है कि जितने लोग रात को टिकेंगे—सबका भोजन कोठी में बनेगा!"

"ठीक है, बनेगा! पर खाएँगे सब यहीं! जाकर मालकिन से कह दो कि खाना तैयार हो जाने पर खबर करवा दें!"

साँझ गदराने लगी। शिवबाजार की साँझ! इतर-गुलाब से महकती सड़कें! घुँघरू सिहरने लगे। हारमोनियमों की भाँती लगीं कसमसाने!...पर रात तक सब-कुछ गुमसुमा गया!

आधी रात होते-न-होते ढेला बाई के दरवाजे-खिड़कियाँ, झाड़-फानूस, फूहड़-पातर लगे बोलने! नींद टूट गई! किवाड़ खोलकर देखना चाहा तो गंगिया ने अँकवार लिया—"किवाड़ नहीं खोलिए! लगता है, डाकू हैं! आइए, छत पर चढ़कर हल्ला मचाएँ!"

हल्ला सुनकर हाता के पूरबवाली कोठी से निकलकर मुंशीजी आए! बरामदे में लटकी लालटेन के अँजोर में देखा कि ये तो हलवन्त सहाय के शीतलपुरवाले संबंधी हैं! मामला समझते देर न लगी। हलवन्त सहाय का खाया नमक सिर चढ़कर बोलने लगा, दहाड़े—"आप लोग इस वक्त यहाँ क्या करने आ गए? भागिए नहीं तो पनाह नहीं मिलनेवाली!"

"मारो साले को!" कहता हुआ एक आदमी आया और हुमचकर एक लात मुंशीजी की कमर पर दी! वे भहराकर गिर गए!

शोर सुनना था कि महेन्दर मिसिर और उनके पहलवान अतिथि आए और दे दनादन, ले दनादन! अखाड़ों की कुश्ती बेकार न गई! देखते-देखते कोठी के दावेदार, लहूलुहान, इधर-उधर भाग लिए!

हाता शान्त हुआ तो मैंने मिसिरजी को बुला भेजा, पर उन्होंने कहलवाया– "जाओ, मालकिन से कहो, वे आराम से सोएँ! मैं सुबह आकर मिलूँगा!"

आकर पलंग पर लेटी ही थी कि हाँफते हुए फेनूगिलास आए–"अब रहने लायक नहीं रही यह जगह, ढेला! आओ, सब बेच-बाचकर कलकत्ता चलें! कल थाने में सनहा लिखवाने जाऊँगा तो बात करूँगा कि वहीं पुलिस में दारोगा लगवा दें मुझे! फर्स्ट क्लास इण्टर हूँ, भगिना हूँ हलवन्त बाबू का, रिवेल साहेब की सिफारिश है, वर्जिश तो कर ही रहा हूँ, फुटबॉल भी खेलना शुरू कर दिया है। विवेकानन्द कहते हैं, जवान फुटबॉल खेलें तभी देश आगे बढ़े!"

"तुम तो अँगरेजों के पिट्ठू होना चाहते हो, पिट्ठू होने की खातिर तो फुटबॉल खेलने की जरूरत नहीं!" मैंने चिढ़ाया, "और बाहर जो हाते में घटा–वो क्या तुमने खिड़की से देखा?"

इस पर उसने एकदम से भँवें तान लीं! उसकी एक यही मुद्रा है जो मुझको थोड़ी अच्छी लगती है! गुस्से में ही थोड़ी जान लगती है बेचारे में!...खैर, उसको तो लावा-दूवा में लेती हूँ मैं। ज्यादा देर उस पर सोच ठहरती ही नहीं ! क्या जाने कब वह चला भी गया और मैं अपनी सोचों में गुम बैठी की बैठी रही।

थाने में सनहा लिखाने की बात सुबह मुंशीजी ने भी चलाई, पर मिसिरजी ने मना कर दिया–

"आप बस जल्दी-से-जल्दी हाता में जिधर-तिधर लगा हुआ लोहू साफ करा दें! चहारदीवारी ज्यादा ही खूनमखून दीख रही है! दो-तीन घण्टे के भीतर गेरुआ रंग इसका पोतवा दें! आगे बढ़ने का कोई काम नहीं!"

कुछ देर बाद मैं अपनी कुठरिया में उन्हें लिए आई! कुछ देर हम अवाक् बैठे रहे, फिर वे ही बोले–"ढेला ऽऽ!" आगे कुछ कहा ही नहीं! मैं कान लगाए बैठी रही! कमरे की चुप्पी ही लावा बन फुटकने लगी–दीवार-धड़ी की टिक्-टिक् और दिल की धक्-धक् चुटुर-चुटुर, चुट-चुट-सी फुटक रही थी !"

"चुप क्यों हो गए?" हिम्मत कर पूछ लिया!

"कोई खास बात तो नहीं", उन्होंने मटियाना चाहा!

अन्त में मैं ही जमीन की पिढ़िया पर बैठी-बैठी बोली–"आपने मुझको बचा लिया! अपने चरणों में इसी तरह मुझको स्थान दिए रखिएगा : यही विनती है!"

कहते-कहते मेरी आँखें डबडबा गई होंगी, वे भी कुछ कातर दीखे—"ढेला, इतनी आतुर मत हो। तुम्हारा स्थान मेरे पाँवों में नहीं, कहीं और है!"

मेरी तो साँस टँगी की टँगी रह गई, दिल का हौला थामती-सी बस इतना कह पायी, "कहाँ?"

और वे फिर टाल गए—"यह बात जानने का वक्त अभी नहीं आया! जब आ जाएगा, जान जाओगी! अभी तो मैं जा रहा हूँ, कुछ काम याद आ गया है, कल फिर आऊँगा!"

दिन-भर मैं आषाढ़ की पहली बदली-सी इस कोने, उस कोने ऊभ-चूभ करती रही! जी में रह-रहकर आता था, अपना सब-कुछ उड़ेलकर खाली हो जाऊँ! दिखायी न दूँ कहीं भी! हस्ती ही मिट जाए! छुप जाऊँ मिसिरजी की आस्तीन पर नन्ही-सी एक बूँद बनकर या फिर मिट्टी में ही मिल जाऊँ! फेनूगिलास ढूँढता फिरे, ढूँढते फिरें दुनियावाले!

शाम को आएँगे! कुछ तो अर्पित करूँगी, लेकिन क्या? देह तो गिंजायी हुई है, इस देह में उनकी रुचि भला क्यों होगी—योगी-वियोगी जो ठहरे! इस देह में एक जीव भी पल रहा है—ये भी बताया नहीं अब तक! इसका भी इन्तजाम करना है!

बाकी जो है—सब दूसरे का दिया, गहने रिवेल साहब के, कोठी-जमीन हलवन्त सहाय की...मेरी बस वह नथिया है जो यहाँ आने के पहले तक उतरी नहीं थी, उन दिनों की निशानी जब मेरा देह-मन गिंजाया नहीं था!...ये ही मैं अर्पित करूँगी, मन ही मन इठलाती सोचती गई कि फिर ये होगा और वो होगा, पर जो हुआ, वो भयानक था, एकदम ही अजब प्रतिक्रिया हुई मिसिरजी की! बसरे के मोतीवाला सुनहरा नथिया तलहथी पर देखकर वे बिदक ही गए! उठकर खड़े हो गए—ऐसा लगा जैसे सौ बिच्छू एकसाथ डंक मार गए हों!

एक क्षण में मैं समझ गई कि कुछ गड़बड़ हो गई मगर क्या, यह ठीक समझ में नहीं आया! इतना ही सूझा कि पाँवों में लोट जाऊँ! और वक्त होता तो झुकने नहीं देते, कंधे थाम लेते, पर आज पत्थर की मूरत बने वे आकाश ही ताकते रह गए!

बहुत दिमाग भिड़ाया कि भूल क्या हुई, चोट कहाँ लगी? अहं पर? उपकार के प्रतिदान की सोच ओछी लगी उनको? ऐसा लगा कि आज तक अपना रंडी वाला रूप ही मेरी आँखों में बसा है? इसीलिए सर्वाधिक प्रिय लगा नथिया है? उनके कंठ में अमृत है—उसकी सराहना सब करते हैं, मैं भी करती थी! मन में कभी-कभार आता जरूर था कि उनके मजबूत कंधों पर सर रखकर सो जाऊँ या उनको ही सुला लूँ अँचरा से ढँककर, पर मैं कुछ कहती कहाँ थी...कुछ कहने

की कोशिश की, वह भी शब्दों से नहीं, एक मोती से जो वैसे भी बिन माँगे ही मिलता है, माँगे नहीं मिलता–यह सूझ भी अम्मा के सिखाए राग मालकौस के इस गीत से ही मिली थी–

"और गले को हार लूँगी
मोतियन माँग भरूँगी"

फिर ऐसा क्या हो गया जो सारा सुर ही पटरी से उतर गया? खुद जब कहा कि तुम्हारी जगह पैरों में नहीं, कहीं और है–तब ही तो मैं सुगबुगायी! फिर लहर कहीं से उठे–इसमें क्या रखा है! समुन्दर तो कोई फरमान नहीं मानता!... क्या यह बहाना था? कभी-न-कभी तोड़ना ही था रिश्ता, एक नाटकीय मोड़ की तलाश थी...? क्या अभयानन्द का हकार आया था और वे बँधने को प्रस्तुत नहीं थे! कह देते जो कहना था! मैं क्या बर्दाश्त नहीं कर पाती! रण्डी की बेटी हूँ तो क्या मैं देश-प्रेम और दूसरी बड़ी बातें समझती नहीं ? क्या मैं राजकुमार ठेलेवाले की परनातिन और पीर घसियारे की नातिन नहीं ? या मैंने प्रेम की पहल कर दी–ये मेरा अपराध हो गया? क्या इसको इस रूप में इन्होंने लिया कि मैं फिर से पुराने जीवन में लौट जाना चाहती हूँ?

पाँव छुड़ाकर जब वे फाटक की ओर बढ़े, गाँधीजी की पिकेटिंग की लय में गंगिया सामने लेट गई–"मालकिन का कुसूर माफ हो! चोट पर चोट पड़ते जाने से उनका दिमाग चल गया...कम-से-कम आप तो उन्हें मझधार में छोड़कर ऐसे मत जाइए! हवलन्त बाबू की सन्तान भी उनकी कोख में है!"

इस अन्तिम बात पर उन्होंने पलटकर मेरी तरफ देखा और फिर कुछ सोचकर दृढ़ स्वर में बोले–"जाओ, अपनी मालकिन से कह दो : अब महेन्दर मिसिर तो कभी उनकी कोठी में नहीं आएँगे लेकिन उनके लोग उनकी कोठी की हिफाजत करेंगे! 'वे चाहें तो बच्चे के जन्म तक तिरपित सहाय के पास पॉण्डिचेरी चली जाएँ! सुना है अरविन्द नाम के मशहूर योगी ने वहाँ कोई आश्रम खोला है–श्री अरविन्द के आश्रम का आश्रय बच्चे के संस्कार की खातिर भी अच्छा होगा, जच्चा के भी मनप्राण सेरा जाएँगे!"

और खट-खट-खट अपनी खड़ाऊँ बजाते वे चले गए! खट-खट-खट! ये कौन दरवाजा खटखटा रहा था? कौन नया दरवाजा खुलनेवाला था मेरे आगे!

अहिल्या खड़ी-खड़ी पत्थर का बुत बन गई होगी तो ऐसी ही अवमानना और हिकारत से। ढेला की एक-एक मांसपेशी काँकर-पाथर हो गई! खून कनपटियों में बजा, फिर जमने लगा! क्या इसको ही कहते हैं पत्थर हो जाना? कुछ देर तो साँस भी रुक गई, सिर्फ आँख थी जो सजग थी! देख रही थी कि गंगिया परेशान है, रो भी रही है, मलिया में तेल लायी है, तलवे सहलाने लगी है, मसनद पर लिटा दिया है, शायद डॉक्टर बोस, एल.एम.पी. को भी खबर भेजवायी है जो चकिया चीनी मिल से अभी-अभी छपरा आए हैं!!

ढेलाबाई (1945-1950)

जाते-जाते जो कह गए महेन बाबू, उसका एक-एक शब्द शिलालेख की तरह मेरे दिमाग में खुदा है! कहीं नहीं जाना ऐ महेन बाबू, इस ढेला को कहीं जाना नहीं है! क्या गुरूर, क्या कृपा भाव, ऐ पण्डितजी! ताड़ गए आप तो! अच्छा किया! कठपुतली हूँ! आपके इशारों पर ही नाचना चाहिए! उठाकर किसी के पलंग पर फिंकवा दें तो बन्दगी, छोड़कर चले जाएँ तो बन्दगी! कभी-कभी लगता है–यह जो सुरक्षा का संकल्प है, मरहम है मर्दाना अहंकार का! उद्धार! पतिता का उद्धार! और जरा ऊँचा हुआ साफा!...मैं तो चुप ही थी! क्या मुझमें देशप्रेम का जज्बा नहीं है? खुदीराम बोस को मुजफ्फरपुर में मेरी नन्ना के कोठे ने आसरा दिया था–वहाँ के बहुत-सारे कोठे उन क्रान्तिकारियों का अड्डा रहे हैं जो उनके गाहक नहीं थे, कुछ भी नहीं थे। उनका उनसे नाता था भी तो वो ही जो आम्रपाली का बुद्ध से रहा होगा! तिरपित सहाय की गपशप ने, आख्यानों ने पत्ती-पत्ती सींचा है मुझको! मुझे उन्होंने लगातार चिट्ठियाँ लिखी हैं देश के कोने-कोने से! उनको काला पानी की सजा हो गई तो भी चिट्ठियों का सिलसिला नहीं टूटा! ये चिट्ठियाँ गहनों के डिब्बे में मैंने डाल रखी हैं! मन जब हहरता है, पढ़ती हूँ! पढ़ाई-लिखाई बड़ी चीज है! बंद कुठरिया का मुँह खोल देती है! सत्तर झरोखे खुल जाते हैं बंद कुठरिया में! अपनी सन्तान को खूब पढ़ाऊँगी–बेटा या बेटी–जो भी होगा–उसको बाहर पढ़ने भेजूँगी!

जाते-जाते पण्डितजी फरमा गए–पॉण्डिचेरी का आश्रम जच्चा-बच्चा–दोनों की खातिर अच्छा रहेगा! लेकिन मैं क्यों मानूँ ऐसे मनुष्य की बात जो मुझको छोड़कर गया और बताए बगैर कि कहाँ जा रहा है और कब लौटेगा! जो मुझ पर भरोसा नहीं करता–न मुझ पर, न मेरी कूबत पर–उसके या उसकी किसी बात के पीछे क्यों भागूँ मैं दुम हिलाती? नहीं जाऊँगी मैं कहीं! यहीं जनूँगी बच्चा! यह मेरे चाहनेवाले का घर है! एक ऐसे आदमी का घर जो मेरी चाहत में क्या से क्या बन गया!

बच्चे के जन्म के साथ एक नयी ढेला का जन्म होगा! ढेला की सन्तान भी कोई मामूली सन्तान तो नहीं होगी! गंगिया कहती है–"गीता-रामायण पढ़ूँ–गर्भिणी जो भी पढ़ती-सुनती है–बच्चे के संस्कार में वह समा जाता है!" लेकिन मेरी तो गीता-रामायण तिरपितजी की चिट्ठियाँ ही हैं!

कल की जो चिट्ठी थी, पढ़कर रोंगटे खड़े हो गए! कभी-कभी शाम को डॉक्टर बोस नब्ज देखने आते हैं, उनके परिवार में भी एक देशभक्त क्रान्तिकारी हुआ है–सुभाषचन्द्र, आई.सी.एस. की परीक्षा में केवल आठ मास की तैयारी पर चौथा स्थान उसने पाया, पर उसके सामने यह प्रश्न था कि क्यों देश को इस

दुर्दशा में छोड़कर आई.सी.एस. का सुखद जीवन व्यतीत करे! अरविन्द घोष का उदाहरण उसके सामने था। वह अनुभव करता था कि उनका उदाहरण उससे त्याग की अपेक्षा करता है, वह त्याग के लिए प्रस्तुत था पर यह भी जानता था कि इससे उसके अभिभावकों को आघात पहुँचेगा!...सात मास के मानसिक उत्पीड़न के बाद अन्त में जब उसने नियुक्ति के पूर्व ही आई.सी.एस. के पद से त्यागपत्र देने का निश्चय किया, डॉ. बोस को उसने चिट्ठी लिखी जो उन्होंने मुझे भी पढ़ाई–

"जब चितरंजन दास इस आयु में सबकुछ त्यागकर जीवन की अनिश्चितता स्वीकार कर सकते हैं तो मुझे विश्वास है कि मुझ-जैसा युवक जिस पर कोई भी लौकिक दायित्व नहीं, ऐसा करने में अधिक सक्षम है...किसी शासन को समाप्त करने का सर्वोत्तम तरीका यही है कि उससे अपने-आपको हटा लिया जाए।...चितरंजन दास ने मेरे पत्र के उत्तर में अब तक की गतिविधियों का लेखा-जोखा दिया है। उनकी यह शिकायत है कि कार्यकर्ताओं का अभाव है। मैं जब घर लौटूँगा–मुझे मेरे लिए मेरी रुचि के अनुसार कार्य मिल जाएगा!"

दूसरा पत्र 16 जुलाई, 1921 को लिखा गया था जब सुभाषचन्द्र नामक यह युवक जो मुझसे कुछ वर्ष का ही बड़ा था–बम्बई पहुँचा और वहाँ महात्मा गाँधी से उनके लेबरनम सड़क पर स्थित निवास पर मिला। उस समय उसके मन में तीन प्रश्न थे जिनका उत्तर वह गाँधीजी से चाहता था : सरकार की सविनय अवज्ञा से अनुचित करों की अदायगी कैसे बन्द हो जाएगी भला और सिर्फ नैतिक दबाव से अँगरेज भारत छोड़कर कैसे चले जाएँगे, वह भी एक वर्ष के भीतर जैसा कि गाँधीजी प्रस्तावित कर चुके थे?

सुभाष को गाँधीजी के सभी उत्तरों से सन्तोष भले न हुआ हो, पर उनका तीन सूत्री कार्यक्रम जनता का विशद समर्पण प्राप्त तो कर ही रहा था। इस तीन सूत्री कार्यक्रम में शामिल थे विदेशी वस्त्रों का त्याग, विधानसभा, अदालतों और शिक्षा-संस्थानों का बहिष्कार! छपरा में भी जगह-जगह विदेशी वस्त्रों की होली जली थी! भगवान बाजार की होली में मैंने अपने भी सब विदेशी वस्त्र भस्म कर दिए! सिर्फ एक वह साड़ी रख ली जो हलवन्त बाबू के घर छोड़ने के दिन पहनी थी और महेन्दर बाबू के कोठी छोड़ जाने के पहले भी! उसके अँचरे में मेरा नथिया अभी तक बँधा था! चाणक्य ने चुटिया खोली थी, द्रौपदी ने भी पर मैंने तो अँचरा बाँधा था! पल्ले बाँधी थी एक बात! एक संकल्प-गाँठ बाँधा था–चाणक्य की जिद में, द्रौपदी के ही तबोताब में!

डॉक्टर साहब चूँकि मुझको भतीजे की निजी चिट्ठियाँ पढ़ा देते थे, मैंने भी तिरपित सहाय की कुछ चिट्ठियाँ उनके साथ-साथ पढ़नी शुरू कीं। कोई है जो सब-कुछ समझ रहा है और फिर भी साथ खड़ा है–यह एहसास अब मेरी खातिर

एक बड़ा एहसास बनने लगा था। शामें अब उतनी असहाय और निढाल नहीं रह गई थीं! जेल की वह चिट्ठी पढ़ते-पढ़ते हम दोनों साथ ही हँसे-रोए :

"प्रिय ढेला,

तुम्हारा कुशल-क्षेम मिला! बोस बाबू का परिवार मेरा जाना हुआ है! उन पर भरोसा कर सकती हो!

मैं भी यहाँ मजे में हूँ! यह पूरी जगह ही मजेदार है : सरफरोशी की तमन्ना से लहलहाते लोगों का मस्त-मलंग-सा जमघट–'आ बैल, मुझे मार' के जोश में!

जेल की 7 बैरकों में 21 लाइनें हैं। इनमें 84 कैदी हाथ में हरीकेन लालटेन लेकर तीन-तीन घण्टों का पहरा देते हैं। बड़े और छोटे ओवरसियर को रात-भर पंखा खींचकर हवा देते रहने का काम भी इन्हीं पहरेवालों को करना पड़ता है! चाहे पानी बरसे या आँधी घुमड़े, यह सिलसिला नहीं टूटता! दिन-भर जेल के अन्य काम–जैसे रस्सियों के लिए नारियल कूटना! प्रत्येक हाथकोल्हू से 20 पौंड और पाँवकोल्हू से 60 पौंड तेल निकाले जाने की व्यवस्था है!

कोठरी में कोई प्रकाश नहीं दीखता, पेशाब करने का पात्र भी नहीं! नहाने, कपड़े धोने और मुँह धोने के लिए समुद्र का पानी ही मिलता है! नहाते समय एक कैदी की देह का पानी दूसरे पर पड़ता है! प्रत्येक कोठरी में तीन-तीन, चार-चार कैदी हैं।

पाखाना भी टीन का बना है! नम्बर 4 और 5 को छोड़कर बाकी सबमें 10-10 आदमी एक समय में जा सकते हैं, पर लिखने योग्य बात यह है कि पहले गए हुए आदमियों को गए कुछ ही देर हो पाती है कि दूसरे दस आदमी छोड़ दिए जाते हैं कि ठीक सामने जाकर खड़े हो जाएँ। कोई-कोई अफसर तो बैठे हुए लोगों को पकड़कर निकाल देने का हुक्म भी दे डालता है। एक ऐसा यमराज पुत्र इधर हमारे सेल को भी मिला है जिसे देखकर मनमौजी कवि रमेश की पंक्तियाँ याद आती हैं :

चहरये अनवर तुम्हारा, खानये जंबूर है,
पेट भी फजले खुदा से, आपका तंदूर है,
नाक चपटी आँख केंड़ी, रूख पे जेवाई नहीं,
इसलिए तस्वीर जाना, हमने खिंचवायी नहीं।

इस यमराज का नाम डॉक्टर बारी है! यह कौओं और कुत्तों के शिकार का भी शौकीन है और जब जेल में बिल्लियाँ ज्यादा हो जाती हैं, उन्हें टाट के थैले में बन्द कर समुद्र में डाल देता है। कैदियों से यह कोल्हू पिसवाता है और बंगाली भाइयों को सतरंगी गालियाँ बकता हुआ घुड़कता है–"हिंदुस्तानी में बात करो!"

शक्ल-सूरत से तो मैं भी बंगाली लगता हूँ! उस दिन मुझसे भी वही बात कह डाली तो मैं ऐसी कड़ी हिन्दुस्तानी बोला कि उसका उस्ताद भी न समझ पाए! जब बात उसकी समझ में नहीं आई तो फिर से बोलने का हुक्म दिया, परन्तु मैंने इन्कार किया और कह दिया कि जब तू समझता ही नहीं है तो फिर बोलने से क्या फायदा! बस इसी बात पर खूब कूदा-फाँदा और देर तक चिल्लाता रहा। चुपचाप खड़ा मैं सब तमाशा देखा किया।

दूसरे दिन मेरी रिपोर्ट लिखी गई कि मैंने ओवरसियर के लिए अपमानसूचक और अश्लील शब्द कहे, पर सुपरिंटेण्डेण्ट दयालु हैं (उसी के सहयोग से ये चिट्ठियाँ भेज भी पाता हूँ)! वह हमेशा अच्छी बातें किया करता है। मैंने उससे कहा था कि मैंने कोई ऐसी बात नहीं कही थी और न कहूँगा क्योंकि गाली-गलौज मेरी आत्मा के विरुद्ध पड़नेवाला कमीनों का काम है! उसने मुझे बिना सजा के ही छोड़ दिया और उसी का यह फल भी हुआ कि बारी ने अन्य भाषा-भाषियों से भाषिक जबर्दस्ती नहीं की!

बड़े-बड़े तैरते हुए पिंजड़ों में बन्द करके हमें कलकत्ता से यहाँ अण्डमान लाया गया था। चलते समय हाथ-पैरों से बेड़ी काटते हुए हाथ-पाँव–दोनों लहूलुहान कर दिए गए थे! पिंजड़े का एक साथी दर्द की बेचैनी में तैरते पिंजड़े में ही दौड़ लगाने लगा, हम सब लोट-पोट होने लगे–उत्ताल लहरों पर सवार! पेट में चना और चिवड़ा भी भागता आया और अब बाबूराम हरि और मेरे सिवाय सबने ओ-ओ करना शुरू कर दिया! हम तो पुराने खिलाड़ी थे–इतने पर हमको क्या होता!

जिस पिंजड़े में हम बन्द थे, उसमें लकड़ी के दो पीपे भी रखे थे और उन्हीं में हमें शौचादि से निवृत्त होना पड़ता था! इस समय उन पीपों की दुर्गन्ध और ओ-ओ की महक अपना आनन्द दिखा रही थी!

पूरे तीन दिन के बाद लगभग नौ बजे जहाज ने लंगर डाला! थोड़ी ही देर में चीफ कमिश्नर के सचिव ने आकर हम लोगों की नामावली पुकारी। बंगाली भाई तो 'हाँ ज़नाब', "हाँ, हुजूर" कहते रहे, पर मैंने–"मैं यहाँ हूँ" कहा! और यह खुशी की बात है कि मेरे बाद सबने यही कहा! विकल्प मिलते ही आदमी त्रास का रास्ता बदल देता है! सचिव देवता हमारे श्रीमुखों की ओर चार आँखों से देखते रहे!

ऐसे लगती है आग, ढेला! एक चिनगारी छोड़नी होती है! बस इतना ही याद रखना कि तुम्हारे भीतर चिनगारी है! इसको कभी बुझने मत देना!

महेन्दर मिसिर को मेरा 'वन्देमातरम्' पहुँचा देना!

अभिन्न

तिरपित सहाय!

महेन्दर मिसिर का नाम जब भी आता, डॉक्टर बोस मेरा मुँह गौर से देखते और हमारे बीच चुप्पी तन आती!

काननबाला

मैं काननबाला, ढेला बाई की नातिन, ऑल इण्डिया रेडिया से कुछ दिन पहले ही रिटायर हुई हूँ। लम्बा चला था मुकदमा, बोस बाबा बताते थे महेन्दर मिसिर के घर बंगाल के बागी संन्यासियों ने नकली नोटों की मशीन लगायी थी! अँगरेजों की अर्थव्यवस्था चरमराने की योजना बनी थी न!...वैसे तो लोगों में एका था, पर इसी फेनूगिलास इंस्पेक्टर ने गोपीचन्द पनवाड़ी को पोटकर मुखबिर का काम कराया! इसकी ही गुमटी पर रोज पान खाने जाते थे महेन्दर मिसिर और उनकी टोली के लोग! कई गुपचुप योजनाएँ बनती थीं। गोपीचन्द भी उनमें शामिल रहता था!

बोस बाबा बताते थे, जिस दिन महेन्दर मिसिर के हथकड़ी लगी, गोपीचन्द की गुमटी के ऐन सामने से हँसकर गुजरे, हथकड़े पहने-पहने पान का बीड़ा मुँह में डाला और अपने प्रसिद्ध गीत की टेक की पंक्ति गुनगुनाते हुए बढ़ गए–

'हँसि-हँसि पनवा खिलवले बेइमनवा कि जियरा में उठत हिलोर!

बाद में भिखारी ठाकुर की 'बिदेसिया' को आधार बनाकर बनी फिल्म का यह लोकप्रिय गीत बना–मुहम्मद रफी का गाया हुआ!

मुकदमा लम्बा खिंचा! ढेला बाई, मेरी नानी, जो इतने वर्ष उनसे रूठी रही–भूल गई सब मान-अपमान! अपने बहुत-से गहने और कोठी के पिछवाड़े की जमीन तक मुकदमा सलटने में बेच दी! जिसने वर्षों से कोठी से बाहर पाँव नहीं रखे थे, स्टीमर पर बैठकर पटना भी चली गई–अच्छे वकीलों के फेर में! बोस बाबा भी साथ गए–इधर-उधर, जिधर-तिधर–छाया की तरह, बिना एक शब्द बोले! बाबा कहते थे, इधर-उधर सिम्फनी-रिक्शा-जहाज-ट्रेन-बदलते-बदलते जब वे घर पहुँचे–फैसले की रात–उनके तलवों के फोड़े भी फफक रहे थे!

इन्तज़ाम सारा किया मगर मिसिर जी से मिलने ढेला बाई नहीं गईं। जेल से छूटकर मिसिरजी ही आए शिवालय तो बोस बाबा का मुँह देखा! बाबा बोले, "जाओ, मिल आओ!" लेकिन बोस बाबा खुद गए नहीं, अपने मरीजों में घोल लिया खुद को! जितने दिन पटना की दौड़-धूप चली थी, दवाखाना भी तो बन्द रहा था! मरीज हहर रहे थे। इतनी कम फीस में दूसरा एल.एम.पी. कहाँ मिलता! जो दे नहीं सकते थे, उनसे पैसे लिए भी नहीं जाते!

बोस बाबा बताते थे, उन्हें ढेला नानी ने बताया था, जब वे वहाँ पहुँचीं, साँझ की आरती शुरू हो चुकी थी! उसके ही आलोक में इतने बरस बाद मिसिर जी का

चेहरा दमका–एक ऐसे आदमी का सन्तुष्ट चेहरा जिसके सारे काम पूरे हो चले हों! जो करना था, किया जा चुका हो! जिसको विदा देनी थी, दी जा चुकी हो! धुली हुई चौकी पर आसन बिछा था और महेन्दर मिसिर गा रहे थे, मानो मेरी नानी को ही सम्बोधित करके–

"एकहू गहनवा नइखे सारी,
हो कइसे जाईं ससुरारी!
खेलत में रहनी हो सिपुली-मउनिया से,
आई गइले गवना के नियारी!
बाबा घरे रहितें, मोरा भइया घरे रहितें,
त फेरि देते डोलिया कहारी!
नाहिं मोरा लूर-ढंग, एको ना रहनवा,
पिया हमसे करीहें पुछारी!
मिली-जुलि लेहु सम संग के सहेलिया,
करि लेहू भेंट अँकवारी!
कहत 'महेन्दर' सुनऽ संग के सहेलिया,
छुटि गइले बाबा के दुआरी!"

पूरा शिवबाजार सन्नाटे में था! इस गीत से ऐसी जोत जली कि मुजरे छोड़कर सारी पतुरियाँ कोठों के बरामदों में खिंच आईं! क्या जाने किसकी विदा की तैयारी थीं! सब आँखें बेटी की अम्मा की आँखें हुई जाती थीं।

गीत खतम होते-न-होते महेन्दर मिसिर के कलेजे में जोर का दर्द उठा। दाएँ हाथ से कलेजा थामे मुँह के बल वे मसनद पर लेट गए!

सब लोग घबरा गए–डाक्टर बोस के दवाखाने भागा रधिकवा! सबको विश्वास था कि बाबा की देह सूँघकर मौत भी भाग जाती है! उनके आने के पहले तक ये ढेला बाई को अस्फुट गले से इतना कह पाए, इतना ही कह पाए आँचल से माथा सहलाती नानी माँ को–"ढेला, समझ सको तो समझ लेना–और माफ करना–तुम्हारा उद्दीप्त आकर्षण मुझे बाँध लेता, मैं किसी काम का नहीं रहता फिर। वचनबद्ध था...अगले ही दिन बंगाल की गाड़ी पकड़नी थी...जिन्दगी में पहली बार उस रोज तुम्हारे इतने पास होने पर महसूस होने लगा कि इस रूप का ताप अब शायद बर्दाश्त के बाहर है..., मैं तुमसे बँधने लगा हूँ–सो एक झटके में मैं चला गया। क्रूरता की, पर विवश था। जब कोई मेरे गले में पीड़ा का अमृत पहचानता, मेरी आँखों में अपनी निठुर-सी विदाई का दृश्य कौंध जाता।...तुम्हें कुछ बताया नहीं कि मेरी जिन्दगी का ठिकाना नहीं था, वह कौम के नाम लिखी थी...बेकार ही मेरे इन्तजार में तुम घुलो, यह नहीं चाहता था! नाराजगी एक ताकत भी देती

है। एक चुनौती है नाराजगी।...माफ कर सको तो माफ कर देना, ढेला, महेन्दर मिसिर तुम्हें केन्द्र बनाकर नाचते रह गए...।"

तीन-चार टुकड़ों में बाँटकर उन्होंने किसी तरह बात पूरी की, बात पूरी भी हुई या बाकी रही—अब यह कौन कहे! फिर उनकी पत्नी एक बड़ी फिटिन पर आईं—सदल-बदल और एक पत्नी के रुआब के साथ उन्हें 'घर' ले गईं! जाते-जाते एक बार पलटकर ढेला बाई को ऐसी निगाहों से देखा जैसी आँखों से देवदत्त ने अपना आहत हंस उठाते सिद्धार्थ को देखा था!

द्वितीय खंड

अगली सुबह हम सब फिर लोहाबाबा पर टूट पड़े : "बुरा मत मानिए, पर कल आपने हड़बड़ी में किस्सा किनारे किया! काननबाला ने अपनी नानी, ढेला बाई, को कैसे-कैसे खोज निकाला? महेन्दर मिसिर को शिवालय से उनकी पत्नी जो हर ले गई, फिर वे कभी ढेला बाई से मिले कि नहीं? ढेला बाई पण्डिता रमाबाई के मुक्ति-मिशन से कहाँ जुड़ीं? पण्डिता रमाबाई थीं कौन? डॉक्टर बोस और हेडमास्टर साहब के परिवार से ढेला बाई के सम्बन्धों का खुलासा भी जरा आहिस्ता-आहिस्ता कीजिए न, बाबा!...बेल का शर्बत बनाऊँ ?"

"वृद्ध दिमाग में, बेटा, कई सुरंगें होती हैं, कई अगम गुफाएँ! कोई बात चलती कहीं से है और कहीं खो जाती है!...अच्छा तो तुम्हारे प्रश्नों की उँगली पकड़कर फिर उसी राह पर चलता हूँ और जो इसर-बिसर गया, उसे फिर से जिलाने की कोशिश करता हूँ तुम्हारे लिए!...आज डोरोथी भी आई हैं। जॉर्ज ऑरवेल मुजफ्फरपुर के पास ही जन्मे थे--मोतिहारी में ही उनके पिता अफसर थे न...डोरोथी को देखकर पण्डिता रमाबाई की नन-गुरु भी याद आईं जिनकी चर्चा खुद ढेला बाई के मुँह से सुनी थी! अपने अन्तिम दिनों में ढेला भी काफी विदुषी हो गई थीं--मुक्ति-मिशन का असर था कि तिरपति चाचा, हेड मास्टर साहब और डॉक्टर बोस के सान्निध्य का असर या उनके अपने स्वाध्याय का नतीजा--कहना कठिन है!...पर मेरे देखते-ही-देखते उनकी भाषा बदलकर वैसी ही हो गई थी जैसे अपने अन्तिम दिनों में बौद्ध भिक्षुणी आम्रपाली की! अन्तिम दिनों में बुद्ध से आम्रपाली का जो भी संवाद हुआ होगा, उसी के समानान्तर ढेला के संवाद अलग-अलग समय और स्थान पर अपने अलग-अलग गुरुओं-प्रशंसकों और दोस्तों-अनुयायियों से भी घटित होते। इनमें से कुछ उनके प्रेमी भी रहे थे! बीते हुए, पुरातन प्रेम से एक नया रिश्ता जो कायम होता है--कामनाओं से इतर और निरपेक्ष--उसकी भी शान अलग होती है!"

"तो ऐसा कीजिए, अलग-अलग लोगों से उनके अलग-अलग निरपेक्ष संवाद ही पल्लवित किए चलिए--उस बहाने ही कथा पूरी हो लेगी! हर दिन बस एक संवाद! छुट्टी के बीस दिन ही तो बचे हैं! बीस संवादों में ही कथा कहने की कोशिश कर दें, बात अपनी समझ में आ जाएगी।"

"कोशिश कर सकता हूँ! देखता हूँ करके! पर इस नाटकीय विधान में तुम सबको मेरे साथ लगना होगा! संवाद तुम सब मिलकर लिखो—सन्दर्भ मैं बता दूँगा! कुछ मेहनत तुम भी करो, भाई!"

और इस प्रकार सामूहिक लेखन की वृहद् काट-पीट के बाद ढेला बाई के अपने प्रिय समकालीनों के साथ जो कल्पित संवाद लिखे गए—इस प्रकार हैं!

ढेला-डॉक्टर बोस संवाद

(समय : रात साढ़े ग्यारह, 1932, सोमवार। कल जेल से रिहा होंगे महेन्दर मिसिर। उनका मुकदमा लड़ने में ढेला के सब गहने बिक गए : उनके ही नहीं, उस इलाके की सब वेश्याओं के गहने जिनके वे गुरु रहे थे! ढेला बाई उन सबकी अगुआ थीं और ढेला बाई के संग उनकी बीमारी-सीमारी, घट-बढ़, ऊँच-नीच में लगातार उनके साथ बने रहे डॉक्टर बोस! अपने प्रतिद्वंद्वी के वापस लौट आने की उजबुजाहट और प्रिय का मनोरथ पूर्ण होने का सन्तोष, श्रीमती बोस से अपनी तनातनी, एक नर्तकी के फेर में घर-बार, जमी-जमाई प्रैक्टिस और इकबाल—सब दाँव पर चढ़ा देने की हलचल—तरह-तरह के तनाव उनकी आँखों में धूप-छाँह खेलते-से बैठे हैं!)

ढेला बाई अपनी बारह बरस की बेटी, ठुमरी को थपकी दे-देकर आज भी सुलाती हैं। अपने जन्म से लेकर अब तक जो पिता-सदृश छाँह ठुमरी पर रही है, डॉक्टर बोस की ही! रोज रात बेले की झाड़ी खिड़की से झाँकती हुई देखती है कि कैसे महोगनी के उस बड़े-से पलंग पर माँ की जंघा पर सर धरे-धरे ठुमरी बोस बाबा से कहानियाँ सुनती है। बोस बाबा पलंग पर नहीं बैठते, बगल की आरामकुर्सी पर बैठते हैं और उनकी उदास आँखों में रह-रहकर एक मुस्कान बदली की धूप की तरह झाँक जाती है!)

"प्रबोध बाबू, बारह बरस का ही एक युग होता है न! ठुमरी कल बारह बरस की हो गई! पेट में थी जब इसके पिता घर छोड़ गए थे...उसके बाद मिसिर जी का साया भी जाता रहा और तिरपित चाचा का भी! आप न होते तो यह कठिन जंग कैसे लड़ पाती?"

"ढेला, बारह बरस की अब ठुमरी है, हम तो नहीं हैं बारह-पंद्रह बरस के! हम तो इतना जानते हैं कि अगर कोई किसी के साथ खड़ा है और एक युग से खड़ा है तो सन्तोष उसे भी होता होगा, कोई एक कोना उसका भी अवलम्ब पाता होगा, उसके बिना उसे सब अधूरा-सा लगता होगा!"

"कह लेने दीजिए, कहने से भी बोझ कुछ तो हल्का होता है!"

"बोझ?"

"ऋण-बन्धन! आपने जो भी किया, उससे उऋण होना सम्भव नहीं है और वह मेरी आत्मा पर बोझ भी नहीं है, पर अभिव्यक्ति के गर्भ में ही 'व्यक्ति' छुपा है—तिरपित चाचा कहते हैं।"

"हाँ तो यह व्यक्ति बाहर आए! चलो, आज सुन ही लेता हूँ मैं अपनी विरुदावली। दो, मन-भर धन्यवाद दो! फिर यह रात, यह एकान्त हमारे जीवन में आए—न-आए!"

"क्या आपको यह अज्ञात भय सता रहा है कि मिसिर जी की रिहाई मुझको आपसे दूर कर देगी? मैं उनकी अगवानी में ऐसी जुटूँगी कि आपके लिए कोई वक्त नहीं होगा? कोई किसी की जगह ले सकता है, प्रबोध बाबू? मैंने तो कभी ऐसा नहीं सोचा कि आपकी पत्नी मेरा स्थान ले सकती हैं या मैं आपकी पत्नी का! हर सितारा आकाश में एक खास जगह से ही टिमकता है...कोई किसी के सर चढ़कर नहीं नाचता!"

"क्या तुमने टूटते सितारे नहीं देखे?"

"टूटता सितारा! याद है आपको? हम राजेन्द्र बाबू के मित्र, विश्वनाथ वर्मा एल. एल.बी. के दरवाजे मुवक्किलों की भीड़ में पीछे खड़े थे! सब बेंचें भर गई थीं! आपने वहीं अहाते में अपना कीमती दुशाला बिछाकर मुझे बैठने को कहा था! साँझ घिर आई थी! चाँद उचक रहा था कि एक तारा टूटा और आप बोले—'माँग लो, क्या माँगती हो! टूटे सितारे वरदान देकर ही मिट्टी में मिलते हैं।"

"क्या माँगा था तुमने?"

"उनकी रिहाई ही माँगी थी जिनके लिए हम मुकदमा लड़े जा रहे थे... लेकिन जो बात मैं कह रही थी, वो ये कि टूटकर मिट्टी में मिल जानेवाले सितारे आकाश में जो भी रंध्र छोड़ जाते होंगे—उस रंध्र पर आसन जमाने और कोई तारा नहीं आता!"

"हाँ, ढेला, जानता हूँ मैं—तुम्हारे प्रशंसको के तारक-मण्डल का एक साधारण तारा हूँ मैं, चाँद-सूरज नहीं हूँ! मगर इसका मुझे मलाल भी नहीं है।"

"साधारण में 'धारण' करने की क्षमता अकूत होती है। और आप? पूरे ज़िले में आपके इलाज की ऐसी तूती बोलती है, छपरा के लोगों के भगवान हैं तो आप—पितु-मातु-सहायक-स्वामी-सखा—मैं अकिंचन आपके चरणों की धूल के सिवा आखिर क्या हूँ? आपने मान दिया तो ही खड़ी हूँ वरना जिस तरह मुझे छोड़कर पहले हलवन्त सहाय और फिर मिसिरजी गए, मैं तो कहीं की नहीं रहती! जन-मन पर आपके प्रभाव के चलते ही हवेली का एक हिस्सा मेरे नाम रह गया, वरना उनके रिश्तेदार कब का मुझे वापस कोठे पर खदेड़ चुके होते!...मैं तो मैं...बताइए—मेरे गर्भ में पल रही मेरी इस सन्तान का भला क्या होता?"

"प्रकृति अन्याय के विरुद्ध किसी-न-किसी को खड़ा कर ही देती है, ढेलन! खिड़की के बाहर देखो तो जरा—ये सारे पेड़ जो नेक इरादों की तरह

ठठे खड़े हैं–किसी-न-किसी अन्याय के प्रतिकार में उठा हुआ ईश्वर का हाथ ही लगते हैं न!"

ये बातें चल ही रही थीं कि दरवाजे पर दस्तक हुई! गंगी थी! डॉक्टर बोस के घर से उनकी बीवी ने फिटिन भेजी थी और कहलाया था कि बेटे का बुखार उतरने का नाम ही नहीं ले रहा!

महेन्दर मिसिर : 1936

(समय : जेल से रिहा हुए महेन्दर मिसिर को दो बरस बीत चुके हैं, ढेला बाई से उनकी मुलाकात कम ही हो पाती है। दोनों का स्वास्थ्य गिर गया है! डॉक्टर बोस की उपस्थिति कहीं-न-कहीं उनकी उपस्थिति से टकराती तो है, फिर पत्नी का मान भी रास्ता रोक लेता है। चित्त की स्थिति भी कुछ ऐसी है कि ढेला से मिलने के लिए अब ढेला के पास जाना जरूरी नहीं! मनःसंवाद होता ही रहता है : जित देखौं तित लाल।)

'अपूर्व रामायण' जेल में ही पूरी की थी! उसे ही पलटते ओसारे की एक खाट पर अहर्निश बैठे रहते हैं! चेले-चपाटे आते रहते हैं मिलने। उत्साह में कुछ-कुछ कहते हैं! कहते हैं कि उनकी रचनाओं के कई संकलन अब प्रकाशित होने चाहिए, तब दुनिया समझेगी कि कैसा हीरा धूल की चदरिया ओढ़े यहाँ मस्त पड़ा है। शिवनारायण 'महेन्द्र मयंक', 'महेन्द्र दिवाकर', 'महेन्द्र प्रभाकर', 'महेन्द्र चन्द्रिका', 'महेन्द्र कुसुमावली', 'कजरी-संग्रह', 'कृष्ण-गीतावली', 'मेघनाथ-वध नाटक, 'भागवत दशम् स्कन्ध' नाम से सारी रचनाओं के संकलन में लगे हैं : "देखता हूँ तो मोह होता है इन सब पर–बच्चे तो बुलबुलों और बुदबुदों का भी झब्बा बनाकर तलहथी पर बिठा लेने का उत्साह यों ही दिखाते हैं! क्या मतलब है इसका!" एक दिन कहा था तो लुबुध पड़े सब उनकी ओर।

"आप नहीं जानते, आप क्या हैं, गुरुदेव! दो दर्जन से अधिक शास्त्रीय और लोकरागिनियाँ आपने हमें दी हैं! सामंतकालीन संगीत को महलों और कोठों से निकालकर गाँव की कुटिया तक पहुँचानेवाले आप, गरीब की आशा-निराशा, सुख-दुख आपके गीत यों पकड़ते हैं कि क्या कहिए! पहलवानी अखाड़े में जिसने आपका 'गदहालोट' और 'धोबिया पछाह' दाँव देखा नहीं, उसने क्या पहलवानी देखी..."

"बस करो, बबुआ! सब ईश्वर का प्रसाद है! हर अनुभव एक प्रसाद!"

"हाँ तो प्रसाद बाँटकर खाना चाहिए न, सरकार!"

"लड़िकन से बतियन में कौन भला जीतेगा! जो चाहो सो करो!...देश-दुनिया का भी हाल बतौते चलो! रेडियो बड़ा घड़घड़ाता है! दुल्हिन से कहो, जरा बैठक में ठेकुआ-निमकी-इमरती भिजवावें! उनके नैहर से कल ही बैना आया है–

बैद्यनाथ धाम के पेड़े और मिरचैया चिउरा! भेजें जलपान!...हाँ तो गाँधीजी का कोई समाचार मिला?...कल सुगना आया था, कोई बता रहा था कि राहुलजी... राहुल सांकृत्यायन यहीं एकमा के परसा-मठ में आए हैं ! उनसे मिलने जाना है! पता करो, कितने दिन रहना है उनको!"

"जी सरकार, ऊ एक किताब लिखने आए हैं और आस-पास के गाँवों में अलख जगाने भी! आपसे मिलने की इच्छा तो वे भी जता ही रहे थे!"

"इच्छा? हई देखो! ऊ कौन चला आ रहा है! ई चाल राहुलजी के अलावा भला किसकी हो सकती है! धन्यभाग पण्डितजी, धन्यभाग!" बड़ी लम्बी उमर पायी है! अभी हम आपकी ही चर्चा कर रहे थे!

(सब अगवानी को दौड़ते हैं! महेन्दर मिसिर भी चौकी से उठकर खड़े हो लेते हैं, आँखें गीली हो आई हैं! देश-दुनिया को हाल-चाल बतियाते-बतियाते शाम हो जाती है! पता चलता है, वे सचमुच एक सूची बनाने आए हैं–उन सबकी जो इस असहयोग आंदोलन में साथ रहे, उन्हें नये सिरे से एकजुट करना जरूरी है और इस काम में उन्हें मिसिरजी का साथ चाहिए! कागज-कलम लेकर बैठते हैं मिसिरजी के चेला-चपाटी और चर्चा शुरू होती है।)

राहुलजी : आप इस इलाके के जनकवि हैं, मिसिरजी, और साधुओं की टोली में भी खूब रहे हैं। सबसे पहले बाबा नरसिंह दास के बारे में बताइए ! साधुओं में बहुत कम स्वराज-आंदोलन की तरफ आकर्षित हुए! मैं उनके बारे में सिर्फ इतना जान पाया हूँ कि वे कबीरपंथी थे! तुलसी गोसाईं मठ में जो साम्यवादी व्यवहार मैंने उनका देखा, उसके कारण कबीरपंथी साधुओं के प्रति मेरा विशेष आकर्षण हो गया।

मिसिरजी : अरे साहब, क्या नाम लिया! जेल में वे हमारे साथ ही तो थे! मनोरंजन के कई काम हमने जेलजीवन को सरस बनाने के लिए किए थे! कभी-कभी नहाने की फाइल में हमारा कवि-सम्मेलन होता! नरसिंह बाबा मुजफ्फरपुर आकर बस जरूर गए थे पर उनकी मातृभाषा ब्रजभाषा थी! हम लोगों ने मिलकर कई कविताएँ बनायीं! आप तो जानते हैं, जेल में फाइल कई परतों वाला शब्द है। पाँती में बैठने को भी फाइल कहते हैं, कैदियों को जिस मात्रा में भोजन मिलता है, उसे भी फाइल कहते हैं, कुर्त्ता-कम्बल भी तह लगाकर रखना फाइल है। हमने फाइल पर एक कविता बनाई! फिर जेल में काले रंग का बहुत मान था, इसलिए दूसरी कविता 'कारो' पर बनी!...और भी कितनी कविताएँ, सब तो याद कर पाना मुश्किल है, मगर जो याद पड़ती हैं, लिखाता जाता हूँ!...लिख भाई, करमदेव–लिखता जा! चीज कुछ ऐसी थी :

"फाइल में बैठि रोटी फाइल-भर माँगतु हैं,
फाइल-भर भात लाइ करत काज कूरो हैं।

कपड़े को फाइल कुर्त्ते-कम्बल को फाइल होत,
आप फेरि जेलर फाइल देख लेत पूरो है।
फाइल में पानी अन्हाइबे को आवतु है,
फाटक फटकारि फाइल बोल देत फूरो हैं!
भनत नरसिंह फक्त फाइलहिं सम्हारि लेहु।
फाइल बिनु फेल सारे फलाइल को अधूरो हैं।"

कुछ ऐसे विनोदपूर्ण ढंग से यह सब सुनाया गया कि सब हँस पड़े! हँसी का फुहारा आगे रोककर लिखाया गया :

"अब काले रंग की महिमा सुनो, भक्तजनो

कारो करीब में है कुलतार औ कारो इ कम्बल चारि बिछावें।
कोयला कारो औ कारोहि साग औ कारी कढ़ाई में डारि सिझावें।
कारोहि खान औ कारोहि पान केवारन में रंग कारो लगावें।
कारो है कारागार, नृसिंह यो कारो जन्मस्थान कहावे।"

"माखनलाल जी की 'कोयल और कोकिला' भी इसके समानान्तर उद्धृत कर सकते हैं न?"

"हाँ, बिल्कुल! कालिमा का अनन्त विस्तार–यह ब्रिटिश सरकार!"

"वाह-वाह, क्या बात है!"

इसी कवित्त का प्रभाव था कि उनके भाषणों की धूम मच गई! समाज-सेवा के किसी भी कार्य में वे सबसे आगे रहते! 1934 का जो भयंकर भूकम्प आया–वो देखिए–वो-हमारे घर का वह हिस्सा अभी तक धसका पड़ा है–सब जगह तबाही मची! सबसे ज्यादा क्षति मुंगेर की हुई थी, उसके बाद मुजफ्फरपुर की! भूकम्प का केन्द्र सीतामढ़ी के पास था। वहाँ की प्रलय-लीला हर गाँव में देखी जा सकती थी! सड़कें टूट गई थीं, कहीं आना-जाना आसान नहीं था!

सहायता संगठित करने में किसी तरह मुजफ्फरपुर से सीतामढ़ी पहुँचा तो देखा कि नरसिंह बाबा पहले से ही छटपटा रहे हैं। वह इस इलाके के प्रसिद्ध कर्मी ठाकुर रामनन्दन सिंह के गाँव गए थे कि उन्हें लाकर सहायता का काम शुरू करें। हमने मिलकर सहायता का सारा काम संगठित कर लिया। ऐसे समय नरसिंह बाबा का रोम-रोम नाचता था।...और ये बाबू पीताम्बर सिंह कहाँ गए?"

"स्कूल की नौकरी तो छोड़ दी उन्होंने! परसा थाने के कुछ गाँवों की यूनियनपंचायत के चुनाव की घड़ी उन्होंने आपके साथ ही तो घूम-घूमकर कोशिश की थी कि कांग्रेसवाले चुने जाएँ, अँगरेजों के खुशामदी नहीं!...फिर एक बार बीमार पड़े तो बेटा शहर ले गया। इन्सुरेन्स का अच्छा एजेण्ट हो गया था!... बेटे बाप-माँ को थल्ले से ही उखाड़कर शहर की गमलिया में बो देना चाहते हैं। बात तो ठीक है पर गमलिया की मिट्टी में बर-पीपर मलुआ जाते हैं। बाबू हरिनारायण लाल का

बेटा भी कांग्रेस की ओर से असेम्बली का मेम्बर हुआ तो बाप को बुला भेजा उसने, पर उनका शहर में जी नहीं लगा और वे वापस चले आए!"

"आदमी को कर्मभूमि की मिट्टी खींचती है! और जन्मभूमि की भी! जिसकी जन्मभूमि-कर्मभूमि एक ही हो, उ तो बरहम बाबा हो जाता है—गाँव का पीपल छोड़कर स्वरग भी नहीं प्रयाण कर पाता—जैसे उड़ि जहाज को पंछी पुनि जहाज पे आवै।"

"हाँ-हाँ, उनसे भी मिलने गया था। बेटा असेम्बली का मेम्बर, खुद बरसों हथुवा राज में नौकरी की, पर सादगी बिल्कुल किसानों की! काम के लिए दस-पन्द्रह कोस पैदल चला जाना उनके लिए कोई मुश्किल नहीं!...आतिथ्य भी किसानों-सा हार्दिक! उनकी दहलीज पर पिया गया गुड़ का शर्बत मटर या मक्के की फरही के साथ अद्भुत लगता है। वही दाना खाते हमने अपने कार्यक्रम बनाए!"

"भोरे थाना और परगने जिले के और भी कई थाने दोहरे दलन का शिकार हैं। एक तरफ पुलिस की मनमानी तो दूसरी तरफ जमींदार के अमलों की लूट-पाट! जमींदार और पुलिस का गठबन्धन है! हरि नारायण बाबू हथुवा राज की रैयत रहे हैं, राज्य की नौकरी के चलते उन्हें भीतरी चकरचालें भी खूब पता हैं! जरूरत पड़ने पर वे कट्या और मीरगंज भी हमारे साथ जाते हैं!"

"वैसे तो जिस समय गाँधीजी ने अँगरेजों के खिलाफ़ शान्तिमय विद्रोह का झण्डा उठाया, सारे देश में जोश की लहर दौड़ गई, पर हमारा बिहार उसमें सबसे आगे रहा न?"

"इसका एक कारण है, मिसिरजी! थोड़े ही समय पहले चम्पारण जिले में निलहे गोरों की तानाशाही के खिलाफ उन्होंने सफल संघर्ष किया था! गाँधीजी का यह काम बिहार का बच्चा-बच्चा जानता था और छपरा तो बोली-बानी, रहन-सहन और तौर-तरीके में भी चम्पारण का जुड़वा भाई है। तिलक स्वराज फण्ड के जमा करने में भी छपरा आगे रहा। स्कूल-कॉलेज छोड़कर आगे आए विद्यार्थियों और असहयोगी वकीलों में सबसे बड़ी संख्या बिहारियों की है।"

"इन दिनों लेकिन, क्या जाने क्यों, वह जोश ठंडा पड़ गया है। पहले जोश में हर थाने में थाना कांग्रेस कमेटियाँ कायम हो गई थीं!"

"थाना? बहुत-से गाँवों में भी कांग्रेस-पंचायतें बनी थीं। परसा जैसे बड़े गाँवों में स्वयंसेवक भरती हुए थे जो रात को लालटेन लेकर पहरा दिया करते थे।"

"लोग चाहते हैं चामत्कारिक प्रभाव! बहुत दिन बीत गए, स्वराज मिलता दिखायी नहीं दिया तो जोश ठंडा होना स्वाभाविक था। नौजवानों में से तो बहुत कम फिर स्कूल-कॉलेजों में जाकर दाखिल हुए हैं! वे काम करने को तैयार हैं पर काम मिल नहीं रहा। रचनात्मक काम के नाम पर चरखा कातने, करघा चलाने का उपदेश दिया जाता है, पर उद्धुर युवा शक्ति इतने-से काम में कैसे

सन्तोष पाएगी! ये आनुषंगिक कार्य हो सकते हैं, मुख्य काम नहीं! वे लाखों की तादाद में जेल जाने को तैयार हैं, पर अँगरेज यह कृपा करने को भी तैयार नहीं... ।''

''अच्छा, उस गाँधी विद्यालय का क्या हाल है जिसमें लक्ष्मी बाबू पढ़ाने लगे थे? कुछ उसके संस्थापक के बारे में भी बताइए!"

"अरे, वह तो अद्‌भुत पुरुष था! कुछ वर्ष उसने हमारे अखाड़े में पहलवानी भी सीखी। 1908 या 1910 के करीब–जब अँगरेजी शिक्षा में बहुत प्रगति नहीं हुई थी–यह तरुण मैट्रिक परीक्षा में बैठा था! दिमाग की मशीन बहुत बारीक होती है, क्या जाने क्या कारण हुआ, वह पागल हो गया! पागल होने पर भी राजा सिंह मार-पीट नहीं करते थे! उनका शरीर बहुत लम्बा और अस्थिपंजर भी बहुत विशाल था, लेकिन अव्वल तो खाने का कोई ठिकाना नहीं था, दूसरे, पागल के शरीर में अन्न लगता भी नहीं! जब राजा सिंह को कह दिया जाता तो वे लड़कों को पढ़ाते भी थे।

गुड्डे की तरह नहला-धुलाकर उनकी पत्नी उनको उनके स्कूल ले जातीं तो बच्चों को पढ़ाते, वरना लगातार घूमते ही रहते थे। हालाँकि रेल थी, जाने का भी सुभीता था, पर एकमा थाने के बाहर वे कभी नहीं गए! हर वक्त कुछ बड़बड़ाते ही रहते! ग्यारह-बारह बजे रात को भी बस्ती से दूर–सड़क पर चलते या किसी पुलिया पर बैठे उन्हें बड़बड़ाते देखा जा सकता था!

उनकी इस विक्षिप्तावस्था के बाद उनका यह गाँधी स्कूल लक्ष्मी बाबू ही चलाते थे। उन्हीं के प्रयत्न से यह हाई स्कूल भी बना!"

"1926 तक मैं छपरा-कांग्रेस में काम करता रहा। उस समय लक्ष्मी बाबू का घर ही मेरे लिए दूसरा स्वराज-आश्रम था। इस जिले में जमीन की शिकायत आम है। शायद ही किसी किसान के पास इतना खेत हो कि उसकी जीविका चल सके! घर में कई रेलवे बाबू थे–तार बाबू! भाई तो भाई, बहुओं में भी मेल था! रेलवे की ड्यूटी हो या तार-घर की--मर्दों को फुर्सत नहीं होती थी--घर सिर्फ खाना खाने आते थे, फिर भी कोई रंजिश नहीं और आतिथ्य-सत्कार ऐसा कि मन हरा हो जाए! शान से अक्सर इनकी पत्नी कहती थीं–'फुर्सत नहीं है तो क्या, कोई ट्रेन ऐसी नहीं जो ये समय से स्टेशन नहीं पहुँचा देते।'

लक्ष्मी बाबू अपनी इस पतिगर्विता चाची से खूब मजाक करते! घर की सुख-शान्ति इन्हें ऐसे शीतल स्वभाव का बना गई थी कि राजनीतिक चर्चाओं में भी कभी ये उखड़ते नहीं थे। शिष्यों और सहयोगियों से भी कभी इनकी कटुता नहीं हुई...गाँव का मुखिया भी चुने गए!...आजकल पता नहीं किस जेल में उनको रखा है। हरिहर सिंह की रपट-पार्टी वाला मामला उलझ जो गया!"

"यह रपट-पार्टी क्या थी, भाई?" जेल में इस कदर काटकर रखा गया कि स्थानीय गतिविधियों से कट गया हूँ...अखबार भी नहीं देते थे वो मुझको!"

"अरे, अखाड़े का एक मेरा शागिर्द था—हरिहर! उस जैसे हट्टे-कट्टे नवयुवकों ने ही बनायी थी यह रपट-पार्टी! दरअसल गोरों का उत्पात इधर कुछ ज्यादा ही बढ़ गया था, उनके दमन के लिए गाँव के युवा पहलवान एकजुट हुए थे! एक तरह का यह प्रतिरक्षा-दल था, 'ले दनादन दे दनादन' के चटपट न्याय में जिसकी आस्था थी! पुलिस-व्यवस्था और न्यायपालिका का जो हाल है, उसमें तो 'कौन जीता है तेरी जुल्फ के सर होने तक!'...तो जहाँ गोरे सिपाहियों ने कोई जुर्म ढाया, तत्काल ये करदण्ड-न्याय अर्थात् घेराव और लात-घूँसों से शान्ति-पाठ आरम्भ कर देते!...सच पूछिए, राहुल महाराज, तो मेरी भी मौन स्वीकृति इन्हें थी! मैं भी तो पुराना अखड़िया ठहरा! मैं भी ये मानता हूँ कि लातों के भूत बातों से नहीं मानते!

मगर इस राह में फँसान तो है ही! 'बहुत कठिन है डगर पनघट की! खुदीराम बोस भी तो फाँसी चढ़ा ही, फाँसी चढ़ा और एक सन्देश दे गया!... लक्ष्मी बाबू लेकिन व्यर्थ ही फँसे! वे तो प्रकृति से अहिंसक थे! नौजवानों को तो पकड़ नहीं पाए तो इस भले बूढ़े को धर दबोचा!"

इसी तरह गप्प-सड़क्का होता गया! शाम घिर आई। दूर कहीं धुआँ उठ रहा था! धुएँ की इबारत आकाश में एक नया इतिहास रच रही थी।

भिखारी ठाकुर की नौटंकियों पर भी देर तक चर्चा चली और प्रोग्राम बना कि अगले दिन महेन्दर मिसिर की बैठक यहीं पर सजेगी! बहुत दिन बीते, कुछ गाना-बजाना हुआ ही नहीं।

ढेला बाई-महेन्दर मिसिर : 1937

एक अद्भुत संयोग घटा है! ढेला बाई-महेन्दर मिसिर को साथ-साथ यात्रा करनी है! ढेला बाई की नानी, अफसाना बेगम, बीमार हैं! उन्होंने दोनों को बुला भेजा है। कुछ निर्देश देने हैं!

जेल से छूटने के बाद इनकी आपसी मुलाकातें कम ही हुई हैं, हुई भी हैं तो संक्षिप्त और सार्वजनिक! दोनों के मन में बहुत-से सवाल हैं, मगर सवाल जब बहुत सारे हो जाते हैं तो कई बार पूछने का मन भी नहीं करता—सुयोग हो तो भी!

ठुमरी सत्रह पार कर गई! उसके विवाह की चिन्ता है! फेनू पीछे पड़ा रहता है! पहले तो मानता भी था, अब नहीं मानता कि यह उसके मामा की ही बेटी है, उसकी अपनी ममेरी बहन, उससे उसका ब्याह कैसे रचेगा! औरों की तरह वह भी यह बात मानने को तैयार नहीं कि ठुमरी के पिता न महेन्दर मिसिर हैं, न डॉक्टर बोस! फिर पीछे पड़ा रहना तो उसकी आदत है! किशोरावस्था में ढेला बाई के पीछे पड़ा रहता था! जब से बीबी मरी है और दरोगाई की शान में हवेली

का पिछला हिस्सा हड़प लिया है, मन में यह तमन्ना भी अँगड़ाई लेने लगी है कि ठुमरी से ब्याह हो जाता! रिवेल साहब ने यह कोठी नाम तो ढेला बाई के ही की थी, इस तरह उसकी असल वारिस ठुमरी ही थी! बंधक पड़ा था यह हिस्सा तो क्या, दंरोगई व्यर्थ अगर एक बंधक भी छुड़ा न सके!...ठुमरी ने माँ का रूप तो नहीं लिया, पर सुन्दर ही है और रूप अकेली स्त्री के गले में बँधा ढोल होता है! परेशान रहती है ढेला बाई!...उसे हवेली में गंगा के साथ छोड़ना भी मुश्किल है और साथ सफर में लिए जाना भी मुश्किल!

अफसाना बेगम भी एक बड़ी शख्सियत रही हैं। उनका कोठा क्रांतिकारियों की शरणस्थली रहा! गाहे-बगाहे उन्होंने अपनी नातिन की पैसों से मदद जरूर की, पर मिलना-जुलना कम ही रखा! मुजफ्फरपुर से छपरा की दूरी ही कितनी थी! पर दूरी से क्या होता है! मथुरा से वृंदावन की दूरी भी भला कितनी रही होगी! संकल्प इतना बड़ा सागर है कि बीच में आ पड़े तो पार ही नहीं होता। अगर सोच लिया कि मेल-जोल से प्रिय को दिक्कत होगी तो मन साध ही लेता है आदमी।

हलवन्त सहाय जब गए और उनके घरवाले ढेला को उनकी हवेली से बेदखल करने आए—नन्ना ने ढेला को पैगाम भेजा था कि वकील कर ले और पैसों की चिन्ता करने की जरूरत नहीं! यह पैगाम तब भी भेजा था जब महेन्दर मिसिर पर मुकदमा चला! एकाध बार वे बीमार पड़ीं तो ढेला बाई नन्ना से मिलने मुजफ्फरपुर के चतुर्भुज-स्थानवाले उनके दोमहले कोठे तक भी गईं और डॉक्टर बोस के पास ठुमरी को छोड़ दिया। ठुमरी को अभी तक वहाँ उस मुहल्ले में ले जाने की हिम्मत वे जुटा नहीं पायी थीं!

इस बार ठुमरी को डॉक्टर बोस के यहाँ छोड़ना भी मुश्किल था क्योंकि वे सुभाष बाबू की किसी संकल्प-सभा में कलकत्ता गए थे और उनकी पत्नी के लिए ढेला अपराध-भाव से भरी रहती थीं। बोस बाबू के लाख समझाने पर भी उनकी पत्नी ये मानने को तैयार नहीं थीं कि ठुमरी डॉ. बोस की नहीं, हलवन्त सहाय की बेटी है! पहली पत्नी से उनके कोई सन्तान नहीं हुई और ढेला उनसे लगातार तुनकी ही रहीं—यह तो सभी जानते थे लेकिन जाने के एक रात पहले महेन्द्र मिश्र के किसी प्रसंग पर ढेला उनकी गोद में मुँह छुपाकर रोयी और उसी रात यह हरसिंगार उनके आँचल में गिरा—यह मानने को कोई क्यों तैयार होता! अगर डॉक्टर बोस ये कह देते कि ठुमरी महेन्दर मिसिर की सन्तान है तो भी उनकी पत्नी मान जातीं, पर डॉक्टर बोस ऐसा क्यों कहते! यह सच भी होता तो ऐसी बात कहते उनका दिल दुखता। वैसे भी उन्हें दूसरों को फजीयत में डालने से बेहतर खुद ही फजीयत में पड़ जाना लगता था।

गंगिया की दोस्ती डॉक्टर बोस के माली से थी! वह उससे ही पता करने गई थी कि डॉक्टर बोस कब लौटेंगे। उस समय श्रीमती बोस अपने बगीचे में

ही इधर से उधर टहलती हुई कुछ-कुछ सोच रही थीं! आहत पत्नियाँ पूरे घर-द्वार में पूरी अधिकारप्रमत्तता से घूमती ही तो रहती हैं–इधर से उधर और उधर से इधर! कभी मन डोलता है, कभी पूरा वजूद मन्दिर के घण्टे-सा लगता है डोलने।

गंगिया की बात उनके कान में पड़ी तो चोट खाई नागिन-सी पलटकर पड़ीं सामने। कोई और होता तो गच्चा खा जाता, पर गंगिया गंगिया थी : "क्या चाहिए, यहाँ क्यों आई हो? क्या फिर उसे पोसिया लगाना है? फिर कहीं ढेला को जाना है–गुलछर्रे उड़ाने?"

"पालागी माँ जी, मेरी मालकिन भी आप ही की उमर की हैं–चालीस के पड़ोस की! जब जवानी में गुलछर्रे न उड़ाए तो अब क्या उड़ाएँगी! गुलछर्रे उड़ानेवालों की जात ही अलग होती है! वे तो इतनी छुई-मुई हैं कि गुल भी उन्हें छर्रे ही चुभाता जाता है! अब अपने को ही देखिए–आप-जैसी गुलबदन, फूलों से भी ज्यादा कोमल मनवाली औरत–आप भी उन पर तीर चलाने से बाज नहीं आईं!"

"और क्या करूँ? आरती उतारूँ कि अच्छा किया जो मेरे पुरुष पर मंतर मारा? ऐसा सत्यनिष्ठ, सदाचारी मेरा पुरुष–कभी किसी की ओर आँख उठाकर नहीं देखा–अपनी पत्नी की ओर भी नहीं–वो किसी पतुरिया पर मुग्ध हो जाएगा–यह मेरे बैरिस्टर-पिता ने सोचा भी होगा भला!...मेरी माँ डरती थी कि डॉक्टरों को मुश्किल क्षणों में हर जगह आना-जाना होता है, उनको घरबार के लिए फुर्सत नहीं रहती और खतरे भी हजार रहते हैं–पर बाबा बोले कि वे पता कर चुके हैं, लड़का धीरोदात्त नायकों-सा शीलवान है! थे भी, शुरू में तो मुझको भी ऐसा लगा कि इनका मन अफ्रीका-ऑस्ट्रेलिया के जंगलों-सा अछूता, अजाना-अगाध है जिस पर वनदेवी-सा राज करूँगी, पर राजपाट किसी और की किस्मत में था! दिलों पर राज करने का गुर तो कोई तेरी मालकिन से सीखे! कितने दिल हैं उसके कब्जे में? मिसिर का हाल क्या है? और इन्स्पेक्टर फेनूगिलास का? रिश्ते में तो उसकी मामी हुई?"

श्रीमती बोस एक साँस में ही इतना बोल गईं कि गंगिया को कुछ देर चुप रहना ही श्रेयस्कर लगा! पानी अगर खौल जाए तो कुछ देर छोड़ देना चाहिए। स्थिर छोड़ देने पर और ठंडा होने के बाद ही वह आईना बन पाता है। कहर बरसने के बाद की चुप्पी एक तरह का इयरफोन भी होती है। कहर बरसानेवाला अपने कठोर शब्दों की प्रतिध्वनि ठीक से सुन सके–इसके लिए भी कुछ देर चुप्पी की दीवार बनकर खड़ा होना चाहिए–गंगिया ने मूक प्रतिरोध का यह गाँधीवादी तरीका ढेला बाई से ही सीखा था! ऐसे ही शर्मिन्दा करती थीं वे हलवन्त सहाय को! शुरू में वे भी तो खूब चीख-पुकार मचाते थे! उनके वे हथगोला शब्द खुद उनके कानों में पड़े–इसके लिए ढेला मौन तनी खड़ी रह जाती थी। 'गारी आवत एक है, पलटत होत अनेक' की यह नयी व्याख्या थी जहाँ गाली मौन की दीवार

से टकराकर और टप्पा खाकर अनेक टुकड़ों में टूटी-फूटी वहीं पहुँच जाती थी जहाँ से आती थी। 'तुमने मुझे कुछ दिया, मैंने लिया ही नहीं तो वह वापस तुम्हारा हुआ' वाला तर्क। 'त्वदीयं वस्तु गोविन्दं तुभ्यमेव समर्पयेत यामि' की भी एक नयी व्याख्या!

यह मौन उसे एक अवकाश भी दे गया यह सोचने का कि कैसे पूछे कि डॉक्टर बोस की अनुपस्थिति में वह ठुमरी को अपने बड़े बँगले में संरक्षण देंगी कि नहीं। दम साधकर कहा—"मालकिन ने सलाम भिजवाकर पूछा है कि साहब तो नहीं हैं, पर आप कौन कम दयालु हैं—क्या आप दो-चार दिनों के लिए ठुमरी बिटिया को अपने आँचल की छाँव नहीं देंगी? मालकिन की नानी मौत से आँख-मिचौली खेल रही हैं—मालकिन चाहती हैं जाना और घर की हालत आपसे छुपी तो नहीं है! भेड़ियों के बीच छौने को कोई कैसे छोड़े! शेरनी की माँद ही उसका एकमात्र सहारा बन सकती है...।"

"शेरनी खुद भी तो छौने की भूखी हो सकती है!"

"शेरनी शेरनी कहलाती ही है इसलिए कि वह शरणागतों का वध नहीं करती और बिना भूख के निरीह को सताती नहीं! आपकी भूख एक छौने से क्या तृप्त होगी! आप बंगालिन हैं न—मेरी माई बंगाली परिवार में ही काम करती थी—मेरा बचपन वहीं बँगले में 'नमस्तस्यै नमस्तस्यै नमस्तस्यै नमोनमः' सुनते बीता है। वहाँ के दादा ने हमें थोड़ी संस्कृत भी पढ़ायी थी। आपको मैं क्या समझाऊँ 'क्षुधा रूपेण संस्थिता' का अर्थ? क्षुधा यानी भूख—उसमें भी आपकी वाली देवी का वास है! सोच-समझकर ही खाना होता है किसी को, फिर शेर-शेरनी तो दुर्गा माँ की सवारी हैं।"

एक मिनट को श्रीमती बोस चकित-सी गंगी का मुँह देखती रह गईं! उन्होंने बिहार आने के पहले भी मण्डन मिसिर के तोते का किस्सा सुना था कि शास्त्र-पुराण सुनते-सुनते वह भी टप-टप, टुपुर-टुपुर कुछ बोलना सीख गया था! दरवाजे पर पिंजड़े में लटका-लटका भी आगंतुकों से छोटा-मोटा शास्त्रार्थ कर लेता!...यह तोती भी पूरी तैयारी के साथ आई थी और दुखती रग पर उँगली रखकर एक नैतिक चुनौती दे रही थी उसे! बुद्धिमती थीं श्रीमती बोस, उसकी रणनीति खूब समझ रही थीं...फिर भी अन्ततः यह सोचकर उन्होंने ठुमरी को बँगले में संरक्षण देने का संकल्प कर ही लिया कि इससे एक तीर में दो शिकार होंगे! एक तो पति के साथ इधर लगातार ही चलनेवाले शीतयुद्ध का प्रकोप कुछ कम होगा, फिर, यह बात रेखांकित की जाएगी कि देखो, जिस औरत को तुम ऐसा एकनिष्ठ समर्पण दिए बैठे हो, वह तुम्हारी अनुपस्थिति में तुम्हारे रकीब के साथ चली घूमने और बच्ची भी हमारे सिर मढ़ गई कि मौज-मस्ती में कोई बाधा न आए : "नानी की बीमारी तो बहाना है, बहाना! ऐसी औरतों का कोई दीन-ईमान थोड़े ही होता है।"

एहसान जताते हुए गंगी से कहा–"हम बंगालियों की इसी कमजोरी का तो तुम बिहारी भुच्च फायदा उठाते हो कि हम देवी के उपासक दरवाजे पर सर रगड़ने आए हुओं को निराश नहीं करते! जाओ, शाम तक छोड़ जाना उसे! घर के काम-काज कुछ जानती भी है कि बैठे-बैठे खाएगी?"

"मालकिन ने उसे फूलों की सेज पर पाला है! मेरे रहते वह घर के काम क्यों करे?...मिसिर जी के मुकदमे में मालकिन की दौलत छीज गई, घर बन्धक चढ़ गया, वरना तीन ट्यूटर लगे थे हमारी बिटिया को, एक मेम भी पढ़ाने आती थी!...ट्यूटर छूट भी गए तो भी वह पढ़ती रहती है–अपने-आप!...रामायण बाँचकर सुना सकती है...गला भी अच्छा है!"

"वो तो होगा ही, पुराना धंधा ठहरा।"

गंगी कटकर रह गई, पर कुछ कहा नहीं। हाथ जोड़े और चल दी!

ढेला-मिसिर खाखोन संवाद : 1937

ढेला बाई की यह पहली रेल-यात्रा थी! छपरा से मुजफ्फरपुर की दूरी थी तो बस छः घण्टों की, पर तीन लोक और तीनों काल अपने सम्पूर्ण स्पन्दन के साथ उन छः घण्टों में सिमटे थे! पता नहीं, इन छः घण्टों में क्या होगा! क्या-क्या कहेंगे-सुनेंगे वे! सामने बैठेंगे या बगल में? मान और उम्मीद लम्बी पींगोंवाला झूला-सा झुला रहे थे! और भीतर कहीं यह धुकधुकी भी थी कि "नन्ना ठीक तो हो जाएगी...क्या पता क्यों बुला भेजा है दोनों को...ऐसा न करें कि मुझे मिसिर को सुपुर्द करके आराम से चल दें...मेरे मान को यह गवारा न होगा और मैं उन्हें इतनी जल्दी जाने भी नहीं दूँगी! एक बार ठुमरी के हाथ पीले हो जाएँ, कोठी पर ही लाकर रखूँगी, देखती हूँ, कौन रोकता है! चौदहवाँ भी नहीं लगा था कि उड़वाकर हलवन्त बाबू ले आए...उसके पहले भी अम्मी और नन्ना मेरे संग बैठने की फुर्सत कब पाती थीं, अक्सर तो लोग ही आए रहते थे, बाकी वक्त रियाज़ या नींद...! हलवन्त बाबू के बाद मैं ठुमरी की परवरिश और मिसिरजी के मुकदमे में ही उलझकर रह गई। अब जाकर मौका मिला कि माँ-नातिन और नानी कुछ दिन साथ गुजारें, कितना तो कहना-सुनना-समझना-समझाना है!"

सोचते-सोचते बग्घी छपरा-टीसन लगी! मिसिरजी इतनी देर चुप ही थे। शायद कोचवान के सामने अंतरंग बातचीत उचित न लगती हो! शायद उनका भी मन भर आया हो।...सामान उतरवाकर भी आगे-आगे चले मिसिर जी, कुली के ही साथ, और पीछे चलीं ढेलाबाई! अचानक उन्हें याद आया कि बोस बाबू कभी आगे-पीछे नहीं चलते थे! "मुकदमे के दौरान कितनी बार स्टीमर से पहलेजाघाट होकर महेन्द्रूघाट जाना हुआ–कभी छोड़कर आगे नहीं बढ़े।

हालाँकि उनकी स्वाभाविक चाल भी गाँधीजी जैसी ही थी पर मेरे ताल-छन्द से हमेशा अपना ताल-छन्द मिलाते चले। मैं कभी उनके प्रेम को इतना मान नहीं दे पायी जितने के वे अधिकारी थे! शायद इसी की सजा मुझे यह मिल रही है कि महिन्दर बाबू ने कभी मेरे प्रेम को वह मान नहीं दिया जिसकी मैं अधिकारी थी! प्रकृति बड़ी न्यायी है! उसकी सजा सर झुकाकर ही झेली जा सकती है और उपाय भी क्या है!" ढेला ने सोचा और अपना ध्यान बाँटने को इधर-उधर देखने लगी!

दूर से देखा, तिरपित चाचा के अनन्य मित्र, खाखोन दा चले आ रहे हैं। तिरपित चाचा को काले पानी की सजा जिस साल हुई, उसके पहले दो बार ये उनसे मिलने घर आए और उन्हें समझाने की कोशिश की कि खुदीराम बोस या सुभाष बोस बनने की जरूरत नहीं, न गरम दल की ही बात मानने में कुछ रखा है, जान है तो जहान है, और वैसे भी, मारधाड़ में अँगरेजों से पार पाना मुश्किल है, शस्त्रागार भरे पड़े हैं, हमारे पास न तलवारें बची हैं, न आधुनिक हथियारों के पैसे, सिर्फ बाहुबल से आज कोई जंग जीत सकता है भला! बुद्धिबल है हमारे पास तो उसी से लड़ेंगे–अक्ल बड़ी कि भैंस!

'अक्ल बड़ी कि भैंस, जिसकी लाठी, उसकी भैंस' आदि भैंसमुखी कहावतें तिरपित चाचा की समझ में नहीं आती थीं! खाखोन दा बोलते गए, वे मुस्का-मुस्काकर सब सुनते गए, और अन्त में बात पर टप्पा लगाते हुए बोले–

"क्या खाखोन, बीन बजाए जा रहा है–एक भैंस मुझमें भी पगुराती बैठी है-तेरी बीन का कुछ असर नहीं होने का–पकौड़े खा, पकौड़े! ढेला ने अपने हाथ से बनाए हैं! पकौड़े खा और ढोता रह गाँधी का कमण्डल!"

खाखोन दा को देखकर ढेला का मन उमड़ा, पर चूँकि इतने दिनों बाद मिसिर जी से अंतरंग बातें करने का सुयोग जुटा था–वे चाहती नहीं थीं कि किसी से आमना-सामना हो और बातचीत सिर्फ सार्वजनिक मुद्दों पर केन्द्रित होकर रह जाए!...पर इस उमर में भी खाखोन दा की आँखें चील की आँखें थीं! मजाल था कि कोई परिचित बचकर यानी बतियाये बिन निकल जाए!

"हे ऽऽ खोकी! ढेला! कोथाय जाश्ची रे? केमऽन आछे?"

ढेला ने बढ़कर पैर छुए। महेन्दर मिसिर भी पहले से परिचित थे! दोनों पुरुषों ने आँखों ही आँखों में तय कर लिया कि 'खूब गुजरेगी जब बैठेंगे दीवाने दो'-अगल-बगल ही सीट करा ली जाएगी और ढेला को सुरक्षित लेडीज कूपे में पहुँचा दिया जाएगा! पर ढेला एक न मानी! इतना तो वह समझ चुकी थी कि महेन्दर मिसिर से वैयक्तिक सवाल-जवाब का अवसर मिलने से रहा, पर स्वराज-चर्चा का चस्का भी तो उसको बचपन से था! आंदोलन के समानान्तर ही वह पली-पकी थी! टी.टी. से कह-सुनकर एक ही डब्बे में ही बैठने का इन्तजाम किया गया और बात चलती-चलती गाँधी-प्रसंग पर टिकी! खाखोन दा

पिछले बीस वर्षों से गाँधी के अनुयायी थे, गाँधी के संस्मरण कूट-कूटकर भरे थे उनकी झोली में, सिर्फ एक स्त्री-प्रसंग पर वे गाँधी से सहमत नहीं थे! जिधर स्त्री दिखायी देती, उधर ही उनकी भावदग्ध आँखें उठ जातीं और रोम-रोम उमड़कर गाता, 'मैं तेरा चाँद, तू मेरी चाँदनी, होऽऽ।' और हर समय, हर बार ऐसा ही होता, ऐसी फ्रीक्वेन्सी से होता कि पत्नी ने भी इस प्रसंग पर ध्यान देना अब छोड़ दिया था! जो बल्ब लगातार भक्-भुक्, भक्-भुक् जलता-बुझता रहता है, लोग उस पर ध्यान देना छोड़कर किसी लालटेन या दूसरे बल्ब की रोशनी का इन्तजाम कर लेते हैं! उनके लिए यह दूसरा प्रकाश-स्रोत था—उनका पूजा-पाठ और विशद घर-गृहस्थी जहाँ अक्सर ही अतिथि भरे रहते थे!

इस उनके एकलौते दोष की परिणतियाँ ट्रैजिक से ज्यादा कॉमिक ही थीं, अक्सर कहीं से दिल तुड़ाकर पत्नी के ही पास मरहम-पट्टी करवाने चले आते, आँचल में सर छुपाकर खूब रोते, डेढ़-दो महीने गम्भीर बनकर अच्छी तरह देखते जमींदारी और स्वराज-पार्टी की फण्डिग का इंतजाम करते! एक तरह से गाँधीजी के एंजिल्स ये ही थे! कांग्रेस को जिन जमींदारों ने खुलकर आर्थिक सहयोग दिया था, उनमें इनका भी नाम आएगा!

ढेला बाई को तो बचपन से ही कहानियाँ सुनने का शौक था और गाँधी के बारे में उनकी उत्सुकताएँ अनन्त थीं तो बात बार-बार गाँधीजी पर आकर टिक जाती! तरह-तरह के छोटे-बड़े संस्मरणों में छः घण्टे कैसे कटे, पता ही नहीं चला!

मुजफ्फरपुर स्टेशन जब गाड़ी पहुँची, बूँदाबाँदी हो रही थी! आसिन की बूँदाबाँदी विकट ही होती है! खाखोन बाबू को लेने उनकी बग्घी स्टेशन आई थी, उन्होंने कहा कि महेन्दर-ढेला भी साथ चले चलें, उन्हें चतुर्भुज स्थान उतार कर बग्घी आगे जाएगी! मिसिरजी ने ढेला की ओर देखा! एक क्षण को आँखें मिलीं और उधर से मनाही का इशारा पाकर मिसिर जी ने बात गोल कर दी कि बग्घी उनको भी लेने आती ही होगी!

खाखोन बाबू हो-हल्ला मचाते गए तो पर उनके जाते ही एक विराट शून्य घिर आया! ढेला स्टैण्ड पर ऐसी जगह खड़ी थीं कि उनका कंधा भींग रहा था। कुछ देर मिसिरजी देखते रहे, फिर अपना दुशाला उढ़ाकर कहा—

"भींगना अच्छा लगता है?"

"ढेला की किस्मत कहाँ कि वह भींगे! यह ढेला सूखा ही भहरा जाएगा!" ढेला ने कहा और एक खम्भे से टिककर खड़ी हो गई!

बगल से बोझा ढोनेवाले लड़के गाते हुए निकले—

"आन्हीं बूनी आवेली
चिरैया ढोल बजावेली!"
महेन्दर मिसिर ने कहा—

"लगता है, छपरा के ही हैं। रोजी-रोटी की तलाश में कहाँ से कहाँ निकल आते हैं बच्चे भी! उधियाकर कहाँ से कहाँ निकल जाता है आदमी!"

"आपने अपने को आँधी का पत्ता क्यों बनने दिया? आप तो मजबूत थे! मर्द थे, चारों खूँटों से मजबूत! भीष्म पितामह अम्बालिका को किसी और की खातिर हर लाए जैसे, आप भी मुझको हरके ले आए—और किसी की खातिर! खैर, अच्छा ही किया वरना मैं यहीं कोठे पर पड़ी-पड़ी दूसरी अफसाना बाई हो जाती!...लेकिन फिर आसपास रहने का आश्वासन तोड़कर भगे-भगे-से क्यों फिरे?"

"तुमने मुझे भीष्म पितामह कहा, पर मेरी भीष्म प्रतिज्ञा तो टूटने लगी—तुमको देखकर नहीं, धीरे-धीरे तुमको जानकर...मैं इस विषय पर ज्यादा नहीं बोलना चाहता! कुछ बातें अनकही ही अच्छी होती हैं कहते हैं। जिह्वा पर अग्निदेवता का निवास होता है, गम्भीर बात जिह्वा पर आई नहीं कि उसका मर्म जलकर भस्म हुआ! इस मुजफ्फरपुर का ही एक किशोर कवि है—तुमसे मिलवाऊँगा। उस दिन ज़िला स्कूल में उसका काव्यपाठ सुनकर दंग रह गया! उसकी ही पंक्तियाँ तुम्हारे सामने दोहरा देता हूँ :

'जिसके भय से डरकर भागे
बड़े बड़े साधक संन्यासी,
उस दुविधा के ही त्रिशूल पर
मेरे मन की नगरी काशी।'

...बस अब आगे कुछ न पूछना, ढेला! अब बताओ, क्या रिक्शा लेना है?"

मुजफ्फरपुर की सड़कें—माशाअल्लाह! रास्ते-भर कंधे से कंधा टकराता रहा! ढेला बाई को बचपन के झूले याद आए! लेकिन मन स्थिर था—छठ के ईख-दण्ड-सा उद्धुर और गागल नींबू की ललछौंह फाँकों-सा उत्फुल्ल!

छठ था शायद आज—साँझिया अरघ! दूध से सड़कें धोयी जा रही थीं! बड़े टोकरों में प्रसाद लिए बढ़े जा रहे थे कुटुम्ब के कुटुम्ब—छठ घाट की ओर! पुपुही वाले वही धुन गुनगुना रहे थे जो अम्मी को इतनी पसन्द थी :

केरवा जे फरेला घउद से,
ओपर सुआ मँडराए!
सुअवा के मारब धुनख से,
सुआ गिरिहें मुरछाय!

जीवन के भरे-पूरे घउद (केले के गुच्छे) पर लगातार मँडरानेवाला सुग्गा-मन दुनियावी धनुखों के भिदने से एक बार भहराता है, और फिर नये सिरे से पंख उठा लेता है! देह ही ऐसा सुग्गा है जो एक बार भहराया तो फिर नहीं उठता : 'क्या जाने नन्ना कैसी है?' झक् से मन में जगा तो कलेजा मुँह को आ गया! मन हुआ कि छठी माई से कहूँ कि सब ठीक रहे!

यह त्योहार हिंदू-मुसलमान--दोनों मनाते हैं। कभी आम्रपाली ने भी तो किया था! उस जैसी ही एक लड़की! ढेला बाई की तो नानी है! उसके तो कोई नहीं था! एक अनाथ लड़की जिसे उसकी माँ कुंती की मनोदशा में आम के पेड़ के नीचे, आम के पत्तों की नन्ही-सी शय्या पर इस भरोसे छोड़ गई थी कि इस करुणादग्ध समाज में कोई-न-कोई उसे पाल ही देगा! पाल ही दिया लोगों ने पर श्रेय दिया आम के पेड़ को, तभी उसका नाम आम्रपाली पड़ा!

रूप ही इस आम्रपाली का भी शत्रु था! बज्जिसंघ में हर बरस मेला लगता था जिसमें संघ की सबसे सुन्दर औरत 'नगरवधू' चुन ली जाती थी। सोलह बरस की आम्रपाली अपने बालसखा, अरुणध्वज और सखी, मधूलिका, के साथ मेले में एक तरफ बैठी दाँतों से गन्ने के छिलके उतार-उतारकर गंडेरियाँ खा रही थी और उन्हें भी खिला रही थी कि चयनकर्त्ताओं में किसी की नज़र उस पर पड़ी...और फिर इस नन्ही रूपसी का जीवन-क्रम बदल गया!

छूट गए सब संगी-साथी! छूट गया अरुणध्वज! छूट गई उसकी वह बाँसुरी! अन्त में तो (बुद्ध से मुलाकात के बाद) वह बौद्ध भिक्षुणी हो गई, पर उसके पहले हिन्दू देवी-देवताओं से भी उसने तरह-तरह की मनौतियाँ मानीं। कहते हैं, एक बार आयोजनपूर्वक छठ भी किया था!

नन्ना आम्रपाली का कौन एक गीत सुनाती थी! थेरी होने के बाद का! बोल अब याद नहीं आते, इस बार उससे सुनकर याद कर लूँगी! मेरे भी बाल पकने को आए! अपने सब पुराने प्रेमियों और इन गंगा-जमुनी-सी, उलझती लटों को निवेदित एक गीत उसी तर्ज पर शायद मुझको भी गाना हो! जैसे मिसिरजी रचते है, क्या मैं कोई अपना गीत नहीं रच सकती?' ढेला ने सोचा और रिक्शे का पर्दा हटाकर जोर की एक साँस खींची! हल्की बारिश ने धरती की पूरी त्वचा पर एक गुदगुदाती हथेली प्यार से फेरी थी और एक सोंधा-सा भभका ऐसा उठा था कि मिरिसजी की आँखें भी ढेला की ओर देखते-देखते हल्की-सी नम हो आई थीं।

अफसाना बाई

नन्ना का शरीर सूखकर आधा रह गया था! उनके पुराने खादिमों और सहयोगियों में बस एक बचे थे--फुरकत मियाँ, सारंगीवाले! और रात-दिन एक करके उन्होंने नन्ना की जो सेवा की थी--उसी का नतीजा था कि तकिए से उठँगकर वे अब बैठ सकती थीं!

ढेला के बचपन की गुड़िया पुराने तबले के साथ दुछत्ती पर उढ़की हुई थी! तोता-मैना-दोनों के पिंजड़े खाली थे, पर थे तो! इस घर में कहीं कुछ बेगाना नहीं था। ढेला बाई को समझ में नहीं आया कि अपने को कैसे संयत रखे, कैसे थामे अपने आँसू! नन्ना प्रशान्त खड़ी थीं। क्या नन्ना के पेट मॆ वापस समा लेने

की कोई जगह नहीं? उसने छूकर देखा! गरारे के पीछे, पेड़ के पास झुर्रियों की नन्हीं-सी एक पोटली थी–अगर एक चिड़िया होती ढेला बाई तो उसी में अपना घोंसला बना लेती!

पेट पर थोड़ी देर बायाँ कान टिकाकर उकड़ूँ ही बैठी रही! अगम गुफा से गुजरती हुई नदी जितना बेखौफ बहती है, भीतर-भीतर बह रहा था कुछ–हहाता हुआ! ढेला बाई को इसकी हहास में क्या जाने क्या-क्या सुनाई दे रहा था–एक तरह का अनहद, एक धुँधुकारा और नन्ना की गाई वे तमाम ग़ज़लें जिन्हें सुनते हुए कितने नवाब, राजे-महाराजे एकदम से तड़प उठते थे :

"मेरी उम्र सारी गुजर गई
बाखुदा तुम्हारे खयाल में
मुझे अपने मिटने का गम नहीं,
कहीं मिट न जाए ये दागेदिल!
ये तो काम आएगा हश्र में,
मेरी उम्र की ये रसीद है।"

यह मक्खन-सी त्वचा! इस उम्र में भी ये अपूर्व रूप-गौरव! पके हुए बालों में ठिठकी हुई चाँदनी! पोपला चेहरा लेकिन कितना सुन्दर! जैसे कि रेशम के बडए में उम्र भर की कमाई डालकर कोई धीरे-से पटुए की सुतली खींचे और गाँठ लगा दे! ऊपर से तो सिहरा था मखनिया रेशम पर भीतर कहीं हीरे-मोती दमकते थे और एक झीना प्रकाश कहीं भीतर से छनकर आता था!

लम्बी-लम्बी उँगलियाँ जैसे नियति-नटी की अद्‌भुत परण-मुद्रा! काल के भाल से भी पसीना पोंछकर वापस अपनी वीणा, अपने मिजराब तक इस अदा से लौटती थीं ये कि देखनेवाले अश-अश कर उठते थे!

ओठ जैसे मीठा-सा चुम्बन हों श्री का–शिव के ललाट पर!

आँखों में राजा शिवि की अभयमुद्रा थी और घायल कपोतराज की छटपटाहट भी!

यक्षिणियों-जैसा शरीर और आवाज़? गंगा को सुरसरी क्यों कहते हैं–इसका मर्म समझना हो तो कोई नन्ना की आवाज़ सुने :

टुटली मरैया कैसे रहब पियवा,
पनिया चुएला चारों ओर।

इतनी तकलीफ में भी नन्ना ने अपने हाथों से उसकी पसन्द का खाना बनवाया था–सत्तू के पराँठे, मखाने की खीर और परवल की सूखी सब्जी! पहले की ही तरह तीनों ने एक थाली में मिलकर खाया–मिसिरजी और सारंगीवाले चचा को जिमाने के बाद!

मुहल्ले में ढेला के आने की खबर फैल जाए और भीड़ लगा लें औरतें–इसके पहले ही अफसाना बेगम ने कोठे के प्रवेश द्वार पर कुण्डी लगवा दी और

फुरकत मियाँ से कहा कि बाहर ही बैठकर हुक्का पिएँ! कोई पूछे तो कहें--हकीम मियाँ के घर से लौटी नहीं!

झाड़-फानूसों पर मोमबत्तियाँ बालकर और हर कमरे में गुगुल जलाकर फुरकत मियाँ जब गए, अपने विशाल पलंग के एक ओर अफसाना बेगम ने मिसिरजी को बिठाया और दूसरी ओर ढेला को!

और धीरे-धीरे, साँस की शिकायत के बावजूद, लगातार घण्टे-दो घण्टे में जो भी कहा, उससे दोनों के होश उड़ गए :

"मेरा अब कोई ठिकाना नहीं, बेटी! अब वह समय आ गया है कि तुमसे मैं वो सब कहूँ जो इतने बरस मैं चाहकर भी कह नहीं पायी! तुम मेरी एकलौती वारिस थी, पर मेरे पास कुछ बचा ही नहीं तुम्हें देने को! बस दो-तीन पते हैं--मेरी उमर-भर की कमाई हैं ये तीन सम्बन्ध जो तुम्हारे जीवन का नक्शा एकदम से पलट देंगे और अब समय आ गया है कि तुम अपने जीवन का नक्शा पलटो भी!

ध्यान से सुनो मुझे जो कहना है! मिसिरजी के जीते-जी, उन्हीं के साथ या इनकी मदद से तुम इन तीन लोगों से मिल लो! एक हैं शारदा प्रसाद! मोतिहारी प्रैक्टिसिंग स्कूल में प्रिंसिपल हैं! उनकी बीवी गुजर गई हैं--छः नाबालिग बेटियाँ एक बेटा छोड़कर! मेरे गुरुभाई हैं वो, दाता कम्बलशाह के शागिर्द, इस रिश्ते से तुम्हारे वे मामू हुए!...मेरा ये मानना है कि छपरावाली हवेली में अपना हिस्सा बेचकर ठुमरी को लिए-दिए तुम पहले तो यहीं दाता के मजार आ जाओ, फिर चली जाओ शारदा बाबू के घर, मोतिहारी! उनकी बच्चियाँ पालने में उनकी तुम मदद करो और वे ठुमरी की शादी में हमारी मदद करेंगे!

ठुमरी की शादी के बाद कुछ दिन तुम और ठहर सकती हो मोतिहारी! फिर तुम्हें दिल्ली जाना होगा--इस पते पर, और वहाँ से कोई तुम्हें 'मुक्ति मिशन' ले जाएगा, वहीं तुम्हें मिलेंगी पण्डिता रमाबाई जिन्होंने मेरा ही नहीं, हम जैसी कितनी ही औरतों के जीवन का नक्शा पलट दिया है!

जीवन रिरियाने की खातिर नहीं होता, बेटी, न टेसुए बहाने की खातिर होता है! जैसी भी दुनिया हमको मिली है, उससे कुछ बेहतर तो छोड़ ही जानी है! तुम्हारे नानू फकीर थे! जाते हुए उनसे मैंने वादा किया था कि उनकी औलाद को इस मुल्क की मिट्टी की आन-बान-शान की तरह ही मैं सँभालकर रखूँगी, कुछ तो वह ऐसा करेगी कि उनके नाम को चार चाँद लगे! तुम्हारी अम्मी ने भी जो बन पाया, किया पर वह जी ही कितने दिन! अब तुम्हारी बारी है!

महेन्दर मिसिर, अब और ज्यादा तनने-बनने और मान-मर्यादा पढ़ाने की आपको जरूरत ही नहीं पड़ेगी! अपनी खुदी खुद ही सुलगा ले, बेटी, और उसी की रोशनी में आगे बढ़! अपनी ही रोशनी काम आती है! औरतें चाँद बनकर तो बहुत दिन रहीं, क्या हश्र हुआ, यह सबको पता है, अब उनके सूरज बन खुद ही दमक लेने के दिन आए हैं!

एक बार मिल ले पण्डिता रमाबाई से। जो भी मैं कह रही हूँ, उसका मरम एकदम से समझ में आ जाएगा! वे भी मेरी ही उमर की हैं! क्या जाने कब हैं, कब नहीं! मुक्ति-मिशन आगे भी फूले-फले, दुनिया-भर की बेसहारा औरतों को एकजुट करे, इसके लिए कुछ आबदार औरतें उन्हें चाहिए और मेरी नातिन, ढेला, मिसिरजी, बोलिए तो भला—किससे कम है! किसी पण्डित के कहने पर मैंने यह बेसुरा नाम रख दिया अपने इस चाँद का कि इसको किसी की नजर न लगे!...पर नज़र तो लगी ही!"

"चाँद नहीं, बीबी, सूरज ही कहिए! सूरज की शक्ति—वो सविता, जिसकी पूजा है छठ...ऊँ भूर्भूवः स्वः तत्सवितुर्वरेण्यं भर्गो देवस्य धीमही धियो यो नः प्रचोदयात्!"

महेन्दर मिसिर ने पहली दफा ढेला का चेहरा हाथों में भरकर उठाया और उसका सर चूमकर बोले—इसी दिन का मुझे इंतजार था!...चलिए, अफसाना बेगम, अब हम दोनों चैन से मर सकते हैं! आखिर आपने ही इसे मंजिल दी, मैं सोचता रह गया!"

शमीम पुतली

अगले दिन धूप में खा-पीकर बैठे तो मिसिरजी ने बात आगे बढ़ायी, "पण्डिता रमाबाई का नाम तो मैंने भी खूब सुन रखा है, पर ये शमीम पुतली कौन हैं जो हमें रमाबाई तक ले जाएँगी?"

"हमारे गुप्त संगठन की प्रधान!"

"गुप्त संगठन?"

"हाँ, हम तवायफों का वह गुप्त संगठन जो रात में कमाए पैसों से क्रान्तिकारियों को हथियार दिलाता है, समाजसेवा के अन्य काम करता है और एक उर्दू पत्र 'अरासेवो' भी निकालता है दिल्ली से! शमीम पुतली उसी की सम्पादक हैं।"

"नन्ना, ये तो मुझको भी अन्दाज़ था कि हमारे घर में क्रान्तिकारी आश्रय पाते हैं और अँगरेज ग्राहकों से पैसे और राज वसूलकर आप उनके सुपुर्द करती हैं!... पर आप-जैसी और भी कई हैं—ये मैं नहीं जानती थी! और कौन-कौन, नन्ना?"

"ध्यान से सुनो और नोट करो! पण्डिता रमाबाई की 'मुक्ति मिशन' से भी इनमें से कई का जुड़ाव हो सकता है। यही पुल बनाना है तुमको! हर गठरी में एक तो गाँठ होनी जरूरी है! एक ढीली-ढाली गठरी बनकर ही हम सफर में दूर निकल सकते हैं वरना बिखर जाएँगे। हम तवायफों की सन्तानें तो जल्दी ही इधर-उधर हो जाती हैं और उनकी जिन्दगी भी कुछ ऐसी खुदुर-बुदुर होती

है कि बड़े सपने देखने की न फुर्सत रहती है, न हुलास!...समय की माँग पर, अपने वजूद के फैलाव के लिए, जिन कुछ कोठों ने बड़े सपने देखे भी, उन्हें आगे परवान चढ़ाने को उनकी सन्तानों का सहारा नहीं मिला! इसलिए सब इधर-उधर होकर रह गया!

तू सिर्फ मेरी ही नातिन नहीं, बागी फकीर की भी नातिन है, मुग़लों का खून है तुझमें, इसलिए तुझसे ये उम्मीद मुझे है कि तू मेरी और मेरी जैसी कई और बदनसीब औरतों की मशाल आगे तक ले जाकर 'मुक्ति-मिशन' से जोड़ेगी !...अपने से बाहर आने का वक्त आ गया है अब, बेटा, मेरा भी और किसी खास मतलब में तेरा भी! सब घेरे तोड़कर बाहर चली आ!

गाँधी और अम्बेडकर जो कुछ कहते हैं, किसी अर्थ में ठीक ही है, हालाँकि ये मैं नहीं मानती कि देह के धंधे से जुड़ी तवायफें धंधा छोड़कर ही देश के किसी काम आ सकती हैं! देह एक दुखती रग है इस समाज की! यह दुखती रग लेकर जब कोई भी हमारे पास आता है तो एक खास वक्त तक वो हमारा शासित रहता है और इतनी ताकत हममें होती है उसमें कि अलख जगा दें या फिर बर्बाद कर दें उसे! जादूगरिनियाँ कहलाती हैं हम, सब गृहलक्ष्मियाँ हमसे रश्क करती हैं कि उनके मर्दों को हमने भेड़-बकरी बना लिया है : आखिर कुछ तो ताकत होगी हमारी! इसका ठिकाने से उपयोग हमने किया और बहुतों की जिन्दगी बदल दी...खैर, अपने किस्से खुद ही सुनाना अच्छा नहीं है...सिर्फ इतना कह दूँ कि सेज पर लेटी औरत भी कम ताकतवर नहीं होती, उस समय उसके रोम-रोम से कच्चे दूध के रंग का एक तेज फूटता है जो आदमी को कहीं से कहीं लिए जाए...उस तेज में नहाया हुआ आदमी उसका मुरीद तो होता ही है जिससे वह कुछ भी करवा सकती है–चाहे तो देव बना दे, चाहे उल्लू! ये ही बंगाल का जादू है...और कारू-कामाख्या का...छू काली कलकत्तेवाली, तेरा वचन न जाए खाली...तुझे तो मैंने हिन्दू गुरुओं से भी संस्कृत पढ़वायी थी, याद है दुर्गासप्तशती का वह हिस्सा : जब शुंभ-निशुंभ किसी तरह नहीं मरते, अपनी जंघाओं के बीच दबाकर काली उनका वध करती है...!!"

"तो नन्ना, इस धंधे में कोई बुराई नहीं है?"

"गिंजन बहुत हैं यहाँ और ऊब भी! जो आता है, प्रेम के दावे करता है, प्रेम नहीं और किसी एक ऐसे आदमी के आगे नंगा होना जो प्रेम नहीं करता–खासा तकलीफदेह है! एक ही तरह के झूठ सुनते-सुनते उबकायी आने लगती है! कहीं कोई उमंग या तरंग नहीं, ऊपर से यह अपराधबोध कि इसके पीछे इसकी बीवी रोती-झींकती बैठी होगी, बाप-माँ, बाल-बच्चे भी परेशान होंगे! अच्छा नहीं होता ये एहसास कि आपका पूरा वजूद लोगों की खुजली मिटाने और गालियाँ खाने को ही समर्पित है।...और जगह चाँदनी चार दिन की तो होती है, यहाँ चार पल भी नहीं ठहरती...।"

पर जब उपाय नहीं हो और सब तरफ से घिरकर इस दलदल में फँस ही गया हो कोई तो भी अपना दायरा बड़ा करते रहने की कोशिश तो करनी ही चाहिए! इतने लोगों से बेतकल्लुफ मेल-जोल! आदमी सीखता-समझता भी बहुत कुछ है!...एक जमाना था जब राजकुँवर कोठों पर तहजीब की ट्रेनिंग लेने आते थे!...कोई कहीं भी हो, कैसा भी हो, इतना गया-बीता कभी नहीं होता कि किसी के काम आ ही नहीं पाए!

"हाँ, नन्ना, तुम्हारा सिखाया वो गीत मुझे याद है–

'तुम बे-सहारा हो तो किसी का सहारा बनो,
तुमको अपने-आप ही सहारा मिल जाएगा!
कश्ती कोई डूबती पहुँचा दो किनारे पर–
तुमको अपने-आप ही किनारा मिल जाएगा।

छोटे घेरे में तो इसे आजमाकर देखा ही है, बाहर की दुनिया में भी आजमाकर देख लेती हूँ...लगातार एक छटपट-सी तो रहती थी कि कुछ कर पाती! इतनी मुश्किल से तुमने पढ़ाया-लिखाया था..बोतल में बन्द जिन्न की तरह अन्दर-ही-अन्दर कुछ हाब-डीब करता रहता है!...समझ में नहीं आता था कि अब जाऊँ कहाँ, क्या करूँ...यह जो खिड़की तुमने खोली है–दीवारों से सिर पटकती तुम्हारी नन्ही गौरैया अब एक आकाश पा जाएगी...देखो, कैसे खुलकर साँस आ रही है कि कुछ बड़ा करना है, सार्थक करना है...अब मैं समझ गई, मिसिरजी, आपकी दृढ़ता और स्थिरता का सूत्र क्या था...खुद में गिरफ्तार आप कभी भी नहीं रहे...घुटता वही है जो खुद में ही गिरफ्तार रहता है...अपना पिंजड़ा आप बन जाता है!"

कहती-कहती ढेला बाई उठीं और हाथ पकड़कर मिसिरजी से कहा–"आइए, मेरे संग आज तो घुमरीपरैया खेल लीजिए...देखती हूँ कौन देर तक नाच पाता है...।" अफसाना बाई मुस्का दीं, वो ही अपनी लाख टकेवाली शर्मीली मुस्कान, जिस पर आज भी सारी दुनिया सौ जान से फिदा थी...!!

नाचते-नाचते दोनों बेदम हो गए और ठहाकर बैठे तो ढेला बाई को अचानक याद आया कि शमीम पुतली और दूसरी तवायफों के पते अभी नोट नहीं किए, लेकिन तब तक नन्ना को झपकी-सी आ गई थी!

उठीं तो गुड़वाली चाय बनवायी और बताने लगीं–"शमीम पुतली के बारे में तो बता ही दिया कि वे साप्ताहिक उर्दू रिसाले 'अरासेवा' की सम्पादक, एक कायदे की लेखिका, बहुत बड़ी समाजसेविका और क्रान्तिकारियो की मददगार थीं। उन्हें हथियार दिलाने में उनकी बड़ी भूमिका थी! अंग्रेजों ने उन्हें कितना भी तंग किया, उन्होंने उनके पते नहीं ही बताए और अन्त में अज्ञातवास ले लिया।

अभी वो उसी महल के तहखाने से अपना रिसाला निकाल रही हैं जहाँ दारा शिकोह की भतीजी, जैबुन्निसा रहती थी, वही जैबुन्निसा जिसके मंगेतर सुलेमान शिकोह को गद्दी के लिए लड़े गए युद्ध में औरंगजेब ने जहर देकर मरवा दिया था—सिर्फ इसलिए कि वह दारा का बेटा और शाहजहाँ का चहेता था! ईरान के शाह अब्बास के बेटे मिर्जा फारूख से उसके निकाह की बात चली थी लेकिन जैबुन्निसा ने पहले उसे देखने की इच्छा व्यक्त की! इसके लिए प्रबन्ध भी हुए! उसे दावत पर बुलाया गया। बातचीत में मिर्जा फारूख ने उससे एक ऐसी मिठाई माँगी जिसका एक अर्थ चुम्बन भी होता है। जैबुन्निसा को यह नागवार गुजरा और उसने मिर्जा की क्षमायाचना के बावजूद शादी से इनकार कर दिया!

"नन्ना—ये कितनी बड़ी बात थी न! काश, हम सब औरतें बेमन की मुहब्बत से इन्कार का जज्बा जुटा पातीं!"

"हाँ, बेटी, यह जज्बा जुटे—इसीलिए तो हम सब अकेली औरतों—वेश्याओं, विधवाओं, और निचले तबकों में जन्मी दूसरी परेशानहाल औरतों का संगठन बनाया है पण्डिता रमाबाई ने—'मुक्ति मिशन' के तहत! पूना में प्रवासी भारतीयों और मिशनरी बहनों के सहयोग से यह विशाल आश्रम बना है—'शारदा सदन' दो-चार साल बाद यहाँ का सब सँभालकर थोड़े दिन वहाँ हो आना और तब उसकी ही प्रेरणा पर यहाँ पूरब में भी एक ऐसा केन्द्र खोलना—यही मेरा सपना है बेटी, जो तुम ही पूरा कर सकती हो!"

"मुझसे इतना कुछ हो पाएगा, नन्ना?"

"जैबुन्निसा के तेज की कथा अधूरी रह गई थी! ध्यान से सुनो और समझो—तेज विकसित करने की चीज है! वह भी तो बिल्कुल अकेली पड़ गई है। कुदरत इन्साफ करती ही है। जिन्हें आँखें नहीं मिलतीं, उन सूरदासों का गला कितना मीठा होता है! जिन्हें बाहुबल नहीं, बुद्धिबल उनमें भरपूर होता है।

जैबुन्निसा की बुद्धि और नैतिक साहस का एक और वाकया याद आता है। एक बार वह अपनी छत पर हवाखोरी करती सोच रही थी कुछ-कुछ कि लाहौर के सूबेदार, आकिल खाँ की नजर उस पर पड़ी और वह एक शेर कह उठा—

'सुर्ख पोशे बा लबे बाम नजर भी आयद'।

गुलनार वस्त्रों में महल की छत पर एक हसीना नजर आ रही है।

बिना एक पल गँवाए जैबू ने चट पाँसा पलटा—

'ना-बनरी, ना बजोरे, ना-बहर भी आयद'

(न अनुनय-विनय से, न जोर-जबर्दस्ती से और न सोने की चमक से इसे जीता जा सकता है।)

औरतों में ये ही ज़ोर पैदा करना है हमको!"

"नन्ना, जैबुन्निसा का अन्त क्या हुआ?"

"बागियों का अन्त भला क्या होगा—बगावत-दर-बगावत वे बढ़ते ही जाते हैं

जैसे लहर-दर-लहर नदी बढ़ती है। औरंगजेब के एक बेटे का नाम भी अकबर था! वह जब सब जुर्म ढाने लगा, वह उसके खिलाफ बगावत में शामिल हुई और सलीमगढ़ किले में उसे कैद कर दिया गया...कहते हैं, वो वहाँ मर भी गई! लेकिन ये मैं जानती हूँ कि वो हम सबमें जिन्दा हैं जिन्हें जुल्मो-सितम के आगे सर नहीं झुकाना...बहुत सह लिया, बेटी, और अब नहीं...!"

"और भी किस्से सुनाइए न, नन्ना और किन लोगों की मदद लेनी है?"

"एक तो बनारस में 'चरखा बाई' के नाम से प्रसिद्ध ललिता बाई हैं! मिसिरजी से भी उन्होंने गाना सीखा था। वे ही तुम्हें उन तक ले जाएँगे!"

"चरखा बाई?"

"वे खादी पहनती हैं और खुद चरखा भी चलाती हैं। खुलेआम कांग्रेस की खातिर चन्दा भी इकट्ठा करती हैं।"

"आप उनसे जुड़ा कोई वाकया सुनाइए, मिसिरजी!"

"अरे, उसकी शान निराली है! अपनी जिन शिष्याओं पर मुझे फक्र है, उनमें वे भी हैं! बनारस में जब रुकता, उनके कोठे पर ही!...अँगरेजों की गुलामी करने वाले भारतीयों से उन्हें भी सख्त नफरत है! एक बार तो मेरे देखते-ही-देखते कोतवाल की तरफ पीठ फेरकर एक गीत गाया था—

"ऐसों की क्या देखें सूरत
जिन्हें अपने वतन से हो नफरत!"

"उनकी तो ख़ाला भी मेरी जानकार थीं—आरा की गुलाब कली! मर्दों के लिबास में वे शाहाबाद के राजा कुँवर सिंह की अंगरक्षक बन गईं! गदर के वक्त अपना पेशा छोड़कर उन्होंने हाथ में तलवार थाम ली! और जब पहली दफा अँगरेजों ने क़ुँवरसिंह पर वार किया, वह गोली उन्होंने अपनी छाती पर खायी...।"

"आप, मिसिर बाबा, अपना अंगरक्षक मुझे बना लीजिए! आपकी गोली मैं अपने सीने पर खाऊँगी तो जीना निरर्थक नहीं रहेगा!"

"अब तुम्हारा जीना, वैसे भी, निरर्थक नहीं रहेगा, ढेला! अपने से बाहर निकलने की घड़ी आ गई है! इसी घड़ी का मुझको इन्तजार था!"

"और, वैसे भी, मेरा जीवन तुम्हारा ही उपहार है! तुम नहीं होतीं तो कौन इतने धीरज से मेरा मुकदमा लड़ता! जेल में पड़ा ही सड़ता रहता मैं तो और दुनिया मुझे गद्दार ही समझती रहती...गुरु-ऋण तो तुमने जीवन-दान देकर चुकाया! तुम्हारे जैसी शिष्या मिलती कितनों को हैं!..."

"एक बात और बता दूँ, ढेला! तेरे जीवन की यह नई दिशा मुझ अकेले की टोही हुई नहीं है...पूरे निर्णय में मिसिरजी भी मेरे साथ रहे हैं! पण्डिता रमाबाई से मुझको मिलवानेवाले दरअसल ये ही थे!" अफसाना बाई अब धीरे से बोलीं!

अवाक् रह गईं ढेला बाई! कुछ कहते बना ही नहीं!

× × ×

अगली सुबह ढेला बाई को नन्ना ने खुरचनवाली मलाई बरफ मिलाकर खिलाईं, खींचकर वैसी ही चोटी बनायी जैसी बचपन में बनाती थी। ढेला बाई ने भी नन्ना का जूड़ा बनाया, तलवे धोए और उस पर जैतून का तेल मलते हुए पूछा–

"नन्ना, इस वक्त भी आप क्या बला की खूबसूरत दीखती हैं! मैं आप जैसी न हो पायी और मेरी बेटी, ठुमरी, तो मुझसे भी ज्यादा सादा है! क्या उसकी शादी जरूरी है? उसे साथ लेकर मैं अभी-की-अभी क्यों नहीं चली जाऊँ पूना? वहीं शारदा-सदन में दोनों माँ-बेटी रहकर दीन-दुखियों के साथ खड़े होंगे, उनमें संगीत का प्रसाद बाँटेंगे?"

थोड़ी देर नन्ना चुप रहीं, फिर कहा–

"तुझसे एक और बात हमने पोशीदा रखी है, बेटा!"

"हमने?"

"हाँ, मैंने और मिसिरजी ने! मिसिरजी ने उससे बात की थी...रूप में ही नहीं, सुभाव में भी अपने पिता पर गई है! सीधा-सादा, घरेलू जीवन चाहती है अपने लिए।...किसी पर कुछ लादना अच्छा नहीं, बेटा, चाहे वह अपनी सन्तान ही क्यों नहीं हो। सीधी-सादी गृहस्थी भी एक तपस्या ही है! अगर उसकी आत्मा उसी से जुड़ाती है तो उसके लिए वही ढूँढो...वैसे, ये बात एक हद तक तो तुम भी समझती होगी, तुम्हारी तो बेटी ही है; किसी की आत्मा की जेब कितनी गहरी है–यह माँ से बेहतर कौन जाने!...तुम मेरे साथ कितने दिन रहीं पर तुम्हारी तड़प, तुम्हारी प्यास मुझसे छुपी है क्या?"

"अच्छा तो आप और मिसिरजी इस योजना में बहुत दिनों से जुटे थे!"

"मैं तो, खैर, नानी ही हूँ, बेटी, माँ को अपनी ममता सिद्ध नहीं करनी पड़ती, पर ये तुम्हारे जो उस्ताद हैं न–ये तुम्हारे लिए बहुत घुटते थे! बार-बार लेते थे पण्डिता रमाबाई का नाम...कि पूना में एक शारदा-सदन बना रही हैं वे, ढेला के लिए वही जगह ठीक है...।"

"पण्डिता रमाबाई का भी पता वो ही लाए?"

"और कौन? जिन दिनों ये क्रांतिकारी मिशन में कलकत्ता थे–वहाँ के 'भद्रलोक' में रमाबाई की पौराणिक कथाओं और क्रान्तिकारी विचारों की धूम मची थी! उन्हीं दिनों तो 'पण्डिता' और 'सरस्वती' उपनामों से वे भूषित हुईं!... मुझसे जब भी मिलते–बार-बार कहते, 'ढेला से अभी मैंने रमाबाई की चर्चा नहीं की–समय आने पर आप ही चर्चा कीजिए, मेरा नाम लेने की जरूरत नहीं,...पर मेरे मन में वो ही सपना है जो आपके मन में होगा–वो दूसरी रमाबाई बने!"

बात अभी खत्म भी नहीं हुई थी कि मिसिरजी आ पहुँचे! दोनों की आँखें मिलीं और भर आईं–लेकिन दो अलग-अलग कारणों से!

नैहर पहुँचकर बूढ़ी स्त्रियों में भी बचपन लहर मारता है! ढेला का बाल-रूप, वैसे भी कभी-कभी एकदम से उजागर हो लेता था। पीछे पड़ीं तो बस पड़ ही गईं कि रमाबाई की कथा सुनेंगी और अन्त में मिसिरजी नसवार सूँघते हुए अपनी कथावाचन शैली में जो कुछ कहने बैठे–उसके बाद तो ढेला बाई लगातार उड़नखटोले पर रहीं, न दिन में चैन, न रात को नींद!

"बात 1889 की है। इण्डियन नेशनल कांग्रेस की पाँचवीं सभा मुम्बई में होनी थी। समूचा हॉल खचाखच भरा था। चमकीली आँखोंवाली एक खूबसूरत युवती कुछ कहने उठी! लाउडस्पीकर था नहीं और पीछे बैठे लोगों तक उसकी आवाज पहुँच ही नहीं पा रही थी। धीरे-धीरे वह आगे बढ़ी और उनके बीच ही आकर बोली–भइयो, माफ कीजिए, मेरी आवाज आप तक पहुँच नहीं पा रही! सदियाँ बीतीं–क्या कभी आपने किसी स्त्री की बातें सुनने की कोशिश भी की? क्या आपने उसको इतनी ताकत दी कि वह अपनी आवाज बुलन्द कर सके?"

ठगे-से रह गए लोगबाग : उनके पास कोई उत्तर नहीं था। यही साहसी औरत पण्डिता रमाबाई थी! उस दिन के पहले कभी किसी स्त्री ने कांग्रेस की किसी बैठक में हिस्सा ही नहीं लिया था! यह उनके अथक परिश्रम का नतीजा था कि 9 स्त्री प्रतिनिधि इस सेशन में विधवाओं के केशकर्त्तन और दूसरे अनाचारों का सस्वर विरोध करने आई थीं।

यह साहस उन्हें विरासत में मिला था! उनके पिता अनन्तशास्त्री ने शास्त्रों से 300 सन्दर्भ स्त्री-शिक्षा के समर्थन में जुटाए, फिर भी पत्नी और बच्चियों को शिक्षित-दीक्षित करने के 'अपराध' में उन्हें जाति-बहिष्कृत किया गया, पर अनन्तशास्त्री को इसकी कोई चिन्ता भी नहीं थी। शान से उन्होंने आन्ध्र प्रदेश के गंगमूल में एक आश्रम बनाया जहाँ कोई शूद्र भी आकर खा-पी, पढ़-लिख सकता था। अतिशय उदारता और बड़े दामाद के अनाचार के कारण जब जमीन बिकने की नौबत आई तो कीर्तनकार और कथावाचक के रूप में नगर-नगर, डगर-डगर सपरिवार घूमते हुए इन्होंने पूरे 16 बरस काटे!...फिर अपना सारा तेज अपनी रमा में उड़ेलकर पत्नी-बेटे के सहारे उसे छोड़ परमधाम कूच कर गए।... जाते समय उनके मुँह में रमाबाई चीनी-पानी भी नहीं डाल सकीं क्योंकि वेंकटगिरि तक का पूरा इलाका अकाल की चपेट में था!...फिर एक दिन माँ की बारी आई! बहुत दिनों से क्षुधाकातर वे घूम रहे थे कि माँ के मुँह से निकला 'रोटी' और रोटी की भिक्षा माँगने रमाबाई बगल के गाँव तक गईं! 'सिद्धान्त कौमुदी', 'अमरकोश', 'गीता', 'महाभारत'–सब जिसको कंठस्थ थे–वे होंठ 'रोटी दे दो'–जैसे तीन मामूली शब्द उच्चरित करने में थकमका गए, गला रुँध गया। घर की औरत दयालु थी, खुद ही उसकी व्यथा समझकर उसको रोटी दी।... तब से रमाबाई ने अपना सारा जीवन दीन-दुखियों की ही सेवा में ही बिता देने का संकल्प धरा और अग्निशिखा-सी हर अन्याय के खिलाफ दमकीं।

माँ की अर्थी में चौथा कंधा खुद अपना दिया, भाई श्रीनिवास के साथ इमली के बीज खा-खाकर, राजस्थान की ठंडी रातों में बालू में देह गाड़कर, पल्लू से सर ढँककर गुजारा किया और हरिकथावाचक के रूप में खूब ख्याति कमायी! कलकत्ता में श्री द्वारिकानाथ गांगुली, शशिपाद बैनर्जी, केशवचन्द्र और विलियम केरी आदि विद्वान इनकी पौराणिक टीकाएँ सुनकर चकित रह गए। संस्कृत का ऐसा खनकदार वाचन लोगों को मंत्रमुग्ध कर जाता। सारा सीनेट हॉल थर्रा उठता। 'स्टेट्समैन' जैसे अखबार में जहाँ-तहाँ इनके उद्धरण छपते, खासकर स्त्रीवादी प्रसंग!

वहीं केशवचन्द्र जी की छत्रछाया में उन्होंने वेद भी पढ़े और तब भाई के साथ गोवाहाटी और सिलहट की ओर बढ़ीं। वहाँ संस्कृतज्ञों ने समस्या-पूर्ति के माध्यम से इनकी क्षमताएँ परखीं और चकित रह गए!...ढाका पहुँचते-पहुँचते भाई भी भगवान को प्यारे हो गए तो उनके एक मित्र सदाव्रत बिहारी ने उनसे विवाह का प्रस्ताव रखा! सदाव्रत बिहारी नीची जाति के थे, फिर भी रमाबाई ने उनसे शादी की। सदाव्रत बाबू विद्वान ही नहीं, कवि भी थे! उनके साथ वे खुश थीं, एक बेटी भी उनके हुई। नाम मनोरमा पड़ा, पर घर-गृहस्थी का सुख उन्हें लिखा नहीं था।

वैधव्य के बाद लूका का 'शुभवर्तन' पढ़ा। क्रिश्चन मिशनरियों के सम्पर्क में आईं और पुणे गईं। जस्टिस महादेव गोविन्द रानाडे और रमाबाई रानाडे से दूर तक चलनेवाले दोस्ती की नींव वहीं पड़ी! 1882 में हण्टर कमीशन के सामने स्त्री-शिक्षा का मसविदा उन्होंने रखा और इस बात पर भी जोर दिया कि चूँकि स्त्री स्त्री से ही खुलती है–स्त्री ही शिक्षक, स्कूल-इन्सपेक्ट्रेस बनें और मेडिकल-पारामेडिकल का प्रशिक्षण भी स्त्रियों को ही मिले। उनकी ही प्रेरणा से लेडी डफरिन और महारानी विक्टोरिया को हर ज़िले में डफरिन मेडिकल डिस्पेन्सरी बनाने की सूझी।

स्त्री का विलक्षण तेज भाँपकर जस्टिस राणा ने अपनी पत्नी के साथ-साथ इनकी भी अँगरेजी ट्यूशन रखवा दी! मिस हारफोर्ड दोनों सखियों को अँगरेजी पढ़ाने लगीं तो लन्दन जाने के रास्ते भी खुल गए। लन्दन में 'सिस्टर्स होम' की स्थापना करते हुए इन्हें ईसा को ठीक से पढ़ने का मौका मिला और इन्होंने ईसाइयत का वरण भी किया! 'बाइबिल' की भी उतनी ही सुन्दर व्याख्या की जितनी कि भारतीय आर्ष ग्रन्थों की करती थीं। फिर उन्होंने 'द हाई कास्ट हिन्दू वुमन' नाम से एक किताब भी लिखी जिसकी कई प्रतियाँ अमेरिका में धड़ाधड़ बिक गईं जहाँ से अपनी मौसेरी बहन, आनन्दीबाई जोशी के कॉन्वोकेशन में गई थीं! फिर उन्होंने मराठी और हिन्दी में भी कई पुस्तकें लिखीं और तिलक आदि कई महत्त्वपूर्ण नेताओं के विरोध के बावजूद स्त्री-प्रश्न पर लगातार डटी रहीं।... अमरीकी शिष्यों के ही पैसों से पुणे में शारदा-सदन खुला–सब बेसहारा औरतों

का हुनर-प्रशिक्षण केन्द्र और हॉस्टल।...अब जब रमाबाई रही नहीं कितनी ही ढेलाबाइयों को नयी रमाबाई बनकर वहाँ जाना है।"

एक साँस में इतना ही कह पाए मिसिरजी! तृप्ति के मारे ढेला बाई की आँखें मुँद गईं और माँ की गोदी में सर रखकर क्या जाने कब सो गईं वे! धीरे से महेन्दर मिसिर उठे और उन्हें चादर उढ़ाकर देर तक आकाश देखते रहे मानो कुछ पढ़ रहे हों वहाँ!

लोहासिंह : काल के निस्सीम जल में

दिन-पर-दिन बीतते गए—प्रायः उसी क्रम में जिसका हवाला पहले भी दिया जा चुका है।...नन्ना तो जैसे इतना ही कहने-सुनने को रुकी हुई थीं। उनके बाद इस जगह से और छपरा से भी जी उचाट हो गया। बची-खुची सम्पत्ति में कुछ का वारा-न्यारा डॉ. बोस की मदद से किया, कुछ का मिसिरजी की मदद से। कुछ दिन मजार पर रहीं—नातिया कव्वाली गाती थीं और इस सूफियाने-से रंग में कि सुननेवालों की आँखों से लगातार स्वाति की बूँदें बरसतीं—

तू निशान बेनिशां है
तू ही जानो जिन्दगी है,
जिस हाल में तू रखे—
तेरी बन्दा परवारी है।

कुछ बरस मोतिहारी रहीं—वहीं शारदा बाबू के बिन माँ के बच्चे पाले, ठुमरी की शादी की। दामाद जालिम निकला। पीटते-पीटते जान निकाल दी एक दिन और नन्ही कानन को कोठे पर बेचकर आसाम भाग गया। पड़ोसियों की मदद से और अपनी पुरानी साख के आश्रय से नवासी को कोठे से छुड़ाया और उसे लेकर वापस छपरा आईं। तब तक शान्तिनिकेतन बन चुका था! श्रीमती बोस के एक मुँहबोले भागिनेय थे, लाला हरकिशन जिनकी माँ अरविन्दो आश्रम के रिश्ते से उनकी गुरु-बहन थीं। एम.ए. (कैण्टब) थे!

भारत आकर कुछ दिन शान्तिनिकेतन में अँगरेजी पढ़ायी, फिर इप्टा से जुड़े और बम्बइया फिल्मों में कुछ छोटी भूमिकाएँ कीं। जीवन के अन्तिम दिन बी.एच.यू. में प्रोफेसरी, विश्वविद्यालयीय राजनीति और मातृसेवा करते हुए बनारस में गुजारे!

युवावस्था भर तो श्रीमती बोस ढेलाबाई के संग ढींगामुश्ती ही खेलती रहीं, पर उनके छपरा छोड़ने के बाद जब उनके वियोग में पति को बिल्कुल शिथिल, मशीनी और कामकाजी हो जाते हुए देखा तो अपना चरित्र भी ढेला बाई के पाए का कर लेने की उनको सूझी! धीरे-धीरे समझ में आ गया कि किसी की रेखा छोटी करने का सबसे कारगर उपाय अपनी रेखा बड़ी कर लेना है! जितनी ऊर्जा

और समय हम दूसरी रेखा की काट-पीट में लगाते हैं, उससे कम में ही शालीनता से और स्वाभिमान से हम 'खुदी' को ऐसा विकसित कर सकते हैं कि 'खुदा बन्दे से खुद पूछे / बता तेरी रज़ा क्या है।

ढेलाबाई जब जीवन के ऐसे मुकाम पर उनसे उनके दरवाजे मदद माँगने आईं, उन्होंने भरपूर स्वागत किया और खुद ही आगे बढ़कर कानन की जिम्मेदारी ली! ढूँढ़-ढाँढ़कर हरकिशन जी का पता लायीं और उनके नाम चिट्ठी दी!...डॉक्टर बोस की आँखें खुली की खुली रह गईं! पहली बार उन्हें महसूस हुआ कि जिस औरत को वह आज तक अनदेखा किए रहे, वास्तव में कितनी सुन्दर हैं। कुछ लोग एक झलक में सुन्दर नहीं दीखते, धीरे-धीरे उनका सौन्दर्य खुलता है–यह रहस्य इस बुढ़ापे में खुला! उनकी मदद से शान्तिनिकेतन में काननबाला का दाखिला हुआ और तब 'शारदा सदन' की दूसरी रमाबाई बनने को मुक्त हुईं!

तब तक उनकी उम्र पचास पार कर चुकी थी पर चुस्ती-फुर्ती में कोई कमी नहीं थी। बीच-बीच में जाकर वे काननबाला से मिलती रहीं, उसे बुलाती रहीं शारदा सदन, देखती रहीं कि वह ठीक राह पकड़ रही है कि नहीं। कानन तब तक लाला हरकिशनलाल की छत्रछाया में इप्टा के लिए पटकथाएँ लिखने लगी थी! ढेला बाई का मन था कि वह पण्डिता रमाबाई पर भी एक फिल्म बनाए और उन सब स्त्री-चरित्रों, खासकर गणिकाओं पर कि उनके मन में आजाद देश का क्या सपना है! एक रेडियो-रूपक भी तैयार करना था इस विषय पर!

नानी-नवासन में एका बहुत था! 'शारदा सदन' से भी ढेला बाई को कहीं-कहीं गाने का न्योता आता तो वे जातीं। जिन दिनों कानन पूर्वी उत्तर प्रदेश और बिहार के गाँवों में काम कर रही थी–सूचना मिलने पर वह भी किसी तरह पहुँच ही जातीं उन तरह-तरह के महिला-मेलों में जो नन्ना को पुणे से निमंत्रण देकर बुलाते। तरह-तरह के मेले, तरह-तरह की मेलाधुमनियाँ। 'कजरिया का मेला', 'टुमटनिया का मेला', 'रात का मेला'! बुलन्दशहर में अहीर सन्त, पछेटा के नाम पर लगनेवाला पछेटा-मेला जहाँ 15000 तक चमार और लोहार भी सन्त की समाधि पर मत्था टेकने आते, निस्संतान औरतें सन्तान की मनौती मानने! सिकन्दराबाद के मुहाना में बैसाख के सत्रहवें दिन हर जात की दस हजार से भी ज्यादा औरतें बूढ़ा बाबा की बन्दगी में जुटतीं जो औरतों और बच्चों की त्वचा और बीमारियों की प्रतिरक्षा में तैनात देवता थे। खुर्जा के पास जो मवई है, वहाँ चैत के आठवें दिन शीतला माता की बंदगी में भारी मेला लगता और बनारस के बुढ़वा-मंगल मेले की तो बात ही निराली थी! चैत के महीने की गंगा पूजा में हर जात के हर धर्म के आदमी-औरत जुटते! हर आदमी-औरत के भीतर एक छोटी-सी नदी उमग पड़ती, साल में एक ही बार, एक ही बार...सब वर्जनाओं से दूर कामना का पंछी डैने डुलाता मुक्त गगन में उड़ता!

यही शान मेरठ के नौचन्दी मेले की भी होती–नौका-विहार, स्वाँग, नाटक और नौटंकी पर सबके ऊपर ढेला बाई के सूफिया कलाम!

ये जमाना वो था जब हिन्दी का भद्रलोक स्त्री-भाषा के स्वच्छन्द प्रयोग पर तरह-तरह के फिकरे कस रहा था! काननबाला से हरकिशनजी ने कहा था कि इसका एक छोटा-सा अध्ययन 'इप्टा' की अगली बैठक में लोगों के सामने रखे।...तब तक फिल्मी दुनिया छोड़-छाड़कर हरकिशन जी बनारस के अँगरेजी विभाग में प्रोफेसरी करने लगे थे। पढ़ाते थे और अँगरेजी पर तीन-तीन माताओं की सेवा में जिन्दगी गुजार दी थी–एक सगी माता, दूसरी भारत माता और तीसरी मातृभाषा! विवाह करने का वक्त ही नहीं मिला था। जन्मदात्री बीमार चल रही थीं, उनकी ही जिद थी कि बहुत दिन हाबडीब कर ली जनपक्षधर राजनीति में, अब कुछ दिन उनको काशी सेवन करवा दें!...वैसे ही एक आवेदन किया–सादा कागज पर–और लो, नियुक्ति-पत्र हाजिर। बम्बई के बाद बनारस, इप्टा का जीवन और काशी-प्रवेश, अँगरेजी का आइवरी टावर और हिन्दी-भोजपुरी, कजरी-ठुमरी, साँड-राँड लंका-अस्सी की यह गजगज दुनिया–निराला की कवितावाले 'विरुद्धों का समन्वय' बन गए हरकिशन बाबू।

कानन दोनों वृद्ध माँ-बेटे की शिष्या-सखा-बेटी तीनों थी। अब उसके तीन घर थे, पटना–जहाँ वह जन-नाट्य-मंच विकसित करने की कोशिश कर रही थी, पुणे का 'शारदा सदन' जहाँ नन्ना थीं और बनारस में प्रेमचन्द के 'सरस्वती प्रेस' के पीछे पड़नेवाला 'सर' का घर जहाँ कभी-कभी प्रेमचन्द की पत्नी, शिवरानी प्रेमचन्द से भी मुलाकात होती। हरकिशनजी की तीक्ष्ण बुद्धि ने यह बात एकदम से ग्रहण कर ली थी कि कौन लोग यहाँ बनारस में चलता-फिरता इतिहास हैं और उनका पूरा मन रहता कि कानन उन लोगों से जरूर मिले–सिद्धेश्वरी बाई, रसूलन बाई, गिरजा देवी, शिवरानी प्रेमचन्द और भी बहुत लोग जिनके जीवन में नये देश, नये समाज का सपना अँकुर रहा था।

देश के तीनों हिस्सों के सांस्कृतिक समाचार-वाचन का एक अपूर्व केन्द्र थी कानन! आकाशवाणी की स्थापना के भी कुछ दिन पहले से अदृश्य चैनल उसके भीतर विकसित हो रहा था। योग्य सन्तान, योग्य छात्र और योग्य नागरिक होने की तृप्ति उसके रोम-रोम में चिरैया का खोता बनाए हुई थी! लगातार चह-चह करती काननबाला। खुश रहती, खुश रखती और मुद्दों पर लड़ती हुई भी ऐसी मीठी दीखती कि लोग मुग्ध हो जाते! उसका हास्य-बोध परसाईजी के स्तर का था। बाद में वे उसके प्रिय लेखक भी बने!

कौन जानता था कि ऐसी हँसती-खेलती, चुहलबाज और निडर लड़की पर लड़की होना ऐसा भारी पड़ेगा! ढेला बाई के पुराने शत्रु, फेनूगिलास, तब पटना के दारोगा थे! बहुत दिनों से ताक में थे कि चिड़िया हाथ लगे!...उस रात रिहर्सल में ही देर हो गई थी! एकदम से धर दबोचा!...कुछ महीने तो सकते में

रही, फिर मुसहरी-ब्लॉक के डॉक्टर अंसारी और दूसरे संगी-साथियों ने टनमना दिया। एक अगिनपाखी था उसमें! कब तक वह मन मारे बैठता—ऐसे हादसे के अफसोस के लिए जिसमें उसका कोई दोष भी नहीं था।

ढेला बाई तक खबर पहुँची। जब तक वे पहुँची तब तक प्रो. हरकिशनलाल और उसके संगी-साथी भी लगातार की काउन्सलिंग से यह बात उसको समझाने की कोशिश कर रहे थे कि बलात्कार जैसे हादसे को 'इज्जत' जैसी गम्भीर चीज के साथ देखना अनर्गल है : "तुमको मैंने स्त्री-भाषा पर शोध करने को कहा और तुम मर्दों की भाषा बोलने लगी। इज्जत जैसी बड़ी चीज के साथ अंगों के अमानवीय घर्षण का हादसा क्यों जोड़ा जाए भला? इसको इतना तूल ही क्यों दिया जाए? देह पर कीचड़-विष्ठा पड़ जाने से उसकी इज्जत नहीं जाती तो एक ताकतवर पशु के बीमार अंगों के स्राव से इज्जत चली जाएगी?...उठो, नहाओ-धोओ और काम में लगो! इज्जत है, बाबा की लुटिया नहीं, इतनी आसानी से क्यों डूब जाएगी? इतने तो काम करने हैं तुम्हें! अपनी दुनिया बड़ी करनी है। बाकी, इस फेनूगिलास के बच्चे को मैं देख लूँगा!"

ढेला बाई की आँखों से अंगारे फूट रहे थे!...महेन्दर मिसिर या डॉक्टर बोस—आज अगर जीवित होते...हरकिशनजी और डॉक्टर अंसारी ने ही सलाह दी कि फिलहाल तो वे कानन को लेकर शारदा सदन ही जाएँ। उसका मन बदलना ज्यादा जरूरी है!...फेनूगिलास का दरोगाई दर्प चूर करने को एक पुराना छात्र ढूँढ निकाला है जो पटना में ही पुलिस का बड़ा हाकिम है! लोहा ही लोहे को काटेगा।

तब से फिर छह महीने कानन नन्ना के साथ शारदा सदन ही रहीं और इतिहास को करवट देनेवाले कई काम करने की ठानी। मुश्किल दिन एक गुफा की तरह खुलते हैं और गुफा के उस मुँह पर कुछ भी हो सकता है! नन्ना की प्रेरणा से कानन ने इस बीच खूब किताबें पढ़ीं! हरकिशनजी भी देश-विदेश की सब अच्छी चीजें तत्काल भेजते! कभी-कभी डॉक्टर अंसारी की भी चिट्ठी आती और जब कानन उसे पढ़ती, ढेला बाई सोचतीं कि नन्ना-नातिन का जीवन एक ही साँचे में तो नहीं ढल जाएगा! एक डॉक्टर मेरे जीवन में भी था, और एक हरकिशनजी-सा गुरू भी! देह का गिंजन इसने भी झेल ही लिया, लेकिन यह मुझे प्रखर है, पिंजड़े में पंख फड़फड़ाते जाने की विडम्बना इसको नहीं झेलने दूँगी, औरत की देह मिली है तो क्या, वह रूह का कैदखाना नहीं बनने दी जाएगी...इसे अपना संसार और बड़ा करना ही होगा और मेरी तरह बुढ़ापे में नहीं, जरा जल्दी, जब तक कि देह-दिमाग में दम-खम है!"

वे हर-तरह की औरतों से उसको मिलवातीं और कहतीं : "अपनी मायूसियों को अपना कैदखाना तो नहीं ही बनने दो, अपने से बाहर निकल आओ और देखो कि आस-पास कितनी तकलीफें हैं, कैसी अराजकता है, कैसे यह दूर हो

पाएगी! जो अपने में लिथड़ा रहा, उसके लिए मुक्ति सपना ही रह जाएगी! तरह-तरह के काम हैं! देश तो अब स्वतंत्र हो भी गया...पर औरतें? उनकी मुक्ति में अभी सदियाँ लगेंगी, खासकर हम-जैसी औरतों की मुक्ति में जिनका जीवन किसी कारण पटरी से उतर गया है।''

कानन को मालूम था, नन्ना क्या कह रही हैं। अँगरेजों के पहले वेश्याओं की थोड़ी हस्ती भी थी! बीच शहर में रहती थीं, अच्छे तौर-तरीके सीखने राजकुँवर भी वहाँ जाते थे। औरतें भी उन्हें बर्दाश्त कर लेती थीं—खासकर गुस्सैल स्वामियों की औरतें उन्हें वहाँ भेजकर निश्चिंत ही होती होंगी कि कुछ देर तो पिंड छूटा, लगातार हरहर-पटपट करता आदमी माथे पर झेलते रहना आसान नहीं!

गदर के बाद से जगह-जगह अँगरेज सिपाहियों की छावनी तन गई थी। और उनके मनोरंजन बल्कि देहरंजन के लिए वेश्याओं को भी शहर के बाहर बसा देने की मुहिम चली थी! अपने समाज से पूरी तरह काटकर एक ओर फेंक दिए जाने का दर्द उनमें भी लहर ले रहा था। 'कन्टेजियस डिजीजेज़ ऐक्ट' के तहत उन्हें तरह-तरह की सुइयाँ देह में तो चुभायी ही जा रही थीं, एक सुई मन में भी कहीं गहरी चुभ रही थी कि अब वे कहीं की नहीं! पेड़ से टूट गिरा फल पेड़ को जिन निगाहों से देखता है, वे अब इस नये समाज को देख रही थीं। 'लाल बाज़ार' के नाम से बसे रूप-बाजार एक तरह का मछली-हट्टा थे। अब ग्राहकों की सुविधा के लिए एक झुण्ड में बसे बाजार ताकि लोगों को परख-छँटैया में आसानी हो।

रजवाड़े सब ढह गए थे, नवाब छितरा गए थे, कहीं कोई सूफियाना सोहबत नहीं थी, थी तो बस नोच-खसोट! और तो और, भाषा भी इतनी अलग, ऐसी गिटिर-पिटिर कि कहीं कोई तार जुड़ जाने की उम्मीद भी नहीं थी!...पुराने घरों से पुराने रिश्ते रहते थे, शादियों में नेग आता था, न्योता जाता था, घरों पर कोई संकट घिरे तो सलाह-मशविरे इनसे भी होते थे, भावनात्मक और आर्थिक अवलम्ब तवायफों के घर से भी मिलता था! दुर्गा-पूजा में इनकी भी देहरी से मिट्टी जाती थी उस मिट्टी से एकसार होने जिससे देवी की प्रतिमा गढ़ी जाती है...।

अब तो उजाड़ ही उजाड़ था! पुरानी तवायफों के बरअक्स कई गरीब, दलित औरतें भी इन कैण्टेनमेण्ट क्षेत्रों में पार्ट-टाइम या फुलटाइम धंधा करने को मजबूर थीं! उस पूरी पट्टी की भाषा और भाव-भंगिमा ही बदलने लगी थीं क्योंकि वहाँ कुछ भी स्थायी नहीं था, सब उठल्लू था—एक चलताऊ-सी, उखड़ी-बिखरी, नीरस-खुरदुरी भाषा विकास पा रही थी।

और जो सरस बोली-बानी की परम्परा थी हास-परिहास, गुफ्तगू और लन्तरानियों की चटक, सुर्ख, चरपरी भाषा : हिन्दी-उर्दू—दोनों की ही लहरियों

से लहालोट–उसके पीछे जाति-मण्डलवाले लाठी लेकर पड़े थे। आर्यसमाज, मारवाड़ी समाज, खत्री हितकारी सभा, जैन गैजट, मैथिलीशरण गुप्त और रामनरेश त्रिपाठी तक स्त्री-भाषा की मुक्त लहरियों और गारी-गायन को लेकर इतने चिंतित थे कि कानन को लगने लगा कि भाषा की राजनीति भी सांस्कृतिक अधीनीकरण का एक बड़ा माध्यम है। नन्ना को उसने 'भारत-भारती' की ये पंक्तियाँ पढ़कर सुनायीं और दोनों देर तक सोचती रहीं कि कैंची और सुई-धागा औरत के जीवन का कितना बड़ा सच है–"सब हादसे कतर फेंको, मुँह सिल लो और मुस्कुराती हुई हरदम सेवा में प्रस्तुत रहो"–ये ही उससे उम्मीद है समाज को!

बड़े मजाकिया ढंग से 'भारत-भारती' की ये पंक्तियाँ पढ़ीं काननबाला ने और देर तक हँसती रहीं!

"रखती यही गुण वे कि गन्दे गीत गाना जानतीं
कुल-शील-लज्जा–उस समय कुछ भी नहीं वे मानतीं,
हँसते हुए हम भी अहो! वे गीत सुनते सब कहीं
रोदन करो हे भाइयो, ये बात हँसने की नहीं।"

उससे भी ज्यादा मजे की बात ये कि शिक्षा मन्त्री, श्री सम्पूर्णानन्द, राजेन्द्र प्रसाद, भगवानदास, निराला और माखनलाल चतुर्वेदी की प्रेरणा से श्री रामनरेश त्रिपाठी ने 'आदर्श लोकगीतों' की एक पुस्तक सम्पादित की–'ग्राम-गीतांजलि' कि गाना ही हो तो औरतें इस मर्यादित भाषा में गाली और गीत गायें! 'मुँहजोर स्त्रियों का रोजनामचा' आदि गीतों के बहाने 'मर्यादा' का माहात्म्य बखाना गया।

"मर्यादा शब्द में, नन्ना, 'मर' शब्द की ध्वनि कितनी ज्यादा सार्थक है। और देखो ये गीत सुनो 'ग्राम-गीतांजलि' का और जीवन सुधारो–"

'देखो लज्जा के दर्पण में तुम मुखड़ा
पतिव्रत्य की ओढ़ो सुनरिया, शील का नैनों में कजरा।'

और सुनो,

'बहनो, बुरी किताब कभी न पढ़ा करो,
किस्सों से सदा दूर ही प्यारी रहा करो।
भारत की देवियों की कहानी कहा करो।'

अरे भाई, भारत की देवियाँ सुखी हैं क्या? सीता-राधा-द्रौपदी, कुन्ती–सबका तो हाल बुरा कर रखा है रुला-रुलाकर।

और अब ये देखो, कला-वृत्तियाँ भी खटकने लगीं-

"नाचना उचित ना नचाना, ना ब्याहों में गाली गाना
कभी मत देखो, सजनी, रास, कृष्णसखियों का विविध विलास।"

इस बीच कानन ने बिहार के तेजस्वी किसान-नेता श्री सहजानन्द सरस्वती की भी चीजें पढ़ीं। बिहार के किसान-आन्दोलन से उसका भी गहरा जुड़ाव तो

रहा ही था! शान्तिनिकेतन के बाद और 'इप्टा' से जुड़ाव के पहले कुछ वर्ष उसने बिहार के बीहड़ गाँवों में गुजारे थे। उन दिनों एक बार सहजानन्द सरस्वती से मिलना भी हुआ था।

क्या दिव्य स्वरूप, क्या वाणी! पर जातीय संगठन को लेकर उनकी वह जागरूकता कानन की समझ में नहीं आती थी! क्या जाने कौन तीर उनको लगा था जो काशी के अमरनाथ मठ से बाहर आकर 'भूमिहार ब्राह्मण सभा' गठित की थी—'दमित' ब्राह्मणों की और उनकी खोयी 'हस्ती' लौटाने को प्रतिबद्ध हुए थे!

'ये हस्ती क्या चीज होती है?' कानन अक्सर सोचती! 'खुद को जानना ही खुदा को जाना है'—यह तो ढेला बाई अक्सर समझाती पर खुद को जानने का एक अर्थ अपनी वर्गीय, जातीय और धार्मिक अस्मिताएँ पहचानना भी है क्या? कि कौन शाखा कहाँ उलझी? इतिहास कहाँ क्रूर हुआ, कहाँ क्रूर हुई प्रकृति। और फिर राजनीतिक आन्दोलनों से इतिहास का भूल-सुधार—लाल कलम से गोले बना-बनाकर, जैसे 'शान्तिनिकेतन' में गुरुदेव बच्चों की कविताएँ शुद्ध करते थे?

कुछ बरस तो वे भी घूमते रहे, दुनिया से रू-ब-रू होना भी एक बाल-संन्यासी की खातिर जरूरी था! फिर दुबारा काशी गए! इस बार 'दण्डी संन्यासी' घोषित होकर ही निकले और उसके बाद 'दमित' ब्राह्मणों यानी कृषि-कर्म में उलझकर पूजा-पाठ और संस्कृत पठन-पाठन भूल चुके ब्राह्मणों को फिर से 'सद्वृत्तियों' और शास्त्र-चर्चा में खींचने की कोशिश की। 1929 तक पटना के पास, बिहटा में श्री सीताराम आश्रम स्थापित किया और 1932 तक बिहार प्रान्त किसान सभा द्वारा सिर्फ दमित ब्राह्मणों की ही नहीं, तथाकथित पिछड़ी जातियों के किसानों का संघर्ष शुरू किया—उन जमींदारों के खिलाफ जो अँगरेजों के पिट्ठू बनकर किसानों का रक्त चूस रहे थे। चालीस से चौवालीस तर्क मार्क्स के सिद्धान्त आत्मसात करके उन्होंने कई ठोस सफलताएँ हासिल कीं और 'भगवद्गीता' की व्याख्या भी वर्गहीन समाज के आलोक में कर दी।

इसी 'गीता हृदय' पर उनसे बात हुई थी—एक झलक मिलना हुआ था उनसे—1949 में, उनकी मृत्यु के एक बरस पहले! अपनी राजनीति को वे 'रोटी की राजनीति' कहते थे मगर कहीं-न-कहीं वह 'अस्मिता की राजनीति' भी थी। वैसे तो वे काफी कुछ बोले थे, पर जो बात गठरी में बाँधकर कानन घर लौटी थी, वह आज, पता नहीं क्यों, सुबह से याद आ रही थी—"जो लोग ऐन कर्त्तव्यपालन के समय दिल की कमजोरी और नादानी से दयार्द्र हो जाते और रहम करने लगते हैं, वे काफी सिर-पैर की बातें करते हैं! 1905 में काले सागर के रूसी जहाजी बेड़े के सिपाहियों को मजबूरन अपने ही अफसरों के विरुद्ध

बगावत करनी पड़ी थी क्योंकि अफसरों ने जानबूझकर ऐसी शैतानियत की और सिपाहियों की स्वतंत्रता पर ऐसी रोक लगाई जो बर्दाश्त के बाहर थी।''

बात यह थी कि रूस के किसानों और मजदूरों के क्रान्तिकारी आंदोलनों के साथ जहाजी सिपाही सहानुभूति दिखाना चाहते थे। कारण, वह आन्दोलन उनके अपने ही मजलूम भाइयों का था। मगर इसमें अफसरों ने अड़ंगे डाले। विद्रोह की आग भड़की और सिपाहियों ने सभी अफसरों को चटपट गिरफ्तार कर लिया। लेने के देने पड़े। अफसरों की सारी गर्मी गायब हो गई। उन्होंने आरजू-मिन्नत की, माफी माँगी, आगे के लिए बाधा न डालने के वादे किए। दया में आकर सिपाहियों ने उनको रिहा कर दिया और शुरू हो गया कत्लेआम! बाहर से अपने पक्ष की फौज मँगाकर कत्लेआम शुरू कर दिया सिपाहियों ने।

ऐसे समय में दया नादानी की पराकाष्ठा होती है और उसका नतीजा इसी तरह भुगतना पड़ता है। लेनिन ने इस दयावाली नादानी का सुन्दर वर्णन सन् 1905 वाली रूसी क्रान्ति के सम्बन्ध के 1917 वाले ज्यूरिच के भाषण में किया है। महाभारत के समय वही गलती अर्जुन भी ऐन मौके पर करने जा रहे थे।"

कानन ने ढेला बाई से इस बातचीत की चर्चा की और हठात बोल पड़ी–"यही दयावाली नादानी औरतें भी हर वक्त करती हैं। इससे ही उनको उबरना है।''...एक बात और बड़े पते की वे कहते थे! विभाजन की त्रासदी के वक्त वो भी मुझको याद आई, धर्म...हरेक आदमी का अपना निजी और व्यक्तिगत पदार्थ है। उसमें किसी का साझा या हिस्सा नहीं है। समूह की चीज न होकर वह व्यक्तिगत है, हर व्यक्ति का–जुदा-जुदा है। यदि यह बात संसार मान ले तो धर्म के झगड़े खतम हो लें। आज जो भाई का गला भाई और पड़ोसी का पड़ोसी धर्म की वेदी पर चढ़ाने को आमादा है, वह तो न हो!"

"ऐसा व्यक्ति जातिवादी कैसे हो गया, कानन?"

"इस बारे में भी मेरी उससे बात हुई थी। जाति को वे स्वभाव से जोड़ते थे, वंश-परम्परा से नहीं। उनका कहना था कि स्वभाव के अनुसार ही कामों का आबंटन हो! हाथी और सिंह का स्वभाव एक नहीं, इसलिए उनके काम भी एक नहीं हैं। यदि स्वभाव का ख्याल न करके 'सब धान बाईस पसेरी' तोला जाए और गीदड़ से सिंह के काम की आशा की जाए तो सिवाय नादानी और निराशा के और होगा ही क्या! बहुत गौर से लम्बे समय तक देखने के बाद कर्म मिलने चाहिए और कोई काम छोटा-बड़ा नहीं होता, यह बात भी जन-मन में अच्छी तरह बिठा देनी चाहिए।"

"तो क्या तू भी इन्हीं सिद्धान्तों पर नये समाज का नक्शा गढ़ने को कृतसंकल्प है? ये जो तेरे कामरेड हैं, वे ही जो तुझसे देश के अलग-अलग हिस्सों से चिट्ठियाँ लिखते हैं, मिलने आते हैं–सबके हेड हरकिशन बाबू ही हैं क्या?"

"अरे नहीं, नानी, ऐसे कितने हरकिशनबाबू देश के अलग-अलग हिस्सों में अलग-अलग काम कर रहे हैं। समझो ये कि वे हमारे सेनापति हैं और हम उनके सिपाही हैं।...वो जो सन 47 में हमने आजादी पाई, एक अधूरी आजादी थी, सच्ची आजादी का चेहरा और खुशनुमा होगा, तुम देखना...।"

इसी तरह की बातें होतीं नानी-नातिन में और एक चम्पई-सी आभा में घिरकर दोनों सो जातीं।

कभी-कभी आस-पास की जगहें घूम भी आतीं—अजन्ता-अलोरा की गुफाएँ मन में भी कई गुफा-द्वार खोल देतीं! भीतर कहीं लगता—यहाँ तो पहले भी आए थे! फिर लगता एक जगह दो बार कोई कैसे जा सकता है? किसी और कालखण्ड में दुबारा जाओ तब तक तो जगह बदल चुकी होती है। इसी तरह यह भी लगता कि किसी व्यक्ति से दुबारा मिलना भी सम्भव नहीं होता! अगर कभी दूसरी मुलाकात हो भी गई—तो जो व्यक्ति मिलता है, थोड़ा-थोड़ा दूसरा और अलग-सा वह हो ही जाता है।

यह बात तो बचपन से ही नन्ना ने समझा रखी थी कि किसी से भी मिलो तो ऐसे जैसे अन्तिम दफा मिल रही हो और हर दिन की सुबह ऐसे शुरू करो जैसे जीवन का अन्तिम दिन हो ये--लेकिन इन बातों का मर्म अब जाकर खुल रहा था! आँखें और कान--थोड़े-थोड़े और खुलने लगे थे—अलीबाबा की गुफा के द्वार की तरह! भँवरा भी बगल से गुजरता तो यों ही भुनभुन सुनायी देती—"खुल जा सिम-सिम, अरे, खुल भी जा!"

दिन भर गाना सीखनेवाली लड़कियों का आना-जाना लगा रहता। देश के अलग-अलग हिस्सों से अलग-अलग तरह की दुर्गतियाँ झेलकर 'शारदा सदन' आई इन लड़कियों को गाना सिखाते हुए अक्सर यह महसूस होता कि संगीत और बाकी सब कलाएँ पूरे वजूद में कायनात की ताकत सचमुच भर देती हैं, तभी तो छिन्नभिन्न, क्षतविक्षत आत्मा भी यहाँ एक अजब धूपछाँव पाती हैं। एक-एक सुर, एक-एक अक्षर एक फाहे की तरह वे सबके घावों पर रखतीं। और खरगोश के रोओं की तरह उत्फुल्ल हो जाते उनके रोएँ! एक ग्रामोफोन कम्पनी भी बहुत दिनों से ढेला बाई के पीछे लगी थी कि वे अपनी कुछ ठुमरियाँ रेकार्ड करा लें। इन दिनों ढेला बाई को महेन्दर मिसिर की बहुत याद आती।

लगता कि पिंजड़े के द्वार अब खुलेंगे। कभी-कभी रोम-रोम, रग-रग में एक कबूतर पंख फुलाए बैठा महसूस होता! गाते-गाते आँखें झर-झर बरसतीं। आकाश सुन्दर, बहुत सुन्दर लगता। चाँद झुककर देखता जैसे बचपन में उनके ही आँचल में छुपी हुई ठुमरी आहिस्ता से झाँककर कहती—झाँऽऽऽ!

आसिन की सिहरी-सी, ठहरी हुई-सी सुबह थी। घास पर नंगे पाँव चलकर हरसिंगार चुनना ढेला बाई को जीवन की सब सुखद अनुभूतियों के करीब ले आता! एक क्षण को लगता, जीवन के सारे सुखद क्षण—चाहे वे नन्ना के साथ के हों या महेन्दर मिसिर, डॉक्टर बोस, ठुमरी या कानन के साथ के—क्या जाने किस जादू से हरसिंगार का फूल ही बन गए हैं। भर गया है उनका आँचल : ओ़स की बूँदों से, खुशबू से, उस भुरभुरी मिट्टी से जो सफेद फूलों की टुइयाँ-से, नारंगी डंठलों से लगी पड़ी है जैसे कि अभिसार के बाद की तन्द्रा में हो... होने-न-होने, सोने-न-सोने के बीच!

'शारदा सदन' के आँगन से बालविधवाओं, युवा परित्यक्ताओं, वृद्धा वेश्याओं, उपेक्षित माताओं/पत्नियों/बहनों/बेटियों और उन समस्त स्त्रियों के सम्मिलित कहकहों की मस्त-मगन आवाज गूँज रही थी जो अभी कुछ दिन पहले ही बोझ की तरह जीवन कंधे पर लादे हुए 'शारदा सदन' आई थीं या लाई गई थीं।

सहकारिता, स्वावलम्बन, आत्मविश्वास और एक वृहत्तर जीवन का सम्मिलित सपना देखते-ही-देखते इनका कायाकल्प ही कर गया था।

यह औरतों का एक समृद्ध-समरस संसार था—मर्द जहाँ आनी-जानी माया-भर थे! सुबह हर धर्म की सम्मिलित प्रार्थनाएँ, फिर छापाखाना और अन्य कुटीर उद्योग का प्रशिक्षण; संगीतादि कला, नाट्य कर्म और दूसरी कलाओं में जिनकी रुचि है—उनका प्रशिक्षण अलग! वृद्ध और विकलांग भी स्त्री-भाव से इस महाभियान में जुटे रहते—अनाथ बच्चों का स्कूल वे ही चलाते!...फिलहाल आम के बगीचे में वनभोज की तैयारी चल रही थी!

दूर के ढोल की तरह दूरस्थ शोर भी सुहावन लगता है! आखिर तो जीवन का स्पन्दन होता है वहाँ, और जीवन, कुल मिलाकर सुन्दर ही है! जीवन का बोझा उतारकर 'शारदा सदन' आई ये औरतें किस कदर खुश रहती हैं! मज़ाक में कानन 'शारदा सदन' को 'ओल्ड गर्ल्स फन सेण्टर' (वृद्धा बालिका मस्ती-केन्द्र) कहती थी। अपने रेडियो-रूपक में इसे उसी रूप में उसने चित्रित किया है...जिस दिन रूपक प्रसारित होना था, उसी दिन मर्फी रेडियो 'सदन' में चंदा करके खरीदा गया और सब उसे घेरकर बैठीं जैसे पहले रमाबाई को घेरकर बैठा करती थीं! क्या खूब बोलती थीं रमाबाई—एक बार 'थेरी गाथाओं' से कुछ हमें पढ़कर सुनाया! कुछ स्मृतियाँ अब तक मन के किसी मोखे पर मणिदीप-सी प्रज्ज्वलित हैं :

"अहो मैं मुक्त नारी/मेरी मुक्ति धन्य है!
पहले मैं मूसल ले धान कूटा करती थी,
आज उससे मुक्त हुई!
गए मेरी दरिद्रावस्था के छोटे बरतन—

मैं जिनसे घिरी हुई बैठा करती थी–
मैली-कुचैली!
गया मेरा निर्लज्ज पति गया
जो मुझे उन छातों से भी तुच्छ समझता था
जिन्हें बनाता था वह जीविका के लिए।"

जाहिर है, इन छातों से वह सुमंगला माता को बौद्ध-बिहार आने के पहले पीटता भी होगा वरना गृहस्थी का सुख अनुपम भी हो सकता है। दुःख के भी रंग पत्तों की हरीतिमा की तरह थोड़े-थोड़े अलग होकर आपस में मिलते-जुलते हैं–किसी को गृहस्थी के दुःख, किसी को गृहस्थी न होने के, कहीं अनावृष्टि की तकलीफ, कहीं अतिवृष्टि की...पर अलग-अलग पत्तों के बीच बिम्बफल की तरह छुपकर कहीं एक अनुपम-सा सुख भी पकता रहता है जीवन की ऊँची डाली पर–किसी की नजर जाती है, किसी की नहीं जाती–फर्क बस इतना है...!

पास के विशाल पीपल से एक झुण्ड सुग्गे उड़े! सिर उठाया ढेला बाई ने! मीठी-सी एक आँच साँसों से उठती महसूस हुई–उतनी ही मद्धिम जितनी कि बुझे हुए चूल्हे की गरम राख होती है जिसमें शकरकन्द पकते हैं। क्या भीतर कुछ पक रहा था? इतना तो समझ में आ ही गया कि अन्त निकट है। आहिस्ता से ढेला बाई गीली-सी घास पर लेट गईं कि देह का ढेला गीली मिट्टी में ज्यादा आसानी से भुरभुराएगा–'फूटा कुम्भ जल जलहिं समाना'–जैसा कुछ!...ऐसा लगा जैसे जीवन में पहली दफा ऐसे निश्चिन्त लेटने की फुर्सत मिली हो! पीछेवाले कमरे से, उनकी ही एक नयी शिष्या के कमरे से ग्रामोफोन पर गौहर बाई गा रही थीं :

ले साँस भी आहिस्ता कि नाजुक है बहुत काम,
आफ़ाक़ के इस कारगहे शीशागरी का!

किस्सा गेल बन में

इसी तरह शाम-दर-शाम गर्मी-छुट्टी कट गई! इसी तरह शाम-दर-शाम जिन्दगी कट जाती है। जिन्दगी क्या गर्मी की छुट्टी है?

अँगड़ाई लेकर अपनी मचिया से लोहासिंह बाबा उठे :

"उठो-उठो, लड़िका लोग, अपने-अपने काम में लगो।

किस्सा खतम, पइसा हजम!
किस्सा गेल बन में,
सोच अपना मन में–"

"लेकिन बाबा, किस्सा अभी खतम कहाँ?"

"वैसे तो देखो, भाई कोई किस्सा कभी खत्म ही नहीं होता, ज़िन्दगी दर-ज़िन्दगी बढ़ता जाता है। छुट्टी ही खत्म हो जाती है। लौटने का वक्त हो जाता है। अभी तुम्हारे टिकट भी कन्फर्म्ड नहीं हैं। जाकर इन्तजाम-बात देखो। एम.पी. कोटा पर करवाना पड़े शायद। स्वतंत्रता-सेनानी का तो कोई कोटा नहीं होता, वरना हम ही करवा देते।"

"लेकिन उसके बाद काननबाला ने किया क्या? क्या उसने पण्डिता रमाबाई पर फिल्म बनायी? डॉक्टर अंसारी से उसका प्रेम परवान चढ़ा?" "चढ़ा-उतरा, उतरा-चढ़ा! जीवन आनी-जानी माया है, बचवा! परिवर्तन ही विश्व का ध्रुव सच है। किसी केंचुए की तरह संकोच-उत्कोच, संकल्प-विकल्प की मंद्र लय में चलता-चलता एकदम से पलटन्यिा खा जाता है जीवन...साँस का भी क्या है? बाहर जाती है, फिर लौट आती है : जैसे दो सखियाँ हों! दरवाजे तक एक-दूसरे को छोड़ने गईं और फिर लिए-दिए लौट आईं वापस अँगनैया में : बात का सिलसिला नहीं टूटता, लड़ी ही नहीं टूटती!...और जब टूटती है तो देर तक-शायद अगले जनम तक टाटा-बाई-बाई।"

"ऐसा गजब न कीजिए, बाबा, अगले जनम तक टाटा-बाई-बाई मत बोलिए... आगे की कथा के लिए अगली गई छुट्टी में फिर जुटान होगा!"

"देखो, क्या होता है! फिलहाल घर जाओ! हरकारा आया है! खजूर-खाजा-पिरकिया की पेटियाँ बँधवा रही हैं छोटी मामी...बड़ी मामी महीनों पहले से तिलौड़ियाँ-अदौड़ियाँ और अचार-मुरब्बे बनवा रही थीं कि छुट्टी में आएँगे बच्चे... बनानेवाली तो रही नहीं, बनायी चीजें मगर रुक गईं—वो एक क्या पहेली थी! 'सब कोई चल गइल...बुढ़वा लटक गइल!' बुढ़वा ताले की तरह एक प्राचीन दरवाजे पर लटका हुआ मैं भी क्या जाने क्या-क्या देखता-सुनता रहा, इसके आगे की कथा अगली दफा...!!"

जोगिनिया कोठी से जब घर की ओर हम चले, बूँदाबाँदी हो रही थी! डोरोथी भी इस कथा-सत्र में कभी-कभी साथ बैठी थीं—जीवन के प्रति उत्साह से भरी यह ज़िन्दादिल, बूढ़ी औरत अमेरिका-इण्डिया एक करती। धीरे से उन्होंने मेरे बेटों से पूछा—

"नाउ, टेल मी, बाकी तो समझ रही हूँ...कुछ टेप भी किया है, लेकिन ये बाद में क्या कपलेट बोला—वॉट गेल बन में—समथिंग टू दैट इफेक्ट!"

बच्चे उनसे खूब हिले-मिले हैं! लोकपक्ष से बाखबर रखती हूँ—फिर भी अमेरिका की खातिर उनके मन में वो ही आकर्षण है जो चेखव की 'तीन बहनों' के मन में अनदेखे मॉस्को की खातिर था...वहाँ से ज़हर भी आए तो इतनी चकाचक पैकिंग में आता है कि लगता है जैसे परीलोक से आया हो—यह तो, खैर, उनकी अपनी डोरोथी आण्टी थीं—हँसमुख और टक-दुम-टक!

डोरोथी का सवाल मैंने भी सुन लिया था और इस जमाने की किसी भी चिन्ताकुल माँ की तरह मेरा भी रोम-रोम सुनने को आकुल था कि लोकभाषा की इस कहावत का क्या अर्थ वे एक ग्लोबल भाषा क्या प्रस्तुत करते हैं : क्या मतलब निकाला उन्होंने 'किस्सा गेल बन में/सोच अपना मन में' का।

चुलबुलेपन से उत्कर्ष ने कहा—वो, ऐसा है आण्टी, किस्सा इतना लम्बा था कि चलते-चलते थक-सा गया है! जिन रास्तों पर हम चलते हैं, वे रास्ते भी तो हमारा बोझ ढोते-ढोते थक जाते होंगे...थका हुआ किस्सा वापस जंगल में अब लौट रहा है! जंगल भी अगाध, किस्सा भी! अगाध ही अगाध का घर हो सकता है!

बड़े भाई के कंधे पर बैठा-बैठा उन्नयन बोला—"किस्सा बन में जाकर सोएगा जैसे कि अजगर सोता है। और तब तक हमको फुर्सत मिल जाएगी कि हम बैठकर गुन लें कि क्या-क्या सुना इतनी देर...।"

"दोनों बेटे बतबनउअल में पास हैं। देखो तो बात की पूँछ कैसे उमेठी!" किसी ने मुझसे चुटकी ली!

मैंने संतोष की साँस भरी कि बिहार का बतरस अभी उनमें जिन्दा है।

●●●